Das Buch

Was bringt eine junge Mutter dazu, ihr Kind zur Adoption freizugeben? Diese Frage stellt sich Joss nach der Geburt ihres ersten Kindes, und sie beginnt, ihre leiblichen Eltern zu suchen, die sie als Baby weggegeben haben.

Bei ihren Nachforschungen stößt sie auf das Testament ihrer Mutter, wonach sie die Erbin des Gutshauses von Belheddon Hall ist, einem imposanten, verwunschenen Herrensitz in Essex, in dessen Gemäuer der Leibhaftige sein Unwesen treiben soll. Trotz aller Warnungen der Bewohner des nahegelegenen Dorfes, nimmt Joss die Erbschaft an und zieht mit ihrem Mann Luke und ihrem Sohn Tom ins Haus ihrer Ahnen.

Doch kaum hat sich die junge Familie in Belheddon Hall eingerichtet, da ereignen sich gespenstische Dinge: Fremde Stimmen ertönen, der kleine Tom ist eines Morgens mit blauen Flecken übersät, und Joss glaubt nachts die Berührung einer unsichtbaren, kalten Hand zu spüren...

Mit Hilfe eines befreundeten Geschichtsforschers beginnt Joss, das Schicksal ihrer Familie nachzuvollziehen.

Anhand alter Briefe und Tagebücher wird Stück für Stück die schreckliche Wahrheit über Belheddon Hall klar: Weder Väter noch Söhne haben eine Chance, hier zu überleben.

Schuld daran ist ein alter Fluch, der auf diesem Haus lastet. Wird es gelingen, ihm ein Ende zu bereiten?

»Eine gelungene Mischung aus Familiendrama und Gespenstergeschichte.«
Kirkus Reviews

Die Autorin

Barbara Erskine studierte mittelalterliche Geschichte und hat sich mit ihren Romanen *Die Herrin von Hay* (01/7854), *Die Tochter des Phönix* (01/9720) und *Mitternacht ist eine einsame Stunde* (01/10357) in die internationalen Bestsellerlisten geschrieben. Sie lebt mit ihrer Familie abwechselnd in Wales und auf einem alten Landsitz nahe der Küste von Essex.

BARBARA ERSKINE

DER FLUCH VON
BELHEDDON HALL

Roman

Aus dem Englischen
von Ursula Wulfekamp

WILHELM HEYNE VERLAG
MÜNCHEN

HEYNE ALLGEMEINE REIHE
Nr. 01/12545

Titel der Originalausgabe
HOUSE OF ECHOES
erschien 1996 bei HarperCollins Publishers, London

Umwelthinweis:
Dieses Buch wurde auf
chlor- und säurefreiem Papier gedruckt.

Taschenbuchausgabe 01/2004

ISBN: 3-453-87460-9

http://www.heyne.de

Prolog

Ein kalter Sonnenstrahl dringt durch ein Astloch im Holz des Fensterladens und fällt auf die staubigen Dielen. Wie ein Laserstrahl wandert er von rechts nach links, bis er auf eine Blume trifft. In dem Lichtkegel öffnet sich ein Blütenblatt nach dem anderen, ihr dünnes, cremefarbenes Weiß ist schon braun gerändert.

In der Stille verursacht der Rock, der die Dielen streift, kein Geräusch; die Schritte aus der Vergangenheit sind lautlos.

Ohne ein Ohr, das sie wahrnehmen könnte, ist ihr Echo im Haus stumm.

Stammbaum von Joss Grants Familie

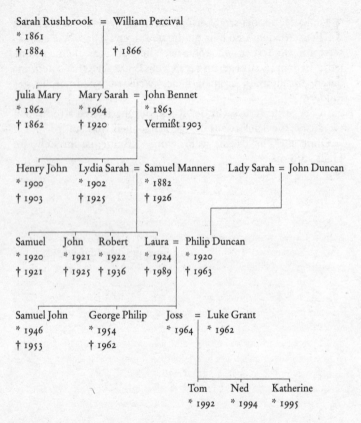

Sarah Rushbrook = William Percival
* 1861
† 1884   † 1866

Julia Mary   Mary Sarah = John Bennet
* 1862   * 1964   * 1863
† 1862   † 1920   Vermißt 1903

Henry John   Lydia Sarah = Samuel Manners   Lady Sarah = John Duncan
* 1900   * 1902   * 1882
† 1903   † 1925   † 1926

Samuel   John   Robert   Laura = Philip Duncan
* 1920   * 1921   * 1922   * 1924   * 1920
† 1921   † 1925   † 1936   † 1989   † 1963

Samuel John   George Philip   Joss = Luke Grant
* 1946   * 1954   * 1964   * 1962
† 1953   † 1962

                            Tom   Ned   Katherine
                            * 1992   * 1994   * 1995

I

Hatte sie es wirklich nicht wissen wollen?
Joss trat aufs Gas und beschleunigte aus der Kurve heraus.
Oder hatte sie Angst vor der Wahrheit gehabt?

»Bist du sicher, daß ich nicht mitkommen soll?« Bevor sie von zu Hause weggefahren war, hatte ihr Mann Luke seine Hand durch das geöffnete Fahrerfenster gesteckt und auf ihre Finger am Lenkrad gelegt. Auf dem Beifahrersitz lagen das Ortsverzeichnis, der Umschlag mit den Kopien ihrer Geburtsurkunde und den Adoptionsdokumenten und ein Zettel mit der Adresse. Belheddon Hall. Sie hatte den Kopf geschüttelt. »Heute, beim ersten Mal, muß ich alleine fahren, Luke.«

Die hinter Eiben und Lorbeerbüschen versteckte Pforte war schon lange nicht mehr benutzt worden. Das Holz war feucht und aufgequollen und über und über mit schmierigen Flechten besetzt. Als sie das Tor öffnete, blieb es im hohen Gras hängen und schwang nicht wieder zu. Sie gelangte auf einen überwachsenen Pfad, der anscheinend in ein kleines Wäldchen führte. Die Hände tief in den Taschen vergraben, ging sie achtsam weiter und empfand dabei eine Mischung aus Schuldgefühl und überschäumender Freude. Der Wind blies ihr die Haare ins Gesicht, und der Wald um sie roch bitter und scharf nach verfaulendem Laub und Bucheckern. Es war Frühherbst.

Ganz in ihrer Nähe brach ein Fasan mit schrillen Warnrufen aus dem Gebüsch hervor, und sie blieb wie angewurzelt stehen. Das Herz klopfte ihr bis zum Hals. Dann flog der aufgeschreckte Vogel durch die Bäume davon, und es herrschte wieder Stille. Sogar das beruhigende Rascheln der Blätter in den Baumkronen erstarb, als der Wind sich legte. Sie blickte sich um und horchte, ob nicht irgendein Geräusch zu vernehmen war. Vor ihr machte der Pfad eine Biegung und verschwand hinter einem Stechpalmengebüsch; die glänzenden Blätter wirkten im Licht des trüben Nachmittags beinahe schwarz, und das feurige Rot der Beeren stach übertrieben ins Auge.

Die Stechpalme trägt eine Beere so rot wie Blut.

Diese Zeile aus einem Weihnachtslied kam ihr plötzlich in den Sinn. Sie blieb unwillkürlich stehen und betrachtete die Büsche, und auf einmal spürte sie, wie sich ihr die Nackenhaare aufstellten. Sie hatte das sichere Gefühl, daß sie aus dem Unterholz zu ihrer Linken beobachtet wurde. Mit stockendem Atem drehte sie sich um.

Einige Sekunden stand sie Auge in Auge mit dem Fuchs; dann war er plötzlich verschwunden. Er machte kein Geräusch, als er sich davonstahl, doch die Stelle unter dem alten Weißdorn war von einem Moment zum nächsten einfach leer. Vor Erleichterung hätte sie beinahe laut aufgelacht. Mit allem hatte sie gerechnet, nur nicht mit einem Fuchs.

Beruhigt ging sie weiter, spürte den Wind, der ihr wieder stärker ins Gesicht blies, und zwei Minuten später bog sie bei den Stechpalmen um die Ecke, worauf sie sich am Rand eines ungepflegten Rasens befand. Vor ihr ragte das Haus auf.

Es war ein altes, graues Gebäude mit mehreren Giebeln und Lanzettfenstern, an dessen verputzten Mauern Efeu, Glyzinien und scharlachroter Wein hochrankten. Reglos blieb sie stehen. Belheddon Hall. Ihr Geburtsort.

Fast auf Zehenspitzen schlich sie näher. Die geschlossenen Läden hinter den Fenstern ließen das Haus wie erblindet erscheinen, dennoch beschlich sie einen Augenblick lang ein unbehagliches Gefühl, als würde sie jemand von dort aus beobachten. Ein Schauer lief ihr über den Rücken, und sie wandte den Blick entschlossen dem von Säulen getragenen Eingang zu, von dem die lange Auffahrtsallee vermutlich zum Haupttor hinabführte. Dort, wo einst Kies den Boden bedeckt hatte, wucherten jetzt kniehoch Disteln, Jakobskraut und vom Wind zerzauste Weidenröschen.

Sie atmete tief ein. In ihr schienen sich Gefühle zu regen, von denen sie nicht einmal gewußt hatte, daß sie sie in sich trug: Verlust, Trauer, Einsamkeit, Enttäuschung, ja sogar Wut. Rasch kehrte sie dem Haus den Rücken zu, wischte sich mit dem Handrücken die Augen und blickte die Auffahrt hinunter.

Lange wanderte sie durch die verwilderten Gärten und über die Rasenflächen, ging zu dem von Riedgras, Binsen und Unkraut umstandenen See und erforschte den Hof um die Stallungen und die Remise, zu dem man durch einen Torbogen neben dem Haus gelangte. Die Schultern zum Schutz vor dem Wind hochgezogen, drückte sie auf die Klinke der vorderen und der hinteren Eingangstür, aber beide waren fest verschlossen. Das hatte sie erwartet. Schließlich stand sie auf der rückwärtigen Terrasse und sah zum See hinab. Es war ein wunderbares Haus, wild, verlassen, verhaftet in Träumen einer vergangenen Zeit. Seufzend drehte sie sich um und betrachtete die blinden Fenster. Hier war ihr Zuhause gewesen, wenn auch nur für einige wenige Monate; hier hatte sich das Unglück ereignet, das ihre Mutter veranlaßt hatte, ihre Tochter wegzugeben. Es war ihr Zuhause, es lag in ihrem Blut, aber es hatte sie zurückgewiesen.

Sie tat das alles nur für Tom, hatte sie gedacht, während sie die Sträßchen von North Essex entlanggefahren war. Für Tom, ihren kleinen Sohn. Bis zu dem Tag, an dem sie ihn in den Armen gehalten und ihm in das kleine, faltige Gesicht geblickt hatte, das dem seines Vaters so ähnlich war, hatte sie nie den Wunsch verspürt, das Geheimnis ihrer Herkunft aufzudecken.

Sie hatte sich bei ihren Adoptiveltern immer glücklich und geborgen gefühlt. Schließlich war sie etwas Besonderes – ein auserwähltes Kind. In ihren Tagträumen hatte sie sich ihre leiblichen Eltern nur vage und klischeehaft vorgestellt; einmal war ihre Mutter eine Prinzessin gewesen, dann wieder eine Plättmamsell, eine Poetin, eine Pianistin oder sogar eine Prostituierte. Ihre Fantasie kannte keine Grenzen; es war ein harmloses Vergnügen gewesen. Eines Tages, so hatte sie sich immer gesagt, wolle sie die Wahrheit ergründen, aber wenn sie ehrlich war, wußte sie, daß sie die Nachforschungen allein aus Angst vor einer glanzlosen Wahrheit vor sich hergeschoben hatte. Erst als sie zu Tom heruntergesehen und dabei begriffen hatte, was es hieß, ein eigenes Kind in den Armen zu halten, war ihr klargeworden, daß sie sich auf die Suche begeben mußte. Sie wollte nicht nur herausfinden, wer ihre wirkliche Mutter war, sondern auch, wie und warum sie ihre Tochter weggegeben hatte. Von einem Augenblick auf den anderen hatte sich ihre harmlose Neugier in leidenschaftliche Besessenheit verwandelt.

Der Anfang war fast zu einfach. Den Urkunden zufolge hieß ihre Mutter Laura Catherine Duncan, geborene Manners, ihr Vater Philip George Henry Duncan. Er war sieben Monate vor ihrer Geburt gestorben. Sie war am 21. Juni 1964 in Belheddon Hall, Essex, zur Welt gekommen.

Ihre Adoptiveltern Alice und Joe hatten sich schon lange auf diesen Augenblick vorbereitet und wollten sie dazu überreden, eine der Agenturen aufzusuchen, die Verwandte von Adoptivkindern aufspüren. Aber das hatte sie abgelehnt; sie wollte diese Aufgabe selbst übernehmen. Auch wenn ihre Mutter nicht mehr in Belheddon Hall wohnen sollte, wollte sie das Haus sehen und das Dorf kennenlernen, in dem sie geboren war. Vielleicht konnte sie ihre Wurzeln ja spüren.

Mit einem Blick auf die Landkarte hatte sie festgestellt, daß Belheddon an der Küste von East Anglia lag, ein kleines Dorf an der Grenze zwischen Suffolk und Essex, rund fünf Meilen von der Marktstadt Manningtree entfernt und erstaunlich abgelegen. Nach Norden hin erstreckte sich der breite Mündungstrichter des Stour in die Nordsee.

Eigentlich hatte sie sich eine romantischere Landschaft als Essex vorgestellt, vielleicht das West Country oder Schottland, aber sie setzte sich strenge Auflagen: Sie würde keine Vorurteile haben, gegen nichts und niemanden, und alles unvoreingenommen auf sich zukommen lassen.

Vor Nervosität war ihr Mund ganz trocken, als sie schließlich in Belheddon ankam und vor dem einzigen Laden parkte. Die Fenster des Gebäudes waren unschön mit vergilbtem Zellophanpapier verklebt. *Belheddon Post Office and Stores*. Sie hatte die Augen geschlossen, als sie die Handbremse anzog und den Motor abstellte, und bemerkte erstaunt, daß ihre Hände zitterten.

Der kalte Wind fegte totes Laub über den Bürgersteig und ließ das Ladenschild über der Tür hin und her schwingen. Mit steifem Rücken stieg Joss aus dem Wagen. Es war eine weite Fahrt gewesen. Sie hatte sich Essex mehr oder weniger als einen riesigen, langweiligen Vorort im Nordosten Londons vorgestellt, sich damit aber gründlich getäuscht. Von Kensington, wo sie und Luke lebten, hatte die Fahrt über zweieinhalb Stunden gedauert, und zumindest die letzte Stunde war sie durch tiefste Provinz gefahren.

Die Straße vor ihr lag wie ausgestorben da. Sie war auf beiden Seiten von hübschen Cottages gesäumt, verlief weiter hinten quer über den Dorfanger und bog dann zur Flußmündung ab. Es war ein kleines Dorf mit rund fünfundzwanzig Häuschen; einige davon waren strohgedeckt, zwei oder drei hatten Fachwerkfassaden, und in den Gärten standen die letzten windzerfetzten Stockrosen hochaufragend Wache. Von einer Kirche war weit und breit nichts zu sehen.

Joss holte tief Luft und stieß die Tür zum Laden auf. Zu ihrer Überraschung war er wesentlich moderner, als sie angenommen hatte. Links von ihr war das Fenster der kleinen Poststelle von Ständern mit Postkarten, Briefpapier und Bonbons umgeben; rechts stand eine einladende, gut sortierte Lebensmitteltheke. Die Frau, die dort bediente, war klein und untersetzt und etwa sechzig Jahre alt; sie hatte fliegendes weißes Haar und durchdringende graue Augen. Während sie mit einer behandschuhten Hand nach dem Stück Salbeikäse in der Theke griff, warf sie Joss ein Lächeln zu. »Sie sind gleich an der Reihe.«

Die Frau, die vor Joss an der Theke stand, gab ihrer Neugier nach und drehte sich um. Sie war großgewachsen, hatte dunkle Haare, die unter ihrem verknoteten Kopftuch hervorlugten, und ein wettergegerbtes Gesicht, dem man die vielen Jahre ansah, die es dem kalten Ostwind ausgesetzt gewesen war. Auch sie lächelte Joss freundlich zu. »Es tut mir leid, ich habe praktisch den ganzen Laden aufgekauft. Aber jetzt bin ich gleich fertig.«

»Das macht gar nichts«, erwiderte Joss zuvorkommend. »Ich wollte mich sowieso nur nach dem Weg nach Belheddon Hall erkundigen.«

Die beiden Frauen warfen ihr einen erstaunten Blick zu. »Das ist oben bei der Kirche«, erklärte die Kundin mit zusammengekniffenen Augen. »Aber Sie wissen doch, daß es verschlossen ist? Dort wohnt niemand.«

Joss biß sich auf die Lippe, um ihre Enttäuschung zu verbergen. »Also wohnen die Duncans nicht mehr dort?«

Beide Frauen schüttelten den Kopf. »Das Haus steht schon seit Jahren leer.« Die Frau hinter der Theke schüttelte sich übertrieben. »Es spukt da oben.« Mit geübten Griffen wickelte sie den Käse in Frischhaltefolie und steckte ihn dann in eine Papiertüte. »Bitte«, sagte sie zu der Frau. »Das macht zusammen vier Pfund zehn Pence.« An Joss gewandt fuhr sie lächelnd fort: »Mein Mann und ich haben das Geschäft hier erst seit 89. Ich habe die Leute, die da oben gewohnt haben, nie kennengelernt.«

»Ich auch nicht«, bestätigte die andere Frau. »Ich glaube, die alte Mrs. Duncan, die früher im Schulhaus wohnte, war mit ihnen verwandt. Aber sie ist vor ein paar Jahren gestorben.«

Joss vergrub die Hände in ihrer Jackentasche. Diese Auskunft war eine herbe Enttäuschung. »Wissen Sie vielleicht, wer mir sagen könnte, was aus der Familie geworden ist?«

Die Posthalterin schüttelte erneut den Kopf. »Soweit ich weiß, haben sie zum Schluß sehr zurückgezogen gelebt. Aber doch, Mary Sutton. Die könnte Ihnen vielleicht weiterhelfen. Sie hat früher dort oben gearbeitet. Manchmal macht sie einen etwas verwirrten Eindruck, aber bestimmt kann sie Ihnen Auskunft geben.«

»Und wo finde ich sie?«

»Im Apple Cottage. Direkt am Anger. Das Häuschen mit der blauen Pforte.«

Das Gartentürchen war verzogen und ging nur schwer auf. Joss schritt den schmalen Pfad entlang und bemühte sich, den Disteln mit dem seidig glänzenden Samenkleid auszuweichen. An der Haustür entdeckte sie weder eine Klingel noch einen Klopfer, also schlug sie mit den Knöcheln dagegen. Fünf Minuten später gab sie auf. Offenbar war niemand zu Hause.

Während sie an der Pforte stand, blickte sie sich um. Von hier, am Rand des Ortes, konnte sie auch den Kirchturm sehen, der hinter Bäumen verborgen auf der anderen Seite des Angers stand. Irgendwo dort drüben mußte auch das Haus sein.

Sie ließ den Wagen stehen und begann, die Wiese zu überqueren.

»Ihnen gefällt also unsere kleine Kirche? Sie ist aus dem 13. Jahrhundert, wissen Sie.« Die Stimme hinter ihr ließ Joss zusammenfahren; sie hatte nachdenklich am überdachten Eingang zum Friedhof gelehnt und den Pfad hinaufgeschaut, der hinter der Kirche verschwand.

Hinter ihr stellte ein großer, dünner Mann gerade sein Fahrrad an der Hecke ab. Er bemerkte ihren Blick und zuckte die Achseln. »Mein Auto hat mich im Stich gelassen. Irgend etwas mit den Bremsen. Aber an einem schönen Herbsttag wie diesem habe ich auch nichts dagegen, mit dem Rad zu fahren.« Er hatte die Frau nachdenklich dastehen sehen, als er von der New Barn Road abgebogen war, und sie mehrere Minuten lang beobachtet, beeindruckt von ihrer vollkommenen Ruhe. Nun, als sie sich zu ihm umwandte, fiel ihm auf, daß sie ziemlich jung war – Ende zwanzig oder Anfang dreißig –, und auf eine ungewöhnliche Art attraktiv. Ihr kräftiges, dunkles Haar war zu einem Pagenkopf geschnitten, und die Ponyfransen hingen ihr fast in die Augen, die so leuchtend blau waren wie die einer Siamkatze. Sein Fahrrad fiel in die Brennnesseln, aber er lachte nur unbekümmert. »Ich wollte gerade ein paar Bücher holen, die ich in der Sakristei vergessen habe. Möchten Sie sich umsehen, bevor ich wieder zusperre?«

Sie nickte. »Eigentlich will ich zu Belheddon Hall. Aber ich sehe mir auch gerne die Kirche an.«

»Zum Haus kommen Sie durch die Pforte dort drüben, hinter den Eiben.« Er ging ihr den Pfad zur Kirche voraus. »Leider ist es unbewohnt. Schon seit vielen Jahren.«

»Kannten Sie die Leute, die dort gewohnt haben?« Die Dringlichkeit, die in ihrem Blick stand, erweckte beinahe Mitleid in ihm.

»Leider nicht. Es stand schon leer, als ich in diese Gemeinde kam. Es ist wirklich schade; eigentlich sollte wieder eine Familie dort leben.«

»Steht es zum Verkauf?« fragte sie entsetzt.

»Nein, das ist ja das Problem. Es gehört immer noch den Duncans. Soweit ich weiß, lebt Mrs. Duncan jetzt in Frankreich.«

Mrs. Duncan. Laura Catherine. Ihre Mutter.

»Sie haben nicht zufällig ihre Adresse, oder?« Joss bemerkte, daß ihre Stimme zitterte. »Ich bin sozusagen eine Verwandte. Deswegen bin ich hier.«

»Ah ja.« Als sie die Kirche erreichten, holte er einen Schlüssel hervor, um die Tür aufzuschließen, und bat Joss in das düstere

Innere, bevor er das Licht anmachte. »Leider kann ich Ihnen nicht sagen, wo sie ist, aber vielleicht weiß es mein Vorgänger. Er war fünfundzwanzig Jahre in dieser Gemeinde, und soweit ich weiß, blieb er mit ihr in Kontakt, als sie fortgezogen ist. Ich könnte Ihnen seine Adresse geben.«

»Ja, bitte.« Joss sah sich um. Es war ein hübsches kleines Gotteshaus, schlicht, mit kalkgeweißten Wänden, von denen sich die uralten Steinmetzarbeiten an den Fenstern, die Torbögen, die Gedenktafeln aus Bronze und die Reliefplatten deutlich abhoben. In dem nach Süden ausgerichteten Seitenschiff waren die Eichenbänke durch Stühle mit gewebten Sitzen ersetzt. Die Kirche war zum Erntedankfest geschmückt, und auf jedem Fensterbrett, auf jedem Regal und an allen Bankenden türmten sich Obst, Gemüse und Blumen. »Sie ist sehr schön.«

»Das stimmt.« Er betrachtete den Bau mit liebevollem Stolz. »Ich habe Glück, eine so schöne Kirche zu haben. Natürlich habe ich noch drei weitere Gemeinden, aber keine der anderen Kirchen ist so schön wie diese.«

»Ist mein …« Mein Vater, hatte Joss sagen wollen. »Ist Philip Duncan hier begraben?«

»Aber ja. Draußen bei der Eiche. Wenn Sie zum Haus gehen, kommen Sie direkt an seinem Grab vorbei.«

»Meinen Sie, ich darf mir das Haus ansehen? Gibt es dort einen Hausmeister oder so?« rief Joss ihm nach, als er in der Sakristei verschwand.

»Nein. Aber ich bin sicher, daß Sie sich dort umsehen können. Es gibt niemanden mehr, den das stören könnte, leider. Früher waren die Gärten wohl wunderschön, aber jetzt sind sie völlig verwildert.« Er trat wieder ins Hauptschiff und zog die Tür zur Sakristei hinter sich zu. »Hier, ich habe Ihnen Edgar Gowers Adresse notiert. Leider weiß ich seine Telefonnummer nicht auswendig. Er wohnt in der Nähe von Aldeburgh.« Damit reichte er ihr den Zettel.

Vom Friedhof aus sah sie ihm nach, wie er zu seinem Fahrrad ging, sich hinaufschwang und davonfuhr. In seinem Korb stapelten sich die Bücher. Plötzlich fühlte sie sich sehr einsam.

Der Grabstein neben der Eiche war schlicht und schmucklos.

Sonst nichts. Kein Wort von einer trauernden Witwe. Kein Wort von einem Kind. Sie starrte einige Minuten lang darauf. Als sie sich schließlich umdrehte und den Kragen ihres Mantels fester um sich zog, bemerkte sie, daß ihr Tränen in den Augen standen.

Erst sehr viel später konnte sie sich von dem alten Haus losreißen und ging gedankenverloren zu ihrem Auto zurück. Sie setzte sich hinein und freute sich über die häusliche Atmosphäre, die sie hier umgab. Auf der Ablage baumelte einer von Toms Socken, den er sich hinten im Kindersitz abgestreift hatte, um an seinen Zehen zu lutschen.

Mehrere Minuten blieb sie zusammengesunken sitzen und gab sich ihren Gedanken hin. Schließlich richtete sie sich auf und legte entschlossen die Hände an das Lenkrad.

In ihrer Manteltasche war die Adresse eines Mannes, der ihre Mutter kannte, der sich an sie erinnerte und wissen würde, wo sie jetzt war.

Sie beugte sich über den Beifahrersitz und zog den Autoatlas hervor. Es war gar nicht so weit nach Aldeburgh. Sie sah zum Himmel, dessen strahlende Bläue mit drohend schwarzen Wolken durchsetzt war. Bis zum Abend hatte sie noch viel Zeit.

2

Sie parkte in der langen, breiten Hauptstraße von Aldeburgh und blieb eine Weile im Wagen sitzen, um die Geschäfte und Häuser zu betrachten. Es war ein hübsches Städtchen, hell, sauber und im Augenblick sehr ruhig.

Mit der Adresse in der Hand stieg sie aus dem Auto und ging auf einen Mann zu, der in die Auslage eines Antiquitätenladens sah. Ein Jack-Russell-Terrier zu seinen Füßen zerrte an der Leine; offenbar drängte es ihn zum Strand. Der Mann blickte auf den Zettel. »Crag Path? Gehen Sie da hinunter. Wo Sie das Meer sehen können.« Er lächelte. »Sie kennen Edgar Gower? Ein reizender Mensch. Ganz reizend.« Während er fortging, lachte er überraschenderweise laut auf.

Joss bemerkte, daß sie ebenfalls lächelte, als sie neugierig in die angezeigte Richtung ging. Sie folgte einer kleinen Gasse an einem Fischerhäuschen vorbei, überquerte eine schmale Straße und gelangte auf die Promenade. Auf der einen Seite stand eine Häuserzeile, mit Blick in Richtung Osten, auf der anderen, jenseits der Kaimauer, zog sich ein kiesiger Strand hin und dahinter das graue, aufgewühlte Meer. Hier blies ein kalter Wind, fröstelnd ging sie die Straße entlang, um nach der richtigen Hausnummer zu suchen. Edgar Gowers Haus war hoch, schmal und weiß getüncht, und von seinem Balkon hatte man eine wunderbare Aussicht auf das Meer. Erleichtert stellte sie fest, daß im Erdgeschoß Licht brannte und aus dem Kamin heller Rauch aufstieg.

Ein großer Mann mit kantigen Gesichtszügen, roten Wangen und einer weißen Haarmähne, die seinen Kopf wie ein Heiligenschein umrahmte, öffnete ihr die Tür. Seine Augen waren leuchtend blau.

»Mr. Gower?«

Unter seinem durchdringenden Blick fühlte sich Joss auf einmal sehr befangen. Dieser Geistliche wirkte nicht sanft und wohlwollend wie sein Nachfolger in Belheddon; er war vielmehr das genaue Gegenteil davon.

»Was wünschen Sie?« fragte er, ohne auch nur einmal zu blinzeln. Trotz seines forschenden Blicks war seine Stimme recht leise und wegen der Wellen, die sich hinter Joss am Ufer brachen und den groben Kies mit ohrenbetäubendem Lärm aufwühlten, kaum zu verstehen.

»Ich habe Ihre Adresse vom Pfarrer in Belheddon bekommen. Es tut mir leid, daß ich nicht vorher angerufen habe ...«

»Was wollen Sie?« unterbrach er sie schroff. Er machte keine Anstalten, sie ins Haus zu bitten, und plötzlich bemerkte sie, daß er über seinem dicken, groben Pullover einen Mantel trug. Offenbar hatte er gerade das Haus verlassen wollen.

»Es tut mir leid. Ich komme wohl ziemlich ungelegen ...«

»Vielleicht überlassen Sie diese Entscheidung mir, meine Liebe.« In seiner Stimme klang unverhohlen eine leichte Gereiztheit mit. »Und sagen Sie mir endlich, weshalb Sie gekommen sind.«

»Ich glaube, Sie kennen meine Mutter«, stieß sie ohne jegliche einleitende Erklärung hervor.

»Ach wirklich?«

»Laura Duncan.«

Einen Moment starrte er sie schweigend an, und sie merkte, daß es ihr endlich gelungen war, seine abweisende Haltung zu durchbrechen. Sie wagte nicht auszuatmen und hielt seinem Blick nur mit Mühe stand.

»Aha«, sagte er schließlich. »Sie sind also die kleine Lydia.«

Mit einem Mal bereitete ihr das Sprechen Mühe. »Jocelyn«, flüsterte sie. »Jocelyn Grant.«

»Jocelyn Grant, ah ja.« Er nickte bedächtig. »Wir sollten ein bißchen spazierengehen, Sie und ich. Kommen Sie.« Er trat vor das Haus, zog die Tür lautstark hinter sich ins Schloß und bog rechts in die Straße ein. Dann marschierte er im Schutz der Kaimauer zielstrebig los, ohne sich zu vergewissern, ob sie ihm folgte.

»Wie haben Sie von Ihrer Mutter erfahren?« Er sprach laut, um sich trotz des Windes Gehör zu verschaffen. Seine Haare flatterten hinter ihm her und ließen Joss unwillkürlich an einen exaltierten Propheten aus dem Alten Testament denken.

»Ich habe in St. Catherine's House nach meiner Geburtsurkunde gesucht. Mein Name ist Jocelyn, nicht Lydia.« Sie war etwas außer Atem, weil er so schnell ging. »Jocelyn Maria.«

»Maria hieß Ihre Urgroßmutter, Lydia Ihre Großmutter.«

»Bitte – lebt meine Mutter noch?« Sie mußte fast laufen, um mit ihm Schritt zu halten.

Er blieb stehen. Sein Gesicht, das durch den Wind einen harten und aggressiven Ausdruck angenommen hatte, wurde plötzlich weich und mitfühlend. Joss spürte, wie ihr das Herz schwer wurde. »Ist sie tot?« flüsterte sie.

»Ja. Es tut mir leid. Sie starb vor drei Jahren. In Frankreich.«

Joss biß sich auf die Unterlippe. »Ich hatte so gehofft…«

»Es ist besser, daß Sie sie nicht mehr kennenlernen konnten. Ich bezweifle, daß Ihre Mutter das gewollt hätte«, fügte er hinzu.

Der freundliche, mitfühlende Ton in seiner Stimme war nicht zu überhören; Joss fand, daß er ein sehr guter Geistlicher gewesen sein mußte.

»Warum hat sie mich weggegeben?« Ihre Stimme zitterte, und Tränen liefen ihr über die Wangen. Verlegen wischte sie sie weg.

»Weil sie Sie geliebt hat. Weil sie Ihnen das Leben retten wollte.«

»Mein Leben retten?« wiederholte Joss schockiert.

Er griff in seine Tasche, zog ein Taschentuch hervor und trocknete ihr damit vorsichtig die Tränen ab. Er lächelte, aber in seinen Augen lag ein unglücklicher Ausdruck. »Ich habe darum gebetet, daß Sie mich niemals aufsuchen würden, Jocelyn Grant.«

Er wandte sich um und ging einige Schritte weiter, aber dann wirbelte er plötzlich herum und sah ihr fest in die Augen. »Können Sie vergessen, daß Sie jemals in Belheddon waren? Können Sie diesen Besuch für immer aus Ihrem Gedächtnis streichen?«

Joss holte tief Luft und schüttelte verwirrt den Kopf. »Wie könnte ich?«

Seine Schultern sackten zusammen. »Ja, Sie haben recht.« Er seufzte. »Kommen Sie.«

Abrupt machte er wieder kehrt und ging zu seinem Haus zurück. Sie folgte ihm schweigend. Ihr Magen krampfte sich zusammen.

Als der Geistliche die Haustür schloß, während draußen der Wind heulte und das Meer donnerte, wurde es in dem engen Hausflur fast gespenstisch ruhig. Er schlüpfte aus seinem Mantel, half ihr aus ihrer Jacke und warf beides auf einen vielarmigen viktorianischen Garderobenständer, bevor er die Treppe hinaufging.

Er führte sie in ein großes, behagliches Büro mit Blick auf die Kaimauer und die weißgekrönten Wellen. Es roch stark nach Pfeifenrauch, vermischt mit dem Duft des Schneeballs und der Tabakpflanzen, die zusammen mit Herbstastern in einer großen Vase inmitten von Bücherstapeln auf dem Tisch standen. Er bedeutete ihr, sich auf einen großen, abgenutzten Sessel zu setzen, ging zur Tür und schrie die Treppe hinunter: »Dot! Tee und Mitgefühl! Im Arbeitszimmer! Zwanzig Minuten!«

»Mitgefühl?« Joss zwang sich zu einem Lächeln.

Er setzte sich auf den Rand seines großen, unaufgeräumten Schreibtischs und sah sie nachdenklich an. »Sind Sie stark, Jocelyn Grant?«

»Ich glaube schon«, antwortete sie mit einem Seufzen.

»Sind Sie verheiratet?« Sein Blick war zu ihren Händen gewandert und ruhte jetzt auf ihrem Ehering.

»Wie Sie sehen.«

»Und haben Sie Kinder?«

Sie blickte auf und versuchte, seine unveränderte Miene zu deuten. Es gelang ihr nicht. »Ich habe einen kleinen Sohn. Er ist achtzehn Monate alt.«

Seufzend ging er um den Schreibtisch herum zum Fenster und schaute auf das Meer hinunter. Es folgte ein langes Schweigen.

»Erst nach Toms Geburt ist mir klargeworden, daß ich etwas über meine leiblichen Eltern erfahren wollte«, sagte sie schließlich.

»Natürlich.« Er drehte sich nicht um.

»Ist das mein Vater – der Philip, der im Friedhof in Belheddon begraben ist?« fragte sie nach einer weiteren Pause.

»Ja.«

»Haben Sie ihn beerdigt?«

Er nickte gemächlich.

»Wie ist er gestorben?«

»Bei einem Reitunfall.« Endlich wandte er sich zu ihr um. »Ich mochte Philip sehr gern. Er war ein netter, tapferer Mann. Und er hat Ihre Mutter sehr geliebt.«

»Hat sie mich wegen des Unfalls weggegeben?«

Er zögerte. »Ja, zum Teil war das der Grund, sicher.« Er setzte sich an den Schreibtisch, stützte die Ellbogen auf und rieb sich müde das Gesicht. »Ihre Mutter war körperlich nie besonders widerstandsfähig, obwohl sie emotional stärker war als wir alle. Nach Philips Tod hat sie sich fast aufgegeben. Vor Ihnen hatte sie noch zwei andere Kinder. Beide sind gestorben, bevor sie zehn waren. Es dauerte sehr lange, bis schließlich Sie geboren wurden. Ihre Mutter hatte schon geplant wegzugehen. Ich glaube nicht, daß sie und Philip noch weitere Kinder wollten…« Er verstummte nachdenklich. »Es tut mir leid. Wahrscheinlich haben Sie eine Geschichte von Kummer und Leid erwartet.

Warum sollte eine Frau von Lauras Herkunft sonst ihr Kind weggeben?«

»Ich…« Joss räusperte sich, bevor sie erneut ansetzte. »Ich weiß nichts von ihrer Herkunft. Nur die Adresse.«

Er nickte. »Jocelyn. Darf ich Sie noch einmal bitten, die ganze Sache zu vergessen? Um Ihrer selbst willen, und um Ihrer Familie willen – verstricken Sie sich nicht mit dem Leben der Duncans. Sie haben eine eigene Familie, ein eigenes Kind. Schauen Sie in die Zukunft, nicht in die Vergangenheit. Mit dem Haus ist zuviel Unglück verbunden.« Sein Gesicht hellte sich auf, als es an der Tür klopfte. »Komm rein, Dot!«

Die Tür ging auf, und die Ecke eines Tabletts wurde sichtbar, mit dem sie immer weiter geöffnet wurde. Mr. Gower stand nicht auf. »Komm herein, mein Herz, und trink eine Tasse Tee mit uns«, sagte er mit gerunzelter Stirn. »Ich möchte dir Jocelyn Grant vorstellen.«

Joss drehte sich halb in ihrem Sessel um, lächelte der kleinen, schlanken Frau zu, die, gebeugt vom Gewicht des Tabletts, ins Zimmer gekommen war, und sprang auf, um ihr zu helfen. »Es ist schon in Ordnung. Ich bin stärker, als man meint!« Dot Gowers Stimme war nicht nur kräftig, sondern auch melodiös. »Bleiben Sie sitzen, bleiben Sie doch sitzen.« Sie stellte das Tablett vor ihrem Mann auf einem Stapel von Papieren ab, so daß es gefährlich kippte. »Soll ich den Tee einschenken?«

»Dot«, sagte Edgar Gower langsam, »Jocelyn ist die Tochter von Laura Duncan.«

Mit einemmal bemerkte Joss, daß Dot Gowers Augen ebenso durchdringend waren wie die ihres Mannes. Verwirrt von dem bohrenden Blick der Frau fiel sie in ihren Sessel zurück.

»Arme Laura.« Dot wandte ihre Aufmerksamkeit der Teekanne zu. »Sie wäre so stolz auf Sie gewesen, Kind. Sie sind sehr schön.«

Joss fühlte sich plötzlich unbehaglich. »Danke schön. Wie hat sie denn ausgesehen?«

»Durchschnittlich groß, schlank, graue Haare, sogar schon, als sie noch recht jung war, graue Augen.« Edgar Gower musterte Joss. »Ihre Augen haben Sie nicht geerbt – auch nicht die von Philip. Aber Sie haben ihre Statur, und ich vermute, daß

Lauras Haare früher so waren wie Ihre. Sie war freundlich, intelligent, humorvoll – aber nach dem Tod der Jungen – das hat sie nie überwunden, und als Philip gestorben war …«

Seufzend griff er nach seiner Teetasse. »Vielen Dank, mein Herz. Jocelyn, bitte. Um Ihrer selbst willen, vergessen Sie Belheddon. Sie sind alle weg. Dort ist nichts mehr für Sie.«

»Edgar!« Dot richtete sich auf und wandte sich mit strenger Miene an ihren Mann. »Du hast es versprochen!«

»Dot. Nein!«

Einen Augenblick lang trugen die beiden einen heftigen, wortlosen Konflikt aus, den Joss nicht verstehen konnte. Im Zimmer herrschte eine gespannte Atmosphäre. Abrupt stellte Edgar seine Tasse ab, so daß er Tee auf die Untertasse verschüttete, und stand auf. »Überleg's dir, Dot«, sagte er und ging zum Kamin. »Überleg dir, was du da sagst …«

»Entschuldigung«, mischte Joss sich schließlich ein. »Bitte – wovon sprechen Sie eigentlich? Wenn es etwas mit mir zu tun hat, sollte ich es erfahren.«

»Es hat etwas mit Ihnen zu tun.« Dots Stimme war fest. »Bevor Ihre Mutter aus England weggegangen ist, hat Edgar ihr ein feierliches Versprechen gegeben, und das muß er halten.«

Edgars Gesicht verriet den inneren Kampf, den er mit sich selbst ausfocht. »Ich habe es versprochen, aber es wird nur Unglück bringen.«

»Was wird nur Unglück bringen?« Joss erhob sich ebenfalls. »Bitte. Ich habe wohl das Recht, das zu erfahren.« Sie bekam Angst. Plötzlich wollte sie es gar nicht mehr wissen, aber es war zu spät.

Edgar holte tief Luft. »Also gut. Sie haben recht. Ich muß mich an Lauras Wünsche halten.« Er seufzte, richtete sich auf und kehrte zu seinem Schreibtisch zurück. »Im Grunde kann ich Ihnen nur wenig sagen, aber ich habe ihr versprochen, Ihnen die Anschrift ihrer Anwälte in London zu geben, falls Sie je nach Belheddon kommen sollten. Wahrscheinlich hat sie Ihnen etwas hinterlassen; ich weiß, daß sie am Tag Ihrer Adoption einen Brief für Sie geschrieben hat. Sie hat ihn John Cornish gegeben, ihrem Anwalt.« Er öffnete eine der unteren Schubladen des Schreibtischs und holte nach einigem Suchen eine Karte hervor, die er ihr zuschob.

»Aber warum wollten Sie nicht, daß ich davon erfahre?« Joss sah ihn verwirrt an und umklammerte aufgeregt die Karte. Ein erster Blick darauf hatte ihr verraten, daß es sich um eine große Anwaltskanzlei in Lincoln's Inn Fields in London handelte.

»Belheddon Hall ist ein Haus voller Unglück – deshalb. Die Vergangenheit ist vorbei. Ich finde, man sollte sie ruhen lassen. Ihre Mutter war der gleichen Ansicht. Deswegen wollte sie, daß Sie einen neuen Anfang machen.«

»Weswegen hat sie mir dann geschrieben?«

»Wahrscheinlich, um sich selbst zu beruhigen.«

Joss warf einen Blick auf die Karte. »Darf ich Sie noch einmal besuchen, nachdem ich mit den Anwälten gesprochen habe?«

Einen Augenblick lang dachte sie, er würde den Kopf schütteln. Auf seinem Gesicht lag plötzlich ein Schatten. Und ganz kurz zeigte sich in seinem Blick noch etwas: Angst. Erschrocken starrte sie ihn an, aber der Ausdruck verschwand ebenso schnell, wie er gekommen war. Er lächelte sie ernst an. »Sie können kommen, wann immer Sie möchten, Kind. Dot und ich werden Ihnen nach Kräften helfen.«

Erst als sie in die hereinbrechende Abenddämmerung hinaustrat und zu ihrem Wagen zurückging, dachte sie über diese Bemerkung nach und fragte sich, was er wohl damit gemeint haben könnte. Warum sollte sie Hilfe brauchen – genau dieses Wort hatte er benutzt –, und wovor hatte er Angst?

3

Es war sehr spät, als sie schließlich in den engen Hof in Kensington fuhr und den Wagen in eine unmöglich kleine Parklücke manövrierte. Müde stieg sie aus und fischte nach den Hausschlüsseln.

In der Küche hinten brannte noch Licht. Luke saß wie eingeklemmt in der Ecke hinter dem kleinen Tisch und starrte auf eine Tasse mit kaltem Kaffee. Seine große Gestalt mit den breiten Schultern ließ das Zimmer winzig erscheinen. Er hatte die Ellbogen auf ein Durcheinander von Unterlagen gestützt und das

Kinn in die Hände gelegt, als könne er kaum den Kopf heben. Sein sonst rötliches Gesicht war blaß.

»Hallo, Schatz!« Sie beugte sich über sein zerzaustes dunkles Haar und gab ihm einen Kuß. »Tut mir leid, daß es so spät geworden ist. Ich mußte bis nach Aldeburgh fahren. Schläft Tom schon?« Sie konnte es kaum erwarten, nach oben zu gehen und ihren kleinen Jungen an sich zu drücken.

Er nickte. »Schon seit Stunden. Wie war's?«

Erst jetzt bemerkte sie sein abgespanntes Gesicht, und ihre überschäumende Aufregung fiel von ihr ab. »Luke? Was ist los? Was ist passiert?« Sie setzte sich auf den Hocker neben ihm und griff nach seiner Hand.

»Joss, ich weiß nicht, wie ich es dir sagen soll«, sagte er und schüttelte dabei langsam den Kopf. »Henderson and Grant sind nicht mehr.«

Erschrocken sah sie ihn an. »Aber Barry hat doch gesagt ...«

»Barry hat sich abgesetzt, Joss. Und er hat das ganze Geld mitgenommen. Ich habe ihn für meinen Freund gehalten. Ich dachte, unsere Partnerschaft wäre sicher. Aber das war ein Irrtum. Ich habe mich getäuscht!« Plötzlich schlug er mit der Faust auf den Tisch. »Ich bin zur Bank gegangen; das Konto ist geplündert. Ich habe den ganzen Tag mit Steuerberatern verbracht – und mit der Polizei. Deine Schwester ist gekommen, um sich um Tom zu kümmern. Ich wußte nicht, was ich tun sollte.« Er fuhr sich mit den Fingern durchs Haar, und Joss merkte, daß er den Tränen nahe war.

»Oh, Luke ...«

»Wir müssen das Haus aufgeben, Joss.« Mühsam stand er auf und schob seinen Hocker zurück. Dann riß er die Tür auf, die zu ihrem handtuchgroßen Garten führte, trat auf die Terrasse und starrte zum Himmel hinauf.

Joss blieb reglos sitzen. Alles, was sie an diesem Tag selbst erlebt hatte, war vergessen. Dumpf betrachtete sie die terrakottafarbenen Fliesen an der Wand über der Arbeitsfläche. Achtzehn Monate lang hatte sie gespart, um diese Fliesen kaufen zu können und dann mußte sie jemanden finden, der sie ihr anbrachte. Damit war endlich die Küche fertig gewesen, die Traumküche in ihrem ersten eigenen Zuhause.

»Joss.« Luke stand in der Tür. »Es tut mir leid.«

Sie stand auf, ging zu ihm hinüber und legte ihren Kopf an seine Brust, und er schloß sie in die Arme. Er roch beruhigend nach Luke – eine Mischung aus Maschinenöl, Rasierwasser, alter Wolle und – Luke. Sie drückte sich an ihn und fühlte sich besser, einfach weil sie bei ihm war. »Uns fällt schon etwas ein«, murmelte sie in seinen Pullover hinein. »Wir schaffen es schon.«

Er preßte sie noch enger an sich. »Meinst du wirklich?«

»Ich kann ja wieder unterrichten. Damit kommen wir fürs erste über die Runden. Vor allem, wenn Lyn sich um Tom kümmert. Was für ein Glück, daß ich eine Schwester habe, die Babys mag. Sie kommt so gut mit ihm zurecht…« Ihre Stimme erstarb.

In den letzten Jahren hatte sie das Unterrichten gehaßt und verabscheut. Sie hatte sich vom Lehrplan eingeengt und frustriert gefühlt, und die herausfordernde Arbeit mit den Kindern hatte ihr keinen Spaß mehr gemacht. Sie hatte den falschen Beruf gewählt, das wußte sie, auch wenn sie gut darin gewesen war, sehr gut sogar. Aber sie fühlte sich nicht zur Lehrerin berufen. Sie war eine Akademikerin, noch dazu eine romantisch veranlagte, und das paßte nicht besonders gut zusammen. Ihre Schwangerschaft war ein absoluter Glücksfall gewesen, zwar nicht geplant oder erwartet, aber erstaunlicherweise eine große Freude. Und beinahe das Beste daran war gewesen, daß sie für immer mit dem Unterrichten aufhören konnte. Sie hatte zum Ende des zweiten Trimesters gekündigt, hatte den schmeichelhaften Überredungsversuchen von David Tregarron, dem Fachbereichsleiter, widerstanden und sich in die Freuden der Mutterschaft gestürzt. Joss seufzte. Vielleicht würde die Schule sie ja wieder nehmen. Angeblich wollte die Frau, die ihre Stelle bekommen hatte, schon wieder gehen. Aber selbst wenn das nicht der Fall war, würde sie auf jeden Fall ein gutes Zeugnis bekommen. Das Problem war nur, daß sie gar nicht mehr unterrichten wollte. Sie wollte sich um Tom kümmern.

Sie ging zum Wasserhahn und füllte den Kessel. Die alltägliche Handlung hatte etwas Beruhigendes und gab ihr Gelegenheit, sich zu fassen. »Eine Tasse Kaffee, und dann gehen wir ins Bett. Wir können beide nicht gut denken, wenn wir müde sind«, sagte sie entschlossen. »Und morgen machen wir einen Plan.«

»Du bist großartig, Joss.« Er drückte sie kurz an sich. Dann fiel ihm schuldbewußt wieder ein, wo sie ihren Tag verbracht hatte. »Aber jetzt erzähl mal, was bei dir passiert ist. Wie war's? Hast du deine Mutter gefunden?«

Sie schüttelte den Kopf und gab Kaffeepulver in die Becher. »Sie ist vor ein paar Jahren gestorben. Das Haus steht leer. Ich glaube nicht, daß es noch irgendwelche Verwandten gibt.«

»Ach, Joss ...«

»Das macht nichts, Luke. Ich habe einiges über sie herausgefunden. Sie war unglücklich und krank, und ihr Mann war gestorben. Deswegen hat sie mich auch weggegeben. Und«, sagte sie, und ihre Miene hellte sich auf, »anscheinend hat sie mir einen Brief hinterlassen. Ich habe den Namen einer Anwaltskanzlei, mit der ich mich in Verbindung setzen muß. Wer weiß«, lachte sie, »vielleicht hat sie mir ein Vermögen vermacht.«

»Mrs. Grant?« John Cornish stand in der Tür zu seinem Büro und bat sie herein. »Tut mir leid, daß Sie warten mußten.« Er deutete auf einen Stuhl und setzte sich an seinen Schreibtisch. Auf der Löschunterlage vor ihm lag ein dünner Plastikordner. Er zog ihn zu sich und blickte dann zu Joss. Das strenge Auftreten des gut Sechzigjährigen und sein dunkler Anzug standen in krassem Gegensatz zu seinem freundlichen, herzlichen Gesichtsausdruck. »Sie haben Ihre Geburtsurkunde, das Adoptionsdokument und den Trauschein mitgebracht? Es tut mir leid, eine reine Formsache ...«

Sie nickte und holte die Unterlagen aus ihrer Tasche.

»Sie haben meinen Namen von Edgar Gower erfahren?«

Joss nickte wieder.

»Ehrlich gesagt habe ich mich immer gefragt, ob Sie sich bei mir melden würden. Sie hatten nur noch zwei Jahre Zeit.«

»Zwei Jahre?« Joss saß angespannt auf der Stuhlkante und umklammerte ihre weiche Ledertasche.

»Eine seltsame Geschichte. Möchten Sie einen Kaffee, bevor ich es Ihnen erzähle?« Er deutete auf ein Tablett, das auf einem Tisch an der Wand stand.

»Sehr gerne.« Sie brauchte etwas zu trinken. Ihr Mund war ganz trocken.

Als beide vor einer gefüllten Tasse saßen, lehnte John Cornish sich in seinem Stuhl zurück. Er hatte weder die Plastikmappe auf seinem Schreibtisch noch den Umschlag mit Joss' Dokumenten geöffnet.

»Ihre Mutter, Laura Catherine Duncan, ist am 15. Februar 1989 verstorben. Sie war im Frühjahr 1984 von Belheddon Hall nach Frankreich gezogen, und seitdem steht das Haus leer. Ihr Ehemann, also Ihr Vater, Philip Duncan, war im November 1963 gestorben; seine Mutter, die im Dorf Belheddon lebte, ist vor drei Jahren gestorben, und die beiden Söhne von Laura und Philip – Ihre Brüder – 1953 beziehungsweise 1962. Soweit ich weiß, gibt es keine näheren Verwandten, die noch leben.«

Joss biß sich auf die Unterlippe.

»Ihre Mutter hat zwei Briefe für Sie hinterlassen«, fuhr Cornish fort. »Einer wurde offenbar anläßlich Ihrer Adoption geschrieben. Der andere wurde mir überreicht, bevor Ihre Mutter England verließ. Es sind einige recht seltsame Bedingungen an die Aushändigung geknüpft.«

»Bedingungen?« Joss räusperte sich nervös.

Er lächelte. »Sie hat mir aufgetragen, Ihnen den zweiten Brief nur zu geben, wenn Sie innerhalb von sieben Jahren nach ihrem Tod zu mir kommen. Ich durfte Sie auch nicht selbst ausfindig machen. Es mußte Ihre eigene Entscheidung sein, nach Ihrer Herkunft zu forschen.«

»Und wenn ich mich nicht bei Ihnen gemeldet hätte?«

»Dann hätten Sie Belheddon Hall nicht geerbt.«

Joss blieb der Mund offenstehen. »Was haben Sie gesagt?« Ihre Hände zitterten.

Er schmunzelte erfreut über die Wirkung seiner Worte. »Das Haus und das Grundstück, das meines Wissens rund zweieinhalb Hektar umfaßt, gehören Ihnen, liebe Mrs. Grant. Der Besitz hat auf Sie gewartet. Meines Wissens sind auch noch viele Gegenstände im Haus, obwohl einige Sachen vor Lauras Weggang aus England verkauft wurden.«

»Was wäre passiert, wenn ich mich nicht bei Ihnen gemeldet hätte?« Joss schüttelte verwirrt den Kopf. Der Sinn seiner Worte war ihr noch nicht ganz aufgegangen.

»Dann wäre das Haus mitsamt dem Inhalt versteigert worden,

und der Erlös wäre an Wohlfahrtsorganisationen gegangen.« Er hielt kurz inne. »Ein Wort der Warnung. Die Summe für die anfallende Erbschaftssteuer wurde zwar hinterlegt, aber davon abgesehen können Sie kein Geld erwarten. Möglicherweise erweist sich das Haus als Klotz am Bein, und es sind mehrere Bedingungen daran geknüpft. Sie dürfen die Erbschaft nicht ablehnen, obwohl Sie natürlich nicht gezwungen werden können, dort zu leben; und Sie dürfen den Besitz nicht verkaufen, und zwar sieben Jahre lang nicht, gerechnet von dem Zeitpunkt an, an dem Sie das Haus erstmals betreten haben.« Er griff nach der Akte vor sich und stand auf. »Jetzt gebe ich Ihnen die Briefe und lasse Sie einen Augenblick allein, damit Sie sie in Ruhe lesen können.« Mit einem Lächeln reichte er ihr zwei Umschläge. »Wenn Sie mich brauchen – ich bin im Büro meiner Sekretärin.«

Reglos blickte sie mehrere Minuten auf die Kuverts. Auf einem stand: Für meine Tochter Lydia. Auf dem anderen stand ihr Name – der Name, den sie von ihren Adoptiveltern bekommen hatte, Jocelyn Davies – und als Datum April 1984.

Sie griff nach dem Brief, der an Lydia adressiert war, und öffnete ihn langsam.

Es war nur ein Blatt Papier, auf dem oben die Anschrift aufgedruckt war: Belheddon Hall, Belheddon, Essex.

Meine allerliebste Lydia, eines Tages, so hoffe ich, wirst Du verstehen, warum ich so gehandelt habe. Ich hatte keine andere Wahl. Ich liebe Dich. Ich werde Dich immer lieben. Möge Gott Dir gewähren, daß Du bei Deinen neuen Eltern glücklich und geborgen bist. Meine Segenswünsche begleiten Dich, mein Schatz. Gott segne Dich.

Der Brief war nicht unterschrieben. Joss fühlte, wie sich ihre Augen mit Tränen füllten. Sie schniefte heftig und ließ den Brief auf den Schreibtisch sinken. Erst einige Sekunden später riß sie den zweiten Umschlag auf. Auch auf diesem Blatt war als Anschrift Belheddon Hall angegeben.

Meine geliebte Jocelyn. Eigentlich dürfte ich Deinen Namen gar nicht wissen, aber es gibt Menschen, die derlei

Dinge herausfinden, und so erfahre ich gelegentlich von Dir.
Ich hoffe, Du bist glücklich. Ich bin so stolz auf Dich, mein
Schatz. Verzeih mir, Jocelyn, aber ich kann mich nicht länger gegen die Wünsche Deines Vaters wehren, ich habe
keine Kraft mehr. Ich verlasse Belheddon mit allem Segen
und allem Fluch, der darauf lastet, aber Dein Vater läßt mich
nur entkommen, wenn ich nachgebe. Er möchte, daß Belheddon Dir gehört, und ich muß ihm gehorchen. Wenn
Du diesen Brief liest, wird er seinen Willen durchgesetzt
haben. Gott segne Dich, Jocelyn, und möge er Dich beschützen.

Laura Duncan

Verständnislos las sie den Brief ein zweites Mal. Es war also der
Wunsch ihres Vaters gewesen, daß sie das Haus erbte. Sie dachte
an das einsame Grab unter der Eiche.

Fünf Minuten später steckte John Cornish den Kopf zur Tür
herein. »Alles in Ordnung?«

Sie nickte benommen. »Es fällt mir schwer, das alles zu
fassen.«

Er setzte sich auf seinen Stuhl und sah sie freundlich an. »Das
kann ich mir vorstellen.«

»Und was passiert jetzt?«

Er zuckte vielsagend mit den Schultern. »Ich gebe Ihnen ein
Kästchen mit Schlüsseln, und Sie gehen und haben Ihren Spaß
damit, wie die Amerikaner so schön sagen.«

»Und das ist alles?«

»Abgesehen von einigen Formalitäten – einige Dokumente
müssen unterzeichnet werden – ist das alles.«

Sie zögerte. »Die Ingenieursfirma meines Mannes ist gerade
pleite gegangen. Sein Partner hat ihn betrogen. Möglicherweise
muß er den Bankrott erklären. Wir haben unser Haus verloren –
könnte ich Belheddon auch verlieren?«

Er schüttelte den Kopf. »Es tut mir sehr leid, das zu hören.
Aber nein – dieses Haus gehört Ihnen, nicht Ihrem Mann. Wenn
nicht Sie selbst eine Bankrotterklärung abgeben müssen, bleibt
Ihnen das Haus erhalten.«

»Könnten wir dort wohnen?«

Er lachte. »Natürlich können Sie das. Allerdings dürfen Sie nicht vergessen, daß es lange Zeit leerstand. Ich habe keine Ahnung, in welchem Zustand es ist.«

»Das spielt keine Rolle. Das Haus ist unsere Rettung!« Joss konnte ihre Freude kaum bändigen. »Mr. Cornish, ich weiß nicht, wie ich Ihnen danken soll!«

»Sie haben Ihrer Mutter zu danken, Mrs. Grant, nicht mir«, antwortete er freundlich.

»Und meinem Vater.« Joss schwieg einen Moment. »Offenbar wollte mein Vater, daß ich das Haus bekomme«, fügte sie dann hinzu.

Einige Minuten später brachte John Cornishs Sekretärin auf seine Bitte hin eine kleine Blechdose in sein Büro, die sie ehrfürchtig auf den Schreibtisch stellte.

»Wenn ich mich recht erinnere, sind die Schlüssel alle genau beschriftet.« John Cornish schob die Dose zu Joss hinüber. »Wenn Sie Schwierigkeiten haben, lassen Sie mich's wissen.«

Sie starrte auf das Kästchen. »Und das war's?«

Er lächelte zufrieden. »Das war's.«

»Es ist mein Haus?«

»Es ist Ihr Haus, und Sie können damit machen, was Sie wollen, solange Sie sich an die Bedingungen halten.« Er stand auf und reichte ihr die Hand. »Herzlichen Glückwunsch, Mrs. Grant. Ich wünsche Ihnen und Ihrem Mann viel Freude an dieser Erbschaft.«

4

»Ich kann's nicht fassen. Im richtigen Leben passieren solche Sachen doch gar nicht.« Lyn Davies saß ihrer Adoptivschwester an dem kleinen Küchentisch gegenüber und sah sie neidisch an. Joss bückte sich zu Tom, der ihr zu Füßen am Boden spielte, und nahm ihn auf den Schoß. »Ich kann's auch nicht glauben. Ich muß mich immer wieder zwicken, damit ich merke, daß ich nicht träume. Zumindest macht es unseren Verlust wett.« Sie blickte sich vielsagend in ihrer Küche um.

»Jaja, du fällst eben immer auf die Füße!« murrte Lyn. »Hast du Mum und Dad schon davon erzählt?« Lyn war zwei Jahre jünger als Joss und erst nach deren Adoption gezeugt worden – fünf Jahre, nachdem die Ärzte Alice bescheinigt hatten, daß sie nie ein eigenes Kind bekommen würde. Äußerlich war sie das genaue Gegenteil von Joss – sie war breit gebaut, hatte kurze, blonde Locken und dunkelgraue Augen. Die beiden waren nie für Schwestern gehalten worden.

Joss nickte. »Ich habe sie gestern abend angerufen. Sie denken, es ist ein Märchen. Weißt du, Mum hat sich solche Sorgen gemacht, daß ich enttäuscht werden könnte, als ich nach meinen leiblichen Eltern forschen wollte. Aber sie war wirklich großartig. Es hat ihr gar nichts ausgemacht.«

»Natürlich hat es ihr etwas ausgemacht!« Lyn griff nach der Kanne und schenkte sich noch einmal von dem starken schwarzen Kaffee nach. »Sie war völlig unglücklich deswegen. Sie hatte Angst, du könntest eine andere Familie finden und sie und Dad vergessen.«

Joss war entsetzt. »Das ist nicht wahr! Das kann sie gar nicht gedacht haben!« Ihre Augen verengten sich. »Das hat sie ganz bestimmt nicht geglaubt. Du willst nur wieder hetzen, Lyn. Ich wünsche, du würdest das nicht tun.« Sie holte tief Luft. »Sag mal, bist du sicher, daß du dich morgen um Tom kümmern willst?« Sie drückte den Jungen fest an sich. »Luke und ich könnten ihn mitnehmen …«

»Nein. Ich passe schon auf ihn auf. Er ist euch bloß im Weg, wenn ihr Vorhänge ausmessen wollt und so.« Als sie Joss' Gesichtsausdruck bemerkte, schnitt sie wieder eine finstere Grimasse. »Also gut, es tut mir leid. Ich hab's ja nicht so gemeint. Ich weiß, daß ihr euch keine Vorhänge leisten könnt. Aber ihr werdet den Tag zu zweit genießen, Luke und du. Es wird ihm guttun, von diesem Chaos mit H & G wegzukommen. Mum und ich kümmern uns doch gerne um Tom!«

Luke saß am Steuer. Sein attraktives, kantiges Gesicht war verhärmt von Sorge und mangelndem Schlaf. Joss berührte seine Hand. »Sei nicht so bedrückt. Es wird dir gefallen.«

»Meinst du?« Er wandte sich ihr zu, und endlich verzog sich

sein Gesicht zu einem Grinsen. »Ja, du hast recht, es wird mir gefallen. Wenn das Dach den Großteil des Regens abhält und der Garten groß genug ist, daß man Gemüse anbauen kann, wird es mir gefallen, ganz egal, wie es aussieht.«

Die letzten Wochen waren ein Alptraum gewesen. Anwälte, Bankdirektoren, polizeiliche Ermittler. Besprechungen mit ihnen sowie mit Gläubigern und Steuerberatern hatten Lukes Tage ausgefüllt, und nebenbei hatte er mitansehen müssen, wie die kleine Ingenieursfirma, die sein ein und alles gewesen war, in ihre Einzelteile zerlegt und von allen Seiten untersucht wurde. Aber wenigstens mußten sie nicht den Bankrott erklären. Daß Barry Henderson jetzt von Interpol gesucht wurde, war kein Trost. Die Bitterkeit, die Barrys Betrug in ihm hinterließ, und der unabänderliche Verlust ihres Hauses hatten nicht nur seine Freude über Joss' Glück geschmälert, sondern auch die Erleichterung, daß sie zumindest ein Dach über dem Kopf haben würden, so undicht es auch sein mochte, während sie sich überlegten, was sie mit ihrem weiteren Leben machen sollten.

Vor dem Dorfladen hielt er an. »Willst du dich nicht vorstellen?« fragte Luke sie lächelnd. »Die neue Schloßherrin.«

Joss zuckte mit den Schultern. »Und was soll ich sagen?«

»Sag ihnen die Wahrheit. Irgendwann mußt du es ihnen sowieso sagen, Joss. Das ist das Postamt – demnächst werden sie uns Briefe zustellen. Los jetzt. Gib den Klatschmäulern im Ort was zu tun.« Energisch stieg er aus dem Wagen.

Der eisige Wind fuhr wütend durch die Esche, die an der Kreuzung wuchs, und riß die letzten Blätter von den Ästen. Als Joss ihrem Mann folgte, stellte sie den Kragen ihrer Jacke hoch, aber dennoch zerzauste der Wind ihre Haare und wehte sie ihr in die Augen.

Der Laden war leer. Genießerisch atmeten sie die Düfte von Käse, Schinken und exotischen geräucherten Würsten ein und genossen die Stille nach dem stürmischen Wind draußen. Wenig später erschien die Posthalterin durch eine Tür hinter der Theke mit einer Tasse Kaffee in der Hand. »Guten Tag. Kann ich Ihnen helfen?« Sie stellte die Tasse ab und sah Joss genauer an. »Ach, Sie waren doch neulich schon hier und haben nach Belheddon Hall gefragt. Haben Sie mit Mary Sutton gesprochen?«

»Ich habe geklopft, aber es war niemand da. Aber oben bei der Kirche habe ich den Pfarrer getroffen, und er hat mir die Adresse seines Vorgängers gegeben, der die Duncans noch gekannt hat.«

»Ah ja.« Die Frau legte den Kopf zur Seite. »Interessieren Sie sich aus einem besonderen Grund für das Haus?« Ihre Augen verrieten ihre Neugier.

Joss hörte Luke in sich hineinkichern und trat ihm kräftig auf den Zeh. Dann streckte sie der Frau lächelnd eine Hand entgegen. »Vielleicht sollte ich mich vorstellen. Ich bin Joss Grant, und das ist mein Mann Luke. Wir werden wohl dort oben wohnen, zumindest für einige Zeit. Laura und Philip Duncan waren meine Eltern. Sie haben mich zur Adoption freigegeben, als ich noch ganz klein war, aber sie haben mir das Haus hinterlassen.«

Der Frau blieb der Mund offenstehen. »Ja du meine Güte! Ja so etwas! Das riesige Haus!« Sie war keineswegs entzückt, wie Joss erwartet hatte, sondern vielmehr entsetzt. »Sie wollen doch nicht wirklich dort wohnen, oder? Das ist doch unmöglich!«

Betroffen runzelte Joss die Stirn. »Warum denn nicht? Ich hatte nicht den Eindruck, daß es so baufällig ist.«

»Ach, das habe ich nicht gemeint.« Die Frau wurde verlegen. »Hören Sie nicht auf mich. Das Haus ist wunderschön. Sie haben wirklich Glück. Und das ganze Dorf wird sich freuen – das Herrenhaus da oben steht schon so lange leer. Viel zu lange.« Sie schüttelte den Kopf. »Aber wo bleiben bloß meine Manieren! Ich bin Sally Fairchild. Mein Mann Alan ist der Posthalter; ich bin für den Laden zuständig.« Sie lachte. »Als Alan vor fünf Jahren seine Arbeit als Steuerberater aufgab, dachten wir, wir würden auf unsere alten Tage einen kleinen Dorfladen übernehmen und ein beschauliches Leben führen. Seitdem haben wir keine ruhige Minute mehr gehabt…«

Als Luke und Joss wieder im Auto saßen, türmten sich auf dem Rücksitz Lebensmittel – genug für eine ganze Kompanie Soldaten, wie Luke lächelnd gesagt hatte, als sie sich aus Sally Fairchilds üppig gefüllter Theke ein Picknick zusammenstellten. »Na, und was meinst du zu dem Ganzen?« fragte er sie jetzt.

Joss griff nach dem Sicherheitsgurt. »Nette Frau. Aber ich habe das Gefühl, daß das Dorf sich gar nicht freuen wird, auch wenn sie das Gegenteil behauptet.«

Nach einem prüfenden Blick in den Rückspiegel fuhr Luke los. »Diese Straße hinauf? Es stimmt, sie war wirklich etwas sonderbar. Möchtest du gerne bei dieser Mary Sutton vorbeischauen?«

Joss schüttelte den Kopf. »Fahren wir doch erst einmal zum Haus. Ich kann's gar nicht erwarten, es von innen zu sehen.« Sie öffnete das Handschuhfach, nahm die Dose mit den Schlüsseln heraus und drückte sie an sich. »Wir dürfen nicht erwarten, daß die Leute uns hier sofort freundlich aufnehmen. Als ich David Tregarron am Telefon von unserem Plan erzählte, meinte er, es würde zwanzig Jahre dauern, bis die Leute hier mit jemandem warm werden. Aber weil ich eine Blutsverwandte bin, vielleicht nur neunzehn Jahre und acht Monate.«

Luke lachte.

»Jetzt dort lang, um den Anger«, fuhr Joss fort. »Die Auffahrt geht wahrscheinlich von dem Weg hinter der Kirche ab. Er hat gesagt, er würde uns besuchen kommen.« David war nicht nur ihr Vorgesetzter gewesen, sondern weit mehr – ein vertrauter Freund und ein guter Gesprächs- und Streitpartner. Seine Herzlichkeit und sein echtes Mitgefühl hatten sie sehr berührt, als sie vor einigen Tagen mit ihm telefoniert hatte. »Hier. Das muß es sein.«

Das schmiedeeiserne Gitter zwischen den zwei steinernen Torpfosten, die von moosüberzogenen Ananasfrüchten gekrönt wurden, war in der hohen Hecke verborgen und stand halb offen. Luke hielt an, stieg aus und blickte die Auffahrt hinauf, während er das Tor über den verschlammten Kies schob. Nirgends war ein Schild mit den Worten »Belheddon Hall« angebracht, und es war auch keine Spur von dem Haus zu sehen, denn die überwucherte Auffahrt verschwand in einer Biegung zwischen den hohen Lorbeerbüschen.

Er kletterte wieder in den Wagen. »Alles in Ordnung?« Ihre Aufregung war spürbar. Er drückte ihre Hand. »Die Rückkehr der verlorenen Tochter. Fahren wir.«

Die Auffahrt war nicht sehr lang. Gleich hinter der Biegung fuhr Luke auf den grasüberwachsenen Kies direkt vor dem Haus und stellte den Motor ab.

»Joss!« Mehr sagte er nicht. Beide starrten schweigend durch die Windschutzscheibe hinaus.

Joss faßte sich als erste. Sie öffnete die Wagentür, trat in den eisigen Wind hinaus und betrachtete das Haus. Hier war ihr Geburtsort. Ihr Erbe. Ihr Zuhause.

Luke stand hinter ihr und beobachtete sie eine Weile. Er war ungemein stolz auf seine Frau – sie war schön, intelligent, tatkräftig, sexy – diesen Gedanken schob er schnell beiseite –, und jetzt auch noch die Erbin eines solchen Hauses! Ohne ein Wort zu sagen, stellte er sich hinter sie und legte ihr die Hände auf die Schultern. »Wie ist es, zu Hause zu sein?« fragte er leise. Er hatte ihre Gedanken gelesen.

Lächelnd schmiegte sie ihre Wange in seine Hand. »Seltsam. Und etwas beängstigend.«

»Es ist ein großes Haus, Joss.«

»Und wir haben kein Geld.« Sie drehte sich zu ihm um. »Aber für Herausforderungen hattest du doch schon immer etwas übrig.« Ihre Augen funkelten.

»Wenn wir wirklich hier leben wollen, selbst nur vorübergehend, dann brauchen wir von irgendwoher Geld für Steuern, für die Heizung, Strom, Lebensmittel. Außerdem werden die Reparaturen bestimmt kein Ende nehmen. Aber das ist ja wohl kein Problem.« Er grinste. »Deine Mutter hat dir doch eine Zauberlampe, einen Sack voller Goldmünzen und sechs Diener vermacht, oder?«

»Natürlich.«

»Dann ist es wirklich kein Problem. Komm! Wo ist der Schlüssel? Gehen wir doch rein.«

Das Schlüsselloch in der Vordertür war fünf Zentimeter groß. Joss kannte den Inhalt der Schlüsseldose in- und auswendig – keiner würde passen. Sie fischte zwei Sicherheitsschlüssel heraus, auf denen »Hintertür« stand.

An den mit Läden verschlossenen Fenstern im Erdgeschoß des Hauses vorbei gingen sie durch den Torbogen und gelangten auf einen mit Kopfsteinen gepflasterten Hof, der von Stallungen, Remisen und Scheunen umgeben war; die vierte Seite bildete die Ostwand des Hauses. Neben der rückwärtigen Eingangstür stand eine schwarze Eisenpumpe.

»Joss!« Luke blickte gebannt umher. »Dir ist schon klar, was ich hier machen kann, oder? Ich habe eine wirklich grandiose

Idee! In London nach einem Job zu suchen bringt wahrscheinlich sowieso nichts, aber ich könnte doch hier arbeiten!« Mit drei Schritten hatte er die Remise erreicht und zog eine der Türen auf. Dahinter lag ein leerer Raum. »Autos! Ich kann Autos restaurieren! Ich kann wieder neu anfangen. Und hier ist jede Menge Platz dafür! Davon könnten wir doch leben.« Aufgeregt sah er in einen Stall nach dem anderen.

Joss folgte ihm lächelnd. Das Haus hatte ihn in seinen Bann geschlagen. Sie merkte, wie sich seine Stimmung von Minute zu Minute hob. Eine Weile blieb sie noch stehen, aber dann konnte sie ihre Ungeduld nicht mehr zügeln und ging allein zum rückwärtigen Eingang des Wohnhauses.

Die Tür war von der Feuchtigkeit aufgequollen und schabte kreischend über die Steinfliesen des schmalen, dunklen Flurs. »Wart auf mich!« Luke erschien hinter ihr und ergriff ihre Hand. »Ich finde, in diesem Haus sollte ich dich über die Schwelle tragen – meinst du nicht auch?«

Kichernd umklammerte Joss seinen Hals, als er sie aufhob und in den dunklen Flur hineintrug. Im ersten Zimmer angekommen, stellte er sie keuchend auf den Boden. »Guter Gott, Frau, was hast du bloß gegessen? Steine?« fragte er spöttisch.

Sie sahen sich schweigend um. Es war düster in dem riesigen Raum; nur an den Seiten der Fensterläden fiel ein blasses Licht herein. »Das ist die Küche«, flüsterte Joss. Eine Wand wurde von einem riesigen Kamin eingenommen, der einen überdimensionalen Herd beherbergte. Er erinnerte an eine große, schwarze Dampfmaschine. Obenauf thronte ein Metallkessel. Mitten im Zimmer standen ein blanker Eichentisch und darum herum sechs Wiener Stühle. Einer von ihnen war herausgezogen, als ob die Person, die darauf gesessen hatte, erst einen Augenblick zuvor den Raum verlassen hätte. Hinter den spinnwebenverhangenen Glasfenstern einer Anrichte zur Linken schimmerte Porzellan.

Ganz leise, wie zwei schuldbewußte Kinder, gingen Joss und Luke Hand in Hand zur Tür in der gegenüberliegenden Wand. Darüber war ein Brett angebracht, von dem fünfzehn jeweils mit einem Draht verbundene Glocken hingen; damit waren in alten Zeiten die Dienstboten von der Küche in andere Teile des Hauses gerufen worden.

Hinter der Küche entdeckten sie eine verwirrende Anzahl von Speisekammern und Spülküchen, und am Ende des Gangs eine mit Stoff beschlagene Tür. Sie blieben stehen.

»Oben die Herrschaften, unten das niedere Volk.« Luke lächelte und fuhr mit der Hand über die grüne Türbespannung. »Ist es dir recht, wenn wir nach oben gehen?«

Joss nickte. Sie zitterte. Luke schob die Tür auf, und vor ihnen lag ein breiter Gang. Auch hier war es düster, doch das Dunkel wurde von vereinzelten Sonnenstrahlen aufgehellt, in denen Staub tanzte. Hier bestand der Boden nicht mehr aus Steinplatten, sondern aus breiten Eichendielen, die früher einmal poliert und wohl mit dicken, exotischen Läufern bedeckt gewesen waren. Jetzt allerdings lagen sie fast vollständig unter einem Teppich aus trockenem Laub verborgen, das der Wind unter der Vordertür hereingeweht hatte.

Rechts von der vorderen Eingangstür fanden sie das Eßzimmer. Um den langen Tisch standen im Dämmerlicht insgesamt zwölf Stühle. Luke zählte sie ehrfürchtig. Linker Hand führte eine mächtige Tür – sie war viel älter als alles, was sie bislang gesehen hatten, und wirkte wie ein gotisches Kirchenportal – in einen riesigen Saal mit hoher Decke. Verblüfft starrten sie zu den sich wölbenden Balken und der Empore hinauf, die von Eichenpaneelen mit kunstvoll geschnitzten Bögen verkleidet war. »Mein Gott.« Joss ging einige Schritte in den Raum hinein. »Ich fühle mich in ein anderes Jahrhundert zurückversetzt.« Schaudernd sah sie sich um. »Oh, Luke.«

Der Saal war spärlich möbliert. An den Wänden standen zwei schwere Eichentruhen, und in der Mitte ein einsamer langer Tisch. Im Kamin lag noch die Asche des letzten Feuers, das hier gebrannt hatte.

Auf der anderen Seite des Zimmers führte ein von einem verstaubten Vorhang verdeckter Bogen in einen weiteren Gang, von dem eine breite, geschwungene Eichentreppe nach oben führte. Sie spähten hinauf.

»Ich finde, wir sollten ein paar Fensterläden öffnen«, sagte Luke leise. »Das Haus braucht ein bißchen Tageslicht.« Er fühlte sich etwas unbehaglich. Joss' Gesicht sah in dem düsteren Licht leichenblaß aus, und sie wirkte unglücklich. »Komm, Joss, lassen wir die Sonne herein.«

Energisch ging er zu einem Fenster und mühte sich mehrere Minuten lang mit den Riegeln ab, mit denen die Läden verschlossen waren. Schließlich gelang es ihm, sie aus ihrer Halterung zu lösen und die Läden zu öffnen. Sonnenschein fiel auf die staubigen Fußbodendielen. »Besser?« Er hatte es sich nicht eingebildet – sie war wirklich totenbleich.

Sie nickte. »Ich bin sprachlos.«

»Ich auch.« Er sah sich um. »Hier müßten ein paar Rüstungen herumstehen. Weißt du was, wir könnten aus diesem Haus ein Hotel machen! Mit lauter Touristen. Wir würden ein Vermögen verdienen.« Er ging über den Gang zu einer weiteren Tür und öffnete sie. »Die Bibliothek!« rief er. »Komm mal her! Die Bücher hier sollten sogar dir reichen!« Er verschwand aus ihrem Blickfeld, und dann hörte sie, wie Metall gegen Holz rieb – er machte sich wieder an Fensterläden zu schaffen.

Einen Augenblick lang blieb sie in dem leeren Saal stehen. Die Stille im Haus erschien ihr langsam bedrückend. Es kam ihr vor, als würde es lauschen, beobachten, seinen Atem anhalten.

»Joss! Komm doch mal!« Luke stand in der Tür und strahlte. »Es ist großartig.«

Joss gab sich einen Ruck. Noch immer schaudernd folgte sie ihm durch die Tür und fühlte sich sofort wohler. »Luke!« Es stimmte, die Bibliothek war wirklich großartig: ein kleiner, heller Raum, erfüllt von sanftem Herbstlicht und mit Blick über den hinteren Rasen zum See hinab. An den Wänden standen überall deckenhohe Regale voller Bücher, nur an einer Stelle unterbrochen von einem alten Rollbureau mit einem abgenutzten Lederstuhl davor. Vor dem Kamin waren drei Sessel angeordnet, dazu ein kleiner Tisch, ein überquellender Zeitschriftenständer und ein Nähkorb, in dem noch Garne und Nadeln Zeugnis von den letzten Stunden ablegten, die Laura Duncan in diesem Haus verbracht hatte.

Joss spürte einen Kloß im Hals. »Es ist, als wäre sie von einer Minute auf die nächste weggegangen. Nicht einmal ihre Nähsachen hat sie mitgenommen …« Sie befühlte die Gegenstände im Korb, und dabei traten ihr Tränen in die Augen.

»Na komm.« Luke legte ihr einen Arm um die Schultern. »Alles war geplant. Sie brauchte ihre Nähsachen einfach nicht, das ist alles. Sie wollte sich in Frankreich nur dem süßen Nichtstun hingeben. Ich wette, du würdest deine Stopfnadeln auch nicht mitnehmen.« Liebevoll drückte er ihren Arm. »Der Sekretär ist abgeschlossen. Ist in der Dose ein Schlüssel dafür?«

Kein Schlüssel paßte, und nach einigen Versuchen gaben sie es auf und setzten ihren Rundgang durch das Haus fort. Im Erdgeschoß befand sich nur noch ein kleines Wohnzimmer, von dem aus man auf die Auffahrt hinausschauen konnte. Als sich die Läden quietschend öffneten, sahen sie ihr Auto, das bereits mit vertrockneten braunen Blättern von der Kastanie am Rand des vorderen Rasens bedeckt war. Im Gras saßen unbekümmert drei Kaninchen und mümmelten vor sich hin.

Am Fuß der Treppe blieb Joss stehen. Die Eichenstufen führten in einer anmutigen Rundung nach oben ins Ungewisse. Obwohl sie wußte, daß Luke direkt hinter ihr stand, zögerte sie einen Moment und legte ihre Hand auf den geschnitzten Geländerpfosten.

»Was ist los?«

Sie zuckte mit den Schultern. »Ich weiß nicht. Ich hatte gerade das Gefühl …, als ob dort oben jemand warten würde.«

Luke fuhr ihr liebevoll durchs Haar. »Vielleicht ist da auch jemand. Die Leichen im Schrank. Komm, laß Onkel Luke vorangehen.« Zwei Stufen auf einmal nehmend, verschwand er um die Biegung.

Joss rührte sich nicht vom Fleck. Sie hörte, wie seine Schritte über die Dielen hallten, dann das mittlerweile bekannte Klappern, und plötzlich flutete Sonne durch den Treppenaufgang. »Komm rauf – keine Leichen!« Wieder dröhnten seine Schritte über den Boden und wurden dann immer schwächer, bis sie nichts mehr hören konnte.

»Luke!« Plötzlich hatte sie Angst. »Luke, wo bist du?« Langsam ging sie die Stufen hinauf.

Das Holz ächzte leise unter ihrem Gewicht. Das polierte Geländer fühlte sich glatt und kalt an. Als sie um die Ecke bog, konzentrierte sie sich auf den oberen Korridor, der quer zur Treppe verlief und von dem drei Türen abgingen. »Luke?«

Es kam keine Antwort.

Sie trat auf einen verblichenen Perserteppich und warf einen kurzen Blick in das rechte Zimmer. Es war ein großes Schlafzimmer, durch dessen Fenster man in den hinteren Garten sah, und dahinter, jenseits der Hecke, auf ein riesiges Stoppelfeld und dann die Flußmündung. Auch dieses Zimmer war kaum möbliert – ein mit einem Staublaken bedecktes Bett, eine viktorianische Kommode, ein Mahagonischrank. Aber keine Spur von Luke. Die zweite Tür führte in ein großes, wunderschönes Schlafzimmer, das von einem kunstvoll gearbeitetem Himmelbett beherrscht wurde. Joss hielt die Luft an. Obwohl alle Möbelstücke mit einem Staublaken bedeckt waren, konnte sie sehen, daß sie allesamt erlesen waren. Sie zog das Laken vom Bett, und darunter kam eine gestickte Tagesdecke im gleichen Stoff wie die Vorhänge und der Baldachin zum Vorschein.

»Tja, Mrs. Grant, was sagen Sie denn zu unserem neuen Schlafzimmer?« Luke erschien so unerwartet hinter ihr, daß sie verängstigt aufschrie. Er schloß sie in die Arme. »Das ist wohl der Stil, der dir am meisten zusagen würde, oder?« lachte er.

Joss vergaß ihren Schrecken und lächelte. »Ich kann es gar nicht glauben. Es ist wie das Schloß von Dornröschen.«

»Und Dornröschen muß von einem Prinzen geküßt werden, damit sie aufwacht und merkt, daß sie nicht träumt!«

»Luke …« Er erstickte ihren Protestschrei, als er sie auf das hohe Bett zog und zu küssen begann. »Ich finde, wir sollten dieses Bett auf die richtige Art und Weise zu unserem machen, Mrs. Grant, meinen Sie nicht auch?« Er machte sich an den Knöpfen ihres Pullovers unter ihrer Jacke zu schaffen.

»Luke, wir können doch nicht …«

»Warum nicht? Es ist dein Haus, dein Bett!«

Sie stöhnte auf, als seine von der Kälte des Hauses eisigen Hände ihre warmen Brüste berührten und ihren BH zur Seite schoben. Allmählich wurde ihre Erregung so groß wie seine. »Luke …«

»Sei still.« Er verschloß ihr den Mund mit den Lippen und neckte sie mit seiner Zunge, während seine Hände an ihrem Rock und ihrer Strumpfhose herumfingerten. »Konzentrier dich auf deinen Ehemann, mein Liebes«, sagte er lächelnd.

»Das tue ich.« Sie schob seinen Pullover und das Hemd hoch, um ihm die Brust und die Schultern zu küssen, zog ihn zu sich herab und vergaß alles um sich herum bis auf das drängende Verlangen, das sie überwältigt hatte.

In der Ecke des Zimmers stand reglos eine schattenhafte Gestalt und beobachtete sie.

»Ja!« Lukes triumphierender Schrei wurde von den Bettvorhängen erstickt. Die vereinzelten Sonnenstrahlen an den Balken der Decke verblaßten, als dunkle Wolken vom Osten her über den Himmel zogen.

Eng an Luke gepreßt, öffnete Joss die Augen und sah zu dem bestickten Baldachin über ihnen hinauf. In seiner Mitte verbarg sich eine mit Spinnweben verhangene Rosette aus blaß cremefarbener Seide. Joss räkelte sich zufrieden wie eine Katze, sah sich um und genoß Lukes Gewicht auf ihr, seine Wärme und seine Nähe. Es dauerte einen Augenblick, bis sie etwas in der Ecke bemerkte, und einen weiteren Moment, bis ihr Gehirn es registrierte. Sie blinzelte und verspürte plötzlich Angst, aber es war nichts da. Das Spiel von Licht und Schatten hatte sie getäuscht.

Luke hob den Kopf und sah ihr ins Gesicht. Sie weinte.

»Meine Süße, was ist los?« Reumütig und sanft wischte er ihre Tränen ab. »Habe ich dir weh getan?«

»Nein, denk dir nichts dabei. Es ist alles in Ordnung. Ich weiß auch nicht, warum ich weine.« Schniefend drehte sie sich unter ihm weg und ließ sich vom Bett gleiten.

Nachdem sie den Rock glattgestrichen hatte, klaubte sie ihre Strumpfhose vom verstaubten Boden auf, und noch während sie sie anzog, schallte eine Glocke durchs Haus.

Luke sprang auf, zog sich den Pullover über den Kopf und ging barfuß zum Fenster hinüber. »Da ist jemand an der Vordertür!« Er unterdrückte ein Lachen. »Wie peinlich! Unser erster Besucher, und wir werden in flagranti ertappt!«

»Nicht ertappt!« Sie schlüpfte in ihre Schuhe und fuhr sich mit der Hand übers Haar. »Dann geh schon. Mach auf.«

Das erwies sich als unmöglich; der Schlüssel zur Vordertür war nirgendwo zu finden. Durch das riesige Schlüsselloch schreiend erklärte Luke dem Besucher den Weg zum rückwärtigen Eingang, und dort, in der dämmrigen Küche, empfingen sie ihren ersten Gast, eine große, elegant aussehende Frau in einem schweren Wollmantel und mit einem karierten Schal um den Kopf.

»Janet Goodyear. Ihre Nachbarin.« Sie gab ihnen nacheinander die Hand. »Sally Fairchild hat mir erzählt, daß Sie hier sind. Ich kann Ihnen gar nicht sagen, wie aufgeregt die Leute im Dorf sein werden, wenn sie von Ihrer Ankunft hören. Werden Sie wirklich hier wohnen? Es ist doch wirklich ein gottverlassenes Haus.« Sie zog ihre Handschuhe aus, warf sie auf den Tisch, ging zum Herd hinüber und öffnete eine der Ofentüren; dabei zog sie fröhlich die Nase kraus. »In diese Küche muß man wirklich erst einmal zwanzigtausend investieren! Ich kenne einen hervorragenden Küchenausstatter, wenn Sie einen brauchen. Er würde sie Ihnen wirklich toll einrichten.«

Luke und Joss tauschten einen Blick aus. »Eigentlich möchte ich die Küche so lassen, wie sie ist«, sagte Joss. Luke schnitt eine Grimasse; sie sprach verdächtig leise. »Wenn ich den Herd ein bißchen poliere, wird er wunderbar aussehen.«

Die Besucherin sah sie überrascht an. »Da haben Sie wohl recht. Aber wissen Sie, es wäre so viel besser, wenn Sie ihn gegen einen anständigen Aga-Herd eintauschen würden. Und Gott stehe Ihnen bei, wenn Sie sich ans Dach machen. Laura und Philip hatten nichts als Ärger mit dem Dach.« Nachdem sie ihre Inspektion beendet hatte, wandte sie sich mit einem herzlichen Lächeln wieder den beiden zu. »Ach, ich kann Ihnen gar nicht sagen, wie großartig es sein wird, wieder Nachbarn zu haben. Ich kann es gar nicht erwarten, daß Sie einziehen. Also – eigentlich bin ich gekommen, um Sie zu fragen, ob Sie nicht zum Mittagessen zu uns kommen möchten. Wir wohnen dort drüben, in dem Farmhaus am anderen Ende des Gartens.« Sie machte eine vage Geste. »Mein Mann besitzt den Großteil der umliegenden Grundstücke.«

Joss wollte gerade zu einer Antwort ansetzen, aber Luke kam ihr zuvor. »Das ist sehr nett von Ihnen, Mrs. Goodyear, aber wir haben uns etwas zu essen mitgebracht. Aber aufgeschoben ist nicht aufgehoben – vielleicht ein anderes Mal? Wir müssen vieles ausmessen und derlei, solange wir hier sind.«

»Zwanzigtausend!« Sobald sie die Besucherin losgeworden waren, brach Luke in schallendes Gelächter aus. »Wenn sie wüßte, daß wir ohne einen Pfennig Geld hier einziehen, würde sie uns vermutlich von ihrer Liste von Weihnachtskartenempfängern streichen, bevor sie uns überhaupt draufgesetzt hat!«

»Ich glaube nicht, daß sie uns einschüchtern wollte. Eigentlich hat sie mir ganz gut gefallen.« Joss öffnete einen der hohen Küchenschränke. »Aber in einer Hinsicht hat sie recht, Luke – es wird endlos viel zu tun geben. Wahrscheinlich ist das Dach undicht; und die Wasserrohre und Stromkabel – wir wissen noch gar nicht, ob alles funktioniert. Und der Herd ... Wahrscheinlich können wir ihn in Gang bringen ...« Sie sah den Ofen zweifelnd an. »Aber er wird mengenweise Holz verschlingen.«

»Wir werden's schon schaffen.« Er legte die Arme um sie und zog sie an sich. Sie bemerkte, daß er zum erstenmal, seitdem er von Barrys Betrug erfahren hatte, wieder glücklich aussah. Wirklich glücklich. »Zum einen war in einem der Schuppen draußen im Hof ein riesiger Berg Kohle, hast du das gesehen?« sagte er. »Und dann gibt es Holz. Wir schaffen's schon, Joss. Irgendwie. Du wirst schon sehen.«

5

Ein Bierglas hatte auf dem Pubtisch einen Wasserring hinterlassen, den Joss hingebungsvoll in eine Acht mit Variationen verwandelte, als David Tregarron sich mit zwei Weinschorlen und einer Packung Erdnüsse vom Tresen zu ihr durchkämpfte.

David, Fachbereichsleiter für Geschichte an der Dame Felicia's School im vornehmen Stadtbezirk Kensington, war achtunddreißig und seit zwei Jahren geschieden. Er lebte als Hausaufseher und stellvertretender Direktor direkt im Schulgebäude in einer viktorianischen Wohnung mit geringem Komfort und vier Schlafsälen voll aufsässiger Jungen unter sich. Seine Scheidung war eine sehr unerfreuliche, schmutzige Angelegenheit gewesen, und Joss hatte ihm in der schweren Zeit zur Seite gestanden. So unterschiedlich auch ihre Meinungen bei bestimmten Lehrmethoden sein mochten, während der Auflösung seiner Ehe hatte Joss unweigerlich seine Partei ergriffen. Als Davids

Ehefrau sich mit ihrem neuen Geliebten absetzte, hatte sie ihn getröstet, ihn im Lehrerzimmer mit Kaffee und Alka Seltzer versorgt und bereitwillig in seine weinerlichen Klagen über eine Frau eingestimmt, die sie nie kennengelernt hatte.

Einmal, bald nachdem die Scheidung für rechtskräftig erklärt worden war, hatte er ihre Hand genommen und gesagt: »Joss, laß dich von Luke scheiden und heirate mich.« Kaum waren ihm die Worte über die Lippen gekommen, wußte er, daß er sie nicht nur im Scherz geäußert hatte. Er hatte die Gefahr rechtzeitig erkannt und sich zusammengerissen. Joss zu mögen war gestattet, aber alles andere war tabu.

»Und wie kommt Luke mit diesem frischgebackenen Vermögen zurecht?« Vorsichtig ließ er sich auf einem der samtbezogenen Hocker nieder und reichte Joss ein Glas.

Sie verzog das Gesicht zu einem schiefen Grinsen. »Er ist verblüfft, erleichtert, ungläubig. Nicht notwendigerweise in dieser Reihenfolge.«

»Und du?«

Sie seufzte. »Mir geht es ähnlich. Eigentlich kann ich das alles noch gar nicht fassen. In den letzten Wochen ist so viel passiert, David! Ich glaube, ich hätte mir nicht einmal in meinen kühnsten Träumen vorstellen können, daß uns so was passiert!« Nachdenklich nahm sie einen Schluck. »Das war nett von dir, mich für heute abend einzuladen. Stell dir vor, es ist seit Tagen das erste Mal, daß ich aus dem Haus komme. Es gibt so viel zu tun. Das Aus für die Firma war der reinste Alptraum.«

»Das tut mir wirklich leid«, sagte David und schnitt eine Grimasse. »Muß Luke Konkurs anmelden?«

Joss schüttelte den Kopf. »Gott sei Dank nicht. Das Haus ist unsere Rettung. Lukes Großvater hat es nach dem Krieg für ein paar hundert Pfund gekauft, aber als Lukes Vater es uns zur Hochzeit schenkte, war es ein Vermögen wert.« Sie lächelte traurig. »Der Makler hat einen hohen Preis angesetzt. Sollte ich je Barry zwischen die Finger bekommen, erwürge ich ihn höchstpersönlich, wenn nicht Luke oder die Polizei mir zuvorkommen. Unser schönes Haus!«

»Das ist auch hart. Aber zum Ausgleich habt ihr ja jetzt eine Prachtresidenz in East Anglia.«

»Ich weiß«, grinste Joss. »Es klingt wie ein Märchen. Es ist ein Märchen! Ach David, es ist so schön dort! Und Luke ist eifrig am Pläneschmieden. Er will wieder alte Autos restaurieren. Immerhin ist er Ingenieur, und der Teil der Arbeit hat ihm immer am meisten Spaß gemacht. Ich glaube, es ging ihm ziemlich auf die Nerven, den Großteil der Zeit mit Organisieren und Papierkram zu verbringen. Sie haben ihm auch einige Geräte und Werkzeuge von H & G überlassen; offenbar sind die Sachen nichts mehr wert. Der Käufer wollte sie jedenfalls nicht haben. Also hat Luke sich mit Drehbänken, Bohr- und Fräsmaschinen und solchen Sachen eingedeckt. Ich hoffe, er hat recht, daß er damit ein bißchen Geld verdienen kann; wir werden arm sein wie die Kirchenmäuse. Im Sommer können wir vom Garten leben, aber der Winter ist für Gärtner nicht gerade die beste Jahreszeit! Ist dir klar, daß wir ein paar Wochen vor Weihnachten umziehen?«

»Joss, mir ist eine Idee gekommen.« David beugte sich zur Seite, weil eine Gruppe lärmender Pubgäste den Nachbartisch mit Beschlag belegte. »Deswegen habe ich dich ja auch zu diesem Treffen überredet.« Er schwieg und seufzte theatralisch. »Ich weiß, daß du und ich bei Geschichte und Unterrichten nicht immer einer Meinung waren!«

Joss lachte. »Du bist der geborene Untertreiber!«

»Gelegentlich sind die Wogen höher geschlagen.«

»Was du nicht sagst.« Sie betrachtete ihn voller Zuneigung. »Worauf willst du hinaus, David? Du bist doch sonst nicht so zurückhaltend, wenn du einen Vorschlag auf Lager hast.«

»Sag mir zuerst, ob du in deiner neuen Heimat wieder unterrichten willst.«

Joss schüttelte den Kopf. »Das glaube ich nicht. Wahrscheinlich gibt es im Dorf eine Schule – sicher bin ich mir allerdings nicht –, aber ich vermute, daß sie keinen Bedarf an einer Fachlehrerin wie mir haben. Und ehrlich gesagt, David, habe ich vom Unterrichten die Nase voll.«

»Jedenfalls hat es dir nicht leid getan, die Kündigung einzureichen, als du schwanger warst. Das habe sogar ich gemerkt.«

»Und wahrscheinlich warst du froh, mich nicht mehr sehen zu müssen.« Sie blickte in ihr Glas.

»Das stimmt nicht, und das weißt du genau.« Er zögerte. »Du bist eine gute Lehrerin, Joss. Es hat mir wirklich leid getan, daß du gegangen bist.« Er hielt wieder inne. »In mehr als einer Hinsicht.« Es entstand ein unbehagliches Schweigen. Mit sichtlicher Mühe riß David sich zusammen und fuhr fort: »Du magst Kinder, und du regst ihre Phantasie an. Das können beileibe nicht alle Geschichtslehrer. Ich weiß, daß wir uns manchmal wegen deiner Methoden gestritten haben, aber ich habe mir nur Sorgen gemacht, daß du vielleicht nicht den Lehrplan erfüllst.« Kopfschüttelnd unterbrach er sich. »Irgendwie habe ich falsch angefangen. Eigentlich wollte ich dir etwas ganz anderes sagen. Ich möchte dir einen Vorschlag machen, aber ich will nicht, daß du ihn falsch verstehst. Ich meine ihn nicht als Beleidigung oder als Anschlag auf deine intellektuelle Integrität. Und ich will damit in keinster Weise deine geschichtlichen Kenntnisse oder deren Interpretation kritisieren. Aber ich finde, du solltest dir ernsthaft überlegen, ob du nicht schreiben möchtest. Romane.«

Gebannt beobachtete er ihr Gesicht.

»Du meinst, das liegt mir eher als die ehrwürdige Geschichtswissenschaft.« Joss unterdrückte ein Lächeln.

»Ich dachte mir, daß du das sagen würdest!« fuhr er auf und schlug mit der Hand auf den Tisch. »Nein, das meine ich überhaupt nicht. Also gut. Du hast den Kindern Geschichten erzählt. Das hat ihnen gut gefallen. Ich glaube nicht, daß es gute Geschichtswissenschaft war, aber es war guter Unterricht. Sie wollten immer noch mehr Geschichten hören, und als du gegangen bist, haben sie dich schrecklich vermißt. Nein, Joss, was ich sagen will: Du bist die geborene Erzählerin. Du könntest Geld damit verdienen. Das weiß ich. Ich habe ein paar von deinen Kurzgeschichten gelesen. Du hast sogar einmal einen Wettbewerb gewonnen. Ich meine es ernst. Ich glaube, daß dir das liegt. Ich kenne ein, zwei Leute im Verlagswesen, und wenn du willst, kann ich ihnen deine Geschichten zeigen. Mach dir keine allzu großen Hoffnungen, Schreiben ist ein riskantes Geschäft, aber ich habe so ein Gefühl.« Er lächelte wieder. »Ein gutes Gefühl, Joss.«

Sie lächelte ebenfalls. »Du bist ein wirklich netter Mensch, David«, sagte sie und streckte die Hand nach seiner aus.

»Ich weiß.« Er ließ seine Finger nur eine Sekunde länger als nötig unter ihren liegen und zog sie dann widerstrebend zurück. »Dann erlaubst du mir also, deine Geschichten herzuzeigen?«

»Ich erlaube es dir. Vielen Dank.«

»Darf ich euch besuchen, wenn ihr euch eingelebt habt?«

»Aber natürlich! Du wirst mir fehlen, David.«

Er griff nach seinem Glas. »Du mir auch, Joss. Du mir auch.«

Als Joss abends am Boden kniend Geschirr in Zeitungspapier einpackte, erzählte sie Luke von Davids Vorschlag.

Er legte den Kopf zur Seite, dachte kurz nach und nickte dann bedächtig. »Es stimmt, du kannst schreiben, und du hast den Wettbewerb gewonnen. Joss, das ist eine phantastische Idee!«

»Einen Wettbewerb mit einer Kurzgeschichte zu gewinnen ist etwas ganz anderes, als mit Schreiben Geld zu verdienen, Luke.«

»Sicher, aber du könntest es doch versuchen. Wir werden Geld brauchen, Joss. Das weißt du.«

Sie verzog das Gesicht, setzte sich und umschlang die Knie mit den Armen. »Es wird nicht leicht werden in Belheddon, stimmt's?«

Er nickte. »Wir können nur beten, daß das Dach dicht ist. Deine Mutter und dein Vater haben es gut gemeint, als sie dir das Haus vermacht haben, da bin ich mir sicher. Aber wir werden eine Menge Arbeit hineinstecken müssen.«

»Aber wir werden's schaffen. Vielmehr, du wirst es schaffen. Bin ich froh, daß ich einen praktischen Mann geheiratet habe! Und wer weiß, wenn wir uns mal häuslich eingerichtet haben, schreibe ich vielleicht einen Bestseller.« Sie sah ihn durch die dunklen Ponyfransen an. »Es ist wie ein Traum, der Wirklichkeit geworden ist, Luke.«

Er glitt von seinem Stuhl und setzte sich inmitten der Kartons und der halb verpackten Tassen und Teller neben sie. »Ich weiß, Joss.« Dann legte er ihr den Arm um die Schulter, zog sie an sich und gab ihr einen Kuß. »Aber wir dürfen nicht die Realität aus den Augen verlieren. Wir werden wie die Teufel arbeiten müssen, um alles beisammenzuhalten. Es wird nicht leicht werden.«

6

Als der Möbelwagen davonfuhr und um die Biegung der Auffahrt verschwand, drehte sich Joss zu Luke und griff nach seiner Hand. »Das war's. Die Brücken sind abgebrannt. Jetzt gibt's kein Zurück mehr. Tut es dir leid?«

Er lächelte. »Nein, Joss, es tut mir nicht leid. Es ist der Anfang zu einem großen Abenteuer.«

Langsam gingen sie in die Küche zurück. In vieler Hinsicht hatte sich der Raum kaum verändert, seitdem sie ihn zum ersten Mal gesehen hatten. Der Herd stand noch da; zu ihrer Freude funktionierte er seit seiner Wartung einwandfrei. Die Teller und Tassen auf der Anrichte waren frisch gespült und glänzten. Der schwere Tisch, auf dem jetzt ein leuchtendroter Weihnachtsstern prangte, ein Geschenk von John Cornish, war von Joss' Mutter Alice hingebungsvoll geschrubbt worden. Die Kartons mit ihrem eigenen Geschirr stapelten sich entlang einer Wand. Am Kopfende des Tisches stand Toms Hochstuhl.

Alice beugte sich gerade über den Herd und rührte in einem Topf, aus dem äußerst verlockende Düfte aufstiegen, als die beiden hereinkamen.

»Sind die Umzugsleute fort?« Ihr Mann Joe packte mit tatkräftiger Unterstützung seines Enkels Töpfe aus und legte das Zeitungspapier in der Mitte des Raums sorgfältig zusammen.

»Ja, Gott sei Dank sind sie endlich weg.« Luke ließ sich auf einen Stuhl fallen. »Es riecht wunderbar, Alice.«

Seine Schwiegermutter lächelte. »Weißt du, es macht mir wirklich Spaß, auf diesem Herd zu kochen. Allmählich lerne ich, damit umzugehen. Das nenne ich richtiges Kochen!« Es war ihnen wichtig gewesen, einige Dinge noch vor dem Einzug reparieren zu lassen, darunter auch den Herd. Alice sah zu Joss. »Wie wär's mit einem Glas Wein, während ich das Essen mache? Lyn soll sich um Tom kümmern, Joe, und ihm das Abendessen richten.« Langsam drehte sie sich vom Herd weg und wischte sich die Hände an der Schürze ab.

Auf dem Tisch standen eine Plastiktüte mit zwei Flaschen Wein und ein Sechserpack Bier. »Korkenzieher?« Joss nahm die Flaschen heraus und stellte sie neben den Weihnachtsstern. Nach den vielen Sorgen, dem wochenlangen Packen und dem Organisieren des Umzugs war sie so erschöpft, daß sie sich kaum noch auf den Beinen halten konnte.

»Mein Pfadfindermesser!« grinste Luke. »Weißt du noch, wie der Umzugsunternehmer zu uns sagte: ›Packen Sie den Kessel und den Korkenzieher nicht ein, die finden Sie nie wieder!‹« Damit fischte er aus seiner Jackentasche einen Korkenzieher, der eindeutig noch nie Pfadfinderdienste geleistet hatte. »Willst du ein Bier, Joe? Ich glaube, ich möchte auch eins. Umziehen macht durstig!«

Während Joss am Tisch saß und zusah, wie ihre Schwester einen Apfel aufschnitt und Tom die Stücke vorsetzte, empfand sie ein Gefühl vollkommener Zufriedenheit. Wahrscheinlich würde es Jahre dauern, bis sie das Haus hergerichtet hatten, und Monate, bis alles ausgepackt war, aber wenigstens waren sie jetzt wirklich hier. London gehörte der Vergangenheit an, ebenso wie das Büro, in dem Luke noch bis zur letzten Minute sein früheres Leben geordnet und aufgelöst hatte. Und hier hatten sie genügend Platz, um Joe, Alice, Lyn und alle, die sie besuchen wollten, aufzunehmen, und zwar für so lange, wie sie bleiben wollten.

Alice schenkte sich ein Glas Wein ein und setzte sich neben sie. »Jetzt lasse ich das Ganze zwei Stunden köcheln, dann können wir essen. Du siehst erledigt aus, mein Schatz.« Sie legte ihre Hand auf die ihrer Tochter.

»Erledigt, aber glücklich.« Joss lächelte. »Aber wir werden's schaffen. Ich weiß es.«

»Natürlich werdet ihr es schaffen.« Joe versuchte, das zerknüllte Zeitungspapier in einen schwarzen Platiksack zu stecken, wurde in seinen Bemühungen aber von Tom behindert, der es ebenso schnell wieder herauszerrte und quer durchs Zimmer schleuderte, wie Joe es hineinstopfte. »Ihr werdet sehr glücklich hier sein.« Er griff nach seinem Bier. »Also – auf Belheddon Hall und alle, die hier leben!«

Im Stimmengewirr ging das Klingeln an der hinteren Tür fast unter. Ächzend hievte sich Luke aus dem Stuhl und öffnete die Tür.

Sie hatten Janet Goodyear schon mehrmals gesehen, seitdem sie sich damals, vor fast drei Monaten, bei ihnen vorgestellt hatte, und Joss hatte festgestellt, daß sie sie eigentlich gut leiden konnte. Der erste Eindruck, daß sie eine neugierige und besserwisserische Nachbarin zu sein schien, hatte sich nicht bewahrheitet; sie hatte sich als eine gutherzige und wirklich freundliche, wenn auch nicht immer taktvolle Frau erwiesen, die sich keineswegs aufdrängen wollte, sondern ganz im Gegenteil eher zurückhaltend war, wenn sie ihre neuen Nachbarn besuchte. Diesmal hatte sie in ihrem Korb eine Flasche schottischen Whiskey (»Für den Notfall, aber wie ich sehe, haben Sie schon selbst an Alkohol gedacht«) und etwas, das sich als eine kleine Strohpuppe herausstellte. Sie ließ sich von Luke ein Glas Wein einschenken und zog einen Stuhl neben Joss. »Wahrscheinlich halten Sie mich für verrückt«, sagte sie lachend, »aber ich würde das gerne irgendwo hier in der Küche aufhängen. Als Glücksbringer.«

Joss griff nach der kunstvoll geflochtenen Puppe. »Sie ist wunderschön. Natürlich habe ich solche Sachen schon gesehen…«

»Aber das hier ist kein kitschiges Souvenirpüppchen«, unterbrach Janet. »Bitte, das dürfen Sie nicht denken. Es wurde eigens für Sie gemacht. Ich kenne einen alten Mann, der früher bei uns auf der Farm gearbeitet hat – jetzt kümmert er sich gelegentlich um unseren Garten –, und er hat es eigens für Sie gemacht. Er hat mich gebeten, es Ihnen zu bringen. Die Puppe soll Böses fernhalten.«

Joss blickte auf. »Böses?«

»Na ja…« Janet zuckte mit den Schultern. »Wahrscheinlich haben Sie mittlerweile gemerkt, daß die Leute im Ort ein bißchen komisch sind, was dieses Haus betrifft.« Sie lachte auf. »Ich glaube das nicht. Ich habe mich hier immer wohl gefühlt. Die Atmosphäre ist wunderbar.«

»Was sagen die Leute denn genau?« Joss schob die Überreste des Apfels beiseite, stellte einen Teller mit Rührei vor Tom und drückte ihm einen Löffel in die Hand.

»Ich glaube nicht, daß wir das wissen wollen, mein Schatz«, warf Alice ruhig ein. »Jetzt sehen Sie sich doch einmal diesen Herd an, Mrs. Goodyear. Was sagen Sie dazu?« Joss hatte ihrer Mutter von den zwanzigtausend Pfund erzählt.

»Er sieht phantastisch aus!« In völliger Unkenntnis der Bestürzung, die ihre anfänglichen Bemerkungen über den Zustand des Hauses hervorgerufen hatten, drehte sich Janet schwungvoll um. »Das war sehr klug von Ihnen, ihn sofort richten zu lassen.«

»Möchten Sie nicht später zum Essen kommen?« schlug Joss vor. »Mum hat wie immer genug für eine ganze Kompanie Soldaten gekocht.«

»Vielen Dank, aber ich glaube nicht.« Janet leerte ihr Glas und stand auf. »Ich wollte Ihnen nur die Puppe vorbeibringen. Ein Gast am ersten Abend im neuen Heim ist das Letzte, was Sie gebrauchen können. Aber später gerne. Und wenn Sie irgend etwas benötigen, wir sind ganz in der Nähe. Bitte, kommen Sie einfach vorbei, wirklich.« Sie lächelte in die Runde, zog sich den Schal über den Kopf und ging.

»Eine nette Frau, diese Janet Goodyear«, sagte Luke zu Joss, als sie später allein im großen Saal saßen. Sie hatten gar nicht erst versucht, ihn zu möblieren. Dazu war der Raum zu groß und zu prächtig, und sie hatten beschlossen, daß die bereits vorhandenen Möbel vollkommen ausreichten.

Mittlerweile hatten sie zu Abend gegessen, die Betten waren gemacht und Lukes erster Auftrag – ein verrosteter, baufälliger Bentley von 1929 – war vom Tieflader im Hof abgesetzt worden. Luke hatte nicht einmal in der Zeitung annoncieren müssen, sondern lediglich ein Kärtchen im Dorfladen aufgehängt und mit dem Pubbesitzer ein paar Worte gewechselt. Drei Tage später hatte das Telefon geklingelt. Colonel Maxim aus dem Nachbardorf hatte den Wagen seit zwölf Jahren in der Garage stehen und war nie dazu gekommen, ihn selbst zu restaurieren. Luke konnte damit anfangen, sobald er wollte, und wenn der Bentley fertig war, wartete ein Alvis Baujahr 1930 auf ihn, der einem Freund des Colonels gehörte.

Abgekämpft von den Aufregungen des Tages war Tom ohne Protest in seinem eigenen Zimmer ins Bett gegangen. Die Kinderzimmer gingen von dem großen Schlafzimmer ab, das Joss und Luke für sich ausgesucht hatten. Wenn die Tür zu dem schmalen Gang, der die Räume trennte, offenstand, würden sie ihn sofort hören, wenn er weinte. Der Kinderflügel bestand aus drei Zimmern, von denen eines zu einem Bad umgebaut worden war. Es war kalt, weil es nach Norden ging, und nicht einmal die Stofftasche mit Toms bunten Badefiguren konnte es freundlicher aussehen lassen. »Vorhänge, ein bunter Teppich, ein Wandstrahler und viele farbenfrohe Handtücher«, diktierte Joss, während sie sich den kleinen Jungen nach dem Baden auf die Knie setzte und ihn trockenrubbelte. Lyn saß auf dem geschlossenen Toilettendeckel und schrieb einen Einkaufszettel. »Toms Bad und Zimmer sind das Wichtigste.« Sie zitterte trotz der Wärme, die der Gasofen ausstrahlte; Luke hatte ihn ins Bad gestellt. »Ich möchte, daß es ihm hier gefällt.«

»Zumindest bekommt ihr in eurem Himmelbett keine Zugluft ab«, bemerkte Lyn. Das Zimmer, in dem sie schlief, lag direkt neben der Haupttreppe und war bitter kalt, obwohl es nach Süden ging.

Es gab zwar so eine Art Zentralheizung, die vom Küchenherd gespeist wurde, aber die Wärme drang offenbar nicht bis in die Schlafräume vor. Sie hatten bereits beschlossen, daß diese Räume unbeheizt bleiben würden. Ab sofort gehörten tausend Decken, Wärmflaschen und Thermoschlafanzüge zur nächtlichen Ausrüstung.

»Was meinst du, wie lange Joe und Alice bleiben werden?« Joss zog Tom das flauschig gefütterte Pyjamaoberteil über seinen Lockenkopf.

»So lange du sie haben möchtest.« Lyn schrieb gerade Seife, Toilettenpapier und Putzmittel auf die Liste. »Mum will dir nicht im Weg sein, aber eigentlich würde sie gerne bis Weihnachten hierbleiben. Sie könnte dir helfen, das Haus herzurichten.«

»Ich weiß. Sie ist wunderbar. Ich würde mich freuen, wenn sie bleibt. Eigentlich hätte ich gerne, daß ihr alle bleibt, wenn ihr wollt.«

»Also, was meinst du jetzt?« Luke legte seinen Arm um Joss' Schultern. Sie hatten ein kleines Feuer in Gang gesetzt und schauten in die Flammen, wo die trockenen Holzscheite prasselten. Lyn, Alice und Joe waren alle schon ins Bett gegangen; der Tag hatte sie erschöpft.

»Es ist wirklich wie ein Traum, der in Erfüllung ging.« Joss stützte einen Ellbogen gegen den massiven Eichenbalken, der quer über den riesigen Kamin verlief. »Ich finde, wir sollten den

Baum hier aufstellen. Einen gigantischen Baum mit ganz vielen Lichterketten.«

»Hört sich gut an.«

»Tom wird aus dem Häuschen sein. Letztes Jahr war er noch zu klein, um mitzubekommen, was los war.« Joss lächelte. »Hast du gehört, wie er zu Dad gesagt hat: ›Tom Papier hierhin‹? Er ist richtig wütend geworden und hat es genauso schnell wieder aus dem Sack herausgezogen, wie Dad es hineingestopft hat.«

»Zum Glück hat es deinem Vater Spaß gemacht.« Luke verzog das Gesicht. »Es muß für sie sehr seltsam sein, zu wissen, daß dieses Haus deinen wirklichen Eltern gehört hat.«

»Seltsam für sie!« Joss schüttelte heftig den Kopf, als müßte sie ihre Gedanken ordnen. »Dann überleg dir mal, wie es erst für mich ist. Mir fällt es sogar schwer, Dad noch Dad zu nennen. Beinah habe ich das Gefühl, als würde mein anderer Vater mir zuhören.«

Luke nickte. »Ich habe meine Eltern angerufen, als du oben warst. Nur um ihnen zu sagen, daß wir hier sind.«

»Wie geht es ihnen denn? Wie gefällt ihnen das Leben in Chicago?« Joss wußte, wie sehr Luke seine Eltern vermißte, vor allem seinen Vater. Geoffrey Grants einjähriger Studienurlaub in den Staaten schien sich endlos hinzuziehen.

»Es geht ihnen wunderbar. Anfang des Sommers sind sie wieder hier.« Er hielt inne. Er und Joss hatten geplant, sie in Amerika zu besuchen. Das kam jetzt natürlich nicht mehr in Frage. »Sie können es gar nicht erwarten, das Haus zu sehen, Joss. Es ist schwer, es am Telefon zu beschreiben.« Er lachte auf.

»Das ist wahr!« stimmte Joss lächelnd zu und verfiel dann in nachdenkliches Schweigen.

»Hast du noch mal nach dem Schlüssel für den Schreibtisch im Arbeitszimmer gesucht?« Luke stieß mit der Spitze seines Turnschuhs gegen die Holzscheite und beobachtete zufrieden, wie die Funken vor den verrußten Steinen an der Rückwand des Kamins aufstoben.

»Ich habe keinen Fuß in das Zimmer gesetzt, seitdem wir heute morgen angekommen sind.« Sie richtete sich auf. »Jetzt genehmige ich mir einen Schluck von Janet Goodyears Mitbringsel und schau mich mal um, während du badest.«

Das Zimmer war kalt, die Fenster schwarze Spiegelbilder der Nacht. Schaudernd stellte Joss ihr Glas auf einem der kleinen Tische ab, um die Läden zu schließen und die schweren Brokatvorhänge zuzuziehen. Die Tischlampe warf ein trübes Licht auf den Teppich und den verwaisten Nähkorb. Mit einem Kloß im Hals betrachtete Joss ihn und stellte sich vor, wie ihre Mutter mit dieser kleinen, filigranen Schere geschnitten und sich den silbernen Fingerhut auf ihren Mittelfinger gesteckt hatte. Zögernd probierte sie ihn an. Er paßte.

Am Boden des Nähkorbs, unter den Garnen und Stickseiden versteckt, lag ein kleiner, verzierter Schlüssel. Joss wußte instinktiv, daß er zum Rollbureau gehörte.

Sie knipste die Schreibtischlampe an und starrte auf die vielen kleinen, ordentlich gefüllten Fächer, die beim Öffnen zum Vorschein kamen. Joss wußte sofort, daß der Sekretär ihrer Mutter und nicht ihrem Vater gehört hatte. Nach einem Schluck Whiskey nahm sie ein Bündel Briefe zur Hand und löste mit einer Mischung von Schuldgefühl und Aufregung die Schleife, mit der es zusammengebunden war.

Die Briefe waren alle an ihre Mutter adressiert und stammten von einer Frau namens Nancy. Joss überflog die Zeilen und fragte sich, wer Nancy wohl gewesen war. Eine gute Freundin und offenbar eine Klatschbase, die in Eastbourne gelebt hatte. Die Briefe sagten nichts über ihre Mutter aus, aber jede Menge über die unbekannte Nancy. Mit einem nachsichtigen Lächeln bündelte Joss die Kuverts wieder und steckte sie an ihren Platz zurück.

Da waren Füller und ein Tintenfaß, Büroklammern, Etiketten und Umschläge; eine Schublade voll unbeschriebener Notizzettel mit Briefkopf; und in einer weiteren Schublade lag, ganz für sich allein, ein in Leder gebundenes Notizbuch. Neugierig nahm Joss es heraus und öffnete es. Vorne standen in der Handschrift ihrer Mutter die Worte »Für meine Tochter Lydia«. Joss durchfuhr ein Schauder. War ihre Mutter wirklich davon überzeugt gewesen, daß sie nach Belheddon kommen würde? Daß sie sich eines Tages auf diesen Stuhl am Sekretär setzen und alle Schubladen öffnen würde, bis sie – sie blätterte die Seiten durch – nicht ein Tagebuch fand, wie sie halb erwartet hatte, sondern nur undatierte leere Seiten.

Und einen kurzen Abschnitt in zittriger Schrift, etwa in der Mitte des Buchs:

Heute kam er wieder, ohne Warnung und ohne Gnade.
Meine Angst macht ihn stärker –

»Joss?« Lukes Stimme ließ sie zusammenfahren. Er stand umhüllt von seinem Bademantel in der Tür, und selbst von ihrem Platz aus konnte sie den Moschusduft seines Rasierwassers riechen.

Sie klappte das Buch heftig zu und atmete tief durch.

»Was ist los? Ist etwas nicht in Ordnung?«

»Nein, es ist nichts.« Sie legte das Notizbuch wieder in die Schublade, zog den Rolldeckel herunter und versperrte den Sekretär. »Er hat meiner Mutter gehört. Es ist sehr seltsam, ihre Briefe zu lesen…«

Meine Angst macht ihn stärker –

Wen, um Himmels willen? Vor wem hatte ihre Mutter solche Angst gehabt, und warum hatte sie etwas über ihn geschrieben, in ein ansonsten leeres Notizbuch, das sie eigens für Joss angelegt hatte?

Als Joss später im Himmelbett lag und zu dem Seidenbaldachin in der Dunkelheit über sich hinaufsah, fiel es ihr schwer, die Augen zu schließen. Luke war in einen unruhigen Schlaf gefallen, sobald sein Kopf das Kissen berührt hatte. Sie waren beide völlig ausgelaugt. Immerhin waren sie morgens um fünf Uhr in London aufgestanden, und jetzt, nach Mitternacht, lagen sie im Bett in Belheddon. Belheddon, das von nun an auf Gedeih oder Verderb ihr Zuhause war.

Wenn sie den Kopf ein wenig nach rechts und links drehte, sah sie die beiden von Stabwerk untergliederten Fenster an den gegenüberliegenden Wänden, in denen Sterne funkelten. Eines ging nach vorne zur Auffahrt und zum Dorf hinaus, das andere bot einen Blick auf den hinteren Garten und den Teich, und jenseits davon auf die Flußmündung und die Nordsee. Luke hatte die Vorhänge geschlossen – schwere, prachtvolle Gardinen mit Wollstickerei und dickem Futter –, damit es nachts nicht zu kalt wurde. Zuerst war Joss froh darüber gewesen, nicht im Durchzug schlafen zu müssen, aber dann hatte sie die Vorhänge doch wieder geöffnet. »Zu klaustrophobisch«, erklärte sie Luke, als sie sich neben ihn in das hohe Bett legte. Seine Antwort bestand einige Sekunden später in einem leisen Schnarchen. Draußen tauchte der Mond den Garten in taghelles Licht, während der Abendtau zu einer dünnen Eisschicht gefror. Fröstelnd kuschelte sich Joss unter das Federbett – ein Zugeständnis an die moderne Zeit; die gestickte Überdecke lag sorgfältig zurückgefaltet am Fußende – und war froh über die Wärme ihres Mannes. Unwillkürlich wanderte ihre Hand zu seiner Schulter. Als sie sich in der Dunkelheit an ihn schmiegte, bemerkte sie nicht die leise Bewegung in der Ecke des Zimmers.

7

Es war noch dunkel, als Joss aus dem Bett schlüpfte und mit bloßen Füßen über den eisigen Fußboden zum Bad ging. Luke murmelte leise vor sich hin, drehte sich um, knuffte das Kissen und schlief wieder ein. Joss schaltete das Licht an und griff nach ihren Kleidern, die sie am Abend über den Stuhl geworfen hatte. Eine warme Hose, ein Hemd, zwei Pullover, dicke Thermosocken. In dem kalten Badezimmer bildete ihr Atem kleine Wölkchen. Als sie den Vorhang beiseite schob und in die Dunkelheit hinausspähte, war sie gleichzeitig entzückt und entsetzt festzustellen, daß sich innen auf der Scheibe ein Spitzenmuster von Eisblumen gebildet hatte. Wehmütig lächelnd schlich sie auf Zehenspitzen zu Toms Tür. Erschöpft von den Aufregungen des vorherigen Tags schlief er tief, flach auf dem Rücken ausgestreckt; seine Ärmchen lagen über seinem Kopf auf dem Kissen, sein Gesicht vom Schlaf gerötet. Sie ging zur Kommode, auf der das Nachtlicht brannte, und warf einen Blick auf das Thermometer, das sie auf Alices Rat hin dort aufgestellt hatten. Die Temperatur war konstant geblieben. Zufrieden verließ sie sein Zimmer und zog die Tür halb hinter sich zu; wenn Tom aufwachte, würde Luke ihn hören.

Nachdem sie den Kessel auf den Herd gestellt hatte, ging sie zur Hintertür. Draußen herrschte morgendliche Dunkelheit und Stille. Kein Vogelgezwitscher; kein Verkehrslärm, wie sie ihn in London gehört hätte, keine fröhlich klirrenden Milchflaschen. Sie zog ihren dicken Mantel an und trat in den Hof hinaus. Das Chassis des alten Bentley war noch am Abend in die Garage gebracht worden; jetzt stand hier nichts außer ihrem Citroën, bedeckt mit einer Schicht Rauhreif. Als sie die Gartenpforte aufschob, spürte sie die eisige Kälte sogar durch ihre Handschuhe hindurch. Sie trat auf den weißgefrorenen Rasen; über ihr strahlten die Sterne am Himmel, als sei es noch mitten in der Nacht. Mit einem Blick am Haus hinauf stellte sie fest, daß hinter den Vorhängen von Lyns Zimmer ein schwaches Licht brannte. Konnte auch sie in dem ungewohnten Bett nicht schlafen?

Das Gras unter ihren Füßen war gefroren; fast glaubte sie, das Knirschen von Glassplittern zu hören, als sie über den Rasen schritt, vorbei an den schwarzen, skelettartigen Ästen des Baumes, und zum schimmernden Wasser hinunterging. Im Osten verblaßten allmählich die Sterne. Bald würde es Tag werden.

Mehrere Sekunden blieb sie still stehen, vergrub die behandschuhten Hände in den Taschen und starrte auf das Eis, während der Garten um sie herum unmerklich heller wurde. Die Kälte betäubte sie, doch von der Kälte abgesehen empfand sie noch etwas anderes – Beklommenheit, sogar Angst über den Schritt, den sie gemacht hatten. Im Grunde hatten sie keine andere Wahl gehabt. Selbst wenn Luke eine Arbeitsstelle bei einer anderen Firma gefunden hätte, hätten sie kaum die Miete für eine angemessene Wohnung bezahlen können; und ganz bestimmt hätten sie sich kein neues Haus kaufen können. Sie konnten es sich nicht leisten, weiterhin in London zu leben. Aber dieses Haus, dieser Ort – alles war so vollkommen anders. Es war ein völlig anderes Leben als das, das sie sich bei ihrer Hochzeit ausgemalt hatten. Sie schnitt eine Grimasse, stampfte mit den Füßen auf, wollte aber noch nicht ins Haus zurück. Eine neue Welt, neue Menschen, neue Erinnerungen – nein, Erinnerungen war das falsche Wort. Eine Geschichte, die erlernt und angenommen und irgendwie gelebt werden mußte.

Sammy!

Die Stimme, die Stimme eines Jungen, hallte plötzlich durch die Dunkelheit hinter ihr. Rasch drehte Joss sich um.

Sammy!

Jetzt erklang sie wieder, aber aus größerer Entfernung.

Jenseits des Rasens war in ihrem und Lukes Schlafzimmer ein Licht angegangen. Die Vorhänge waren nur halb geschlossen, und ein breiter Lichtstrahl fiel über den mit Rauhreif besetzten Garten.

»Ja?« In der tiefen Stille klang Joss' Stimme heiser und störend. »Wer ist da?« Sie blickte sich um. Die Sterne verblaßten jetzt zusehends; zwischen den Sträuchern im Gebüsch wogte ein trübes Grau. Sie runzelte die Stirn. »Ist dort jemand?« rief sie wieder, diesmal mit lauterer Stimme, die über das Wasser hallte. In der Ferne rief ein Vogel. Dann kehrte wieder Stille ein.

Rasch wandte sie sich zum Haus um und stellte fest, daß sie heftig zitterte. Vor der Tür schlüpfte sie aus den Stiefeln, streifte sich die Handschuhe ab und hauchte auf ihre Finger, während sie in die Küche lief. Aus dem Kessel stieg fröhlich Wasserdampf auf. Als zehn Minuten später Luke erschien, saß sie am Tisch, noch immer in ihren Mantel gehüllt, und wärmte sich die Finger an einem Becher Tee.

»Na, Joss, wie ist es für dich?« fragte er lächelnd, als er sich von der Spüle einen Becher holte.

Sie hob den Kopf, um ihm einen Kuß auf den Mund zu geben. »Wunderbar. Seltsam. Beängstigend.«

Lachend legte er seine Hand auf ihre. »Wir werden's schon schaffen, Joss.« Dann wurde sein Gesicht wieder ernst. »Möchtest du wirklich, daß Alice und Joe noch bleiben? Willst du nicht erst ein Gefühl für dein neues Zuhause bekommen?« Er sah sie forschend an. »Ich weiß, wieviel dieses Haus dir bedeutet, Liebling. Ich kann deine Gefühle wirklich nachvollziehen. Wenn es dir nicht paßt…«

»Doch«, sagte sie mit Nachdruck. »Ich brauche sie hier, Luke. Ich kann es nicht erklären, aber ich brauche sie. Es ist, als ob sie etwas Solides darstellen, etwas aus meinem alten Leben, an das ich mich klammern kann, eine Art Rettungsring. Außerdem liebe ich sie. Sie sind meine Eltern. Wer oder was Laura auch immer war, ich habe sie nie gekannt.« Abrupt schob sie den Stuhl zurück und stand auf. »Ich will nicht, daß sie mein Leben beherrscht. Ich will nicht, daß sie glaubt, sie könnte meine Zuneigung – meine Liebe – mit all dem erkaufen.« Sie deutete auf die Küche.

»Ich glaube nicht, daß sie das beabsichtigt hat.« Luke war verwundert; ihre dunklen Haare fielen ihr wie ein Vorhang vor die Augen, aber sie warf nicht den Kopf zurück, wie sie es sonst immer tat – eine ihrer Gesten, die er liebte. Statt dessen ließ sie sie hängen, so daß er ihr Gesicht nicht sehen konnte.

»Luke.« Sie hielt den Kopf noch immer gesenkt. »Ich bin vorhin im Dunkeln zum See hinuntergegangen. Da war jemand.«

»Draußen im Garten?« Er setzte sich auf einen Stuhl. »Wer?«

»Jemand hat gerufen. Nach jemanden, der Sammy heißt.«

Er lachte. »Wahrscheinlich eine Katze. Du weißt doch, wie weit Geräusche tragen, wenn es kalt und still ist, vor allem auf dem Wasser. Vermutlich war es jemand im Dorf.«

Endlich hatte sie ihre Haare beiseite geschoben, warf ihm ein schiefes Grinsen zu und blies in ihren Tee. »Natürlich. Warum bin ich nicht von selbst darauf gekommen!«

»Weil du dumm bist und ich dich liebe.« Er lächelte, ohne seine Augen von ihrem Gesicht zu wenden. Sie war bleich vor Erschöpfung. Die Anspannung der letzten zwei Monate hatte ihre Spuren hinterlassen. Während er sich mit der Auflösung der Firma herumgeschlagen hatte, war es ihr überlassen geblieben, den Verkauf des Hauses, das Packen und den Umzug zu organisieren; außerdem hatte sie häufig nach Belheddon fahren müssen, um die Wartung der Installationen und der Stromversorgung zu beaufsichtigen. Auch wenn Lyn ihr gelegentlich Tom abgenommen hatte, hatte Joss doch ständig unter Druck gestanden. Sie hatte mindestens fünf Kilo abgenommen, und die dunklen Ringe unter ihren Augen zeugten von den vielen Nächten, in denen sie sich schlaflos im Bett gewälzt hatte, während sie beide zur Decke hinaufgestarrt und schweigend über den Umzug nachgegrübelt hatten.

»Der erste Tag vom Rest unseres Lebens, Joss.« Er hob seinen Becher, um mit ihr anzustoßen. »Prost.«

»Prost.« Sie lächelte.

Eine halbe Stunde später erschienen Alice und Joe, gerade als Joss Tom in den Kinderstuhl hob. »Guten Morgen, mein

Schatz.« Alice blieb stehen, um dem Jungen einen Kuß auf den Kopf zu drücken. »Joss, Liebling, dein Vater und ich haben beschlossen, daß wir heute zurückfahren.«

»Aber Mum ...« Joss starrte sie entsetzt an. »Warum denn? Ich dachte, es gefällt euch hier ...«

»Das tut es auch, Jossie.« Joe setzte sich hin und griff nach der Teekanne. »Und wir kommen ja wieder. Aber wir müssen zu Hause ein paar Dinge erledigen, und wir müssen einkaufen.« Er wackelte mit den Augenbrauen, so daß Tom lachend mit seinem Löffel auf den Tisch trommelte. »Einkäufe für den Weihnachtsmann. Wir sind wieder da, bevor du überhaupt gemerkt hast, daß wir weg waren. Deine Mum braucht ein bißchen Ruhe, Joss. Im Augenblick ist sie nicht in Höchstform.« Er schüttelte den Kopf. »Und ich kenne sie doch. Solange es hier etwas zu tun gibt, gönnt sie sich keine ruhige Minute. Außerdem glaube ich, und da sind wir einer Meinung, daß du und Luke ein paar Tage für euch braucht, um euch richtig einzuleben.«

»Das stimmt doch gar nicht. Wir haben schon darüber gesprochen, und ich möchte, daß ihr bleibt.« Sie wußte, daß sie sich wie ein schmollendes Kind anhörte. Mit einem kläglichen Schniefen drehte sich Joss zum Herd und griff nach dem Kessel. »Ihr dürft nicht fahren. Mum braucht sich ja nicht anzustrengen. Sie kann sich hier ausruhen ...«

»Ich glaube, sie haben recht, Joss«, sagte Luke ruhig.

»Na ja, zumindest bleibt Lyn hier.« Joss atmete tief durch. Sie nahm den Milchkrug und füllte Toms Schnabeltasse.

»Nein, mein Schatz. Lyn kommt mit uns.« Joe angelte den Toast-Ständer zu sich, nahm eine Scheibe heraus, bestrich sie mit Butter und schnitt sie in Streifen, die er seinem Enkel gab. »Wir haben mit ihr darüber gesprochen. Wenn du willst, kann sie nächste Woche wiederkommen – vorausgesetzt, sie hat nicht gerade einen neuen Gelegenheitsjob.« Er seufzte. Lyn hatte für die Schule wenig Interesse aufgebracht und war mit sechzehn abgegangen. Jetzt wanderte sie von einem unbefriedigenden Aushilfsjob zum nächsten. Während Joss ihre A-Levels bestanden, Karriere an der Universität in Bristol gemacht und dann als Lehrerin gearbeitet hatte, blickte Lyn im Alter von dreißig Jahren auf zwei gescheiterte Beziehungen zurück und auf einen erfolglosen Versuch, einen eigenen Partyservice zu leiten. Daraufhin war sie wieder zu ihren Eltern gezogen und hatte ihre halbherzigen Besuche bei den Job-Agenturen wieder aufgenommen. »Deine Mutter und ich werden Mittwoch in einer Woche wiederkommen«, fuhr Joe fort, »also rechtzeitig vor Weihnachten. Und dann bleiben wir, solange du willst, und helfen dir.«

»Das war alles abgekartet!« sagte Joss anklagend, als sie etwas später in der Remise stand, Toms behandschuhte Hand in ihrer. Luke beugte sich über den verrosteten Motor des Bentley. »War das deine Idee?«

Luke richtete sich auf. »Nein, ganz bestimmt nicht. Aber ich hatte das gleiche Gefühl wie sie. Du mußt etwas Zeit alleine hier verbringen, Joss. Das ist wichtig. Du mußt dich orientieren, mußt ein Gefühl für das Haus bekommen. Alice und Joe kennen dich so gut wie ich – ach, besser noch. Wir wissen doch alle, was bestimmte Orte für dich bedeuten.« Er ging hinüber zur Werkbank an der Wand, auf der er bereits einiges Werkzeug ausgebreitet hatte.

Sie schüttelte den Kopf. »Bin ich so leicht zu durchschauen? Ihr wißt alle, was ich fühlen werde, bevor ich es fühle?«

»So ist es!« Er lachte.

»Und was ist mit dir? Wie wirst du dich hier fühlen?«

»Vor allem wird mir kalt sein.« Und unbehaglich, hätte er beinahe hinzugefügt, obwohl er den Grund dafür nicht kannte. So war es Joe und Alice auch ergangen. Sie hatten nichts gesagt, aber er hatte es an ihren Augen abgelesen. Kein Wunder, daß sie abreisen wollten. »Also, vielleicht könntest du es einrichten, daß in einer halben Stunde der Kessel kocht, dann komme ich zum Aufwärmen in die Küche. Wenn's geht, möchte ich mich gerne an meinen Plan halten: Vormittags arbeite ich an der Rostlaube von George Maxim, und am Nachmittag im Haus und im Garten. Joss…« Plötzlich sah er besorgt aus. »Wir haben uns nicht gemeinsam gegen dich verschworen, Liebling. Wirklich nicht. Weißt du was – wenn du glaubst, du könntest dich einsam und verlassen fühlen, dann lad die gute Janet Goodyear und ihren Mann zum Essen ein. Die können es doch gar nicht erwarten, mehr über uns herauszufinden, und wir können sie im Gegenzug ein bißchen über das Haus ausfragen.«

»Also, Tom-Tom, heute fangen wir zur Abwechslung mal oben an.« Hinter Joss lagen zwei Tage, in denen sie ununterbrochen ausgepackt, gesichtet und geputzt hatte; und sie hatte telefonisch ihre Einladung zum Essen ausgesprochen, die von den Good-years und den Fairchilds in der Poststelle begeistert angenommen worden war. Jetzt griff Joss nach dem Staublappen und dem Besen und ging zur Treppe; ihr Sohn heftete sich ihr zielstrebig an die Fersen.

Die kleinen Zimmer auf dem Dachboden gingen ineinander über; alle waren leer, alle hatten Tapeten mit verblichenen Blumen und Blättern, und alle hatten Schrägen und dunkle, staubige Deckenbalken. In die Zimmer zur Südseite hin schien die Winter-sonne und wärmte die Luft, doch in den anderen Räumen war es kalt und düster. Joss schaute kurz zu ihrem Sohn, der ihr nicht von der Seite wich und unentwegt am Daumen lutschte. »Gefällt dir das Haus, Tom?« fragte sie mit einem aufmunternden Lächeln; sie gingen gerade gemeinsam einen Stapel alter Bücher durch.

»Tom nach unten.« Er packte ihren langen Pullover und wickelte ihn sich um die Finger.

»Wir gehen gleich hinunter, um Daddy einen Kaffee zu machen …« Sie brach ab. Irgendwo in der Nähe hörte sie ein Kind lachen. Fußgetrappel, schnelle Schritte, dann Stille.

»Junge«, sagte Tom erfreut und spähte schüchtern hinter ihren Beinen hervor.

Joss schluckte. »Hier gibt es keine Jungen, Tom-Tom.« Aber natürlich mußte es hier Jungen geben, Kinder aus dem Dorf. Das Haus hatte so lange leer gestanden, daß es sehr erstaunlich wäre, wenn die Kinder es sich nicht zum Spielplatz auserkoren hätten.

»Hallo?« rief sie. »Wer ist da?«

Stille.

»Sammy?« Plötzlich fiel ihr der Name wieder ein, als würde er aus dem Dunkel auftauchen. »Sammy, bist du da?« Die Stille war gespannt. Es war keine leere Stille, sondern eine lauschende, fragende Stille.

»Mummy, guck mal!« Tom zerrte an ihrem Pullover. »Metter-ling!« Ein Pfauenauge mit ausgefransten Flügeln, den die Sonne aus dem Winterschlaf geweckt hatte, flatterte matt gegen die Scheibe; von seinen Flügeln fiel rot-blauer Staub hinab.

»Das arme Ding, es ist gefangen.« Joss betrachtete traurig das Insekt. Wenn sie es in die Kälte hinausließ, würde es sterben.

Dieses Mal kam das Gelächter vom anderen Ende des Dachbodens, ein klingendes, fröhliches Gelächter, und dann wieder Schritte. Tom lachte. »Jungen sehen«, forderte er. »Tom Jungen sehen.«

»Mummy möchte die Jungen auch sehen«, stimmte Joss zu. Sie bückte sich, um ihn auf den Arm zu nehmen, und überließ den Schmetterling seinem Schicksal. Dann öffnete sie die Tür zum nächsten Raum. »Sie dürfen nicht hier sein. Wir müssen ihnen sagen, daß sie zum Mittagessen nach Hause...« Sie brach ab. Dieser Raum, der letzte des Speichers, war größer als die anderen. Aus den hohen Fenstern am Ende konnte Joss in den Hof sehen, wo Luke vor den weit geöffneten Garagentüren mit einem Fremden sprach. Joss wirbelte herum. »Wo sind die ungezogenen Bengel hin?«

»Ungezogene Bengel weg.« Tom klang traurig; Tränen standen ihm in den Augen. Es gab keinen Zweifel, von hier waren die Kindergeräusche gekommen, aber der Raum war leer; im Gegensatz zu den anderen Zimmern stand hier nicht einmal Gerümpel herum. Die alten, verzogenen Dielen waren mit Staub bedeckt, in dem kein einziger Fußabdruck zu sehen war.

»Tom, jetzt gehen wir nach unten.« Sie fühlte sich unbehaglich. »Wir kochen Kaffee für Daddy, und dann kannst du ihn holen.« Plötzlich wollte sie diese verborgenen Kinder doch nicht sehen.

Drei Tage später, am Morgen ihrer ersten informellen Abendgesellschaft, öffnete Luke die Tür zum Keller und schaltete das Licht an. Er hatte Joss vom Putzen weggelockt; Tom schlief oben in seinem Zimmer. »Komm, schauen wir uns doch mal die Weinvorräte an. Vielleicht finden wir ja einen guten Tropfen für heute abend.«

Er lief die knarzenden Stufen vor ihr hinab und sah sich um. Es war kalt hier, und in der Luft hing ein starker Modergeruch. Bei der ersten Inspektion vor einigen Tagen hatte er erfreut festgestellt, daß im Keller eine große Menge Wein lagerte; Regale mit Flaschen, Kisten und Kartons stapelten sich den ganzen Keller entlang bis in die Dunkelheit eines zweiten, dahinterliegenden Gewölbes. »Joss?« Er drehte sich nach ihr um.

Joss stand oben am Treppenabsatz.

»Joss, kommst du? Hilf mir beim Aussuchen.«

»Tut mir leid, Luke. Nein.« Sie trat einen Schritt zurück, unfähig, ihr plötzliches Widerstreben zu erklären. »Ich stelle den Kessel an oder so.«

Er starrte sie an. »Joss? Was ist denn los?« Aber sie war schon verschwunden. Achselzuckend wandte er sich dem ersten Weinregal zu. Offensichtlich war Joss' Vater ein Kenner gewesen. Luke erkannte einige der Jahrgänge, aber irgendwann sollte sich ein Fachmann hier umsehen. Vielleicht konnte David Tregarron ihm helfen, wenn er zu Besuch kam. Davids Vorliebe für guten Wein, die noch größer war als seine Liebe für Geschichte, hatte in Joss' Lehrerzimmer immer wieder für Gesprächsstoff gesorgt. Luke schauderte. Es war wirklich kalt hier unten – gut für den Wein, natürlich, aber nicht für Menschen. Während er die Hand nach einer Flasche ausstreckte, hielt er plötzlich mitten in der Bewegung inne und drehte sich um. Er dachte, er hätte aus einer Ecke des Kellers irgendwo hinter den Regalen etwas gehört. Er lauschte und strengte sich an, in den dunklen Nischen, die von der einzigen Glühbirne nicht erhellt wurden, etwas zu erkennen. Er konnte nichts mehr hören.

Befangen fragte er: »Joss? Bist du noch da oben?« Seine Stimme klang sehr hohl. Es kam keine Antwort.

Er wandte sich wieder dem Weinregal zu und versuchte, sich auf die Flaschen zu konzentrieren, aber immer wieder horchte er auf und starrte in die dunklen Ecken. Schließlich griff er mehr oder minder wahllos zwei Flaschen, warf schaudernd einen letzten Blick zurück und sprang dann die Treppen hinauf. Erleichtert warf er die Kellertür hinter sich zu und drehte den Schlüssel um. Dann lachte er laut auf. »Du Dummkopf! Was glaubst du denn, was da unten sein könnte!« Als er in die Küche kam und die Flaschen auf den Tisch stellte, hatte er sich wieder gefaßt.

Roy und Janet Goodyear und die Fairchilds trafen gemeinsam um punkt acht Uhr zum Essen ein. Sie kamen zur hinteren Tür herein und drängten sich bewundernd in die Küche.

»Sie haben ja wirklich alles wunderschön hergerichtet«, sagte Roy Goodyear, als sie nach einem Rundgang durch das Haus in die Küche zurückkehrten. »Jetzt sieht es so nett und bewohnt hier aus.« Joss folgte seinem Blick. Es sah wirklich schön aus. Das Porzellan und die Gläser waren ausgepackt, auf der Anrichte standen hübsche Teller und Blumen, der lange Tisch war gedeckt, und der Herd verbreitete eine behagliche Wärme. Luke hatte die Weihnachtskarten an die Schnüre zu den Dienstbotenglocken gehängt, und über der Tür zur Speisekammer prangte ein großer Strauß Mistelzweige.

»Es tut mir leid, aber wir essen in der Küche«, verkündete Joss und schenkte Janet ein Glas ein.

»Wir würden nirgendwo anders sitzen wollen«, erklärte Sally Fairchild. »Hier ist es wirklich gemütlich.« Sie hatte am Tisch Platz genommen und ihre Ellbogen zwischen die Messer und Gabeln aufgestützt. Joss bemerkte, daß ihr Blick immer wieder zu dem Strohpüppchen wanderte, das Luke an einer Fischerleine über den Tisch gehängt hatte.

»Ich nehme an, daß es bei den Duncans recht förmlich zuging.« Luke nahm den gußeisernen Topf aus dem Ofen und trug ihn zum Tisch. »Setzen Sie sich doch, Roy. Und Sie auch, Alan.«

»Ja, als Philip noch lebte.« Roy Goodyear wuchtete seinen massigen Körper auf den Stuhl neben seiner Frau. Er war Ende Fünfzig und einen Kopf größer als Janet; sein Gesicht war vom Wetter tiefrot gegerbt, und unter den buschigen grauen Augenbrauen leuchteten auffallend hellbraune Augen. »Ihr Vater war ein sehr förmlicher Mensch, Joss.« Mittlerweile wußten beide Paare über Joss' Familienverhältnisse Bescheid. »Allerdings waren alle Leute seiner Gesellschaftsschicht in den sechziger Jahren noch sehr auf Förmlichkeit bedacht. Sie kannten gar nichts anderes. Natürlich gab es hier einen Stab von Dienstboten – Köche, Hausmädchen und zwei Gärtner. Wenn wir zum Essen eingeladen wurden, zogen wir uns immer ganz fein an. Philip hatte einen phantastischen Weinkeller.« Er warf Luke einen fragenden Blick zu. »Wahrscheinlich kann man nicht hoffen, daß er noch existiert.«

»Doch, es gibt ihn noch.« Luke sah zu Joss. Er hatte ihr nichts von seiner Flucht aus dem Keller erzählt und sie auch nicht gefragt, warum sie sich geweigert hatte, ihm nach unten zu folgen. »Einer unserer Freunde aus London – Joss' früherer Vorgesetzter – ist ein recht guter Weinkenner. Ich dachte, wir könnten ihn bitten, sich dort unten umzusehen.«

Roy hatte die Flasche bereits in Augenschein genommen und nickte zufrieden. »Tja, wenn er Hilfe oder Ermunterung braucht, denken Sie an Ihren Nachbarn auf der Farm. Ich würde gerne mal sehen, was es dort unten alles gibt.«

»Bis auf das Gespenst natürlich«, fügte Janet ruhig hinzu.

Einen Moment herrschte Schweigen. Dann sagte Joss: »Na ja, man muß wohl davon ausgehen, daß hier ein Gespenst spukt.«

»Und nicht nur irgendein Gespenst. Im Dorf heißt es, daß der Teufel persönlich hier lebt.« Alan Fairchild hob sein Glas und begutachtete kritisch den Inhalt. »Das stimmt doch, oder, Janet? Sie sind doch die Fachfrau für solche Dinge.« Er grinste breit. Bislang hatte er geschwiegen, und jetzt bereitete ihm das Aufsehen, das seine Worte erregten, offenbar Genugtuung.

»Alan!« Sally Fairchild lief im Kerzenlicht rosa an. »Ich habe dir doch gesagt, daß du nicht davon sprechen sollst. Die armen Leute! Sie müssen hier wohnen!«

»Also, wenn er im Keller haust, dann habe ich ihn nicht gesehen.« Luke hob gerade den Deckel vom Topf und reichte Joss den Servierlöffel. Sein Gesicht war von dem aufsteigenden Dampf verborgen.

Joss runzelte die Stirn. »Wenn wir einen Mitbewohner haben, würde ich gerne wissen, wer es ist«, sagte sie lächelnd zu Alan. »Jetzt kommen Sie, erzählen Sie schon. Wer wohnt noch hier? Ich weiß, daß ab und an Kinder vom Dorf hier sind. Es wäre mir lieber, wenn das ein Ende fände. Ich weiß nicht, wie sie hereinkommen.«

»Die Kinder von heute sind die reinste Plage.« Janet nahm sich ein Stück Brot. »Disziplin ist für sie ein Fremdwort. Ich würde mich nicht wundern, wenn sie tatsächlich herkämen; das Haus hat ja so lange leergestanden, aber mit der Legende …« Sie hielt inne. »Ich hätte gedacht, daß sie zuviel Angst hätten.«

»Sie meinen den Teufel?« Joss sprach mit heiterer Stimme, doch Luke hörte den nervösen Unterton heraus.

Er griff nach einem Teller. »Ich hoffe, Sie meinen das mit dem Teufel nicht ernst.«

»Natürlich meint er es nicht ernst.« Diese Antwort kam von Joss. »Um alte Häuser ranken sich immer Legenden, und wir sollten uns freuen, daß unseres keine Ausnahme macht.«

»An dieser Stelle steht seit alters ein Gebäude«, berichtete Janet nachdenklich. »Ich glaube, schon seit römischer Zeit. Häuser, die eine derart lange Geschichte haben, wirken immer ganz besonders faszinierend. Sie ziehen Legenden an. Das heißt nicht, daß es notwendigerweise etwas gibt, wovor man sich fürchten muß. Schließlich hat Laura jahrelang mehr oder weniger allein hier gelebt, und ich glaube, ihre Mutter auch, nachdem ihr Mann gestorben war.«

Meine Angst macht ihn stärker.

Die Worte, die Joss durch den Kopf gingen, löschten die Unterhaltung der anderen einen Moment völlig aus. Ihre Mutter war von panischer Angst erfüllt gewesen, als sie alleine hier gelebt hatte.

»Dann war das Haus also schon sehr lange im Besitz der Familie?« Luke servierte den Gästen Rosenkohl.

»Ungefähr hundert Jahre. Mindestens, vielleicht auch länger. In der Kirche hängen Gedenktafeln, auf denen die Bewohner vom Herrenhaus verewigt sind. Aber ich glaube nicht, daß sie alle den gleichen Namen haben, wie es sonst üblich ist.« Roy zuckte die Achseln. »Sie sollten sich mal mit einem der Historiker hier im Ort unterhalten. Die wissen sicher darüber Bescheid. Zum Beispiel Gerald Andrews. Er lebt jetzt in Ipswich, aber früher hat er jahrelang hier im Dorf gewohnt, und ich glaube, er hat eine Broschüre über Belheddon geschrieben. Ich kann Ihnen seine Telefonnummer geben.«

»Sie sagten, meine Mutter hätte praktisch allein hier gelebt«, sagte Joss nachdenklich. Da mittlerweile alle Gäste bedient worden waren, setzte sie sich ebenfalls und faltete ihre Serviette auseinander. »Dann hatte sie also keine Gesellschafterin?«

Heute kam er wieder, ohne Warnung und ohne Gnade.

Diese Worte hatten sich in ihr Gehirn eingebrannt. Für Joss beschworen sie eine einsame, gequälte Frau herauf, die in dem großen, leeren Haus von einer entsetzlichen Angst gequält wurde.

»Ich glaube, sie hatte mehrere, aber keine blieb sehr lange, und zum Schluß lebte sie ganz allein hier. Außer Mary Sutton natürlich, die immer engen Kontakt zu ihr hatte. Aber ich glaube nicht, daß es Laura etwas ausmachte, allein zu sein, oder, Janet? Sie ist jeden Tag mit ihrem Hund ins Dorf gegangen, und sie hatte oft Besuch. Sie war ganz bestimmt keine Einzelgängerin. Gäste aus London, und dann gab's natürlich noch den Franzosen.«

»Den Franzosen?« Luke zog die Augenbrauen hoch. »Das klingt ja aufregend.«

»Das war es auch.« Janet lächelte. »Aber ich weiß nicht, ob es stimmt. Im Dorf gingen Gerüchte um, aber letztlich dachten alle, daß sie wegen ihm nach Frankreich gegangen ist. Sie war eine sehr attraktive Frau.«

»Wie ihre Tochter!« Roy hob galant das Glas.

Joss warf ihm ein Lächeln zu. »Und als sie wegging, blieb das Haus leerstehen?«

»Ja. Die Leute fanden es schrecklich. Schließlich war – ist – das Herrenhaus zusammen mit der Kirche das Herz des Dorfes. Haben Sie sich schon mit Mary Sutton unterhalten?«

Joss schüttelte den Kopf. »Jedesmal, wenn ich im Dorf bin, klopfe ich bei ihr an, aber sie macht nie auf. Vielleicht ist sie weggefahren?«

Die vier Gäste tauschten Blicke aus. Sally Fairchild zuckte mit den Schultern. »Das ist seltsam. Sie ist hier, und sie ist auch nicht krank. Sie war gestern im Laden. Vielleicht öffnet sie Fremden nicht die Tür. Das nächste Mal, wenn ich sie sehe, rede ich mit ihr und erkläre ihr, wer Sie sind. Sie müssen unbedingt mit ihr sprechen. Sie hat jahrelang hier gearbeitet. Wahrscheinlich erinnert sie sich noch an Ihre Mutter als Kind.«

»Und wahrscheinlich würde sie sich an den Teufel erinnern, wenn sie ihm leibhaftig begegnet wäre.« Joss äußerte diese Bemerkung mit unbeabsichtigter Ernsthaftigkeit.

»Joss …«, sagte Luke warnend.

»Meine Liebe, ich habe Sie beunruhigt.« Alan blickte reumütig drein. »Achten Sie nicht auf mich. Es ist ein dummes Märchen. Man sollte es nur spätabends vorm Kamin erzählen, wenn man mindestens den dritten Brandy intus hat. Solche Sachen darf man nicht ernst nehmen.«

»Ich weiß.« Joss zwang sich zu einem Lächeln. »Es tut mir leid. Ich wollte nicht so bedeutsam klingen.« Sie griff nach ihrem Weinglas und drehte es zwischen den Fingern. »Wahrscheinlich haben Sie Edgar Gower gekannt, als er hier lebte?« Sie richtete die Frage an Roy.

Er nickte. »Ein witziger Mensch, dieser Edgar. Eine richtige Persönlichkeit! Er hat Ihre Mutter auch sehr gut gekannt.«

»Von ihm habe ich den Namen des Anwalts«, erklärte Joss. »Durch ihn habe ich von Belheddon erfahren. Er wollte mich dazu überreden, die Sache nicht weiter zu verfolgen. Er sagte, das Haus brächte nur Unglück.«

»Er war ein abergläubischer alter Kauz«, lachte Janet freundlich. »Immer wieder hat er Laura gesagt, hier würde es spuken. Das hat sie sehr beunruhigt. Ich bin wirklich wütend auf ihn geworden.«

»Also glauben Sie nicht an das Gespenst?«

»Nein.« Das leichte Zögern, bevor sie antwortete, war fast unmerklich. »Und lassen Sie sich nicht von ihm verrückt machen, Joss. Bestimmt war auch der Bischof der Ansicht, daß Edgar zum Schluß ein bißchen wunderlich wurde, und hat ihn deswegen pensioniert. Am besten gehen Sie ihm aus dem Weg.«

»Ich habe ihm geschrieben, daß wir das Haus geerbt haben. Ich wollte ihm danken, aber er hat nichts von sich hören lassen.« Außerdem hatte sie zweimal bei ihm angerufen, aber nie hatte jemand abgenommen.

»Das ist nicht verwunderlich. Wahrscheinlich geht er voll und ganz in seinen apokalyptischen Visionen auf!« warf Roy ein.

»Nein, sei nicht ungerecht!« widersprach Janet. »Seit seiner Pensionierung fahren die beiden im Winter jedes Jahr für ein paar Monate nach Südafrika zu ihrer Tochter. Das ist der Grund, warum er sich nicht bei Ihnen gemeldet hat, Joss.«

»Ach so.« Joss war erstaunt über die Enttäuschung, die in ihr aufstieg. Sie hatte Edgar als Stütze im Hintergrund gesehen, der ihr mit Rat und Tat zur Seite stand, wann immer sie ihn brauchte. Plötzlich kamen ihr seine Worte in den Sinn – Worte, die sie zu verbannen suchte, sobald sie ihr einfielen, und die sie Luke gegenüber nie wiederholt hatte. »Ich habe darum gebetet, daß

Sie mich nie aufsuchen würden, Jocelyn Grant. Ich wollte nicht die Person sein, die Sie zerstört.«

Das Gespräch war ohne sie weitergegangen. Mit halbem Ohr hörte sie Alan vom Cricketspielen im Dorf sprechen und Sally über die Anekdote einer Nachbarin lachen. Es ging an ihr vorüber. Edgars Stimme klang in ihren Ohren nach: »Mit dem Haus ist zuviel Unglück verbunden. Die Vergangenheit ist vorbei. Man sollte sie ruhen lassen.« Er hatte sie gefragt, ob sie Kinder habe, und auf ihre Antwort hin hatte er nur geseufzt.

Schaudernd schob sie ihren Stuhl zurück und stand auf. »Luke, servier doch jedem noch mal nach! Ich sehe kurz nach, ob oben bei Tom auch alles in Ordnung ist.«

Im Gang, wo nur in einer Ecke eine Tischlampe brannte, war es still. Sie blieb kurz stehen und fröstelte in der Zugluft, die unter der Vordertür hereinwehte. Die Küche war der einzige Raum, den sie auf eine angemessene Temperatur heizen konnten – gesegnet sei der Herd.

Sie mußte nachdenken. Während sie die Lampe anstarrte, wirbelten die Gedanken in ihrem Kopf herum. Edgar Gower; das Haus; die Angst ihrer Mutter – all diese Geschichten mußten doch irgendeine Grundlage haben. Und der Teufel. Warum sollten die Leute glauben, daß in Belheddon der Teufel wohnte?

Als sie die schwere Tür zum großen Saal öffnete, blieb sie entsetzt stehen. Toms durchdringende Schreie erfüllten den Raum und hallten über die Treppe hinunter.

»Tom!« Sie nahm zwei Stufen auf einmal. Der kleine Junge stand tränenüberströmt in seinem Bettchen und umklammerte panisch das Gitter. Es war eisig kalt im Zimmer. Im Dämmerlicht der Nachtlampe sah sie, daß sein Gesicht puterrot angelaufen war. Rasch schloß sie ihn in die Arme. Sein Pyjama war völlig durchnäßt.

»Tom, mein Liebling, was ist denn los?« Sie küßte ihn aufs Haar. Er war schweißgebadet.

»Tom nach Hause«, schluchzte er herzzerreißend. »Tom in Toms Haus!«

Joss biß sich auf die Unterlippe. »Aber hier ist doch Toms Haus, mein Schätzchen. Toms neues Haus.« Sie drückte seinen

Kopf gegen ihre Schulter. »Was ist passiert? Hast du einen bösen Traum gehabt?«

Sie hielt ihn von sich weg, um sein Gesicht zu betrachten. »Tom-Tom? Was ist passiert?«

»Tom nach Hause!« Er schaute über ihre Schulter hinweg zum Fenster, schniefte mitleiderregend und ließ sich von der Wärme ihrer Arme trösten.

»Weißt du was?« Sie schaltete die Deckenbeleuchtung an, worauf das Zimmer hell erleuchtet war. »Jetzt ziehen wir dir einen frischen Schlafanzug an, beziehen dein Bettchen ganz neu, und dann kommst du für ein paar Minuten nach unten, zu Mummys und Daddys Party, bevor du wieder einschläfst. Was hältst du davon?«

Sie setzte ihn sich auf die Hüfte und machte die üblichen Handgriffe – saubere, trockene Kleider und Bettwäsche aus der Kommode holen, ihn umziehen, ihm Gesicht und Hände waschen, die Haare mit der weichen Babybürste bürsten –, und dabei bemerkte sie, daß er alle paar Minuten zum Fenster schaute. Als sie ihn auf den Teppich setzte, um das Bett zu machen, die nasse Wäsche abzuziehen und das Gummilaken zu trocknen, lutschte er mit Hingabe an seinem Daumen.

»Mann weggehen.« Er zog den Daumen gerade lang genug aus dem Mund, um das zu sagen, und lutschte wieder weiter.

Joss drehte sich um. »Welcher Mann?« Ihre Stimme klang schärfer als beabsichtigt, und sie bemerkte, daß seine Augen sich sofort wieder mit Tränen füllten. Verzweifelt streckte er die Arme nach ihr aus, und sie nahm ihn hoch. »Welcher Mann, Tom-Tom? Hast du von einem bösen Mann geträumt?« Obwohl sie es nicht wollte, folgte sie seinem Blick in die Ecke des Zimmers. Sie hatte hübsche Vorhänge für das Fenster gekauft, bunt gemusterte Übergardinen mit Ballons, Schleifen und Clowns, die durch Reifen sprangen. Mit den Gardinen und dem weichen, bunten Läufer war das Kinderzimmer zu einem der freundlichsten Räume im ganzen Haus geworden. Aber war im trüben Licht der kleinen Nachtlampe etwas gewesen, das einen Schatten geworfen und ihn erschreckt hatte?

»Erzähl mir von dem Mann«, forderte sie ihn sanft auf.

»Blechmann.« Tom packte das Medaillon, das an einer Kette

um ihren Hals hing, und zerrte versuchshalber daran. Lächelnd entzog sie es ihm. »Ein Blechmann. Aus einem deiner Bücher?« Das war die Erklärung. Erleichtert seufzte sie auf. Lyn hatte ihm vor ihrer Abfahrt wohl aus »Der Zauberer von Oz« vorgelesen. Sie drückte ihn an sich und sagte: »Komm, Tom-Tom, jetzt stelle ich dir die Nachbarn vor.«

Sie wußte aus Erfahrung, daß ihr Sohn, wenn er in der warmen Küche auf Lukes Knien saß, innerhalb von zehn Minuten einschlafen würde. Und morgen würde sie als allererstes ein Babyphon kaufen, damit Tom nie wieder in seinem abgelegenen Zimmer schreien mußte, ohne daß sie ihn hörten. Mit einem letzten prüfenden Blick durch das Zimmer trug sie ihn in das dunkle, große Schlafzimmer. Dort war es sehr kalt. Das frostige Mondlicht fiel durch die Fenster auf den Boden, ließ die polierten Eichendielen sanft leuchten und warf die Schatten des Himmelbetts als dickes Gittermuster auf den Teppich. Joss blieb stehen, preßte Toms Gesicht an ihre Schulter und schaute in die gegenüberliegende Ecke. Ihre Jacke, die am Griff des Kleiderschranks hing, wirkte wie ein schwarzer Keil vor schwarzem Hintergrund. Schützend drückte sie den kleinen Jungen noch fester an sich.

Katherine.

Es war ein Flüstern in der Stille. Tom hob den Kopf. »Daddy?« sagte er und sah sich um.

Joss schüttelte den Kopf. Es war nichts. Einbildung. Luke saß in der Küche. »Nein, Liebling, da ist niemand.« Sie drückte ihm einen Kuß auf die Haare. »Daddy ist unten. Komm, wir gehen zu ihm.«

»Blechmann.« Tom zog den Daumen lange genug aus dem Mund, um in die dunkle Ecke hinter Joss zu deuten. »Blechmann da.« Er verzog das Gesicht und schluchzte leise auf, bevor er seinen Kopf wieder an ihrer Schulter verbarg.

»Nein, Liebling, kein Blechmann. Das ist nur ein Schatten.« Joss ging schnell zur Tür und rannte fast durch den Flur und die Treppen hinunter.

»Ja, wer ist denn das?« Roy stand auf und streckte die Arme nach Tom aus. »Wieso bist du denn nicht schon früher zu unserer Party gekommen?«

»Joss?« Luke hatte Joss' bleiches Gesicht bemerkt. »Was ist los? Was ist passiert?«

»Nichts. Er hat geweint, und wir haben ihn nicht gehört. Wahrscheinlich hat er schlecht geträumt.«

Von einem Blechmann, der in dunklen Ecken lauerte.

8

In den Schubladen des Rollbureaus stapelten sich Papiere und Briefe – die Relikte eines Lebens, erledigt, abgeheftet und vergessen. Als Joss zwei Tage später auf dem Boden saß und alle Unterlagen um sich ausbreitete, konnte sie nichts finden, was das geheimnisvolle Notizbuch ihrer Mutter erklärte oder auch nur erwähnte. Immer wieder hatte sie es zur Hand genommen. Es waren keine Seiten herausgerissen, keine Einträge auf irgendeine Art entfernt worden. Es war, als hätte ihre Mutter die Titelseite sorgfältig mit Joss' Namen beschriftet und dann nur noch ein einziges Mal danach gegriffen, um diese Zeilen hineinzuschreiben. Die zwei Sätze verfolgten Joss. Sie waren ein flehentlicher Hilferuf, ein Aufschrei der Verzweiflung. Was war passiert? Wer konnte sie derart gequält haben? War es vielleicht der Franzose, den die Leute im Dorf für ihren Geliebten hielten?

Luke hatte sie nichts von dem Notizbuch erzählt, denn für sie war es, als habe ihre Mutter ihr ein Geheimnis zugeflüstert und sie dürfe dieses Vertrauen nicht mißbrauchen. Dieses Rätsel mußte sie allein lösen. Sie legte das Notizbuch beiseite und griff nach der Kaffeetasse, die neben ihr auf dem Teppich stand. Während sie nachdenklich davon trank, blickte sie durch die Glastüren auf den Rasen. In der Nacht hatte es wieder Frost gegeben, und im Schatten der hohen Hecke jenseits des Wagenschuppens war der Rasen noch weiß, aber der Himmel war strahlend blau. Durch das Fenster hallte das klingende Geräusch von Metall, das auf Metall geschlagen wird. Luke kam mit seiner Arbeit am Bentley gut voran.

Ein Rotkehlchen hüpfte auf die Steinplatten der Terrasse und blieb mit zur Seite gelegtem Kopf stehen. Joss lächelte. Nach dem Frühstück hatte sie die Brotkrümel vom Tisch dort ausgestreut, aber der Schwarm Spatzen und Amseln, der von den Bäumen herabgeschwirrt war, hatte kaum etwas übriggelassen.

Im Haus herrschte absolute Stille. Tom schlief, und zumindest im Augenblick hatte sie Ruhe. Sie fuhr mit dem Finger leicht über den Rücken des Notizbuchs. »Mutter«. Das Wort hing in der Luft. In dem Zimmer war es noch immer sehr kalt. Joss fröstelte. Zu ihrer Jeans hatte sie zwei dicke Wollpullover angezogen und sich zum Schutz vor der schrecklichen Zugluft, die überall im Haus herrschte, einen langen Seidenschal um den Hals gebunden, aber trotzdem waren ihre Hände eisig. Bald würde sie in die Küche gehen, um sich aufzuwärmen und sich Kaffee nachzuschenken. Bald. Aber jetzt blieb sie still sitzen, blickte sich um und versuchte, die Gegenwart ihrer Mutter zu fühlen. Dieser Raum war Lauras Lieblingszimmer gewesen, daran hatte sie keinen Zweifel. Ihre Bücher, ihre Nähsachen, ihr Sekretär, ihre Briefe – und doch war nichts von ihr geblieben. In den Kissen hing kein Duft, und wenn Joss mit den Fingern über die Stelle strich, auf der die Hand ihrer Mutter geruht hatte, spürte sie keine Wärme, keine Schwingungen – nichts vermittelte mehr die Aura der Frau, die sie zur Welt gebracht hatte.

Das Kuvert mit der französischen Briefmarke lag in einem verblaßten grünen Kartonumschlag zwischen alten Rechnungen. Joss betrachtete die schräge Handschrift, die verblaßte lilafarbene Tinte. Auf dem Poststempel konnte sie den Ort Paris und das Jahr 1979 entziffern. Innen lag ein dünner Bogen.

»Ma chère Laura – Wie du siehst, bin ich nicht wie erhofft schon gestern nach Hause gekommen. Mein Termin hat sich auf morgen verschoben. Ich werde dich danach anrufen. Gib acht auf dich, Dame meines Herzens. Ich schließe dich in meine Gebete ein.«

Die Unterschrift war ein unleserliches Gekritzel. Sie blinzelte und versuchte, den ersten Buchstaben zu entziffern. War es ein P? Ein B? Seufzend legte sie das Blatt beiseite. Es stand keine Adresse darauf.

»Und was treibst du?« Luke war so leise ins Zimmer gekommen, daß sie ihn gar nicht gehört hatte.

Erschreckt blickte sie auf. »Ich inspiziere den Schreibtisch.«

Wie sie trug er mehrere Pullover übereinander, und darüber den schmutzigen Overall und einen Wollschal; trotzdem fror er, das sah man sofort. Er rieb sich die ölverschmierten Hände. »Hast du Lust auf einen Kaffee? Ich bin zum Eisklotz geworden.«

»Ja, gerne.« Noch während sie die Papiere auf dem Teppich zu einem Stapel zusammenschob, läutete das Telefon. »Mrs. Grant?« Sie kannte die Stimme der Anruferin nicht, aber sie gehörte einer älteren Frau. »Wie ich höre, haben Sie versucht, mich zu erreichen. Ich bin Mary Sutton.«

Joss fühlte, wie ihr Herz einen Satz machte. »Ja, das stimmt, Mrs. Sutton ...«

»Miss, meine Liebe, Miss Sutton.« Plötzlich wurde der Ton am anderen Ende der Leitung etwas kühl. »Fremden öffne ich die Türe nicht, verstehen Sie. Aber da ich nun weiß, wer Sie sind, dürfen Sie mich besuchen. Ich habe etwas, das Sie interessieren könnte.«

»Jetzt?« fragte Joss verwundert.

»Das ist richtig. Es liegt jetzt hier.«

»Gut, dann ich komme ich.« Schulterzuckend legte sie den Hörer auf. »Eine etwas gebieterische Miss Sutton ist bereit, mich zu empfangen. Ich verzichte auf den Kaffee und gehe zu ihr, bevor sie ihre Meinung ändert. Sie sagt, sie hätte etwas für mich. Paßt du auf Tom-Tom auf?«

»Natürlich.« Luke beugte sich vor und gab ihr einen Kuß auf die Wange. »Bis später.«

Als Joss diesmal an der Cottage-Tür klopfte, wurde ihr augenblicklich geöffnet. Mary Sutton war eine kleine, runzelige Frau mit dünnen weißen Haaren, die sie am Oberkopf zu einem Knoten gebunden hatte. Ihr schmales, vogelähnliches Gesicht wurde von einer schweren Schildpattbrille beherrscht.

Sie führte Joss in ein kleines, schmuckes Wohnzimmer, in dem es stark nach altbackenem Brot und verwesten Blumen roch. Auf dem mit einem braunen Plastiktuch bedeckten Tisch lag ein kleines Notizbuch von derselben Art wie das im Sekretär ihrer Mutter. Während sie sich auf den Sessel neben dem Fenster setzte, den Mary Sutton ihr anbot, konnte sie den Blick nicht davon abwenden.

Nach mehreren Sekunden, in denen sie schweigend einer Musterung unterzogen wurde, erschien auf dem ernsten Gesicht ihres Gegenübers ein strahlendes Lächeln. »Sie dürfen mich Mary nennen, meine Liebe, wie Ihre Mutter.« Dann wandte sie sich ab und schenkte Tee ein aus einer Kanne, die auf einem Tablett auf der Anrichte bereitstand. »Ich habe mich um Sie gekümmert, als Sie ganz klein waren. Und ich habe Sie auch zu den Leuten gebracht, die Sie adoptiert haben.« Sie blinzelte heftig. »Ihre Mutter brachte es nicht fertig, dabeizusein. Sie ist in den Feldern unten am Fluß spazierengegangen, bis Sie fort waren.«

Joss starrte sie entsetzt an. Sie hatte einen Kloß im Hals und konnte nichts hervorbringen. In den Augen der alten Dame, die durch die dicken Brillengläser riesig vergrößert waren, standen Tränen.

»Warum hat sie mich weggegeben?« Es dauerte eine Zeit, bis Joss diese Frage zu stellen wagte. Mit zitternden Händen nahm sie die Teetasse entgegen und stellte sie rasch auf dem Tisch ab. Ihr Blick war wieder zu dem Notizbuch gewandert.

»Ganz bestimmt nicht, weil sie Sie nicht geliebt hätte. Im Gegenteil – sie hat es getan, weil sie Sie über alles liebte.« Mary setzte sich, zog sich den Rock über die Knie und schob die Stoffmassen unter ihre knochigen Oberschenkel. »Wissen Sie, die anderen waren gestorben. Und sie dachte, wenn Sie in Belheddon bleiben würden, würden Sie auch sterben.«

»Die anderen?« preßte Joss zwischen trockenen Lippen hervor.

»Sammy und George. Ihre Brüder.«

»Sammy?« Joss starrte sie an; plötzlich war ihr sehr kalt.

»Was sagten Sie, meine Liebe?« fragte Mary.

»Sie haben sich um sie gekümmert? Um meine Brüder?« flüsterte Joss.

Mary nickte. »Von dem Tag an, an dem sie geboren wurden.« Sie lächelte wehmütig. »Sie waren richtige Lausbuben, alle beide. Wie ihr Vater. Ihre Mutter hat sie angebetet. Als sie gestorben sind, ist sie beinahe daran zugrunde gegangen. Zuerst Sammy, dann Georgie. Das hätte keine Frau ertragen.«

»Wie alt sind sie geworden?« Joss hielt ihre Finger angespannt im Schoß verschränkt.

»Sammy war sieben, als er starb, nicht ganz sieben. Und Georgie kam ein Jahr später zur Welt, 1954. Er ist an seinem achten Geburtstag gestorben, Gott segne ihn.«

»Wie?« Joss' Flüstern war kaum zu hören.

»Es war schrecklich, bei beiden. Sammy hat Kaulquappen gefangen. Sie haben ihn im See gefunden.« Es folgte eine lange Pause. »Als Georgie gestorben ist, hat das Ihre Mutter beinahe umgebracht.«

Joss starrte Mary sprachlos an, während ihre Gastgeberin kopfschüttelnd von ihrer Tasse nippte. »Sie haben ihn unten an der Kellertreppe gefunden. Er wußte, daß er dort eigentlich nicht hin durfte. Mr. Philip hatte die Kellerschlüssel. Sie lagen immer noch in seinem abgeschlossenen Schreibtisch.« Sie seufzte. »Aber das ist lange her, meine Liebe. Sie dürfen ihnen nicht nachtrauern. Das hätte Ihre Mutter nicht gewollt.« Sie nahm das Notizbuch zur Hand, legte es auf ihren Schoß und strich sanft darüber. »Das habe ich all die Jahre über aufgehoben. Es ist nur recht und billig, daß Sie es bekommen. Es enthält die Gedichte Ihrer Mutter.« Doch sie legte das Buch nicht beiseite, sondern hielt es eng an sich gedrückt, als ob sie es nicht ertragen könnte, sich davon zu trennen.

»Sie müssen sie sehr geliebt haben«, sagte Joss schließlich mit Tränen in den Augen.

Mary erwiderte nichts, sondern streichelte das Notizbuch immer nur weiter.

»Kannten Sie – kannten Sie den Franzosen, der hierherkam?« Joss betrachtete das Gesicht der alten Dame und bemerkte, daß sie ganz leicht den Mund verzog. Ein Anflug von Mißbilligung, mehr nicht.

»Ja, ich habe ihn gekannt.«

»Und wie war er?«

»Ihre Mutter mochte ihn.«

»Ich weiß nicht einmal seinen Nachnamen.«

Endlich hob Mary den Blick. Offenbar war dies eine Auskunft, die sie preisgeben konnte. »Er hieß Paul Deauville. Er war Kunsthändler. Angeblich hat er die ganze Welt bereist.«

»Hat er in Paris gelebt?«

»Ja.«

»Und ist meine Mutter zu ihm gezogen?«

Die alte Dame erschauderte ein wenig. »Er hat Ihre Mutter von Belheddon weggeholt.«

»Glauben Sie, daß er sie glücklich gemacht hat?«

Mary begegnete Joss' Blick und hielt ihm stand. »Ich hoffe es, meine Liebe. Nachdem sie fort war, habe ich nie wieder von ihr gehört.«

Als befürchte sie, zuviel offenbart zu haben, preßte sie die Lippen zusammen. Nach einigen ergebnislosen Versuchen, mehr von ihr zu erfahren, stand Joss auf und verabschiedete sich. Erst als sie durch die Haustür in die grelle Wintersonne treten wollte, konnte Mary sich schließlich dazu überwinden, ihr das Notizbuch zu geben.

»Hüten Sie es gut. Es ist so wenig von ihr geblieben.« Die alte Dame berührte sie am Arm.

»Ich werde es hüten wie meinen Augapfel.« Joss zögerte. »Mary, möchten Sie uns einmal besuchen kommen? Es würde mich freuen, wenn Sie meinen kleinen Tom kennenlernen.«

»Nein, meine Liebe. Verzeihung, aber das Haus betrete ich nicht. Besser nicht.« Damit verschwand sie wieder in die Dunkelheit ihres kleinen Flurs und schlug Joss beinahe die Tür ins Gesicht.

Joss entdeckte die Gräber hinter dem ihres Vaters. Beide waren mittlerweile überwuchert, und deswegen hatte sie die zwei kleinen weißen Steinkreuze nicht gesehen, die nebeneinander in den Brennnesseln unter dem Baum standen. Sie blieb lange Zeit davor stehen. Samuel John und George Philip. Irgend jemand hatte die beiden Gräber mit weißen Chrysanthemen geschmückt. Joss lächelte durch ihre Tränen hindurch. Zumindest Mary hatte die beiden nie vergessen.

Als sie nach Hause kam, waren Luke und Tom in der Remise in irgendeiner Arbeit vertieft. Mit einem Blick auf die konzentrierten, ölverschmierten Gesichter überließ sie die beiden ihren Mechanikerkünsten und zog sich mit dem Notizbuch ins Arbeitszimmer zurück. Die Sonne hatte es ein wenig aufgewärmt. Lächelnd legte sie im Kamin einige Scheite nach, um das Feuer wieder anzufachen. In ein paar Minuten würde es hier fast erträglich sein. Dann machte sie es sich in dem Sessel in der Ecke bequem und öffnete das Buch. *Laura Manners – Literarisches Notizbuch* stand auf der ersten Seite, in derselben großzügigen Handschrift wie im anderen Buch. Nach einem Blick auf die ersten Seiten stieg Enttäuschung in ihr auf. Sie hatte eigene Gedichte ihrer Mutter erwartet, aber es waren lediglich Zitate und Verse von anderen Autoren – offenbar eine Sammlung ihrer Lieblingsgedichte und -texte. Da waren Keats' Ode *An den Herbst*, zwei oder drei Shakespeare-Sonette, einige Verse von Byron, Grays *Elegie*.

Langsam blätterte sie weiter, las hier und dort einige Zeilen und versuchte, sich ein Bild von der Vorliebe und der Bildung ihrer Mutter zu machen. Romantisch, eklektisch, gelegentlich ausgefallen. Da standen Zitate von Racine und Dante im französischen und italienischen Original, eine kurze Strophe von Schiller. Also war sie sprachbegabt gewesen. Es gab sogar Epigramme auf lateinisch. Aber plötzlich veränderte sich das Gefühl des Buchs. Zwischen zwei Seiten steckte ein altes, an den Rändern eingerissenes Blatt; es war sehr brüchig und mit einem stark verfärbten Tesaband in das Heft geklebt. Es war eine Seite Chinapapier, die, wie Joss vermutete, aus einem katholischen Meßbuch gerissen worden war. Darauf stand auf englisch und lateinisch ein Gebet zum Segnen von Weihwasser.

… Ich tue dies, damit der böse Geist von dir weiche und du die Macht des bösen Feindes bannen mögest, daß du den Feind selbst mit all seinen gefallenen Engeln ausmerzest und vertreibest …

… damit alles, was in der Heimstätte der Gläubigen oder an einem anderen Orte damit besprengt wurde, von allem Unreinen und Schädlichen befreit werden möge. Kein Hauch des Giftes, keine Spur des Übels möge dort noch verweilen. Mögen alle Listen des Verderbers zu nichts führen, und möge alles, was die Sicherheit oder den Frieden jener, die dort wohnen, bedroht, durch das Besprenkeln mit diesem Wasser in die Flucht geschlagen werden …

Joss ließ das Buch sinken. Erst jetzt merkte sie, daß sie die Worte laut gelesen hatte. Im Haus war es ganz still.

Exorcizo te, in nomine Dei + Patris omnipotentis, et in nomine Jesu Christi Filii ejus, Domine nostri, et in virtute Spiritus Sancti...

Der Teufel selbst lebt hier...

Alan Fairchilds Bemerkung klang in ihr nach.

Mehrere Minuten blieb sie still sitzen, bis sie das Notizbuch schloß, zum Sekretär ging und nach dem Telefonhörer griff.

David Tregarron saß im Lehrerzimmer beim Korrigieren, als ihr Anruf durchgestellt wurde.

»Tja, wie gefällt dir denn das Leben in dörflicher Abgeschiedenheit, Jocelyn?« Seine dröhnende Stimme schien durch den Raum zu hallen.

»Ehrlich gesagt finde ich es ziemlich anstrengend.« Sie verzog das Gesicht. Die Worte waren ihr spontan entschlüpft und entsprachen weitaus mehr der Wahrheit als die banale Antwort, die sie sich zurechtgelegt hatte. »Ich hoffe, du kommst uns bald besuchen.« Sie klang verzweifelt, was sie gar nicht beabsichtigt hatte. »David, könntest du mir einen Gefallen tun? Wenn du das nächste Mal im Lesesaal der British Library bist, kannst du nachsehen, ob du für mich etwas über die Geschichte von Belheddon findest?«

Er zögerte, bevor er antwortete, und versuchte, ihren Tonfall zu deuten. »Natürlich kann ich das. Nach dem, was du erzählst, muß es ein wunderschönes altes Haus sein. Ich freue mich schon auf meinen ersten Besuch.«

»Ich mich auch.« Sie war überrascht über die Dringlichkeit, die in ihrer Stimme mitschwang. »Ich würde gerne wissen, was der Name bedeutet.«

»Belheddon? Das klingt ziemlich einfach. Bel – das heißt natürlich schön; oder wenn der Name sehr viel älter ist, stammt er vielleicht von einer keltischen Derivation ab, etwa dem Irischen, und wenn ich mich recht erinnere, hat es die gleiche Bedeutung wie ›Aber‹ in Wales und Schottland – Flußmündung. Oder es könnte von den alten Göttern Bel abstammen, du weißt schon, Beltane, oder der biblische Baal, der den Teufel höchstpersönlich repräsentierte. Und ich glaube, ›heddon‹ bedeutet Heide – oder einen Tempel auf einem heidebewachsenen Hügel oder so etwas...«

»Was hast du gesagt?« fragte Joss mit scharfer Stimme.

»Ein Tempel…«

»Nein, voher. Das mit dem Teufel.«

»Na ja, das ist nur eine Möglichkeit. Eigentlich ziemlich romantisch. Vielleicht stand dort ursprünglich ein Tempel.«

»Der Legende im Dorf nach lebt der Teufel hier, David.« Ihre Stimme war seltsam dünn und heiser.

»Du klingst eher ängstlich als amüsiert. Jetzt komm schon, Joss. Du läßt dich doch nicht von den abergläubischen Dörflern verrückt machen, oder?« Sein jovialer Ton veränderte sich abrupt. »Du glaubst doch nicht etwa wirklich daran?«

»Natürlich nicht.« Sie lachte. »Ich würde nur gerne wissen, warum das Haus diesen Ruf hat. Irgendwie ist es reichlich dramatisch!«

»Na ja, vielleicht in dunklen Nächten, wenn draußen der Wind heult. Ich muß schon sagen, ich kann's gar nicht erwarten, es zu sehen.« Er machte eine kleine Pause. »Dieses Wochenende wäre dir wohl nicht recht, oder? Ich weiß, daß Weihnachten vor der Tür steht, aber die Schule ist fast vorbei. Ich könnte einiges für dich nachlesen und dir vielleicht ein paar Bücher mitbringen.«

Sie lachte glücklich. »Natürlich kannst du kommen! Das wäre großartig. Platz gibt es hier reichlich, vorausgesetzt, du bringst genügend warme Klamotten mit. Hier herrscht arktische Kälte.«

Als Luke mit einem völlig verschmierten Jungen im Arm hereinkam, beide durchgefroren und überaus zufrieden mit sich selbst, stand Joss lächelnd am Herd und rührte die Suppe im Topf um. »Übermorgen kommt David zu Besuch.«

»Wunderbar.« Luke hielt Tom mit einer Hand über das Waschbecken und griff mit der anderen nach der Seife. »Ich freue mich darauf, ihn wiederzusehen. Er wird uns bestimmt Neuigkeiten aus dem guten alten London und der Zivilisation erzählen.« Er lachte, während er seinem Sohn die Hände mit grüner Schmierseife abrieb und Tom vergnügt krähte. »Wirst du dann das Gefühl bekommen, daß dir hier etwas fehlt? Ländliche Langeweile anstatt der großen akademischen Welt?«

»Nein. Wenn ich wirklich wieder einsteigen will, kann ich immer noch ein Forschungsprojekt in Angriff nehmen, das dann in tausend Jahren als Buch herauskommt. Oder vielleicht etwas weniger Anspruchsvolles und dafür Einträglicheres. Das Buch, das David mir vorgeschlagen hat. Vielleicht rede ich noch mal mit ihm darüber.« Sie hatte in letzter Zeit häufiger über seinen Vorschlag nachgedacht.

Sie gab Pfeffer aus der Mühle in die Suppe, rührte sie um, legte den Holzlöffel beiseite und setzte sich an den Küchentisch. »Du hast mich gar nicht gefragt, wie es bei Mary Sutton war.«

Luke zog eine Augenbraue hoch. »Als du zurückgekommen bist, habe ich deinem Gesicht entnommen, daß es teils gut, teils schlecht war. Willst du mir davon erzählen?«

»Meine beiden Brüder sind hier gestorben, als sie noch klein waren, Luke. Bei Unfällen.«

Sie blickte zu Tom und verspürte plötzlich das schmerzliche Verlangen, ihn im Arm zu halten. Wie hatte ihre Mutter es nur ertragen, zwei Jungen zu verlieren?

»Aber Tom-Tom wird nichts passieren, Joss.« Luke konnte immer ihre Gedanken lesen. Dann wechselte er abrupt das Thema. »Hör mal, weil wir gerade über Tom-Tom und dein Schreiben reden – was hältst du davon, wenn wir Lyn bitten, zu uns zu kommen und sich ein bißchen um ihn zu kümmern? Als richtiger Job.« Sorgfältig trocknete er Toms Hände, setzte ihn auf dem Boden ab und schob ihn mit einem kleinen Klaps sanft in Joss' Richtung.

Sie streckte ihm die Arme entgegen. »Du meinst, solange sie keine Arbeit hat? Es stimmt schon, sie kommt gut mit Tom zurecht, und wir könnten wirklich jemanden brauchen, der uns hilft. Aber mehr als ein Taschengeld können wir ihr nicht bezahlen. Ich hätte Zeit, mich mehr um das Haus zu kümmern.« Sie lächelte. »Und meinen Bestseller zu schreiben.«

»Das ist kein Witz, Joss. Wir brauchen das Geld. Du hast doch schon früher Sachen veröffentlicht. Ich bin davon überzeugt, daß du das kannst.«

»Aber früher habe ich nur für wissenschaftliche Zeitschriften geschrieben, Luke. Das große Geld verdient man damit nicht. Und dann die paar Kurzgeschichten.«

»Das kleine Geld würde schon reichen, Schätzchen«, sagte er lächelnd. »Ich finde wirklich, daß du es versuchen solltest. Alles, was uns hilft, über die Runden zu kommen. Damit wir uns Brot und Kartoffeln leisten können, bis wir nächstes Jahr groß einsteigen mit Gemüsebeet, Weingarten, Frühstückspension, Garage für alte Fahrzeuge – mit Darlehen für Kleinunternehmer«, die Unterlagen dafür stapelten sich auf dem Tisch im Eßzimmer, »Kräutergarten, Kindergruppe und Falschgelddruckerei.«

Sie lachte. »Ich bin froh, daß wir keine zu großen Pläne schmieden. Schenk mir ein Glas Wein ein, und dann stoßen wir an auf die Unternehmergruppe Grant, Grant und Davies.« Sie hob Tom auf ihren Schoß und hauchte ihm einen Kuß aufs Haar, verzog aber beim Geruch von Öl, Schmierseife und Dreck das Gesicht. »Junger Mann, ab in die Badewanne.«

Tom drehte sich um und warf ihr ein strahlendes Lächeln zu. »Tom draußen baden.«

Joss erstarrte. Plötzlich tauchte das Bild eines anderen kleinen Jungen vor ihr auf, eines kleinen Jungen, der im See nach Kaulquappen fischte. Sie drückte Tom fest an sich.

»Nein, Tom«, flüsterte sie. »Nicht draußen. Da draußen darfst du nicht schwimmen. Nie.«

9

»Luke?«
      »Hmmm?«
Luke war am Sekretär ihrer Mutter in Unterlagen vertieft. Nach dem Abendessen hatten sie den letzten Rest des Weins, den sie mittags aufgehoben hatten, ins Arbeitszimmer gebracht, um ihn vor dem Feuer zu trinken. Joss saß auf dem Teppich und legte Reisig auf das prasselnde Feuer. Draußen, hinter den Gardinen, hatte sich winterliche Kälte über den stillen Garten gebreitet.

»Wenn wir schon einen Keller voller Wein haben, könnten wir es uns doch leisten, noch eine Flasche zu öffnen, oder?« Neben ihr stand ein Karton mit Briefen und Papieren, den sie hinter den alten Seidenvorhängen in der untersten Schublade der Kommode im Schlafzimmer gefunden hatte. Auf dem Karton stand der Name des Warenhauses Bourne and Hollingsworth. Er trug einen Poststempel vom 23. September 1937 und war an John Duncan Esq., Belheddon Hall, Essex adressiert.

»Freilich. Aber einer von uns müßte sie holen.«

»Das ist deine Aufgabe.«

Er lachte. »Machen wir's doch zusammen, gehen wir beide runter.«

»Hmm.« Sie biß sich auf die Unterlippe.

»So schlimm ist es doch nicht, Joss. Es gibt Licht und Hunderte und Aberhunderte von wunderbaren Flaschen. Keine Ratten.«

»Ich habe doch keine Angst vor Ratten!« wehrte sie verächtlich ab.

»Also gut.« Er legte seinen Stift beiseite und stand auf. »Dann komm.«

»Soll ich nicht besser den Korkenzieher aus der Küche holen?«

»Joss.«

Sie zuckte verlegen mit den Schultern. »Es ist nur – Luke, einer meiner Brüder ist die Kellertreppe hinuntergefallen und war tot.«

Abrupt ließ er sich wieder auf den Stuhl fallen. »Ach, Joss, warum hast du mir das nicht erzählt?«

»Das habe ich erst heute vormittag von Mary Sutton erfahren. Aber als du neulich runtergegangen bist – da habe ich es gespürt. Etwas Seltsames – es hat mir angst gemacht.«

»Das ist nur der kalte, modrige Geruch, Joss.« Seine Stimme war sehr sanft. »Der Tod eines kleinen Jungen ist doch nichts, was einem angst zu machen braucht. Es ist traurig, ja, sehr traurig. Aber das ist doch schon so lange her. Und jetzt sind wir hier, um in dem Haus glücklich zu sein.«

»Glaubst du das wirklich?«

»Warum sollte deine Mutter es dir sonst vererbt haben?«

»Ich weiß es nicht.« Sie umklammerte ihre Knie. »Sie hat es mir vermacht, weil mein Vater es so wollte.« Sie schüttelte den Kopf. »Es ist seltsam. Er ist eine schattenhafte Gestalt. Er wird nie erwähnt. Niemand scheint sich an ihn zu erinnern.«

»Er ist doch lange vor deiner Mutter gestorben, oder? Wahrscheinlich ist das der Grund.« Er stand wieder auf. »Komm.« Er streckte ihr eine Hand entgegen und zog sie auf die Füße. »Jetzt holen wir eine Flasche von Philips Extra-Auslese und betrinken uns sinnlos, solange das Haus noch uns allein gehört. Was meinst du?«

»Klingt gut.« Sie gab ihm einen Kuß.

Der Schlüssel steckte im Schloß. Luke öffnete die Tür, tastete im Dunkeln nach dem Lichtschalter und knipste ihn an. Dann blickte er die Holzstufen hinab, die zu den unterirdischen Gewölben und den Weinregalen mit den verstaubten Flaschen führten. Es war sehr kalt im Keller. Vorsichtig ging er Joss voraus die Stufen hinab und wartete unten auf sie. »In Ordnung?«

Sie nickte. Merkwürdig, die Luft roch abgestanden, aber gleichzeitig auch frisch; es herrschte eine Stille wie in einer Gruft, und doch spürte man durch die Muffigkeit hindurch die frische Kälte des Gartens.

»Sieh mal«, sagte Luke und deutete nach oben an die Wand. »Hinter diesen Gittern sind die Beete vorne am Haus. So kommt die Luft von draußen herein, aber irgendwie scheint sich die Temperatur nie zu verändern. Gut für den Wein.« Er blickte zu dem Regal, das ihm am nächsten stand. »Die neueren Jahrgänge sind wahrscheinlich am ungefährlichsten. Es wäre doch jammerschade, Hunderte von Pfund zu vertrinken, nur um meine Frau zu verführen!«

»Vielen Dank!«

Jetzt war hier unten nichts Beängstigendes zu spüren. Nur Stille und möglicherweise auch Erinnerungen. Joss versuchte, die Gedanken an einen achtjährigen Jungen zu verbannen, der an seinem Geburtstag aufgeregt und fröhlich die Tür öffnete und in die Dunkelheit hinunterspähte... Die Vorstellung war zu entsetzlich. Ärgerlich wischte sie sie beiseite. »Nimm irgendeine, und dann gehen wir wieder hoch. Es ist kalt hier unten.«

»Also gut. Aber davon erzählen wir David nichts, abgemacht? Bevor er kommt, wandern die belastenden Beweisstücke in den Flaschencontainer.« Er holte zwei Flaschen hervor. »Dann komm.«

Nachdem sie die Kellertür verschlossen, den Korkenzieher aus der Küche geholt und bei Tom-Tom nachgesehen hatten –

das Babyphon war angestellt –, machten sie es sich wieder vor dem Kamin bequem. »Also, was haben wir denn da?« Luke begutachtete das Etikett. »Clos Vougeout 1945. Joss, das Zeug ist doch alt! Wahrscheinlich sollten wir es atmen lassen, bevor wir es trinken.«

»Mach die Flasche doch auf, und stell sie ein Weilchen vors Feuer.« Joss griff nach dem Karton mit den Briefen. Alles, um nicht an den Jungen denken zu müssen, der an seinem Geburtstag aufgeregt in die verbotene Dunkelheit spähte...

Belheddon Hall,
Belheddon,
Essex

29. September 1920

Lieber John,
Samuel und ich haben uns sehr gefreut, Dich gestern hier zu sehen und zu hören, daß Du Dich wieder in Pilgrim Hall niederläßt. Und Du wirst heiraten! Lady Sarah ist eine wunderbare, sanfte Frau. Ich weiß, daß sie Dich sehr, sehr glücklich machen wird. Wie gesagt werde ich in einigen Wochen entbinden, aber danach können wir Euch beide bald hier in Belheddon empfangen. Mein Samuel hofft, nächstes Jahr hier im Herrenhaus wieder Tennis-Feste zu veranstalten? Es wäre sehr schön, wenn Ihr beide kommen könntet.
Immer Deine Dich liebende Cousine, Lydia Manners

Lydia Manners. Nachdenklich drehte Joss den Briefbogen um. Die Großmutter, nach der ihre Mutter sie bei ihrer Geburt benannt hatte. Sie zog ein weiteres Bündel Briefe aus dem Karton. Es war mit einer hellblauen Schleife zusammengebunden, auf dem vorne »Vaters Briefe« stand, aber nicht in Lauras Handschrift. Stirnrunzelnd ging Joss sie durch. Unterschiedliche Schriften, unterschiedliche Daten, unterschiedliche Adressen, die ihr nichts sagten. Dann ein Brief von Belheddon Hall. Er war kurz und sachlich:

Unser kleiner Samuel ist am 30. November gesund zur Welt gekommen.

Danke Lady Sarah bitte für ihren Brief. Ich schreibe bald mehr.

Deine Dich liebende Cousine Lydia.

Der Umschlag war an John Duncan, Pilgrim Hall, adressiert. John war also John Duncan, ein Verwandter von Philip. Vielleicht war er dessen Vater gewesen und damit ihr eigener Großvater? Joss legte die Briefe beiseite, starrte gedankenvoll ins Feuer und horchte auf die Stimmen, die ihr im Kopf nachhallten, Stimmen aus ihrer unbekannten Vergangenheit.

»Wie wär's jetzt mit einem Schluck Wein?« Luke hatte sie eine Zeitlang beim Sichten des Kartons beobachtet. Jetzt schob er erleichtert die Rechnungen beiseite, ließ sich neben ihr auf dem Teppich nieder und legte ihr einen Arm um die Schulter. »Du siehst so ernst aus.«

Lächelnd schmiegte sie sich an ihn. »Gar nicht. Ich entdecke nur mehr über meine Vergangenheit. Heute ging es um die Familie meines Vaters.« Luke schenkte zwei Gläser ein. Der Wein war köstlich, dunkelbraun und rauchig, wie ein Novemberwald. Joss spürte, wie die volle Wärme durch ihre Adern floß. Nach nur wenigen Schlucken fühlte sie sich außerordentlich sexy. »Kommt das vom Wein oder von der Aufforderung?« flüsterte sie.

»Von welcher Aufforderung?« Luke setzte sich mit dem Rücken zur Armlehne des Sessels und zog Joss enger an sich. Sein Arm lag auf ihren Schultern, und mit der Hand streichelte er durch den dicken Wollpullover hindurch ihre Brust.

»Diese.« Sie schob den Karton mit dem Fuß beiseite und nahm noch einen Schluck aus ihrem Glas. »Der Wein ist sehr stark.«

Luke lachte auf. »Wahrscheinlich war er ein Vermögen wert, aber was soll's, wenn wir die entsprechende Gegenleistung dafür bekommen? Sollen wir raufgehen?« Er küßte ihr Ohr und knabberte liebevoll an ihrem Ohrläppchen.

»Noch nicht. Erst will ich ein zweites Glas. Luke…« Mit plötzlichem Ernst drehte sie sich zu ihm um. »Nüchtern würde ich mich gar nicht trauen, dir diese Frage zu stellen. Es tut dir nicht leid, daß wir hergekommen sind, oder?«

»Es soll mir leid tun? Ganz bestimmt nicht!« Er schob seine Hand in den Ausschnitt ihres Pullovers.

»Bist du sicher? Wir haben ein Einkommen, das kaum der Rede wert ist ...«

»Dann laß uns auch nicht davon reden.« Genausowenig, wie er von seinen Alpträumen wegen der Firma reden würde, von den Gläubigern, die in der Holzvertäfelung lauerten, von der Depression, die ihn immer wieder befiel, wenn er an Barry dachte und was er ihnen angetan hatte. Was hätte es für einen Zweck? All das gehörte der Vergangenheit an. Er stellte sein Glas ab, beugte sich über sie und verschloß ihr den Mund mit seinen Lippen. »Jetzt komm, laß uns nach oben gehen.«

Sammy! Sammy, wo bist du?

Der Schnee war geschmolzen, und die ersten Schneeglöckchen spitzten aus der gefrorenen Erde hervor. Der kleine Junge kroch unter die anmutigen Äste der alten Tanne und war verschwunden. Als er wieder auftauchte, lief er über den Rasen zum See.

»Halt!« schrie Joss. »Halt! Bitte, geh nicht dorthin ...«

Jemand stellte sich ihr in den Weg. Sie wollte sich an ihm vorbeidrängen ...

»He! Hör auf damit!« Luke wich ihren wild um sich schlagenden Fäusten aus. »Joss, jetzt hör auf! Was ist denn los?«

»Sammy!« Sie kämpfte sich aus dem Schlaf hoch; sie hatte einen bitteren Geschmack im Mund, und in ihrem Kopf dröhnte hämmernd eine Dampfmaschine. »Sammy!«

»Wach auf, Joss. Du träumst.« Luke griff nach ihrer Hand, die sich aus der Bettdecke herauswand. »Joss! Wach auf!«

Sie war nackt, ihre Kleider lagen verstreut am Boden. Die Schultern, die nicht vom Federbett bedeckt waren, fühlten sich eiskalt an. Im Mondlicht, das ins Zimmer strömte, waren das umgekippte Glas am Boden und die leere Flasche neben der Nachttischlampe deutlich zu sehen. Mit aller Macht versuchte Joss, in die Gegenwart zurückzukehren, und drehte verwirrt den Kopf. »Sammy ...«

»Hier ist kein Sammy, Joss. Ich bin Luke, dein Mann. Du weißt schon.« Er streichelte ihre Schultern und zuckte beinahe zusammen, als er die Kälte ihrer Haut spürte. Liebevoll zog er das Federbett über sie.

»Tom…«

»Mit Tom ist alles in Ordnung. Er hat keinen Mucks gemacht. Jetzt schlaf wieder. Bald ist es hell.« Zärtlich deckte er sie fest zu, stützte sich auf den Ellbogen und betrachtete einige Sekunden ihr Gesicht in dem seltsam ätherischen Mondlicht. Sie hatte die Augen geschlossen; sie war gar nicht richtig wach geworden. Irgendein schrecklicher Traum. Das kam vom Wein – sie hatten zuviel getrunken. Reumütig sah er auf die Flasche. Er hatte schon jetzt leichte Kopfschmerzen; in der Frühe würde er einen ausgewachsenen Kater haben. Wie dumm. Er legte sich auf den Rücken und starrte zum bestickten Baldachin empor, während neben ihm Joss' Atem immer gleichmäßiger wurde und sie wieder in einen tiefen Schlaf versank.

Der stets wachsame Schatten in der Ecke regte sich ein wenig. Es war kaum mehr als ein Aufblitzen des Mondlichts auf den Vorhängen, und ein Schauder sinnlicher Begierde schlängelte sich durch die Dunkelheit.

10

David hatte sich begeistert auf die Idee gestürzt, ein Wochenende in East Anglia zu verbringen, ohne sich vorher die Konsequenzen zu überlegen. Als er jetzt durch die Windschutzscheibe seines betagten Vauxhall auf die alten, mit Efeu überwucherten Mauern von Belheddon Hall blickte, platzte er fast vor Neid. Aber dann gewann sein Großmut wieder die Oberhand. Wenn jemand das märchenhafte Glück verdiente, vom Schicksal einen solchen Palast zugespielt zu bekommen, dann Joss. Er dachte an die Informationen, die er in der Bibliothek für sie gefunden hatte, und lächelte. Das Haus war noch um vieles älter, als der Baustil auf den ersten Blick vermuten ließ, und sah auf eine beneidenswert romantische Geschichte zurück.

Er stieg aus dem Wagen und streckte seine steifen Beine, bevor er wieder hineinkroch, um seinen Koffer, den Karton mit Delikatessen von Harrods und seine Aktentasche hervorzukramen.

»Schaut her.« Als sie eine Stunde später am Eßtisch saßen, zeigte er mit dem Finger auf eine Seite seiner Aufzeichnungen. »Die Kirche wurde 1249 gebaut. Ich bin mir nicht sicher, aber wahrscheinlich sind die Fundamente des Hauses mindestens genauso alt. Natürlich bin ich kein Fachmann, aber das phantastische Zimmer mit der Galerie sieht nach fünfzehntem Jahrhundert aus, wenn nicht noch älter. Warum habt ihr denn noch nicht mit dem Geschichtsfritzen hier im Ort gesprochen?«

»Keine Zeit.« Joss zog Tom das Lätzchen über den Kopf und wischte ihm damit das Gesicht ab. David warf ihr einen entsetzten Blick zu. »Warte, bis ich diesen jungen Mann ins Bett gebracht habe, und dann reden wir weiter«, fuhr Joss unbekümmert fort. »Machst du Kaffee, Luke?« Sie hob Tom aus dem Kinderstuhl und setzte ihn sich auf die Hüfte. »Du kannst dir gar nicht vorstellen, wie schön es ist, dich zu sehen, David.« Im Vorübergehen legte sie ihm leicht die Hand auf die Schulter. »Ich muß unbedingt mehr über das Haus erfahren.«

Kaum war sie durch die Tür verschwunden, runzelte David die Stirn. »Das klingt ziemlich gewichtig: ›Ich muß unbedingt mehr erfahren.‹«

»Es ist seltsam für sie, hier zu leben.« Luke füllte den Kessel und stellte ihn auf den Herd. »Versetz dich mal in ihre Lage. Generationen von Vorfahren, und sie weiß so gut wie nichts von ihnen, nicht einmal von ihrer Mutter.« Er setzte sich wieder und schnitt sich ein großes Stück Käse ab. »Sie hat oft Alpträume. Irgendeine dumme alte Frau hier im Ort hat ihr erzählt, daß ihre beiden älteren Brüder im Haus tödlich verunglückt sind. Diese Vorstellung verfolgt sie jetzt.«

David zog eine Augenbraue hoch. »Das kann ich ihr nicht verdenken.« Ein Schauder durchfuhr ihn. »Wie schrecklich. Na ja, zumindest ist die ältere Vergangenheit erfreulicher. Rund zweihundert Jahre lang hat ein Zweig der De Veres hier gelebt. Einen von ihnen haben sie im Tower einen Kopf kürzer gemacht.«

Luke lachte und griff nach seinem Weinglas. »Und das findest du erfreulicher?«

»Ich bin Historiker, und solche Sachen bereiten mir ein morbides Vergnügen.« David kicherte. »Die Geschichte ist wie eine Rolltreppe. Menschen betreten sie unten und fahren langsam hinauf. Wenn sie oben angekommen sind, steigen sie wieder hinab. Manchmal geht etwas schief, und sie fallen runter, oder sie bleiben mit dem Fuß hängen. Sie schauen nach vorne, in die Höhe, oder sie schauen zurück, nach unten.« Er lächelte, befriedigt über seine Metapher. »Letzten Endes ist es egal. Man verschwindet, hinterläßt keine Spur, und hinter einem stehen andere Menschen Schlange, die genauso hinauffahren und wieder runterfallen.«

»Das ist die Philosophie des Weinkellers.« Als Joss wiederkam, füllte Luke ihr Glas nach. Sie hatte sich die Haare gekämmt und den Abdruck von Toms soßenverschmierten Fingern vom Gesicht gewaschen. »Liebes, dieses Haus hat eine hochnoble Geschichte, die Jahrhunderte zurückgeht. Du kannst stolz darauf sein, hier als Schloßherrin zu regieren!«

»Das bin ich auch.« Joss stellte das Babyphon an und setzte sich an den Tisch. »David, nachher gehe ich mit dir in die Kirche. Sie ist sehr schön. Heute morgen haben die Frauen sie für Weihnachten hergerichtet und geschmückt.« Sie lächelte. »Janet hat gesagt, dieses Jahr bräuchte ich noch nicht mitzuhelfen, weil wir gerade erst eingezogen sind.«

»Stell dir das vor!« Luke schüttelte in gespielter Verwunderung den Kopf. »Joss, erinnerst du dich an den alten Witz von den Blumenfrauen, die im Portal hängen? In ein paar Wochen wirst du eine Säule der Kirchengemeinde sein.«

Während Luke sprach, musterte David Joss' Gesicht. Sie hatte abgenommen, seit er sie das letzte Mal gesehen hatte. Unter ihren Augen waren dunkle Ringe, und obwohl sie lachte, bemerkte er eine Anspannung an ihr, die ihm Sorgen bereitete. Erst zwei Stunden später hatte er Gelegenheit, allein mit ihr zu sprechen. Sie hatte Tom in den Kinderwagen gesetzt und schob ihn über die Auffahrt zu dem schmalen, überwachsenen Pfad, der zur Kirche führte.

»Das ist das Grab meines Vaters.« Sie deutete auf den Grabstein.

»Arme Joss.« David steckte die Hände tief in die Taschen. »Du mußt sehr enttäuscht gewesen sein, daß er und deine Mutter schon tot sind.«

»Enttäuscht ist noch untertrieben.« Sie blieb stehen; Tom deutete auf ein Rotkehlchen, das wenige Meter vor ihm auf einem Grabstein gelandet war. »Hast du mehr über den Namen herausgefunden?«

»Belheddon«, sagte er nachdenklich. »Der Name ist uralt. Es gibt natürlich unendlich viele Schreibweisen, wie bei den meisten englischen Ortsnamen, aber im Grunde ist er derselbe wie im Domesday Book. Das geht auf 1087 zurück. Wie weit soll ich denn zurückgehen?« Er grinste sie an und stieß seinen Atem in einer Wolke aus, so daß Tom auflachte.

»Du hast etwas von den Kelten gesagt. Eisenzeit? Bronzezeit?«

»Das war nur eine Vermutung, Joss, und leider bin ich bei der genauen Definition nicht weitergekommen. Es besteht die Möglichkeit, daß der Name von *belwe* abstammt, was auf Mittelenglisch soviel wie Brüllen bedeutet. Heddon heißt mit großer Wahrscheinlichkeit wirklich Heidehügel. Vielleicht haben hier einmal brüllende Kühe geweidet! Aber da müßtest du einen Archäologen fragen. Es gibt archäologische Stätten hier in der Gegend – in einem Buch habe ich gesehen, daß mehrere ganz in eurer Nähe sind –, aber wer kann bei Namen schon Genaues sagen? Möglicherweise haben auch die Römer ihre Spuren hinterlassen, aber das weiß ich noch nicht.«

»Warum sollte der Teufel hier leben, David?«

Sie stand mit dem Rücken zu ihm und beobachtete das Rotkehlchen. David verzog das Gesicht. Ihre Stimme klang anders als sonst, gezwungen munter.

»Ich bezweifle, daß er das tut.« Als sie sich schließlich zu ihm umdrehte, fragte er: »Wovor hast du Angst, Joss?«

Sie zuckte die Schultern und machte sich an Toms Haltegurten zu schaffen. Er hatte zu weinen begonnen. »Ich weiß es nicht. Normalerweise bin ich ja geistig ganz gesund. Und ich liebe das Haus. Es ist nur – irgend etwas stimmt hier nicht.«

»Aber doch nicht der Teufel!« Er sprach wie ein strenger Lehrer, aber in seinem Ton schwang auch ein leicht spöttischer Vorwurf mit.

»Nein, natürlich nicht.« Sie tröstete Tom, klang aber keineswegs überzeugt.

»Joss, wenn der Teufel wirklich irgendwo hier auf Erden leben sollte, glaube ich kaum, daß er sich ausgerechnet Belheddon aussuchen würde, nicht einmal als Landsitz.« Er lächelte, so daß sich tiefe Falten um seine Augen bildeten. »Allein schon deswegen, weil es viel zu kalt hier ist.«

Sie lachte. »Und ich lasse dich hier draußen herumstehen und frieren. Komm, gehen wir hinein.«

Das metallene Schnappschloß fühlte sich selbst durch ihre Handschuhe hindurch eisig an. Mühsam drehte sie den kreisrunden Griff, um die Tür zu öffnen, und schob den Kinderwagen in das dämmerige Licht des Kirchenschiffs.

»Das ist wirklich eine wunderschöne alte Kirche«, sagte David nach einer Weile bewundernd.

Joss nickte. »Ein- oder zweimal bin ich sogar beim Gottesdienst hier gewesen. Die Abendmesse hat mir immer schon gefallen.« Sie führte ihn zur hinteren Wand. »Sieh mal, hier sind mehrere Gedenktafeln von Leuten, die im Herrenhaus gelebt haben. Aber alle heißen anders. Offenbar haben ein Dutzend Familien hier gewohnt. Das ist wirklich ärgerlich, weil ich nicht weiß, wer meine Vorfahren sind oder ob ich überhaupt mit ihnen verwandt bin.« Sie betrachtete eine abgetragene Steinplatte neben der Kanzel. »Hier – Sarah, geliebtes Weib von William Percival von Belheddon Hall, gestorben am 4. Dezembertag 1884. Dann kommt viel später meine Großmutter Lydia Manners, und meine Eltern hießen Duncan. Alles unterschiedliche Familien.«

»Hast du die Familienbibel gefunden?« David war in den Altarraum gegangen. »Ach, hier sind zwei De Veres. 1456 und 1453, beide von Belheddon Hall. Vielleicht waren sie auch deine Vorfahren.«

Joss folgte ihm mit dem Kinderwagen. »Ich bin noch gar nicht darauf gekommen, eine Familienbibel zu suchen. Das ist eine gute Idee!«

»Wenn es wirklich eine gibt und sie entsprechend groß ist, sollte sie sich eigentlich leicht finden lassen. Ich helfe dir später suchen. Aber Joss …« Sein Gesicht war ernst, als er ihr den Arm um die Schultern legte. »Ich glaube wirklich nicht, daß du vom Teufel abstammst!«

»Aber du mußt zugeben, daß es ein interessanter Gedanke wäre, oder nicht?« Sie stand vor dem Altargitter und sah zu dem bunten Bleiglasfenster hinauf. »Andererseits, wenn es wahr wäre, würde mittlerweile bestimmt ein verbrannter Geruch in der Luft hängen, und um meinen Kopf würden Winde heulen und Dämonen schreien.«

Katherine

Das Geräusch im Chorgewölbe über ihr war nicht mehr als ein Raunen im Wind. Keiner von ihnen hörte es.

David setzte sich auf eine Kirchenbank. »Joss – die Sache mit dem Schreiben. Ich habe meinem Freund Robert Cassie bei Hibberds deine Kurzgeschichte *Sohn des Schwertes* gezeigt. Ich war beim Lesen wirklich hingerissen. Ich finde, deine Idee, einen Thriller im Mittelalter spielen zu lassen, funktioniert gut. Ich habe es immer schade gefunden, daß es nur eine Kurzgeschichte ist, und dachte, daß sie einen guten Roman abgeben würde. Das glaube ich auch jetzt noch. Bob ist derselben Meinung. Ich weiß ja nicht, ob es dich reizt, aber wenn du dir vorstellen könntest, die Geschichte zu einem richtigen Roman auszubauen, wäre er interessiert, deine Vorschläge zu hören. Vielleicht könntest du ein paar Charakterskizzen schreiben und zwei oder drei Kapitel, etwas in der Art.«

Sie blieb reglos stehen. »Hat er das im Ernst gemeint?«

David nickte. »Ich habe dir doch gesagt, daß du schreiben kannst, Joss. Ihm haben die Figuren gefallen, und das Rätsel fand er ungeheuer spannend – und in der Geschichte wird es nie gelöst.« Er hob eine Augenbraue. »Weißt du denn, wie das Ganze endet?«

Joss lachte. »Natürlich.«

»Na, dann brauchst du es doch nur noch hinzuschreiben.«

Am selben Abend entdeckten sie die Familienbibel. Das riesige, in Leder gebundene Buch lag unten im Regal hinter dem Sessel ihrer Mutter im Arbeitszimmer. »Von Bücherwürmern angefressen.« David befingerte die brüchigen Seitenränder. »Und wahrscheinlich von Mäusen. Aber da – sieh mal! Dutzende von

Einträgen auf den Vorsatzpapieren. Das ist ja phantastisch. Nehmen wir es doch mit in die Küche, dann können wir es auf dem Tisch unter der hellen Lampe durchsehen.«

Luke wusch sich gerade seine ölverschmierten Hände, als die beiden triumphierend ihren Fund hereintrugen und ihn ehrfürchtig auf den Tisch legten. »Was habt ihr denn jetzt entdeckt?« Er grinste nachsichtig. »Ihr benehmt euch wie zwei aufgeregte Schulkinder!«

Vorsichtig schlug David das Buch auf. »Ah ja. Der erste Eintrag ist von 1694.«

»Und der letzte?« Joss sah ihm über die Schulter.

David blätterte die schweren, handgearbeiteten Seiten durch. »Samuel Philip John Duncan, geboren am 10. September 1946.«

»Sammy.« Joss schluckte schwer. Weder Georgie noch sie, das ausgestoßene Kind der Familie Duncan, war dort eingetragen.

David trat scheu einen Schritt zurück, als würde er seinen Schatz nur widerwillig hergeben. »Da, schau selbst.«

Joss setzte sich hin und legte den Finger auf die Seite. »Da ist sie ja«, sagte sie, »die Sarah aus der Kirche. Sarah Rushbrook, verehelicht mit William Percival am 1. Mai 1861. Dann Julia Mary, geboren am 10. April 1862, gestorben am 17. Juni 1862 – sie ist nur zwei Monate alt geworden.«

»Die Zeiten waren grausam. Die Sterblichkeitsrate bei Kindern war enorm hoch, Joss. Vergiß die Statistik nicht«, entgegnete David streng. Plötzlich war ihm diese Begegnung mit der Vergangenheit unbehaglich.

Joss las weiter. »Mary Sarah, geboren am 2. Juli 1864. Heirat mit John Bennet im Frühjahr 1893. Unser Erstgeborener, Henry John, kam am 12. Oktober 1900 zur Welt – das muß sie geschrieben haben. Unsere Tochter Lydia – das ist wohl meine Großmutter – wurde 1902 geboren, und dann, oh …« Joss hielt kurz inne. »Der kleine Henry John ist 1903 gestorben. Er war nur drei Jahre alt. Der Eintrag ist in einer anderen Handschrift. Der nächste stammt vom 24. Juni 1919. Im Jahr 1903, drei Monate nach dem Tod unseres Sohnes Henry, ist mein Ehemann John Bennet verschwunden. Ich rechne nicht mehr mit seiner Wiederkehr. An diesem Tag hat meine Tochter Lydia Sarah Samuel Manners geehelicht, der an seiner Statt nach Belheddon kommt.«

»Das klingt etwas rätselhaft.« Gebannt setzte Luke sich ihr gegenüber; sein Interesse war erwacht. »Und was kommt dann?«

»Unser Sohn Samuel wurde am 30. November 1920 geboren. Drei Tage später starb meine Mutter Mary Sarah Bennet an der Grippe.«

»Unglaublich.« David schüttelte den Kopf. »Das ist ja wie ein Schnellkurs in Sozialgeschichte. Vielleicht hat das Ende der Grippe-Epidemie, die nach dem Ersten Weltkrieg grassiert ist, sie erwischt. Die arme Frau. Wahrscheinlich hat sie ihren Enkel nie zu Gesicht bekommen.«

»Mich würde interessieren, was mit dem armen, alten John Bennet passiert ist.« Luke lehnte sich nachdenklich in seinem Stuhl zurück.

»Im Arbeitszimmer liegt ein Brief«, sagte Joss langsam. Ihr war plötzlich etwas anderes eingefallen. »Ein Brief von Lydia an ihren Cousin John Duncan, in dem sie ihm von der Geburt ihres Sohnes erzählt. Sie muß das sofort geschrieben haben, noch bevor sie wußte, daß ihre Mutter todkrank war.« Sie sah wieder auf die Einträge in der Bibel. »Sie hat noch drei Kinder bekommen – John, Robert und Laura, meine Mutter. Alle im Abstand von zwei Jahren. Und dann ...« Sie brach erneut ab. »Ach«, fuhr sie dann fort, »im Jahr nach Lauras Geburt ist sie selbst gestorben. Da war sie erst dreiundzwanzig!«

»Wie traurig.« Luke drückte ihre Hand. »Aber das war alles vor langer, langer Zeit, Joss. Du darfst dich nicht davon deprimieren lassen.«

Sie lächelte. »Das tue ich auch nicht. Es ist nur alles so seltsam. Ihren Brief in der Hand zu halten und zu lesen. Das bringt sie mir irgendwie näher.«

»Wahrscheinlich liegen im Haus noch viele Briefe und Dokumente der Familie«, meinte David. »Vom Blickwinkel eines Historikers aus betrachtet ist es großartig, daß deine Mutter alles so hinterlassen hat, wie es war. Phantastisch. Es muß auch Bilder von diesen Leuten geben, gemalte Porträts, Fotos, Daguerreotypien.« Er kippte mit dem Stuhl nach hinten und hielt sich mit den Fingerspitzen an der Tischplatte fest. »Du solltest einen Stammbaum anlegen.«

Joss lächelte. »Das wäre interessant. Vor allem für Tom-Tom, wenn er älter ist.« Kopfschüttelnd blätterte sie zu den Vorsatzpapieren zurück, auf denen die Einträge in kursiver Handschrift und braun verfärbter Tinte großzügig die Seiten füllten. Ihr fiel auf, daß die Daten der ersten vier Generationen in derselben Schrift gehalten waren – vielleicht hatte jemand sie alle nachgetragen, als die neue Bibel angeschafft worden war. Aber danach war jedes neue Jahr, jede neue Generation, jeder neue Familienzweig in einer unterschiedlichen Schrift geschrieben, und jedesmal war es ein neuer Name. »Ich könnte mit diesen Namen in die Kirche gehen und herausfinden, wie viele von ihnen dort beigesetzt sind«, sagte sie. »Ich würde wirklich gerne wissen, was mit John Bennet geschehen ist. Er wird nicht mehr erwähnt. Ob sie ihn wohl hier begraben haben? Vielleicht hatte er einen Unfall.«

»Vielleicht ist er ermordet worden«, grinste Luke. »Nicht jeder in dieser Bibel kann eines natürlichen, sanften Todes gestorben sein...«

»Luke!« Joss' Zurechtweisung wurde von einem wütenden Weinen aus dem Babyphon unterbrochen.

»Ich gehe.« Luke war bereits aufgestanden. »Ihr zwei könnt die Bibel wegräumen und euch schon mal Gedanken übers Abendessen machen.«

Joss schloß das schwere Buch und verzog sorgenvoll das Gesicht, als das Schluchzen immer lauter wurde. »Ich sollte gehen...«

»Luke kommt schon zurecht.« David legte ihr eine Hand auf den Arm und ließ sie einen Augenblick zu lange dort liegen, bevor er sie hastig zurückzog. »Joss, paß auf, daß du Luke mit all diesen Sachen nicht überforderst – mit der Familie, der langen Geschichte, dem Haus. Er muß mit einer Menge fertig werden.«

»Ich muß auch mit einer Menge fertig werden!« Sie knallte das schwere Buch auf die Kommode, und in dem Augenblick hörten sie über das Babyphon, wie die Tür zu Toms Zimmer aufgerissen wurde und Luke mit angsterfüllter Stimme rief: »Tom! Was hast du gemacht?«

Joss rannte zur Tür. Als sie, dicht gefolgt von David, im Kinderzimmer ankam, hatte Luke den Jungen schon hochgenommen. Das Gitterbett stand neben dem Fenster.

»Es ist alles in Ordnung. Ihm fehlt nichts.« Luke drückte Joss das schreiende Kind in den Arm. »Er muß das Bettchen irgendwie durch seine Bewegungen quer durchs Zimmer gerollt haben. Der Boden ist hier etwas abschüssig. Und dann ist er an einer anderen Stelle aufgewacht und hat einen Schreck bekommen. Stimmt's, alter Junge?«

Er fuhr seinem Sohn durchs Haar.

Joss drückte Tom eng an sich und fühlte, wie sein kleiner Körper zitterte. »Du Dummerchen. Was ist passiert? Hast du so heftig in deinem Bettchen geschaukelt, daß es weggerollt ist?«

Tom schniefte. Die Augen fielen ihm schon wieder zu. »Vielleicht hat er nur schlecht geträumt«, flüsterte Luke. »Er hat zwar laut geschrien, aber richtig aufgewacht ist er nicht.«

Joss nickte. Sie wartete, bis Luke das Gitterbett wieder an seinen Platz geschoben und die Decke zurückgeschlagen hatte. »Jetzt geht Tom-Tom wieder ins Bettchen«, murmelte sie zärtlich. Der kleine Junge sagte nichts; seine langen, honigfarbenen Wimpern hatten sich schon wieder auf seine Wangen gesenkt.

»Das ist eine schlaue Erfindung, dieses Babyphon«, meinte David, als sie wieder in der Küche saßen. »Tut er das oft?«

»Eigentlich nicht«, sagte Joss. »Der Umzug hat ihn ein bißchen durcheinandergebracht, das ist alles. Und dann ist er ganz aufgeregt wegen Weihnachten. Alice, Joe und Lyn kommen bald wieder. Lyn wird bleiben und mir als Kindermädchen ein bißchen zur Hand gehen. Und dann hat Luke ihm versprochen, daß wir morgen den Weihnachtsbaum schmücken.« Sie deckte gerade mit achtlosen, raschen Bewegungen den Tisch. David beugte sich vor, legte die Messer und Gabeln ordentlich hin und richtete zwei Messer, deren Klingen über Kreuz lagen. »Vom Teufel mal abgesehen – glaubt ihr, daß es in diesem Haus spukt?« fragte er plötzlich.

»Warum?« Luke drehte sich mit dem Kochlöffel in der Hand zu ihm. »Hast du etwas gesehen?«

»Nein, gesehen habe ich nichts.« David setzte sich langsam hin.

»Aber gehört?« Joss begegnete seinem Blick. Die Stimmen. Die Stimmen der kleinen Jungen. Hatte auch er sie wahrgenommen?

David zuckte mit den Achseln. »Nein, nichts Eindeutiges. Nur ein Gefühl.«

Das Gefühl war in Toms Kinderzimmer gewesen, aber das würde er nie sagen. Es war seltsam – eine Kälte, die aber keine physikalische Kälte war; dafür sorgte schon der Ofen. Eher eine Kälte der – er brach seinen Gedankengang mit einem unterdrückten Lachen ab. Sich selbst gegenüber würde er es eine Kälte der Seele nennen.

11

»Geschenke, Lebensmittel, Decken, Wärmflaschen – ich komme mir vor wie eine Hilfslieferung vom Roten Kreuz!« Am folgenden Vormittag fuhr Lyn mit ihrem alten blauen Mini, der unter dem Gewicht des Gepäcks ächzte, in den Hof ein. »Mum und Dad kommen am Mittwoch, aber ich dachte, ich könnte euch schon mal helfen.« Sie warf David ein schüchternes Lächeln zu. »Ich werde auf Tom aufpassen, damit Joss einen Weltbestseller schreiben kann!«

»Das freut mich.« David grinste. Er hatte Joss' jüngere Schwester erst ein- oder zweimal getroffen und sie etwas kühl und, ehrlich gesagt, auch ein wenig langweilig gefunden. Für Schwestern hatten die beiden wenig Ähnlichkeit. Jetzt wußte er, warum – sie waren gar keine Schwestern.

Erst gegen elf Uhr konnte er Joss aus dem Haus locken unter dem Vorwand, in der Kirche einige Namen aus der Bibel zu suchen. Sie begannen mit Sarah Percival. »Die Tafel ist mir aufgefallen, weil sie so reich verziert ist. Es muß noch ältere geben«, flüsterte Joss und ging das Schiff hinunter. »Ah ja, Mary Sarah Bennet, gestorben 1920. Es heißt nur ›von Belheddon Hall‹. Kein Wort von ihrem verschollenen Ehemann.«

»Vielleicht wollte sie nicht, daß er neben ihr beigesetzt wird.« David schaute gedankenverloren in die Dunkelheit neben dem nördlichen Portal. »Da ist eine wunderschöne kleine Messingplatte. Im Andenken an Katherine…« Er kniff die Augen zusammen. »Ich kann den Nachnamen nicht lesen; die Platte ist zu oft poliert worden. Ich brauche mehr Licht.« Er trat näher heran und zeichnete die Buchstaben mit dem Finger nach. »Sie ist vier-zehnhundert-sonstwas gestorben.«

Katherine

Joss zuckte zusammen, als hätte sie jemand geschlagen, so laut hallte der Klang in der Stille der Kirche wider. Sie stand gerade auf den Stufen zum Altarraum und betrachtete eine hinter dem Pult in die Wand eingelassene Tafel, als David von Katherine sprach. Sie drehte sich um und sah, wie er mit den Fingern über die kleine polierte Messingplatte fuhr. »Faß das nicht an, Da-vid!« schrie sie, ohne nachzudenken.

Schuldbewußt trat er einen Schritt zurück. »Warum denn nicht? Ich trampele ja nicht mit den Füßen darauf herum…«

»Hast du's gehört?« Sie preßte ihre Finger an die Schläfen.

»Was gehört?« Er trat zu ihr. »Joss? Was ist los?«

»Katherine«, flüsterte sie.

Er war geritten, durch die Sommerhitze geritten, um zu ihr zu kommen…

»Das war ich, Joss. Ich habe ihren Namen laut vorgelesen. Sieh mal, dort oben an der Wand, eine kleine Messingtafel. Auf dem Regal davor stehen ein paar vertrocknete Blumen.«

Reiten – reiten in einem fort – der Bote war zwei Tage zu ihm unterwegs gewesen – es könnte bereits zu spät sein –

Das Wasser in der Glasvase war grün und schleimig. »Wir müssen frische Blumen hinstellen«, flüsterte Joss. »Die armen Blumen hier sind schon so lange verwelkt. Niemand kümmert sich darum…«

Schaum stob von den Nüstern seines Pferdes und scheckte das Fell mit weißen Flecken

»Um diese Jahreszeit gibt es nur im Laden frische Blumen«, be-merkte David. Er ging zurück zum Chorgestühl. »Hast du ein Notizbuch mitgebracht? Dann können wir ein paar der Namen aufschreiben.«

Joss nahm die Vase in die Hand und betrachtete sie gedankenverloren. »Auf dem Land gibt es immer Blumen, wenn man weiß, wo man danach suchen muß«, erklärte sie langsam. »Ich werde nachher welche holen.«

Mit einem Blick über die Schulter stellte David fest, daß sie ungewohnt geistesabwesend wirkte. »Willst du das nicht den Blumenfrauen überlassen?« fragte er schließlich.

Sie antwortete mit einem Achselzucken. Dann sagte sie: »Offenbar haben sie sich nicht darum gekümmert. Niemand hat es gemerkt. Die Vase war hier im Dunkeln versteckt. Die arme Katherine...«

Katherine!
Er streckte sich noch tiefer über den Hals des Tieres, trieb es immer noch schneller voran, hörte das Donnern der Hufe auf der sonnenverbrannten Erde und wußte mit einem Teil seines Selbst, daß sein bestes Pferd für immer lahmen würde, wenn er dieses Tempo noch lange beibehielt.

»David!«

Das Hämmern in Joss' Schädel war wie das Donnern der Pferdehufe und ging immer weiter, eins zwei drei, eins zwei drei, über den harten, unnachgiebigen Boden. Alles drehte sich...

»Joss?« Noch während sie auf der schmalen Eichenbank zusammenbrach, stand David neben ihr. »Joss? Was ist los?« Er nahm ihre Hand und rieb sie – sie war eiskalt. »Joss, du bist ja totenbleich! Kannst du aufstehen? Komm, ich bringe dich nach Hause.«

Hinter ihm, weit hinter ihm, versuchte eine kleine Schar Männer mit seinem rasenden Tempo mitzuhalten; auch der Bote war bei ihnen. Aber bald würden sie weit zurückgefallen sein.

Joss lag in der Stille des Schlafzimmers auf dem Bett. Neben ihr saß ihr neuer Arzt Simon Fraser; Luke hatte ihn gerufen. Er hielt ihr Handgelenk in seinem kühlen, festen Griff und beobachtete den Sekundenzeiger seiner Armbanduhr. Schließlich ließ er ihre Hand los. Er hatte bereits ihre Brust abgehört und ihren Bauch untersucht. »Mrs. Grant«, sagte er schließlich und sah sie durch seine goldgeränderte Brille aus seinen hellblauen, klaren Augen an. »Wann hatten Sie Ihre letzte Periode?«

Joss setzte sich auf und stellte erfreut fest, daß es sich in ihrem Kopf endlich nicht mehr drehte. Sie öffnete den Mund, um zu antworten, und zögerte dann. »Na ja, bei dem Umzug und so habe ich wohl nicht so recht darauf geachtet...« Ihre Lächeln verblaßte. »Sie wollen doch nicht sagen...«

»Doch. Ich würde schätzen, daß Sie im dritten Monat schwanger sind.« Er steckte das Stethoskop in seinen Arztkoffer und verschloß ihn. »Dann lassen wir jetzt im Krankenhaus besser einen Ultraschall machen, damit wir genau wissen, wie weit Sie sind.« Lächelnd stand er auf. »War es geplant?«

Katherine

Da war es wieder, dieses Geräusch in ihrem Kopf. Sie bemühte sich, die Worte zu verstehen, aber sie waren zu weit weg.

Katherine, meine Liebste, wart auf mich...

»Mrs. Grant? Joss?« Simon Fraser blickte sie durchdringend an. »Fehlt Ihnen etwas?«

Angestrengt sah Joss zu ihm auf.

»Ich habe Sie gefragt, ob das Baby geplant war«, wiederholte er geduldig.

Sie zuckte die Achseln. »Nein. Ja. Irgendwie schon. Wir wollten noch ein Kind, damit Tom kein Einzelkind bleibt. Vielleicht nicht so bald. Es gibt so viel zu tun...« Es war weg. Die Stimme war verklungen.

»Also, was immer es zu tun gibt – Sie werden es auf keinen Fall tun.« Er griff nach seinem Koffer. »Ich meine es ernst, Mrs. Grant. Dieser Schwächeanfall, den Sie heute vormittag hatten, ist vermutlich ganz normal – die Hormone spielen verrückt –, aber ich habe zu viele Frauen gesehen, die sich in den ersten Monaten der Schwangerschaft übernommen und es später bereut haben. Schonen Sie sich. Das Haus, die Kartons, das Auspacken – das erledigt sich zwar nicht von selbst, aber es ist auch nicht so dringend, daß Sie sich oder das Baby gefährden müßten. Verstanden?« Ein jungenhaftes Grinsen erschien auf seinem Gesicht. »Ich wollte immer schon mal hierherkommen und mir das Haus ansehen – es ist wunderschön –, aber eigentlich will ich nicht zu allen Tages- und Nachtzeiten hier aufkreuzen müssen, weil die neue Schloßherrin sich überanstrengt. In Ordnung?«

Joss setzte sich auf und schwang die Beine über die Bettkante. »Ich habe den Verdacht, daß Sie vorgewarnt worden sind. Luke muß mit Ihnen gesprochen haben, bevor Sie zu mir gekommen sind, Herr Doktor.«

Er lachte. »Vielleicht. Aber vielleicht auch nicht. Ich bin ein ganz guter Menschenkenner.«

Später, in der Küche, wirbelte Luke sie durch die Luft. »Das ist großartig, Liebling! Komm, dafür lassen wir einen Champagnerkorken knallen! David, wagst du dich in den Keller vor? Da unten lagern etliche Flaschen.«

»Luke…«, protestierte Joss und ließ sich in einen Stuhl fallen. »Ich darf doch keinen Champagner trinken. Und außerdem – sollten wir nicht warten, bis die Untersuchungen gemacht sind?« Sie fühlte sich noch immer seltsam verwirrt, als wäre sie zu plötzlich aus einem Traum aufgewacht.

»Ach was.« Lukes Gesicht glühte vor Aufregung. »Dann öffnen wir eine zweite Flasche. Außerdem besteht doch gar kein Zweifel, oder? Er hat gesagt, er könnte es fühlen. Ich bin mir sicher – und du dir doch auch, oder…?« Er blieb kurz stehen, um vier Gläser aus dem Schrank zu holen, und warf ihr einen schelmischen Blick zu. »Eine Frau weiß so etwas doch.«

Joss drückte sich geistesabwesend die Finger auf die Stirn. »Keine Ahnung. Wahrscheinlich hat es schon Anzeichen gegeben.« In den letzten Tagen war ihr morgens leicht übel gewesen, aber weil sie sich um Tom kümmern mußte, hatte sie nicht weiter darauf geachtet. Und ihre Müdigkeit hatte sie darauf geschoben, daß sie einfach viel zuviel zu tun hatte. »Tja, Frau Kindermädchen«, sagte sie zu Lyn, »bald haben Sie einen zweiten Floh zu hüten.«

Lyns Augen funkelten. »Für zwei müßt ihr mir mehr zahlen!«

»Großartig. Vielen Dank!«

»Wenn du an deinem Buch schreibst, mußt du wenigstens stillsitzen. Jetzt hast du keine Ausrede mehr, nicht damit anzufangen«, meinte Luke bestimmt. Er stellte die Gläser auf den Tisch und küßte sie auf den Scheitel. »Ich helfe David, eine Flasche auszusuchen.«

Als Luke langsam die Stufen zum Keller hinunterstieg, stand David bereits vor den Weinregalen. »Hier unten ist es verdammt kalt. Das sind alles Jahrgangsweine, weißt du das? Und einige davon sind noch richtig gut.« Er senkte die Stimme. »Wenn ihr Geld braucht, könntet ihr einen Teil davon verkaufen. Da sind ein paar sehr wertvolle Weine darunter. Schau mal! Haut-Brion 49 – und da: Château d'Yquem!«

»Über wieviel Geld reden wir denn in etwa?« Luke griff nach einer Flasche und hob sie vorsichtig heraus. »Das ist Jahrgang…« Er kniff die Augen zusammen. »… 1948.«

»Schüttel sie bloß nicht! Das, was du in der Hand hältst, ist ungefähr 350 Pfund wert. Hier lagern Tausende von Pfund, Luke. Zehn-, zwanzigtausend, vielleicht noch mehr.«

»Ich war mir nicht sicher. Deswegen wollte ich ja, daß du dir das mal ansiehst.«

David nickte. »Ich kann dir den Namen von jemandem geben, der bei Sotheby's für Weinauktionen zuständig ist; der kann die Flaschen schätzen und katalogisieren. In gewisser Hinsicht ist es ja eine Schande, alles zu verkaufen, aber ich weiß, daß ihr dringend Geld braucht, vor allem, wo jetzt das zweite Kind unterwegs ist. Ihr könntet eine ganz nette Summe dafür bekommen. Außerdem bist du mit Marke Billigetikett genauso zufrieden, stimmt's, du alter Ignorant!« Er lachte.

»Wahrscheinlich sollte ich die besser zurücklegen…« Luke betrachtete die Flasche in seiner Hand.

»Das solltest du wirklich. Komm, suchen wir nach einem Champagner für das Baby.« David nahm eine Flasche aus dem Regal und sah auf das Etikett. »Pommery Brut 1945. Nicht schlecht!«

»Die Kleinigkeit von zwanzig oder dreißig Pfund die Flasche, oder?« stöhnte Luke.

»Eher fünfzig! Ihr führt wirklich ein etwas seltsames Leben hier, nicht?« David schüttelte nachdenklich den Kopf. »Das ganze Drumherum sehr nobel, aber beim Kleingeld hapert's ein bißchen.«

»Ein bißchen!« Luke grinste. Er schob die Gedanken an Barry und die Summen, die er in G & H investiert hatte, beiseite. »Wir wollen uns redlich nähren als Selbstversorger. Das Geld, das ich mit dem Restaurieren von Autos verdiene, ist nicht der Rede wert. Es ist eine Schinderei, weil's so lange braucht, aber hoffentlich bringt es zumindest genug ein, um die Stromrechnung zu bezahlen, die Grundsteuer und derlei. Joss würde nie zulassen, daß wir etwas aus dem Haus verkaufen – sie ist wirklich besessen davon, weil alles so geschichtsträchtig ist. Aber mit dem Wein ist es wohl etwas anderes, oder? Da hätte sie wahrscheinlich nichts dagegen. Wenn wir das alles verkaufen, könnte die Hölle sogar erträglich werden, David.« Er drückte die Flasche an sich. »Sag mal – glaubst du wirklich, daß Joss mit dem Schreiben Geld verdienen könnte?«

»Sie kann schreiben«, antwortete David abwägend. »Sie hat eine unglaubliche Phantasie. Ich hab ihr schon erzählt, daß ich mir erlaubt habe, einem befreundeten Lektor ein paar von ihren Sachen zu zeigen. Eine der Kurzgeschichten hat ihm besonders gut gefallen. Er würde gerne mehr sehen, und das hätte er nie gesagt, wenn ihm nicht ernst damit wäre. Aber alles Weitere – das muß man sehen.« Er schauderte. »Jetzt komm, gehen wir. Es ist wirklich verdammt kalt hier unten. Etwas Heißes zu essen würde uns allen guttun!«

Erst sehr viel später fand Joss Gelegenheit, allein in die Kirche zu gehen. In der Hand hatte sie einen kleinen Strauß aus Stechpalmen, Taubnesseln, Winterjasmin und glänzendem grünem Efeu, der übersät war mit kleinen weißen Blüten.

Als sie den Schlüssel zur Kirche aus seinem Versteck holte und die schwere Tür aufdrückte, war es fast schon dunkel. Vorsichtig stellte sie die saubere Vase mit dem frischen Wasser und den neuen Blumen auf das Regal vor der kleinen Messingtafel. »Das ist für dich, Katherine«, flüsterte sie. »Frische Blumen zu Weihnachten. Katherine?« Sie lauschte und erwartete fast, eine Antwort zu hören, eine Wiederholung der seltsamen Schwingungen in ihrem Kopf, aber nichts passierte. Es blieb still in der Kirche. Mit einem selbstironischen Lächeln im Gesicht machte sie kehrt.

Die Küche war leer. Einen Moment blieb sie vor dem Herd stehen, um sich die Hände zu wärmen. Die anderen waren irgendwo anderweitig beschäftigt. Eigentlich sollte sie Kartons ausräumen oder Geschenke einpacken; sie hatte keine Zeit, herumzustehen und nichts zu tun. Andererseits wäre jetzt eine gute Gelegenheit, noch einmal den Karton mit Briefen im Arbeitszimmer ihrer Mutter durchzugehen; sie war allein und würde nicht gestört werden. Und der Arzt hatte ihr ja gesagt, sie solle sich schonen …

Allmählich machte sich im großen Saal eine weihnachtliche Stimmung breit. Der zwei Meter hohe Baum, den Luke und David am Morgen im Wäldchen hinter dem See gefällt hatten, erfüllte den Raum mit seinem frischen, harzigen Duft. Er stand neben dem Fenster in einer riesigen, mit Erde gefüllten Urne. Lyn hatte die Kartons mit Weihnachtsschmuck gefunden und unter den Baum gestellt. Sie hatte Tom versprochen, daß er nach seinem Abendessen helfen könnte, den Baum zu schmücken. Joss lächelte. Es war wunderbar gewesen, sein Gesicht zu sehen, während sie den Baum in den Saal geschleppt hatten.

Eine große Silberschale, gefüllt mit Stechpalmen, Efeu und gelbem Jasmin, stand mitten auf dem Tisch, ein leuchtender Farbfleck in der Dunkelheit des Zimmers.

Katherine

Joss verzog das Gesicht. Ein seltsames elektrisches Summen lag in der Luft, ein statisches Knistern, als ob gleich ein Unwetter losbrechen würde. Da war es wieder, das Echo hinten in ihrem Kopf – die Stimme, die sie nicht richtig hören konnte.

Als er in den Hof galoppierte, lag das Haus still unter der sengenden Sonne da. Keuchend und schnaubend kam sein Pferd zum Stehen. Von den Dienstboten war nichts zu sehen, und selbst die Hunde regten sich nicht.

Verwundert schüttelte Joss den Kopf. Sie konzentrierte sich auf die Schale mit den Blumen. Das Silber, das sie beim Abwischen mit dem Staubtuch nicht richtig poliert hatte, schimmerte matt im trüben Licht der Stehlampe. Dann fiel ein gelbes Blütenblatt vom Jasmin auf das schwarzglänzende Eichenholz des Tisches.

Er schwang sich aus dem Sattel, ließ das schweißnasse, zitternde Pferd stehen und lief ins Haus. Der große Saal, der nach dem grellen Sonnenlicht düster wirkte, war ebenfalls leer. Mit fünf Schritten hatte er den Raum durchquert und die Treppe erreicht, die zu ihrem Zimmer hinaufführte.

Der harzige Geruch der frisch gefällten Fichte war überwältigend. Joss fühlte, wie sich der Schmerz als enges Band um ihre Stirn legte.

>*Katherine!< Seine vom Staub heisere Stimme war angsterfüllt.*
>*Katherine!<*

»Joss!« Der Ruf hallte durch die offene Tür. »Joss, wo bist du?«

Luke trug einen großen Bund Misteln in der Hand. »Joss, komm her. Sieh mal, was ich gefunden habe!« Mit schnellen Schritten trat er zu ihr und hielt den blaßgrünen, silbern durchsetzten Strauß über ihren Kopf. »Einen Kuß, mein Schatz! Jetzt!« Er lachte über das ganze Gesicht. »Komm, bevor wir uns überlegen, wo wir ihn aufhängen!«

Katherine!

Joss starrte Luke an, ohne ihn wahrzunehmen. Ihre Gedanken waren nach innen gerichtet und versuchten, die Geräusche wahrzunehmen, die aus einer scheinbar endlos weiten Ferne zu ihr herüberdrangen.

»Joss?« Luke ließ die Misteln sinken. »Joss? Was ist los?« Seine Stimme wurde dringlich. »Joss, hörst du mich?«

Katherine!

Es wurde schwächer, gedämpfter, ferner.

»Joss!«

Plötzlich zog ein Lächeln über ihr Gesicht, und sie streckte die Hand nach den Misteln aus. Sie fühlten sich kalt und wächsern an, frisch geschnitten im alten Obstgarten, wo die mit Flechten überwachsenen Apfel-, Reineclauden- und Pflaumenbäume standen.

Schließlich kamen sie überein, einen Teil der Misteln in die Küche zu hängen und die restlichen Zweige in den großen Saal, wo sie von der Galerie herabhingen. Bevor David abfuhr, gab er Joss unter dem Strauß in der Küche einen langen Kuß. »Wenn ich noch etwas über das Haus herausfinde, stecke ich's dir in einen Umschlag. Und du, du kannst in der Zwischenzeit ein paar Kapitel schreiben und an meinen Freund Bob Cassie schicken. Ich habe ein gutes Gefühl, was deinen Roman betrifft.«

»Ich auch, Joss«, erklärte Luke später, nachdem David fort war. Luke und Joss hatten sich ins Arbeitszimmer gesetzt und sprachen über das Buch. »Es ist wirklich eine gute Idee. Lyn ist hier, um dir mit Tom zu helfen und mit dem Baby, sobald es da ist. Du kannst schreiben, das wissen wir alle. Und wir brauchen das Geld.«

»Ich weiß.«

»Hast du denn Ideen?« Er warf ihr einen fragenden Blick zu.

Sie lachte. »Natürlich habe ich Ideen, du Dummkopf! Du weißt doch, daß ich schon ein paar Überlegungen notiert habe, um die Geschichte auszubauen. Sie soll früher anfangen, zu der Zeit, wo mein Held noch ein Junge ist und als Page in einem Haus lebt, das ein bißchen an dieses erinnert. Er soll zu einem Edelmann herangebildet werden, aber dann gerät er in den Rosenkriegen zwischen die Fronten.«

»Hört sich toll an.« Luke gab ihr einen Kuß auf den Scheitel. »Vielleicht verfilmen sie das Buch, und wir werden Millionäre!«

Lachend schob sie ihn von sich. »Zuerst muß es mal geschrieben und veröffentlicht werden. Warum gehst du nicht nach draußen und betätigst dich als Mechaniker, während ich einen Anfang mache?«

In einer der Schubladen hatte sie ein leeres Notizbuch ihrer Mutter gefunden. Sie setzte sich an den altmodischen Schreibtisch, öffnete die erste Seite und griff nach einem Filzschreiber. Der Rest der Geschichte war da, hing schwebend in ihrem Hinterkopf. Sie sah ihren Helden als Jungen genau vor sich. Zu Anfang des Romans war er etwa vierzehn. Er war großgewachsen, hatte sandfarbenes Haar und ein paar Sommersprossen auf der Nase. Er trug eine Samtkappe mit einer kecken Feder und diente dem Herrn von Belheddon.

Sie sah zum Fenster hinaus. Auf den kahlen Zweigen der Kletterrose hockte ein Rotkehlchen. Mit seinen glänzenden schwarzen Augen schien es gebannt ins Haus zu blicken. Er hieß Richard, ihr Held, und die Tochter des Hauses, die Heldin der Kurzgeschichte, war genauso alt wie er und hieß Anne.

Georgie!

Das Rotkehlchen war auf den Fenstersims gehüpft und pickte in dem weichen Moos, das zwischen dem Stabwerk wuchs.

Georgie!

Die Stimme kam aus der Ferne. Das Rotkehlchen hörte sie. Joss sah, wie es plötzlich reglos stehenblieb, dann einmal kurz mit dem Köpfchen nickte und davonflog. Joss umklammerte den Stift. Natürlich war Richard in Anne verliebt, schon von Anfang an, aber damals war es noch die unschuldige Liebe zwischen Jugendlichen. Später, wenn die verfeindeten Parteien Zwist, Hader und Mord über das Haus brachten, würde diese Liebe durch Abenteuer und Krieg auf eine harte Probe gestellt werden.

Sie schrieb zögernd, skizzierte die erste Szene und sah unterdessen zweimal zum Fenster und einmal zur Tür, weil sie glaubte, Fußtrippeln gehört zu haben. Die Scheite im Kamin prasselten leise und behaglich, und einmal, als ein Windstoß den Kamin hinunterfegte, war der Raum erfüllt von süß duftendem Rauch.

Georgie! Wo bist du?

Diesmal klang die Stimme ärgerlich. Sie erschallte direkt vor der Tür. Mit wild klopfendem Herzen stand Joss auf und öffnete sie. Der Flur war leer, die Kellertür zugesperrt.

Sie schloß die Tür zum Arbeitszimmer wieder und lehnte sich dagegen. Natürlich hatte sie sich das alles nur eingebildet, sonst nichts. Sie war dumm. Eine Närrin. Sie ließ sich von der Stille im leeren Haus verrückt machen. Müde ging sie zum Schreibtisch zurück.

Auf ihrem Notizbuch lag eine Rose.

Erstaunt starrte sie die Blüte an. »Luke?« fragte sie. »Luke, wo bist du?«

Ein Holzscheit fiel krachend durch den Rost, und ein Funkenregen sprühte vor den rußgeschwärzten Ziegeln des Kamins auf.

»Luke, wo bist du, du Idiot?« Sie hob die Rose auf und roch daran. Die weißen Blütenblätter waren eiskalt und hatten keinen Duft. Mit einem Schaudern legte sie sie wieder hin. »Luke?« Ihre Stimme wurde dringlicher. »Ich weiß doch, daß du da bist.« Rasch ging sie zum Fenster und zog den Vorhang von der Wand. Keine Spur von Luke.

»Luke!« Sie rannte zur Tür und riß sie auf. »Luke, wo bist du?«

Es kam keine Antwort.

»Luke!« Während sie zur Küche lief, wurde der harzige Geruch immer durchdringender.

Luke stand am Waschbecken und schrubbte sich die Hände. »Hallo. Wo warst du denn? Ich…« Er unterbrach sich, als sie ihm die Arme um den Hals warf. Er griff nach dem Handtuch auf der Ablage, trocknete sich die Hände und schob sie dann sanft von sich. »Joss? Was ist los? Was ist passiert?«

»Nichts.« Sie schmiegte sich an ihn. »Ich bin neurotisch, und meine Hormone spielen verrückt. Ganz normal – du weißt ja, was der Arzt gesagt hat.«

»Und du wirst es mich nicht vergessen lassen, Liebes.« Er führte sie zum Tisch und drückte sie in den Stuhl am Kopfende. »Also, jetzt erzähl mal.«

»Die Rose. Du hast eine Rose auf meinen Schreibtisch gelegt …« Ihre Stimme erstarb. »Das hast du doch, oder?«

Verwundert setzte Luke sich neben sie. »Ich habe draußen am Auto gearbeitet, Joss. Ich wollte noch etwas fertigmachen, bevor es zu dunkel wird. Das Licht in der Garage ist ziemlich schlecht, und außerdem ist es eiskalt. Lyn ist noch mit Tom unterwegs. Sie wollten Tannenzapfen holen, aber sie sollten jeden Augenblick zurückkommen, es sei denn, sie sind durch den Hof gegangen, ohne daß ich es gemerkt habe. Also, was ist mit dieser Rose?«

»Sie lag plötzlich auf dem Sekretär.«

»Und das hat dir angst gemacht? Du Esel, David wird sie dir hingelegt haben.«

»Wahrscheinlich.« Schuldbewußt zog sie die Nase hoch. »Ich dachte, ich hätte gehört, wie…« Sie brach ab. Sie hatte sagen wollen: »Wie jemand nach Georgie rief«, aber sie konnte die Worte noch rechtzeitig zurückhalten. Wenn sie das tatsächlich gehört hatte, dann wurde sie wirklich verrückt. Es war ihre Einbildung, die in dem stillen, düsteren Haus Blüten trieb.

»Wo ist denn diese Rose? Komm, wir holen sie.« Luke stand auf. »Und dann helfe ich dir, für unser Wunderkind das Abendbrot herzurichten. Er wird heute abend nicht ins Bett gehen wollen, bevor er sich nicht am Weihnachtsbaum satt gesehen hat.«

Das Feuer im Arbeitszimmer glimmte nur noch. Luke bückte sich, um ein paar Scheite nachzulegen, während Joss zum

Schreibtisch ging. Ihr Stift lag auf dem aufgeschlagenen Buch; sie hatte ihn so schnell hingeworfen, daß ein langer, fahriger Strich über die Seite lief. Daneben lag eine getrocknete Rosenknospe. Die zusammengerollten Blütenblätter waren braun und so dünn und brüchig wie Seidenpapier. Joss nahm sie in die Hand. »Sie war ganz frisch – kalt.« Sie berührte die Knospe mit der Fingerspitze. Die Blütenblätter fühlten sich an wie Pergamentpapier; ein vertrocknetes Blatt zerfiel unter ihrer Berührung zu nichts.

Luke sah sie an. »Alles nur Einbildung, Schätzchen. Wahrscheinlich ist sie aus einem der Fächer gefallen. Du hast doch gesagt, daß in dem Sekretär lauter alte Sachen von deiner Mutter sind.« Sanft nahm er ihr die Rose aus der Hand, ging zum Feuer und warf sie in die Glut. Im Bruchteil einer Sekunde war sie in Flammen aufgegangen.

12

Lydias Tagebuch öffnete sich bei dem Lesezeichen, einem großen, getrockneten Blatt, das einen leichten Minzeduft verströmte.

16. März 1925. Er ist wiedergekommen. Meine Angst wird mit jeder Stunde größer. Polly ist auf meinen Wunsch hin zum Pfarrhaus gegangen, um Simms zu holen, und die Kinder habe ich mit dem Kindermädchen zu Pilgrim Hall geschickt mit einem Brief, in dem ich Lady Sarah anflehe, sie alle für die Nacht bei sich aufzunehmen. Abgesehen von den Dienstboten bin ich ganz allein.

Joss' Blick wanderte zu dem staubigen Dachbodenfenster. Die Sonnenstrahlen fielen im schrägen Winkel ins Zimmer und hoben die beigefarbenen Gänseblümchen hervor, das einzig noch sichtbare Muster auf der verblichenen Tapete. Obwohl die Sonne das Zimmer erwärmt hatte, zitterte sie und mußte an die hallenden Räume in dem leeren Haus unter sich denken.

Bis auf diese Zeilen war die Seite leer. Joss blätterte weiter – alle Blätter waren unbeschrieben. Der nächste Eintrag stammte bereits vom 12. April, fast einen Monat nach dem ersten.

Jetzt ist es Ostern. Im Garten blühen überall die Narzissen, und ich habe sie körbeweise gepflückt, um jedes Zimmer zu schmücken. Die schleimige Flüssigkeit, die aus den Stielen austritt, hat Flecken auf meinem Kleid hinterlassen – vielleicht eine Strafe für meinen Versuch, dieser abgrundtiefen Verzweiflung zu entkommen. Die schönsten Blumen hob ich für das Grab meines Kleinen auf.

14. April. Samuel hat die Kinder zu seiner Mama gebracht. Ohne Nanny kann ich mich nicht um sie kümmern.

15. April. Polly ist gegangen. Sie war die letzte. Jetzt bin ich wirklich allein. Abgesehen von ihm.

16. April. Simms ist wieder hiergewesen. Er hat mich angefleht, das Haus leer zu lassen. Er brachte wieder Weihwasser mit, um es zu versprengen, aber ich habe den Verdacht, daß alle Wohlgerüche Arabiens und selbst Krüge voll der wundersamen Flüssigkeit das Blut nicht fortwaschen können. Ich kann nicht zum Pfarrhaus gehen. Schließlich habe ich ihn fortgeschickt.

»Joss!«

Lukes Stimme schallte laut vom unteren Treppenabsatz zu ihr in den Speicher hinauf. »Tom schreit!«

»Ich komme schon.« Sie legte das Tagebuch in die Schublade der Kommode zurück und verschloß sie. In dem Buch standen noch zwei weitere Einträge, aber plötzlich hatte sie Angst, sie zu lesen. Jetzt konnte sie Toms Stimme ganz deutlich hören. Warum hatte sie sie nicht schon früher wahrgenommen?

Welches von Lydias Kindern war gestorben? Welches von ihren geliebten Kindern lag in dem Grab auf dem Kirchhof, das sie mit Osterglocken geschmückt hatte?

Zwei Stufen auf einmal nehmend, rannte sie die Treppe hinab und den Flur zum Kinderzimmer entlang. Mit jedem Schritt wurden die kläglichen Schreie lauter.

Tom stand mit verzerrtem Gesicht in seinem Bettchen, ganz naßgeschwitzt vor Aufregung und Kummer. Sobald er sie sah, streckte er die Arme nach ihr aus.

»Tom!« Sie nahm ihn hoch und drückte ihn an sich. »Was ist passiert, mein Liebling?« Sein weiches Haar streifte ihr Gesicht. Es roch nach dem Himbeergelee, das er zum Nachtisch gegessen hatte.

Wie hatte Lydia es ertragen, ein Kind zu verlieren, eines ihrer geliebten Kinder?

Sie preßte Tom noch fester in die Arme und merkte, daß sein Höschen feucht war. Langsam beruhigte sich sein Schluchzen, und er kuschelte sich eng an sie.

»Alles in Ordnung?« Luke steckte den Kopf zur Tür herein.

Joss nickte. Sie hatte einen Kloß im Hals und konnte einen Augenblick lang nichts hervorbringen. »Ich wickele ihn schnell, und dann komme ich mit ihm nach unten. Es ist sowieso bald Zeit für sein Abendessen. Wo ist Lyn?«

Achselzuckend trat Luke näher und versetzte seinem Sohn spielerisch einen Fausthieb. »Alles in Ordnung, alter Junge?« Dann sah er zu Joss. »Und bei dir auch?« Er streichelte ihre Wange. »Geht's dir immer noch schlecht?«

Joss zwang sich zu einem Lächeln. »Nur ein bißchen müde.«

Etwas später ging Joss mit Tom, frisch gewickelt und adrett in einer sauberen Latzhose und einem von seiner Großmutter handgestrickten Streifenpullover, ins Arbeitszimmer. Dort setzte sie ihn auf den Boden und gab ihm vom Sekretär einen Behälter mit Stiften zum Spielen. Dann nahm sie am Sekretär Platz und holte ihr Notizbuch hervor. Auf dem Beistelltisch stand Lukes kleiner Computer. Die Datei mit dem Titel *Sohn des Schwertes* enthielt bereits mehrere Seiten mit Charakterstudien und den Anfang eines Exposés. Ohne etwas wahrzunehmen, starrte sie auf die Seiten ihres Notizbuchs und dann wieder auf den leeren Bildschirm. Eigentlich wollte sie an ihrer Geschichte weiterarbeiten, aber dann fiel ihr wieder die Familienbibel in dem Eckregal ins Auge. Resigniert seufzend klappte sie das Heft zu. Sie wußte, daß sie sich nicht auf den Roman konzentrieren konnte; zuerst mußte sie sich noch etwas in die Geschichte vertiefen, die die Vorsatzblätter der großen, alten Familienbibel enthielten. Sie nahm das Buch aus dem Regal, legte es auf den Schreibtisch und schlug es auf.

Lydia Sarah Bennet heiratete Samuel Manners im Jahr 1919. Sie hatten vier Kinder. Baby Samuel starb drei Monate nach der Geburt 1920; John, der im folgenden Jahr zur Welt kam, starb 1925 im Alter von vier; Robert, geboren 1922, starb mit vierzehn Jahren; und Laura, ihre Mutter, Jahrgang 1924, starb 1984 im Alter von sechzig Jahren. Lydia war 1925 gestorben. Joss biß sich auf die Unterlippe. Die Einträge im Tagebuch waren also nur wenige Monate vor ihrem Tod geschrieben worden.

Sie schluckte. Die verblichene Tinte war verwischt, und an manchen Stellen hatte der Füller gekleckst. Langsam schloß sie das Buch wieder.

»Mummy. Toms Abendessen.« Das bange Stimmchen vom Teppich drang nur langsam in ihr Bewußtsein vor. Tom saß auf dem Teppich vor dem Kamin und sah zu ihr auf. Sein Gesicht war über und über mit lilafarbener Tinte verschmiert.

»O Tom!« Entnervt nahm sie ihn in die Arme. »Du bist schrecklich. Wo hast du den Füller gefunden?«

»Toms Farben«, widersprach er heftig. »Tom macht Bilder.« In der Faust hielt er einen dünnen Füllfederhalter umklammert, der sehr alt war, wie Joss auf den ersten Blick erkannte. Die Tinte mußte schon längst vertrocknet sein, also konnte die Farbe auf Toms Gesicht nur von der Feder stammen, an der er wohl gelutscht hatte. Sie hob ihn sich auf den Schoß ... *Abgesehen von ihm* ... Die Worte gingen ihr nicht aus dem Kopf. *Abgesehen von ihm* ... *Meine Angst macht ihn stärker.* Diese Zeilen hatten zwei Frauen im Abstand von über fünfzig Jahren in ihre Tagebücher geschrieben, zwei Frauen, die von etwas in diesem Haus in extreme Furcht versetzt wurden. Zwei Frauen, die in der Kirche und im Weihwasser Schutz gesucht, deren Hoffnungen sich aber alle zerschlagen hatten.

Als Joss ihren Sohn durch den großen Saal trug, schaute sie zum Christbaum. Mittlerweile war er mit silbernen Kugeln geschmückt, mit langen, glitzernden Fäden silberner Spinnweben und Dutzenden kleiner bunter Lichter; wie ein Talisman stand er in der Ecke des Raums. Sie und Luke hatten bereits einen Stapel Päckchen darunter gelegt, einschließlich der zwei Geschenke von David. Morgen würden Alice und Joe kommen und einen weiteren Berg mitbringen. »Tom Baum sehen.« Kaum hatte sie ihn abgesetzt, rannte er in die Ecke und deutete mit seinem pummeligen Finger auf die Spitze des Baums. »Toms Engel!«

»Toms Engel. Er beschützt uns«, stimmte Joss zu. Luke hatte den kleinen Jungen hochgehoben, damit er die Baumspitze bewundern konnte, die wunderschöne kleine Puppe mit den glitzernden, gefiederten Flügeln, die Lyn gemacht hatte. »Bitte«, murmelte sie ganz leise, als Tom staunend und mit offenem Mund unter den ausladenden Ästen stand, »möge er uns beschützen.«

Sie saßen gerade bei einem frühen Abendessen, als die Glocke an der Vordertür durchs Haus hallte, und fast gleichzeitig hörten sie von der Auffahrt her laute Stimmen erklingen.

»Sternsinger!« Lyn war schon aufgesprungen.

Zwanzig Minuten blieben die Besucher um den Christbaum stehen, jeder mit einem Glas Wein in der Hand, und sangen Weihnachtslieder. Joss sah ihnen von dem Eichenstuhl mit der hohen Rückenlehne in der Ecke aus zu. Seit wie vielen Jahrhunderten hatten solche Sängergruppen die frohe Botschaft von Weihnachten in dieses Haus gebracht? Wenn sie die Augen zusammenkniff, konnte sie die Sänger so sehen, wie Anne und Richard in ihrem Roman sie gesehen haben würden, zusammengedrängt vor dem riesigen Kamin, in Stiefeln, mit roten Nasen und von der Kälte aufgesprungenen Händen. Ihre Laternen standen im Halbkreis auf dem Tisch, und Lyn hatte die Kerzen in den alten Leuchtern angezündet und die Lampen ausgemacht, so daß außer den bunten Lichtchen am Baum kein elektrisches Licht brannte. Sogar die Lieder würden dieselben gewesen sein – nach *This Endris Night* hatten sie *Adam lay ybounden* angestimmt. Joss ließ sich von den Worten umfangen, die den Raum füllten und von den Wänden widerhallten. Vielleicht hatte Katherine an einem ebenso eisigen Abend vor fünfhundert Jahren diese Lieder gehört. Joss erschauderte. Sie konnte sie sich so gut vorstellen: lange, dunkle Haare, die unter der adretten Haube verborgen waren, ihre dunkel-saphirfarbenen Augen strahlend vor Glück, ihr Gewand über den Boden streifend, als sie den Weinkelch hob, um ihrem Herrn zuzutrinken…

Liebste! Beim Julfest war er ihr zum ersten Mal begegnet. Sein Blick war ihrer anmutigen Gestalt gefolgt, während sie mit ihren Cousins tanzte und spielte. Die Musik hatten ihre Augen zum Funkeln gebracht, und ihre Wangen glühten in der Wärme des Kaminfeuers.

»Joss, fehlt dir etwas?« fragte Lyn und legte ihr einen Arm um die Schulter. Ihr war aufgefallen, daß ihre Schwester heftig zitterte. »Was ist los?«

»Nichts. Mir ist nur ein bißchen kalt.« Die Sternsinger bemerkten nichts; sie sangen immer weiter, ihre Stimmen schwangen sich mühelos zu den hohen Noten empor und stiegen in das Gebälk hinauf. Aber es war das letzte Lied. Sie mußten weiter, zuerst zur Farm der Goodyears und dann zum Pfarrhaus. Sie wickelten sich wieder in ihre Schals, zogen die Handschuhe an und nahmen die Münzen für ihren Sammelbeutel entgegen.

Nachdem sie gegangen waren, herrschte eine seltsam tiefe Stille im großen Saal. Als wollte niemand die Stimmung zerstören, blieben alle noch eine Weile schweigend vor dem Kamin sitzen und starrten in die Glut.

Katherine, Liebste, wart auf mich!

Die Worte waren beinahe greifbar, wie ein Traum, an den man sich halb erinnert und der einem immer entgleitet, bevor man ihn fassen kann. Joss seufzte.

»Die Lieder waren so schön«, unterbrach sie schließlich die Stille. »Es ist seltsam – wenn der Teufel hier leben sollte, würde man doch erwarten, daß man das Böse irgendwie spüren könnte. Aber hier ist kein böses Gefühl.«

»Natürlich nicht.« Luke gab ihr einen Kuß. »Ich wünschte, du würdest diese Sache mit dem Teufel vergessen. Wir leben glücklich in einem wunderschönen Haus voll guter Erinnerungen.« Liebevoll fuhr er ihr durchs Haar. »Dem Teufel würde das gar nicht gefallen!«

Als Joss später in das hohe Bett schlüpfte, schlief Luke bereits. Sie hatte lange in der Badewanne gelegen, um die Kälte aus ihren Knochen zu vertreiben, aber das Wasser war nicht heiß genug gewesen. Sie hatte sich gegen das Email gedrückt und versucht,

die letzte Wärme aus dem rasch abkühlenden Bad in sich aufzunehmen. Als sie schließlich mühsam aus der Wanne stieg und
sich in ein Handtuch hüllte, bemerkte sie, daß sich das verküm-
merte Heizungssystem bereits unter den üblichen ächzenden
und klickenden Geräuschen für die Nacht abgestellt hatte.
Heißes Wasser und lauwarme Heizkörper würde es erst morgen
früh wieder geben, wenn sich das System mit Gottes Hilfe unwillig knarzend wieder in Gang setzte. Fröstelnd ging sie in
Toms Zimmer. Er war fest in seine Thermodecken gepackt und
schlief tief; sein Gesicht war warm und rosa. Joss ließ die Tür
einen Spaltbreit offenstehen, schlich in ihr eigenes Zimmer, zog
widerstrebend den Morgenmantel aus und kroch neben Luke ins
Bett.

Draußen stand der Mond als eine harte, silberne Scheibe am
sternübersäten Himmel. Der Garten war mit weißem Rauhreif
überzogen, und es war fast taghell. Luke hatte die Gardinen vor
dem hinteren Fenster nicht ganz zugezogen, deswegen konnte
sie die strahlende Nacht draußen sehen. Das Mondlicht fiel auf
den Boden und über die Bettdecke.

*Da standen sie alle im finsteren Zimmer: die Dienerschaft, die
Familie, der Priester. Bleiche Gesichter wandten sich ihm zu,
als er hereinstürzte. Seine Sporen klirrten auf den Holzdielen
und verfingen sich in dem weichen, süß duftenden Heu, das
gestreut worden war, um die Geräusche zu dämpfen.*

*»Katherine?« Einige Fuß vor dem hohen Bett blieb er stehen.
Sein Atem ging keuchend, sein Herz klopfte wild vor Angst.
Ihr Gesicht war wunderschön und vollkommen friedlich.*

*Kein Schmerz lag in ihren Zügen. Ihr glänzendes dunkles
Haar, unter keiner Haube verborgen, breitete sich über das
Kissen, ihre Wimpern lagen dicht und schwarz auf ihren ala-
basterfarbenen Wangen.*

*»KATHERINE!« Er hörte sich schreien, und endlich regte
sich jemand. Die Frau, die ihn so oft in dieses Zimmer geführt
und ihm Wein gebracht hatte, trat vor ihn; in ihren Armen lag
ein kleines Bündel.*

»Ihr habt einen Sohn, Herr. Zumindest habt Ihr einen Sohn!«

Unruhig drehte Joss sich um und schmiegte sich an Lukes Rücken. Das Mondlicht störte sie. Es war unerbittlich und hart und ließ die Kälte noch kälter wirken. Mit einem Schauder zog sie das Federbett höher, vergrub den Kopf im Kissen neben ihrem Mann und spürte seine sichere Wärme neben sich.

Starr vor Entsetzen sah er auf die Frau im Bett.
»Katherine.«
Jetzt war seine Stimme ein Schluchzen, ein Gebet.
Er warf sich auf die Leiche, schloß sie in die Arme und weinte.

Endlich schlief Joss ein. Beunruhigende Träume stiegen auf und versanken wieder, und sie merkte nichts von dem Schatten, der vor den Mond schwebte und das Bett verdunkelte. Sie fühlte nicht, wie die Kälte im Raum eisig wurde, und spürte auch nicht die kalten Finger, die ihr sacht übers Haar strichen.

Katherine, Katherine, Katherine!
Der Name stieg in die dunkelsten Ecken des Zimmers auf und verlor sich in den Schatten des Daches jenseits des Gebälks, verwob sich mit den Steinen des Hauses, drang in das Gemäuer ein.
Mit tränenüberströmtem Gesicht sah er auf. »Laßt mich allein«, schrie er. »Laßt mich allein mit ihr.«
Er wandte sich an die Dienerin; sein Gesicht verzerrte sich vor Haß. »Nimm das Kind fort. Der Junge hat sie getötet. Er hat meine Geliebte getötet, Gott verfluche ihn! Er hat die süßeste, die sanfteste Frau der Welt getötet!«

Sie wachte mit rasenden Kopfschmerzen auf, und Sekunden später wußte sie, daß sie sich übergeben würde. Ohne sich die Zeit zu nehmen, in den Morgenmantel zu schlüpfen, sprang sie aus dem Bett, rannte ins Bad und fiel vor der Toilette auf die Knie. Es war Luke, der ihr zärtlich übers Haar strich, während sie sich erbrach, ihr etwas Warmes um die Schultern legte und ihr später eine Tasse Tee brachte.

13

Dr. Robert Simms war von 1914 bis 1926 Pfarrer der Kirche von Belheddon gewesen. Als Joss vor dem Bleiglasfenster stand, das zu seinem Gedenken in die Kirche eingesetzt worden war, fragte sie sich, wieviel Trost er Lydia in ihren letzten Monaten wohl hatte geben können. Hatte er Weihwasser im Haus versprengt? Hatte er ihren Sohn begraben? Vermutlich hatte er sie beerdigt. Das Grab draußen im Kirchhof war mittlerweile mit Brennesseln und Efeu überwuchert, aber als sie das Moos entfernte, fand sie darunter die Inschrift:

Samuel Manners, geboren 1882, gestorben 1926,
Lydia Sarah Manners, geboren 1902, gestorben 1925,
ihr kleiner Sohn, Samuel, geboren und gestorben 1925,
ihr zweiter Sohn, John, geboren 1921, gestorben 1925
und Robert, ihr dritter Sohn, geboren 1922, gestorben 1936.

Warum starben die Söhne dieses Hauses alle so jung? Langsam ging Joss den Pfad von der Kirche zur Gartenpforte entlang und blieb eine Minute neben den Gräbern ihrer Brüder stehen. Inzwischen hatte Luke die Nesseln zurückgeschnitten und sie das Moos ausgerissen und Blumenzwiebeln in die kalte Erde gesetzt. Sie zitterte. Immer wieder gingen ihr Edgar Gowers Worte durch den Kopf: »Verstricken Sie sich nicht mit dem Leben der Duncans; Belheddon Hall ist ein Haus voller Unglück. Die Vergangenheit ist vorbei, man sollte sie ruhen lassen.« Ging denn in Belheddon wirklich etwas Schreckliches um? Und wenn – warum fühlte sie sich dann so glücklich hier? Warum gefiel es Luke so gut? Warum empfanden nicht auch sie das Böse, das Lydia und Laura solches Entsetzen bereitet hatte?

Als Joss in den Hof kam, lag Luke mit einem Schraubenschlüssel unter dem Bentley. »Hallo!« Seine Stimme drang aus dem Dunkel unter dem Chassis zu ihr hinauf. »Lyn ist mit Tom nach Colchester gefahren. Geht es dir nach deinem Spaziergang jetzt besser?«

»Ein bißchen.« Sie lehnte sich mit dem Rücken gegen die Mauer der Remise, steckte die Hände in die Taschen und blickte verlegen zu Boden. »Luke, möchtest du einen Kaffee? Ich würde dich gerne etwas fragen.«

»Warum nicht?« Grinsend robbte er unter dem Wagen hervor. Seine Stirn war mit Öl verschmiert, und seine Hände waren schwarz, wie immer in letzter Zeit.

»Also?« sagte er, als sie vor dampfenden Kaffeetassen am Küchentisch saßen. »Was ist los?«

»Irgend etwas stimmt hier nicht, Luke. Es ist ein ganz schreckliches Gefühl. Spürst du es nicht?« Sie saß ihm gegenüber. Der Kaffeegeruch bereitete ihr Übelkeit.

Sein Gesicht wurde ernst. »Was soll nicht stimmen? Etwas mit dem Baby?«

»Nein, nicht mit dem Baby. Luke, ich habe Briefe und Tagebücher gefunden, die meine Mutter und meine Großmutter geschrieben haben.«

»Ich weiß. Ich habe ja gesehen, wie du dich darin vertieft hast.« Er zog die Keksdose zu sich und nahm den Deckel ab. »Ich habe mir schon gedacht, daß sie dich interessieren.« Er schenkte sich Kaffee nach.

»Beide sprechen davon, daß in dem Haus etwas Schreckliches ist, etwas wirklich Entsetzliches.«

»Ach Joss«, sagte er kopfschüttelnd. »Nicht schon wieder. Soll vielleicht der Teufel selbst hier im Keller hausen? Sei nicht so dumm!« Damit stand er abrupt auf und nahm sich noch einen Keks. »Hör, Schätzchen, ich muß wieder an die Arbeit. Wenn's geht, möchte ich gern vor dem Mittagessen noch den Vergaser durchchecken.« Er beugte sich vor und küßte sie auf den Scheitel. »Such nicht nach Problemen, wo's keine gibt. Wir haben verdammtes Glück, dieses Haus zu haben. Wir sind glücklich hier. Es gibt uns die Möglichkeit, noch einmal von vorne anzufangen, und du hast damit eine zweite Familie bekommen, über die du Nachforschungen anstellen kannst. Aber spar dir deine Fantasie für dein Buch auf, Joss. Was in diesem Haus passiert ist, war das wirkliche Leben. Wirkliche Menschen, die in einer wirklichen Zeit gelebt haben. Das war kein Roman. Vielleicht waren deine Großmutter und deine Mutter neurotisch. Das kann man nie wissen. Möglicherweise waren sie beide verhinderte Schriftstellerinnen – vielleicht hast du's von ihnen geerbt. Das wissen wir nicht. Wir wissen nur, daß wir hier ein phantastisches, glückliches Zuhause haben. Morgen kommen Alice und Joe, in drei Tagen ist Weihnachten, und du solltest an unsere eigene Familie denken.«

Natürlich hatte er recht gehabt. Jedesmal, wenn ihre Gedanken während der Weihnachtstage zum tragischen Tod ihrer Brüder oder zu den Ängsten ihrer Mutter und Großmutter zurückkehrten, wies Joss sich streng zurecht und konzentrierte sich auf die Aufgaben, einen Haushalt voller Menschen zu führen, auf einem antiquierten Herd zu kochen, über das Buch nachzudenken und Notizen auf den Block zu schreiben, den sie in der Gesäßtasche ihrer Jeans ständig bei sich trug, Toms Aufregung in Grenzen zu halten und dabei ihre morgendliche Übelkeit und ihre Erschöpfung so gut wie möglich zu verbergen. Alice ließ sich nicht hinters Licht führen, aber sie machte das Spiel mit, trotz Joes Einspruch, sie dürfe sich ebenfalls nicht überanstrengen. Ruhig und bestimmt nahm sie Joss so viele Arbeiten wie möglich ab, und zu ihrer eigenen Überraschung stellte Joss fest, daß sie allmählich wirklich ruhiger wurde. Mit den vielen Leuten schien das Haus nicht so riesig. Die Stille war weg; in jedem Zimmer wurde geflüstert, wurden Geschenke eingepackt und Päckchen versteckt. Das Lametta am Baum war das einzige, das sich im Schatten regte, und auch die Stimmen waren verstummt. Zweimal trat sie spätabends allein auf den Rasen hinaus, um zu den Sternen hinaufzusehen. Voll Ehrfurcht über ihre frostige Schönheit stand sie reglos da, die Hände tief in den Taschen ihrer Jacke vergraben, und stellte sich die überirdische Schönheit der Sphärenmusik vor, die durch die Stille des Gartens schallte. Aber in Wirklichkeit konnte sie nichts hören als die fernen Schreie der Kiebitze im Mondlicht auf den Feldern und die kurzen, dringenden Rufe des Kauzes, der in den Gärten jenseits des Sees auf Jagd ging.

»Sammy? Georgie?« rief sie zaghaft und kam sich dabei etwas lächerlich vor. Sie wußte, daß niemand da war. Wahrscheinlich hatte sie sich alles nur eingebildet.

Lächelnd drehte sie sich um und ging über den Hof. Es würde ein schönes Weihnachten werden; sie würden sich in Belheddon alle sehr wohl fühlen und ganz, ganz glücklich sein.

Drei Wochen nach Weihnachten kam Joe zu Joss ins Arbeitszimmer, wo sie im Sessel am Kamin döste; auf ihrem Schoß lag das Notizbuch, zwischen ihren Fingern hing ein Stift. »Deiner Mutter geht es nicht besonders gut, Joss. Der Arzt hat gesagt, daß sie sich nicht überanstrengen soll, aber genau das hat sie in den letzten Wochen getan. Ich fahre mit ihr nach Hause, damit sie sich ausruhen kann. Aber Lyn ist ja hier, um euch zu helfen. Sie ist ein gutes Mädchen, und das Landleben gefällt ihr ausgezeichnet.« Als er sie liebevoll anlächelte, zeigten sich auf seinem Gesicht Hunderte tiefer Falten.

»Dad.« Joss streckte eine Hand nach ihm aus. Ihr fiel ein, daß sie von Richard geträumt hatte, der in der Geschichte ihres Romans ein glückliches Leben in einem älteren, primitiveren, aber auch sonnigeren Belheddon führte. »Ich habe gar nicht gewußt, daß Mum krank ist! Warum hat sie mir nichts gesagt?«

»Sie wollte nicht, daß irgend jemand davon weiß. Und ihr fehlt nichts, was ein bißchen Ruhe und liebevolle Fürsorge von ihrem alten Mann nicht beheben könnte. Jetzt mach dir keine Sorgen, und laß uns ohne große Szenen heimfahren.«

Später saß Joss im Schlafzimmer, während Lyn am Fenster stand. »Sie wollte mir nicht sagen, was ihr fehlt.«

»Mir auch nicht«, stimmte Lyn besorgt zu. »Du kennst sie doch. Sie macht nie großes Aufhebens von sich.« Tränen standen ihr in den Augen, als sie sich zu Joss umdrehte. »Wenn es schlimmer wird mit ihr, muß ich zu ihnen zurück. Dann darf ich sie nicht alleine lassen.«

»Natürlich nicht. Aber Lyn, warum wollten sie nicht hierbleiben? Wir könnten uns doch beide um sie kümmern.«

Lyn schüttelte den Kopf. »Also wirklich, Joss. Hier ist dein Zuhause. Das Zuhause deiner leiblichen Eltern. So schön es auch ist, Mums und Dads Welt ist es nicht. Meine eigentlich auch nicht, aber ich bin ja bereit, mich aufzuopfern.« Sie lächelte matt. »Außerhalb von London fühlen sie sich im Grunde nie richtig wohl, das weißt du doch. Dort sind all ihre Freunde, und ihre Familie auch. Hier draußen, das ist eine Traumwelt. Sie freuen sich für dich – wirklich –, aber sie gehören nicht hierher.«

»Das stimmt wohl«, sagte Joss seufzend und lehnte sich im

Bett zurück. »Warum müssen Dinge sich verändern, Lyn? Warum werden Leute alt und krank? Das ist so ungerecht.«

»Das ist der Lauf der Welt.« Lyn ging zur Tür. »Manche Leute werden alt, andere bekommen Kinder. Ich bin nicht so philosophisch veranlagt wie du, aber sogar ich sehe, daß das Leben eben so ist. Wahrscheinlich lehnen sich die Menschen jeder Generation dagegen auf, älter zu werden, aber dann akzeptieren sie das Unvermeidliche und finden sich damit ab. Jetzt ruh dich aus. Du siehst auch kaputt aus. Du weißt doch, daß der Arzt dir verboten hat, zuviel zu tun. Ich gehe mit Tom spazieren, und dann trinken wir Tee, ja? Wenn es dunkel ist und Luke mit der Arbeit aufhört.«

Zitternd zog Joss die Decke über sich. Draußen im Garten herrschte völlige Stille. Die dünne Schneedecke, die sich über Nacht gebildet hatte, war geschmolzen, und alles tropfte vor Nässe. Sie lächelte über Toms schrille, aufgeregte Stimme vor dem Fenster, die immer leiser wurde, als Lyn mit ihm im Wagen ins Dorf ging; dann kehrte wieder Stille ein. Nach einer Weile döste sie ein, ohne wirklich zu schlafen. Es wurde dunkler im Zimmer. Fröstelnd, mit geschlossenen Augen, vergrub sie sich tiefer unter die Bettdecke.

Die Hand auf ihrer Stirn war kühl und sanft und schien sie zu beruhigen.

Katherine, meine kluge Liebste.

»Luke?« murmelte sie im Halbschlaf. Seine Hand war zu ihrer Brust gewandert, und sie überließ sich wohlig seiner zarten Berührung. »Ich komme bald hinunter.« Dann schlief sie wieder.

Als sie aufwachte, war es dunkel. Einen Moment blieb sie still liegen, noch in ihrem Traum gefangen; ihr Körper glühte, und halb war sie sich der Hände bewußt, die im Schlaf ihre Brüste liebkost hatten. Sie tastete nach dem Lichtschalter und sah auf die Uhr. Es war fast fünf Uhr. Ächzend quälte sie sich aus dem Bett. Im Haus war es noch still. Wahrscheinlich hatte Lyn in der Küche den Fernseher eingeschaltet, damit Tom beschäftigt war, während sie ihm das Abendbrot machte; das hatten sie sich angewöhnt, damit Joss am Nachmittag ungestört schreiben konnte. Mittlerweile waren beinahe zwei Kapitel fertig, und außerdem hatte sie zahlreiche Notizen und eine Chronologie über die Rosenkriege angefertigt. Bestimmt war Luke schon ins

Haus gekommen. In der Küche würde es warm sein, geschäftig und freundlich. Zitternd griff sie nach dem dicken Pullover und zog ihn über den Kopf. Sie brauchte nur nach unten zu gehen.

Die letzten zwei Einträge des Tagebuchs waren sehr kurz gewesen. Ihre Großmutter hatte geschrieben:

Ich fühle mich unerklärlich schwach. Heute morgen ist wieder der Arzt gekommen und hat gesagt, das sei die Folge der Müdigkeit. Wenn der Regen aufhört und die Sonne wieder scheint, stehe ich auf. Wie sehr ich mich doch nach der Sonne sehne!

Vier Tage später hieß es:

Die Einsamkeit wird immer schlimmer. Ich lasse sie nicht wissen, daß ich allein bin. Es bereitet mir zu große Mühe, nach unten zu gehen und etwas Brühe zu trinken. Vielleicht morgen.

Das war alles. Kein weiterer Eintrag mehr. Vier Tage später war sie tot.

Schaudernd legte Joss das Tagebuch wieder in die Nachttischschublade. Sie wünschte, sie hätte die Zeilen nicht gelesen. Der Gedanke, daß eine Frau allein, ganz allein in diesem Haus gestorben war, war unerträglich. Sie stand auf; sie hatte einen Krampf im Bein. Vom Fenster aus sah sie in den Garten hinunter. Es war beinahe dunkel. Regen fiel auf den Rasen und brachte den letzten Schnee zum Schmelzen.

»Joss!« rief Lyn nach oben. »Telefon für dich!«

Mit einem Ruck wandte sich Joss vom dunklen Fenster ab und lief nach unten. Lyn hatte einige Scheite auf das Feuer im Arbeitszimmer nachgelegt, und es war fast zu warm. »David.« Lyn deutete mit dem Kopf auf den Hörer, der auf dem Schreibtisch lag. »Er klingt aufgeregt.«

»David?« Joss preßte den Hörer ans Ohr.

»Joss. In einer Woche fängt die Schule an. Kann ich dich besuchen kommen?« Er klang fast atemlos.

»Natürlich. Du weißt doch, daß wir jede Menge Platz haben.«

Joss setzte sich an das Rollbureau. Ihr war nicht bewußt, daß ihre Stimme schläfrig und verführerisch tief klang. Aber sie bemerkte plötzlich, daß ihr die Hände zitterten. »Gibt es was Besonderes?«

»Wart's ab. Wenn es dir recht ist, komme ich morgen. Und du wirst nie raten, wen ich gestern bei einem Essen getroffen habe. Einen Mann namens Gerald Andrews – der freundliche Historiker, der über eure Gegend Bescheid weiß. Er und ich sind Mitglieder im selben Club. Wir haben uns ziemlich lange über Belheddon unterhalten. Ich habe ihm deine Telefonnummer gegeben, und er wird sich bei dir melden. Ja, und noch was, Joss. Nächste Woche treffe ich mich mit Robert Cassie zum Mittagessen. Wenn du etwas für unser Buch hast, könnte ich es ihm persönlich geben. Wenn das nicht eine Motivation ist! Also, bis morgen.«

»Er kommt uns besuchen«, erklärte Joss, nachdem sie den Hörer auf die Gabel gelegt und sich neben Lyn ans Feuer gestellt hatte. »Offenbar hat er noch mehr über das Haus herausgefunden.«

»Du und dein blödes Haus!« Lyn schüttelte den Kopf. »Kannst du an gar nichts anderes mehr denken?«

»Es tut mir leid«, stieß Joss schuldbewußt hervor. »Gehe ich dir auf die Nerven damit?«

»Ja.« Lyn nahm den Schürhaken zur Hand und stocherte im Feuer herum. »Aber ich freue mich, wenn David kommt. Er ist unsere einzige Verbindung zur Zivilisation.«

»Das ländliche Leben macht dir zu schaffen«, lächelte Joss. Sie war entschlossen, sich nicht reizen zu lassen.

»Na ja, selbst du kannst es doch bei diesem gräßlichen Wetter nicht so großartig finden. Wenn der Frühling kommt, wird es bestimmt besser.« Lyn wurde etwas freundlicher. »Als du geschlafen hast, ist der Vikar gekommen. Er hat die Gemeindezeitung vorbeigebracht, einen Zettel mit der Bitte um Sachen für einen Flohmarkt und ein Päckchen für dich von einer Frau namens Mary Sutton.«

»Warum hast du das nicht gleich gesagt? Wo ist es?«

»In der Küche. Joss...«

Joss ging schon zur Tür, blieb aber stehen, als sie die Ängstlichkeit in Lyns Stimme bemerkte. »Dir ist schon klar, daß Mum sterben könnte, oder?«

Joss erstarrte. »Sie wird nicht sterben, Lyn. Sie ist nur müde. Es geht ihr nicht besonders ...«

»Sie muß ganz viele Untersuchungen machen lassen, Joss. Das hat Dad mir am Telefon erzählt. Sie wollte nicht, daß du davon erfährst, weil sie Angst hat, daß du dir Sorgen machen könntest.« Plötzlich wurde Lyns Stimme bitter. »Ob ich mir Sorgen mache, ist ihnen offenbar egal.«

»Ach Lyn.« Joss kniete sich auf den Boden und nahm ihre Schwester in den Arm. »Du kennst doch Mum und Dad. Es ist wegen dem Baby. Sie gehören zu der Generation, die glaubt, die kleinste Aufregung könnte einem ungeborenen Baby schaden. Sie haben es dir erzählt, weil sie deinen Zuspruch wollten.«

»Ich wollte zu ihnen fahren. Aber sie wollen mich nicht bei sich haben. Sie möchten, daß ich hier bleibe.«

»Dann bleibst du hier.« Joss drückte sie enger an sich. »Sie werden es dir schon sagen, wenn sie dich brauchen.«

»Glaubst du wirklich?« Lyns Augen waren voller Tränen.

»Natürlich.«

Sie blieben eine Weile gedankenverloren vor dem Feuer sitzen. Schließlich stand Joss mit steifen Beinen auf. »Komm, jetzt machen wir Tee.«

Lyn nickte schniefend. »Ich gehe mal den jungen Mann wecken. Setz du doch inzwischen schon den Kessel auf.«

Das Päckchen von Mary Sutton war ein großer, brauner Umschlag. Lyn hatte ihn zusammen mit der Gemeindezeitung auf den Küchentisch gelegt, einem dünnen Blättchen mit einer abscheulich lilafarbenen Titelseite. Während Joss den Kessel füllte und auf den Herd stellte, wanderten ihre Augen immer wieder zu dem Kuvert. Erst als das Wasser aufgesetzt war, erlaubte sie sich, es zu öffnen. Es enthielt ein weiteres Notizbuch – mittlerweile kannte Joss die Schreibhefte ihrer Mutter; wahrscheinlich hatte sie einen ganzen Stapel davon gekauft – sowie einige Briefe und Fotos. Es waren Bilder von Sammy und Georgie, das wußte sie sofort, ohne die in Bleistift geschriebenen Namen auf der Rückseite lesen zu müssen. Es waren Schwarzweißaufnahmen aus der Schule, wie Joss vermutete; beide Jungen trugen die gleiche Uniform, obwohl zehn Jahre zwischen den Aufnahmen lagen. Sammy war ein dunkler Typ – sie konnte seine Ähnlichkeit mit ihr erkennen –, hatte ein schmales, aufgewecktes Gesicht und runde, helle Augen; vielleicht waren sie so blau wie ihre. Georgie war blond und sah fülliger und frecher aus. Auf den Fotos waren beide jeweils ungefähr sechs. Sie betrachtete die Aufnahmen sehr lange, bevor sie Marys Begleitbrief bemerkte. »Ich dachte, Sie sollten die Fotos von meinen Buben bekommen. Die anderen Sachen habe ich neulich gefunden. Vielleicht möchten Sie sie haben.«

Das Notizbuch war vollgeschrieben mit Gedichten, Rezepten, aber auch Tagebucheinträgen, offenbar unchronologisch und unzusammenhängend. Allmählich kam Joss zu dem Schluß, daß ihre Mutter flatterhaft wie ein Schmetterling gewesen war, daß sie von einem Gedanken zum nächsten, von einer Idee zur anderen gesprungen war, von unsicheren Überlegungen zum Bedürfnis, sich irgend jemandem anzuvertrauen, wenn auch nur einem leblosen Tagebuch.

Die zwei Briefe waren an Mary adressiert. Gerührt, daß die alte Dame sich von ihnen getrennt hatte, nahm Joss sie zur Hand. Der eine war mit dem Jahr 1956 datiert.

»Passen Sie auf meinen Kleinen auf, liebste Mary. Vergessen Sie nicht, was der Arzt über seine Magenschmerzen gesagt hat. Geben Sie ihm einen Kuß von mir. Ich bin so froh zu wissen, daß er bei Ihnen im Haus Ihrer Mutter ist.

Auf dem Briefkopf stand Belheddon Hall. Warum hatte Laura es für nötig befunden, Georgie mit Mary in einem Haus im Dorf einzuquartieren?

Als Lyn mit Tom hereinkam, lächelte sie den beiden zu. »Der Tee ist gleich fertig.«

Am nächsten Morgen, noch bevor alle aufgestanden waren, erschien David mit einem weiteren Geschenk für Tom – ein wuscheliges Flußpferd in einem entsetzlichen Grün, das der kleine Junge sofort ins Herz schloß und aus irgendeinem Grund Joseph taufte. »Arimathia oder Zimmermann?« fragte David, worauf Tom mit ernstem Gesicht erwiderte: »Fußferd.«

Während alle über diese Bemerkung lachten, warf David heimlich einen prüfenden Blick auf Joss. Die Schwangerschaft schien ihr nicht zu schaden, ganz im Gegenteil. Jedesmal, wenn er sie sah, fand er sie noch schöner. Streng rief er sich zur Ordnung. »Hast du etwas geschrieben, das ich Bob zeigen kann?«

Sie nickte. »Zwei Kapitel, wie du gesagt hast. Ich habe sie gestern ausgedruckt.«

»Gut«, sagte er grinsend. »Hier ist deine Belohnung – mehr Informationen über das Haus.« Er legte eine Mappe auf den Tisch. »Ich habe herausgefunden, wer Katherine ist. Oder vielmehr war«, verbesserte er sich. »Katherine de Vere war die älteste Tochter von Robert de Vere, der in der Mitte des 15. Jahrhunderts hier lebte. Sie war mit dem Sohn eines Grafen aus der Gegend verlobt.«

Mit frohem Herzen ritt der gutaussehende junge Mann jeden Tag nach Belheddon, und Katherines Vater lachte erfreut auf. »Hier bahnt sich eine Liebesheirat an«, scherzte er gegenüber allen, die ihm zuhören wollten, und als er sah, wie der liebenswürdige Richard die Schleife seiner Tochter in seine Kappe steckte, klopfte er ihm auf die Schultern und machte Pläne für die Hochzeit.

Sie hatte nur Augen für den jungen Nachbarn. Während sie vor dem König einen Knicks machte und ihm Wein einschenkte, blickte sie nicht auf, um ihm ins Gesicht zu sehen. Ihr kam er alt vor.

David blätterte in der Mappe und fuhr fort: »Ich weiß nicht, ob sie ihn tatsächlich geheiratet hat. In der Hinsicht sind die Dokumente meines Erachtens etwas zurückhaltend. Auf jeden Fall, nur ein Jahr später, also 1482, ist die arme Katherine gestorben. Auf der Tafel in der Kirche heißt sie Katherine de Vere. Sie war erst siebzehn oder achtzehn Jahre alt. Als ihr Vater starb, ging Belheddon Hall an Edward über, vermutlich ihren jüngeren Bruder. Er starb ebenfalls mit achtzehn, aber er hat noch Zeit gehabt, zu heiraten und eine Tochter zu zeugen. Das war jetzt schon unter Heinrich VII. Das Seltsame ist…« Er unterbrach sich und blickte in die Runde. »… es heißt, daß es schon gegen

Ende des 16. Jahrhunderts hier gespukt haben soll«, fuhr er grinsend fort und sah Joss an. »Wollt ihr mehr darüber hören?«

»Nein!« »Ja!« antworteten Luke und Joss wie aus der Pistole geschossen.

Achselzuckend zog David eine Seite aus der Mappe und las:

>»Das schöne Herrenhaus Belheddon Hall konnte trotz seiner zahlreichen Vorzüge nur wenige Bewohner vorweisen. Menschen und Hunde gleichermaßen flohen in Schrecken vor dem Geheul einer Erscheinung, die in den luftigen Räumen hauste.‹

Das schrieb Ende des 17. Jahrhunderts ein Chronist namens James Cope, der hier übernachtet hat – aber nur einmal.

›Seit über hundert Jahren lebt dieses Wesen in dem Haus; sein Unglück ist peinigend für das Ohr und furchterregend für das Auge.‹«

David lachte. »Dann schreibt er noch:

›Obwohl ich drei Nächte lang mein Lager hier aufschlug, ist es zu meinem Leidwesen nicht erschienen und wurde in den letzten vierzig Jahren auch nie gesehen.‹«

»Aber vom Teufel spricht er nicht, oder?« warf Luke spöttisch ein. »Das ist interessant. Klatschsüchtig wie der Gute war, hätte er das doch bestimmt erwähnt, wenn er davon gehört hätte.«

»Interessanterweise wird der Teufel aber fünfzig Jahre später erwähnt«, fuhr David fort, »und zwar in einem Bericht von James Fosset, einem Antiquar, der mehrere Monate hier in der Gegend verbrachte, um Geschichten zu hören und etwas über Geschichte zu erfahren. Meines Erachtens liegt er mit seiner Theorie gar nicht so falsch. Hört mal:

›Belheddon Hall, eines der schönsten Häuser in dieser Region, erhebt sich an der Stelle eines weitaus älteren Baus. Einige sagen, daß hier bereits zu Urzeiten ein Haus stand. Der

Name stammt vom altenglischen *bealu* ab, was soviel wie Böses oder Unheil bedeutet, und von *heddon*, das ist ein mit Heidekraut bewachsener Berg. Das mag wohl darauf hindeuten, daß dieser Ort in heidnischer Zeit als Ort der Andacht und möglicherweise als Opferplatz diente. Aberglauben und Ängste ranken sich um das Haus, und noch vor hundert Jahren wurde eine Hexe gehängt, nachdem sie sich in den Gärten des Hauses mit dem Teufel eingelassen hatte.‹

Seht ihr, wie sich allmählich alles zusammenfügt? Der Spuk, der heidnische Ort, eine arme Frau, die als Hexe verschrien ist – langsam ergibt alles Sinn. Irgendwie haben sich die beiden Sachen im Laufe der Zeit vermischt, und daraus entstand die wunderbare Legende, daß der Teufel in diesem Haus sein Unwesen treibt und hier lebt. Also, damit ist das Problem gelöst. Andrews ist übrigens ein faszinierender Mann. Ich glaube, das meiste davon wußte er schon, aber die Bemerkungen von Fosset kannte er nicht. Er sagt, daß Edward IV. mehrmals hier zu Besuch war, also zu der Zeit, als das Haus den de Veres gehörte. Es ist sogar möglich, daß er es ihnen geschenkt hatte, denn früher war es im Besitz des Königs gewesen. Danach, sagt Andrews, haben viele verschiedene Familien hier gelebt – offenbar blieb keine länger als ein paar Generationen, wenn überhaupt so lange; aber er meinte auch, daß das Haus ein paarmal über die weibliche Linie vererbt wurde, und deswegen veränderten sich natürlich die Nachnamen – wie jetzt auch bei dir.« Er lächelte Joss zu. »Ich hoffe, du freust dich über meine bescheidenen Bemühungen.«

Joss nickte bedächtig. In ihrem Kopf summte es wie in einem Bienenkorb.

»Der König! Der König kommt!«
Die Aufregung im Haus steigerte sich ins Fieberhafte.
Katherine verzog das Gesicht, als ihre Mutter die Bürste zur Hand nahm und ihr damit durch die zerzausten Locken fuhr.
»Sei lieb zu ihm, Kind.« Ihre kalten Lippen lagen dicht an Katherines Ohr.
Der Sohn des Grafen war eine gute Partie, aber der König war noch besser.

»Sei lieb. Vergiß nicht, der Wunsch deines Königs ist dir Befehl!«

»Das ist fast zuviel auf einmal.« Joss lachte verlegen auf. »Es ist faszinierend. Mir gefällt vor allem die Verbindung mit Edward IV. Mein Buch spielt doch in den Rosenkriegen, da kann ich gleich hier nachforschen.« Dann schüttelte sie wieder den Kopf. Kurz fragte sie sich, ob auch David das seltsame Echo gehört hatte, das die leeren Räume im Haus zu füllen schien.

14

Tom stand weinend in der Küche und zerrte ärgerlich an Lyns langem Karorock. »Hochnehmen!« forderte er. Als sie ihn ignorierte, stampfte er mit seinem kleinen Fuß auf und schrie noch lauter.

Joss runzelte die Stirn. Sie kam gerade mit einem Berg Wäsche im Arm herein; Lyn war am Telefon. »Lyn?«

Toms Heulen wurde immer schriller.

Entnervt wandte sich Lyn von ihm ab und hielt sich mit einer Hand das Ohr zu, das sie nicht gegen den Hörer preßte. »Hör mal, ich kann jederzeit kommen«, sagte sie zu der Person am anderen Ende der Leitung. »Du weißt, daß das kein Problem ist. Und ich komme wirklich gerne.« Unsanft schob sie Tom zu seinem Spielzeug, und sein Kreischen wurde doppelt so laut.

Joss ließ die Wäsche vor der Waschmaschine fallen, bückte sich zu Tom und schloß ihn in die Arme. »Laß Tante Lyn in Ruhe, wenn sie telefoniert.« Dann sah sie zu ihrer Schwester. »Sprichst du mit Mum?« fragte sie flüsternd.

Lyn nickte.

»Wie geht es ihr? Kann ich mit ihr sprechen?«

Aber Lyn legte gerade auf. »Es geht ihr ganz gut.«

»Das glaube ich nicht! Ich wollte mit ihr reden.«

»Dann ruf sie doch selbst an«, antwortete Lyn bissig. »Tom hat sich dermaßen aufgeführt, daß ich mein eigenes Wort nicht verstehen konnte.«

»Du weißt doch, daß er es nicht mag, wenn wir telefonieren«, erklärte Joss. »Er will doch nur Aufmerksamkeit, er kann es nicht leiden, wenn wir ihn nicht beachten. Die Phase machen alle durch.«

»Ich hoffe bloß, daß sie nicht lange dauert!« Mißmutig blickte Lyn auf den Wäscheberg. »Wahrscheinlich willst du, daß ich den Haufen in die Maschine stopfe.«

Joss' Augen verengten sich. Der Widerwille in Lyns Stimme war unüberhörbar.

»Nein, ich mach das schon. Was ist los, Lyn?«

»Dir ist das mit Mum völlig egal, stimmt's? Du denkst überhaupt nicht an sie. Wann hast du sie zum letztenmal angerufen? Sie hat gesagt, sie hätte seit Tagen nichts von dir gehört!«

»Lyn ...«

»Nein. Dir ist wirklich alles egal geworden, ehrlich. Du willst sie einfach vergessen. Deine neue Familie ist so viel spannender. Wir waren ja nie gut genug für dich!« Lyn stürmte ans Fenster und blickte mit verschränkten Armen hinaus.

»Das stimmt nicht! Du meine Güte, was ist bloß los mit dir?« Joss mußte lauter sprechen, weil Tom, verschreckt von Lyns Ton, jetzt gellend schrie. Joss nahm ihn auf die Hüfte. »Lyn, was ist los? Hat Mum etwas gesagt? Weiß sie, was ihr fehlt?«

Lyn schüttelte den Kopf, ohne zu antworten.

»Ist es Krebs, Lyn?« fragte Joss erschrocken und legte ihr eine Hand auf die Schulter.

Lyn zuckte jämmerlich die Achseln.

»Wenn du zu ihr fahren willst, dann tu's«, sagte Joss mit sanfterer Stimme. »Du mußt nicht hierbleiben, das weißt du.«

»Du brauchst mich aber«, widersprach Lyn schniefend.

»Das stimmt. Und Luke und ich freuen uns sehr, daß du bei uns bist, Lyn. Aber wenn du unglücklich bist ...«

»Ich liebe Tom.«

Joss lächelte. »Das weiß ich. Und ich liebe Mum und Dad. Ich habe sie immer geliebt, und das wird immer so bleiben. Du darfst nicht glauben, daß ich sie nicht liebe. Und ich habe Mum gestern nur deswegen nicht angerufen, weil ich keine Zeit hatte ...«

»Keine Zeit, um zwei Minuten am Telefon zu reden?« Lyn starrte immer noch zum Fenster hinaus.

»Das heißt doch nicht, daß ich sie nicht mehr liebe, Lyn.«

»Das glaubt sie aber.«

»Bestimmt nicht!« Plötzlich wurde Joss wütend. »Und das weißt du auch.« Sie wandte sich ab und setzte Tom kurzerhand vor einem Haufen bunter Bauklötze auf den Boden. Dann stopfte sie den Wäscheberg in die Maschine und griff nach dem Waschmittel.

»Joss, morgen kommt sie ins Krankenhaus.« Geistesabwesend kratzte Lyn die blättrige Farbe vom Fensterhaken. Ihre Stimme klang bleiern.

Abrupt ließ Joss sich auf einen Stuhl fallen. »Warum hast du das nicht gleich gesagt?«

»Sie wird sterben.«

»Lyn …«

»Ich könnte es nicht ertragen, wenn sie stirbt.« Tränen liefen Lyn über die Wangen.

»Sie wird nicht sterben.« Joss stützte das Kinn in die Hände und atmete hastig ein. »Sie wird nicht sterben, Lyn. Sie wird wieder gesund werden. Ganz bestimmt.« Sie mußte ganz einfach wieder gesund werden. Plötzlich wurde Joss klar, daß sie sich ein Leben ohne ihre Mutter nicht vorstellen konnte. Sie brauchte die Frau, die ihre Mutter gewesen war, solange sie denken konnte, als Stütze im Hintergrund. Sie sah zu Tom, der am Boden saß und einen großen gelben Plastikbecher untersuchte; das Spielzeug hatte ihn abgelenkt, und sein Weinen wurde leiser. Plötzlich durchflutete sie ein Gefühl großer Liebe zu ihm. Letzten Endes war es Liebe, weswegen man so verletzlich war. Joss seufzte. Genau deswegen waren Familien so beglückend, aber aus dem gleichen Grund bereiten sie einem auch so viele Schmerzen.

Gerald Andrews zog die Tasse zu sich und hob sie mit seinen arthritischen Fingern mühsam hoch. Als er sie schließlich an die Lippen geführt hatte, sah er mit einem strahlenden Lächeln zu Joss. »Meine Liebe, das war wirklich rührend von Ihnen, mich zum Tee einzuladen. Sie können sich gar nicht vorstellen, wie lange ich mir schon wünsche, dieses Haus von innen zu sehen. Es ist irgendwie unvorstellbar, daß ich einen geschichtlichen Abriß darüber geschrieben habe, ohne es je zu betreten.«

Seine Veröffentlichung, ein dünnes Heft mit hellem Kartoneinband, lag zwischen ihnen auf dem Küchentisch. Auf dem Deckblatt war ein Holzschnitt von Belheddon aus dem 18. Jahrhundert abgebildet; die Buche vor dem Haus war gerade erst halb so hoch wie jetzt.

»Ich konnte mein Glück kaum fassen, als ich mit David Tregarron sprach und er mir sagte, daß er Sie kennt!« Er nahm einen Keks.

»Ich kann auch von Glück sagen.« Joss konnte es nicht erwarten, das Bändchen durchzublättern. »Es gibt noch so viel, das ich herausfinden möchte; ich weiß so wenig über meine Familie.«

Er nickte. »Ich habe Ihrer Mutter mehrmals geschrieben und gefragt, ob ich sie besuchen könnte, damals, als ich daran arbeitete, aber offenbar ging es ihr nicht gut. Miss Sutton hat mir jedesmal geantwortet und geschrieben, der Zeitpunkt sei nicht günstig. Dann ist Ihre Mutter fortgezogen, und es war zu spät.«

»Haben Sie lange hier gelebt?« Joss konnte ihre Neugier nicht mehr zügeln und öffnete die Broschüre. Das erste Kapitel hieß *Die Anfänge.*

»Ungefähr zehn Jahre. Ich habe rund ein halbes Dutzend von diesen Heftchen verfaßt, alle über bemerkenswerte Häuser in der Gegend. Das Old Rectory, Pilgrim Hall, Pickersticks House ...«

»Pilgrim Hall?« Joss sah auf. »Das Haus meines Vaters?«

»Das Haus Ihres Großvaters. John Duncan wurde als Vormund Ihrer Mutter und ihres Bruders Robert eingesetzt, als deren Eltern starben – wahrscheinlich war es unvermeidlich, daß Johns Sohn sich in Laura verliebte. Eine Weile unterhielt er beide Häuser, aber nach Roberts Tod hat er Laura nach Pilgrim Hall geholt. Dieses Haus war seit einiger Zeit baufällig, aber weil es Lauras Erbteil war, konnten sie es natürlich nicht verkaufen. In späteren Jahren hat John Duncan viel Geld bekommen – wenn ich mich recht erinnere, hat er einen Verwandten beerbt, der im Fernen Osten lebte. John war ein seltsamer Kauz. Er hat Belheddon und Pilgrim Hall gleichermaßen gehaßt. Er vermachte den beiden Kindern, Philip und seinem Mündel Laura, Geld und zog ins Ausland. Seine Frau, Lady Sarah, blieb noch ein paar Jahre hier, bis die Kinder verheiratet waren, dann verkaufte sie Pilgrim

Hall – es ist wesentlich kleiner als Belheddon – und folgte ihrem Mann. Er ist nie wieder hergekommen, nicht einmal zur Hochzeit. Das war damals ein richtiger Skandal. Die Leute im Ort munkelten, er wäre mit einer dunklen Schönheit durchgebrannt...« Er lachte amüsiert auf. »Aber ehrlich gesagt glaube ich nicht, daß Lady Sarah sich das hätte bieten lassen. Sie hätte jede Rivalin mit ihrem Schirm totgeschlagen. Sie war eine sehr durchsetzungsfreudige Dame, Ihre Großmutter auf der Duncan-Seite.«

Joss lächelte. »Die beiden sind im Ausland gestorben, oder?«

»John schon, soweit ich weiß. Er hatte geschworen, nie wieder englischen Boden zu betreten. Den Grund dafür konnte ich nicht erfahren. Wahrscheinlich irgendeine Familienfehde. Nach seinem Tod ist Lady Sarah zurückgekommen. Sie hat sogar versucht, Pilgrim Hall zurückzukaufen. Das war in den Sechzigern, und inzwischen hatte das Haus einen riesigen Anbau bekommen und war zu einem Hotel geworden. Ich bin ihr einmal begegnet; ich hatte die Broschüre über Pilgrim Hall schon geschrieben, und sie wollte ein Exemplar haben. Das muß Mitte, Ende der sechziger Jahre gewesen sein, weil Ihr Vater Philip schon tot war – dieser schreckliche Reitunfall, wirklich traurig, aber wahrscheinlich wissen Sie das alles schon. Sie machte mir den Vorschlag, über Belheddon zu schreiben. Sie hat wirklich abschätzig über das Haus gesprochen und gemeint, es wäre verflucht. Ihrer Ansicht nach war Laura verrückt, hier wohnen zu bleiben, aber offenbar konnte Laura sich nicht losreißen. Ich weiß noch, daß sie mir sagte, sie sei auf das Haus fixiert. Sie wanderte allein herum, sogar nachts, stundenlang, und redete manchmal mit sich selbst.« Er warf Joss einen Blick zu. »Als Laura Sie zur Adoption freigab, hielt Lady Sarah sie für endgültig durchgedreht. Das ganze Dorf stellte sich gegen Ihre Mutter, sie war praktisch eine Ausgestoßene. Lady Sarah sagte, sie würde nie wieder mit ihr reden, und bald darauf ist sie irgendwo nach Nordengland gezogen.« Zögernd fuhr er dann fort: »Was mich gelockt hat, war ihre Bemerkung, das Haus sei verflucht. Normalerweise glaube ich nicht an solche Sachen...«, er lächelte beinahe entschuldigend, »... aber dieses Haus ist vom Unglück regelrecht verfolgt worden.«

»So viele Kinder sterben hier.« Unbewußt legte Joss schützend die Hände auf ihren Bauch.

»Sie sollten sich nicht zu viele Gedanken darüber machen«, meinte er beschwichtigend. »Die hohe Sterblichkeitsrate ist natürlich beängstigend, aber vergessen Sie nicht, das war früher durchaus normal.«

»Wahrscheinlich.« Sie blickte auf die aufgeschlagene Seite vor sich:

Vier große Flüsse entspringen in Belheddon Ridge, einem sandigen Kiesabfall, der die Lehmböden East Anglias von Osten nach Westen durchzieht und meilenweit zu sehen ist. Dieser Ort bot sich verständlicherweise bereits in der Frühzeit zur Besiedlung an, und tatsächlich lassen archäologische Funde auf eine eisenzeitliche Siedlung unter dem westlichen Rasen des heutigen Hauses schließen…

Neugierig blätterte sie weiter. »Offenbar hat keine Familie jemals länger hier gelebt«, sagte sie schließlich. »In den Briefen und Tagebüchern, die ich gelesen habe, und in der Familienbibel stehen so viele verschiedene Namen, obwohl sie anscheinend verwandt sind.«

»Weibliche Erblinie.« Andrews nahm sich noch einen Keks. »Das kommt vor. Sie werden feststellen, daß das Haus fast immer an die Töchter vererbt wurde, und deswegen hat sich der Nachname natürlich mit jeder Generation geändert. Allerdings nicht immer. Gelegentlich stand das Haus leer, und manchmal war es auch verpachtet, aber letzten Endes, so scheint es, ist es immer wieder an irgendeinen Verwandten zurückgefallen. Es war länger im Besitz einer einzigen Familie, als Sie vielleicht denken.«

»Wirklich?« fragte sie gebannt. »Aber wir stammen doch nicht von den de Veres ab, oder?«

»Mit größter Wahrscheinlichkeit schon. Das hat mich wirklich fasziniert, wie ich auch Dr. Tregarron sagte. Leider hatte ich nicht genug Zeit, um nach allen Einzelheiten zu forschen – aber wenn es Sie interessiert, könnten Sie einen Genealogen damit beauftragen. Matrilineare Erbfolge ist ein interessantes Phänomen. Wir sehen darin etwas Außergewöhnliches, aber für manche Leute ist Vererbung über die weibliche Linie ganz normal. In diesem Fall war es allerdings wohl keine bewußte Entscheidung, es hat sich einfach so ergeben. Es gab keine Söhne.« Er steckte sich den Keks in den Mund und warf einen Blick auf die Uhr. »Ich möchte ja nicht aufdringlich erscheinen, Mrs. Grant, aber Sie sagten, ich könnte mir einige der Räume ansehen.«

»Natürlich.« Widerstrebend legte Joss die Broschüre beiseite. »Ich zeige Ihnen das Haus.«

Im Verlauf der nächsten Stunde bekam Joss einen konzentrierten, atemlosen und begeisterten Vortrag über das englische Herrenhaus, einschließlich Stuckarbeit, Kannelierung, Verputz, Stuckatur, Fresko (»mit großer Wahrscheinlichkeit ist eines unter dieser Vertäfelung. Das Holz soll es schützen, wissen Sie«), Treppenaufgänge, Sonnenräume, Schlafgemächer und den großen Saal als Mittelpunkt des Hauses. Mit schwirrendem Kopf folgte Joss ihm und wünschte immer wieder, sie hätte einen Kassettenrecorder, um das enzyklopädische Wissen dieses Mannes festzuhalten. Als sie ihm das sagte, lachte er. »Ich komme gerne wieder, wenn ich darf. Dann können wir alles aufschreiben. Ja, und jetzt der Keller.« Sie standen am unteren Absatz der Haupttreppe, und seine Nasenflügel bebten wie die eines Hundes, der ein Kaninchen wittert. »Dort finden wir vielleicht Überreste eines frühen Gewölbes.«

Joss deutete auf die Tür. »Da unten. Macht es Ihnen etwas aus, wenn ich nicht mitkomme? Ich bin klaustrophobisch.« Als sie seinen prüfenden Blick bemerkte, lachte sie selbstironisch.

»Wird es Ihnen zuviel, Mrs. Grant? Ich weiß schon, ich kann endlos reden. Meine Frau habe ich damit auf die Palme gebracht. Aber bei solchen Dingen werde ich immer ganz aufgeregt.« Er hatte bereits ungeschickt den Schlüssel umgedreht, die Tür geöffnet und den Lichtschalter angeknipst. Sie sah ihm zu, wie er mühsam die steilen Stufen hinabstieg, und ging dann ins Arbeitszimmer. Dort wartete sie am Fenster und sah über den Rasen hinaus. Stunden schienen zu vergehen. Beunruhigt blickte sie auf ihre Uhr. Von der Küche drang durch den großen Saal der Geruch von Zwiebeln und Knoblauch herüber. Lyn machte wohl schon das Mittagessen, während Tom im Fernsehen die *Sesamstraße* ansah. Aus dem Keller war nichts zu hören. Sie ging zur Tür und starrte ängstlich die Stufen hinab. »Mr. Andrews?«

Es kam keine Antwort. »Mr. Andrews?« Plötzlich hatte sie ein beklommenes Gefühl in der Brust. »Ist alles in Ordnung?«

Sie spürte die kalte Luft, die zu ihr heraufstieg. Es roch feucht und modrig und irgendwie sehr alt. Schaudernd legte sie eine Hand auf das rissige Holz des Geländers und beugte sich vor, um in den vorderen Keller zu sehen. »Mr. Andrews?« Die Treppe war sehr steil und aus altem, splitterigem Holz. Widerwillig setzte sie ihren Fuß auf die oberste Stufe. »Mr. Andrews, ist alles in Ordnung?« Die nackte Glühbirne verstrahlte ein grelles Licht, das schwarze Schatten von den Weinregalen auf den Boden warf. »Mr. Andrews?« Mittlerweile zitterte ihre Stimme vor leiser Panik. Sie umklammerte das Geländer und kroch zwei weitere Stufen hinab. Hier war Georgie hinuntergefallen, über diese Stufen war sein kleiner Körper hinabgestürzt, um unten als zusammengeknäultes Häuflein liegenzubleiben. Sie verbannte den Gedanken aus ihrem Kopf und zwang sich, eine Stufe nach der anderen hinabzusteigen. Plötzlich bewegte sich etwas an der Wand neben ihr. Furchterstarrt blieb sie stehen, bis sie schließlich eine kleine braune Eidechse sah, die über die Mauer lief. Das Reptil starrte sie an und verschwand dann mit einem Schwanzzucken durch einen Spalt in die Dunkelheit hinter der Wand.

»Mrs. Grant, sehen Sie sich das bloß an!« Die laute, aufgeregte Stimme dicht hinter ihr ließ Joss mit einem Aufschrei herumfahren. »Ach du meine Güte, das tut mir leid. Habe ich Sie erschreckt?« Gerald Andrews erschien in dem Steinbogen, der zum nächsten Keller führte. »Schauen Sie sich das mal an! Da hinten ist ein perfektes mittelalterliches Gewölbe. Sehr frühes Mittelalter. Ach, ich wünschte, ich hätte das gewußt, als ich das Buch schrieb. Damit geht der Ursprung des Hauses auf das dreizehnte oder vierzehnte Jahrhundert zurück...« Er war bereits durch den Bogen getreten und bedeutete ihr, ihm zu folgen.

Joss holte tief Luft und ging dann an den verstaubten Weinflaschen vorbei, die in der nächsten Woche vom Weinfachmann von Sotheby's begutachtet werden sollten. Schließlich blickte sie zu den steinernen Bögen des zweiten Kellers hoch.

»Sehen Sie, wir sind hier unter dem großen Saal. Eine Gruft aus Feuerstein, das gleiche Baumaterial wie in der Kirche.« Vor

Aufregung stotterte Gerald Andrews beinahe. »Und die Steinmetzarbeiten, hier, auf dem Schlußstein und den Kragsteinen.« Er strahlte sie an. »Sie haben einen wahren Schatz hier, Mrs. Grant, einen unglaublichen Schatz. Wenn ich mich nicht täusche, ist dieses Gewölbe sechs- oder siebenhundert Jahre alt.«

»Siebenhundert Jahre?« Angesichts seiner wachsenden Begeisterung verflüchtigte sich ihre Angst. Sie rieb sich die Arme, um warm zu werden.

Nickend klopfte er auf die Mauern. »Darf ich einen Kollegen mitbringen und ihm das zeigen? Und jemanden von der Abteilung für historische Gebäude? Es ist wirklich phantastisch! Und die ganze Zeit über war das alles hier!«

»Natürlich dürfen Sie jemanden mitbringen. Wie aufregend. Vielleicht müssen Sie sogar eine Neuauflage Ihres Buchs schreiben.«

Er lachte. »Sie können wirklich Gedanken lesen, meine Liebe. Ich weiß, ich bin ein alter Narr. Ich lasse mich immer mitreißen, aber es ist so aufregend. Plötzlich sieht man die Geschichte vor sich – das Knochengerüst der Geschichte –, den Bau, in dem wirkliche Ereignisse stattgefunden haben.«

»Ob es wohl damals schon ein Keller war?«

»Vielleicht. Eine Gruft, ein Lagerraum, vielleicht sogar ein Brunnenschacht.« Lachend sah er sich um. »Aber kein Brunnen.«

»Der Brunnen ist im Hof.« Sie bewegte sich langsam rückwärts in Richtung Treppe und versuchte, ihn von dem Gewölbe wegzulocken. »Warum gehen wir nicht hinauf, Mr. Andrews? Hier unten ist es schrecklich kalt. Sie können ja jederzeit wiederkommen.«

»Wie egoistisch von mir«, sagte er schuldbewußt. »Es tut mir leid, meine Liebe. Sie sind ja schon halb erfroren. Natürlich gehen wir nach oben.« Nach einem letzten sehnsüchtigen Blick auf das Gewölbe folgte er ihr die Stufen hinauf.

Luke war nach dem Mittagessen mit Lyn und Tom nach Colchester gefahren, um einige Ersatzteile abzuholen, und noch nicht wieder zurück, als Joss schließlich Gerald Andrews verabschiedete. Sie holte ihren Mantel und ging in den Garten hinaus. Jenseits des Sees führte der Weg durch eine kleine Pforte in der Hecke auf den Pfad hinaus. Nach einigen hundert Metern gelangte sie zu einem Feld, von dem aus man einen Blick auf die Mündung und das Meer hatte. Sie blieb mehrere Minuten lang dort stehen, die Hände in den Taschen vergraben, und betrachtete die Wasserflächen, dann wandte sie sich fröstelnd um und kehrte zum Pfad zurück, wo es wegen der dichten Hecke etwas windgeschützter war. Langsam wanderte sie zurück, atmete den süßen Duft der ersten Frühlingsblumen ein und genoß nach der salzig-feuchten Brise des Meeres den Geruch von nasser Erde und aufgeweichter Rinde. Von hier konnte sie den Kirchturm sehen und gelegentlich auch die Giebel des Hauses. Es war kalt und feucht im Schatten zwischen den Hecken, sie fror wieder und wollte schnell ins Haus zurück.

Als sie die Pforte bei der Eberesche öffnete, sah sie einen Jungen am See stehen. Er hatte ihr den Rücken zugekehrt und schien ins Wasser zu starren. »Sammy?« Angst schnürte ihr die Kehle zu, so daß sie nur ein Flüstern hervorbrachte. »Sammy!« Diesmal konnte sie lauter rufen. Der Junge drehte sich nicht um. Er schien sie gar nicht zu hören. Im Laufschritt überquerte sie den Rasen, vorbei an Eschensträuchern und schwarzen, kahlen, Efeu-überwucherten Weißdornbüschen, und rannte in der Nähe des kleinen Anlegeplatzes ans Ufer des Sees.

Niemand war zu sehen.

»Sammy!« Ihr Schrei schreckte einen Reiher auf, der reglos im seichten Wasser auf der anderen Seite des Sees gestanden hatte. Mit einem ärgerlichen, heiseren Ruf schwang er sich mühevoll in die Luft und verschwand über der Hecke aus ihrem Blickfeld.

»Sammy«, wiederholte sie flüsternd. Aber er war fort. Wenn ein wirkliches Kind am Ufer gespielt hätte, wäre der Reiher schon längst fortgeflogen.

Mit verzerrtem Gesicht stemmte sie eine Hand in die Taille. Vom Laufen hatte sie Seitenstechen bekommen. Sie krümmte sich vor Schmerz zusammen, bis sie schließlich langsam zum Haus zurückging.

Lyn und Tom waren in der Küche. Toms mit Kuchenteig verschmiertes Gesicht verriet Joss, daß die beiden bereits lange genug zurück waren, um mit dem Backen zu beginnen.

»Alles in Ordnung?« fragte Lyn, während Tom zu seiner Mutter lief und ihre Knie mit seinen klebrigen Händen umarmte.

»Nur ein bißchen Seitenstechen«, brachte Joss hervor.

»Geh und setz dich an den Kamin. Ich bringe dir eine Tasse Tee.« Lyn schob die Bleche in den Backofen. »Jetzt geh schon.«

Das Feuer im Arbeitszimmer war beinah erloschen. Joss bückte sich, um einige Scheite und eine Schaufel Kohle nachzulegen, dann nahm sie Davids Notizen zur Hand und setzte sich auf den alten Sessel. Mittlerweile hatte sie auch Rückenschmerzen bekommen, und sie fühlte sich entsetzlich müde.

Als Lyn eine halbe Stunde später mit einer Tasse Tee hereinkam, war sie eingeschlafen. Lyn blieb kurz stehen, dann ging sie achselzuckend wieder hinaus. Den Tee nahm sie mit.

»Luke!« Joss schrie und keuchte, als ein krampfartiger Schmerz sie aus dem Schlaf riß. »Luke! Das Baby! Etwas stimmt nicht!« Sie schlang die Arme um den Bauch und glitt mit den Knien auf den Teppich. »Luke!«

Eine Hand legte sich auf ihre Schulter. Er war da, sanft und liebkosend. Schluchzend umklammerte sie seine Finger. Eine zarte Berührung am Rücken, Hände massierten ihre Schultern. Sie roch den Duft von Rosen. Wo hatte Luke um diese Jahreszeit Rosen gefunden? Ihre Hand tastete nach seiner. Es war niemand da. Entsetzt sah sie sich um, und eine andere Art von Furcht befiel sie, eiskalte Angst, als sie feststellte, daß das Zimmer leer war. »Luke!« Ihre Stimme gellte.

»Joss? Hast du gerufen?« Die Tür ging auf, und Lyn steckte den Kopf herein. »Joss? Oh mein Gott! Was ist los?«

Luke fuhr sie ins Krankenhaus. Sein Gesicht war bleich, und Joss bemerkte einen Ölfleck auf seiner linken Wange. Sie lächelte liebevoll. Der arme Luke. Ständig wurde er von seinen geliebten Autos weggezerrt.

Mittlerweile hatten die Schmerzen aufgehört, und sie empfand nur noch eine überwältigende Müdigkeit. Sie konnte sich kaum noch bewegen. Es bereitete ihr Mühe, die Augen offenzuhalten. Nicht einmal ihre Angst um das Baby hielt sie wach.

Sie nahm kaum wahr, wie sie in einem Rollstuhl vom Auto zum Lift geschoben und in ein Bett gelegt wurde; dann umgab sie nur noch samtene Dunkelheit. Zweimal wachte sie auf. Beim ersten Mal saß Simon Fraser an ihrem Bett und hielt ihr Handgelenk. Er lächelte, sein sandfarbenes Haar hing ihm ins Gesicht, und in seiner Brille spiegelten sich verzerrte Teile des Krankenzimmers. »Joss, hallo.« Er beugte sich vor. »Willkommen auf dem Planeten Erde. Wie fühlen Sie sich?«

»Mein Baby …?«

»Immer noch da«, sagte er grinsend. »Später machen wir einen Ultraschall, nur um sicherzugehen, daß wirklich alles in Ordnung ist. Jetzt ruhen Sie sich erst mal aus, Joss.«

Als sie das zweite Mal aufwachte, war Luke da. Der Ölfleck auf seinem Gesicht war verschwunden, und er trug ein sauberes Hemd, aber er sah noch genauso blaß und abgespannt aus wie zuvor. »Joss, Liebling, wie geht es dir?«

»Ist mit dem Baby alles in Ordnung?« Ihr Mund fühlte sich an wie Schmirgelpapier, und ihre Stimme war belegt.

»Ja, alles in Ordnung.« Er beugte sich vor und küßte sie auf den Mund. »Was ist passiert? Bist du umgefallen?«

Sie schüttelte langsam den Kopf und spürte, wie der grobe Baumwollstoff des Kissenbezugs ihr die Haare zerwühlte. »Nein, ich habe geschlafen.« Sie war über den Rasen gelaufen, daran erinnerte sie sich. Und davon hatte sie Seitenstechen bekommen. Dann war jemand bei ihr gewesen, im Arbeitszimmer. Jemand hatte sie berührt. Es war nicht Luke gewesen. Und auch nicht Lyn. Die Berührung war nicht beängstigend gewesen, es war, als ob jemand sie hatte trösten und beruhigen wollen. Sie runzelte die Stirn und versuchte verzweifelt, sich zu erinnern, aber schon schlief sie wieder ein. »Ich kann nicht wach bleiben.« Ihre Lippen weigerten sich, die Wörter richtig zu formen.

Lukes Gesicht verschwamm dicht vor ihr. »Ich laß dich jetzt allein. Du mußt schlafen. Später komme ich wieder.« Sie spürte seine Lippen auf ihrer Wange, doch sie glitt schon wieder in die Dunkelheit zurück.

Später brachte man sie auf eine andere Station. Jemand strich ein Gel auf ihren Bauch und tastete ihn mit etwas Kaltem, Hartem ab.

»So, da haben wir's. Können Sie den Monitor sehen? Da – der kleine Wicht ist wohlbehalten und in Sicherheit. Sehen Sie?«

Gehorsam blickte Joss auf den flackernden Bildschirm neben dem Bett. Sie konnte zwar nichts erkennen, aber bei den Worten der Röntgenärztin empfand sie immense Erleichterung. »Ist alles in Ordnung? Können Sie das sehen?«

»Ja, alles in Ordnung, in bester Ordnung.« Die Frau wischte ihren Bauch mit Papiertüchern ab und zog ihr das Nachthemd wieder herunter. »Sie werden ein wunderschönes Juni-Baby bekommen.«

Und schon wurde der Vorhang zurückgezogen, Joss aus dem Zimmer geschoben und die nächste Patientin hereingebracht.

Als sie zu ihrem Bett zurückkkam, wartete bereits Simon Fraser auf sie. »Ich mußte noch zwei andere Patienten besuchen, da dachte ich, ich schaue noch mal bei Ihnen vorbei. Wie geht es Ihnen?«

»Besser.«

»Gut.« Er legte den Kopf zur Seite. »Dann dürfen Sie nach Hause und bekommen zwei Wochen Bettruhe verordnet. Ich habe mit Ihrer Schwester gesprochen. Sie sagt, sie könnte alles allein meistern. Stimmt das?«

Joss lachte matt. »Im Meistern ist sie wirklich gut.«

»Gut. Sie müssen sich viel mehr Ruhe gönnen, Joss. Und das meine ich ernst.«

Wieder zu Hause, stellte sie fest, daß die ganze Familie strikte Anweisungen erhalten hatte. Sie wurde ins Bett gepackt, und dort mußte sie bleiben, selbst als der Fachmann von Sotheby's kam, um den Wein aus dem Keller für die Auktion abzuholen.

Am Abend berichteten sie ihr davon. »Du hättest mal sehen sollen, mit welcher Sorgfalt sie alles eingepackt haben. Wie Goldstaub haben sie die Flaschen behandelt. Sie sagten, die Etiketten und Kapseln müßten möglichst unbeschädigt sein. Ich habe mich kaum getraut zu atmen, als ich ihnen zusah.« Nachdem der Lieferwagen schließlich abgefahren war, kam Luke mit Lyn und Tom zu Joss ins Zimmer und setzte sich ans Bett. »Das könnte unsere Rettung sein, Joss. Der Mann von Sotheby's meinte, es sähe nicht schlecht aus. Die Bedingungen im Keller sind perfekt. Jetzt können wir nur hoffen, daß die Auktion gut läuft.«

Das lenkte sie ab, ebenso wie einige Tage später Davids Besuch.

»Bücher. Artikel. Ein Brief von deinem neuen Verleger!« Er

legte die Sachen vor ihr auf die Decke und setzte sich dann neben sie aufs Bett.

»Mein neuer Verleger?« Das klang zu schön, um wahr zu sein.

Er nickte, offensichtlich erfreut. »Das Exposé und die Kapitel, die du ihm geschickt hast, haben ihm gefallen. Ich glaube, der Brief enthält ein paar Vorschläge und ein oder zwei Anmerkungen, die dir vielleicht helfen können. Außerdem ist er bereit, dir einen schriftlichen Auftrag und einen kleinen Vorschuß zu geben. Nein ...« David machte eine abwehrende Geste, um ihre Begeisterung zu dämpfen. »Nicht genug, um das Dach neu decken zu lassen, aber es ist ein Anfang. Und das heißt, daß du jetzt allen Grund hast, im Bett zu bleiben, einen wunderbaren Roman zu verfassen und dich von Luke und Lyn von vorne bis hinten bedienen zu lassen, während das Baby heranwächst.«

Joss lachte. »Also, ich hoffe, daß es bald damit anfängt. Im Augenblick bin ich noch flach wie ein Brett. Wenn ich nicht den Ultraschall gesehen hätte, würde ich mich wahrscheinlich fragen, ob er überhaupt noch da ist.«

»Dann ist es also ein *er*, wie?«

»Ich weiß es nicht. Das war nur so dahingesagt. Und noch dazu sehr sexistisch«, sagte sie lächelnd. »Aber die Krankenschwester meinte, es würde sicher ein Junge werden. Bei Jungen gäbe es immer mehr Schwierigkeiten als bei Mädchen, wie auch später im Leben.«

»Und das ist nicht sexistisch, nehme ich an?«

»Nein, das ist Erfahrung.« Sie öffnete den Brief, den David auf das Bett gelegt hatte, den mit dem Briefkopf von Hibberds.

»Er ist von Robert Cassie selbst«, erklärte David und beobachtete ihre Miene. »Er war sehr beeindruckt zu hören, daß du den Roman hier in diesem Haus spielen lassen willst.«

»Dreitausend Pfund, David! Er zahlt mir dreitausend Pfund!« Sie schwenkte den Brief durch die Luft. »Und da sagst du, das wäre nicht viel? Das ist ein Vermögen! Lyn! Sieh dir das mal an!« Ihre Schwester war gerade mit dem Teetablett in der Tür erschienen.

Tom folgte ihr dicht auf den Fersen, rannte durchs Zimmer und versuchte, auf das hohe Bett zu klettern. »Mummy Tom tragen«, forderte er, während er sich zwischen ihren Büchern und

Papieren einen Platz suchte, um auf dem Federbett auf und ab zu springen.

»Paß auf deinen kleinen Bruder auf, altes Haus«, sagte David, nahm Tom in den Arm und setzte ihn sich auf den Schoß. »Oder deine Schwester, obwohl Gott verhüten möge, daß jemals ein Mädchen so prinzipienlos sein wird, mit einer Frühgeburt zu drohen.« Lachend wehrte er Joss' spielerischen Faustschlag ab.

Nachdem alle wieder gegangen waren, ließ sie sich in die Kissen sinken und las zum zehnten Mal Robert Cassies Brief. Ein Vertrag. Ein Vorschuß auf die Tantiemen und eine Option auf ihr nächstes Buch. Ihr nächstes Buch, wo sie kaum das erste begonnen hatte!

Ihr Blick wanderte zu dem Computer, den Luke für sie nach oben getragen und auf den Tisch am Fenster gestellt hatte. Sie war mit dem Buch ein ganzes Stück vorangekommen; die erzwungene Bettruhe gab ihr Zeit zu schreiben. Die Geschichte raste in Siebenmeilenschritten in ihrem Kopf voran, so daß sie gar nicht mehr mithalten konnte, und die Abenteuer überstürzten sich. Später würde sie aufstehen und sich im Morgenmantel an den Tisch setzen und zusehen, wie die Dämmerung sich über den Garten legte, während unter ihren Fingern Richard sich unter dem riesigen Sommermond in einem Heuhaufen versteckte.

Als Luke eine halbe Stunde später hereinsah, lag sie mit dem Brief in der Hand schlafend da. Vorsichtig nahm er ihr das Blatt ab und las es lächelnd durch, dann setzte er sich leise neben sie. Ihr schmales Gesicht sah noch müde aus, wirkte im Schlaf aber entspannt und im sanften Schein der Lampe außerordentlich schön und sogar sexy. Er beugte sich vor und küßte sie ganz zart, ohne sie zu wecken.

Hinter ihm prallte ein Vogel, von einem Windstoß erfaßt, gegen die Fensterscheibe, und war ebenso schnell wieder verschwunden. Der Vorhang wehte ins Zimmer. Luke fröstelte, als die kalte Zugluft zu ihm herüberblies. Er stand auf und spähte hinaus. Draußen war es finster, und er konnte nur die Spiegelung der Lampe hinter sich sehen. Schaudernd zog er die Vorhänge zu.

Dann stand er einen Moment neben Joss und betrachtete sie

wieder. Ein Lächeln zog über ihr Gesicht, und ihre Wangen waren ein wenig gerötet. Auf dem Kissen neben ihrem Kopf lag eine Rosenknospe, eine weiße Blüte mit zartrosa gefärbten Spitzen. Er starrte sie an. Warum war sie ihm nicht schon vorher aufgefallen? Er nahm sie in die Hand. Sie fühlte sich sehr kalt an, als ob sie gerade vom Garten hereingebracht worden war. David. David mußte sie ihr geschenkt haben. Ärgerlich verzog er das Gesicht, schleuderte die Blume auf den Nachttisch und verließ mit eiligen Schritten das Zimmer.

15

»Was heißt, er ist nach London zurückgefahren?« Joss stützte einen Ellbogen auf das Kissen, setzte sich im Bett auf und
starrte Lyn an. »Warum?«

»Ich glaube, er und Luke sind wegen irgend etwas aneinandergeraten«, sagte Lyn achselzuckend. Sie stapelte gerade Kaffeetassen aufs Tablett.

»Was meinst du, sie sind aneinandergeraten?« fragte Joss entsetzt. »Worüber?«

»Das kannst du dir doch denken«, erklärte Lyn. »Er glaubt, daß David in dich verknallt ist.«

Joss öffnete den Mund, um zu widersprechen, schloß ihn aber wieder. »Das ist Unsinn.«

»Wirklich?«

»Das weißt du doch. David und ich waren Kollegen. Ja, er mag mich, und ich ihn auch, aber das ist alles. Luke kann doch unmöglich etwas anderes denken. Das ist doch verrückt. Du lieber Himmel, ich bin schwanger!«

»Er glaubt, daß David dir Blumen geschenkt hat.«

»Blumen!« Joss war überrascht. »Er hat mir doch keine Blumen geschenkt. Und selbst wenn, was wäre Schlimmes dabei? Gäste bringen der Gastgeberin oft Blumen mit.«

Lyn zuckte wieder mit den Schultern. »Frag Luke.«

Seufzend legte sich Joss ins Kissen zurück. »Lyn.« Sie fuhr mit der Hand sanft über die Bettdecke. »Was glaubt er denn, welche Blumen David mir geschenkt hat?«

Lyn lachte kurz auf. »Ist das nicht egal?«

»Ganz und gar nicht.«

»Also, da mußt du Luke fragen. Ich weiß es nicht.«

»Das tue ich auch. Er kann doch nicht einfach unsere Freunde vor die Tür setzen!«

»Ich glaube nicht, daß er das getan hat. David ist von selbst gegangen. Schade. Ich mag David. Wir brauchen Besucher hier, die uns aufmuntern.«

Ihr Ton war leicht und beiläufig, aber Joss runzelte die Stirn und ließ sich einen Augenblick von ihren eigenen Sorgen ablenken. »Fühlst du dich einsam hier, Lyn? Fehlt dir London?«

»Nein. Natürlich nicht. Das habe ich dir schon mal gesagt.« Sie griff nach dem Tablett.

»Ich habe wirklich Schuldgefühle, weil du soviel tun mußt, während ich hier im Bett liege.« Joss legte eine Hand auf Lyns Arm. »Weißt du, ohne dich wären wir aufgeschmissen.«

»Ich weiß.« Lyn nahm ihren Worten mit einem Lächeln die Spitze. »Aber mach dir keine Sorgen. Ich bin hart im Nehmen. Den Haushalt hier mache ich mit links, und du weißt, wie sehr ich an Tom hänge.« Sie zögerte kurz, dann fuhr sie fort: »Dad hat gerade angerufen, Joss. Die Ergebnisse der letzten Untersuchungen waren gut.«

»Gott sei Dank!« sagte Joss erleichtert. »Du mußt sie besuchen fahren, Lyn, wann immer du willst.«

»Das werde ich auch.«

»Ich würde selbst hinfahren, wenn ich könnte, das weißt du.«

Lyn lächelte gezwungen. »Natürlich würdest du das.« Sie drückte die Türklinke mit dem Ellbogen auf; in den Händen hielt sie das schwere Tablett. »Simon schaut später vorbei. Er meinte, wir sollten es dir nicht sagen, weil sonst dein Blutdruck wieder steigt!« Jetzt grinste sie wieder. »Atemübungen und Meditation sind für Sie angesagt, gnä' Frau, und wenn Sie dann entsprechend gelassen und ruhig sind, läßt er Sie vielleicht nach unten kommen.«

Das tat er schließlich auch. Langsam gehen. Keine Hausarbeit, und sie dürfe Tom nicht tragen. Das waren die Auflagen.

Sobald Joss einen Augenblick allein im Arbeitszimmer war, griff sie zum Hörer und rief David an. »Warum bist du einfach verschwunden, ohne dich zu verabschieden?« Luke war nach Cambridge gefahren, um Ersatzteile zu kaufen; ihn konnte sie nicht fragen.

Sie bemerkte, daß er nur zögernd antwortete. »Joss, vielleicht bin ich einmal zu oft zu euch gekommen.«

»Was soll das heißen?« fragte Joss verständnislos. »Lyn meint, du hättest dich mit Luke gestritten. Das ist unmöglich. Niemand kann mit Luke streiten.«

»Wirklich nicht?« Er hielt inne. »Sagen wir mal, Luke und ich hatten eine kleine Meinungsverschiedenheit. Nichts Ernstes. Ich dachte nur, es wäre vielleicht an der Zeit, nach Hause zu fahren und mich auf das neue Trimester vorzubereiten. Weiter nichts.«

»Worüber habt ihr euch gestritten?« Sie sah zur Tür. Es war still im Haus; Lyn machte mit Tom einen Spaziergang.

»Er hat wohl das Gefühl, daß ich dich in deiner Besessenheit mit dem Haus zu sehr unterstütze.« Er sagte nichts von Lukes plötzlicher und unerklärlicher Feindseligkeit und seiner hitzigen Beschuldigung wegen einer Rose.

Joss erwiderte nichts.

»Joss, bist du noch da?«

»Ja. Ich dachte nicht, daß es ihm etwas ausmacht.«

»Er hat ja auch nichts dagegen, daß du dich dafür interessierst. Das tut er selber. Er will nur nicht, daß es überhand nimmt.«

Sobald Luke zurückkam, stellte sie ihn zur Rede. »Was denkst du dir eigentlich dabei, mit David zu streiten und ihn rauszuwerfen? Wenn es dich stört, daß er Nachforschungen über das Haus anstellt, dann sag's mir, und nicht ihm. Schließlich habe ich ihn darum gebeten!«

»Joss, du wirst besessen ...«

»Selbst wenn, dann hat das nichts mit David zu tun!«

»Das finde ich schon.« Luke preßte die Lippen zusammen.

»Nein. Außerdem steckt auch noch etwas anderes dahinter, stimmt's? Du bist auf die verrückte Idee verfallen, daß er in mich verliebt ist.«

»Ich finde nicht, daß das eine verrückte Idee ist, Joss. Das sieht doch jeder, und dir sollte es auch klar sein.« Er klang sehr bedrückt. »Das kannst du nicht leugnen.«

Sie schwieg einen Augenblick. »Er mag mich, das weiß ich. Und ich mag ihn auch.« Trotzig hielt sie Lukes Blick stand. »Aber das heißt nicht, daß wir uns in eine stürmische Liebesaffäre stürzen wollen, Luke. Du bist der Mann, den ich liebe. Du bist der Mann, den ich geheiratet habe, der Vater meiner Kinder.« Sie legte eine Hand auf ihren Bauch. »Luke.« Sie zögerte. »Hat das Ganze mit einem Krach über Blumen angefangen?«

Luke zuckte mit den Schultern. »Soweit ich weiß, ist eine Rose immer ein Unterpfand der Liebe.«

»Eine Rose.« Ein kalter Schauder durchfuhr sie.

»Er hat eine Rose auf dein Kissen gelegt.« Jetzt war Luke ärgerlich. »Komm schon, Joss, sogar du weißt, was das bedeutet.«

Sie schluckte. Die Rose, die sie auf ihrem Nachttisch gefunden hatte, war kalt und tot gewesen. Sie wußte, daß sie nicht von David stammte.

Lange Zeit sagte sie nichts mehr über das Haus oder die Familie. Sie las die Tagebücher ihrer Mutter, wenn sie allein war, und in den Pausen beim Schreiben ging sie nur dann auf den Dachboden, wenn Luke außer Haus war oder am Wagen arbeitete. David kam sie in dem Trimester nicht besuchen und schickte ihr auch keine Fotokopien aus Büchern oder Notizen mehr.

Da Lyn auf Tom aufpaßte, konnte Joss zu Babygeschäften fahren und Büchereien besuchen, um für ihren Roman zu recherchieren; und diese Ausflüge nutzte sie als Vorwand, um ein- oder zweimal in den Bibliotheken von Ipswich und Colchester nach Büchern über die Geschichte der Umgebung zu suchen und sich Bände über Kleidung und Ernährung im Mittelalter und über Politik im 15. Jahrhundert auszuleihen. Simon hatte ihr die Erlaubnis dazu gegeben, unter der Bedingung, daß sie sich ausruhte, sobald sie müde wurde. So fuhr sie durch das Land und stellte überrascht fest, daß sie außerhalb des Hauses, wenn sie der gespannten Atmosphäre mit Lyn entkam, glücklicher und zuversichtlicher war als seit vielen Jahren.

Wenn sie dann angeregt und voller Ideen nach Hause kam, schrieb sie fast pausenlos; sie hörte die Geschichte in ihrem

Kopf, beinahe als würde sie ihr von Richard selbst diktiert. Allmählich glaubte sie, daß der Roman wie ein Zauberbann wirkte – solange sie in Gedanken ihm nachhing und nicht der Familie, in die sie hineingeboren worden war, blieb das Haus freundlich und wohlwollend, schien zufrieden, seine Erinnerungen ruhen zu lassen, und freute sich darüber, so hatte sie manchmal das Gefühl, daß sie seine Geschichte in ihren Roman einarbeitete und die Legende vertrieb, indem sie einen Teil davon auf Papier festhielt.

Manchmal, wenn sie die leichteren Arbeiten verrichtete, die sie noch tun durfte, blickte sie gelegentlich vom Kleidersortieren, vom Staubwischen oder Abwaschen auf und horchte angespannt, aber die Stimmen in ihrem Kopf gehörten alle zu ihrer Phantasie. Vielleicht waren die Gespenster verschwunden. Vielleicht hatte es sie nie gegeben.

Einige Wochen später kam Gerald Andrews zu einem zweiten Besuch. Auf dem Rücksitz seines Wagens lag ein Berg Bücher. »Ich dachte, ich könnte sie Ihnen hierlassen. Ich brauche sie auch nicht so bald wieder; lassen Sie sich Zeit.« Leicht besorgt fuhr er fort: »Nächsten Monat muß ich ins Krankenhaus. Wenn ich herauskomme, kann ich dann meine Freunde hierherbringen? Ich möchte so gerne dabeisein, wenn sie das Gewölbe sehen.« Er lächelte verschwörerisch, und Joss sagte, sie freue sich darauf, ihn wiederzusehen. Sie legte die Bücher hinter den Sessel. Luke würde nie merken, daß der Stapel ein wenig angewachsen war.

Mehrere Tage ließ sie sie dort liegen, aber dann fiel ihr ein, daß sie in ihnen vielleicht Stoff für ihren Roman finden könnte. Also holte sie eins nach dem anderen hervor, wenn sie nicht gerade schrieb, und blätterte eifrig darin herum.

Dort stand alles über das Haus, vor allem in den viktorianischen Führern über East Anglia: die Legenden, die Gerüchte, die Spukgeschichten. Seit Belheddon Hall gebaut worden war, hieß es, daß es dort nicht mit rechten Dinge zugehe.

Der kurze, graue Februar ging in den März über. Mit Beginn des Frühlings war ihr Bauch endlich etwas rundlich geworden, als ob er das bemerkte. Draußen an den Weiden hingen goldene Kätzchen, in den Hecken blühten die Haselsträucher. Die Schneeglöckchen und Primeln starben ab, und an ihrer Stelle erschienen die Osterglocken. Unter Joss' stetig wachsendem Manuskript lag ihr Stammbaum verborgen. Mittlerweile hatte sie die Daten von über einhundert Jahren eingetragen – Geburten, Hochzeiten, Tode. So viele Tode. Ihr Interesse daran war zwanghaft. Sie schob den Papierstapel beiseite und vertiefte sich wieder in Artikel über das Haus. Im Lauf der Zeit unternahm sie weniger Ausflüge, und wenn sie mit Schaufel und Besen durchs Haus ging, Stapel sauberer Wäsche zu den diversen Schränken und Kommoden trug oder in der Küche am Herd stand – allerdings seltener, weil sie Kochen mit ebenso großer Inbrust haßte, wie Lyn es liebte –, stellte sie fest, daß sie wieder auf Stimmen horchte.

Sobald Lyn, Luke und Tom draußen unterwegs waren, stieg sie fast gegen ihren Willen immer wieder auf den Dachboden, ging langsam durch die leeren Räume und lauschte angestrengt. Aber sie hörte nur den Wind, der leise in den Giebeln raunte, und dann kehrte sie mit einem Seufzer wieder ins Schlafzimmer oder an den Schreibtisch zurück.

Sie war verrückt, das wußte sie. Es war idiotisch, die Stimmen wieder hören zu wollen. Aber es waren die Stimmen ihrer kleinen Brüder, ihr einziger Kontakt zu einer Familie, die ausgelöscht war. Sie fing an, das Schreiben zu vernachlässigen, um ihre Theorie zu bestätigen, daß ihre intensive Beschäftigung mit dem Buch Georgie und Sammy vertrieben hatte. Aber ohne das Schreiben empfand sie eine innere Leere – dieser Gedanke verzerrte ihr Lächeln zu einem sarkastischen Grinsen, während sie sich über den rundlichen Bauch strich –, eine innere Leere, so daß sie sich frustriert und unausgefüllt fühlte.

Luke bemerkte ihre Unruhe. »Lyn hat vorgeschlagen, mit Tom in den Zoo zu fahren«, meinte er eines Tages. »Seitdem wir hier sind, haben wir so wenig mit ihm unternommen. Sollen wir nicht einen richtigen Ausflug machen, wir alle zusammen? Dann kommst du mal wieder aus dem Haus.« Ihm war nicht entgangen, daß ihre Fahrten in die Umgebung ein Ende gefunden hatten.

Sie fühlte, wie ihre Stimmung sich hob. »Das würde mir gefallen! Und Tom wird begeistert sein.«

Sie einigten sich auf den kommenden Mittwoch, und langsam

begann Joss, sich auf den Ausflug zu freuen. Ihre ziellosen Besuche im Dachboden hörten auf, und gemeinsam mit Lyn bereitete sie Tom auf den Zoo vor, zeigte ihm Bilder von Elefanten, Löwen und Tigern und erzählte ihm Geschichten über die anderen Tiere, die er dort vermutlich sehen würde.

Am Dienstag abend konnte Tom vor Aufregung nicht einschlafen. »Unsere eigene Schuld.« Müde stand Joss vom Küchentisch auf, wo sie gerade zu Abend aßen; zum zweiten Mal an dem Abend krächzte Toms Stimme aus dem Babyphon. »Ich bin an der Reihe. Ich sehe nach ihm.«

Als sie in den großen Saal kam, hörte sie Toms Schreie direkt aus dem Zimmer und nicht mehr aus der Sprechanlage auf der Anrichte. Mit schnellen Schritten ging sie zum unteren Treppenabsatz, blickte hinauf und tastete nach dem Lichtschalter.

Der Schatten an der Wand oben an der Treppe gehörte eindeutig einem Mann, der sich drohend zu ihr hinabbeugte. Starr vor Angst blieb sie stehen und umklammerte das Geländer; Toms Schreie gellten in ihren Ohren.

»Tom!« flüsterte sie gequält, als sie den Fuß auf die unterste Stufe setzte und sich zwang, auf den Schatten zuzugehen. »Tom!«

Einer der Arme bewegte sich ein wenig, als winke er sie zu sich. Wie erstarrt setzte sie mühsam einen Fuß vor den anderen, ohne den Blick von der Gestalt zu wenden. Lukes Regenjacke hing an der geschnitzten Ahornkugel auf dem obersten Pfosten des Geländers. Das war der Schatten, den sie gesehen hatte.

Nachts hatte sie einen Alptraum, aus dem sie zitternd und schweißgebadet erwachte. In dem Traum war ein riesiges Metallfaß auf Beinen langsam auf sie zugelaufen. Der Dreispitz obenauf sollte über den bösen Blick seiner Druckknopf-Augen hinwegtäuschen. Die Arme, die wie riesige Büroklammern aussahen, griffen nach ihr; die Mechanik des Fortbewegungsapparats war unter dem glänzenden Aluminiumkörper verborgen. Joss fuhr aus dem Schlaf auf und blieb zuerst reglos liegen, zu erschrocken, um sich zu bewegen; ihr Herz klopfte wie wild. Luke neben ihr stöhnte und ächzte. Sie lauschte angespannt, aber abgesehen von seinem leisen Schnarchen war nichts mehr zu hören. Kein Geräusch von Tom. Kein Geräusch im Haus.

Draußen im Garten schien nicht einmal das leiseste Lüftchen zu wehen.

Als sie wieder aufwachte, hatte sie rasende Kopfschmerzen. Sie setzte sich auf und griff nach dem Wecker, ließ sich aber sofort stöhnend wieder ins Kissen fallen. Von nebenan hörte sie, wie Lyn Tom anzog und dabei munter mit ihm plauderte. Der kleine Junge lachte fröhlich. Von Luke keine Spur.

Als die anderen gefrühstückt hatten, wußte Joss, daß sie nicht in den Zoo mitfahren konnte. Ihr drehte sich der Kopf, und vor lauter Müdigkeit konnte sie kaum ein Bein vor das andere setzen.

»Wir verschieben's und fahren an einem anderen Tag.« Besorgt beugte sich Luke über sie.

»Nein«, widersprach sie kopfschüttelnd. »Wir dürfen Tom nicht enttäuschen. Fahrt nur. Ich gehe wieder ins Bett und schlafe. Und dann arbeite ich ein bißchen an meinem Buch. Wirklich. Ich komme gut zurecht.«

Zum Abschied winkte sie ihnen nach, gerührt von Toms Tränen, als er feststellte, daß seine Mummy doch nicht mitkommen würde. Mit hämmerndem Kopf ging sie wieder ins Haus zurück.

Als sie aufwachte, war es nach zwei Uhr. Die Sonne war verschwunden, der Himmel grau verhangen. Auf dem Weg in die Küche hörte sie den Wind im Kamin heulen.

Sie machte sich eine Tasse Tee und ein Brot und blieb lange am Küchentisch sitzen, bevor sie schließlich nach ihrer Jacke griff.

Am Ufer des Sees hielt sie an, die Hände in den Taschen vergraben, und beobachtete, wie die Windböen die schwarze Wasseroberfläche bewegten. Mit hochgezogenen Schultern starrte sie auf den See und verbot sich den Gedanken an einen kleinen Jungen, der sich mit einem Marmeladenglas voll Kaulquappen auf dem rutschigen Ufer zum Wasser hinabbeugte.

Ein Geräusch hinter ihr ließ sie herumfahren. Sie blickte über den Rasen, aber es war niemand da. Sie horchte und bemühte sich, andere Geräusche als das Rauschen des Windes in ihren Ohren wahrzunehmen, aber da war nichts.

Langsam ging sie zum Haus zurück. Noch eine Tasse Tee, und dann würde sie sich wieder an ihr Buch machen. Sie hatte zuviel

Zeit mit Tagträumereien verbracht; sie mußte an ihrem Roman weiterarbeiten.

Sammy!

Mit der einen Hand auf der Maus, der anderen auf der Tastatur, sah sie auf und lauschte. Jemand lief die Treppe herunter.

Sammy! Spiel mit mir!

Mit angehaltenem Atem und auf Zehenspitzen schlich sie zur Tür.

»Hallo? Wer ist da?« Ganz langsam drehte sie den Türknauf. »Hallo?« Ihr Blick wanderte durch den Saal die Treppe hinauf, wo die Schatten lauerten. »Ist da jemand? Sammy? Georgie?«

Die Stille war geladen, als würde außer ihr noch jemand die Luft anhalten und warten.

»Sammy? Georgie?« Sie umklammerte den Türgriff, als hinge ihr Leben davon ab. Zwischen ihren Schulterblättern bildete sich eiskalter Schweiß.

Sie zwang sich, einen Schritt in den Saal zu machen und dann langsam die Stufen hinaufzugehen.

»Sie wissen doch genau, daß ich Ihnen keine Schlaftabletten verschreibe.« Simon saß auf dem Stuhl neben ihr im Arbeitszimmer und sah ihr forschend ins Gesicht. »Also, was ist los? Sie haben doch keine Angst vor der Geburt?«

»Natürlich habe ich Angst. Welche Frau hat das nicht?« Joss schob sich aus dem Sessel hoch und ging zum Fenster; sie wandte ihm den Rücken zu, damit er nicht ihr Gesicht sehen konnte. Draußen auf dem Rasen spielten Lyn und Tom Fußball. Beinahe wollte sie rufen: Nicht zu nah am Wasser! Geht nicht zu nah ans Wasser! Aber natürlich würde Lyn ihn nicht zu nah ans Wasser gehen lassen. Und selbst wenn, war das Seeufer jetzt mit Pflanzen überwuchert, mit abgestorbenen Brennesseln, Dornen und einem Gestrüpp von Geißblatt.

Sammy

Die Stimme rief laut durchs Zimmer. Jetzt hörte sie sie schon zum dritten Mal an diesem Vormittag. Sie wirbelte herum und blickte den Arzt an. »Haben Sie das gehört?«

»Was? Entschuldigung?« fragte Simon stirnrunzelnd.

»Jemand hat gerufen. Haben Sie es nicht gehört?«

Er schüttelte den Kopf. »Setzen Sie sich mal her, Joss.«

Zögernd nahm sie auf dem Hocker ihm gegenüber Platz. »Wahrscheinlich höre ich Dinge«, sagte sie mit einem gezwungenen Lächeln.

»Vielleicht.« Er schwieg, dann fuhr er fort: »Wie oft hören Sie ›Dinge‹, Joss?«

»Nicht oft.« Sie lächelte verlegen. »Als wir eingezogen sind, habe ich die Jungen rufen hören, und spielen …« Und Katherine, die Stimme, die nach Katherine rief. Sie machte eine abwehrende Geste; plötzlich fiel es ihr schwer weiterzureden. »Ich möchte nicht, daß Sie glauben, ich wäre reif für die Klapsmühle. Ich bin nicht verrückt. Ich bilde mir nichts ein …« Sie brach ab. »Zumindest glaube ich das nicht.«

»Reden wir von Gespenstern?« Er zog eine Augenbraue in die Höhe, stützte die Ellbogen auf die Knie, beugte sich vor und musterte sie eingehend.

Sie konnte seinem Blick nicht standhalten und sah zur Seite. »Wahrscheinlich.«

Es entstand eine lange Pause, während er wartete, daß sie fortfuhr. Schließlich lachte sie nervös auf. »Manche Frauen werden während der Schwangerschaft etwas seltsam, stimmt's? Und wenn ich es mir recht überlege, bin ich schwanger, seitdem wir hier eingezogen sind.«

»Sie glauben also, daß das der Grund dafür ist?« Er lehnte sich im Stuhl zurück und überkreuzte die Beine betont lässig.

»Das müssen Sie wissen. Sie sind der Arzt.«

Er holte tief Luft. »Ich glaube nicht an Gespenster, Joss.«

»Also werde ich allmählich verrückt.«

»Das habe ich nicht gesagt. Ich glaube, seit Ihrem Einzug sind Sie körperlich und geistig überanstrengt. Ich glaube, Sie lassen sich von der Romantik und der Geschichte und der Leere dieses Hauses zu sehr beeindrucken.« Er seufzte. »Wenn ich Ihnen sage, daß Sie in Urlaub fahren sollten, lehnen Sie das wahrscheinlich strikt ab.«

»Sie wissen doch, daß Luke nicht weg kann. Mittlerweile soll er drei Autos herrichten.« Seit kurzem überlegte er sogar, ob er nicht jemanden zur Hilfe einstellen sollte.

»Und ohne ihn können Sie nicht wegfahren?« Noch immer studierte er ihr Gesicht. Sie war zu dünn, zu blaß.

»Kommt nicht in Frage«, sagte sie lächelnd.

Woher hatte er nur den Eindruck, daß ihre Antwort überhaupt nichts mit Luke zu tun hatte? »Dann müssen Sie besser auf sich aufpassen, Joss. Mehr Ruhe. Wirkliche Ruhe. Mehr Gesellschaft. Ich weiß, daß sich das wie ein Widerspruch anhört, aber Lyn ist eine echte Perle. Ich weiß, daß sie sich über Besucher freut und Ihnen alle Arbeit abnehmen würde. Sie brauchen Zerstreuung und Gelächter, und ehrlich gesagt auch etwas mehr Krach um sich herum.«

Diesmal klang ihr Lachen aufrichtig. »Simon, wenn Sie wüßten, wie schrecklich das klingt! Ich bin nicht einsam. Die Stille im Haus bedrückt mich nicht, und ich bin mir sicher, daß ich nicht unter Sinnestäuschungen leide.«

»Also glauben Sie an Gespenster.«

»Ja.« Sie brachte das Wort halb trotzig, halb entschuldigend hervor.

»Ich glaube Ihnen erst, wenn ich selbst etwas sehe oder höre.« Er streckte sich und stand dann ächzend auf. »Also, was Schlaflosigkeit angeht, kann ich Ihnen leider nicht helfen. Kurze Spaziergänge an der frischen Luft, Kakao oder heiße Milch vorm Schlafengehen und ein ruhiges Gewissen – das ist das beste Rezept.« Er ging zur Tür, wandte sich aber noch einmal um. »Sind Sie sicher, daß Ihnen das Haus keine Angst macht?«

»Ja.« Sie lächelte bekräftigend. »Es macht mir absolut keine Angst.«

Sonnenlicht durchflutete den Dachboden. Die Strahlen brachen sich an den getrockneten Regentropfen und dem Staub auf den Fenstern und tanzten in der Luft. Das würde eine wunderbare Kulisse für eine Szene in ihrem Roman abgeben – die warme Sonne, der Geruch der Jahrhunderte, das alte Eichenholz, der Staub, die absolute Stille. Etwas atemlos wegen der steilen Treppe ging Joss direkt zur Truhe an der Wand und klappte schwungvoll den Deckel auf. Erst vor einigen Tagen war es ihr gelungen, das Vorhängeschloß zu öffnen. Sie hatte Luke nicht bitten wollen, es für sie aufzusägen, und statt dessen eine Stunde lang mit einer Haarnadel daran herumgespielt, bis es plötzlich wie von selbst aufgesprungen war. Beglückt hatte sie den schweren Deckel angehoben und den Inhalt untersucht. Bücher, Briefe, Dokumente – und ein Strauß getrockneter Blumen. Rosen. Alte, vertrocknete Rosen, die nach all der langen Zeit ihre Farbe verloren hatten, zusammengebunden mit einer Seidenschleife. Sie hatte sie vorsichtig auf den Boden gelegt und war die Papiere durchgegangen. Aus der Tiefe der Truhe war der muffige Geruch von Zedernholz und altem, brüchigem Papier aufgestiegen.

Ganz unten hatte sie John Bennets Tagebuch gefunden – des Mannes, der 1893 ihre Urgroßmutter geheiratet hatte und zehn Jahre später, 1903, spurlos verschwunden war.

Der letzte Eintrag, der eine Zeitspanne von rund fünf Jahren abdeckte, trug das Datum 29. April 1903. Mit zittriger Handschrift war auf die Seite gekritzelt:

Jetzt hat er also ein weiteres Opfer gefordert. Der Junge ist tot. Als nächstes bin ich an der Reihe. Warum kann sie nicht erkennen, was passiert? Ich habe sie gebeten, das Sakrament hier im Haus vollziehen zu lassen, aber sie weigert sich. Lieber Herr Jesus, steh uns bei.

Das war alles.

Joss setzte sich auf die Truhe, legte das Tagebuch aufgeschlagen auf ihren Schoß und sah durch das staubige Fenster nach draußen auf den strahlendblauen, eisigen Himmel. *Lieber Herr Jesus, steh uns bei.* Die Worte hallten ihr durch den Kopf. Was war mit John Bennet passiert? War er weggegangen, oder war er – wie er vorhergesehen hatte – gestorben? Sie blätterte das Buch durch. Bis auf die letzten waren die Einträge in einer festen, entschlossenen Handschrift geschrieben, und meist ging es um unpersönliche Dinge – um die Farm und das Dorf. Joss entdeckte den Eintrag über die Geburt des kleinen Henry John.

Mary hatte eine leichte Geburt, das Kind kam heute morgen um acht Uhr zur Welt. Er hat rote Haare und sieht Marys Vater sehr ähnlich.

Joss lächelte und fragte sich, ob hinter dieser Bemerkung eine leichte Ironie stecke. Wenn, dann war der Sinn der Anspielung schon lange vergessen.

Weiter vorne fand sie einen ähnlich lakonischen Bericht über seine Hochzeit mit Mary Sarah im Frühjahr 1893.

Heute wurden Mary und ich in der Kirche von Belheddon getraut. Es regnete, aber ich glaube, die Feier war gelungen. Wir haben so lange auf diese Hochzeit gewartet, und ich bete, daß die Ehe glücklich und fruchtbar sein und endlich das Glück in Belheddon Hall einziehen möge.

Nachdenklich kaute Joss auf ihrer Unterlippe. Also hatte er bereits damals Bescheid gewußt. Woher war John Bennet gekommen? Wie hatten er und Mary sich kennengelernt? Es stand alles in dem Buch. Sein Vater war Pfarrer in Ipswich; seine Mutter war einige Jahre zuvor gestorben. Nach einer Ausbildung im Rechtswesen hatte er offenbar mehrere Jahre als Partner in einer Anwaltskanzlei in Bury gearbeitet. Nach der Heirat kündigte er die Stelle, vermutlich um sich um die Geschäfte von Belheddon zu kümmern, denn zu der Zeit war es ein großes, wohlhabendes Gut mit Pachthöfen, Arbeiterkaten und Hunderten von Morgen Land.

Joss ließ das Buch in den Schoß sinken, lehnte sich gegen die Wand und starrte auf die Schatten auf der anderen Seite des Speichers. Durch die Sonnenstrahlen, die kunstvoll geschnitzten Stützpfosten und die gebogenen Dachsparren entstand ein dunkles Muster auf der Tapete, ein Schatten, der beinahe wie die Gestalt eines Mannes aussah. Sie kniff die Augen zusammen, um besser zu sehen; plötzlich bemerkte sie, daß ihr Herz schneller schlug. Ihre Handflächen waren feucht. Sie drückte die Hände fest gegen den Deckel der Truhe, auf der sie saß, und fühlte die beruhigende Festigkeit des Holzes. Die Tür schien Hunderte von Meilen entfernt. Es herrschte eine ungewöhnliche Stille auf dem Dachboden. Das übliche Ächzen und Stöhnen des Gebälks, das leise Raunen des Aprilwindes waren der Stille gewichen.

»Wer bist du?« In der Leere klang ihr Flüstern grob und harsch. »Wer *bist* du?«

Es kam keine Antwort. Die Schatten hatten sich wieder zu einem Gittermuster architektonischer Formen angeordnet.

Sie schluckte nervös und schob sich von der Truhe hoch, bis sie schließlich aufrecht dastand. Das Tagebuch fiel zu Boden und lag geöffnet, mit dem Rücken nach oben, zu ihren Füßen.

»Im Namen Jesu Christi, verschwinde!« Ihre Stimme zitterte. Sie stellte fest, daß ihre Finger unbewußt das uralte Zeichen machten, vom Kopf zum Herzen, von einer Schulter zur anderen, das schützende, segnende Kreuz. Langsam, einen Fuß vor den anderen setzend, schlich sie zur Tür und starrte dabei unentwegt auf die Wand, wo sie die Gestalt eines Mannes gesehen hatte – oder glaubte, gesehen zu haben. Mit dem Rücken zur Wand schlüpfte sie aus dem Zimmer, dann begann sie zu laufen. Sie rannte durch den ganzen Dachboden, die steilen Stufen hinab, die Haupttreppe hinunter, durch den großen Saal bis in die Küche. Dort ließ sie sich keuchend auf einen Stuhl fallen und vergrub den Kopf in den Armen.

Allmählich ebbte ihre Panik ab, ihr Atem ging langsamer. Sie rieb sich die Augen mit den Handballen und umschlang dann instinktiv ihren Bauch. In dieser Haltung saß sie noch, als Lyn mit Tom im Kinderwagen hereinkam.

»Joss?« Lyn ließ alles stehen und rannte zu ihr. »Joss, was ist los? Was ist passiert? Fehlt dir etwas?« Sie legte die Arme um ihre Schwester. »Ist etwas mit dem Baby? Hast du Schmerzen?«

Mit einem schwachen Lächeln schüttelte Joss den Kopf. »Nein, gar nichts. Mir fehlt nichts. Ich hatte nur ein bißchen Kopfschmerzen und wollte mir eine Tasse Tee machen, und dann ist mir schwindelig geworden.«

»Ich hole Simon.«

»Nein!« stieß Joss hervor. Dann wiederholte sie ruhiger: »Nein, Lyn, das ist nicht nötig. Mir geht's gut. Wirklich. Ich hatte mich hingesetzt und bin zu schnell wieder aufgestanden. Mehr nicht.« Mühsam erhob sie sich und ging zu Tom, um ihn aus dem Geschirr zu befreien und aus dem Wagen zu heben. »So, Tom-Tom, habt ihr einen schönen Spaziergang gemacht?«

Die Dinge, die sie gehört hatte – die Kinderstimmen, die Stimmen ihrer eigenen Brüder –, hatten absolut nichts mit dem zu tun, was Generationen von erwachsenen Männern und Frauen in diesem Haus in Angst und Schrecken versetzt hatte. Georgie und Sammy waren erst lange nach dem Tod ihrer Großeltern und Urgroßeltern geboren worden. John Bennet, Lydia Manners – sie konnten Georgies und Sammys Lachen im Dachboden gar nicht gehört haben. Mit Mühe zwang sie sich, den Kessel zu füllen. Niemand anders hatte etwas gehört. Niemand anders fühlte sich unbehaglich. Vielleicht hatte Simon doch recht. Vielleicht war sie mit der Schwangerschaft wirklich neurotisch geworden. Vielleicht hatten die Frauen in ihrer Familie während der Schwangerschaft alle dieselben wilden Phantasien gehabt. Dieser Gedanke kam ihr derart irrwitzig vor, daß sie lächeln mußte; entschlossen stellte sie den Kessel auf den Herd.

»Bevor ich raus bin, hat David angerufen«, erzählte Lyn unvermittelt. »Ich habe ihm gesagt, wir möchten, daß er uns besucht. Und daß ich glaube, daß er dich aufheitern kann. Zuerst war er ein bißchen abweisend, aber dann hat er zugesagt. Er kommt am Wochenende. Ist das in Ordnung?«

»Natürlich.«

»Ich hab's Luke schon erzählt.«

»Gut. Wie hat er darauf reagiert?«

»Okay. Ich habe ihm gesagt, du wärst nicht die einzige, die David mag. Und wir sind nicht alle verheiratet.« Lyns Gesicht hatte etwas Farbe bekommen, und als Joss sie betrachtete, ging ihr plötzlich ein Licht auf. Lyns sonst blasser Teint und der etwas widerwillige Ausdruck waren durch ein Funkeln ersetzt worden, das Joss noch nie an ihr bemerkt hatte. Sie seufzte. Die arme Lyn. David, der gebildete, belesene und anspruchsvolle David, würde sich nie im Leben in sie verlieben.

Zuerst verlief das Wochenende sehr gut. David brachte für Luke jede Menge Wein mit (»Ich dachte, nachdem die Regale unten ziemlich leergeräumt worden sind, könnte ein kleiner Nachschub nicht schaden – übrigens, wann ist eigentlich die Auktion?«), Bücher für Joss, eine hübsche Porzellanvase für Lyn und einen riesigen schwarzen Teddybären mit einem gehäkelten Spitzenpullover für Tom. David bestand darauf, Lyn beim Kochen des Mittagessens zu helfen, bewunderte das neueste Auto im Wagenschuppen, lernte Lukes Teilzeit-Gehilfen Jimbo kennen, einen zwanzigjährigen Mechanikerlehrling aus dem

Dorf, und ging Joss, wie sie spürte, soweit wie möglich aus dem Weg.

Sie war entschlossen, sich nicht anmerken zu lassen, wie verletzt sie war. Nach dem Essen lehnte sie es ab, mit den anderen spazierenzugehen, und warf sich statt dessen im Schlafzimmer erschöpft aufs Bett. Innerhalb von Sekunden war sie eingeschlafen.

In ihrem Traum schien sie sich selbst von oben beim Schlafen zu beobachten. Die Gestalt, die neben dem Bett stand, war jetzt deutlicher zu erkennen. Sie war großgewachsen und hatte breite Schultern – es war eindeutig ein Mann, oder vielmehr das, was vom Geist eines Mannes übriggeblieben war. Er trat näher, sah auf sie herab und beugte sich etwas vor, um eine Hand, so leicht und durchsichtig wie Marienfäden, unter der Decke auf ihre Schulter zu legen. Sanft, unmerklich wanderte die Hand nach unten zu der Rundung ihres Bauchs und liebkoste fast das Baby, das in der sicheren Dunkelheit ihres Schoßes lag. Es war unnatürlich kalt im Zimmer, die Atmosphäre wie aufgeladen. Joss stöhnte und bewegte sich im Schlaf, um die leichten Schmerzen im Rücken zu lindern. Die Gestalt rührte sich nicht. Dann beugte sie sich noch weiter vor. Die eisigen Finger streichelten sanft über ihre Haare, ihr Gesicht, zeichneten die Linie ihrer Wangenknochen nach. Mit einem Angstschrei wachte Joss auf und starrte auf den Baldachin. Sie schwitzte, und trotzdem war ihr eisig kalt. Zitternd zog sie die Decke fester um sich. Der Schatten war verschwunden.

Erst am frühen Abend hatte sie Gelegenheit, allein mit David zu sprechen. Luke war zu den Goodyears gegangen, und an diesem Tag war Lyn an der Reihe, Tom ins Bett zu bringen. David saß Joss mit einem Glas Whisky im Arbeitszimmer gegenüber, streckte seine Füße zum Feuer und betrachtete sie grinsend. »Na, wie geht's denn mit dem Schreiben?«

»Gut. Es macht Spaß, ist aber viel Arbeit.«

Er nahm einen Schluck. »Letzte Woche habe ich Gerald Andrews zum Mittagessen getroffen. Ich weiß nicht, ob er dir davon erzählt hat, aber er muß sich an der Hüfte operieren lassen, der Arme. Er ist ziemlich bedrückt. Jetzt wird er uns bei unseren Nachforschungen doch nicht helfen können. Wir haben ziemlich viel von dir gesprochen.«

»Und?«

»Und ...« Er brach abrupt ab, als ob er sich seine Worte anders überlegt hatte. »Joss, hast du je daran gedacht, Belheddon zu verkaufen?«

»Nein.« Sie schoß die Antwort heraus, ohne einen Augenblick nachzudenken. Eine Zeitlang sagten beide nichts, aber schließlich fragte sie: »Warum?«

Unbehaglich stellte er sein Glas ab, stand auf und ging zur Glastür. Das Mondlicht schien auf den Rasen, und es war sehr hell draußen, aber kalt. Im Schatten der Hecke lag noch der Rauhreif der letzten Nacht.

»Wir haben gedacht, daß die Geschichten über das Haus dir vielleicht ein bißchen zu schaffen machen«, sagte er schließlich.

»Hast du das Luke gegenüber erwähnt?«

»Nein.«

»Dann tu's bitte auch nicht. Ich bin überhaupt nicht bedrückt. Warum sollte ich auch bedrückt sein? Es liegt in der Natur der Geschichte, daß die meisten Mitspieler tot sind.«

Fast gegen seinen Willen verzog sich sein Gesicht zu einem Lächeln. »Das hätte ich selbst nicht besser sagen können.« Er drehte sich nicht um. Es entstand eine lange Pause. Schließlich erhob sie sich, stellte sich neben ihn und beschloß, das Thema zu wechseln.

»Gerald hat etwas gesagt, das mir nicht aus dem Kopf gehen will. Ihm ist aufgefallen, daß Belheddon praktisch immer an die weibliche Linie vererbt wurde. Das ist der Grund, warum alle Generationen unterschiedliche Nachnamen haben, obwohl sie verwandt sind. Matrilineare Erbfolge nannte er das. Ich habe das hinterher auf dem Stammbaum überprüft, den ich gemacht habe. Es stimmt. Kein Sohn ist jemals alt genug geworden, um Belheddon Hall zu erben. Kein einziger.«

Sie sah ihn beim Reden nicht an, sondern blickte auf einen fernen Punkt auf dem glitzernden Wasser des Sees, wo der Mond die schwarze Oberfläche wie Diamanten funkeln ließ.

»Wir haben gehofft, daß du es nicht bemerken würdest.«

»Jetzt sag mir nicht, daß ich es ignorieren soll. Oder soll ich vielleicht glauben, daß es reiner Zufall ist?«

»Was sonst?« Seine Stimme klang düster.

»In der Tat – was sonst«, wiederholte sie tonlos. Sie ging zum Sessel und ließ sich hineinfallen.

»Joss, hast du Luke davon erzählt?« David folgte ihr zum Kamin und stand mit dem Rücken zum Feuer vor ihr.

»Ich habe versucht, ihm von den Tagebüchern und Briefen zu erzählen, aber er wollte nichts davon hören. Und du hast mir doch gesagt, daß ich ihm meine Erbschaft nicht ständig vor Augen halten soll. Wie soll ich ihm da sagen, daß auf dem Haus ein Fluch liegt?«

»Das stimmt auch nicht. Ganz sicher nicht.« Gegen seinen Willen erschauderte er.

»Wirklich nicht? Weißt du, wie viele Unfälle im Lauf der Jahre hier passiert sind? Im Lauf der Jahrhunderte? Aber nie ist einer Frau etwas zugestoßen. Nie. Immer nur Männern. Meine Brüder, mein Vater, mein Großvater – nur mein Urgroßvater ist dem entgangen, und warum? Weil er es kommen sah. Er schrieb in sein Tagebuch, daß es … es ihn als nächsten holen würde.« Ihre Stimme war lauter geworden. Plötzlich ließ sie sich im Sessel zurückfallen. »Vielleicht hat es ihn wirklich geholt. Wir wissen nur, daß er verschwunden ist. Aber ob er weggelaufen oder ihm etwas Schreckliches zugestoßen ist – das ist völlig unklar. Vielleicht hat es, was immer es ist, ihn im Wald oder auf einem Feldweg angefallen, oder im Garten, und seine Leiche wurde einfach nie gefunden.«

»Joss, hör auf.« David setzte sich auf die Armlehne ihres Sessels und nahm ihre Hand. »Das ist lächerlich. Es ist Zufall. Es muß Zufall sein.«

»Warum wolltest du dann, daß ich das Haus verkaufe?«

Er lächelte kläglich. »Weil in jedem von uns, so rational und phantasielos dieser Jemand auch sein mag, ein kleiner, heimtückischer Hang zum Aberglauben lauert.«

»Und der besagt, daß der Teufel in Belheddon lebt.« Ihre Stimme war sehr kleinlaut.

David lachte. »Aber nein, das habe ich nicht gesagt. Nicht der Teufel. Ich glaube nicht an den Teufel.«

»Das beweist noch lange nicht, daß es ihn nicht trotzdem gibt.«

»Das stimmt. Aber mit der Theorie kann ich gut leben. Nein,

was hier passiert, hat verschiedene Ursachen. Tragische Unfälle, wie bei deinen Brüdern und deinem Vater – das sind alles Dinge, die in jeder Familie passieren können, Joss. Und in der Vergangenheit gab es vielleicht noch andere Faktoren. Möglicherweise war das Wasser verseucht, und die Keime waren für Jungen schädlicher als für Mädchen; vielleicht gab es in der Familie ein an das Geschlecht gebundenes Gen, wodurch die männlichen Kinder schwächer und anfälliger waren.«

»Ein ans Geschlecht gebundenes Gen, wodurch die männlichen Kinder anfälliger dafür waren, in den Teich zu fallen?« Joss lächelte gezwungen. »Das klingt nicht sehr überzeugend, David.«

»Nein, aber es ist ebenso plausibel wie jede andere Theorie.«

Hinter ihnen ging die Tür auf, und Luke steckte den Kopf herein. Sein Blick wanderte sofort zur Armlehne, wo Davids Hand auf Joss' Fingern lag. »Aha, ich störe«, sagte er mit eisiger Stimme.

»Nein, Luke. Nein.« Joss schob sich aus dem Sessel hoch, und David stand auf. »Hör zu. Ich muß dir etwas sagen. Bitte – hör mir zu.«

Er kam herein und schloß die Tür hinter sich. Sein Gesicht war leichenblaß. »Ich weiß nicht, ob ich das hören will.«

»Aber ich will, daß du mir zuhörst. Es gibt etwas, das du wissen mußt. Ich habe versucht, es dir zu sagen, aber …« Hilfesuchend blickte sie zu David hin. »Es hat mit dem Haus zu tun. Wir glauben – ich glaube, daß ein Fluch auf dem Haus liegt.«

»Also bitte.« Luke schob sie von sich. »Nicht das schon wieder. Ich habe noch nie einen solchen Schwachsinn gehört. Ein Fluch! Das hat uns gerade noch gefehlt. Vielleicht hast du vergessen, daß wir hier wohnen müssen. Du kannst das Haus nicht verkaufen. Das war eine der Bedingungen im Testament deiner Mutter. Wenn du wegziehen willst, verlieren wir es. Wir haben kein Geld und keine Arbeit. Hier kann ich was tun. Du kannst deine Geschichten schreiben. Lyn und deine Eltern können uns besuchen, wann immer sie wollen. Sogar für deine Freunde ist hier Platz.« Er warf David einen haßerfüllten Blick zu. »Ich muß schon sagen, David, ich bin überrascht, daß du sie bei diesem ganzen Mist noch unterstützt. Ich hätte dich für intelligenter gehalten.«

»Ich glaube schon, daß sie in einigen Dingen recht hat, Luke.«
David sah eindeutig verlegen aus. »Du solltest ihr wirklich
zuhören. Ich glaube nicht, daß das Haus verflucht ist – vielleicht
ist es wirklich nur eine Anhäufung von alten Geschichten und
Umständen, da gebe ich dir recht, aber andererseits ist es doch
seltsam – zu seltsam, um nur ein Zufall zu sein –, daß im Lauf der
Jahrhunderte so viele Sachen hier passiert sind.«

»Und du glaubst, daß der Teufel hier lebt? Satan höchstpersönlich, mitsamt Mistgabel und Höllenfeuer im Keller?«

»Nein, so nicht. Natürlich nicht.«

»Das würde ich verdammt noch mal auch meinen. Sei doch
nicht dumm, David. Joss ist schwanger. Das letzte, was sie
braucht, ist jemand, der sie verrückt macht und sie bei diesem
ganzen Unsinn noch anstachelt. Simon Fraser hat offen mit mir
gesprochen. Er sagt, sie sei übererregt. Sie soll sich schonen. Und
dann entdecke ich dich, wie du ihre Hand hältst und mit ihr über
die Möglichkeit sprichst, daß unser Sohn stirbt.«

Plötzlich trat absolute Stille ein. Joss' Gesicht wurde leichenblaß. »Das habe ich nie gesagt«, flüsterte sie. »Von Tom habe ich
nie etwas gesagt.«

»Also, was soll das alles sonst bedeuten? Die Söhne des Hauses sterben. Die Stimmen im Dunkeln. Kleine Jungs im Keller.«
Luke stieß die Hände mit einer heftigen Bewegung in die Taschen seiner ausgebeulten Kordhose. »Es tut mir leid, Joss. Ich
will dir nur klarmachen, wie abwegig das alles klingt. Deine Familie ist tot. Sie sind alle tot. Wie in allen Familien sind manche
von ihnen jung gestorben, andere sind alt geworden. Es ist doch
klar, je weiter man zurückgeht, desto wahrscheinlicher ist es, daß
sie aus unerklärlichen Gründen gestorben sind – so war das damals eben. Es gab keine Medikamente, keine Chirurgie. Kinder
sind am laufenden Band gestorben, deswegen hatten die Viktori-
aner ja so viele – damit wenigstens ein paar durchkommen. Zum
Glück leben wir in einem aufgeklärteren und fortschrittlicheren
Zeitalter. Problem gelöst. Und jetzt, wenn ihr mich entschuldigen wollt, räume ich in der Garage noch etwas auf, und dann
schlage ich vor, daß wir zu Abend essen und diesen ganzen Blödsinn vergessen.«

Die Tür fiel krachend ins Schloß. Joss und David sahen sich

an. »Er ist nicht leicht zu überzeugen«, sagte David nach einer Minute. »Außerdem, Joss, glaube ich, daß er in vieler Hinsicht recht hat. Mach dir nicht so viele Gedanken. Versuch, das alles zu vergessen, aber sei auch ein bißchen auf der Hut.«

»Vor was soll ich auf der Hut sein?« Fröstelnd stellte sie sich ans Feuer. »In den Tagebüchern steht immer ›er‹ oder ›es‹. Etwas oder jemand, das oder der vernünftige, rationale, gebildete Frauen in Angst und Schrecken versetzte.«

Und kleine Jungen umbrachte. Aber das sagte sie nicht laut.

»Und du, die du ebenfalls vernünftig, rational und gebildet bist, hast nichts gesehen. Und du hast auch nichts gehört – nichts außer ein paar Stimmen, die wie ein Echo im Haus gefangen sind.« Er lächelte. »Jetzt komm, Joss. Du kennst doch das Zeichen gegen den bösen Blick, oder?« Er legte seine Zeigefinger vor ihrem Gesicht über Kreuz. »Sei gewappnet für den Fall, daß er oder es sich je zeigen sollte. Und ansonsten vergiß das Ganze. Tom liebt das Haus. Es ist großartig. Und jedes Haus hat seine Gefahren. Kellertreppen und Teiche sind wirklich gefährlich, und mit jedem Kind kann etwas passieren, wenn es nicht beaufsichtigt wird, das war früher genauso wie heute. Aber du bist vorsichtig, du paßt auf ihn auf, und Lyn gluckt wie eine Henne um ihn herum. Niemand könnte noch mehr tun.«

»Wahrscheinlich hast du recht.«

Jetzt hat er also ein weiteres Opfer gefordert. Der Junge ist tot. Als nächstes bin ich an der Reihe. Warum kann sie nicht erkennen, was passiert…

Sollten so viele Menschen sich das gleiche eingebildet haben? Hatten sie alle die Tagebücher ihrer Vorfahren gelesen, vielleicht in genau diesem Zimmer, und sich vom Feuer im Kamin trösten lassen, während ihre Nackenhaare sich in der Dunkelheit langvergangener Winterabende sträubten und ihre Zehen sich vor Grauen aufstellten? Irgendwie erschien ihr das wenig glaubwürdig.

In der Küche war es wunderbar warm und hell und geschäftig. Lyn blickte auf, als Joss und David hereinkamen. Sie hatte gerade einen Kuchen in den Herd geschoben, und ihr Gesicht glühte in der Hitze. Tom spielte in einer Ecke mit seinen Duplosteinen und baute eine Burg von eher fragwürdiger Symmetrie. Befangen fuhr Lyn sich mit dem Ärmel über die Stirn. »Luke ist gerade brummend rausgegangen«, sagte sie. »Wenn ich ihn richtig verstanden habe, hält er euch beide für total durchgedreht.«

»So ungefähr.« Joss zwang sich zu einem Lächeln. »Auf jeden Fall hat er uns eine Gardinenpredigt gehalten, die sich gewaschen hat, und jetzt sind wir ganz reumütig in die Küche gekommen, um dir zu helfen.« Sie sah zu Tom und empfand plötzlich das dringende Bedürfnis, ihn im Arm zu halten.

»Toll.« Lyn schien wenig begeistert. »Er sagt, du glaubst, daß das Haus verflucht ist.« Sie runzelte die Stirn. »Aber das glaubst du doch nicht wirklich, Joss, oder?«

»Nein, natürlich nicht.« David setzte sich auf den Tisch. »Also, wie kann ich dir helfen? Ich habe das Gefühl, daß mir ein Kochkurs ins Haus steht.«

»Na ja, ich könnte Plätzchen backen«, sagte Lyn belustigt und errötete dann.

Das magische Wort verfehlte seine Wirkung auf Tom nicht. Die bunten Plastikklötze fielen krachend zu Boden, als er aufsprang und zu Lyn lief, wobei er Joss' ausgebreiteten Armen geschickt auswich. »Tom Plätzchen machen«, verkündete er mit überzeugter Miene, stellte sich auf die Zehenspitzen und angelte einen Holzlöffel vom Tisch.

Joss sah den dreien eine Zeitlang zu. Sie hatte Rückenschmerzen und fühlte sich unendlich müde. Lyn flirtete ganz offen mit David, und nach anfänglicher Zurückhaltung hatte er offenbar beschlossen, ihr Spiel mitzuspielen. Als Joss die Küche verließ, um ins Arbeitszimmer zu gehen, bemerkte es niemand. David und Lyn, ebenso teigverschmiert wie Tom, übertönten mit ihrem Lachen das leise Schließen der Tür.

Im großen Saal blieb sie stehen. Lyn hatte eine riesige Vase mit Osterglocken auf den Tisch gestellt, deren Knospen sich in der Wärme geöffnet hatten. Ihr süßer Duft erfüllte den ganzen Raum. Es war ein freundlicher Duft, der Joss an Frühling, an Optimismus und Wiedergeburt denken ließ. Schließlich ging sie ins Arbeitszimmer. Auf dem Sessel, auf dem sie gesessen hatte, lag eine Rosenknospe. Sie starrte sie an. David hatte sie bestimmt nicht dahin gelegt; so dumm würde er nie sein! Sie berührte die

Blume. Sie war eiskalt, ein wenig gefroren, und wurde in der Wärme des Raums bereits welk. Die weißen Blütenblätter öffneten sich, und unter Joss' Augen begann die Blume zu verblühen. Angewidert nahm sie sie in die Hand und betrachtete sie eingehend. Die Blüte hatte etwas Trauriges und Dekadentes an sich – etwas Unangenehmes, das sie nicht näher bestimmen konnte. Mit einem Schauder warf sie sie ins Feuer.

16

Joss lag auf dem Rücken und drehte den Kopf zur Seite, um das Bild ihres Babys auf dem Monitor zu sehen. Diesmal konnte sie es deutlich erkennen – die fötale Gestalt mit den kleinen Armen und Beinen, das winzige pulsierende Leben.

»Können Sie feststellen, ob es ein Junge oder ein Mädchen ist?« erkundigte sie sich. Diese Frage war ihr den ganzen Vormittag im Kopf herumgegangen.

»Selbst wenn, darf ich es Ihnen nicht sagen.« Die Röntgenärztin fuhr unbeirrt mit ihrer Arbeit fort.

»Ich muß es aber wissen«, stieß Joss mit angespannter Stimme hervor. »Bitte. Ich muß es unbedingt wissen.«

»Also, Joss, wirklich.« Luke saß neben ihr auf einem Stuhl und betrachtete verwundert die seltsamen, schemenhaften Formen, die sein Kind darstellten. »Es ist doch viel spannender, es nicht zu wissen. Hauptsache, er oder sie ist gesund.«

»Ich muß es aber wissen, Luke.« Ihr Ton war heftig. »Bitte. Können Sie es mir nicht sagen? Ich werde bestimmt nichts weitererzählen.«

Die Frau trat einen Schritt vom Bett zurück. »In diesem Krankenhaus wird werdenden Müttern das Geschlecht ihres Kindes grundsätzlich nicht verraten.« Damit zog sie mehrere Papiertücher aus einem Karton und wischte das Gel von Joss' Bauch. »Aber abgesehen davon weiß ich es auch nicht. Dafür liegt Ihr Baby nicht richtig. Sie müssen einfach noch etwas Geduld haben. Jetzt dauert es ja nicht mehr lange. Achtundzwanzigste Woche, und soweit ich feststellen kann, ist das Kleine wohlauf. Alles in bester Ordnung.« Lächelnd deckte sie Joss zu. »So, jetzt lassen Sie sich mit dem Aufstehen Zeit, während ich das Formular ausfülle, und dann bekommen Sie ein Bild, das Sie mit nach Hause nehmen können.« Sie setzte sich auf ihren Bürostuhl und rollte zu ihrem Schreibtisch hinüber.

»Luke, sag ihr, daß sie es mir sagen soll!« Joss' Stimme war tränenerstickt.

Luke starrte sie entgeistert an. »Joss! Was ist bloß los mit dir? Wir waren uns doch einig, daß es uns egal ist, ob es ein Junge oder ein Mädchen wird.«

»Aber mir ist es nicht egal. Ich will es wissen«, beharrte sie.

Die Röntgenärztin hatte sich ihre Nickelbrille aufgesetzt und blickte über den Rand hinweg zu Joss. »Mrs. Grant, ich habe Ihnen doch gesagt, daß ich es nicht weiß.« Stirnrunzelnd stand sie auf und warf die Brille auf den Tisch. »Sie sollten sich nicht so aufregen, das ist nicht gut für Sie. Gar nicht gut.«

Schweigend machten Luke und Joss sich auf die Heimfahrt. Erst, als sie den Stadtrand erreichten, fragte er: »Jetzt erzähl mal, Joss, was ist denn los? Sie hat doch gesagt, daß mit dem Baby alles in Ordnung ist.«

»Ich muß es wissen, Luke. In London würden sie es mir sagen, ganz bestimmt. Verstehst du denn nicht? Wenn es ein Junge ist, ist er in Gefahr ...«

»Nein!« Luke trat abrupt auf die Bremse. »Joss, jetzt reicht's. Ich will nichts mehr davon hören. Das ist verrückt. Tom ist nicht in Gefahr. Und das Baby, ob es nun ein Junge oder ein Mädchen wird, auch nicht. Du bist nicht in Gefahr, und ich bin auch nicht in Gefahr.« Der Wagen hinter ihnen hupte laut und manövrierte sich an ihnen vorbei; dabei reckte der Fahrer ihnen den erhobenen Mittelfinger entgegen. »Du brauchst dir keine Sorgen zu machen. Weißt du was? Ich werde den Pfarrer bitten, mit dir zu reden. Würde es dir helfen, wenn er das Haus segnet oder eine Exorzierung macht oder so? Würde dich das beruhigen?«

Exorcizo te, in nomine Dei + Patris omnipotentis, et in nomine Jesu + Christi Filii ejus, Domine nostri, et in virtute Spiritus + Sancti ...

Seufzend lehnte Joss sich zurück und schüttelte langsam den Kopf. Wozu? Das war schon einmal versucht worden.

Drei Wochen später bat Luke den Pfarrer schließlich doch, nach Belheddon zu kommen. Die Maisonne schien durch die Fenster herein. James Wood saß auf der Kante seines Stuhls und hörte höflich zu, während zuerst Joss und dann Luke redete. Dann lächelte er. »Ich bin immer bereit, ein Haus zu segnen. Normalerweise mache ich das, wenn Leute gerade eingezogen sind. Ich bete, daß sie in dem Haus glücklich sind und sich wohl und geborgen dort fühlen. Aber Gespenster reiche ich meist an einen Kollegen weiter, der sich auf derlei Dinge spezialisiert hat.«

Joss zwang sich zu einem Lächeln. Sie mochte den Pfarrer und ging gelegentlich gerne in die Kirche, wenn er die Messe las, aber seine Reaktion auf ihre Bitte erfüllte sie nicht gerade mit großem Vertrauen. »Es wäre wunderbar, wenn Sie es segnen würden, Herr Pfarrer. Vielen Dank.« Während sie das sagte, blickte Luke angelegentlich ins Feuer, so daß sie seine Miene nicht erkennen konnte.

Mit gebeugten Köpfen saßen sie beide im Arbeitszimmer, während der Geistliche betete, und dann standen sie im großen Saal, wo er einen kurzen Segensspruch aufsagte, der vermutlich das restliche Haus mit einbezog. Erst beim Gehen wandte sich James Wood noch einmal an Joss. »Sie haben mir gesagt, daß Sie bei Edgar Gower waren. Haben Sie mit ihm über Ihre Probleme gesprochen?«

Sie schüttelte den Kopf. »Er ist noch nicht wieder da.« In den letzten ein oder zwei Monaten hatte sie ihn fast täglich zu erreichen versucht und gehofft, er sei endlich aus Südafrika zurück.

»Ah ja«, sagte der Pfarrer seufzend. »Er wäre der Richtige, um Ihnen zu helfen, da bin ich mir sicher. Er kennt Belheddon, und er kannte auch Ihre Eltern. Außerdem ist er für die Dinge, von denen Sie sprachen, aufgeschlossener als ich.« Einen Augenblick wirkte er verlegen. »Ich persönlich habe außerhalb meiner religiösen Erfahrungen nie ein Gespenst gesehen oder irgend etwas auch nur annähernd Übernatürliches erlebt. Mir fällt es schwer, solche Sachen zu begreifen.«

Joss legte ihm eine Hand auf den Arm. »Das macht gar nichts. Sie haben Ihr Bestes getan.«

Das Schlimme war nur, daß sein Bestes vielleicht nicht gut genug war.

Mehrere Wochen lang glaubte sie, es habe gewirkt. Das Wetter wurde zusehends wärmer, und Lukes Gemüsegarten nahm allmählich Gestalt an.

Mitte des Monats fuhr Luke zur Versteigerung des Weins nach London.

»Du hättest wirklich mitkommen sollen, Joss«, erzählte er ihr am Abend aufgeregt. »Es war phantastisch! Wir sind reich!« Er packte sie an den Händen und wirbelte sie durchs Zimmer. »Nachdem sie ihre Provision eingestrichen haben, bekommen wir immer noch rund 27 000 Pfund! Jetzt brauchen wir uns erst mal keine Sorgen mehr zu machen. Ach Joss!«

Voller Energie und Optimismus setzte sie sich mit erneuter Tatkraft an ihren Roman. Wenn sie mit Lyn den Haushalt versorgte, Essen zubereitete oder Luke mit den Rechnungsbüchern half, versuchte sie, die Sorgen aus ihrem Kopf zu verbannen. Im Haus herrschte Frieden, die Atmosphäre war nicht mehr spannungsgeladen. Die Frühjahrssonne hatte die Schatten vertrieben.

Eines Freitagabends hatte Tom eine Stunde nach dem Einschlafen wieder einen Alptraum. Die Erwachsenen hatten sich gerade an den Küchentisch gesetzt, als seine Schreie durch das Babyphon drangen. Alle sprangen sofort auf, aber Joss war trotz ihres mittlerweile beträchtlichen Umfangs als erste bei ihm.

Das Bettchen hatte sich wieder quer durchs Kinderzimmer zur Ecke beim Fenster bewegt. Tom stand mit hochrotem Kopf aufrecht da, Tränen strömten ihm übers Gesicht, und er kniff die Augen fest zusammen. »Blechmann!« kreischte er. »Tom Blechmann sehen! Mag Blechmann nicht!«

»Nimm ihn nicht hoch, Schatz, er ist zu schwer für dich!« Aber Lukes Ermahnung kam zu spät; Joss hatte den Jungen schon aus dem Bett genommen und fest an sich gedrückt. Seine Beine umklammerten ihren Brustkorb, seine Arme lagen fest um ihren Hals. »Was ist los? Welcher Blechmann?« Sie preßte ihr Gesicht gegen seinen heißen kleinen Hals. »Liebling, du brauchst nicht zu weinen. Du hast nur einen bösen Traum gehabt. Hier ist niemand. Schau mal, Daddy stellt dein Bettchen wieder an den richtigen Platz.«

Luke betrachtete den Boden. »Ich hatte die Rollen am Bett

doch festgemacht. Ich kann mir nicht vorstellen, wie er es geschafft haben soll, das Bett mit Schaukeln quer durchs Zimmer zu bewegen. Er muß unheimlich viel Kraft haben.« Er schob das Bett an seinen Platz zurück und streckte die Arme nach seinem Sohn aus. »Jetzt komm, du kleines Würstchen. Daddy trägt dich.«

»Wer ist dieser Blechmann, den er da sieht?« fragte Joss Lyn. »Ich dachte, ich hätte dich gebeten, ihm nicht mehr aus *Der Zauberer von Oz* vorzulesen! Es regt ihn zu sehr auf.«

»Ich hab ihm nie daraus vorgelesen, Joss. Soweit ich weiß, besitzen wir es gar nicht. Im Augenblick lesen wir gerade Barbar-Bücher, stimmt's, Tom …« Sie unterbrach sich, weil Tom erbärmlich schrie; Luke hatte versucht, ihn ins Bett zu legen. »Wir müssen ihn wohl mit nach unten nehmen. Dann kann er bei uns einschlafen, und ich bringe ihn später wieder nach oben.« Lyn griff nach Toms Schmusedecke und seinem schwarzen Teddy und folgte Luke, der den Jungen nach unten trug. In der Tür blieb sie stehen. »Joss? Kommst du?«

»Gleich. Ich möchte mich nur mal umsehen. Vielleicht sieht er einen Schatten oder so etwas.«

Sie hörte die Schritte durch ihr und Lukes Schlafzimmer hallen und über die Treppe hinab leiser werden. Dann war sie allein. Draußen, hinter den schweren Vorhängen, war noch Tag, aber das Zimmer wurde vom hellen Licht der Deckenlampe erleuchtet. Auf dem Fußboden lagen in kunterbuntem Durcheinander Toms größere Spielsachen; die kleineren wurden ordentlich in einer Kiste aufbewahrt. In der Ecke zwischen Tür und Wand stand seine Kommode und darauf sein Nachtlicht. Es gab nichts, das ihn erschreckt haben könnte. Joss merkte, daß ihr Herzschlag beängstigend schnell in ihren Ohren dröhnte, als sie zur Tür ging und das Deckenlicht löschte. Die schwache Birne des Nachtlichts drang kaum in die düsteren Ecken des Zimmers vor. Dann stellte sie sich wieder neben Toms Bettchen. Sie sah den riesigen bunten Plastikball, den die Goodyears ihm geschenkt hatten, den fröhlichen Fleckenteppich und die Kiste mit Spielsachen, die Lyn mit knallig rotem und blauem Papier beklebt hatte; sie stand praktisch in der Ecke des Raums, und oben quoll Spielzeug hervor. Die Vorhänge waren fest zugezogen, aber sie bewegten sich, als ob Zugluft hereinwehte. Ängstlich trat Joss näher.

»Wer ist da?«

Natürlich war niemand da. Wie auch? Das Fenster war geschlossen. Es war sehr kalt im Raum. Draußen überzog ein später Frost, der die Blütenpracht des englischen Mai so oft ruinierte, den Garten mit einem silbernen Glanz; sie selbst hatte das Fenster geschlossen, als sie Tom einen Gutenachtkuß gegeben hatte. Warum bewegen sich also die Vorhänge? Ihr Herz klopfte ihr bis zum Hals, als sie die bunten Gardinen mit einem Ruck öffnete. In den Fenstern spiegelte sich der Schein der Lampe hinter ihr. Jetzt bewegten sich die Stoffmassen nicht mehr, bis auf das Schwingen, das sie mit dem Zurückziehen selbst verursacht hatte. Sie zitterte.

Katherine. Katherine, süßes Kind, willst du nicht mit deinem König sprechen?
Sein Blick folgte dem Mädchen, wie es durch die Räume des Hauses tanzte. Hinter dem schweren Vorhang ihrer lockigen, kornfarbenen Haarpracht kokettierte sie mit Augen, die die Farbe von Ehrenpreis hatten, und ihr Lachen hallte durch die Zimmer.

Hier am Fenster war es noch eisiger als im restlichen Zimmer. Rasch zog Joss die Gardinen wieder zu und drehte sich um.

Es stand direkt hinter ihr, ein Schatten zwischen ihr und der Lampe. Eine Sekunde war es da, verstellte die Lampe und ragte über ihr auf, dann war es wieder verschwunden.

»Oh.« Ihr unbewußter Aufschrei klang jämmerlich leise im Dämmerlicht des Zimmers. Panisch sah sie sich um, aber es war nichts da, gar nichts. Wieder war alles nur Einbildung.

Als sie in die Küche kam, saß Luke mit Tom auf dem Schaukelstuhl am Herd; dem kleinen Jungen waren die Augen schon wieder zugefallen. »Setz dich, Joss«, sagte Lyn. »Ich wärme gerade das Essen auf. In einer Minute schläft er, und dann packen wir ihn in eine Decke auf den Stuhl.«

»Ich finde, wir sollten ihn nicht mehr allein in seinem Zimmer schlafen lassen.« Joss ließ sich auf einen Küchenstuhl sinken und verbarg ihren Kopf zwischen den Händen. »Es wäre mir lieber, wenn er bei uns schläft. Wir könnten sein Bettchen zu uns ins Zimmer stellen.«

»Nein, Joss.« Luke warf ihr über Toms Kopf einen ernsten Blick zu. »Du weißt so gut wie ich, daß wir dann verspielt haben. Wenn wir ihn einmal bei uns schlafen lassen, wird er nie wieder in sein Zimmer zurückwollen. Außerdem brauchst du Ruhe, jetzt, wo das Baby bald kommt. Laß ihn da, wo er ist.«

»Es wird ihm nichts passieren, Joss. Wirklich nicht. Ab und zu haben alle Kinder Alpträume.« Lyn sah zu Luke, der vorsichtig aufstand und Tom auf den Stuhl bettete, auf dem er gesessen hatte. Er deckte ihn sorgfältig zu, steckte ihm den Teddy in den Arm, betrachtete einen Augenblick die leicht geröteten Wangen seines Sohnes und hörte sein regelmäßiges Atmen.

»Wahrscheinlich.« Joss fühlte eine Woge schmerzlicher Liebe zu dem kleinen Kind in sich aufsteigen.

»Ich weiß, woran du denkst.« Luke stellte sich neben sie und gab ihr einen Kuß. »All die Kinder, die begraben wurden. Aber denk nicht daran. Es ist dumm, und es ist morbide. Was geschehen ist, war damals. Jetzt ist jetzt. Und heute stehen die Karten für Kinder weitaus besser.«

Joss regte sich im Schlaf. Ein Lächeln spielte um ihre Mundwinkel, und sie stöhnte leise auf. Behutsam, ohne sie zu wecken, wurde die Bettdecke zurückgeschoben, und ihr Nachthemd öffnete sich und legte ihre Brüste frei.

Als sie mit schweren Augen aufwachte, war es noch dunkel. Verwirrt blickte sie zum Baldachin und griff dann stöhnend nach dem Wecker. Es war halb fünf. Wovon war sie aufgewacht? Sie horchte. Tom war nicht wach geworden, als Luke ihn am Abend zuvor schließlich in sein Zimmer getragen hatte. Er hatte sich sofort mit seinem Teddy in die Bettdecke gekuschelt, seine Ärmchen um das Stofftier gelegt und ihnen den Rücken zugedreht. Aber obwohl kein Geräusch aus seinem Zimmer zu ihr drang, wußte sie, daß sie aufstehen und nach ihm sehen mußte.

Mühselig kroch sie aus dem Bett und warf einen kurzen Blick auf Lukes zusammengerollte Gestalt. Im Licht, das durch den Türspalt vom Flur hereinfiel, konnte sie gerade seine Umrisse ausmachen. Er bewegte sich nicht. Sie schlüpfte in den Morgenrock und schlich barfuß in Toms Zimmer. Es war sehr kalt hier, wesentlich kälter als im restlichen Haus. Verwundert ging sie zum Heizkörper und prüfte den Schalter und das Thermostat, das sie angelassen hatten für den Fall, daß der Winter noch einmal Einzug hielt. Er war heiß. Das Fenster stand nur einen Spaltbreit offen. Als Joss in die Dunkelheit des Gartens hinausblickte, war ihr Spiegelbild im Glas eine schattenhafte Silhouette im nächtlichen Licht. Sie konnte das sanfte Glitzern des Sees am anderen Ende des Gartens sehen, in dem sich die Sterne spiegelten.

Sie werden feststellen, daß das Haus fast immer an die Töchter vererbt wurde.

Plötzlich, als das Baby gegen ihre Bauchdecke stieß, fielen ihr Gerald Andrews' Worte wieder ein. Es war ein Junge. Das wußte sie mit absoluter Gewißheit. Ein Bruder für Tom, und beide waren in entsetzlicher Gefahr. Joss schloß die Augen und atmete tief durch, um den Schreckensschrei zu unterdrücken, der aus ihrem tiefsten Innern aufsteigen wollte. Nein! Nein!

Nein! Guter Gott, das war nicht möglich. Es konnte nicht sein. Die Hände schützend auf den Bauch gelegt, drehte sie sich langsam um. Angstschweiß brach ihr aus allen Poren; sie erwartete, daß es wieder dastehen würde – das große, breite Etwas zwischen ihr und dem Kinderbett. Aber es war nichts da.

Lange Zeit blieb sie auf Toms Bohnensack hocken, die Arme um die Knie geschlungen, ihr Blick auf seine schlafende Gestalt unter der Decke geheftet. Manchmal schnüffelte er leise oder schmatzte ein wenig mit den Lippen, aber sonst war sein Schlaf ungestört. Langsam schlossen sich ihre Augen.

Als ihr der Kopf nach vorne fiel, wachte sie mit einem Ruck auf. Einen Moment lang war sie vom Halbdunkel verwirrt. Sie konnte Tom nicht mehr sehen. Das im Dämmerlicht stehende Bett war leer. Verzweifelt sprang sie auf und merkte erst, als sie stolperte, daß ihr die Beine eingeschlafen waren.

Tom war da, fast unsichtbar im Schatten, aber wohlbehalten, und schlief. Mit einem kleinen Schluchzen wandte sie sich zum Gehen. In der Tür blieb sie noch einmal stehen und warf einen Blick zurück. Jetzt war es wieder warm im Zimmer; es erschien ihr behaglich und sicher, und sie fühlte sich beinahe glücklich.

Plötzlich überkam sie eine überwältigende Sehnsucht nach Luke.

Sie rieb sich die Augen und ging zu ihrem eigenen Bett zurück. Durch die Tür fiel der Lichtschein vom Flur herein. Luke lag in genau derselben Position wie sein Sohn, sein Gesicht war vom Schlaf leicht gerötet, sein Ausdruck entspannt und glücklich. Anstatt des Teddys umklammerte er ein Kopfkissen. Lächelnd löste Joss den Gürtel des Morgenmantels, ließ ihn zu Boden gleiten und sah noch einmal zurück zum Treppenflur. Dort war alles leer und still. Zufrieden zog sie die Decke zurück und wollte ins Bett schlüpfen. Auf dem Kissen lag eine Rose.

Entsetzt wich sie einen Schritt zurück. »Luke!« Ihre Stimme war ein ersticktes Flüstern. »Luke, hast du …« Hast du die Rose dorthin gelegt, hatte sie fragen wollen, aber sie kannte die Antwort. Keine der Rosen war von Luke gewesen.

Mit grauenerfüllter Faszination starrte sie auf die Blume. Sie legte schützend die Arme vor die Brust; sie fühlte sich elend und gedemütigt. Die Rose lag auf ihrem Bett, ihrem Kissen, wo zuvor ihr Kopf gelegen und sie hilflos geschlafen hatte. Vielleicht hatte er – hatte es neben ihr gestanden und sie betrachtet.

Schaudernd trat sie noch einen Schritt zurück. »Luke!« Sie griff nach dem Lichtschalter. »Luke!«

»Was ist los?« Stöhnend drehte er sich zu ihr um. Seine Augen waren verklebt, seine Haare zerzaust. So sah er Tom noch ähnlicher als sonst.

»Sieh hin!« Mit zitternden Fingern zeigte sie auf das Kissen.

»Was?« Ächzend setzte er sich auf. »Was ist los mit dir? Eine Spinne?« Mit leeren Augen blickte er sich um. Sie hatte noch nie Angst vor Spinnen gehabt.

»Sieh auf das Kissen!« flüsterte sie.

Luke sah gehorsam auf das Kissen und schüttelte dann den Kopf. »Ich kann sie nicht sehen. Sie ist wieder verschwunden. Du liebe Güte, Joss, es ist mitten in der Nacht!« sagte er barsch.

»Da! Da!« Sie deutete aufgeregt auf das Kissen.

»Was?« Verdrießlich kletterte er aus dem Bett und schlug die Bettdecke weit zurück, so daß das grüne Laken zu sehen war. »Was ist es denn? Wonach suchen wir denn?«

»Da, auf dem Kissen.« Sie konnte sich nicht überwinden,

näher ans Bett zu treten. Von dort, wo sie stand, konnte sie die Rose zwar nicht sehen, aber sie wußte, daß sie da war.

Ohne sie berühren zu müssen, wußte sie, wie sie sich anfühlen würde. Eiskalt und wächsern.

Tot.

»Da ist nichts, Joss, sieh doch selbst.« Jetzt, wo er etwas wacher war, hatte seine Stimme ihren barschen Ton verloren, und er wurde sanft. »Du mußt es geträumt haben, Liebes. Sieh her – da ist nichts. Was hast du denn geglaubt, was da ist?«

Sie machte einen Schritt auf das Bett zu und sah auf das Kissen. »Sie war da. In der Mitte. Eine Blume. Eine weiße Blume«, sagte sie mit zitternder Stimme.

Luke warf ihr einen strengen Blick zu. »Eine Blume? Das ganze Aufhebens nur um eine Blume?« Auf einmal wurde er wieder ärgerlich. »Blumen tauchen nicht einfach so mitten in der Nacht auf. Und sie fallen auch nicht einfach aus dem Nichts auf das Kissen.«

»Guter Gott«, fuhr sie auf. »Glaubst du, ich würde vor einer echten Blume Angst haben?«

»Was war es denn für eine Blume?«

»Sie war tot.«

Er seufzte. Einen Augenblick schien es, als wüßte er nicht, was er darauf erwidern sollte; dann zog er langsam und beinahe resigniert die Decke wieder über das Bett. »Also, was immer es war, jetzt ist es nicht mehr da. Du hast es geträumt, Joss. Was anderes kann es gar nicht gewesen sein. Da ist nichts. Ein glattes Laken, eine glatte Bettdecke, glatte, saubere, frische Kissen. Und ich werde mich jetzt wieder hinlegen und schlafen. Ich bin müde.«

Sie lachte freudlos auf. »Ich werde nicht verrückt, Luke. Sie war da. Ich weiß, daß sie da war.«

»Natürlich war sie da.« Gereizt klopfte er auf die Matratze neben sich. »Kommst du ins Bett, oder willst du im Gästezimmer schlafen?«

»Ich komme schon.« Tränen der Wut, der Demütigung und der Erschöpfung stiegen in ihr auf. Schnell, ohne sich Zeit zum Überlegen zu lassen, stieg sie hinein. Das Bett war kalt und nicht mehr behaglich; Luke hatte die Decke zu lange aufgeschlagen. Widerwillig legte sie sich hin und starrte zum Baldachin hinauf, während er sich über sie beugte und das Licht ausmachte. »Bitte, laß uns ein bißchen schlafen.« Er schob das Kissen unter seine Schultern und machte es sich bequem. Während er einschlief, fiel ihm kurz die Rose ein, die er einmal auf ihrem Kissen gefunden hatte. Die Rose, deretwegen er David Tregarron Vorwürfe gemacht hatte.

Kläglich drehte sie ihm den Rücken zu.

Unter ihrer Wange spürte sie den harten Stiel der Rose, der kalt und stechend war, die Blütenblätter weich wie Wachs.

17

»Gibt es einen Ort, an dem sie ein paar Tage bleiben könnte – weg von hier?«

Endlich drang Simon Frasers Stimme zu Joss vor. Zwei Wochen waren vergangen.

»Nein, ich kann nicht weg. Ich darf nicht. Ich muß hier bleiben.«

»Warum denn, Joss?« Der Arzt saß bei ihr am Bett und hielt ihre Hand. Der Wecker auf dem Nachttisch zeigte auf zehn vor vier. Draußen wurde es allmählich hell.

»Ich möchte hier bleiben. Ich muß hier bleiben. Hier ist mein Zuhause.« Sie wußte, daß es irrational war, unbedingt in Belheddon bleiben zu wollen, aber sie konnte sich nicht dagegen wehren.

»Ihr Zuhause scheint Ihnen im Augenblick Alpträume zu bereiten. Das ist schon das zweite Mal in zwei Wochen, daß Luke mich hat kommen lassen. Sie sind müde und überanstrengt.« Simon lächelte sie geduldig an. »Jetzt kommen Sie, Joss, seien Sie vernünftig. Nur ein paar Tage, damit Sie sich richtig ausruhen können. Lassen Sie sich verwöhnen, und hören Sie auf, sich Sorgen um Tom und das Baby zu machen.«

»Ich mache mir keine Sorgen …« Sie spürte, wie das Haus auf ihre Worte horchte und sie anflehte, hier zu bleiben.

»Natürlich machen Sie sich Sorgen. Und das ist auch verständlich. Joss, Sie sind völlig normal, wirklich. Wahrscheinlich schlafen Sie schon seit einiger Zeit schlecht, und wenn Sie dann schlafen, haben Sie schreckliche Träume. Draußen ist es plötzlich sehr heiß, und das Baby drückt Ihnen schwer auf den Magen, wie meine alte Großmutter zu sagen pflegte. Aber es dauert ja nicht mehr lange. Wie weit sind Sie jetzt? Sechsunddreißigste Woche? Mit Ihnen ist alles in Ordnung – und mit dem Haus auch –, aber im Augenblick fände ich es besser, wenn Sie nicht hier wären. Luke kann sich um alles kümmern, und Lyn paßt ohnehin auf Tom auf. Sie brauchen sich um nichts Sorgen zu machen. Lyn hat mir gesagt, daß Sie nach London fahren und Ihre Eltern besuchen könnten. Ich weiß, daß es dort nicht zum besten stand, weil Ihre Mutter krank war, aber Lyn sagte, daß alle Untersuchungen gut verlaufen sind und sie auf dem Wege der Besserung ist. Die beiden würden Sie gerne sehen. Das wäre eine gute Idee, die perfekte Lösung.«

»Luke? Sag ihm, daß ich nicht wegfahren kann.«

»Natürlich kannst du wegfahren, Joss. Und ich finde, daß du es tun solltest. Ein bißchen Abwechslung täte dir gut.«

»Nein!« Sie schrie ihren Protest schrill hervor, kämpfte sich aus dem Bett hoch und drängte sich an Simon vorbei, der aufstand und seinen Arztkoffer packte. »Ich fahre nicht weg! Das kommt nicht in Frage. Es tut mir leid, aber hier ist mein Zuhause, und hier bleibe ich.« Barfuß rannte sie an Luke vorbei ins Bad und knallte die Tür hinter sich zu. Ihr war heiß, und sie zitterte; irgendwo unter den Rippen hatte sie Schmerzen. Sie beugte sich über das Waschbecken und spritzte sich kaltes Wasser ins Gesicht, dann starrte sie in den Spiegel. Ihre Wangen waren rot, ihre Augen glänzten, und zwischen den Wimpern hingen noch glitzernde Tränen. »Sie können mich nicht dazu zwingen wegzufahren«, sagte sie laut zu ihrem Spiegelbild. »Sie können mich nicht dazu zwingen.«

In ihren Ohren hallten ihre Schreie nach, und sie spürte noch den wächsernen Abdruck der Rose auf ihrer Wange – der Rose, die nie da war, wenn sie erwachte.

»Joss?« Es klopfte leise an der Tür. »Komm raus. Simon will gehen.«

Sie atmete tief durch, strich sich die Haare aus dem Gesicht und schloß die Tür auf. »Es tut mir leid, Simon.« Sie lächelte ihn entschlossen an. »Ich bin etwas müde und angespannt, ich geb's ja zu. Ich brauche nur etwas mehr Schlaf. Es tut mir leid, daß Luke Sie wieder geholt hat.«

»Das ist schon in Ordnung.« Simon nahm seine Tasche vom Bett. »Solange es Ihnen gutgeht.« Unter seinen buschigen Augenbrauen sah er sie forschend an. »Werden Sie ein bißchen gelassener, Joss, bitte. Um des Kindes willen. Bleiben Sie hier, wenn Sie das wirklich wollen, aber lassen Sie sich von dem Haus nicht verrückt machen. Und«, fügte er ernst hinzu, »vielleicht sollten wir uns überlegen, ob eine Entbindung im Krankenhaus nicht doch besser wäre. Nur ein Gedanke!« Auf seinem Gesicht erschien plötzlich ein strahlendes Lächeln. »Also, ich gehe jetzt ab ins Bett, und wenn Sie klug sind, tun Sie beide dasselbe. Und ab sofort bitte keine Aufregungen mehr. Nein, Luke, Sie brauchen mich nicht zur Tür zu bringen. Mittlerweile kenne ich mich hier aus.« Er winkte zum Abschied und war verschwunden.

»Joss.« Auf einmal schien Luke unfähig, Worte zu finden. Schließlich fragte er schulterzuckend: »Möchtest du etwas Kaltes zu trinken?«

Sie schüttelte den Kopf und setzte sich kleinlaut auf die Bettkante. »Es tut mir leid, Luke, ehrlich. Ich weiß nicht, was in mich gefahren ist. Wahrscheinlich habe ich nur wieder schlecht geträumt. Aber du hättest Simon nicht holen dürfen, wirklich nicht. Der Arme hat genug zu tun mit den Leuten, die wirklich krank sind.« Sie setzte sich auf die hohe Matratze und lehnte sich in die Kissen zurück. »Es hat sich so echt angefühlt; ich habe gedacht, daß ich wirklich etwas gefühlt habe, weißt du. Noch eine tote Rose.« Ein Schauder durchfuhr sie.

Er seufzte. »Ich weiß, Joss. Ich weiß.«

Es erschien ihr unmöglich, wieder einzuschlafen. Nachdem das Licht gelöscht und das Laken über sie gebreitet war – eine Bettdecke konnte sie in dem heißen Zimmer nicht ertragen –, versuchte sie, es sich neben Luke bequem zu machen. Aber der Schlaf wollte nicht kommen. Im Haus war es vollkommen still, das Zimmer noch dämmrig, aber von draußen, wo jenseits des Feldes die Sonne aus dem Meer aufstieg, drang der Chor der Vögel herein. Sie beobachtete, wie der Morgenstern zwischen dem Stabwerk hinter den halb zugezogenen Vorhängen verblaßte.

Anfangs brummte und seufzte Luke neben ihr, aber sehr bald ging sein Atem tief und gleichmäßig. Sein heißer Körper ließ sich mit all seinem Gewicht in die Matratze sinken, sicher und beruhigend, während sie steif vor Angst dalag und ihr jeder Teil ihres Körpers weh tat. Sie schloß die Augen und kniff sie fest zusammen, um sich aufs Einschlafen zu konzentrieren.

In einer Ecke des Zimmers regte sich der Schatten, der sich nie weit entfernte, ein substanzloses, schauderndes Wesen. Neben ihm geriet eine Spinne in Aufruhr und floh hinter die Truhe, die vor dem Fenster stand.

Als Luke zum nicht eben melodischen Gesang seines Sohnes erwachte, der aus dem Kinderzimmer drang, schlief Joss noch tief und fest. Sonnenlicht durchflutete den Raum, und er konnte vom Baum vor dem Fenster das beruhigende Gurren einer Taube hören. Mit den ersten Junitagen hatte eine Hitzewelle begonnen, und es war schon jetzt sehr heiß. Joss' Gesicht war gerötet und fest gegen das Kissen gedrückt. Zwischen ihren Augen standen Falten, und es sah aus, als hätte sie geweint. Mit einem Seufzen kroch Luke leise aus dem Bett, um sie nicht zu wecken, und ging zu Tom hinüber.

Joss schlief noch immer, als er ihr eine Stunde später eine Tasse Tee und die Post ans Bett brachte. Vorsichtig stellte er alles auf den Nachttisch und sah dann vom Fenster auf den Garten hinunter. Hinter ihm regte sich der Schatten in der Ecke und schwebte in die Mitte des Zimmers. Mittlerweile war es eindeutig, daß es sich um einen Mann handelte. Um einen großen Mann.

Im Schlaf drehte Joss sich um, so daß sie ihm das Gesicht zuwandte, öffnete aber nicht die Augen. Ihre Hand fuhr beschützend zu ihrem Bauch und blieb dort liegen. Bekümmert lehnte sich Luke mit der Stirn an die Fensterscheibe, die sich glatt und kühl anfühlte. Sein Kopf tat ihm weh, seine Augen waren gerötet; er bekam zuwenig Schlaf. Als er sich wieder zur Tür umwandte, sah er nicht den Schatten, der mittlerweile neben seiner Frau stand. Luke fuhr sich mit den Händen über das Gesicht und ging auf den Treppenflur hinaus; die Tür zog er vorsichtig hinter sich zu. Im Schlafzimmer beugte sich der Schatten über das Bett. Nur die leichte Vertiefung im Laken zeigte, wo er sie berührte.

Im Verlauf der Woche hatte Joss die Nummer viermal gewählt. Heute morgen hatte sie es erneut versucht, aber wieder ohne Erfolg. Sie legte den Hörer auf, stützte das Kinn in die Hände und starrte auf den Schreibtisch, ohne etwas wahrzunehmen. Nachdem der Arzt gegangen war, hatte sie nur leicht und unruhig geschlafen; zweimal war sie von ihrem eigenen Wimmern aufgewacht. Als sie schließlich aufstand, fühlte sie sich steif und angespannt und brachte zum Frühstück nichts hinunter. Ihr einziger Gedanke war, daß sie unbedingt mit Edgar Gower sprechen mußte. Mit zitternden Fingern wählte sie seine Nummer wieder, und diesmal hob endlich jemand ab.

»Hier ist Joss Grant. Erinnern Sie sich? Ich bin Laura Duncans Tochter.«

Bildete sie es sich nur ein, oder war die Pause am anderen Ende tatsächlich länger als normal?

»Natürlich. Jocelyn. Wie geht es Ihnen?«

In ihrer Angst überging sie die Frage. »Ich muß Sie sehen. Kann ich heute zu Ihnen nach Aldeburgh kommen?«

Wieder diese Pause, dann ein Seufzen. »Darf ich Sie fragen, weswegen Sie mich sehen wollen?«

»Wegen Belheddon.«

»Ah ja. Dann hat es also wieder angefangen.« Er klang resigniert und etwas verärgert.

»Sie müssen mir helfen«, sagte sie flehentlich.

»Natürlich. Ich tue alles, was ich kann. Kommen Sie sofort.« Er hielt kurz inne. »Rufen Sie von Belheddon aus an?«

»Ja.«

Nach einem kurzen Schweigen sagte er schließlich: »Dann seien Sie vorsichtig. Fahren Sie gleich los.«

Die Garage war leer und verschlossen. Von Luke war nirgends eine Spur zu sehen, ebensowenig wie von Jimbo. Der Citroën war fort. Erschrocken blickte Joss auf die Stelle, wo er normalerweise stand. Eine Stunde zuvor war ein gewittriger Regenguß niedergegangen, und sie sah das trockene Viereck auf dem Kies, wo er geparkt gewesen war. Sie ging in die Küche und rief nach Lyn. Keine Antwort, und auch von Tom war nichts zu hören oder zu sehen. Sie lief zum hinteren Eingang, wo immer die Mäntel hingen. Lyns Regenmantel war nicht da, ebensowenig wie Toms, und seine kleinen roten Gummistiefel fehlten ebenfalls. Sie waren mit Luke fortgefahren, ohne sich zu verabschieden oder nach ihr zu sehen.

Einen Augenblick lang geriet sie in Panik.

Sie mußte jetzt fahren. Sie mußte sofort Edgar Gower sehen. Lyns Auto. Keuchend lief sie zur Garage. Lyns Wagen stand auf einer der offenen Parkflächen. Er war zugesperrt. »O bitte, laß die Schlüssel dasein.« Sie hastete ins Haus zurück. Die Schlüssel lagen nicht auf dem Regal neben der Tür, wo Lyn sie manchmal deponierte; und sie waren auch nicht auf der Anrichte oder dem Küchentisch. Mit zusammengebissenen Zähnen ging Joss zur Treppe, umklammerte das Geländer und sah hinauf. Plötzlich widerstrebte es ihr, nach oben zu gehen. Aber da war niemand. Nichts konnte ihr etwas anhaben. Mit trockenem Mund setzte sie den Fuß auf die unterste Stufe und stieg langsam, mit leisen Schritten hinauf.

Der Schatten in ihrem Schlafzimmer bewegte sich und schwebte langsam zur Tür.

Katherine, ich liebe dich!

Auf halber Höhe der Treppe überkam Joss ein Schwindelgefühl, so daß sie stehenbleiben mußte. Entschlossen umklammerte sie das Geländer und schleppte sich Stufe um Stufe nach oben; sie fühlte sich immer matter. Schließlich stand sie vor der Tür zu Lyns Zimmer, öffnete sie und ging hinein.

Hier herrschte, wie immer, makellose Ordnung. Das Bett war gemacht, die Schränke geschlossen. Nirgends verstreute Kleidungsstücke, Bücher oder Zeitungen. Die Gegenstände auf der Frisierkommode und dem hohen viktorianischen Schubladenschrank waren in kleinen Häufchen angeordnet. Dort, neben Bürste und Kamm, lagen auch die Autoschlüssel.

Joss griff nach ihnen und drehte sich zur Tür. Sie war zu. Ihr Magen verkrampfte sich. Sie hatte die Tür nicht geschlossen, und es ging kein Wind. Obwohl die Fenster offenstanden, bewegten sich die Vorhänge nicht. Als sie einen Schritt auf die Tür zu machte, fiel ihr plötzlich auf, wie still es im Haus war. Kein einziges Geräusch war zu hören.

Die Tür war nicht zugesperrt. Sie riß sie auf und starrte über den Flur zu ihrem eigenen Schlafzimmer. Ihre Nackenhaare stellten sich auf. Da war jemand, das spürte sie; jemand, der sie beobachtete und sie anflehte zu bleiben. Sie schloß kurz die Augen, atmete tief ein und versuchte, sich zu beruhigen.

»Wer ist da?« Ihre Stimme klang sehr merkwürdig in der Stille, trotzig und ängstlich. »Luke? Lyn? Seid ihr da?« Es war nichts zu hören.

Sie mußte nachsehen. Sie nahm ihren ganzen Mut zusammen und zwang sich, zur Schlafzimmertür zu gehen. Sie war hin und her gerissen. Sie mußte fliehen; sie wollte hierbleiben; sie wollte sich dem köstlichen, ekstatischen Gefühl hingeben, das sie einmal überwältigt hatte, als sie im Bett gelegen hatte. Sie spürte, wie dieses sanfte, beruhigende Gefühl sie zu sich lockte. Zögernd trat sie zur Tür und blickte ins Schlafzimmer. Niemand war da. Der Raum war völlig leer.

18

Ihre Hände zitterten so heftig, daß es ihr nicht gelingen wollte, den Schlüssel ins Türschloß des Mini zu stecken. Immer wieder warf sie einen Blick zurück über die Schulter und mühte sich verzweifelt ab. Die hintere Haustür war zu. Sie hatte sie zufallen lassen, sich aber nicht die Zeit genommen abzusperren. Dann eben nicht. Jetzt würde sie nicht noch einmal hinübergehen. Sie schloß die Augen, atmete tief durch und zwang sich zur Ruhe, bevor sie den Schlüssel wieder anzusetzen versuchte. Er stieß gegen das Blech, rutschte ab und landete endlich im Schloß. Sie riß die Tür auf, sprang hinein, klemmte sich hinter das Steuerrad, zog die Tür zu und verriegelte sie von innen. Dann blieb sie einen Augenblick über dem Lenkrad zusammengekauert sitzen. Als sie aufblickte, war der Hof noch immer leer, die rückwärtige Tür noch immer geschlossen. Zwischen den Gewitterwolken erschienen am Himmel blaue Fetzen.

Einen Zettel. Sie hätte einen Zettel schreiben sollen. O mein Gott! Sie sah auf den Beifahrersitz, wo ihre Handtasche liegen sollte. Sie war nicht da. Wahrscheinlich lag sie noch zusammen mit den Hausschlüsseln auf dem Küchentisch. Noch während sie das bemerkte, wußte sie, daß sie nichts dagegen unternehmen würde. Wenn Luke und Lyn sahen, daß Lyns Mini fehlte, würden sie sich schon denken, daß sie irgendwohin gefahren war; und von den Gowers aus würde sie anrufen.

Auf der Auffahrt blieb sie kurz stehen, sah über die Schulter zur Hausfassade zurück und versuchte, ruhiger zu atmen. Die Fenster waren alle leer; es gab keine Gesichter, die sie vom Schlafzimmer aus beobachteten.

Unterwegs herrschte praktisch kein Verkehr. Bis Woodbridge kam sie gut voran und fuhr bereits in Richtung Norden, als sie zufällig auf die Benzinuhr schaute. Der Tank war so gut wie leer. Joss war schnell gefahren, um sich so rasch und so weit wie möglich von Belheddon zu entfernen, und die ganze Zeit war sie in Gedanken bei Edgar Gower gewesen und allem, was sie ihm sagen wollte, sobald sie dort ankam.

Falls sie dort ankam.

Ohne Handtasche hatte sie kein Geld.

»Scheiße!« Sie fluchte nur selten, erst recht nicht, wenn sie allein war. »Scheiße, Scheiße, Scheiße!« Sie schlug mit der flachen Hand auf das Lenkrad. »Oh, bitte, mach, daß es noch bis Aldeburgh reicht.«

Sie beugte sich zum Handschuhfach hinüber, öffnete es und durchwühlte die Kassetten und Bonbons, die Lyn dort deponiert hatte. Sie fand zwei Fünfzig-Pence-Münzen und suchte immer weiter, während sie die Augen starr auf die Straße vor sich gerichtet hielt. Nur noch ein Pfund mußte sie finden, dann konnte sie fünf Liter tanken – das würde reichen. Vor ihr tauchte das häßliche Neonschild einer Garage auf, das grell in der regengrauen Landschaft leuchtete. Sie fuhr hinein und stellte sich abseits der Tanksäulen neben das Luft/Wasser-Schild. Jetzt konnte sie das Fach mit beiden Händen durchsuchen und auch sehen, was sie tat. Bonbonpapiere, Kassetten und Einkaufszettel fielen zu Boden. Kaum zu glauben, daß Lyn, die zu Hause so sehr auf Ordnung hielt, in ihrem Wagen derart schlampig war. Lächelnd fiel Joss ein, daß die meisten Bonbonpapiere wohl auf Tom zurückzuführen waren; aber gleich darauf fragte sie sich besorgt, wie viele Süßigkeiten Lyn ihm wohl zusteckte. Ihre Finger stießen auf eine weitere Münze. Fünf Pence. Bitte, bitte, laß noch etwas mehr Geld da sein.

Schließlich hatte sie insgesamt drei Pfund beisammen, die in Münzen im Auto verstreut herumlagen – eine unter der Fußmatte, eine hinten im Sitz, eine weitere auf der Ablage unter Lyns Sonnenbrille. Erleichtert fuhr sie zu einer Tanksäule, tankte und konnte endlich ihren Weg fortsetzen.

Als sie in Aldeburgh ankam, brach gerade ein Gewitterregen los. Es war sehr heiß. Joss fuhr auf das Grundstück, kletterte steif aus dem Wagen und lief unbeholfen zum Haus der Gowers. Die Tür wurde geöffnet, noch bevor sie klingeln konnte. »Ich habe Sie vom Fenster aus gesehen, Kind.« Dot zog sie herein. »Sind sie naß geworden? Sie hätten einen Schirm mitnehmen sollen!«

Innerhalb kürzester Zeit war sie abgetrocknet, beruhigt und in einen bequemen Sessel in Edgars Büro gesetzt worden; in der Hand hielt sie ein Glas mit kaltem Zitronensaft. Edgar hatte abwartend hinter seinem Schreibtisch gesessen, während seine Frau sich um Joss kümmerte, und erst als Dot es sich schließlich auf dem Sofa beim Fenster bequem machte, gesellte er sich zu ihnen.

Mit ernster Miene griff er nach seinem Glas. »Sie erwartet ein Kind«, sagte er dann mit einem Blick auf Dot und schüttelte langsam den Kopf. »Das hätte ich mir denken können.«

»Das ist nicht zu übersehen.« Dot klang ungeduldig.

Er seufzte. »Also, Joss, was kann ich für Sie tun?«

»Was meinen Sie damit? Warum ist es bedeutsam, daß ich schwanger bin?«

Edgar Gower zuckte die Achseln. »Vielleicht sollten Sie mir erst einmal erzählen, warum Sie mich um Hilfe bitten.«

»Sie wissen, was in Belheddon passiert. Sie wissen, was meine Mutter und meine Großmutter verfolgt hat. Sie wissen, was mit meinen Brüdern passiert ist. Sie wissen von den Rosen.«

Er runzelte die Stirn. »Ich weiß einige Dinge, Kind. Vielleicht nicht so viel, wie Sie hoffen. Erzählen Sie mir, was passiert ist. Von Anfang an.«

»Nachdem Sie mir letztes Jahr die Adresse von John Cornish gegeben hatten, bin ich zu ihm gegangen. Ich habe immer wieder versucht, Sie anzurufen und Ihnen zu danken. Meine Mutter hat mir das Haus testamentarisch vermacht. Sie schrieb, wenn ich mich innerhalb von sieben Jahren nach ihrem Tod meldete, sollte ich es erben. Wie Sie wissen, habe ich das getan. Für uns kam es genau im richtigen Augenblick. Mein Mann hatte seinen Job verloren, und wir hatten keinen Pfennig Geld. Wir sind eingezogen, obwohl das Haus etwas heruntergekommen war, und da leben wir jetzt. Ich, mein Mann, meine Schwester – das heißt, meine Adoptivschwester – und mein Sohn Tom.« Sie bemerkte kaum, daß Dot sich vorbeugte und ihr das leere Glas aus der Hand nahm. In der Stille, die im Zimmer herrschte, war es fast schockierend, als das Klirren der Eiswürfel plötzlich aufhörte. »Ich habe im Haus Tagebücher und Briefe gefunden. Offenbar wurden meine Mutter und meine Großmutter von etwas verfolgt. Sie hatten Angst. Und jetzt …«

Sie konnte nicht weitersprechen. Sie befürchtete, in Tränen auszubrechen, und griff in ihre Rocktasche, wo sie zusammengeknüllte Papiertücher fand.

»Und jetzt sind Sie es, die Angst hat.« Edgars Stimme klang sachlich und unemotional. »Ich habe Ihren Brief bekommen, Joss. Es tut mir leid, ich habe es nicht geschafft, Ihnen gleich zu antworten. Vielleicht wußte ich nicht recht, was ich schreiben sollte. Ich fühle mich sehr schuldig.« Nach einer Pause fuhr er fort: »Können Sie mir sagen, was vorgefallen ist, seitdem Sie eingezogen sind?«

»Rosen.« Das Lachen, mit dem sie diese Bemerkung begleiten wollte, glich einem Schluchzen. »Es klingt so dumm – von Rosen verfolgt zu werden.«

»Und wie werden Sie von Rosen verfolgt?« Ohne daß Joss es bemerkte, warf Edgar seiner Frau einen besorgten Blick zu. Sie saß mit geschürzten Lippen da; in der Hand hielt sie noch immer Joss' Glas.

»Einfach so. Sie tauchen überall auf. Getrocknete Rosen – nein, sie sind nicht immer getrocknet. Manchmal sind sie auch frisch und kalt – fast schleimig …« Sie schauderte. »Auf meinem Schreibtisch. Auf dem Tisch, auf meinem Kopfkissen …«

Wieder seufzte Edgar auf. »Zumindest sind Rosen harmlos. Sie haben nie etwas anderes gesehen?«

Zuerst schüttelte den Kopf, aber dann antwortete sie schulterzuckend: »Ich weiß es nicht. Ich glaube nicht. Aber manchmal frage ich mich, ob Tom etwas gesehen hat.«

»Tom ist Ihr Sohn?«

»Er ist erst zwei«, erwiderte sie mit einem Nicken. »Er versteht noch nichts. Aber vor irgend etwas hat er Angst. Er hat schlimme Träume. Das macht mir Sorgen, wirkliche Sorgen. Vor lauter Angst kann ich nicht mehr schlafen. Die anderen wollen, daß ich woanders hingehe, bis das Baby geboren ist. Aber ich will nicht weg. Das ist mein Zuhause, das Zuhause meiner Familie. Und ich gehöre erst seit ganz kurzer Zeit zu der Familie.«

»Das kann ich verstehen, liebes Kind«, sagte Edgar beschwichtigend. »Aber trotzdem bin ich mir nicht sicher, ob die anderen nicht vielleicht doch recht haben.«

»Ich muß doch etwas anderes tun können. Können Sie nicht etwas dagegen machen? Ist es der Teufel? Wohnt wirklich der Teufel in Belheddon?«

Sie erwartete, daß er lachen oder die Achseln zucken und den Gedanken weit von sich weisen würde, aber statt dessen runzelte er die Stirn. »Es sind Exorzismen in Belheddon vorgenommen worden, mehrere sogar, soweit ich weiß. Ihre Mutter ließ einen machen, bevor ich in die Gemeinde kam, und ich habe das Haus gesegnet und einmal die heilige Kommunion dort begangen. Möglicherweise hat Ihre Großmutter das gleiche gemacht. Die Geschichten, daß es in Belheddon spukt und sogar der Teufel dort lebt, sind jahrhundertealt. Aber ich persönlich glaube nicht, daß es der Teufel ist, und auch keiner seiner Diener.« Endlich erschien auf seinem Gesicht ein kleines Lächeln. »Nein, ich denke, in dem Haus ist ein unglücklicher Geist. Und ich vermute, daß er sich zu Frauen hingezogen fühlt. Ich glaube nicht, daß für Sie irgendeine Gefahr besteht, Joss. Nicht die geringste.«

»Aber was ist mit den anderen?«

Er sah auf und begegnete ihrem Blick. Erst nach einigen Sekunden sagte er: »Möglicherweise ist er gegenüber Männern feindseliger. Und gegenüber Jungen.«

»So feindselig, daß kein Junge in dem Haus je das Mannesalter erreicht hat.«

Betrübt zuckte er mit den Schultern. »Der Tod Ihrer Brüder wurde jedesmal auf ein Unglück zurückgeführt, Joss. Zwei ganz, ganz traurige Unfälle, wie sie jederzeit und überall passieren können. Ich weiß nicht, ob da etwas Geheimnisvolles mit im Spiel war. Nach beiden Todesfällen war ich bei Ihrer Mutter, und sie schien keinen Moment daran zu zweifeln, daß es sich um einen Unfall handelte. Und ich bin mir sicher, daß sie es mir gesagt hätte, wenn sie etwas anderes vermutet hätte. Und trotzdem…« Kopfschüttelnd stand er auf und ging zum Fenster, wo er aufs Meer hinuntersah, das unter den Gewitterwolken schwarz und ölig dalag. Er fuhr sich mit dem Finger unter den Hemdkragen, bis er sich schließlich umdrehte. Schweiß stand ihm auf der Stirn. »Joss – ich möchte Sie nicht beunruhigen, aber ich bin nicht glücklich bei dem Gedanken, daß Sie und Ihre Familie in dem Haus sind. Warum fahren Sie nicht ein paar Wochen fort? Wann ist die Geburt? Sie könnten bis dahin doch sicher bei Freunden oder Verwandten bleiben.«

»Sie können auch hierherkommen, Kind«, schlug Dot vor. »Wir würden uns freuen, wenn Sie kämen. Sie alle.«

»Ich weiß nicht. Ich will nicht weg. Belheddon ist mein Zuhause. Ich liebe es.« Bekümmert fuhr sie fort: »Und die anderen bemerken gar nichts. Luke fühlt sich sehr wohl dort, das Haus ist ideal für ihn. Im Hof hat er seine Garage, und das Geschäft geht wirklich gut. Es wäre schlimm für ihn, gerade jetzt, wo alles so gut läuft, wieder gehen zu müssen. Und ich… ich bin glücklich dort.«

»Was ist mit Ihrem Sohn?« Dots Stimme war scharf.

»Dot!« Ihr Mann fuhr zu ihr herum. »Dem kleinen Tom wird nichts passieren. Joss ist anders als ihre Mutter. Sie wird damit fertig. Sie kann sie alle beschützen, da bin ich mir sicher.«

Joss starrte ihn an. »Was wollen Sie damit sagen?« In ihrem Ton schwang Mißtrauen mit.

»Ich will damit sagen, daß Ihre Mutter nervös und einsam war, nachdem Ihr Vater und Ihre Brüder gestorben sind. Und wer kann ihr das verdenken? Sie war sowieso keine starke Frau und ist dann etwas neurotisch geworden. Ich glaube, einen Großteil von dem, was ihrer Meinung nach in dem Haus vor sich ging, hat sie sich nur eingebildet.«

»Was für Sachen hat sie sich eingebildet?« fragte Joss streng.

Er wich ihrem Blick aus. »Sie hat sich eingebildet, Geräusche zu hören und Leute zu sehen. Sie dachte, Gegenstände seien verstellt worden. In der Zeit vor ihrer Abreise hatte sie Halluzinationen – das steht außer Zweifel. Als ihr französischer Freund ihr vorschlug, Belheddon zu verlassen, hatte sie lange Zeit zu große Angst davor zu gehen. Sie hatte offenbar das Gefühl, daß etwas sie dort festhielt. Wir – das heißt, der Psychologe im Dorf und ich – dachten, das wären die Erinnerungen an die Jungen – und natürlich an Ihren Vater. Das war ja auch nur allzu verständlich. Schwerer zu verstehen war dagegen ihr Entschluß, Sie fortzugeben. Das konnte niemand begreifen. Niemand.«

»Sie hat es getan, um mich zu retten.« Joss knüllte die Stoffmassen ihres Rocks zwischen den Fingern zusammen. »John Cornish hat mir zwei Briefe gegeben, die sie mir geschrieben hatte. In einem stand, sie hoffe, daß ich eines Tages verstehen würde, warum sie mich fortgegeben hat; im anderen hieß es, es sei der Wunsch meines Vaters, daß ich Belheddon erbe, und sie könne erst weggehen, nachdem sie das in die Wege geleitet habe, auch wenn sie selbst dagegen war. Mein Vater starb, bevor ich zur Welt kam, also hat er vermutlich irgendein Testament hinterlassen, in dem er an sein ungeborenes Kind dachte.« Schulterzuckend fügte sie hinzu: »Er muß mich geliebt haben.«

Weder Edgar noch Dot gingen auf die mangelnde Logik dieser Bemerkung ein. Edgar schüttelte lediglich erneut den Kopf. »Beide haben sie Sie geliebt, Kind. Ihr Vater hat sich so gefreut, daß Ihre Mutter nach all dem Unglück im Haus wieder schwanger war. Sein Unfall war wirklich eine Tragödie. Meine Hoffnung ist, daß das Glück einer jungen Familie endgültig die Traurigkeit aus dem Haus vertreiben wird.«

»Und der unglückliche Geist, von dem Sie sprachen?«

»Ich werde mich mit ein oder zwei Kollegen besprechen, die mehr über diese Dinge wissen als ich. Ich ahne zwar, was wir tun müssen, aber ich brauche etwas Rat. Vertrauen Sie mir?« Er lächelte. »Und vor allem, seien Sie tapfer! Vergessen Sie nicht, daß Beten als Schutz und als Beistand dient. Sobald ich weiß, was zu tun ist, besuche ich Sie. Und jetzt…« Er holte tief Luft. »Jetzt bekommen Sie von uns etwas Gutes zu essen, damit Sie gestärkt nach Hause fahren können.«

Nach Hause! Sie hatte nicht angerufen. Zu Hause zerbrachen sie sich bestimmt schon den Kopf, was mit ihr passiert war.

Lyn war außer sich. »Wer hat dir erlaubt, mein Auto zu nehmen? Ich wollte am Nachmittag nach Hause fahren, und Luke braucht den Citroën. Was hast du dir bloß dabei gedacht? Guter Gott, Joss, du hättest dir doch denken können, daß wir nur unten im Dorf waren. Was zum Teufel ist los mit dir?« Ihre wütende Stimme hallte durch das Wohnzimmer der Gowers. Die beiden hatten sich taktvoll in die Küche zurückgezogen, um das Mittagessen vorzubereiten.

Joss sah auf das Meer hinaus. »Es tut mir leid, Lyn, wirklich. Es war dringend.«

»Und was soll ich jetzt machen? Als ob es nicht schlimm genug wäre, den ganzen Tag deine dämliche Familie um die Ohren zu haben; und dann nimmst du mir auch noch meine einzige Fluchtmöglichkeit!«

Es entstand eine lange Stille. Joss zwang sich, ihre Aufmerksamkeit wieder auf das Telefongespräch zu lenken. »Lyn…«

»Ja, Lyn. Was würdest du ohne Lyn tun?« Ihre Stimme war noch schriller geworden. »Es tut mir leid, Joss, aber mir reicht's. Ich hab die Nase gestrichen voll. Ich weiß, daß du im Augenblick nicht viel tun kannst, aber warum soll ausgerechnet ich das alles ausbaden?«

»Es tut mir wirklich leid, Lyn. Ich dachte, wir hätten darüber gesprochen. Ich hatte keine Ahnung, daß du immer noch das Gefühl hast…«

»Nein, du hast von vielen Sachen keine Ahnung.« Ihre Empörung war noch nicht abgeebbt. »Du lebst in deiner eigenen kleinen Welt, Joss, und siehst gar nicht, was um dich herum passiert. Das war immer schon dein Problem, und jetzt ist es zehnmal schlimmer geworden. Ich weiß nicht, was dieses verdammte Haus mit dir angestellt hat, aber es ist unerträglich.«

»Hör mal, ich komme sofort zurück.«

»Die Mühe kannst du dir sparen. Luke fährt mich zum Bahnhof. Ich muß jetzt aufhören und Toms Mittagessen machen. Sieh bloß zu, daß du zu seinem Abendbrot wieder hier bist, weil Luke sich schon den ganzen Nachmittag um ihn kümmern muß!«

Nachdem Lyn den Hörer aufgeknallt hatte, blieb Joss noch

ein paar Minuten still sitzen. Lyn hatte recht. Das Haus und ihr Buch hatten sie so sehr vereinnahmt, daß sie gar nicht gemerkt hatte, wie unglücklich und rastlos Lyn wieder geworden war. Und Lyns Hilfe nahm sie tatsächlich als Selbstverständlichkeit hin. Lyn würde sich schon um alles kümmern. Das hatte sie immer getan.

Bedrückt ging sie in die Küche. Sie war klein, warm und freundlich, voller Blumen und geschmückt mit roten französischen Kochtöpfen und Keramik aus der Provence. Im Vergleich dazu wirkte die Küche in Belheddon sehr düster. Sie ließ sich auf den Stuhl sinken, den Edgar Gower ihr anbot, und stützte die Ellbogen auf den kleinen, vollgestellten Küchentisch.

»Meine Schwester ist wütend. Ich habe, ohne zu fragen, ihren Wagen gemopst.« Sie versuchte, scherzhaft zu klingen, aber ihre Erschöpfung und ihr Kummer waren nicht zu überhören. »Offenbar hat sie die Nase voll von uns.«

Dot nahm ihr gegenüber Platz. »Ziehen Sie zu uns, Joss. Bringen Sie Ihren kleinen Jungen mit. Ich kann mich um ihn kümmern, das ist gar kein Problem. Dann hat Ihre Schwester ein bißchen Ruhe; und Ihr Mann hat doch bestimmt nichts dagegen, allein zu sein, wenn er so sehr mit der Werkstatt beschäftigt ist. Fragen Sie Edgar. Ich bin verrückt nach Kindern, und unsere Enkel wohnen so weit weg, daß ich nur einmal im Jahr richtig Oma spielen kann. Sie würden mir damit wirklich eine Freude bereiten.« Sie streckte ihre Hand über den Tisch aus und ergriff Joss' Finger. »Hören Sie auf, für alles selbst verantwortlich sein zu wollen, Joss. Lassen Sie sich helfen.«

Müde fuhr Joss sich übers Gesicht. »Das klingt verlockend. Es wäre schön, wegzukommen – nur für ein paar Tage.«

Plötzlich wurde ihr bewußt, daß sie das ernst meinte. Kein Horchen auf Kinderstimmen mehr. Keine Blicke über die Schulter zu den dunklen Schatten in ihrem Schlafzimmer. Kein Herzklopfen mehr, jedesmal wenn Tom schreiend aus einem Alptraum aufwachte.

»Gut. Dann ist das abgemacht.« Energisch schob Dot ihren Stuhl zurück und stand auf. »Fahren Sie heute nachmittag nach Hause, und suchen Sie ein paar Sachen zusammen, und morgen packen Sie Tom in Ihren eigenen Wagen und kommen zu uns.

Ich richte die Zimmer her. Oben im Dachgeschoß haben wir zwei wunderschöne Gästezimmer. Ein etwas weiter Weg, fürchte ich…« Sie warf einen fragenden Blick auf Joss' Bauch. »Wenn es zu viele Stufen sind, ziehen Edgar und ich nach oben, und Sie können unser Zimmer bekommen. Das Problem mit diesem Haus ist, daß es hoch und schmal ist. Alles türmt sich aufeinander.« Sie strahlte. »So, und jetzt mache ich uns einen Salat.«

Es war ein köstlicher Salat mit selbstgemachter Sauce, Sprotten frisch aus dem Meer und selbstgebackenem Brot, und zum Nachtisch gab es Erdbeeren mit Sahne. Am Ende der Mahlzeit fühlte sich Joss wesentlich ruhiger, und sie empfand sogar eine gewisse Art von Optimismus, als sie zum Auto ging, mit Geld für Benzin in der Tasche und dem Versprechen, am nächsten Vormittag mit Tom wiederzukommen.

Als sie heimkam, saßen Tom und Luke in der Küche. Tom war von oben bis unten verschmiert – die Reste seines Mittagessens vermischt mit schwarzem Motorenöl. Lukes Stimmung war so schwarz wie das Gesicht seines Sohnes.

»Bist du verrückt geworden, einfach Lyns Wagen zu nehmen? Hättest du nicht wenigstens einen Zettel schreiben können? Die Frau hat mir eine Riesenszene gemacht, nur wegen dir. Es würde mich überhaupt nicht wundern, wenn sie nicht mehr wiederkommt. Und was machen wir dann?«

»Sei nicht dumm, Luke.« Tom umarmte sie stürmisch, hochbeglückt, seine Mummy wiederzusehen. Sie wollte sich ihre gute Laune nicht verderben lassen. Sie schob Tom von sich und ging zum Waschbecken, um den Schwamm auszudrücken. Dann kniete sie sich vor ihren Sohn und fing an, ihn ausgiebig zu waschen. »Natürlich kommt sie zurück. Es tut mir leid, daß ich sie verärgert habe, wirklich. Sie war ja nur wütend, weil sie für heute nachmittag etwas vorhatte. Aber sie hätte sich nicht so aufzuführen brauchen. Ich kenne Lyn. Wenn sie sich wieder beruhigt hat, wird es ihr schrecklich leid tun. Du wirst schon sehen.« Sie setzte Tom auf seinen Platz und gab ihm eins seiner Bücher. »Lyn leidet an mangelndem Selbstwertgefühl. Wenn sie glaubt, daß man nicht richtig zu schätzen weiß, was sie tut, kann sie ziemlich unfreundlich werden. Aber das dauert nicht lange. Wenn sie wiederkommt, streue ich Asche auf mein Haupt. Und…« Sie zögerte. »Luke, ich fahre für ein paar Tage mit Tom weg. Dann hat sie ein bißchen Ruhe. Und du auch.«

»Du willst ein paar Tage wegfahren!« wiederholte Luke. Er stand neben ihr, die Hände in die Hüften gestemmt. »Du willst ein paar Tage wegfahren! Und hattest du vor, mir davon zu erzählen, oder ist das auch so ein plötzlicher Einfall?«

»Sei nicht dumm. Ich erzähle es dir jetzt. Ich war bei den Gowers in Aldeburgh, und sie haben mir vorgeschlagen, ein paar Tage bei ihnen zu wohnen, damit ihr hier Ruhe habt. Dot sagte, sie will sich um Tom kümmern. Sie liebt Kinder.«

»Ah ja. Und was sind das für Leute?«

»Die Gowers. Du weißt doch – Edgar Gower hat mir damals die Adresse von John Cornish gegeben. Er war der Pfarrer meiner Eltern hier.«

»Und warum, wenn ich fragen darf, mußtest du heute morgen so überstürzt zu ihnen, daß du alles stehen und liegen gelassen hast? Das Radio war an, die Hälfte der Lampen brannte, keine Nachricht von dir, die Türen offen! Kannst du dir vorstellen, wie uns zumute war, als wir nach Hause kamen und alles verwaist vorfanden?«

Joss biß sich auf die Unterlippe. »Ach Luke. Das tut mir wirklich leid. Ich wollte einen Zettel schreiben, aber dann…« Sie brach abrupt ab. Sie konnte Luke ihre wild hin und her schwankenden Gefühle nicht erklären, ihre Sehnsucht, dann die Angst und das Grauen, das sie empfunden hatte; sie konnte ihm nicht die Panik beschreiben, die sie befiel, als sie in dem kleinen Wagen saß und an dem Zündschloß herumfingerte. Wie könnte sie ihm das begreiflich machen? »Ich hab's vergessen. Es tut mir leid«, sagte sie statt dessen. »Es tut mir wirklich leid. Ich wollte euch keinen Schrecken einjagen. Schieb's auf die schlaflose Nacht. Ich glaube, mein Gehirn hat heute morgen nicht richtig funktioniert.«

Sie warf den schmutzigen Schwamm auf den Tisch und ging zu ihm, um ihm die Arme um den Hals zu legen. »Bitte sei nicht wütend. Ich hatte gehofft, du könntest Tom und mich morgen dorthin fahren. Dann lernst du die Gowers kennen und hast den Wagen hier, wenn du ihn brauchst. Ich komme mit Lyn schon wieder ins reine, mach dir keine Sorgen. Sie braucht diesen Job genauso, wie wir Lyn brauchen, also glaube ich nicht, daß sie uns einfach mir nichts, dir nichts verläßt.«

»Sei dir da nicht so sicher.« Luke befreite sich aus ihrer Umarmung und wandte sich ab. »Und vergiß nicht – was Gott verhüten möge –, wenn es mit deiner Mutter schlimmer wird, kann Joe sie nicht mehr allein versorgen. Dann wird er Hilfe brauchen.«

»O Luke.« Bedrückt und verwirrt ließ Joss sich auf einen Stuhl sinken; sie fühlte sich schuldig, weil sie kurz daran gedacht hatte, ihn zu korrigieren. Adoptivmutter. Nicht Mutter. Niemals richtige Mutter.

Lukes Gesicht nahm einen freundlicheren Ausdruck an. »Hoffen wir mal, daß bis dahin noch viel, viel Zeit vergeht. Ich bin mir sicher, daß es vorläufig nicht dazu kommt. Auf jeden Fall nicht, bevor das Baby geboren wird. Und du hast recht, Lyn wird sich wieder beruhigen. Also, vielleicht sollten wir jetzt besser mal Pläne schmieden. Am besten mache ich morgen ein paar Stunden frei und fahre dich hin, wenn du das willst. Simon hat ja gesagt, daß du ein paar Tage wegfahren solltest, also ist es vielleicht doch keine so schlechte Idee.«

Katherine! Lieber Herr Jesus, Katherine, verlaß mich nicht…

Keiner von ihnen hörte die Stimme aus dem Echo. Nur Tom blickte in der stillen Küche auf. »Blechmann traurig«, erzählte er gesprächig. Er griff nach seinem Malbuch und warf es gleich wieder auf den Boden.

Luke hatte sich Joss gegenüber hingesetzt. »Du siehst sehr müde aus, mein altes Mädchen«, sagte er sanft. »Es tut mir leid, daß ich dich angeschnauzt habe. Aber manchmal kann Lyn wirklich zur Furie werden.«

Joss lächelte. »Ich weiß. Sie ist meine Schwester.«

Adoptivschwester.

Bekümmert stand sie auf und ging, um den Kessel aufzusetzen. Als sie sich wieder umdrehte, hatte Luke seinen Sohn vom Boden aufgehoben. »Komm, Tom-Tom, jetzt bringen wir Mummy mal ins Arbeitszimmer, und dann gehen wir beide nach draußen und arbeiten ein bißchen im Garten, damit sie in Ruhe ihren Tee trinken kann.«

Joss lächelte. Langsam folgte sie ihnen durch den großen Saal. Auf halbem Weg blieb sie stehen. Überall sonst war es stickig und heiß, aber hier wirkte es plötzlich sehr kalt. Das messingfarbene, gewittrige Sonnenlicht schien kaum die grauen Steinplatten am Boden zu erreichen. Sie sollte frische Blumen in die Vase geben und ein paar Lampen ins Zimmer stellen, damit es heller wurde.

Katherine! Süße Katherine. Ich brauche dich.

Unbehaglich sah sie sich um. Irgend etwas stimmte nicht. Es war eine Schwingung in der Luft, eine leise Bewegung, als ob jemand oder etwas gesprochen hätte. Sie schüttelte den Kopf und bemerkte, daß sich ihre Härchen im Nacken sträubten.

»Luke!«

Ihre heisere Stimme wirkte wie ein Fremdkörper in dem Raum. Aus der Ferne, hinter der Tür zum Arbeitszimmer, konnte sie Toms Kichern und dann das tiefe Lachen seines Vaters hören. Sie machten sich einen Spaß daraus, dort aufzuräumen, während sie auf Joss warteten. Warum konnte sie sich nicht von der Stelle rühren?

»Luke!« Diesmal rief sie dringlicher. Lauter. Aber er hörte sie nicht.

Katherine, ich kann ohne dich nicht leben. Verlaß mich nicht…

Die Worte wirbelten in ihrem Kopf umher, aber sie konnte sie nicht richtig verstehen. Verwirrt drehte sie sich um und schlug die Hände vors Gesicht.

»Luke!«

Katherine

»Luke, hilf mir.«

Sie tastete nach dem Stuhl neben dem Kamin und ließ sich hineinfallen. In ihrem Kopf drehte sich alles, das Atmen tat weh, aber sie konzentrierte sich auf den kleinen Flecken Sonnenlicht, der auf dem Fußboden vor ihr erschienen war. Ein Prisma von Grün, Blau und Indigo spielte auf den kühlen Steinplatten und war im nächsten Moment wieder verschwunden. Sie sah zum Fenster. Der Himmel war bleiern, verhangen mit purpurfarbenen Wolken, und im Garten schien es dunkel zu werden.

Sie atmete tief ein. Inzwischen ging es leichter. Und noch einmal. Er – es – war verschwunden.

»Joss? Ist alles in Ordnung? Was machst du hier?« Luke stand in der Tür.

Sie lächelte ihn an. »Ich war nur plötzlich müde. Ich habe dem Sonnenlicht auf dem Boden zugesehen.« Sie drückte sich aus dem Stuhl hoch. »Ich komme.«

»Es ist alles fertig. Komm und setz dich hin.« Er betrachtete ihr abgespanntes Gesicht. Die Erschöpfung war mehr als rein körperlich. Er sah die Angst in ihren Augen.

»Joss...«

»Eine Tasse Tee, Luke. Das löst alle Probleme. Morgen fahre ich für ein paar Tage weg und erhole mich ein bißchen. Mehr nicht. Ich komme wieder zurück. Bald.«

Sie sprach nicht zu ihm, das wußten sie beide. Luke blickte sich im großen Saal um. Als er seiner Frau den Arm um die Schultern legte und sie ins Arbeitszimmer führte, fluchte er leise vor sich hin.

19

Eine Woge des Schmerzes erfaßte sie und trug sie in das warme Meerwasser hinaus, wo samtige grüne Pflanzen sie streiften. Verzweifelt schlug sie mit den Armen um sich und ruderte wild, um ans Ufer zurückzukommen, aber die unerbittliche, kraftvolle Strömung hielt sie gefangen und zog sie mit sich hinaus. Am Strand stand jemand und winkte. Sie konnte sehen, wie unglücklich er war, als er die Arme nach ihr ausstreckte. Es war nicht Luke. Es war ein großer Mann mit blonden Haaren und breiten Schultern, und sie fühlte, wie sich sein Schmerz mit ihrem vermischte. Wieder versuchte sie, ihm etwas zuzurufen, aber warmes Salzwasser wurde in ihren Mund gespült und erstickte ihren Schrei, noch bevor er über ihre Lippen kommen konnte. Jetzt wurde der Mann immer kleiner, ferner, stand bis zu den Oberschenkeln im Wasser und gestikulierte heftig, aber eine neue Welle von Schmerz überwältigte sie, und sie drehte ihm dem Rücken zu und krümmte sich im Wasser zusammen, um ganz in ihrer Qual zu versinken.

Als sie auftauchte und die salzigen Wassertropfen aus den Augen zwinkerte, sah sie wieder zum Land zurück. Jetzt konnte sie den Strand kaum noch erkennen; die Gestalt des Mannes war beinahe unsichtbar vor dem gleißenden Sonnenlicht, aber sie fühlte seine Liebe wie ein zartes Netz, das sie umhüllte und sie langsam zurückzog. Da war wieder der Schmerz, der am Rand ihres Bewußtseins lauerte, tief in ihrem Innern, und ein Teil von ihr, der ihre Knochen und Muskeln mit unbarmherzigen, quälenden Fingern auseinanderdrückte. Als sie sich in einer weiteren Woge der Pein zusammenkrümmte, verschwand die Figur, und der Strand ging hinter dem Horizont unter.

In der Ferne grollte Donner, und ein Blitz zuckte über den Himmel. Joss öffnete die Augen und sah, daß der Himmel sich verdüstert hatte, bis auf den Horizont, wo der Sturm flackerte und grollte. Plötzlich zerriß ein gleißendes Zickzack die Wolken, und der Donner krachte näher und sandte seine Schwingungen durch das Wasser. Sie schwamm auf der Stelle und versuchte, sich zu orientieren, und dann sah sie die Blumen. Rosen, deren weiße Blütenblätter in den Wellen um sie trieben und sich langsam auflösten. Sie griff nach ihnen, spürte ihre tote, schleimige Kälte, und endlich öffnete sie den Mund und schrie.

»Joss! Joss, wach auf!«

Luke beugte sich über sie und schüttelte sie sanft an der Schulter. »Joss, du hast wieder einen schlimmen Traum.«

Ächzend drehte Joss sich zu ihm und zwang sich, die Augen zu öffnen. Am Fenster zuckten Blitze auf, und sie konnte den Donner im Zimmer hören. Also war es doch kein Traum gewesen – verwirrt starrte sie in die Dunkelheit. Ihr Kopf dröhnte vor Erschöpfung, und als der Schmerz erneut einsetzte, klammerte sie sich an den Schlaf, der ihr entgleiten wollte.

»Luke.« Stöhnend krümmte sie sich zusammen. »O Gott, ich glaube, das Baby kommt. Die Wehen! Kannst du Simon anrufen?« Jetzt war sie hellwach und spannte jeden Muskel gegen den wachsenden Schmerz an. Entspann dich. Atme in die Wehe hinein. Atme weiter. »O Gott! Sie kommen schnell. Du rufst besser die Ambulanz.« Sie biß die Zähne zusammen, als Luke aus dem Bett sprang, das Licht anmachte und zur Tür lief. Entspann dich. Wehr dich nicht dagegen. Laß dich treiben. Atme.

Guter Gott, sie mußte weg aus dem Haus!

Sie wartete, bis der Gipfel des Schmerzes vorüber war, und setzte sich dann auf. Einen Augenblick lang erhellte ein Blitz das Fenster, und in seinem Licht konnte sie die Gestalt in der Zimmerecke deutlich erkennen. Es war der Mann vom Strand – groß, mit blonden Haaren und breiten Schultern.

»Nein!« Joss kroch aus dem Bett und wich zurück; in der plötzlichen Dunkelheit war sie wie blind. Sie wollte, daß das Bett zwischen ihr und der Ecke stand. Erneut erleuchtete ein Blitz den Raum – es war niemand da. Sie umklammerte den Bettpfosten; eine weitere Wehe baute sich auf. O Gott, dafür waren die Bettpfosten da! In der alten Zeit. In der Zeit, über die sie in ihrem Buch schrieb. Sie hielt sich mit aller Macht an ihm fest. Luke! Wo war Luke? Sie mußte das Haus verlassen. Fort von hier – von ihm –, in ein freundliches, helles, geschäftiges, sicheres Krankenhaus, wo sie von Menschen und Technik umgeben war und es keine Schatten gab.

»Luke!« Endlich gelang es ihr zu schreien. »Luke, wo bist du?« Sie mußte packen und sich anziehen. Sie konnte nicht auf die Sanitäter warten. Luke würde sie ins Krankenhaus fahren müssen – er mußte anrufen, um zu sagen, daß sie unterwegs waren. O Gott, jetzt kamen sie wieder, die Schmerzen, unnachgiebig, bauten sich wie ein riesiges Monstrum in ihr auf, zerrten ihren Körper in alle Richtungen, während sie den Bettpfosten umklammerte und ihr Gesicht gegen das alte, schwarze Holz preßte.

Wieder flammte ein Blitzschlag durchs Zimmer, und sie öffnete die Augen und sah in die Ecke. Sie war leer. Da war niemand. Nur der Schatten des Schranks am Boden. Durch das offene Fenster hörte sie, daß draußen plötzlich Regen niederging, ein Rauschen auf dem Blätterdach, ein Trommeln auf dem Rasen. Der süße Geruch von nasser Erde stieg ins Zimmer, und jetzt fing Tom zu schreien an.

»Tom-Tom! Ich komme!« Sie stolperte zur Tür. »Luke! Luke, wo bleibst du?«

Im Flur war es dunkel, und die Tür zu Toms Zimmer war beinahe geschlossen. Sie schob sie auf und sah hinein. Tom saß zusammengekauert in der Ecke des Bettchens und hielt die Hände vor die Augen. Als sie die Tür weiter öffnete, setzte er zu einem langen, schrillen Schrei an, einem Schrei des schieren Grauens.

»Liebling, du brauchst keine Angst zu haben. Es ist nur ein dummes Gewitter.« Noch während sie zu ihm eilte, begann eine neue Wehe. Sie biß die Zähne zusammen, hob den kleinen Jungen aus seinem Bettchen, drückte ihn an sich und bemerkte, daß seine Windel naß und der Pyjama völlig verschwitzt war.

Seine Ärmchen lagen um ihren Hals, und er schluchzte krampfhaft, während sie dastand, mit tiefen Atemzügen den Schmerz zu beherrschen versuchte und spürte, wie sein Gewicht sie nach unten zog.

»Tom-Tom, ich muß dich ganz kurz absetzen, Schätzchen...« Sie konnte kaum sprechen. Verzweifelt bemühte sie sich, seinen Griff zu lockern, aber je mehr sie es versuchte, desto fester umklammerte er sie; ihr panischer Versuch, ihn abzusetzen, vergrößerte nur seine Angst.

»Joss? Wo bist du?« Plötzlich erschien Luke in der Tür. »O Joss, mein Liebes. Komm, ich nehm ihn dir ab.« Sie lag auf den Knien vor dem Gitterbett, die Arme um das Kind, und keuchte, als die Wehe wieder abebbte. »Guter Gott, wie kann das sein? Warum ausgerechnet jetzt, wo Lyn weg ist?« Er versuchte, Toms Finger von Joss' Hals zu lösen, aber der kleine Junge kreischte hysterisch, als ein weiterer Blitz direkt durchs Zimmer zu zucken schien.

»Der hat ganz in der Nähe eingeschlagen.« Gewaltsam entfernte Luke Toms Hände von Joss' Hals und zerrte ihn von ihr weg. »Komm, Liebling. Kannst du gehen? Wir sollten nach unten. Du kannst im Arbeitszimmer auf dem Sofa liegen.«

Als er Tom auf den Arm nahm, erlosch plötzlich das Nachtlicht auf dem Tisch in der Ecke.

»Oh nein, bitte nicht!« Joss griff nach dem Gitter des Bettchens und richtete sich mühsam auf. »Sind alle rausgegangen? Luke? Bist du noch da? Ich kann dich nicht sehen!«

Ihre Stimme wurde immer panischer.

»Es ist alles in Ordnung, Joss. Beweg dich nicht. Bleib, wo du bist; ich hole eine Taschenlampe. Da ist eine neben unserem Bett. Hab keine Angst. Tom-Tom ist bei mir. Ihm fehlt nichts.«

Die Schreie des Kindes wurden etwas leiser, als Luke tastend aus dem Zimmer ging und Joss alleine zurückließ.

»Luke!« Ihr Schrei hallte durch die Stille. »Luke, laß mich nicht allein! Kommt der Krankenwagen? Luke, bitte!« Dunkelheit legte sich über ihre Augen wie eine Binde. Sie konnte die schwere, samtige Schwärze um sich herum spüren. Schluchzend streckte sie die Hände aus und tastete nach dem Bettchen. Sie konnte nichts hören als die vollkommene Stille um sich, sie konnte nichts sehen. Dann hörte sie Tom rufen. Sein Fußgetrappel im Flur. »Mummy! Mummy suchen.« Er schluchzte so heftig, daß sein Atem wie ein Schluckauf ging.

»Tom-Tom«, rief sie und drehte sich in der Dunkelheit zur Tür. Ein heller Blitzschlag erleuchtete die Tür und das kleine Gesicht, das um den Rahmen spähte. »Mummy!« Er rannte zu ihr und schlang seine Arme um ihre Beine.

»Wo ist Daddy, Tom-Tom?« Der dumpfe Schmerz im Rücken wurde wieder stärker.

»Daddy Zündhölzer suchen.« Sein Gesichtchen war in ihrem Nachthemd vergraben.

»O Gott.« Die Schmerzen wurden wieder heftiger. Sie biß die Zähne zusammen, stolperte um Tom herum zum Bettchen und umklammerte das Gitter.

In der Tür erschien ein schwacher, flackernder Lichtschein, der gigantische Schatten warf, als Luke mit einer Kerze in der Hand den Flur entlangkam.

»Luke, Gott sei Dank! Kommt bald ein Krankenwagen?« Die Knöchel ihrer um das Gitter gepreßten Hände waren weiß, als die nächste Wehe einsetzte. Tom schien ihren Schmerz mitzufühlen und fing wieder an zu kreischen. Sofort war Luke neben ihr, legte ihr einen Arm um die Schulter und hielt sie fest, während die Schmerzen erneut stärker wurden.

»Wann?« preßte sie durch die Zähne. »Wann kommt der Wagen?«

»Ich bin nicht durchgekommen, Joss.« Er hielt ihre beiden Hände. »Die Leitung ist tot. Das Gewitter. Ich fahre schnell zu Simon …«

»Nein!« Ihr Schrei ging in einem Schluchzen unter. »Laß mich nicht allein!«

»Dann bringe ich dich besser selbst ins Krankenhaus. Wir holen nur schnell deinen Morgenmantel und fahren gleich los. In vierzig Minuten sind wir da. Es ist alles in Ordnung, Liebes. Wir schaffen es.« Er drückte ihre Hände noch fester. »Komm. Dort ist auch jemand, der sich um Tom-Tom kümmern kann.«

Noch während er das sagte, wußte sie, daß das zu lange dauern würde.

»Nein!« Diesmal war es ein Schrei der Qual. »Luke, dafür reicht die Zeit nicht mehr. Die Abstände zwischen den Wehen sind zu kurz.« Schweißperlen standen auf ihrer Oberlippe, ihr lief Schweiß über den Hals. Die Tropfen rannen zwischen ihren Brüsten hinab, als sich der Schmerz wie eine Schraubzwinge um ihren Rücken legte. »Luke, ich weiß nicht, was ich machen soll.«

»Natürlich weißt du das. Es ist doch nicht das erste Mal.«

Sie schüttelte den Kopf. »Luke, du mußt mich entbinden. O Gott!« Stöhnend fiel sie auf die Knie, und ihre Arme fuhren um ihren Bauch, als ob sie den neuerlichen Schmerz abwehren wollte.

»Tom? Tom-Tom, komm zu Daddy!« Hilflos versuchte Luke, den kleinen Jungen hochzuheben, doch er klammerte sich immer nur fester an Joss. »Jetzt komm, alter Junge. Wir lassen Mummy ins Bett gehen. Es geht ihr nicht so gut. Sie hat ein bißchen Bauchschmerzen, und wir müssen uns um sie kümmern. Hilfst du mir dabei?« Mit Gewalt löste er Toms Finger aus ihrem Klammergriff um Joss' Nachthemd und zog ihn weg. »Kannst du gehen, Joss? Kommst du in unser Zimmer zurück?« Er schrie, um das Kreischen des kleinen Jungen zu übertönen. »Tom, bitte, laß los.«

»Laß ihn doch, Luke«, keuchte Joss. »Du machst ihm nur noch mehr Angst. Tom-Tom.« Die Wehe ließ nach, und sie legte einen Arm um ihn und drückte ihn an sich. »Du muß jetzt ganz tapfer sein, wie ein großer Junge. Mummy fehlt gar nichts.« War er zu klein, um zu erfahren, was vor sich ging? Bislang hatten sie ihm kaum etwas von einem Brüderchen oder Schwesterchen erzählt. Das Baby hätte erst in zwei oder drei Wochen kommen sollen. Guter Gott, und niemand war da, um zu helfen. Mit Gewalt hielt sie die Tränen der Panik und der Frustration zurück und biß die Zähne zusammen, weil der Schmerz sie erneut überwältigte. Endlich lockerte sich der Griff des Jungen. »Bleib bei ihm, Luke, und ich gehe wieder ins Bett. Vielleicht kannst du ihn ja beruhigen, damit er einschläft.« Sie zog sich am Gitter des Bettchens hoch und drehte sich zur Tür.

»Mummy!« Tom streckte seine Arme nach ihr aus.

»Nimm ihn, Luke.« Lange würde sie sich nicht mehr auf den Beinen halten können.

Luke packte das Kind und hob es in sein Bett, worauf er nur doppelt so laut schrie.

»Ach, Liebling, nicht doch!« Joss hielt ihm eine Hand hin, aber als der Schmerz sie überflutete, trat sie zurück und krümmte sich stöhnend. Entspann dich. Gib dem Schmerz nach. Keuchend spürte sie, wie sich ihr Becken weitete.

»Geh, Joss! Geh ins Bett!« Luke versuchte, Tom zum Liegen zu zwingen. »Geh bitte. Wenn du weg bist, wird er sich beruhigen.«

Die Wehe ebbte ab, und ihr Körper konnte sich kurz erholen, bevor der nächste Kampf begann. Sie verschloß die Ohren vor Toms Schreien und schleppte sich ins Schlafzimmer.

Das Bett. Sie mußte etwas aufs Bett legen, um die dicke, alte Matraze zu schützen – eine Matraze, die im Lauf ihres Lebens schon Dutzende von Geburten erlebt haben mußte. Joss zwang sich, an praktische Dinge zu denken. Was sagten die Leute in den Filmen über Hausgeburten? Heißes Wasser und Handtücher. Jede Menge heißes Wasser und Handtücher. Heißes Wasser – Joss war sicher, daß jemand gesagt hatte, das heiße Wasser sei nur dazu da, um den Mann zu beschäftigen. Handtücher waren im Wäscheschrank, in dem riesigen alten Eichenschrank im Flur vor dem Bad. Eine Million Meilen entfernt.

»O Gott!« Der Schmerzensschrei ließ sich nicht unterdrücken. Bestimmt ging es jeden Moment los.

Sie konnte das Bett sehen, seine Pfosten und Stoffbehänge wurden plötzlich von einem Blitz erhellt. Es sah aus wie etwas Substanzloses, eine schwankende Oase mit seinen phantasievoll bestickten Vorhängen und den moosgrünen, zartroten und ockerfarbenen Blumen, die sich zusammen mit gebogenen Stielen und Ranken spiralförmig die Bettpfosten hinaufwanden. Die Vorhänge bewegten sich, bauschten sich auf, fielen in sich zusammen, manchmal hauchdünn, durchsichtig wie leichter Dunst, dann wieder dick und schwer, die Rippen der Wollstickerei so kräftig geädert wie die Hände eines Mannes. Joss schluchzte auf. Das Bett war zu weit weg. Sie konnte sich nicht bewegen. In der tiefen Dunkelheit, die auf jeden Blitz folgte, hatte sich die große schwarze Gestalt des Bettes noch weiter von ihr entfernt. Es war außer Reichweite, jenseits einer unsichtbaren Barriere, die sie nicht überwinden konnte. Luke. Wo war Luke? Lieber Gott, bitte, hilf mir.

Und dann war er da – eine Hand auf ihrem Arm, ein sanfter Druck auf ihrer Schulter, beruhigend, schützend, und führte sie sanft durchs Zimmer. Wieder ein Blitzschlag – sie konnte nichts erkennen als die Umrisse des Stabwerks, breite scharlachrote Streifen auf ihrer Iris.

Vorsichtig tastete sie nach dem Bett, zerrte die schwere Tagesdecke mit der Stickerei herunter und ließ sie auf den Boden fallen.

»Luke – hol etwas, das ich unterlegen kann.«

Jetzt sah sie ein flackerndes Licht im Flur. Da war Luke mit dem Kerzenleuchter in der Hand. »Mach dir keine Sorgen, mein Schatz. Ich habe daran gedacht und schon etwas mitgebracht.« Seine Stimme klang von der Tür zu ihr herüber. Erst die Gummiunterlage von Toms Wickelkommode, dazu ein paar Handtücher, und dann half er ihr in das kühle, weiche Bett. »Warte noch, Liebes.« Seine Hand auf ihrer Stirn war heiß und nervös, ganz anders als die Hand, die kühle Hand, die sie zum Bett geführt hatte. Sie riß die Augen auf. Luke hatte die Kerze neben das Bett gestellt. Er war gerade erst ins Zimmer gekommen …

Stöhnend legte sie sich auf die Seite, als eine neuerliche Welle des Schmerzes sie erfaßte; sie krümmte sich zusammen, und mit einem Teil ihres Bewußtseins nahm sie den Duft von Rosen wahr.

»Luke!«

»Ich bin hier, Liebling. Hechle. Denk dran, sie haben gesagt, du sollst hecheln.« Er breitete ein Laken über sie.

»Du wirst mich entbinden müssen.«

»Zu dem Ergebnis bin ich auch gerade gekommen.« Sie bemerkte den spöttischen Unterton in seiner Stimme.

»Tom?«

»Tom schläft. Er war völlig erschöpft. Sobald du gegangen warst, ist er eingeschlafen, der arme Wicht.« Er griff nach ihrer Hand und drückte sie fest. »Jetzt sag mir, was ich tun soll.«

»Mach kochendes Wasser; damit kannst du einen Faden und eine Schere sterilisieren. Dann hol die Babywäsche. Die ist unten in Toms Kommode. Die Decken sind auch da. Weck ihn nicht auf.« Ächzend umklammerte sie seine Hand. »Du warst dabei, als Tom geboren wurde. Da hast du doch gesehen, was passiert ist. Ich war am anderen Ende, vergiß nicht!« Es gelang ihr zu lachen, aber das Lachen ging in einem Ächzen unter.

»Ich hab's nicht vergessen«, murrte Luke. »Da waren ein Arzt und zwei Hebammen dabei, und im kritischen Moment habe ich die Augen zugemacht.«

»Jetzt geh, Luke. Setz das Wasser auf.« Sie glitt wieder von ihm fort, tauchte in ein Meer der Schmerzen.

Sie wußte nicht, wie lange er weg war. Es kam ihr vor wie ein ganzer Monat voller Qual mit nur wenigen Sekunden der Erholung – dann war er wieder da, mit dem heißen Wasser, weiteren Handtüchern, einem Berg kleiner, weicher Tücher und winziger weißer Kleidungsstücke. Sie drehte den Kopf zum Fenster. Allmählich wurde es etwas heller. Schon seit einiger Zeit donnerte es nicht mehr, und die Blitze waren weniger grell und flackerten nur noch schwach am Horizont über dem Meer auf.

Der Rosenduft war intensiver geworden, als Luke um das Bett herum ging, um ihr den Rücken zu massieren. Sie lag reglos da und starrte auf den dunklen Baldachin; ihr Körper entspannte sich in den wunderbaren schmerzfreien Sekunden.

Und dann begann es wieder. Joss konnte sich nicht erinnern, im Krankenhaus geschrien zu haben, aber dort hatten sie ihr etwas gegen die Schmerzen gegeben. Gegen die Schmerzen, die Angst, die schreckliche Stimme im Kopf.

Katherine

Er stand im Schatten, an seinem gewohnten Platz beim Fenster, der große Mann mit den traurigen Augen. Sie hatte ihn nie zuvor gesehen. Nicht so deutlich. Nicht mit dieser Gewißheit. Lächelnd streckte sie ihm eine Hand entgegen. »Es wird gutgehen.« Ihre Lippen formten die Worte, aber nichts war zu hören. Erst, als sie wieder zu schreien begann.

»Joss!« Plötzlich klang Lukes aufgeregte Stimme ehrfürchtig. »Ich kann den Kopf sehen.«

Es war ein Junge. Als er abgetrocknet und warm eingepackt in Joss' Armen lag, schmiegte sie ihn an sich. Dann sah sie zu Luke und lächelte. »Herzlichen Glückwunsch, Doktor!«

Er grinste. »Er sieht ganz gut aus, findest du nicht?«

»Er ist großartig.« Das Baby machte leise, zufriedene Schnief- geräusche. In die weißen Decken gehüllt, sah sein kleines Ge- sicht sehr rot aus. Draußen war hellichter Tag, der Garten lag kühl und vom Regen frisch gewaschen unter einem Dunst- schleier. Erschöpft lehnte Joss sich zurück und schloß die Augen. Es herrschte absolute Stille. Luke hatte zu Tom ins Zim- mer gespäht; der kleine Junge lag friedlich schlafend mit dem Daumen im Mund in seinem Bett. Strom und Telefon gingen noch immer nicht, und so war Luke leise durch das frühmor- gendliche Haus in die Küche geschlichen und hatte erneut den Kessel aufgesetzt – diesmal, um Tee zu kochen.

Der leichte Druck auf der Decke war so sanft, daß sie es kaum bemerkte. Lächelnd schlief sie langsam ein, legte ihren Arm be- quemer um ihren neugeborenen Sohn und sank mit dem Kopf tiefer ins Kissen.

Ein Schrei des Babys riß sie aus ihrem Halbschlaf.

»Was ist denn, mein Kleines?« Sie setzte sich auf und blickte in das winzige Gesicht, das sich unglücklich verzog. »Ach Herzchen, psst.« Sie sah sich im Zimmer um. Jetzt war die Kälte wieder da, die schreckliche, allumfassende Kälte, die Kälte des Grabes. »Luke?« Ihre panische Stimme verlor sich im Deckengebälk. »Luke?«

Er war da. Irgendwo.

Verzweifelt preßte sie das Baby an sich. »Luke!«

Ein Junge. Lieber Herr Jesus, warum hatte es kein Mädchen sein können? Plötzlich bemerkte sie, daß sie weinte. Heftige Schluchzer der Erschöpfung und der Angst fuhren ihr durch den ganzen Körper.

Sie weinte noch, als Luke mit dem Teetablett erschien. »Joss, was ist passiert, Liebling? Was ist denn los?«

»Es ist ein Junge.« Sie preßte das Baby noch fester an sich.

»Natürlich ist es ein Junge.« Luke setzte sich aufs Bett. »Komm, Liebes. Alles ist in Ordnung. In einer Stunde kommt Jimbo. Dann schicke ich ihn sofort zu Simon, und er wird kommen und euch beide untersuchen. Liebling, du brauchst doch nicht zu weinen.« Er beugte sich vor und berührte die winzige Hand des Neugeborenen. »Also – wie wollen wir ihn nennen?«

Joss' Wangen waren noch feucht von den Tränen, ihre Augen waren rot, ihr Gesicht blaß von der Anstrengung. »Ich würde ihn gern Philip nennen.«

Luke verzog das Gesicht. »Nach deinem Vater? Wird Joe sich nicht verletzt fühlen?«

Sie nickte bekümmert.

»Dann laß uns doch einen anderen Namen finden, mit dem wir niemanden verletzen – dann kann er mit zweitem und drittem Vornamen immer noch Philip und Joe heißen.« Er lächelte.

»Du bist der geborene Diplomat.« Sie betrachtete ihn mit müden Augen. »Dann laß dir einen Namen einfallen.«

»Wir müssen uns ja nicht sofort entscheiden«, antwortete er. »Jetzt ruh dich erst einmal aus. Und später, wenn du wieder bei Kräften bist, überlegen wir gemeinsam, ja?«

Er hatte den kleinen Weidenkorb mit Laken und Decken ausgelegt. Nun nahm er Joss das Baby vorsichtig aus dem Arm, legte es hinein und deckte es sorgsam zu. »So. Und jetzt ruh dich aus, Joss. Alles ist in Ordnung. Wenn das Telefon wieder funktioniert, rufe ich Lyn, Alice und Joe an. Sie werden sich alle so freuen!« Er drückte ihr einen Kuß auf die Stirn und schlich auf Zehenspitzen aus dem Zimmer.

In den Schatten sammelten die Wut und die Furcht bereits neue Kraft.

20

»In Anbetracht der Umstände geht es euch beiden prächtig.« Simon packte sein Stethoskop ein und zog das Hemdchen des Neugeborenen wieder sorgfältig herunter. Er hatte Joss und das Baby untersucht und kontrollierte die Nachgeburt. »Ich hätte mir ja denken können, daß Sie einen Akt der Rebellion begehen!« meinte er grinsend. »Wenn ich mich recht erinnere, hat Ihnen die Vorstellung einer High-Tech-Geburt gar nicht behagt, oder?« Joss lachte. Sie saß angekleidet auf der Bettkante und trank eine Tasse Tee. Simon griff nach seiner Tasse.

»Ich glaube, Sie müssen nicht ins Krankenhaus. Soweit ich es beurteilen kann, ist alles in bester Ordnung. Wie schon gesagt, schonen Sie sich, überanstrengen Sie sich nicht, und am späteren Vormittag schaut die Hebamme vorbei.« Er warf einen Blick auf die Nachttischlampe. »Haben Sie hier oben schon wieder Strom?«

Joss schüttelte den Kopf. »Weder Strom noch Telefon. Ich ziehe die primitive Entbindung bis zum bitteren Ende durch.«

»Ah ja.« Simon stand auf. »Ihr heutigen Frauen seid mir wirklich ein Rätsel. Also, ich muß jetzt meine Runde machen. Und rufen Sie mich, wenn irgend etwas ist, egal was.«

Nachdem er gegangen war, ließ sich Joss erschöpft ins Kissen sinken. Der Dunst draußen hatte sich aufgelöst, und es war ein strahlender, heißer Tag geworden. Der Himmel hatte die Farbe von Kornblumen, wie er sich über den Garten spannte und im See am Ende des Rasens widerspiegelte. Im Haus war es ganz still. Luke war mit Tom zu Janet Goodyear gefahren; er hoffte, daß sie sich ein paar Stunden lang um den Jungen kümmern würde, und vor allem, daß ihr Telefon funktionierte. Nie hatten sie Lyn dringender gebraucht als jetzt. Joss streckte sich und blickte zum Baldachin empor, dann drehte sie langsam den Kopf und sah zum vorderen Fenster. Sonnenlicht flutete durchs Zimmer. Es gab nichts, das ihr Angst machen könnte. Luke hatte das Fenster weit geöffnet, und sie konnte die Vögel singen hören und den frischen Duft der feuchten Erde und des Grases vermischt mit Geißblattblüten riechen.

Edgar! Sie fuhr auf. Edgar erwartete sie. Verdammtes Telefon. Ein plötzlicher Energieschub ließ sie vom hohen Bett rutschen und zum Babykorb gehen, der auf dem Sofa neben dem hinteren Fenster stand. Der Kleine schlief, die blau geäderten kleinen Lider geschlossen, dunkle Wimpern auf den zarten Wangen. Er hatte dichtes, dunkles Haar, wie sie und Luke, und oben stand es ein wenig vom Kopf ab; offenbar war es ebenso widerspenstig wie das seines Vaters. Sie lächelte. Tom hatte einen kurzen Blick auf sein neues Brüderchen geworfen und sofort das Interesse verloren. Soweit sie feststellen konnte, waren die traumatischen Aufregungen der Nacht spurlos an ihm vorübergegangen. Er wirkte sogar erstaunlich fröhlich, insbesondere bei der Vorstellung, Janet und den Korb mit den Kätzchen zu sehen, der im Augenblick am wärmsten Platz der Küche vor dem großen Herd stand.

Langsam und etwas unbeholfen wanderte Joss nach unten und durch den großen Saal in die Küche. Luke hatte die Post ungeöffnet auf dem Tisch liegengelassen. Sie schob den Kessel auf den Herd und machte den ersten Brief auf. Er war von David. »Ein paar weitere Stücke des Puzzles«, stand da in seiner ordentlichen, kleinen Schrift. »Ich habe ein wunderbares altes Buch gefunden, in dem Belheddon mehrmals erwähnt wird.« Der Umschlag enthielt einen Packen gefalteter Fotokopien. Als das Wasser zu kochen begann, machte Joss sich eine Tasse Tee; ihre Beine waren noch so schwach, daß sie sich hinsetzte, bevor sie den Brief wieder zur Hand nahm. David fuhr fort:

»Es wurde 1921 veröffentlicht und beschreibt ein halbes Dutzend rätselhafte und gruselige Geschichten, die alle in East Anglia passiert sind. Du hast mir doch einmal erzählt, daß John Bennet irgendwann Anfang dieses Jahrhunderts verschwunden ist? Also, der Verfasser des Buchs kennt die Geschichte. Sie ist seltsam. Sitzt du bequem? Dann lies weiter... David.«

Joss legte den Brief beiseite und zog die gefalteten Seiten heraus, breitete die sechs Blätter vor sich aus und begann zu lesen.

Eine der zahlreichen Legenden, die sich um das wunderschöne Belheddon Hall ranken, ein uraltes Herrenhaus inmitten sanft hügeliger Landschaft am Rande des Meeres, betrifft die Familie, die das Haus noch vor relativ kurzer Zeit bewohnte. Mary Percival erbte das Haus beim Tod ihrer Mutter im Jahre 1884; zu der Zeit war sie gerade zwanzig geworden. Allen Berichten zufolge war sie eine tatkräftige und eigenwillige junge Frau, die den Ent-

schluß gefaßt hatte, das riesige Gut selbst zu verwalten; sie lehnte alle Heiratsanträge ab, von denen es, wie man sich denken kann, sehr viele gab.

Soweit wir wissen, war Mary eine attraktive Frau und sehr beliebt in der Gemeinde, und als sie schließlich ihr Herz verlor, gehörte es dem gutaussehenden Sohn eines Geistlichen aus Suffolk, der in der Stadt Manningtree, einige Meilen von Belheddon entfernt, als Anwalt praktizierte. John Bennet war ein Jahr älter als Mary, und nach ihrer Hochzeit hängte er seinen Beruf an den Nagel, um seiner Gattin bei der Verwaltung des Guts zur Seite zu stehen. Diese große Verantwortung lastete bereits wenige Monate später allein auf seinen Schultern, denn Mary erwartete ihr erstes Kind. Henry John Bennet kam im Oktober 1900 zur Welt, und zwei Jahre später folgte seine Schwester Lydia Sarah.

Soweit man weiß, herrschte im Haus eitel Sonnenschein. Die ersten Anzeichen von Schwierigkeiten bemerkte der Pfarrer des Dorfes, ein gewisser Dr. Robert Simms. In seinen Memoiren wird Belheddon Hall mehrmals erwähnt, und mindestens zweimal wurde er gebeten, dort einen Exorzismus abzuhalten. Dr. Simms wurde im Winter 1902 ins Haus gerufen, nachdem Hausangestellte mehrfach von einer Erscheinung gesprochen hatten, die abwechselnd beschrieben wurde als Ritter in Rüstung, als Marsmensch und erstaunlicherweise auch als »Dreifuß« (vier Jahre zuvor war Mr. H. G. Wells' Krieg der Welten veröffentlicht worden) oder als Monster, das das Ende der Welt prophezeite. Im Verlauf des nächsten Jahres konnten die Bennets keinen Hausangestellten für längere Zeit behalten. Einer nach dem anderen kündigte, und ihre Nachfolger quittierten den Dienst ebenso rasch. Nur wenige Monate später, im Frühjahr 1903, ereilte die Familie eine Tragödie. Der junge Henry John kam bei einem schrecklichen Unfall ums Leben.

Und damit beginnt das eigentliche Rätsel. Es gibt keine Berichte über die Art oder die Gründe seines Todes. Vermutlich war es keine gewöhnliche Kinderkrankheit, die ihn dahinraffte – dagegen sprechen das Entsetzen und der Schock, die das ganze Land erfaßten.

Joss ließ die Seiten sinken und griff nachdenklich nach ihrer Tasse. Während sie in den Tee starrte, stieg eine Erinnerung in ihr auf. Sie saß im Dachgeschoß, draußen vor den Fenstern war der Himmel strahlend blau, und auf ihrem Schoß lag das Tagebuch von John Bennet. Die Worte packten sie jetzt wieder genauso heftig wie damals.

Jetzt hat er also ein weiteres Opfer gefordert. Der Junge ist tot. Als nächstes bin ich an der Reihe.

Sie wußte nicht, ob sie überhaupt noch weiterlesen wollte. Sie faltete die Blätter zusammen, steckte sie in die Hosentasche, griff nach ihrer Tasse und ging durch den großen Saal. Das Zimmer war hell, die Sonne schien durch die vom Regen befleckten Fenster und warf Lichtsprenkel auf den Boden. Von den Blumen, die sie erst gestern auf den Tisch gestellt hatte, waren Blütenblätter auf die schwarze, polierte Eichenplatte gefallen, und die Silberschale umgab ein Ring von klebrigem Pollenstaub. Mit einem Schauder sah sie sich im Raum um und ging dann die Treppe hinauf.

Als sie in den Babykorb sah, bemerkte sie, daß ihr Herz vor Angst wild schlug. Was hatte sie erwartet? Daß ihrem Kind etwas Schreckliches passiert war? Sie lächelte. Er war wach und wedelte mit seinen kleinen Fäustchen ziellos durch die Luft.

»Hallo, kleiner Fremder«, flüsterte sie und nahm ihn in ihre Arme. Dann trug sie ihn zum Sessel am Fenster, setzte sich bequem hin, so daß sie über den Garten hinausblicken konnte, und knöpfte langsam ihre Bluse auf.

Ned. Der Name war plötzlich in ihrem Kopf aufgetaucht. Edward. Soweit sie wußte, gab es in ihrer Familie niemanden, der so hieß. Stirnrunzelnd versuchte sie sich an die Namen in der Familienbibel unten im Arbeitszimmer zu erinnern. In der Familie Davies gab es bestimmt niemanden mit dem Vornamen. »Edward Philip Joseph Grant.« Sie sprach die Namen laut vor sich hin. »Nicht schlecht für so ein kleines Kerlchen«, sagte sie zärtlich und drückte ihm einen Kuß auf seinen dunklen Haarschopf.

Als er wieder schlief, setzte sie sich auf die Fensterbank, und erst dann holte sie die fotokopierten Seiten aus ihrer Tasche wieder hervor.

Im Laufe der nächsten Monate kamen immer wieder neue Gerüchte in Umlauf, die der untröstlichen Familie große Schmerzen bereitet haben müssen. Mr. und Mrs. Bennets Unruhe wuchs zunehmend, und Dr. Simms wurde mehrfach ins Herrenhaus gerufen. Und dann, Ende Juli des Jahres, verschwand John Bennet. Obwohl überall im Lande nach ihm gesucht wurde, blieb er unauffindbar.

Ungefähr fünfzehn Jahre später gingen im Grenzgebiet von Essex und Suffolk Gerüchte um, was tatsächlich vorgefallen war.

Es hieß, in mehreren Wirtshäusern sei ein älterer Mann gesehen worden, der behauptete, der verschollene John Bennet zu sein. Er sah aus wie ein Achtzigjähriger (John Bennet wäre zu der Zeit rund fünfundfünfzig gewesen, ein Jahr älter als seine Frau), mit weißen Haaren, hohlen Augen und einem auffälligen nervösen Zucken. Die Gerüchte, daß er sich im Grenzland von Suffolk aufhalte, gelangten natürlich auch zu Mary Sarah, die damals noch mit ihrem einzigen überlebenden Kind Lydia – mittlerweile eine junge Dame von sechzehn Jahren – in Belheddon Hall lebte. Anscheinend hatten die Dämonen von Belheddon ihr Unwesen eingestellt, nachdem der Herr des Hauses verschwunden war. Mary Sarah, so heißt es, bezeichnete den Mann als einen Betrüger und weigerte sich, ihn zu sehen. Er seinerseits wollte Belheddon Hall um nichts in der Welt aufsuchen, und wenn er nach seinem Verbleib in der vergangenen Jahren gefragt wurde, antwortete er ausweichend und bekümmert.

Möglicherweise hätte man nie wieder von ihm gehört, wäre er nicht eines Tages bewußtlos auf den Kirchenstufen im Dorf Lawford aufgefunden worden. Der Pfarrherr ließ ihn in sein Haus bringen, wo er so lange gepflegt wurde, bis er wieder ansprechbar war. Die Geschichte, die er dem Geistlichen erzählte, wurde nie offiziell verlautbart, doch ein Dienstmädchen im Pfarrhaus berichtete, während des Gesprächs der beiden Männer habe sie mehrmals ins Arbeitszimmer gehen müssen, um das Feuer nachzuschüren, und die Erlebnisse, von denen der Besucher berichtete, hätten sie mit Entsetzen erfüllt.

John Bennet – so erzählte er, und als dieser gab er sich aus – sei eines Abends in der Dämmerung durch den Garten von Belheddon geschlendert, als ihm plötzlich etwas gegenüberstand, das wie ein Mann aussah, der in einer uralten Rüstung steckte. Diese Gestalt, gut über zwei Meter groß, sei mit ausgestreckten Armen auf ihn zugegangen.

Als er sich zur Flucht umwandte, sei er im Schlamm am Ufer des Sees ausgerutscht und auf den Rücken gefallen. Zu seinem Entsetzen habe sich die Erscheinung über ihn gebeugt und in die Luft gehoben. Noch bevor er wußte, wie ihm geschah, sei er ins Wasser geschleudert worden.

Beim Auftauchen habe er sich nach dem Angreifer umgesehen, aber keine Spur von ihm entdeckt. Das Ufer des Sees sei menschenleer gewesen, und auch in den Schatten seien nichts als die Umrisse der Bäume zu erkennen gewesen. Bennet, so er es denn war, sei zum jenseitigen Ufer geschwommen und dort an Land gegangen, aber sein Geist, der durch den Tod seines einzigen Sohnes bereits angegriffen war, war nun vollends verwirrt. Anstatt sich in die Sicherheit des Hauses zurückzubegeben, so erinnerte er sich, habe er unbeholfen den Riegel an der Pforte zu einem Feldweg geöffnet und sei völlig durchnäßt in die hereinfallende Dunkelheit gelaufen. Das sei das letzte, so behauptete er, an das er sich erinnern könne, bevor er fünfzehn Jahre später im Pfarrhaus aufgewacht sei.

Was mit dem Mann passierte, der diese Geschichte erzählte, ist nicht bekannt. Er blieb mehrere Tage im Pfarrhaus, bis er eines Abends wieder in der Dunkelheit verschwand, aus der er aufgetaucht war, und wurde niemals wieder gesehen.

Joss ließ die Seiten in ihren Schoß fallen. Von ihrem Sessel aus konnte sie über den Rasen hinweg den See betrachten, auf dessen glasklarer Oberfläche sich konzentrische Kreise zwischen den Seerosen bildeten, dort, wo die Fische nach Fliegen schnappten.

Ein Mann in mittelalterlicher Rüstung? Der Blechmann? Sie schloß die Augen vor dem gleißenden Sonnenlicht auf dem Wasser.

Sie erwachte, als Luke ihr die Hand auf die Schulter legte.

»Hallo, wie geht's dir?« Er hatte ihr eine Tasse Tee gebracht, die er auf den kleinen Tisch neben sie stellte.

Kurz starrte sie ihn verständnislos an, aber dann setzte sie sich auf und beugte sich zum Kinderbett vor. »Ist Ned in Ordnung?«

»Ned?« Luke legte den Kopf zur Seite und dachte nach. Dann sagte er: »Ja, ich glaube, das gefällt mir. Edward Grant. Ihm geht's gut.« Liebevoll sah er auf das Baby.

»Und Tom?«

»Strahlt wie ein Honigkuchenpferd. Er bleibt den Tag über bei Janet. Bei den Goodyears funktioniert das Telefon, also habe ich deinen Edgar Gower angerufen; er und seine Frau wollen dich morgen besuchen. Dann habe ich mit Lyn telefoniert; sie kommt sofort zurück. Und noch etwas Erfreuliches: Sie hat erzählt, daß Alices Untersuchungen alle gut verlaufen sind. Die Biopsie hat ergeben, daß die Geschwulst nicht bösartig ist. Also, mein Herz, du brauchst dir um absolut gar nichts Sorgen zu machen! Und eine weitere gute Nachricht: Meine Eltern sind wieder da. Ich habe auf Verdacht hin in Oxford angerufen, und sie sind gestern abend heimgekommen! Sie lassen dich ganz herzlich grüßen und können es kaum erwarten, ihren neuen Enkel zu sehen!«

Joss lächelte. Die fotokopierten Seiten waren ihr vom Schoß gerutscht und lagen verstreut auf dem Boden. »So viel Schönes, und obendrein noch einen perfekten Ehemann und eine Tasse Tee.«

Er setzte sich auf die Fensterbank. »Ach ja, und Jimbo hat dir eine Schachtel Konfekt mitgebracht!«

Während Luke abends Lyn vom Bahnhof abholte, kam Janet, um Tom abzuliefern. Sie beugte sich über das Baby und musterte es mit demselben kritischen Blick wie damals den Küchenherd. »Ein bißchen klein ist er ja, aber sehr hübsch«, erklärte sie. »Gut gemacht!« Dann richtete sie sich auf, kehrte dem Neugeborenen den Rücken zu, und die Inspektion war abgeschlossen. »Das war ja sehr dramatisch, selbst für Belheddoner Verhältnisse! Mitten im Gewitter zu entbinden!«

»Das stimmt.« Joss hob das Baby aus dem Körbchen. »Die Hebamme hat inzwischen zweimal nach mir gesehen, und Simon auch – ich bin also in besten Händen!« Sie sah zu Janet auf. »Sie und Roy haben doch Edgar Gower noch als Pfarrer hier erlebt, oder?«

Janet nickte. »Als wir die Farm kauften, war er schon lange hier.«

»Was halten Sie von ihm?«

Joss setzte sich hin, knöpfte die Bluse auf und legte sich das Baby an die Brust. Janet wandte den Blick ab, aber Tom beugte sich fasziniert vor und bohrte mit einem Finger in das kleine Ohr seines Bruders.

»Ein Mann aus Feuer und Stahl – völlig anders als der sanfte, liebe James Wood. Komm her, Tom«, sagte sie und nahm den kleinen Jungen auf den Schoß. »Sie wissen ja, Luke hat ihn von uns aus angerufen. Er wollte sofort kommen, noch heute. Er klang schrecklich besorgt.« Sie sah kurz zu Joss, deren Gesicht aber hinter ihren Haaren verborgen war. »Joss…« Janet brach ab. »Hören Sie, wir haben mit den Geschichten über dieses Haus wohl ein bißchen übertrieben. Das kommt vor. Es…« Sie zögerte erneut. »Es macht Spaß, nehme ich an. Ein bißchen dramatisch, ein bißchen gespenstisch. Wer ist nicht für eine gute Spukgeschichte zu haben? Aber Sie dürfen das alles nicht so ernst nehmen. Edgar war ein bißchen…« Sie suchte nach dem richtigen Wort. »Abergläubisch, würde ich mal sagen. Mystisch veranlagt. Manche hätten ihn vielleicht als etwas verrückt bezeichnet. Einige Mitglieder im Kirchenrat wußten gar nicht recht, was sie von ihm halten sollten. Nicht ganz der richtige Mann für eine konservative Gemeinde. Wissen Sie, er und Laura haben sich gegenseitig verrückt gemacht. Hier ist im Grunde nichts Ungewöhnliches passiert, wirklich nicht. Nur eine Reihe schrecklicher Tragödien. Laura konnte einfach nicht hinnehmen, daß es bloß Unfälle sein sollten; sie wollte unbedingt glauben, daß mehr dahintersteckte. Aber solche Sachen passieren eben. Manche Familien haben eine Pechsträhne, und dann ist alles wieder vorüber.« Tom saß auf ihrem Schoß, seine Finger um ihre Perlen gewunden, und hatte die Augen geschlossen. Sie streichelte ihn zärtlich. »Er ist völlig erschöpft, der arme Wurm. Ein kleiner Bruder und die Aussicht auf sein eigenes Kätzchen, wenn es alt genug ist, ohne Mutter auszukommen. Sie haben doch nichts dagegen, oder?«

Endlich blickte Joss auf. »Natürlich nicht. Wir brauchen eine Katze. Ich freue mich sehr.«

»Und Sie machen sich keine Sorgen mehr?«

»Nicht, wenn die Katze schwarz ist.« Joss brachte ein Lächeln zustande.

Janet schüttelte den Kopf. »Sie sind alle gescheckt, bringen aber genausoviel Glück.«

Mit dem schlafenden Kind im Arm stand sie auf. »Wo soll ich ihn hinlegen?«

»Könnten Sie ihn in sein Bett bringen? Es ist dort drüben, nach links.« Als Janet mit Tom verschwand, seufzte Joss auf. War es wirklich nur das? Einbildung? Ein abergläubischer Mann und eine hysterische Frau in einer Umgebung, in der die Fantasie Blüten treiben konnte: isoliert, gelangweilt, einsam.

Als sie über sich plötzlich ein Geräusch hörte, legte sie den Kopf lauschend zur Seite. Waren es Mäuse, die auf dem Dachboden spielten, oder Kinder?

Tote Kinder.

Generationen kleiner Jungen, deren Rufe und Gelächter noch im Dachgebälk des Hauses nachhallten.

»Lyn!« Joss warf ihre Arme um den Hals ihrer Schwester und drückte sie an sich. »Es tut mir so leid wegen des Wagens!«

Lyn lächelte. »Schon vergessen. Du warst wohl ziemlich gestreßt.« Sie ließ ihre Taschen auf den Boden fallen. »Und wo ist der neueste Grant?«

»Oben. Sie schlafen beide. Ach Lyn, ich weiß nicht, wie wir ohne dich je zurechtkommen würden!«

»Gar nicht. So einfach ist das.« Lyn sah sie einen Augenblick an, bevor sie zur Tür ging. »Also, zeigst du ihn mir?«

Sie standen mehrere Minuten an dem Korbbett und betrachteten das schlafende Baby. Schließlich berührte Lyn vorsichtig die winzigen Hände. Ihr Gesicht bekam einen weichen Ausdruck. »Er ist wunderschön. Du hast mich gar nicht nach Mum gefragt.«

»Luke hat's mir erzählt. Es ist nicht bösartig.«

»Du hättest sie wirklich anrufen können!« sagte Lyn vorwurfsvoll. »Du hättest ihr vom Baby erzählen können!«

»Lyn, das ging doch gar nicht!« Betroffen sprach Joss lauter als beabsichtigt, und Ned zuckte zusammen. »Seit dem Gewitter funktioniert das Telefon nicht. Das hat Luke dir doch bestimmt gesagt. Sonst wären wir doch nie ganz allein auf uns gestellt gewesen!«

Ned stieß einen kläglichen Schrei aus, und sie hob ihn aus dem Bettchen.

»Ach ja. Es tut mir leid. Natürlich konntest du nicht anrufen. Komm, gib ihn mir.« Lyn streckte die Arme aus. »Aber ruf sie an, sobald du kannst, Joss. Das würde ihr so viel bedeuten. Vergiß nicht, er ist ihr Enkel.« In ihrer Stimme klang Trotz mit.

Joss runzelte die Stirn. Lauras Enkel. Ein Sohn Belheddons. »Natürlich.«

Joss wachte auf, sobald Ned zu wimmern begann. Einen Augenblick blieb sie in der Dunkelheit liegen und starrte zum Fenster; draußen lag der Garten im taghellen Mondlicht. In der Stille hörte sie das scharfe »Kuiet, kuiet« des Steinkauzes, bevor Ned wieder auf sich aufmerksam machte. Leise setzte Joss sich auf, um Luke nicht zu wecken, rutschte mit den Füßen über die Bettkante und griff nach ihrem leichten Morgenmantel. Es war kalt im Zimmer. Viel zu kalt. Schaudernd sah sie sich um. Lauerte er dort irgendwo in den Schatten? Toms Blechmann? Der Mann ohne Herz. Der fremde Eindringling. Der Teufel von Belheddon.

Der Mond schien direkt in das kleine Korbbett. Ned hatte sein Gesicht vom Licht weggedreht und wirkte ganz munter. Offenbar nahm er sie sofort wahr, zog seine kleine Faust unter der Decke hervor und wedelte mit ihr in der Luft herum. Als sie ihn ansah, stieg eine Woge von so großer Liebe und Zärtlichkeit in ihr auf, daß sie einen Augenblick lang wie betäubt war. Dann nahm sie ihn in die Arme, küßte ihn innig und trug ihn zur Fensterbank.

Bevor sie sich hinsetzte, sah sie in den Garten hinaus. Das mittlere Fenster zwischen dem Stabwerk stand einen Spaltbreit offen, und als sie es weiter öffnete, stellte sie überrascht fest, daß die Nachtluft draußen wesentlich wärmer war als die Luft in ihrem Schlafzimmer. Einen Moment ließ sie sich von der Schönheit der Nacht überwältigen. Dann holte das gequälte Schreien des Babys sie in die Gegenwart zurück. Sie schob ihr Nachthemd von der Schulter und legte das Baby an die Brust, sah dabei aber ununterbrochen zum See hinaus. Der Schatten einer Wolke zog über den Rasen, der in völliger Stille dalag.

Mehrere Minuten blieb sie stehen, besänftigt von den rhythmischen, saugenden Geräuschen des Babys und vom leisen Schnarchen ihres Mannes, bis sie sich schließlich müde in den

Sessel sinken ließ. Als sie Ned die andere Brust geben wollte, hörte sie plötzlich die Nachtigall. Verzückt sah sie auf. Die klaren Noten perlten zum Fenster herein; vermutlich sang der Vogel im Wald hinter der Kirche. Der Klang erfüllte das ganze Zimmer. Joss stand auf und ging wieder zum Fenster hinüber. In der Nähe des Sees spielten zwei Kinder im Mondlicht. Sie erstarrte. »Georgie? Sammy?«

Ned bemerkte ihren Stimmungsumschwung sofort, hörte auf zu saugen, drehte den Kopf zur Seite und verzog protestierend das Gesicht. Joss' Mund war ganz trocken geworden. »Sammy?« flüsterte sie wieder. »Sammy?«

»Joss?« Luke drehte sich im Bett um. »Ist alles in Ordnung?«

»Alles bestens.« Sie redete beschwichtigend auf das Baby ein und wiegte es sanft; auf einmal wurde ihr bewußt, daß die Nachtigall zu singen aufgehört hatte. Und die Gestalten im Mondlicht waren verschwunden.

»Komm ins Bett.«

»Gleich. Sobald er wieder eingeschlafen ist.«

Nach einiger Zeit legte sie Ned in sein Bettchen zurück, streckte die Arme, und da hörte sie wieder die Nachtigall; der Gesang kam aus größerer Ferne und hallte durch die Stille des Gartens. »Hörst du das?« fragte sie Luke im Flüsterton. »Ist es nicht wunderschön?«

Sie bekam keine Antwort.

Lukes Gesicht lag im Schatten; die schweren Vorhänge des Bettes waren halb über seinen Kopf gezogen, als ob er das Mondlicht abschirmen wollte. Lächelnd drehte sie sich wieder zum Fenster. Auf dem Sims lag eine weiße Rose, die im Mondlicht silbern schimmerte.

Sie starrte sie mehrere Sekunden lang an und spürte, wie ein Schrei in ihr aufstieg. Nein. Bestimmt bildete sie es sich nur ein. Da war keine Blume. Es konnte keine dasein! Sie holte tief Luft, schloß die Augen und zählte mit geballten Fäusten langsam bis zehn; in ihren Ohren hallten die klaren, fließenden Klänge der Nachtigall immer lauter. Dann öffnete sie die Augen wieder und blickte auf das Fensterbrett.

Die Rose war verschwunden.

21

Kaum hatte sich am nächsten Morgen die Hebamme verabschiedet, trafen die Gowers ein. Joss ging ihnen in das sonnendurchflutete Arbeitszimmer voraus und setzte das Tablett mit Kaffee und Keksen auf dem Schreibtisch ab. Die Gäste blieben in der Tür stehen und sahen sich um.

»Ach, es hat sich ja überhaupt nicht verändert, seit Ihre Mutter hier gelebt hat«, sagte Dot mit offensichtlichem Entzücken. »Joss, Kind, dieser Raum ist einfach wunderschön. Und das ist der Kleine? Darf ich ihn ansehen?« Ned schlief in seinem Bettchen neben dem offenen Fenster. Sie betrachtete ihn einige Sekunden und wandte sich dann mit einem Lächeln um. »Edgar? Komm mal. Ich glaube, das Haus ist gesegnet. Ich glaube, das ganze Unglück ist verschwunden.«

Ihr Mann blickte in das kleine Bett, und dann erschien auch auf seinem Gesicht ein Lächeln. »Meine Liebe«, sagte er zu Joss, »als ich das letzte Mal hier war, habe ich für Ihre Mutter eine Andacht gehalten, zum Segnen und Exorzieren. Ich glaube, es hat gewirkt. Dot hat recht. Die Atmosphäre ist völlig anders. Ich werde nie vergessen, wieviel Qual, Angst und Haß damals in den Mauern zu stecken schien. Ich hatte das Gefühl, als würde ich mit dem Teufel selbst ringen. Aber jetzt…« Er schüttelte verwundert den Kopf. »Jetzt ist das Haus voller Freude und Licht.« Einen Augenblick lang blieb er mit dem Rücken zum Kamin stehen, dann nahm er auf einem Sessel Platz. »Darf ich Ihnen einen Vorschlag machen?«

Joss bedeutete Dot, sich auf den zweiten Sessel zu setzen, und schenkte dann Kaffee ein. »Natürlich.«

»Ich glaube, es wäre schön, Ihren Kleinen so bald wie möglich zu taufen. Würden Sie mir gestatten, das zu tun? Es sei denn, Sie haben schon etwas anderes geplant.«

»Nein, gar nicht.« Joss reichte ihm eine Tasse. »Ich muß mal mit Luke darüber sprechen, aber ich fände es großartig. Tom-Toms Taufe war in London.«

»Aber bald.« Edgars leuchtendblaue Augen waren fest auf sie gerichtet.

Joss runzelte die Stirn. »Sie machen sich immer noch Sorgen.«

»Nein. Aber ich finde es besser, kein Risiko einzugehen. Ich weiß, daß eine Taufe für viele Menschen nur ein gesellschaftliches Ereignis darstellt – ein Fest, um das Kind in die Gemeinschaft aufzunehmen –, aber sie hat auch einen weitaus wichtigeren Zweck: Sie schützt und rettet das Kind im Namen Christi. Sie brauchen gar keine Einladungen zu verschicken.«

In einem plötzlichen Gefühl von Erschöpfung setzte Joss sich auf einen Stuhl. »Das heißt, Sie möchten die Taufe jetzt vornehmen.«

»Das wäre am besten.«

»Hier, im Haus?«

»In der Kirche.«

»Hätte James Wood etwas dagegen?«

»Natürlich rufe ich ihn vorher an.« Edgar lehnte sich ein wenig im Sessel zurück und trank einen Schluck Kaffee. »Meine Liebe, es tut mir leid. Ich wollte Sie nicht überfallen. Sie brauchen Zeit, um darüber nachzudenken und alles mit Ihrem Mann zu besprechen. Ich kann jederzeit wiederkommen. Oder Wood kann das Kind taufen.« Lächelnd strich er seine weiße Haarmähne aus dem Gesicht. »Es ist gar nicht nötig, etwas zu überstürzen. Mir war auf einmal so unbehaglich, aber das war völlig überflüssig. Das fühle ich ja. Ich glaube, das Problem ist verschwunden. Vielleicht hat Ihre arme Mutter, Gott segne sie, es mit ihrer Verzweiflung selbst auf sich herabbeschworen.« Er setzte die Tasse ab und stand rastlos auf, stellte sich ans Fenster und warf im Vorübergehen einen Blick auf das schlafende Baby. Dann wandte er sich um. »Darf ich mich ein bißchen umsehen? Verzeihen Sie. Nennen Sie es professionelle Neugier.«

Joss zwang sich zu einem Lächeln. »Natürlich.«

»Sie bleiben hier und unterhalten sich mit Dot«, schlug er vor. »Sie kann Ihnen sagen, wie unerträglich ich bin, und dann könnt ihr euch nach Herzenslust über mich beklagen!«

Im großen Saal blieb er reglos stehen und sah die Treppe hinauf. Einen Augenblick rührte er sich nicht, dann griff er langsam nach dem Kruzifix in seiner Jackentasche.

Der Aufgang war unbeleuchtet. Im Dunkeln tastete er nach dem Lichtschalter und knipste ihn an. Trotzdem war es noch finster – eine Birne auf halber Höhe der Treppe war durchgebrannt, und die Stufen verschwanden im Ungewissen. Er holte tief Luft und setzte den Fuß auf die unterste Stufe.

Oben ging er – an Lyns Zimmer vorbei – sofort in das große Schlafzimmer. Das Himmelbett war dasselbe wie früher, ebenso wie der massive Schrank am Fenster, die Teppiche und Stühle. Der einzige Unterschied bestand in den verstreut herumliegenden Kleidungsstücken, den Bücherstapeln auf dem Fensterbrett, den Blumen auf der Kommode und dem Kaminsims und dem kleinen Bettchen am hinteren Fenster, wo sich eine Menge weißer Tücher, Berge kleiner Kleidungsstücke, eine grellbunte Wickelunterlage und ein riesiger Karton mit Wegwerfwindeln befanden.

In der Mitte des Raums blieb er stehen und horchte angestrengt.

Katherine

War in dem Echo eine Stimme zu hören? Er erinnerte sich gut an die Pein, den Schmerz, der beim letzten Mal den Verputz der Wände in diesem Raum zu durchdringen schien, und an sein Gefühl, daß er sich nur etwas mehr bemühen müßte, um die Stimme hören zu können, die ihre Qualen unter diesen Dach herausschrie.

Schande auf euch Pfarrer. Warum konnten eure Gebete sie nicht retten?

Mit einem Seufzen drehte er sich um, dann atmete er tief durch, kniete sich am Ende des Bettes nieder und begann zu beten.

Als er ins Arbeitszimmer zurückkam, hatten sich Lyn und Tom den beiden Frauen angeschlossen. »Ich habe Lyn gerade erzählt, daß wir darüber gesprochen haben, Ned sehr bald zu taufen«, erzählte Joss, sobald Edgar erschien. Es hatte den Anschein, als könne sie sich nur mit Mühe beherrschen. »Sie findet das nicht richtig.«

»Natürlich ist es nicht richtig«, gab Lyn offensichtlich erregt zurück. »Du kannst doch Ned nicht ohne Mum und Dad taufen lassen! Ich weiß gar nicht, was in dich gefahren ist«, fuhr sie, an Joss gewandt, fort. »Bedeutet dir die Vergangenheit denn gar nichts mehr? All die Jahre, in denen sie dich wie ihre eigene

Tochter behandelt haben, dich geliebt und umsorgt haben! Und kaum erscheint dieses blöde Haus auf der Bildfläche, schon sind Joe und Alice nur noch der Schnee vom vergangenen Jahr, den du am liebsten vergessen möchtest!«

»Lyn!« fuhr Joss auf. »Das ist nicht wahr. Das ist vollkommener Unsinn, und das weißt du auch! Die Taufe soll ja nicht deswegen so bald stattfinden, um Mum und Dad von einem netten Fest auszuschließen, sondern um ein Baby zu retten, das jeden Augenblick einen schrecklichen Unfall haben könnte!«

Es folgte ein entsetztes Schweigen.

»Joss, Kind.« Dot legte Joss eine Hand auf den Arm. »Ich bin mir sicher, es besteht nicht die geringste Gefahr, daß Ned ein Unfall zustößt. Es war nicht richtig von Edgar, Ihnen derart angst zu machen. Und ich finde, wir sollten jetzt nicht weiter darüber sprechen. Edgar, eine Taufe ist ein familiärer Anlaß, und es ist wichtig, daß Joss' Eltern dabei sind. Ein paar Tage oder sogar Wochen hin oder her machen überhaupt keinen Unterschied.« Sie klang sehr ärgerlich.

Edgar zuckte die Achseln. »Sicher hast du recht, meine Liebe.« Aber seine Miene strafte seinen nachgiebigen Tonfall Lügen, und seine Augen funkelten wütend. »Sehr gut, dann lassen wir die Sache hiermit ruhen. Wenn Sie möchten, daß ich den kleinen Ned taufe, werde ich das natürlich tun. Sonst können Sie sich ja auch an James Wood wenden, aber ich bitte Sie wirklich, es so bald wie möglich zu tun.« Er räusperte sich. »Dot, ich glaube, wir sollten besser gehen. Jocelyn hat das Baby gerade erst bekommen und ist bestimmt sehr müde.« Plötzlich lächelte er. »Er ist ein wunderschönes Kind. Meinen herzlichen Glückwunsch! Lassen Sie sich von meinem Gerede keinen Schrecken einjagen. Freuen Sie sich über Ihr Kind, und freuen Sie sich über das Haus. Es braucht Glück – das ist der allerbeste Exorzismus.«

Sobald der Wagen der Gowers außer Sicht war, wandte sich Joss aufgebracht an Lyn. »Was ist bloß in dich gefahren? Wie kannst du es wagen, auch nur zu denken, daß ich Alice und Joe wegschieben will! Das ist wirklich die Höhe. Wofür hältst du mich denn?«

»Das frage ich mich allmählich wirklich«, erwiderte Lyn unbeirrt. »Ich glaube, all dieser neue Pomp ist dir zu Kopf gestiegen.«

»Lyn!«

»Sieh dich doch nur an, Joss.« Mit einer raschen Bewegung nahm Lyn Tom in die Arme. »So, und jetzt mache ich mich ans Mittagessen. Darf ich dir vorschlagen, dich auszuruhen oder sonst irgendwas zu deinem Vergnügen zu tun, wie es sich für die Herrin des Hauses gehört!«

Joss sah ihr nach, als die Tür ins Schloß fiel. Dann drehte sie sich bekümmert zum Kinderwagen. Sie nahm Ned hoch und wiegte ihn zärtlich, bevor sie mit ihm zum Sessel ging und sich hineinsetzte. Sie schloß die Augen und versuchte, sich zu beruhigen. Lyns Eifersucht war nur natürlich. Sie hatte allen Grund dazu. Joss hatte einen Mann, Kinder, ein schönes Haus – für Lyn mußte ihr Leben wie ein Märchen erscheinen, während sie im ganzen letzten Jahr keine einzige Stelle gefunden hatte und arbeitslos gewesen war, bis Joss und Luke sie bei sich aufgenommen hatten. Sie gab Ned einen Kuß auf den Scheitel.

Das Baby schlief in ihren Armen. Erschöpft ließ Joss den Kopf gegen die Rückenlehne des Sessels sinken und nickte ein.

Ein Schrei riß sie aus dem Schlaf. Ned glitt ihr aus den Armen.

»Ned! O mein Gott!« Sie bekam ihn gerade noch rechtzeitig zu fassen, bevor er auf dem Boden auftraf. Sie zitterte am ganzen Körper. »O mein Süßer, mein Herz, ist alles in Ordnung?« Ned schrie wie am Spieß, kleine, schrille Schreie, die ihr das Herz zerrissen.

»Ned! Ned, Kleines, pssst.« Sie wiegte ihn sanft und verfluchte sich, daß sie eingeschlafen war.

»Joss?« Etwas später steckte Luke den Kopf zur Tür herein und trat dann ins Zimmer.

Joss saß am Fenster, das Baby an die Brust gelegt, und hörte Chopins Nocturnes, die in der letzten Woche zu ihrer Lieblingsmusik geworden waren. »Wie geht es ihm?«

»Gut.« Sie biß sich auf die Lippen.

»Das Mittagessen ist gleich fertig. Die Gowers waren hier?«

»Das hat Lyn dir doch bestimmt erzählt.«

»Sie ist ziemlich aufgebracht. Weißt du, Joss, du bist ihr gegenüber nicht besonders einfühlsam.« Er setzte sich zu ihr und betrachtete liebevoll das Bild, das Joss mit Ned im Arm bot. »Ich habe dich ja gewarnt. Wir müssen vorsichtig mit ihr umgehen. Wir wollen sie nicht verlieren. Vergiß nicht, du mußt arbeiten. Dieser Verleger meint es ernst mit dem Vertrag. Du schreibst jetzt nicht mehr bloß zum Zeitvertreib. Es ist ein richtiger Auftrag, mit richtigem Geld. Du kannst es dir nicht leisten, daß Lyn uns sitzenläßt.«

»Ich weiß«, stimmte Joss zu. »Ich wollte sie ja auch nicht verärgern. Und dich auch nicht. Es war Edgars Idee, daß wir Ned sobald wie möglich taufen sollen.«

»Das tun wir ja auch. Sobald wir uns auf einen Tag geeinigt haben, an dem Alice und Joe hier sein können. Und meine Eltern auch, Joss. Vergiß sie nicht. Bisher haben sie nicht einmal das Haus gesehen.«

»Jetzt wird sie Tom vernachlässigen«, sagte Lyn, als Luke in die Küche kam, und drehte sich vom Herd um, wo sie gerade einen Topf Suppe umrührte.

»Unsinn.« Luke setzte sich mit einem Viererpack Bier aus dem Kühlschrank an den Tisch. »Willst du auch eins?«

»Nein, danke. Doch, das wird sie.« Lyn wandte sich wieder der Suppe zu. »Der arme kleine Tom-Tom war der Davies-Enkel. Ned – ihr wollt ihn doch nicht wirklich so nennen, oder? – ist das Belheddon-Kind.« Beim letzten Wort bekam ihre Stimme einen sarkastischen Unterton. »Glaub mir, Luke, ich kenne sie doch.«

»Nein, Lyn, da täuschst du dich.« Luke schüttelte den Kopf. »Du täuschst dich gewaltig.«

»Ach wirklich?« Sie warf den Löffel hin und blickte ihren Schwager scharf an. »Ich hoffe es. Aber du sollst wissen, daß ich Tom liebe, als wäre er mein eigenes Kind. Solange ich hier bin, wird er nie an zweiter Stelle stehen.«

»Er wird auch bei Joss und mir nie an zweiter Stelle stehen, Lyn.« Luke konnte sich nur mit Mühe beherrschen. »Wo ist Joss jetzt?«

»Bestimmt beim Baby.«

»Das versteht sich wohl von selbst, Lyn.« Luke nahm einen langen Schluck aus der Bierdose. »Um Himmels willen, das Baby ist gerade mal zwei Tage alt!« Unfähig, seinen Ärger noch länger zu verbergen, stand er auf und verließ die Küche. Im Hof blieb er stehen und atmete tief ein, um sich zu beruhigen. Dumme Kuh. Ewig mußte sie sticheln. Die Rivalität und der Zwist, die schon immer zwischen den beiden Schwestern existiert hatten, machten ihm langsam zu schaffen. Er setzte gerade die Bierdose an die Lippen, als ein schmales, braunes Gesicht besorgt zur Remise herausschaute. »Luke, sind Sie das? Können Sie kurz mal herkommen?«

»Natürlich, Jimbo. Ich bin gleich da.« Luke verbannte seine Gedanken über Lyn aus seinem Kopf, warf die leere Bierdose in den Mülleimer und verschwand in den nach Öl riechenden Wagenschuppen, seine eigene Domäne.

Joss lag wach und spürte, wie sich jeder Muskel ihres Körpers anspannte. Von keinem der beiden Kinder war etwas zu hören; das Haus war völlig still. Der Schlaf hatte ihre Augen verklebt. Unbehaglich drehte sie sich um und versuchte, Luke nicht zu stören – plötzlich war sie hellwach. Irgend etwas stimmte nicht! Sie schwang die Beine über die Bettkante und schlich zum Kinderbett, um nach Ned zu sehen. Tagsüber hatte sie ihn alle zwei Stunden gestillt, aber jetzt schlief er endlich tief; seine Augen waren fest geschlossen.

Barfuß ging sie weiter zu Toms Zimmer und schob leise die Tür auf. Ohne zu atmen, schlich sie auf Zehenspitzen hinein und betrachtete ihn. Er schlief selig; seine Wangen waren rosig, seine Haare zerzaust, und ausnahmsweise hatte er die Bettdecke nicht weggestrampelt. Zärtlich fuhr sie ihm mit einem Finger über das Gesicht. Ihr Gefühl von Liebe war so überwältigend, daß sie meinte, ihr müßte das Herz zerspringen. Sie würde es nicht ertragen, wenn einem der beiden etwas zustieß.

Sie blickte zum Fenster. Die Nacht war windstill, keine Zugluft bewegte die Vorhänge. Und im Dunkel lauerten keine Schatten.

Leise zog sie die Tür halb hinter sich zu und ging in ihr Schlafzimmer zurück. Luke hatte sich im Schlaf bewegt und lag ausgestreckt quer über dem Bett, sein Arm auf dem Kissen. Neben seiner Hand, in der Vertiefung, wo ihr Kopf gewesen war, lag etwas. Joss' Magen krampfte sich vor Angst zusammen. Einen Augenblick lang wagte sie nicht, sich zu bewegen. Ihre Kehle war wie zugeschnürt, und zwischen ihren Schulterblättern rann kalter Schweiß herab. Dann drehte Luke sich murmelnd um, zog die Decke über sich, und sie sah, wie die Spur auf dem Kissen sich glättete und verschwand. Es war nicht mehr als eine Falte auf dem kühlen, rosafarbenen Stoff gewesen.

Sie beschlossen, die Taufe am Samstag in zehn Tagen zu feiern. Damit hatten die Davies, die Grants, die Paten und die anderen Gäste reichlich Zeit, die Fahrt nach Belheddon zu planen. Das Wetter war gewittrig, wie in der Nacht von Neds Geburt, und in der Luft hing der Duft des nassen Gartens. Am Abend zuvor hatte Janet Joss geholfen, die Kirche mit Blumen zu schmücken.

»Sie sehen müde aus, meine Liebe.« Geschickt machte Janet einen Schnitt in den Stiel einer Rosenknospe und stellte sie in die Vase. »Sind sie nicht schön? Ich dachte, wir stellen sie rund um das Taufbecken.« Sie hatte aus ihrem Garten einen ganzen Korb voll weißer Rosen gepflückt; auf den üppigen, an den Spitzen leicht rosa gefärbten Knospen glitzerten noch Regentropfen.

»Rosen. Bringt ihr Rosen. Bedeckt sie mit Rosen.«
Er konnte seine Tränen nicht zurückhalten. Langsam, sanft,
preßte er seine Lippen auf die kalte Stirn. Er kniete neben ihr,
während sie die Blumen hereinbrachten. Berge von weißen
Rosen, deren duftende Blütenblätter sie wie weicher Schnee
bedeckten.

Joss starrte auf die Blumen im Korb. »O Janet.« Plötzlich stieg Angst in ihr auf.

»Was ist denn?« Janet ließ den Korb fallen und streckte besorgt die Hand aus. »Joss, geht es Ihnen nicht gut?« Joss' Gesicht war so weiß wie die Rosen.

Sie schüttelte den Kopf und setzte sich auf das Ende der hintersten Bank. »Nein, es ist alles in Ordnung. Ich bin nur ein bißchen müde. Ich habe versucht, mit dem Schreiben weiterzukommen, und außerdem stille ich Ned alle zwei Stunden.« Sie zwang sich zu einem Lächeln, aber ihr Blick wanderte unwillkürlich zu den Rosen zurück. »Janet, hätten Sie etwas dagegen, wenn wir sie woanders hinstellen? Vielleicht dort drüben, bei den Chorstühlen. Ich weiß, sie sind wunderschön. Es ist nur ...«

»Was?« fragte Janet stirnrunzelnd. Sie setzte sich neben Joss und nahm ihre Hand, als Joss die Rückwand der Sitzreihe vor sich umklammerte. »Jetzt sagen Sie schon – was ist los? Liebe Güte, es sind doch nur Rosen. Die schönsten, die ich in meinem Garten für meinen kleinen Patensohn finden konnte.« Da Lyn bereits Toms Patin war, hatten Joss und Luke sich rasch darauf geeinigt, Janet als einen der drei Taufpaten für Ned zu wählen.

»Ich weiß, ich bin dumm.«

»Jetzt erzählen Sie mal.«

Joss schüttelte wieder den Kopf. »Nur eine dumme Phobie. Dornen. Sie wissen schon, Dornen rund um das Taufbecken. Jeder wird mit den Kleidern daran hängenbleiben. Und Edgar wird seinen Talar zerreißen.« Sie lachte unsicher. »Bitte, Janet, seien Sie nicht verletzt. Die Rosen sind wunderschön, einfach wunderschön. Betrachten Sie's als postnatale Neurose oder so ähnlich.«

Janet musterte sie kurz und stand dann achselzuckend auf. »Also gut. Die Rosen auf das Fenstersims dort oben. Und was kommt um das Taufbecken? Wie wär's damit?« Sie deutete auf einen Eimer voll Lupinen, Rittersporn und Margeriten.

»Großartig. Perfekt«, sagte Joss erleichtert. »Genau das, was der Arzt verschrieben hat. Kommen Sie, ich helfe Ihnen.«

Es war schon spät, als sie die Kirche zusperrten und den Schlüssel versteckten. Bevor Janet sich auf den Heimweg machte, kam sie mit Joss auf einen kurzen Drink ins Haus. Lyn hatte Tom schon vor langer Zeit zu Bett gebracht, und das Abendessen wartete in einem Topf hinten auf dem Herd. »Luke und ich haben schon gegessen«, sagte sie, als Joss hereinkam. Sie stand gerade am Waschbecken. »Wenn du etwas möchtest, ich hab's warmgestellt.«

Joss seufzte. »Vielen Dank. Ist David schon da?« Trotz Lukes Mißbilligung hatte sie David gebeten, einer von Neds Taufpaten zu sein. Der dritte war Lukes Bruder Matthew.

»Er hat angerufen und gesagt, daß er erst spät aus London losfahren wird und wir nicht mit dem Essen auf ihn warten sollen«,
erklärte Lyn. »Vor zehn oder elf wird er nicht hier sein.«

»Und was ist mit Mum und Dad?«

»Sie sollten jeden Augenblick kommen. Sie haben auch angerufen. Sie haben unterwegs bei den Sharps vorbeigeschaut. Die
Zimmer sind alle fertig.« In den letzten zwei Tagen hatte Lyn im
Dachboden Staub gewischt, geputzt, Betten gemacht und Blumen arrangiert. »Sonst kommt heute abend niemand mehr. Lukes Familie ist erst morgen zum Mittagessen da, und das ist nur
für die Familie und die Paten; die anderen kommen erst zur
Taufe selbst und bleiben zum Tee.« Ihr war anzuhören, daß sie
im Kopf noch einmal die Liste durchging.

»Du bist großartig, Lyn. Du hast an alles gedacht.« Joss öffnete
den Schrank und suchte nach der Flasche Scotch. Dann holte sie
zwei Gläser und schenkte sich und Janet einen kleinen Drink ein.

Lyn starrte sie an. »Das willst du doch wohl nicht trinken?«

»Warum denn nicht?« Joss setzte sich an den Tisch und griff
nach dem Glas.

»Wegen der Milch natürlich.«

Es folgte ein Moment Stille, dann nahm Joss einen Schluck
Whisky. »Ich bin mir sicher, daß Ned mir das nicht übelnimmt«,
sagte sie dann entschlossen. »Was soll's, wenn er jetzt schon mit
dem Trinken anfängt. Ich bin sicher, er tut es später ohnehin.
Und wenn er morgen in der Kirche einen Schluckauf bekommt,
kann man auch nichts machen.«

»Also gut. Wie ich sehe, soll ich mich da wohl raushalten.« Mit
zusammengepreßten Lippen ging Lyn zur Tür. »Bis später.«

»Oh, du liebe Güte.« Janet prostete Joss lächelnd zu. »Sind Sie
nicht artig gewesen?«

Joss nickte und nahm noch einen Schluck. »Dabei hat sie gar
keine eigenen Kinder!« stieß sie hervor. »Und sie führt sich auf,
als würde sie genau Bescheid wissen.«

»Sie kümmert sich um die Kinder, nicht?« Janet lehnte sich
zurück und betrachtete Joss. »Wahrscheinlich glaubt sie, daß das
zu ihrem Job gehört. Außerdem hat sie das doch gelernt, oder?«

»Sie hat gar nichts gelernt, außer Kochen.« Joss stand auf und
ging um den Tisch zum Herd, wo sie den Topf zu sich zog und

den Inhalt inspizierte. »Sie hat ein bißchen gejobbt, und sie ist ein Mensch, dem es im Blut liegt, einen Haushalt zu führen und zu organisieren.«

»Deswegen ist sie um keinen Deut weniger intelligent oder empfindsam, Joss«, gab Janet zu bedenken.

»Ich weiß.« Joss setzte sich wieder an den Tisch. »Ach, Janet, das war nicht nett von mir, das zu sagen. Ich bin ihr ja wirklich dankbar. Ohne Lyn kämen wir überhaupt nicht zurecht. Aber irgendwie gibt sie mir das Gefühl ...«, sie breitete die Hände zu einer hilflosen Geste aus, »... daß ich unzulänglich bin. In meinem eigenen Haus. Ich brauche ewig, um Sachen auszusortieren und zu polieren. Dann kommt sie und macht es in dreißig Sekunden. Aber sie macht es auf eine so kalte und geschäftige Art. Sie empfindet nichts dabei ...« Sie zuckte mit den Schultern. »Es ist schwer zu erklären.«

Janet lächelte. »Nein, das ist es nicht. Sie sind einfach zwei sehr unterschiedliche Persönlichkeiten. Und das hat nichts damit zu tun, daß Sie Adoptivschwestern sind. Ich verstehe mich auch nicht so gut mit meinen Schwestern, dabei ist eine von ihnen meine Zwillingsschwester. Akzeptieren Sie einfach, daß Sie verschieden sind, Joss. Vielleicht wie Martha und Maria. Eigentlich sollten sie sich gegenseitig ergänzen. Aber ich habe eher das Gefühl, daß Sie sich zur Zeit voneinander bedroht fühlen, und das ist dumm. Verzeihen Sie, wenn ich als Außenstehende das sage, aber vielleicht kann ich es gerade als Außenstehende besser erkennen. Sie stehen sich zu nahe. Lyn ist sehr unsicher. Schließlich haben Sie alle Trümpfe in der Hand – es ist Ihr Haus, Ihre Familie, es sind Ihre Kinder, und Sie fangen an, als Schriftstellerin Karriere zu machen. Das ist sehr viel.« Sie griff nach der Flasche Scotch und schenkte sich nach. »Ihnen gebe ich keinen mehr, eingedenk Neds Schluckauf. Und falls er sich in der Kirche übergibt, wird es wohl mich als Patin treffen.« Sie lachte laut auf, ein tiefes Wiehern. »Sehen Sie es mal so, Kindchen: Zuviel Stress und zuwenig Spaß, da wird jeder trübsinnig. Vielleicht sollten Sie und Lyn einen Tag lang Luke alles überlassen und zu zweit einen Ausflug machen. Das würde Ihnen beiden guttun.«

Joss lächelte matt. »Meinen Sie? Ich weiß nicht.« Sie seufzte. »Vermutlich haben Sie recht.«

Als Alice und Joe ankamen, warf sich Joss in die Arme ihrer Mutter. »Ich habe mir solche Sorgen gemacht! All diese Untersuchungen! Aber Lyn hat mir meistens erst hinterher gesagt, was passiert ist.«

Alice hielt sie von sich und betrachtete ihr Gesicht. »Ich brauche doch nicht jeden Tag von dir zu hören, um zu wissen, daß du dich um mich sorgst, du dummes Kind.« Sie zog Joss wieder an sich und schloß sie fest in die Arme. »Du bist ein großartiges Mädchen. Noch ein wunderbarer Enkel ist die denkbar beste Medizin für mich! Und ein Tauffest ist die allerschönste Feier. Ich werde es mir hier gutgehen lassen und Spaß haben, Joss. Und ich möchte, daß du das gleiche tust.«

Das Mittagessen war ein voller Erfolg. Lyn hatte den Tisch im Eßzimmer gedeckt, und auf der Anrichte standen Platten mit Schinken und Aufschnitt, Salate, dunkles Brot, Käse und Obst sowie Weißwein aus den Restbeständen im Keller. Auch die Teetafel war bereits hergerichtet; im großen Saal bog sich der lange Eßtisch mit der riesigen Vase voller Gladiolen unter Tellern und Tassen, mit Frischhaltefolie bedeckten Platten voller Häppchen, Kuchen und Keksen. Die Krönung des Ganzen, der Täuflings-Kuchen, den Lyn selbst gebacken und mit Zuckerglasur verziert hatte, stand auf einem Beistelltisch neben dem Fenster, und daneben ein Dutzend Flaschen Champagner – der Beitrag von Geoffrey und Elizabeth Grant, die am Vormittag aus Oxford eingetroffen waren.

Vor dem Mittagessen hatte Joss mit ihren Schwiegereltern einen kurzen Rundgang durchs Haus gemacht. »Kindchen, das ist ja noch viel schöner, als ich es mir je hätte vorstellen können!« Geoffrey legte ihr einen Arm um die Schultern und drückte sie. »Ihr habt ein teuflisches Glück, mein Sohn und du.«

Er bemerkte nicht den Blick, den sie ihm zuwarf, als sie mit ihnen wieder in den großen Saal zurückging. »Hier darf niemand was anrühren, sonst bringt Lyn uns um«, sagte sie, während alle die üppige Tafel bestaunten.

»Das Mädchen hat sich ja wirklich halb totgearbeitet.« Elizabeth begutachtete den Kuchen. »Sie ist eine Perle. Ein Wunder, daß noch kein Mann sie sich geschnappt hat.«

Joss zuckte mit den Schultern. »Ich hoffe nicht, daß einer das tut. Zumindest nicht so bald. Im Augenblick kann ich ohne sie nicht leben.« Mit einem Stirnrunzeln sah sie sich im Raum um. Jetzt herrschte hier ein schönes, glückliches Gefühl. Keine unbehagliche Atmosphäre, keine Schatten, kein Echo in ihrem Kopf. Allmählich fragte sie sich, ob sie sich das Ganze nicht doch nur eingebildet hatte.

Lächelnd wandte sie sich an Geoffrey. »Ihr könnt doch ein paar Tage bleiben, oder? Ich fürchte, alles ist ein bißchen primitiv, auch wenn es auf den ersten Blick anders aussieht, aber wir würden uns sehr freuen. Und Matthew soll auch bleiben. Seit er in Schottland arbeitet, fehlt er Luke wirklich sehr.«

Geoffrey nickte. »Die beiden standen sich immer schon sehr nah. Aber so ist es nun einmal. Das Leben geht weiter. Dadurch werden Anlässe wie dieser noch wunderbarer, Kind. Und Neds Taufe ist der wunderbarste Anlaß seit langer Zeit.«

22

Trotz des fernen Donners und der Dunkelheit vor den bunten Bleiglasfenstern war die Taufe in der Kirche ein wundervolles Ereignis. Joss hielt Ned liebevoll in den Armen und ließ ihren Blick über die gut zwanzig Gäste rund um das Taufbecken schweifen. Ihr Hochgefühl steigerte sich noch, als sie das Baby Edgar Gower gab.

Neben dem alten Geistlichen stand James Wood. Das Baby hatte Glück – zwei Pfarrer bei der Taufe. Ein zweifacher Segen. Ein zweifaches Sicherheitsnetz. Joss sah zu David, der sie mit einem etwas abwesenden Stirnrunzeln beobachtete. Ob er wohl gerade das gleiche dachte? Würde diese Taufe genügen, um das Grauen zu verbannen, das John Bennet für immer aus seinem Haus vertrieben hatte? Ohne es zu wollen, sah sie zum Fenster, wo Janet die riesige Vase mit weißen Rosen aufgestellt hatte, und erschauderte.

Jemand berührte ihre Schulter. Es war Luke. Er blickte sie mit so großer Zärtlichkeit an, daß sie einen Kloß im Hals bekam. Sie griff nach seiner Hand, und gemeinsam hörten sie, wie ihr Sohn vor aller Welt auf den Namen Edward Philip Joseph getauft wurde.

Beim Tee gelang es David schließlich, mit Joss unter vier Augen zu reden. Um sie herum machten die Gäste sich über den Kuchen her und ließen sich den Champagner und den Tee gleichermaßen schmecken. Tom, über und über mit Kuchen, Glasur und Schokolade verschmiert, hatte sich erschöpft von all der Aufregung auf einem Sofa zusammengerollt und schlief tief und fest, während der Star der Show im Kinderwagen im Arbeitszimmer lag, wo es nicht so laut war, und ebenso friedlich schlief.

Im großen Saal hallten die Rufe und das Gelächter wider. Der Wein floß in Strömen, und die Tische ächzten unter dem üppigen Essen.
Hand in Hand führten Katherine und Richard den Tanz an; ihre Gesichter erstrahlten im Kerzenlicht.
Das Geschenk des Königs, aus massivem Silber und gefüllt mit weißen Rosen, stand auf dem Ehrenplatz am obersten Tisch. Damit hatte er auch seine Liebe verschenkt.

»Alles läuft bestens.« David erhob sein Glas. »Gut gemacht. Ein phantastisches Essen!«

»Das haben wir Lyn zu verdanken.« Joss hielt sich an ihrer Teetasse fest; sie sehnte sich danach, sich hinzusetzen, und konnte sich vor Müdigkeit kaum auf den Beinen halten.

»Hast du die Fotokopien gelesen, die ich dir geschickt habe?« fragte David und nahm sich zwei mit Ei belegte Sandwiches.

»Aber laß uns nicht jetzt darüber reden, David«, sagte sie mit einem Nicken. Beim bloßen Gedanken an den Inhalt der wenigen Seiten lief ihr ein Schauer über den Rücken. »Edgar glaubt, daß all das – all das …«, sie deutete auf die Gäste, deren Stimmung immer ausgelassener wurde, »… dazu beiträgt, das Haus wieder glücklich zu machen. Keine Schatten mehr.«

David zuckte mit den Schultern. »Gut. Aber da ist noch einiges zu entdecken. Wenn man weit genug in die Vergangenheit zurückgeht, gibt es jemanden oder etwas an der Wurzel von all dem, und ich möchte herausfinden, wer oder was das ist.«

Joss sah ihn halb belustigt, halb verärgert an. »Und was ist, wenn ich das nicht möchte? Was ist, wenn ich dir sage, du sollst damit aufhören?«

»Joss, das kann nicht dein Ernst sein«, widersprach er entsetzt. »Du kannst es unmöglich nicht wissen wollen!«

Achselzuckend schüttelte sie den Kopf. »Ich weiß nicht, was ich denken soll. Ich bin verwirrt. Wenn das Haus jemand anderem gehören würde, David, wenn jemand anders das Problem hätte…, aber ich lebe hier.« Sie sah sich im Raum um, als suchte sie nach einem Zeichen, das ihr sagen würde, was sie tun solle. »Mal angenommen, die Wahrheit ist zu schrecklich, David? Angenommen, sie ist unerträglich?« Sie hielt seinem Blick mehrere Sekunden lang stand, bevor sie langsam wegging.

Es war sehr spät, als alle schließlich zu Bett gingen. Lukes Eltern und Matthew waren in zwei Zimmern im Dachboden untergebracht, die Lyn hergerichtet hatte, und David schlief wie immer im Gästezimmer. Es war eine schwüle, drückende Nacht, und dem gelegentlichen Flackern am Horizont und dem kaum hörbaren Donner nach zu urteilen, gingen anderswo noch immer Gewitter nieder.

Ohne sich auszuziehen, warf Joss sich erschöpft auf das Bett. »Ich glaube nicht, daß ich noch die Energie habe zu baden.«

Luke setzte sich neben sich, seufzte zufrieden und streckte die Arme über den Kopf. »Das war heute wirklich ein schöner Tag, Joss. Es ist wunderbar, Ma und Pa und Mat hier zu haben. Haben sie dir gesagt, daß ihnen das Haus wirklich gut gefällt?« Lächelnd beugte er sich vor, um sie zu küssen. »Jetzt komm, mein müder Schatz. Schäl dich aus dem Kleid. Es tut ihm nicht gut, wenn du darin schläfst. Ich sehe so lange nach Tom und Ned.«

Ned hatte sein eigenes kleines Schlafzimmer bekommen, das gegenüber Toms lag. In dem Raum, den Lyn mit einer bunten Tapete mit Teddybären und Ballons tapeziert hatte, standen ein Gitterbett, eine Kiefernkommode und jetzt auch jede Menge Taufgeschenke. Luke spähte hinein. Das Baby schlief tief und fest; seine Händchen lagen halb zu Fäusten geballt über seinem Kopf auf dem Kissen, sein Gesicht war rosa. Über ihm hing ein Mobile mit kleinen roten Feuerwehrautos, das Geschenk seines

Paten Mat. »Das ist etwas, woran er sich jetzt schon freuen kann«, hatte er fröhlich gemeint. »Der traditionelle Teebecher ist langweilig; den benützt er erst in zwanzig Jahren! Ich weiß ja nicht, was Babys mögen, wenn sie so groß sind – oder vielmehr so klein«, hatte er nach einem zweifelnden Blick in den Kinderwagen hinzugefügt. Das Mobile war wunderbar. Vor dem Einschlafen hatte Ned es eine halbe Stunde lang glücklich angestarrt.

Auch Tom schlief fest; er lag auf dem Bauch, die Decke am Ende des Betts zusammengeknüllt. Luke ließ sie so liegen.

Obwohl die Fenster weit offen standen, konnte er in der stickigen Luft kaum atmen. Im Bad spritzte er sich immer wieder kaltes Wasser über Gesicht und Kopf, bis er schließlich zu Bett ging.

Viel später wurde er von Toms lautem Geschrei aufgeweckt.

»Guter Gott! Joss, was ist los?« Erst als er aus dem Bett gesprungen war, merkte er, daß Joss gar nicht da war. Er tastete nach dem Lichtschalter und lief in Toms Zimmer. Der kleine Junge lag inmitten eines zerwühlten Lakenhaufens neben seinem Bett am Boden und weinte sich die Augen aus.

»Tom? Tom, was ist denn passiert, Alter?« Luke nahm ihn hoch und wollte ihn trösten, als Joss in der Tür erschien. In ihrem weißen Baumwollnachthemd sah sie einen Moment lang fast wie eine körperlose Erscheinung aus. »Was ist los?« Luke fand, daß sie einen seltsamen Gesichtsausdruck hatte – vage, weggetreten.

»Wo bist du bloß gewesen?« rief er. »Hast du Tom nicht schreien gehört? Er ist aus dem Bett gefallen!«

Joss verzog das Gesicht. »Tom?« Sie sah sich um. »Das ist unmöglich. Die Gitterwand ist doch fest zu«, widersprach sie und trat einen Schritt ins Zimmer. »Ich habe Ned gestillt.« Sie fuhr Tom über den Kopf, dann hob sie die zerknüllten Laken auf. »Er muß aus dem Bett geklettert sein. Ich richte alles wieder her, dann kannst du ihn hinlegen.«

Sie schüttelte die kleinen weißen Laken aus und bezog damit die Matratze. »Gut so? Willst du ihn wieder reinlegen?«

»Er will nicht, Joss. Er ist zu verschreckt.« Der kleine Junge umklammerte den Hals seines Vaters. Sein Gesicht war rot vom Schreien, Tränen strömten ihm über Wangen und Nase.

Plötzlich war auch Joss den Tränen nahe. »Luke – ich kann nicht mehr. Ich bin zu müde. Du mußt dich um ihn kümmern.« Sie sah bleich und abgespannt aus. »Geht das?«

Luke betrachtete sie eingehend, dann nahm sein Gesicht einen weicheren Ausdruck an. »Aber natürlich, mein Schatz. Komm, ab ins Bett mit dir.«

Erst eine ganze Weile später legte er sich neben sie.

Joss sprach als erste. »Wie spät ist es?«

»Ungefähr drei Uhr, glaube ich. Habe ich dich geweckt? Das tut mir leid.«

»Ich konnte nicht schlafen«, antwortete sie. »Ich bin zu müde. Ist mit Tom alles in Ordnung? Ich verstehe gar nicht, daß er nicht alle anderen auch aufgeweckt hat.«

»Jetzt hat er sich schon wieder beruhigt. Der arme Wurm. Joss ...« Er wandte sich zu ihr und stützte den Kopf auf eine Hand. »Joss, als ich ihn gewickelt habe, hatte er überall blaue Flecken.«

»Aber sonst war alles in Ordnung?«

»Sonst war alles in Ordnung.«

»Wahrscheinlich hat er sie davon, daß er aus dem Bett gefallen ist.« Vor Erschöpfung konnte sie die Worte kaum noch richtig aussprechen. »Mach dir keine Sorgen.«

Am nächsten Morgen hatte sich das Gewitter über das Meer hinaus verzogen, und die Luft war frisch und klar.

Matthew war begeistert von allem. Er stand mit seinem Bruder auf der Terrasse hinter dem Haus, atmete tief ein und strahlte. Er war so groß wie Luke und hatte die gleichen dunklen Haare und braunen Augen wie sein Bruder, war aber – ein Erbe mütterlicherseits – mit Sommersprossen übersät, wodurch er völlig sorglos und sehr frech aussah und auf Frauen unwiderstehlich wirkte. »Ich muß mich wiederholen, Bruderherz. Du bist wirklich ein Glückspilz!« Er versetzte Luke einen liebevollen Klaps auf die Schulter. »Und für Kinder ist es himmlisch. Heute morgen habe ich gehört, wie Tom auf dem Dachboden hinter meinem Zimmer gespielt hat. Ehrlich, ich wünschte, du und ich hätten so etwas gehabt, als wir klein waren!«

»Du hast Tom auf dem Dachboden gehört?« Überrascht

blickte Luke zu seinem Bruder. »Da oben hat er eigentlich nichts zu suchen. Er ist zu klein, um im Speicher zu spielen. Wahrscheinlich hat er nach dir oder Ma gesucht.«

»Nach Georgie. Er hat nach einem Georgie gerufen.« Mat trat auf den Rasen. »Komm, zeig mir eure Fische! Gibt es Karpfen im See?« Er ging voran, während Luke ihm nachdenklich nachstarrte.

»Weißt du, daß Tom überall blaue Flecken hat?« Lyn war lautlos hinter ihn getreten; ihre bloßen Füße hatten auf den warmen Steinplatten kein Geräusch gemacht.

»Ich weiß. Er ist aus dem Bett gefallen.«

»Wann?« fragte sie entsetzt.

»Letzte Nacht.«

»Und wo war Joss? Warum habt ihr mich nicht geholt?«

»Joss hat das Baby gestillt. Und ich habe dich nicht geholt, weil es nicht nötig war. Ich bin allein zurechtgekommen.« Er lächelte. »Komm, suchen wir einen Karpfen für Mat.«

David sah ihnen vom Fenster des Arbeitszimmers aus zu. Als Joss hereinkam, schlug sein Herz höher. In ihrer Erschöpfung und Schwäche war sie zu einer ätherischen Schönheit geworden. Er schloß die Augen und zwang sich, jedes sinnliche Verlangen aus seinem Kopf zu verbannen und mit neutraler Stimme zu sprechen. »Die Kinder sind in Ordnung?«

Joss nickte matt. »Die zwei Omas hüten sie. Ich dachte, ich könnte mich einen Augenblick hinsetzen.« Sie sah hinaus und beobachtete, wie Luke, Mat und Lyn durch das Gras zum Wasser schlenderten.

»Arme Joss. Aber ich muß dich enttäuschen – keine Zeit, um dich auszuruhen. Ich möchte, daß du mit mir in die Kirche gehst. Ich möchte etwas nachsehen.«

»Nein, David.« Sie ließ sich in einen Sessel fallen. »Ich habe dir gesagt, ich will mich jetzt nicht damit befassen. Wirklich nicht.«

»Doch, das willst du bestimmt, Joss, weil es dich beruhigen wird.« Er hockte sich vor sie und griff nach ihrer Hand. »Ich habe gestern lange mit eurem Pfarrer gesprochen – dem mit der weißen Haarmähne – und ihm von einigen meiner Überlegungen erzählt.« Er sah sie eindringlich an. »Ich glaube, er und ich haben ähnliche Theorien, Joss. Aber er geht das Ganze intuitiv an, da bin ich ihm als Historiker vielleicht überlegen. Ich weiß, wo ich nach den Beweisen suchen muß.«

»Den Beweisen?« Sie ließ den Kopf gegen die Rückenlehne sinken. »Welche Beweise?«

»Beweise eben. Gerüchte. Chroniken. Urkunden. Briefe. Vielleicht keine Beweise, die ein Gericht anerkennen würde, aber vielleicht doch etwas, das erklärt und näher beschreibt, was in der Vergangenheit hier passiert ist.«

»Damit es nicht wieder passiert?«

»Wenn wir nicht wissen, was es wirklich ist, können wir es nicht aus der Welt schaffen, Joss.«

»Und die Antwort ist in der Kirche?«

»Vielleicht.« Er stand auf und streckte ihr eine Hand engegen. »Komm. Nutz die Chance, solange die Großmütter hier sind und sich noch mit Begeisterung um ihren neuen Enkel kümmern. Pack die Gelegenheit beim Schopf, wer weiß, wann sie sich wieder bietet.«

»Also gut.« Sie ergriff seine Hand und ließ sich von ihm aus dem Sessel ziehen. »Dann sehen wir mal nach.«

Der Pfad zur Kirche, eigens für die Taufe ordentlich beschnitten, war von rosafarbenen Rosen gesäumt, die wie schwere Vorhänge von den Sträuchern herabfielen, umrahmt von Büschen und Efeu. Das weiche Moos, das nach dem Gewitterregen in frischem Grün leuchtete, dämpfte den Hall ihrer Schritte. Als sie das Kirchenportal erreichten, drehte Joss den Griff und stieß die Tür auf, dann traten sie in die dämmerige Kühle.

»Die Blumen sind sehr schön.« David zog die schwere Tür hinter sich zu.

»Wir sind nicht gekommen, um die Blumen zu bewundern.« Joss wandte den Blick von dem Fenster mit den weißen Rosen. Eine der Knospen war voll erblüht, und der Wind hatte die Blütenblätter auf den Boden geweht.

»Hier oben.« Er ging auf die Stufen zum Altarraum zu. »Gower sagte, man müßte unter den Teppich sehen.«

Sie betrachteten den verblichenen persischen Läufer, der den Boden zwischen den Kirchenbänken bedeckte. Trotz des trüben

Lichts konnte man erkennen, daß er früher sehr farbenprächtig gewesen war. David bückte sich und schlug eine Ecke zurück. »Guter Gott. Sieh mal! Er hat recht. Hier ist eine wunderschöne Bronzeplatte.« Er zog den Teppich noch weiter zurück, so daß schließlich eine außerordentlich kunstvoll verzierte Grabplatte von etwa zwei Meter Länge vor ihnen lag.

»Das ist eine Frau«, sagte Joss nach einer Weile. Dann verzog sie das Gesicht. Etwas anderes konnte man in Belheddon kaum erwarten.

»Eine wunderschöne, wohlhabende Frau.« David stand mit dem Rücken zum Altar, so daß er das Relief von der richtigen Perspektive aus betrachtete. »Gower sagte, die Platte wäre erst 1965 entdeckt worden, als der Holzboden wegen Trockenfäule entfernt werden mußte. Irgendwann hatten sie damit den alten Steinfußboden erhöht.«

»Wer ist sie denn?« Joss stellte sich neben ihn.

»Margaret de Vere. Da.« Er deutete auf die Buchstabenschnörkel: *»Hic jacet… Margaret… uxor… Robert de Vere… morete in anno domine 1485.«* Mit einem Blick auf Joss erklärte er: »Das ist Katherines Mutter!«

Katherine!
Sie hatte bemerkt, wie der Blick des Königs dem Mädchen durch den ganzen Saal gefolgt war, und schon seit langer Zeit ahnte sie sein Verlangen.
»Ehegatten können beseitigt werden, mein Herr.« Ihre Augen verengten sich, aber sie lächelte.
Die Anwesenheit dieser Frau ließ ihn schaudern. Aber trotzdem sehnte sich sein ganzer Körper danach, dieses Mädchen zu besitzen.

David kauerte vor den eleganten, spitz zulaufenden Füßen der Frau und legte zaghaft einen Finger auf die kalte Bronze. »Margaret de Vere wurde beschuldigt, Zauberei und Wahrsagerei zu betreiben, was soviel wie Hexerei bedeutete«, flüsterte er. »Es wurde sogar gemunkelt, daß sie den Tod des englischen Königs herbeiführte – den Tod von Edward IV., dem König, der nach Belheddon kam.«

Es folgte ein langes Schweigen. Anfangs wollte Joss diesen Gedanken ungläubig von sich weisen, doch jetzt geriet sie ins Wanken. In Belheddon war alles möglich.

»Was ist mit ihr passiert? Ist sie verbrannt oder gehängt worden?« Joss starrte auf die arroganten Züge unter dem prachtvollen Kopfschmuck.

»Weder – noch. Man konnte ihr nichts nachweisen. Sie ist zu Hause im Bett gestorben.«

»In Belheddon.«

»In Belheddon.«

Nach einer weiteren Pause fragte Joss: »Glaubst du, daß sie eine Hexe war?«

Nachdenklich schüttelte David den Kopf. »Ich weiß es nicht. Ich dachte, wir würden vielleicht einen Hinweis finden. Ein Symbol auf der Grabplatte oder so etwas. Du weißt schon – so, wie man sagen kann, ob ein Kreuzfahrer Jerusalem erreichte, je nachdem, ob seine Füße gekreuzt sind oder nicht. Ich habe mich immer gefragt, ob das wohl stimmt!«

Joss lächelte. »Du meinst, wir suchen nach einem heraldischen Hexenbesen?«

Wieder schüttelte er den Kopf. »Damals war Hexerei nichts für die einfachen Leute, sondern eher ein Zeitvertreib der Aristokraten, das darfst du nicht vergessen. Am Hof wurden wüste Anschuldigungen ausgestoßen. Gerüchte gingen um wegen Elizabeth Woodville, der Gemahlin von Edward IV., und der Herzogin von Bedford, ihrer Mutter, und auch wegen mindestens einer seiner Geliebten, Jane Shore ...«

»Aber das war doch alles nur Teil der Kampagne Richards III. gegen die Prinzen, die Elizabeths Söhne waren.« Joss setzte sich auf die vorderste Kirchenbank.

»Nicht nur. Elizabeth Woodville stand von Anfang an in Verdacht, weil niemand verstehen konnte, warum König Edward ausgerechnet sie geheiratet hatte. Er, ein junger, großer, gutaussehender, romantischer König, trifft mitten im Wald diese Witwe, die aus dem Haus Lancaster kommt, schon zwei Kinder hat und nicht einmal besonders schön ist, und wenige Tage später, und obwohl alle ihm abraten, ist er mit ihr verheiratet! Vielleicht hat sie ihn wirklich verzaubert.« Er lächelte. »Und da liegt unser Problem. Kein

Historiker, der etwas auf sich hält, würde so etwas glauben. Es muß etwas anderes gewesen sein. Etwas Dynastisches.«

»Oder vielleicht nur ihre schönen blauen Augen?« fragte Joss spöttisch.

David schnitt eine Grimasse. »Aber kein Rauch ohne Feuer. Vielleicht haben diese Frauen und andere – die Herzogin von Bedford oder unsere Margaret de Vere – wirklich einen Weg gefunden, um den Teufel für ihre Zwecke einzuspannen.«

In der Kirche schien die Temperatur um einige Grad gefallen zu sein.

Joss zitterte. Glaubte er das wirklich? »Das ist Satanismus, David, nicht Hexerei«, sagte sie schließlich.

»Teufelsanbetung.« Er warf ihr einen zweifelnden Blick zu. »Du willst mir doch nicht sagen, daß du eine von diesen Frauen bist, für die Hexerei was Gutes, Liebes, Nettes ist, womit man keiner Fliege etwas zuleide tun kann, etwas Heidnisches und folglich die feministische Antwort auf die patriarchalische, misogynistische Kirche!«

Joss lächelte. »So in etwa.« Sie starrte das düstere Kirchenschiff hinunter. »Aber nicht hier. In diesem Fall hast du wahrscheinlich recht.«

Fast widerwillig richtete sie ihren Blick wieder auf die Grabplatte zu ihren Füßen, betrachtete eingehend die Details, die in die verflochtenen Schnörkel am Rand übergingen. Gab es da versteckte Symbole oder Hinweise, die sie nicht sehen oder nicht erkennen konnte?

»Du glaubst also, daß sie …«, sie deutete auf den Fußboden, »… hier in Belheddon den Teufel heraufbeschworen hat.«

»Ich glaube, daß sie vielleicht etwas Ungewöhnliches getan hat. Auf jeden Fall etwas, das Mißtrauen erregte. Ich muß erst noch ein paar Sachen nachlesen, bevor ich eine handfeste Theorie vortragen kann.«

»Es wird schwer sein, Beweise zu finden, David.« Joss grinste ihn nachsichtig an. »Wir begeben uns hier auf ein Gebiet, auf dem du mit deinem üblichen reduktionistischen Ansatz nicht besonders weit kommen wirst.«

Er bückte sich, um den Läufer wieder über die Grabplatte zu ziehen. »Das soll mich nicht daran hindern, es zu versuchen, meine Gute«, lachte er. »Nicht jetzt, wo ich mich schon so ins Zeug gelegt habe.«

Joss warf einen letzten Blick auf das kalte, hochmütige Gesicht der Frau am Boden, bevor David den Teppich darüberzog. »Es wäre wunderbar, wenn du einen Weg fändest, all das Unglück zu beenden.«

»Wir werden's schaffen, Joss. Du wirst schon sehen.« Er griff nach ihrer Hand. »Komm, gehen wir nach Hause.« Dabei fragte er sich, ob ihr bewußt war, wie wunderschön sie aussah. Jedesmal, wenn er zu Besuch kam – jedesmal, wenn er sie ansah –, war sie noch schöner geworden.

23

Alice saß allein im Arbeitszimmer und las eines der Frauenmagazine, die sie Joss und Lyn mitgebracht hatte. Als Joss hereinkam, legte sie die Zeitschrift lächelnd beiseite und sah auf. »Grüß dich, mein Liebes! Wie geht's dir? Du hast soviel zu tun, ich habe dich noch kaum richtig zu Gesicht bekommen.«

Joss setzte sich zu ihr und nahm ihre Hand. »Das tut mir leid. Die Taufe und alles. Wie geht es dir, Mum?«

»Gut, wirklich. Ich bin noch ein bißchen müde, aber jeden Tag wird's besser, jetzt, wo ich weiß, daß mir nichts Schlimmes fehlt.« Alice betrachtete Joss eingehend. »Übernimm dich nicht, Joss. Laß dir von Lyn soviel wie möglich helfen.«

Joss lächelte schief. »Ich glaube, Lyn hat das Gefühl, daß sie sowieso schon genug macht.«

»Unsinn.« Plötzlich klang Alice sehr bestimmt. »Die junge Dame weiß gar nicht, wohin mit all ihrer Energie. Und sie macht sich Sorgen um dich, Joss. Du hast gerade eine schreckliche Geburt hinter dir, und obendrein mußt d u dich um dieses riesige Haus kümmern.« Mit geschürzten Lippen sah sie sich im Raum um. »Ich merke ja, daß es dir viel Freude bereitet, aber es ist auch eine große Verantwortung. Laß dir von Lyn zur Hand gehen! Und dein Dad und ich helfen dir auch, wenn du uns läßt. Du brauchst nur zu fragen. Joe…« Sie holte tief Luft. »Joe hat das

Gefühl, daß du uns vielleicht nicht unbedingt hier haben willst, Liebes, weil es das Haus deiner leiblichen Mutter ist, aber ich habe ihm gesagt, daß du nie und nimmer so denkst. Das stimmt doch, oder?«

Joss kniete sich neben das Sofa und schloß Alice in die Arme. »Wie kommt er nur auf eine solche Idee? Ihr wart für mich viel mehr, als leibliche Eltern es je hätten sein können, das weißt du doch. Ihr habt mir immer gesagt, daß ich etwas Besonderes bin, weil ich das auserwählte Baby war. Das habe ich auch immer geglaubt.« Und Lyn, die einmal zufällig hörte, wie ihr Vater das zu Joss sagte, hatte nie vergessen, daß sie nicht die Auserwählte war. Sie war einfach gekommen. Das war einer der Gründe für ihre Bitterkeit. Joss hoffte, daß Alice und Joe das nie erfahren würden.

»Gut, Kind.« Alice schob sie sanft von sich und setzte sich behutsam auf. »Jetzt, wo das geklärt ist, können wir ja die anderen suchen gehen. Ich habe Elizabeth und Geoffrey eine Ausfahrt mit dem Baby machen lassen, und ich finde, jetzt sind mal die anderen Großeltern an die Reihe, meinst du nicht?« Sie lachte. »Und wo ist Tom abgeblieben?«

Joss zuckte mit den Schultern. »Es gibt so viele Leute, die sich um ihn kümmern, daß ich gar nicht mehr weiß, wo er sich herumtreibt. Ihm geht's prächtig bei all dieser Aufmerksamkeit.«

»Ja, das stimmt. Paß nur auf, daß er nicht verzogen wird«, riet Alice mahnend, als sie die Tür öffnete. »Und, Joss, vergiß nicht, was ich gesagt habe. Ruh dich aus. Du siehst abgespannt aus.«

Mat stand im großen Saal und schaute auf das Bild über dem Kamin. Er grinste Alice an und nahm dann Joss' Hand. »Ein Wort, bevor du wieder enteilst, Schwägerin.«

»Heute bin ich ja sehr begehrt«, gab sie überrascht zurück.

»Begehrt und, wie deine Mutter sagt, abgespannt. Luke macht sich Sorgen um dich, weißt du das, Joss?«

»Warum machen sich plötzlich alle solche Sorgen?«

Mat betrachtete sie aus seinen dunklen Augen, die denen seines Bruder so ähnelten und jetzt sehr bekümmert dreinblickten. »Es geht nicht an, daß David Tregarron dich mit dem Haus verrückt macht. Luke sagt, daß er dich aufstachelt und dir bewußt Angst einjagt.«

»Das stimmt nicht!« widersprach Joss empört.

»Luke ist da anderer Ansicht. Aber weil er so ist, wie er ist, spricht er nicht darüber, Joss. Zumindest nicht mit dir. Er weiß, daß dir Davids Freundschaft viel bedeutet, und er weiß auch, daß du es ihm übelnehmen würdest, wenn er sich da einmischt.« Er machte eine kurze Pause. »David ist in dich verliebt, stimmt's?«

»Das ist nicht deine Sache, Mat.«

»Das finde ich schon. Sei vorsichtig. Tu Luke nicht weh.«

»Mat …«

»Nein, Joss. Jetzt laß mal den großen Bruder reden.« Mat lächelte sie warm und vertraut an, wie es seine Art war. »Er ist außer sich vor Sorge, und nicht nur wegen David. Er sagt, daß du Stimmen hörst, Dinge siehst, vor Angst halb verrückt bist, und das ist nicht gut, vor allem nicht mit dem Baby im Haus. Es ist Wahnsinn zu glauben, das Baby wäre irgendwie in Gefahr, Joss. Von der Vorstellung mußt du wirklich loskommen. Ist dir das denn nicht klar?«

Joss schwieg eine Weile. »Es freut mich, daß du mit mir gesprochen hast, Mat«, antwortete sie dann. »Aber mir fehlt gar nichts. Sag Luke, alles ist in bester Ordnung. Ich bilde mir nichts ein, und ich lasse mich von David nicht verrückt machen. Wirklich nicht.« Sie sah ihn lächelnd an. »Und Luke weiß: Was immer David für mich empfindet – ich bin nicht in ihn verliebt. Wirklich nicht.«

»Was fällt dir ein, dich bei Mat über mich zu beschweren!« Joss hatte Luke schließlich in seiner Werkstatt aufgestöbert. »Jetzt macht er sich unnötig Sorgen, und deine Eltern auch. Und überhaupt – was hast du ihm denn gesagt?«

»Nur, daß ich mir Sorgen um dich mache. Ich habe mich gar nicht beschwert. Er hatte nicht das Recht, mit dir darüber zu reden.« Luke war bekümmert. »Joss, ich glaube, dir ist nicht klar, wie überanstrengt du bist.«

»Doch, das weiß ich genau, vielen Dank. Und was soll daran so verwunderlich sein? Ich habe gerade vor zwei Wochen entbunden! Ned weint viel. Ich stille ihn ständig und bekomme nicht genug Schlaf. Wie sollte ich da nicht überanstrengt sein?«

»Natürlich.« Luke legte den Schraubenschlüssel zur Seite und trat zu ihr; dabei wischte er sich die Hände an seinem Overall ab. »Komm her, du wunderschöne, kluge Frau, und laß dich küssen!«

Er legte ihr die Handgelenke auf die Schultern und zog sie an sich, gab aber acht, sie mit seinen ölverschmierten Fingern nicht zu berühren. »Nimm's mir nicht übel, daß ich mir Sorgen mache, Joss. Ich tu's doch nur, weil ich dich so liebe.« Er sah ihr in die Augen. »Also – ich habe eine gute Nachricht für dich. Diese alte Kiste ist demnächst fertig. Nächste Woche geht sie an ihren Besitzer zurück, und ich habe zwei neue Jobs in Aussicht; unter anderem eine vollständige Restaurierung.«

Joss lachte. »Das ist ja phantastisch!«

»Und was ist mit dir? Wie geht's mit dem Buch voran? Kommst du überhaupt dazu, daran zu arbeiten, wo sich unsere beiden Familien hier häuslich niedergelassen haben?«

»Nein, natürlich nicht.« Sie versetzte ihm einen scherzhaften Klaps. »Aber ich finde, ich darf mir ein paar Tage Urlaub gönnen, wenn meine Lieblingseltern und -schwiegereltern da sind. Zum Schreiben habe ich noch jede Menge Zeit, wenn sie wieder weg sind.«

»Vielleicht kriegen wir sie ja gar nicht mehr los«, erklärte er mit einem Grinsen. »Es gefällt ihnen hier so gut.«

»Das freut mich.« Sie ging zur Tür und sah in den Hof, wo Jimbo mit Hingabe zwei große Scheinwerfer polierte. »Ihn hat wirklich der Himmel geschickt, findest du nicht?«

»Das stimmt. Wer weiß – vielleicht muß ich nächstes Jahr noch jemanden wie ihn suchen.«

Joss runzelte die Stirn. »Alle reden immer nur von mir, und niemand verliert ein Wort darüber, wie müde du aussiehst, Luke«, sagte sie und strich ihm über das Gesicht. Er war dünn und blaß, und seinen geröteten Augen konnte man ansehen, daß er zuwenig Schlaf bekam. »Niemand fühlt mit den Vätern, stimmt's? Das ist unfair.«

»Sehr unfair.« Er nickte heftig. »Aber mach dir keine Sorgen. Im Augenblick laß ich mich von meinen Eltern mit Mitgefühl überhäufen«, sagte er scherzhaft und lachte. »Es ist schön, sie dazuhaben.«

Als ob Jimbo spürte, daß sie ihn beobachteten, blickte er auf und winkte, und Joss winkte zurück. »Ich sollte mal Tom suchen. Niemand scheint zu wissen, wer sich um ihn kümmert.«

»Ihm gefällt die viele Aufmerksamkeit. Er wird uns auf dem Kopf herumtanzen, wenn alle wieder weg sind.« Zögernd setzte er hinzu: »Weißt du zufällig, wann David fährt?«

Warum – kannst du es nicht erwarten, ihn los zu sein? wollte Joss beinahe fragen, aber sie verbiß sich die Bemerkung. David mußte sowieso nach London zurück. »Heute abend. Vergiß nicht, es sind keine Schulferien.«

»Na ja, solange er nicht den ganzen Sommer hier verbringt.« Er verbrämte seine Worte mit einem Lächeln.

»Das tut er bestimmt nicht.« Sie berührte Lukes Hand. »Ich liebe *dich*. Das darfst du nie vergessen, Luke.«

Im Haus war von niemandem etwas zu sehen. Rufend hastete Joss durch die Räume, aber sie waren leer. Vom Fenster im Arbeitszimmer konnte sie Elizabeth und Alice über den Rasen schlendern sehen. Elizabeth schob den Kinderwagen, auf ihrem Gesicht lag ein Ausdruck absoluter Konzentration, während Alice gestikulierend auf sie einredete. Joss lächelte voller Zuneigung für die beiden und drehte sich um. Tom konnte bei Mat sein, bei Lyn, Geoffrey, Joe oder sogar bei David. Irgend jemand kümmerte sich bestimmt um ihn. Aber warum hatte sie dann dieses ungute Gefühl? Sie wußte den Grund: Möglicherweise dachten die anderen genau das gleiche, nämlich daß sich schon irgendwer um Tom kümmerte.

»Tom!« rief sie flüsternd und wiederholte dann lauter: »Tom!« Sie rannte die Treppe in sein Zimmer hinauf. Es war leer und aufgeräumt, ebenso wie Neds. In ihrem eigenen Zimmer war niemand, ebensowenig wie in Lyns und Davids. Sie blickte die Treppe zum Dachboden hinauf. Dort oben lagen die Zimmer der Grants, und Tom war auf der Suche nach ihnen mindestens zweimal dort gewesen.

Langsam stieg sie die Stufen hinauf und blieb dann horchend am Treppenabsatz stehen. Hier war es sehr warm, und die Zimmer rochen sehr stark nach trockenem Holz und Staub. Es war absolut still.

»Tom?«

Ihre Stimme klang aufdringlich laut.

»Tom? Bist du hier oben?«

Sie betrat das Zimmer von Elizabeth und Geoffrey. Überall lagen Kleidungsstücke verstreut; die kleine Kommode war mit Schminksachen übersät, dazu Elizabeths Halsketten und Geoffreys Krawatte, die er sich am Abend vorher vom Hals gerissen hatte, sobald die Gäste gegangen waren. Ihr Bett war ein niedriges Sofa – darunter gab es keinen Platz, um sich zu verstecken. Keine Spur von Tom. Auch in Mats Zimmer war er nicht. Joss stand in der Mitte des Raums, blickte sich um und lauschte auf die schlurfenden Geräusche hinter der Tür auf der gegenüberliegenden Seite der Tür, die zu den leeren Speicherräumen führte.

Da waren Schritte, ein Möbelstück wurde über den Boden geschoben, ein unterdrücktes Kichern.

»Tom?« Warum flüsterte sie?

»Tom?« Sie versuchte, etwas lauter zu reden.

Plötzlich war nichts mehr zu hören.

»Georgie? Sam?«

Die Stille war so überwältigend, daß sie spürte, wie jemand die Luft anhielt und lauschte. Langsam, fast schlafwandlerisch, ging sie auf die Tür zu. Die Stille wurde noch tiefer. Als sie die Tür öffnete, wurde sie zu etwas Greifbarem, Dichtem und sehr Bedrohlichem.

»Tom!« Diesmal schrie Joss laut und schrill, fast panisch. »Tom, bist du da?«

Sie stieß die Tür ganz auf, trat hinein und ließ ihren Blick durch das leere Zimmer schweifen. Das Licht war trüb, die Luft von Staubkörnchen erfüllt. Am Fenster summte hektisch eine Biene und prallte immer wieder gegen die Scheibe bei dem Versuch, nach draußen zu gelangen, in die Sonne und zu den Blumen im Garten. Die Tür am anderen Ende des Zimmers stand halb offen. Die Schatten dahinter waren dunkel und warm.

»Tom?« Jetzt zitterte ihre Stimme. »Tom, Schätzchen, wo bist du? Bitte, versteck dich nicht!«

Diesmal kam das Kichern ganz aus ihrer Nähe, das halb unterdrückte Lachen eines Kindes. Sie wirbelte herum. »Tom?«

Es war niemand da. Fast im Laufschritt ging sie in Mats Zimmer zurück und sah sich erneut um. »Tom!« Es war ein Schluchzen. Sie machte erneut kehrt und rannte durch die zwei vorderen leeren Speicherräume in das hinterste mit dem Fenster, von dem aus man in den Hof sehen konnte. »Tom!« Aber es war niemand da, und bis auf das durchdringende Summen der Biene am Fenster war nichts zu hören. Langsam ging Joss durch die schattenerfüllten Räume zurück zu dem kleinen Fenster, öffnete es mühsam und sah zu, wie die Biene in den Sonnenschein hinausflog. Joss merkte, daß ihr Tränen über die Wangen liefen. Ihre Kehle war wie zugeschnürt, und ihr Herz klopfte bis zum Hals. »Georgie, bist du das? Wo bist du? Sammy? Bist du's?«

Mit schwachen Beinen ging sie durch das Zimmer der Grants zum oberen Treppenabsatz zurück und versuchte, durch ihre Tränen hindurch nach unten zu sehen. »Tom? Wo bist du?« Kraftlos schluchzend ließ sie sich auf die oberste Stufe sinken. Sie zitterte vor Erschöpfung und Angst.

»Joss?« Es war Mat, der zu ihr hinaufblickte. »Bist du das?« Zwei Stufen auf einmal nehmend, rannte er zu ihr. »Joss, was ist denn los? Was ist passiert?«

»Tom«, stieß sie hervor. Vor Zittern konnte sie kaum sprechen.

»Tom?« Er runzelte die Stirn. »Was soll mit Tom sein? Er ist unten in der Küche bei Lyn.«

Joss umklammerte ihre Knie und starrte ihn an. »Ihm fehlt nichts?«

»Ihm fehlt gar nichts, Joss.« Er suchte in ihrem Gesicht nach einer Erklärung für ihr Verhalten; dann setzte er sich neben sie und legte ihr den Arm um die Schultern. »Was ist denn, Joss?«

»Ich konnte ihn nirgends finden...«

»Ihm geht's gut, wirklich.« Er drückte sie kurz an sich, dann stand er auf und streckte ihr eine Hand entgegen. »Komm, schauen wir mal nach ihm.«

Sie strich sich die Haare aus dem Gesicht, und plötzlich dachte sie daran, welchen Anblick sie wohl bot. »Es tut mir leid, Mat. Ich bin so müde...«

»Ich weiß.« Sein Grinsen erinnerte sie so sehr an Luke, daß ihr ganz warm ums Herz wurde. »Das hat man davon, wenn man ein Baby im Haus hat. Nicht genug Schlaf.«

Sie nickte und stand mühsam auf. »Bitte sag niemandem etwas. Bitte.«

»Großes Pfadfinder-Ehrenwort.« Er legte zwei Finger an die Stirn. »Unter einer Bedingung. Heute nachmittag legst du dich hin und schläfst, und zwar richtig. Wir kümmern uns um die Kinder, dann kann dich niemand stören, und du brauchst dir keine Sorgen zu machen. Abgemacht?«

»Abgemacht«, willigte sie ein und ließ sich von ihm an der Hand nach unten führen. Sie kam sich etwas dumm vor, als sie ihm in die Küche folgte, wo alle versammelt waren. Inmitten des Lärms und Gelächters kniete ein völlig sorgloser Tom auf einem Küchenstuhl und malte mit Wachsstiften ein Bild auf ein riesiges Blatt Papier.

»Da bist du ja, Joss.« Lyn sah von ihrer Arbeit auf; sie hackte gerade Zwiebeln, und ihr Gesicht war tränenüberströmt. Mit dem Handgelenk schob sie sich die Haare aus den Augen und grinste. »Wir haben uns schon gefragt, wo du steckst.«

Sie sah zu fröhlich aus, beinahe überdreht.

»Wo ist Luke?« fragte Joss. Er war der einzige, der in der fröhlichen Runde fehlte.

»Er redet draußen mit Jimbo«, antwortete Lyn und wandte sich wieder den Zwiebeln zu. »Dann kommt er zum Mittagessen herein. Willst du vorher Ned stillen?«

Joss nickte. Das Baby schlief im Kinderwagen vor der Anrichte. Im Augenblick schien der Lärm es nicht im mindesten zu stören, und dafür war Joss unendlich dankbar. »Setz dich, Joss.« Mat führte sie an den Schultern zum Tisch. »Ich habe Joss gerade gesagt, daß sie sich ausruhen soll«, sagte er mit fester Stimme, als sie sich in einen Stuhl fallen ließ. »Ich finde, die liebenden Großeltern, Onkel und Patenonkel sollten heute nachmittag mit den jungen Grants einen kleinen Ausflug machen, damit ihre Mutter sich mal richtig ausschlafen kann.«

»Großartige Idee«, stimmte Geoffrey zu. »Du siehst wirklich abgespannt aus, Joss.«

Abgespannt, dachte sie viel später, als sie die Treppe zum Schlafzimmer hinaufstieg. So kann man es wohl auch nennen. Fast taten die anderen ihr leid. Trotz der Hitze fühlten sich offenbar alle verpflichtet, einen letzten Spaziergang zu machen, bevor sie sich wieder auf den Heimweg begaben. Die Grants fuhren zurück nach Oxford – Mat wollte noch zwei Tage bei seinen Eltern verbringen, bevor er wieder nach Schottland fuhr, David und ihre Eltern mußten nach London. In gewisser Hinsicht war sie froh, daß alle wieder abreisten; es war anstrengend, das Haus voller Gäste zu haben. Aber in anderer Hinsicht tat es ihr leid. Solange sie hier waren, kümmerte sich immer jemand um die Kinder, und es waren Leute da, die in dem großen Haus Lärm machten und die anderen Geräusche überlagerten, die Geräusche, die aus der Stille kamen.

Sie setzte sich aufs Bett, streifte die Sandalen ab und ließ sich auf das Kissen sinken. Wegen der Sonne waren die Vorhänge zugezogen, und es war dämmrig im Zimmer. Die Hitze war erdrückend. Sie fühlte, wie ihr die Augen zufielen. Ohne sich zuzudecken, versuchte sie sich auszuruhen, und spürte, wie die Anspannung ein wenig von ihr abfiel; die Hitze und das Dämmerlicht waren wie ein warmes, friedliches Bad. Schlaf. Mehr brauchte sie nicht, um ihre Ängste zu beschwichtigen. Schlaf, ohne von einem weinenden Baby oder dem unruhigen, heißen Körper ihres Mannes neben ihr im Bett gestört zu werden. Der arme Luke. Er war draußen in der Remise und arbeitete mit Jimbo mitten in dem Geruch von Öl und Benzin und in der Hitze des von der Sonne erwärmten Metalls.

Der Druck auf die Bettkante war so leicht, daß sie ihn kaum wahrnahm. Einen Moment blieb sie mit fest geschlossenen Augen liegen und wehrte sich gegen die lauernde Angst, die an ihr zerrte, dann öffnete sie die Augen langsam und widerwillig und sah sich um. Nichts. Es war absolut still im Zimmer. Da war nichts neben dem Bett, das die leichte Bewegung in der Luft hätte verursachen können, die fast unmerkliche Vertiefung im Laken bei ihren Füßen – nichts außer dem leichten Schwingen des Bettvorhangs, als eine kleine Brise zum Fenster hereinwehte. Ihr Mund war trocken; sie schluckte und schloß wieder die Augen. Es gab nichts, was sie zu bekümmern brauchte. Nichts, wovor sie Angst haben mußte. Aber der Moment der Ruhe war vorüber. Sie spürte, wie langsam ihr Adrenalinspiegel anstieg – nichts Schreckliches, nichts Dramatisches, nur ein erstes Kribbeln der Nerven. »Nein.« Es war ein langgezogenes, gequältes Flüstern. »Bitte, laß mich allein.«

Es war nichts da. Kein Schatten in der Ecke, kein seltsames, halb wahrnehmbares Echo im Kopf, das nur registriert wurde von irgendeinem unbekannten akustischen Empfänger, der nichts mit ihren Ohren zu tun hatte. Nichts als ein instinktives Halbwissen, daß nicht alles Ordnung war.

Sie stützte sich auf einen Ellbogen und spürte, wie ihr der Schweiß über das Gesicht lief. Ihr Haar war verklebt – es müßte dringend gewaschen werden. Am allerliebsten würde sie jetzt ein langes, kühles Bad nehmen, sich hinter verschlossener Tür dösend in der Wanne aalen und die schwüle Hitze des Nachmittags vergessen.

Mühsam schwang sie die Beine über die Bettkante und stand auf. Vor Erschöpfung taten ihr noch immer alle Knochen weh, und ihr war schwindelig. Mit bloßen Füßen ging sie über die kühlen Holzdielen zum Badezimmer, steckte den Stöpsel in die Wanne, drehte die Hähne auf – mehr kalt als warm – und gab ein paar Tropfen Duftöl hinein. Während das Wasser einlief, betrachtete sie ihr Gesicht im Spiegel; es war bleich und verschwitzt, und selbst sie bemerkte, wie elend sie aussah. Nicht nur unter, sondern auch über ihren Augen lagen dunkle Ringe, und die Lider waren eingefallen. Als sie sich aus der dünnen Baumwollbluse und der Unterwäsche schälte, fand sie ihren Körper abstoßend – noch angeschwollen von der Schwangerschaft, die Brüste riesig, blau geädert und schweißnaß. Finster verzog sie das Gesicht und fühlte sich einen Augenblick versucht, den Spiegel mit einem Handtuch zu verhängen. Dann mußte sie über diesen Gedanken lachen. Sie drehte die Hähne zu und stieg vorsichtig in das kühle Wasser.

Das Bad war tatsächlich wesentlich angenehmer als das Bett. Sie mußte jedesmal lächeln, wenn sie hineinstieg – es war eine riesige, altmodische Wanne mit verschnörkelten Eisenfüßen, die heute als der Inbegriff von Luxus galt. Hier war es kühl, ihr Rücken wurde gestützt – irgendwie fühlte sie sich sicher und aufgehoben. Sie ließ sich ins Wasser gleiten, bis es ihre Brüste umspülte, lehnte den Kopf gegen das Email und schloß die Augen.

Sie wußte nicht, wie lange sie geschlafen hatte, aber als sie aufwachte, war ihr kalt. Stöhnend richtete sie sich auf und kletterte hinaus. Sie hatte ihre Armbanduhr auf das Regal über dem Waschbecken gelegt. Es war fast vier Uhr. Bald würden die anderen von ihrem Spaziergang zurückkommen, und sie würde Ned stillen müssen. Sie griff nach dem leichten Morgenmantel, der an der Tür hing, und ging ins Schlafzimmer. Hier war es noch so heiß und stickig wie zuvor. Sie schob die Vorhänge beiseite; draußen im Garten war niemand.

Sie begann, sich kräftig die Haare zu bürsten, und spürte, wie mit jedem Strich die Anspannung in Stirn und Nacken nachließ. Als sie in der Schublade nach frischer Unterwäsche suchte, fiel ihr Blick zufällig in den Spiegel. Ihr Magen krampfte sich zusammen. Für den Bruchteil einer Sekunde wußte sie nicht, welches Gesicht sie im Spiegel sah. Ihr Gehirn weigerte sich, das Bild zu interpretieren. Sie nahm Augen, Nase und Mund wie klaffende Löcher in einer Wachsmaske wahr – und dann, als das Adrenalin durch ihren Körper schoß und die Bilder eine neue Gestalt annahmen und klarer wurden, stellte sie fest, daß sie eine verängstigte Kopie ihrer selbst anblickte: riesige Augen, feuchte Haut, wirres Haar; der Morgenmantel klaffte auf und legte ihre schweren Brüste frei – fiebrigheiße Brüste, die ganz kurz die Berührung einer kalten Hand gespürt hatten.

»Nein!« rief sie verzweifelt. »Nein!«

Kleider. Schnell, nur schnell. BH. Hemd. Schlüpfer. Jeans. Ein Schutz. Eine Rüstung. Nach draußen! Sie mußte unbedingt nach draußen.

Die Küche war leer. Sie stieß die hintere Tür auf und sah in den Hof. »Luke?«

Der Bentley war aus der Remise geschoben worden; der Lack glänzte makellos im Sonnenlicht. Ohne die zwei großen Scheinwerfer, die noch immer auf der Werkbank im offenstehenden Wagenschuppen lagen, sah der Wagen merkwürdig blind aus.

»Luke!« Sie rannte über das Pflaster und spähte in den Schuppen. »Wo bist du?«

»Er ist mit den anderen spazierengegangen, Mrs. Grant.« Plötzlich war Jimbo aus dem Schuppen aufgetaucht. »Weil doch seine Ma und sein Pa hier sind, hat er gedacht, er nützt besser die Gelegenheit.«

»Natürlich.« Joss zwang sich zu lächeln. »Das hätte ich mir

eigentlich denken können.« Auf einmal wurde ihr bewußt, wie eingehend Jimbo sie betrachtete. Das Gesicht des jungen Mannes hatte sie schon bei der ersten Begegnung fasziniert: schmal, braun, mit ungewöhnlich schläfrig wirkenden, schrägstehenden Augen; die Wangen- und Brauenpartie war abgeflacht und verlieh ihm slawische Züge und einen verblüffend dramatischen Gesichtsausdruck. Wann immer sie ihn ansah, stellte sie sich vor, wie er auf einem Pferd über die Ebene dahingaloppierte, einen Stoffetzen um den Kopf gewunden, und eine Waffe durch die Luft schwang. Als sie eines Tages nicht widerstehen konnte, ihn zu fragen, ob er reiten konnte, und er ihr zur Antwort nur einen schiefen Blick zuwarf, der unmißverständlich »nie im Leben« bedeutete, war sie richtig enttäuscht.

»Ist alles in Ordnung, Mrs. Grant?« Sein weicher Dialekt paßte gar nicht zu seinen kantigen Zügen. Ebensowenig, dachte sie, wie die Augen, diese ungewöhnlichen, alles sehenden Augen.

»Doch, ja. Danke.« Sie wandte sich zum Gehen.

»Sie sehen müde aus, Mrs. Grant.«

»Das bin ich auch.« Sie blieb stehen.

»Die Jungs lassen Sie nicht schlafen, stimmt's? Ich hab' sie gehört, wenn ich als Kind mit meiner Ma im Haus war. Sie sagt, sie kommen immer wieder, wenn Leute im Haus wohnen.«

Joss starrte ihn an. »Jungs?« wiederholte sie flüsternd und verstand, daß er damit nicht Tom und Ned meinte.

»All die Jungs, die nicht mehr da sind. Wie Peter Pan. Ich mag das Haus nicht. Mein Dad sagte, mich würden sie auch noch holen. Aber Mam hat hier manchmal für Mrs. Duncan geputzt, bevor sie nach Paris ist, und dann mußte ich mitkommen.«

Joss wollte am liebsten kehrtmachen und davonlaufen, aber sein wissender Blick hielt sie gefangen, weshalb sie wie angewurzelt stehenblieb.

»Hast du sie je gesehen?« brachte sie schließlich im Flüsterton hervor.

Er schüttelte den Kopf. »Aber unsre Nat hat sie gesehen.«

»Nat?« Joss merkte, wie es ihr die Kehle immer mehr zuschnürte.

»Meine Schwester. Die war gerne hier. Mam hat oft für Mrs. Duncan geputzt und hat uns mitgenommen, damit wir im Garten spielten, während sie gearbeitet hat. Nat hat mit den Jungs gespielt.« Sein Gesicht verfinsterte sich. »Sie hat mich einen Waschlappen genannt, weil ich mich geweigert hab. Sie fand mich feige. Ich wollte nich bleiben. Ich hab mich immer in der Küche versteckt und stand Mam im Weg rum, und wenn sie dann gezetert hat, bin ich durch die Hecke gesaust und nach Hause gerannt. Tracht Prügel hin oder her – ich wollte da nich bleiben.«

Die Erinnerung schien ihn jetzt eher zu amüsieren.

»Aber deine Schwester war gerne hier?«

Er nickte. »Na ja, was würde man von ihr schon anderes erwarten«, sagte er wie zur Erklärung, deren Sinn Joss allerdings entging. Dann griff er nach einem weichen Tuch und begann, die großen Scheinwerfer zu polieren.

»Aber jetzt macht es dir nichts aus, hier zu arbeiten, oder?« fragte Joss nachdenklich.

»Nö. Jetzt glaub ich nicht mehr an das Zeug.« Dabei grinste er.

»Aber du meinst, daß ich daran glaube?«

Er blinzelte. »Ich hab gehört, wie die Leute über Sie geredet haben. Das ist nich fair. Schließlich sind Sie ja nich die einzige. Ein Haufen Leute haben die Jungs gesehen.«

Und den Blechmann ohne Herz?

Joss wischte sich ihre feuchten Hände an der Bluse ab. »Lebt deine Schwester noch hier im Dorf, Jim?«

»Sie hat ’ne Stellung in Cambridge«, erwiderte er.

Diese Auskunft enttäuschte sie herb. »Aber sie kommt doch manchmal zu Besuch?«

Jim zog ein gleichgültiges Gesicht und machte sich achselzuckend an einem winzigen Rostflecken zu schaffen. »Nich oft.«

»Und deine Mutter?«

»Als Mam und Dad geschieden wurden, ist Mam nach Kesgrave gezogen.«

»Erinnert sich dein Dad an das Haus aus der Zeit, als meine Mutter hier gelebt hat?«

»Glaub ich kaum«, antwortete Jim. »Er hat sich geweigert, einen Fuß in das Haus zu setzen.« Er hob den Kopf, und wieder bemerkte sie diesen schmalen, abschätzenden Blick. »Er hat auch nich gewollt, daß ich diesen Job mache.«

»Ah ja.« Nach dem Grund mußte sie sich wohl kaum erkundigen. Zu viele Handwerker aus dem Dorf hatten sicher mit einem Ausdruck des Gruselns erklärt, warum sie selbst nicht hier wohnen wollten.

Sie seufzte. »Also gut, Jimbo. Wenn du Luke siehst, kannst du ihm sagen, daß ich nach ihm gesucht habe? Danke.«

»In Ordnung, Mrs. Grant«, sagte er lächelnd. Als sie sich umdrehte, spürte sie, wie er sich aufrichtete und sie beobachtete, während sie über den Hof zurückging.

Die Terrassentür im Arbeitszimmer stand offen. Joss blieb direkt davor auf den kühlen Pflastersteinen stehen und betrachtete die bunte Ansammlung von Gartenmöbeln, die sie aus den diversen Schuppen zusammengetragen hatten. Zwei Liegestühle vom Ende des letzten Jahrhunderts – etwas klapprig, aber für ihr Alter noch erstaunlich stabil; zwei von Mäusen angefressene Korbstühle, die aber ebenfalls noch ihren Zweck erfüllten, und ein paar entschieden fragwürdige Klappstühle, die kurz vor dem endgültigen Zusammenbruch standen und demnächst ganz bestimmt die auf ihnen sitzende Person würdelos auf den Boden plumpsen ließen. Jedesmal, wenn sie die Möbel sah, mußte sie unwillkürlich lächeln. Jeder Besitzer eines besseren Gartencenters würde vom Fleck weg graue Haare bekommen. Es wäre himmlisch, sich jetzt in einem dieser bequemen Liegestühle auszustrecken, die feucht, alt und moosig rochen, auch wenn sie schon seit Wochen in der sengenden Sonne standen. Und dazu eine Tasse Tee. Nur ein paar Minuten. Bis die anderen wiederkamen.

Sie ging ins Arbeitszimmer. Eigentlich sollte sie die Gunst der Stunde nutzen und schreiben, solange es im Haus ruhig war. Schuldbewußt sah sie auf den ordentlich bedruckten Papierstapel auf dem Schreibtisch. Fast drei Wochen lang hatte sie das Manuskript nicht mehr angerührt. Sie griff nach den letzten Seiten. Richard – der Held ihrer Geschichte, der Sohn des Hauses, dessen Geschichte ihr so flüssig aus der Feder floß, daß sie sich manchmal fragte, ob ihr die Worte diktiert würden – war er einer der Jungen, die nicht mehr da waren? Gab es Generationen von Jungen wie George und Sam, die im Dachboden des Hauses herumspukten? Sie schauderte. Hatte der wirkliche Richard seine

Abenteuer möglicherweise nicht überlebt, um glücklich alt zu werden, wie er es in ihrem Buch tun würde, sondern war wie ihre Brüder einem der Unfälle oder Krankheiten erlegen, die die Söhne von Belheddon heimsuchten? »Bitte, Gott, mach, daß Tom und Ned nichts passiert.« Sie warf die Seiten auf den Tisch zurück und ging wieder hinaus. Am Ende des Rasens waren Geoffrey und Elizabeth aufgetaucht. Hinter ihnen konnte sie Joe und Alice mit dem Kinderwagen erkennen, die gerade durch die Pforte traten. Wahrscheinlich waren alle über die Felder zu den niedrigen roten Klippen oberhalb des Mündungsarms gegangen. Jetzt war auch Mat zu sehen, mit Tom-Tom auf den Schultern und Lyn neben ihm; Luke bildete das Schlußlicht. Sie lachten und redeten alle angeregt, und einen Augenblick lang fühlte Joss sich einsam, als sei sie ausgeschlossen von dieser fröhlichen Gruppe, obwohl es diejenigen Menschen waren, die ihr am allernächsten standen.

Sie wartete, bis die anderen über den Rasen zu ihr kamen.

»Hast du gut geschlafen?« begrüßte Luke sie und gab ihr einen Kuß.

Sie nickte und nahm Ned aus dem Kinderwagen. Er schlief tief und fest, ohne die Welt um sich zu beachten. Als sie ihn an sich hielt, spürte sie die Spannung in der Brust; sie mußte ihn bald stillen. »Teestunde?« fragte sie Lyn.

»Wunderbar.« Lyn lächelte gutgelaunt. Auf einer Seite war ihr das T-Shirt von der gebräunten Schulter geglitten, und ihre langen, schlanken Beine waren unterhalb ihrer fransig abgeschnittenen Jeans voller Sand.

»Seid ihr am Strand gewesen?« fragte Joss.

Lyn nickte. »Mat und ich sind mit Tom ans Meer, um Sandburgen zu bauen. Heute ist es toll dort.« Sie streckte lässig die Arme über den Kopf, und Joss bemerkte, wie Mats Blick unwillkürlich zu Lyns Busen wanderte, der sich deutlich unter dem dünnen blauen T-Shirt abzeichnete. Er sah erstaunlich fröhlich aus.

»Ich gehe mit Ned nach oben und wickele ihn.« Joss ging zur Treppe, während die anderen, sich laut unterhaltend, in die Küche drängten.

Müde sah Joss sich im Schlafzimmer um. Die Sonne war ein

Stück gewandert, und es war etwas kühler geworden. Ned hatte die Augen geöffnet und sah sie mit nicht erlahmender Konzentration an. Von Liebe überwältigt, drückte sie ihm einen Kuß auf die Nase. Niemand durfte auch nur daran denken, ihm etwas anzutun, sonst konnte sie für nichts garantieren! Sie setzte sich auf den niedrigen Sessel am Fenster und betrachtete sein Gesicht; wieder überschwemmte sie eine Woge der Liebe. Langsam schlief er ein; offenbar war er noch nicht hungrig. Sie atmete den kräftigen Geruch des frisch gemähten Grases und der Rosen ein, die draußen an der Mauer hochrankten, und fühlte, wie die Müdigkeit sie übermannte. Die Augenlider wurden ihr immer schwerer, und ihre Arme hielten das Baby weniger fest, fast, als würde jemand es ihr sanft abnehmen...

»Joss? Joss, was zum Teufel tust du da!« Lyns Kreischen brachte sie mit einem Ruck in die Gegenwart zurück. Mit der Heftigkeit einer Wildkatze riß Lyn ihr Ned vom Schoß. »Du Idiotin! Du hättest ihn umbringen können! Was hast du bloß gemacht?«

»Was...?« Joss starrte sie verständnislos an.

»Seine Decke! Du hast ihm die Decke aufs Gesicht gelegt.«

»Das stimmt nicht.« Verwirrt sah Joss sich um. »Er hatte gar keine Decke. Es ist viel zu heiß.«

Aber da war die Decke, und sie war um ihn gehüllt; sie bedeckte seinen Kopf und sein Gesicht. Ned begann zu weinen.

»Gib ihn mir.« Mit einem schnellen Griff nahm Joss ihn Lyn wieder aus dem Arm. »Er hat Hunger. Ich wollte ihn gerade stillen, das ist alles. Ihm fehlt nichts. Er hat bloß Hunger.«

Während sie das Hemd aufknöpfte, drückte sie Ned an sich. »Mach du den Tee! Ich komme bald runter.«

Lyn ging rückwärts zur Tür. Ihr Gesicht war besorgt, als sie auf den Treppenabsatz hinaustrat.

»Dumme Tante Lyn.« Joss half Ned mit dem kleinen Finger, die Brustwarze zu finden. »Als ob ich dir etwas antun könnte, mein Herz.« Sie setzte sich wieder auf den Sessel am Fenster und blickte über den Garten hinaus, während Ned zufrieden saugte. Dann lehnte sie sich entspannt in das bestickte Kissen zurück, das Elizabeth als Einzugsgeschenk mitgebracht hatte.

Auf ihrem Kopfkissen im Bett verwelkte die Rose in den letzten Strahlen der Sonne, die über den Himmel nach Westen wanderte, und ein Blütenblatt nach dem anderen fiel ab, so daß sie wie kleine weiße Tupfer auf den üppigen Farben der bestickten Bettdecke lagen.

24

Nach der Abreise der Gäste war es im Haus sehr still. Ein heißer, stickiger Tag folgte dem anderen, und Luke, Joss und Lyn fühlten sich zunehmend matt. Sogar Tom war gedrückter Stimmung; ihm fehlten die Aufmerksamkeit und die Bewunderung seiner Großeltern. Jeden Morgen, nachdem Joss Ned gestillt und schlafen gelegt hatte, ging sie ins Arbeitszimmer, wo sie sich bei weit geöffneten Türen vor den Computer setzte und mit Richard und dem Höhepunkt ihres Buches rang.

David rief zweimal an, bevor er zu einem langen Sommerurlaub nach Griechenland flog. »Ich will nur mal hören, wie's dir geht. Kommst du mit dem Roman gut voran?« Er sagte nichts mehr von seinen Nachforschungen wegen des Hauses, und sie fragte ihn nicht danach.

Draußen im Hof wurde der Bentley durch einen Silver Shadow Baujahr 1936 und dann durch einen Lagonda ersetzt. Am frühen Morgen und späten Nachmittag arbeiteten Jimbo und Luke in der dämmrigen Remise, die außer dem Keller der kühlste Raum in Belheddon war; die heißen Mittagsstunden verbrachten sie mit Schwimmen am Meer, einem kalten Mittagessen und einer Siesta irgendwo unter den Bäumen. An den langen Abenden arbeitete Luke im Garten, bis die Dunkelheit hereinbrach; manchmal ging ihm Jimbo dabei zur Hand.

Lyn ignorierte alle Warnungen vor der starken Sonne und streckte sich, die Walkman-Stöpsel fest in die Ohren gesteckt, auf einem der alten Liegestühle aus, während die Kinder in ihren Zimmern schliefen. Sie hatte Mat zweimal geschrieben, aber keine Antwort erhalten.

Joss saß am Schreibtisch und sah verärgert zu ihrer Schwester hinaus. Trotz aller Sonnenschutzmittel schälte sich die Haut an

Lyns Beinen, so daß unter der Bräune ungleichmäßige rosafarbene Flecken erschienen. Lyn behielt Joss ständig im Auge. Seit dem Nachmittag, als sie ihr Ned aus den Armen gerissen hatte, fühlte sich Joss von ihr kontrolliert. Verdrossen schüttelte sie den Kopf und streckte die Arme, um die verkrampften Muskeln zu lösen. Tom und Ned wuchsen beide sehr rasch und schienen trotz der Hitze prächtig zu gedeihen. Hätte Tom nicht ständig Alpträume, wäre das Leben sehr friedlich. Simon, der auf Lyns Drängen hin schließlich gerufen wurde, untersuchte Tom von Kopf bis Fuß und erklärte dann, die Hitze sei schuld. »Sobald es wieder kühler wird, legen sich die Träume, Sie werden schon sehen.« Die Ankunft zweier Kätzchen von den Goodyears, die Tom mit der gebührenden Feierlichkeit Kit und Kat taufte, munterten ihn sehr auf, aber die Träume kamen wieder. Wenn es denn Träume waren. Joss, die jede Nacht aufstand, um Ned zu stillen und nach Tom zu sehen, wurde immer erschöpfter, und allmählich machte sich ihre große Müdigkeit bemerkbar. Die Arbeit mit dem Buch ging ihr nicht von der Hand. Sie kam mit der Geschichte nicht voran, und Lyn fiel ihr auf die Nerven. Mittlerweile fing Ned oft zu weinen an, wenn sie ihn hochnahm. Sie versuchte dann, ihn zu trösten und zu streicheln, aber als ob er ihre Ermüdung und ihren Kummer spürte, schrie er nur noch lauter. Und jedesmal stand Lyn neben ihr, streckte die Arme nach dem Baby aus, wollte ihn halten und warf ihrer Schwester vorwurfsvolle Blicke zu.

»Siehst du! Wenn ich ihn nehme, hört er auf.« Dann redete sie beschwichtigend auf das Baby ein und warf Joss einen triumphierenden Blick zu.

»Das ist ganz normal, Joss«, beruhigte Simon sie. »Babys schreien oft, wenn ihre Mütter sie hochnehmen, weil sie an die Brust gelegt werden wollen. Sie riechen die Milch. Lyn hat nichts, was Ned will, also schreit er auch nicht.«

Lyn konnte das nicht überzeugen.

Anfang September fand die Hitze endlich ein Ende. Der Regen prasselte wie aus Kübeln auf den Garten herab, und das Dach wurde undicht. Mürrisch gingen Joss und Lyn, mit Eimern und Plastikschüsseln bewaffnet, auf den Speicher, und Tom bekam eine starke Erkältung. Zum hundertsten Mal an diesem

Morgen hatte sie ihm die Nase geputzt, bevor sie ihn zum Spielen schickte, und nun saßen sie alle in der Küche. Joss holte die Post und sah die Briefe kurz durch, doch bei einem verweilte sie etwas länger. Dann warf sie den ganzen Stapel auf den Tisch. »Rechnungen«, sagte sie beiläufig. »Rechnungen, nichts als Rechnungen.«

»Dann mache ich mich wohl besser an die Arbeit.« Luke stand auf und steckte sich den letzten Bissen Toast in den Mund. »Serviert ihr uns um elf Uhr draußen Kaffee? Das wäre schön.« Er sah zu Lyn und dann zu Joss. »Bitte?« flehte er scherzhaft.

Alle lachten. »Wir lassen das Los entscheiden«, sagte Lyn und begann, das Geschirr zusammenzuräumen.

Es war Joss, die später zwei Becher mit dampfendem Kaffee und einen Teller selbstgebackener Kekse hinaustrug, während Lyn die Wäsche sortierte. Joss hatte den Kragen ihres Regenmantels gegen den Wind hochgeschlagen, ging in die Remise und stellte alles auf die Bank inmitten eines Haufens von Bremstrommeln, Bremsschuhen und alten Schraubenschlüsseln.

»Wo ist er, Jimbo?«

»Unter dem Auto.« Jimbo deutete mit dem Daumen auf das Chassis, das in der Mitte des Wagenschuppens aufgebockt war.

»Kaffeepause!« Joss bückte sich, um zu sehen, wie Luke auf dem Rücken lag und am Innenleben des Autos arbeitete.

»Wunderbar.« Seine Stimme klang gedämpft zu ihr hoch. »Danke.« Langsam schob er sich unter dem Wagen hervor. Noch während sein Gesicht, schwarz und lächelnd, unter dem Kotflügel erschien, kippte das Chassis ohne jede Vorwarnung zur Seite. »Luke!« Aufgeschreckt von Joss' Schrei, eilte Jimbo an ihre Seite.

»Achtung! Die Achsenstützen rutschen weg!« Jimbos Warnruf, als Luke gerade unter dem Auto hervorgekrochen war, ging unter in dem Lärm, mit dem der Wagen auf den Boden krachte.

Mit zitternden Knien stand Luke auf. »Das war knapp!« Er wischte sich mit dem Handrücken über die Stirn.

»Luke. Du wärst beinahe tot gewesen.« Joss war leichenblaß geworden.

»Stimmt. Ist aber nichts passiert.« Er wandte sich zu Jimbo, der den Wagenheber untersuchte. »Was ist mit ihm?«

Jimbo, das Gesicht aschfahl, schüttelte den Kopf. »Muß einen Tritt abbekommen haben, denk ich.«

»Einen Tritt?« Joss sah von ihm zu ihrem Mann und wieder zurück. »Von mir? War ich das?« Sie war außer sich. »O mein Gott! Ich bin immer so müde, ich weiß gar nicht mehr, was ich tue.

Luke trat zu ihr und nahm sie in den Arm. »Du warst doch gar nicht in der Nähe des Autos, Joss. Außerdem ist es völlig egal, mein Schatz. Nichts ist passiert. Das kommt vor.«

»O Luke.« Ihre Knie hatten zu zittern begonnen. »Das war ich! Luke, beinahe hätte ich dich umgebracht.«

»Da mußt du dich schon mehr anstrengen, um deinen Mann umzubringen, mein Liebes«, beschwichtigte Luke sie grinsend und nahm einen von Lyns Keksen. »Vergiß es. Mir fehlt gar nichts.«

Mittags hatten sich die Regenwolken verzogen, es wurde ein frischer, herrlicher Nachmittag. Laub schwamm auf dem See, und die Seerosenblätter trieben ruhig im Wasser. Luke und Joss beobachteten schweigend einen Reiher, der vom gegenüberliegenden Ufer abhob und schwerfällig über die Hecke hinwegflog, wobei er erregte, klagende Schreie ausstieß. Eines der Kätzchen hatte ihm mit übertriebener Wachsamkeit aus dem Unterholz aufgelauert. Als sich der riesige Vogel in die Lüfte schwang, drehte sich die kleine Katze um und floh ins Haus. »Alles in Ordnung?« Luke sah Joss von der Seite an. »Du denkst doch nicht mehr über den dummen Unfall mit dem Auto nach, oder?« Ihr blasses Gesicht sah besorgt aus, und unter ihren Augen lagen tiefe Ringe.

Sie lächelte ein wenig. »Eigentlich nicht.« In ihrem Entsetzen über den Vorfall wollte es ihr noch immer nicht einleuchten, daß sie gar nicht in der Nähe des Wagenhebers gestanden hatte, als das Auto kippte. Theoretisch wußte sie genau, daß nicht sie den Unfall verursacht hatte, aber in ihrem tiefsten Inneren war sie nicht ganz davon überzeugt.

»Bist du sicher?« Er musterte ihr Gesicht. Irgend etwas stimmte nicht mit ihr. Es war mehr als nur Müdigkeit. Er blickte wieder übers Wasser hinaus und mußte die Augen zusammenkneifen, weil die kleinen Wellen die Sonne reflektierten und ihn blendeten. »Hast du in letzter Zeit von David gehört?« fragte er ganz nebenbei.

Sie schwieg einen Augenblick, bevor sie antwortete. »Seit Ewigkeiten nicht. Warum?«

»Nur so.«

Fröstelnd steckte er die Hände in die Taschen. Allmählich wurde der Herbstwind kalt. Er hatte den Umschlag im Stapel auf dem Küchentisch liegen sehen und die Schrift sofort erkannt; Joss sicherlich auch. Es war ein dicker, mit Tesa verklebter Brief. Beim Anblick des Kuverts hatte ihn eine ebenso irrationale wie heftige Wut überfallen. Warum hatte er es nicht ins Feuer geworfen? Warum hatte er es nicht geöffnet und den Brief gelesen? Schließlich ahnte er ja, was drinstand: noch mehr über das verdammte Haus. Zuerst hatte Joss den Umschlag nicht beachtet und zwischen der Zeitung und den Einkaufszetteln liegengelassen, aber beim Mittagessen hatte Luke bemerkt, daß er verschwunden war. Zerreiß ihn, dachte er. Bitte, Joss, zerreiß ihn!

Er trat etwas näher an das steile Ufer und starrte ins Wasser, wo Goldfische und Schleien als schwache Schatten zwischen den Wurzeln der Seerosen hin und her flitzten; das Wasser sah täuschend seicht aus.

»Luke.« Joss' Stimme kam jetzt aus größerer Entfernung.

Luke drehte sich um, konnte sie aber nirgends sehen. Kleine Wellen kräuselten die Oberfläche und brachten die Seerosen in Bewegung. Am jenseitigen Ufer lief ein Teichhuhn mit schrillen Warnrufen über die großen, kreisförmigen Blätter.

»Joss? Wo bist du?«

Nichts warnte ihn, kein Geräusch von herannahenden Schritten – nur der plötzliche, heftige Stoß von zwei Händen, die kräftig gegen sein Kreuz drückten. Er schrie überrascht auf und fiel über das steile Ufer hinunter ins Wasser. Jetzt glitzerte es nicht mehr golden, sondern war braun, sandig, kalt und sehr, sehr tief. Luke öffnete die Augen, starrte im trüben Wasser des Teichs umher, dann fing er an, mit den Armen um sich zu schlagen. Mühsam kämpfte er sich zur Oberfläche hinauf, doch er spürte, wie die Wasserpflanzen und Wurzeln seine Beine umklammerten und ihn wieder nach unten zogen. Endlich tauchte sein Kopf auf, und er rang keuchend nach Luft, während er die Blätter um sich beiseite schob. »Guter Gott, Joss, warum hast du das bloß getan?« Er war außer sich vor Angst und Wut. »Ich hätte ertrinken können!«

»Luke? Luke, was ist passiert?« Joss stand einige Meter von ihm entfernt; ihr Gesicht war totenbleich. »Hier, nimm meine Hand!« Vorsichtig stieg sie das Ufer hinunter und beugte sich zu ihm.

Er packte ihre Finger und ließ sich an Land ziehen. »Du fandest das wohl witzig?« fuhr er sie wütend an und schüttelte sich wie ein nasser Hund. »Etwas Besseres ist dir wohl nicht eingefallen!«

»Ich fand das überhaupt nicht witzig«, gab sie zurück. Dann verzogen sich ihre Mundwinkel leicht nach oben. »Aber Luke, es sah wirklich komisch aus, wie du dich plötzlich ins Wasser geschmissen hast. Warum hast du das bloß gemacht? Bist du ausgerutscht?«

»Ausgerutscht? Du weißt verdammt genau, daß ich nicht ausgerutscht bin. Du hast mich geschubst!«

»Das habe ich nicht!« Ihr Gesicht war der Inbegriff verletzter Unschuld. »Wie kommst du bloß auf die Idee?«

Er atmete tief durch, um sich zu beruhigen. Er fror in dem kalten Wind. »Laß uns diese Debatte vertagen. Wenn ich noch länger hier herumstehe, hole ich mir eine Lungenentzündung.« Damit drehte er sich um und ging über den Rasen aufs Haus zu. Joss sah ihm nach. Ihre plötzliche Heiterkeit war ebenso rasch verschwunden, wie sie gekommen war. Sie hatte ihn nicht gestoßen. Sie war mehrere Meter von ihm entfernt gewesen, als er überraschend aufgeschrien hatte und ins Wasser geflogen war. Er war nicht ausgerutscht, er war nicht hineingesprungen. Es sah aus, als ob er gestoßen worden wäre. Und wenn nicht sie es getan hatte, wer dann?

Fröstelnd sah sie sich um. Das Teichhuhn war verschwunden. Die strahlende Herbstsonne hatte sich hinter einer Wolke verzogen, und der Garten wirkte mit einem Mal finster und kalt.

Sie beobachtete, wie Luke um die Ecke des Hauses verschwand, dann wandte sie sich wieder zur schwarzen Oberfläche des Sees – des Sees, in dem Sammy ertrunken war. Ein Schauder durchfuhr sie. Guter, lieber Gott, jetzt fing es an.

Als Joss schließlich durch die Hintertür in die Küche trat und ihre Jacke im Flur aufhängte, backte Lyn gerade einen Kuchen. Sie blickte über das Nudelholz zu Joss und zog eine Augenbraue hoch. »Luke ist ziemlich sauer auf dich«, sagte sie. Tom kniete neben ihr auf einem Küchenstuhl, die Ärmel hochgekrempelt, und rollte seinen eigenen Teig aus. Er war über und über mit Mehl bestäubt. »Warum um Himmels willen hast du das getan?«

»Ich war's nicht, Lyn.« Joss ging zum Herd und sah nach, ob im Kessel heißes Wasser war. Dann holte sie zwei Becher. »Ich war nicht einmal in seiner Nähe.«

»Also ist er reingesprungen?«

»Er muß ausgerutscht sein. Willst du einen Kaffee?«

Lyn schüttelte den Kopf.

»Daddy naß«, bemerkte Tom. Er steckte einen Daumen in den Teig und formte zwei Augen. Dann gab er dem Gesicht einen lächelnden Mund.

»Ich bringe ihm was Heißes zu trinken.« Joss gab Kaffeepulver in die zwei Becher und rührte das heiße Wasser hinein, dann etwas Milch. »Ich hab's nicht getan, Lyn«, wiederholte sie mit Nachdruck. »Wirklich nicht.«

Luke ließ gerade Wasser in die Wanne laufen und schälte sich aus seinen durchnäßten Kleidern, als Joss ins Bad kam. »Hier«, sagte sie. »Kaffee, um dich aufzuwärmen. Ist alles in Ordnung?« An seinem Bein war ein langer, blutiger Kratzer.

»Ja, alles o.k.« Er ließ sich ins heiße Wasser gleiten und griff nach dem Becher. »Es tut mir leid, daß ich so wütend war, Joss, aber das war ein ziemlich schlechter Scherz.«

»Das finde ich auch.« Sie setzte sich auf den Toilettendeckel. »Ich hab's nicht getan, Luke. Wirklich nicht. Du mußt ausgerutscht sein. Ich war ewig weit von dir entfernt. Ich habe nur gesehen, wie du plötzlich abgehoben hast.«

Er lehnte sich zurück, schloß die Augen und nahm einen Schluck Kaffee. »Wenn du meinst.«

»Luke, ich glaube, wir sollten Belheddon verlassen.«

»Joss.« Er öffnete die Augen wieder. »Wir haben das schon einmal durchgesprochen. Entschuldigung, aber das ist unmöglich. Selbst mit dem Geld, das uns der Wein eingebracht hat. Das muß dir doch klar sein. Die Bedingung im Testament deiner Mutter lautet, daß wir das Haus nicht verkaufen dürfen; wir müssen Geld verdienen, und unsere einzige Chance ist, daß ich weiterhin Autos restauriere, und du schreibst. Na ja, wahrscheinlich kannst du überall Bücher schreiben, aber ich kann nur hier arbeiten. Für die Autos brauche ich Platz. Platz und eine überdachte Garage, und jetzt brauche ich außerdem noch Jimbo. Den Jungen müßte man mit Gold aufwiegen. Er hat einfach ein Gespür für alte Autos. Und hier kann ich das Fiasko mit Barry und H & G vergessen. Sie werden das Schwein nie finden. Darauf muß ich gar nicht erst hoffen. Ich brauchte ein neues Leben, Joss. Und hier haben wir auch Platz für Lyn. Es ist in jeder Hinsicht perfekt.« Er stellte den Becher ab und griff nach der Seife, um sich die Arme zu waschen. »Ich weiß, daß dir unbehaglich ist wegen der Geschichten, die von diesem Haus erzählt werden, aber sie sind absoluter Unsinn, und das weißt du im Grunde auch. Du darfst dich nicht von ihrgendwelchen Leuten verrückt machen lassen. Von Leuten wie David.« Er sah zu ihr und suchte in ihrem Gesicht nach einer Reaktion, und dann lächelte er. »Irgendwie freue ich mich ja, daß du es komisch fandest, deinen Mann ins fünf Meter tiefe, kalte Wasser fliegen zu sehen. Ich habe dich schon lange nicht mehr lachen sehen.«

»Ich habe nicht gelacht.«

»Na ja, gelächelt. Joss, ich weiß, daß es nicht leicht ist, mein Schatz. Der Umzug, die ganzen Erinnerungen und dann die Geschichten von deiner Familie. Ich kann's verstehen.«

»Wirklich?« Sie betrachtete ihn nachdenklich.

»Doch, wirklich.« Er setzte sich auf, so daß ihm das Wasser von den Schultern und Armen herablief, und streckte die Hand nach den Handtüchern aus. Sie reichte ihm eins. »Ich kann auch verstehen, daß es nicht leicht für dich ist zu sehen, daß Lyn soviel Zeit mit den beiden Jungs verbringt, während du dich zum Schreiben ins Arbeitszimmer zurückziehen mußt.«

»Ich habe Angst, daß der Roman nicht gut wird.«

»Er ist gut. Schließlich haben die Leute schon einen Teil davon gesehen und wissen, was passieren wird. Das Buch wird großartig werden.«

»Glaubst du das wirklich?« Sie verschränkte die Arme vor der Brust.

»Ich weiß es.« Er stand auf, wickelte sich in das Handtuch und legte den Arm um sie. Sie fühlte sich geborgen in der warmen, dampfenden, nach Seife duftenden Umarmung. »Vergiß die Gespenster, Liebes. Es gibt sie nicht. Nicht im wirklichen Leben. Sie sind ein großartiger Stoff für Schriftsteller und Historiker und alte Dorfweiber, und sogar für pensionierte Pfarrer, die nach einer Betätigung als Exorzist suchen, aber im wirklichen Leben tauchen sie nicht auf. Auf keinen Fall. O. k.?«

Sie lächelte gezwungen. »O. k.«

»Also, jetzt ziehe ich mich an, und dann gehen wir nach unten und stoßen an auf die Firma Belheddon und die Verwirrung der Gespenster aus alter Zeit. In Ordnung?«

»In Ordnung.«

Toms erster Schrei riß Joss gewaltsam aus ihrem Traum. In kürzester Zeit war sie aufgestanden und auf dem Weg in sein Zimmer. Hinter ihr erschien Lyn im Flur; sie zog sich noch den Morgenmantel über.

Tom stand mitten im Zimmer. Joss war als erste bei ihm und nahm ihn hoch.

Schluchzend klammerte sich das Kind an sie. »Tom-Tom fallen. Tom-Tom auf Boden fallen.« Er verbarg seinen Kopf an ihrem Hals und versteckte sich hinter ihren langen Haaren.

Lyn klappte das Seitengitter herunter. »Zum Donnerwetter, Joss! Du hast das Gitter nicht richtig einrasten lassen. Der arme Tom hätte sich entsetzlich weh tun können.« Ärgerlich richtete sie das zerwühlte Bett.

»Natürlich habe ich es richtig einrasten lassen. Ich sehe immer doppelt nach.« Joss bedachte ihre Schwester über Toms Kopf hinweg mit einem wütenden Blick.

Lyn rümpfte die Nase. »Wenn du meinst.« Mit raschen Bewegungen strich sie das Laken glatt und schlug die Decke zurück. »Komm, Tom-Tom, jetzt sehen wir mal, ob wir dich wickeln sollen, bevor ich dich wieder ins Bettchen bringe.« Sie streckte die Arme nach ihm aus, und Joss fühlte, wie sich sein Griff um ihren Hals lockerte. Sie hielt ihn fest. »Tom-Tom, bleib bei Mummy«, sagte sie entschlossen. »Laß nur, Lyn. Ich mach das schon. Geh ins Bett.«

»Warum? Ich tu's gern.«

»Ich weiß, und vielen Dank, aber ich möchte es gerne selbst machen.«

Lyn ließ Tom schließlich los und trat zurück. »Also gut, wenn du willst. Soll ich nach Ned sehen?«

»Nein. Ich kümmere mich um ihn, wenn ich mit Tom fertig bin. Es ist ohnehin bald Zeit, ihn zu stillen. Geh ins Bett, Lyn.«

Sie setzte den kleinen Jungen auf die Wickelunterlage und knöpfte den Pyjama auf. Er schniefte noch immer herzzerreißend, als sie ihn hinlegte und seine Hose abstreifte im Wissen, daß Lyn noch in der Tür stand. Halb unter der Plastikwindel verborgen, bildete sich auf seinem Oberschenkel ein riesiger blauer Fleck. Nachdem sie den Klebestreifen gelöst hatte, nahm sie die Windel ab und schrie entsetzt auf. Der blaue Fleck ging über seine ganze Hüfte.

Lyn hatte es ebenfalls gesehen und trat näher. »Guter Gott, wie ist denn das passiert?«

Joss starrte erschrocken auf ihren Sohn. »Tom-Tom, Herzchen! Ach, du armes kleines Würmchen!« Sanft fuhr sie mit den Fingern über die anschwellende Stelle. »Wie hast du das bloß gemacht? Laß Mummy mal sehen. Komm, ich tue dir etwas Arnikasalbe drauf. Das muß passiert sein, als er aus dem Bettchen gefallen ist.« Sie rollte die nasse Windel zusammen, warf sie in den Eimer unter dem Tisch und griff nach dem Puder und einer neuen Windel.

»Er ist nicht gefallen.« Lyn beugte sich über ihn. »Sieh mal. Die Flecken auf dem Bein. Das sind Fingerabdrücke.« Plötzlich wich sie zurück und starrte Joss an. »Das hast du getan. Du!«

Joss hatte schon die Salbe auf die Hüfte aufgetragen und befestigte gerade die frische Windel. Aufgebracht sah sie Lyn an. »Wie kannst du so was sagen!«

»Luke – sieh nur!« Lyn wirbelte herum zu Luke, der schweigend an der Wand stand. »Himmelherrgott, Luke, sag doch was. Sie hat ihm weh getan. Ihrem eigenen Kind!«

»Lyn!« stieß Joss verärgert hervor. »Luke, hör doch, was sie sagt!«

»Du weißt, daß das nicht stimmt, Lyn«, sagte Luke ruhig. »Das ist Unsinn. Joss würde Tom nie etwas antun. Nie im Leben.«

»Das würde ich auch nicht! Wie kannst du es wagen, das zu sagen!« Joss holte tief Luft. »Geh ins Bett, Lyn«, wiederholte sie. »Du bist offenbar müde. Laß mich Tom in Ruhe hinlegen.« Sie beherrschte sich nur mit Mühe. »Ich würde ihm nie weh tun, und das weißt du auch. Der Arme ist aus dem Bett gefallen, das ist alles. Und jetzt ist alles wieder in Ordnung, stimmt's, Tom-Tom?« Sie streifte ihm die Pyjamahose über und knöpfte sie wieder ans Oberteil. Dann setzte sie ihn auf. »Und jetzt, mein müder Krieger, geht's ab ins Bett.«

»Blechmann weg?« Tom wollte sich um keinen Preis hinlegen, sondern blieb aufrecht in seinem Bettchen stehen, hielt das Gitter umklammert und starrte an seiner Mutter vorbei in die Ecke des Zimmers.

Joss biß sich auf die Unterlippe. Panik befiel sie. »Da ist kein Blechmann, Tom. Du hast nur schlecht geträumt. Der Blechmann ist fort. Der dumme Blechmann. Er wollte dich nicht erschrecken. Und jetzt ist er fort.« Sie bemerkte, wie Luke und Lyn sich über ihren Kopf einen Blick zuwarfen. »Jetzt komm, ich decke dich schön zu.«

Mittlerweile stillte sie Ned nur noch nachts. Es war ein vernünftiger Vorschlag gewesen, ihn langsam auf die Flasche umzustellen, damit auch Lyn ihn füttern konnte. Aber dieses Stillen in der Ruhe der Nacht wollte sie nicht aufgeben, selbst wenn es zu ihrer Erschöpfung beitrug. Während sie mit dem Baby im Arm dasaß und es wiegte, wußte sie, daß sie diese kostbare Stunde, in der Ned nur ihr allein gehörte, so lange wie möglich beibehalten wollte.

Es hatte lange gedauert, bis sie Luke und Lyn endlich überredet hatte, ins Bett zu gehen und sie mit Tom allein zu lassen. Als die beiden schließlich verschwanden, setzte sie sich neben sein Bett und las ihm eine Geschichte vor, und bald, sehr bald, fielen ihm die Augen zu. Sie beugte sich über ihn, um ihm einen Kuß zu geben, und machte dabei etwas schuldbewußt das Zeichen des Kreuzes, bevor sie ihn noch einmal richtig zudeckte und aus dem Zimmer schlich.

Während sie Ned stillte, wanderten ihre Gedanken zu Lyn zurück. Ihre Schwester mißtraute ihr offenbar. Oder war Lyn nur eifersüchtig, weil sie keine eigenen Kinder hatte? Stirnrunzelnd dachte Joss an Toms blaue Flecke. Es war nicht das erste Mal, daß der kleine Junge hingefallen und sich weh getan hatte, und sicher hatte Lyn auch diese Flecke gesehen. Blaue Flecke von einem Sturz. Etwas anderes konnte es nicht sein. Schließlich wurde er ständig unternehmungslustiger, schlug mit dem Kopf gegen die Ecke des Küchentischs und kippelte mit seinem Hochstuhl hin und her. Bei Kleinkindern waren blaue Flecke etwas ganz Normales. Aber die Alpträume? Seine Alpträume vom Blechmann.

Sie seufzte. Es waren keine Alpträume. Auch sie hatte ihn gesehen und gespürt, in der Ecke von Toms Zimmer, in ihrem eigenen Schlafzimmer und im großen Saal, wie er im Schatten stand und alles beobachtete; er war selbst nur ein Schatten, und doch war er immer da und wartete. Worauf wartete er? Sogar die Kätzchen spürten seine Gegenwart, davon war sie überzeugt. Keines der beiden hielt sich gerne im Saal auf; sie vermieden ihn, so gut sie konnten, und wenn sie Joss unbedingt im Arbeitszimmer aufstöbern wollten, flitzten sie mit angstgeweiteten Augen und angelegten Ohren hindurch. Mit einem Schauder drückte sie das Baby fester an sich, und Ned hörte auf zu saugen, wimmerte kläglich und öffnete die Augen. Sie lächelte ihn an und drückte ihm einen Kuß auf die dunklen Haare. »Entschuldigung, Kleiner.«

Sie dachte an Davids Brief. Nachdem sie den Umschlag vom Küchentisch genommen hatte, hatte sie ihn ungeöffnet auf den Schreibtisch gelegt. Mittlerweile riß sie Post von David nicht mehr ungeduldig auf wie früher, sondern betrachtete sie eher mit Grauen, aber andererseits hatte sie nicht die Willenskraft, ihm zu sagen, er solle nicht mehr schreiben. Sie hatte sich an den Schreibtisch gesetzt, ihre Kaffeetasse mit beiden Händen umklammert und aus dem Fenster gesehen, ohne etwas wahrzunehmen. Der Manuskriptstapel vor ihr war kaum höher als einen Monat zuvor; die langen Stunden im Arbeitszimmer verliefen zunehmend unproduktiv. Sie saß nur da, lauschte angestrengt nach Geräuschen aus der Tiefe des Hauses – ein Weinen von

Ned, Toms Schreien –, und konnte sich nicht auf ihren Roman konzentrieren. Und immer spürte sie die Angst, daß sie die anderen hören würde – die Jungen, die nicht mehr da waren.

Sie hatte den Computer angestellt, den Kaffee getrunken und zugesehen, wie auf dem Monitor ihr Textverarbeitungsprogramm erschien. Dann war ihr Blick auf den Umschlag gefallen. Seufzend hatte sie danach gegriffen und ihn mit einem Finger geöffnet.

Diesmal enthielt er keine Fotokopien, sondern mehrere Blätter, die mit Davids enger Schreibmaschinenschrift gefüllt waren. Sie stellte sich seine ramponierte tragbare Schreibmaschine vor – gelegentlich war sie auf dem Tisch des Lehrerzimmers zu sehen, aber meist lag sie irgendwo auf dem Rücksitz seines Autos herum, die Schutzhaube voller zerfetzter Reiseaufkleber. Er tippte mit zwei Fingern – oft mit überkreuzten Fingern, wie er jedem erklärte, der die Ergebnisse seiner Bemühungen zu Gesicht bekam –, aber in diesem Brief waren keine der ausgeixten Wörter zu sehen, die seine sonstigen Schreiben kennzeichneten. Hier hatte er die Tippfehler unkorrigiert stehengelassen.

Liebe Joss,
Ich hoffe, mein Patenkind wächst und gedeiht. Gib ihm einen Kuß von mir.
Wg. Blechmann. Ich glaube, ich weiß, wer/was er ist!!! Vielleicht!!! Ich habe über Katherine de Vere und ihre hexenhafte Mutter nachgeforscht. Es gibt noch eine ganze Reihe hervorragender Dokumente über die Vorgänge vor Gericht. So ganz mit heiler Haut sind sie nicht davongekommen. Margaret wurde nämlich 1482 verhaftet. Sie wurde von Belheddon nach London gebracht, aber bevor sie vor Gericht erscheinen mußte, verlangte sie, mit dem König zu sprechen – Edward IV. Er ist zu ihr in den Tower gekommen. Über den Inhalt des Gesprächs ist nichts bekannt, aber die Anklage wurde sofort fallengelassen und sie mit Geschenken überhäuft, bevor sie aus London abreiste. Ich vermute mal, daß sie etwas gegen ihn in der Hand hatte, und daß dieses Etwas mit ihrer Tochter Katherine zu tun hatte. König Edward war im Jahr davor viermal auf Belheddon zu Gast gewesen und jedesmal mehrere Tage geblieben – einmal sogar zehn Tage, was re-

lativ ungewöhnlich war. Was hat ihn dort so interessiert? Als politisches Zentrum konnte man das Haus ja kaum bezeichnen, und vom Kriegführen/Regieren Urlaub zu nehmen war zur damaligen Zeit nicht sehr ratsam. Eine zeitgenössische Quelle sagt, Margaret habe ihn verhext, damit er sich in ihre Tochter verliebte. Der Plan war wohl, daß Elizabeth Woodville sterben und er dann Katherine de Vere heiraten würde. Die de Veres in Belheddon waren eng mit den Herzogen von Oxford verwandt, und es hätte enorme politische Konsequenzen gehabt, wenn sie den König auf ihre Seite hätten ziehen und sich durch eine Heirat mit der weißen Rose verbünden können...

Joss legte den Brief beiseite und rieb sich die Augen. Die weiße Rose. Der Gedanke schien fast verrückt – aber schenkte König Edward seinen Geliebten möglicherweise weiße Rosen? War das der Ursprung der Blumen? Oder verwendete Margaret de Vere die Rosen für ihre Hexerei, um den König in Liebe zu der Tochter eines unbedeutenden Adeligen entbrennen zu lassen, der am östlichsten Rand seines Reichs lebte? Joss öffnete eine der kleinen Schubladen, in die sie ganz am Anfang eine der Rosen gelegt hatte, bevor die Blumen sie mit Grauen erfüllt hatten.

Sie suchte zwischen den Stiften, Briefmarken und Siegelwachs-Rollen, konnte aber keine Spur einer Rose finden. Nicht einmal die Überreste eines Blütenblatts. Sie zog die Schublade ganz heraus und schnupperte daran; der Geruch von Kampfer und Staub stieg ihr in die Nase, sonst nichts. Sie holte tief Luft, schob die Schublade wieder zurück und griff erneut nach dem Brief.

Natürlich werden wir nie wissen, wieviel davon auf bösartigen Klatsch und Gerüchten und wieviel auf Tatsachen beruht – wenn überhaupt etwas davon wahr ist.
Tatsache ist: Elizabeth Woodville hat ihren Mann überlebt.
Tatsache ist: Katherine de Vere heiratete einen Mann, der nur sechs Monate später unter geheimnisvollen Umständen starb.
Tatsache ist: Katherine selbst starb nur einen Monat darauf, vermutlich im Kindbett.

Der König ist sieben Monate später, 1483, im Alter von vierzig Jahren gestorben. Er starb ganz plötzlich und unerwartet in Westminster. Viele fanden die Umstände seines Todes verdächtig, und deswegen wurden wieder Anschuldigungen wegen Hexerei laut; mehreren Leuten wurde zur Last gelegt, seinen Tod herbeigeführt zu haben. Dazu gehörte auch Margaret de Vere, die ein zweites Mal verhaftet wurde. Anscheinend erhob sie eine Gegenklage gegen den König und machte ihn für Katherines Tod verantwortlich. Warum? Ich vermute, daß König Edward der Vater des Kindes war, das sie umbrachte. Ich weiß, ich ziehe damit waghalsige Schlüsse, Joss, wie du mir bestimmt vorhalten wirst; du wirst sagen, diese Gedankengänge seien vollkommen und entsetzlich unwissenschaftlich und sogar romantisch; aber vielleicht ergibt irgend etwas daran einen Sinn? Was meinst du? Könnte unser Gespenst König Edward sein – ein Blechmann in Rüstung?

Jetzt muß ich aufhören und den Damen der Abschlußklasse etwas über Disraeli und Gladstone eintrichtern. Gott steh mir bei. Wenn ich über Dizzies fetzige Romane und Glads Freundinnen reden könnte, würden sie mir an den Lippen hängen. Aber die irische Frage – aussichtslos! Bis bald. Grüße an Luke und Lyn.

D.

Langsam faltete Joss die Blätter wieder zusammen und legte sie in den Umschlag zurück, den sie in eines der Fächer im Sekretär steckte. Dann starrte sie lange und gedankenversunken zum Fenster hinaus.

25

Das Barometer im Eßzimmer fiel stetig, und am nächsten Tag wurde der Wind noch stärker; er rüttelte an den Fenstern und heulte in den Kaminen.

Die Familie versammelte sich in der Küche. Luke hatte Jimbo um vier Uhr nach Hause geschickt, und nun saß er am Küchentisch, vor sich auf einem Stück Zeitungspapier einen zerlegten Vergaser. Erwartungsvoll blickte er zu Joss auf; er konnte seine Neugier nicht mehr im Zaum halten. »War der Brief gestern von David?« fragte er.

Joss, die gerade Obst für Toms Abendbrot aufschnitt, hielt inne. »Ja. Ich soll euch beide von ihm grüßen.«

»Hat er noch mehr über das Haus herausgefunden?« Er hielt das Gehäuse eines der Doppelvergaser des Silver Shadow an den Mund, hauchte es an und polierte das Aluminium mit einem Lappen.

»Ein bißchen. Anscheinend war König Edward IV. hier öfter zu Besuch. David meint, daß er vielleicht in eine der Töchter der Familie verknallt war.« Sie häufte Bananen- und Apfelstückchen auf einen Teller und schob ihn zu Tom hinüber. Luke und Lyn bemerkten nicht, wie sie den Atem anhielt und in den Flur hinaushorchte, weil sie dachte, es stünde jemand draußen und lauschte, jemand, dem ihr leichter, fast spöttischer Tonfall nicht gefiel.

Lyn war mit gerunzelter Stirn in ein Kochbuch vertieft und notierte sich mit einem Bleistift Zutaten auf ihre Einkaufsliste. »Natürlich, es mußte unbedingt ein König sein«, bemerkte sie beiläufig. »Ein gewöhnlicher Sterblicher hätte es nie gewagt, sich an eine Belheddonistin ranzumachen.«

Luke zog die Augenbrauen hoch. Sein Blick traf sich mit Joss', und er grinste. »Nicht schlecht. Eine Belheddonistin. Das gefällt mir.«

»Sind wir das auch?« fragte Joss und lachte verlegen auf.

»Wir – wir sind verträumte Nichtstuer, weiter nichts.« Er legte die Metallteile in einen alten Karton und stand auf, um sich die Hände zu waschen. »Soll ich den Kessel aufsetzen?«

Joss nickte. »Ich mache mich besser wieder an die Arbeit. Zur Zeit komme ich nicht besonders gut voran.« Ihr Abgabetermin rückte immer näher; Robert Cassie hatte bereits zweimal schriftlich nachgefragt, ob sie das Buch rechtzeitig fertigstellen werde, und ihre Schuldgefühle dadurch noch verschlimmert.

Nachdem Joss mit einer Tasse Tee in ihrem Arbeitszimmer verschwunden war und Lyn den kleinen Tom mit Papier und einer Schachtel Buntstiften zum Malen an den Küchentisch gesetzt hatte, nahm sie gegenüber Luke Platz. »Was ist gestern wirklich passiert?« fragte sie.

»Gestern?«

»Komm, du weißt doch, was ich meine, Luke. Am See.«

»Ich bin hineingefallen.«

»Gefallen?«

»Ja, gefallen.« Er blickte ihr geradewegs in die Augen. »Laß das, Lyn. Ich habe es dir schon einmal gesagt. Das geht nur Joss und mich etwas an.«

»Wirklich? Und geht es auch nur Joss und dich etwas an, wenn sie die Kinder schlägt? Oder glaubst du vielleicht im Ernst, daß Tom sich die blauen Flecken geholt hat, als er aus dem Bett fiel? Die Fingerabdrücke waren doch wirklich deutlich genug. Und Ned. Wie viele Unfälle hat er schon gehabt? Es war nichts Großes, zugegeben. Ab und zu mal hingefallen, oder eine Decke über dem Gesicht. Aber was ist mit den Vorfällen, von denen wir gar nichts erfahren? Was muß denn noch alles passieren, bis du endlich merkst, was vor sich geht, Luke?« Sie stand auf und schritt aufgebracht hin und her. »Siehst du denn nicht einmal, was sich unmittelbar vor deiner Nase abspielt? Joss kann einfach nicht mehr. Sie ist depressiv. Alles wird ihr zuviel. Ich bin mir sicher, daß sie die Kinder verletzt. Sie ist für diese ganzen Unfälle verantwortlich. Klar, das ist ein Hilfeschrei, Luke, aber wer weiß, wie weit sie noch gehen wird? Du mußt etwas tun.«

»Lyn, du weißt ja nicht mehr, was du sagst!« Zornig schlug Luke mit der Faust auf den Tisch. »Du bist schließlich ihre Schwester, in Gottes Namen ...«

»Nein. Nein, Luke, ich bin nicht ihre Schwester. Nicht mehr. Das ist inzwischen vollkommen klar. Aber ich liebe sie noch immer wie eine Schwester.« Sie strich sich ärgerlich die Haare aus dem Gesicht. »Und ich sehe doch, was hier vor sich geht. Dieses Haus, die Familie, sogar diese verdammten Geister, an die sie glaubt – das alles zusammen macht sie depressiv. Sie schreibt auch nicht mehr. Ich habe mir ihr Manuskript angesehen, das auf dem kostbaren Schreibtisch ihrer Mutter liegt. Vor drei oder vier Wochen waren es genau 147 Seiten, und seither hat sie keine Zeile mehr geschrieben. Sie sitzt nur noch da und brütet vor sich hin.«

»Lyn, vielleicht ist es deiner Aufmerksamkeit entgangen, daß sie nicht nur Ned füttert und ein Buch schreibt, sondern außerdem noch versucht, möglichst viel im Haus zu erledigen. Und warum macht sie die ganze Hausarbeit? Weil du das Gefühl hast, es würde zu viel an dir hängenbleiben. Sie ist einfach abgespannt, Lyn.«

»Ja, sie ist abgespannt. Ich bin auch abgespannt. Wir sind alle abgespannt und müde. Aber deshalb schlagen wir noch lange keine Kinder!«

Plötzlich merkte sie, daß Tom seine Stifte beiseite gelegt hatte, hingebungsvoll am Daumen lutschte und sie und Luke mit großen Augen betrachtete. »Oh Tom, Liebling!« Sie eilte zu ihm, nahm ihn auf den Arm und drückte ihm einen Kuß auf die Wange. »Tante Lyn paßt auf dich auf, Schätzchen, das verspreche ich dir.«

»Lyn!« Luke konnte sich nur mit Mühe beherrschen. »Bitte sag so etwas nicht noch einmal. Es ist nicht wahr. Joss würde niemals die Kinder schlagen. Niemals.«

»Ach nein?« Sie starrte ihn wütend an. »Warum fragen wir Tom nicht selbst?«

»Nein!« Er stand so heftig auf, daß sein Stuhl umkippte. »Nein, Lyn, jetzt reicht's! Würdest du bitte Vernunft annehmen!«

Zornig wie schon lange nicht mehr ging er hinaus und schlug die Küchentür hinter sich zu. Dabei spürte er, wie Toms Blick, der für sein Alter viel zu nachdenklich war, unentwegt auf seinen Rücken fixiert blieb.

Mitten im großen Saal blieb er stehen und atmete tief durch. Es war verrückt, daß er sich von Lyn so zusetzen ließ. Er konnte doch erkennen, worauf sie hinauswollte – sie versuchte, Joss in den Rücken zu fallen, ihn und die Kinder gegen Joss einzunehmen und auf ihre, Lyns, Seite zu ziehen. Und sie schürte Zweifel. Verdammt, fast hätte sie ihn so weit gebracht zu glauben, daß Joss ihn in den See gestoßen hatte!

Der große Raum um ihn schien plötzlich sehr still zu sein. Fröstelnd vergrub Luke die Hände in den Taschen seiner Kordhose und starrte auf die leere Feuerstelle. Zwischen den Kaminböcken lag ein Haufen kalter Asche, darum herum waren kleine Zweige verstreut. Es war eisig; er spürte, wie ihm die Kälte von dem steinernen Boden in die Glieder kroch. Auf einmal hörte er auch den Wind im Kamin; es war ein leises Stöhnen, und wenn eine stärkere Bö das Haus erfaßte, klang es fast wie ein Lachen – das Lachen von Kindern.

»Joss!« Er machte abrupt kehrt und ging zum Arbeitszimmer.

Sie stand an der Terrassentür und starrte auf den in Dunkelheit daliegenden Garten hinaus. Der Computer war nicht einmal eingeschaltet.

»Joss, was tust du?« Er bemerkte, wie sie schuldbewußt zusammenfuhr, nach dem Vorhang griff und ihn rasch zuzog, um den düsteren Spätnachmittag auszuschließen – als wollte sie vor ihm verbergen, was sie da draußen beobachtet hatte. Auch ihr Versuch, sich heimlich die Tränen von den Wangen zu wischen, entging ihm nicht.

»Joss, was ist los? Warum weinst du?«

Sie zuckte die Achseln, ohne sich zu ihm umzudrehen.

»Joss, komm her.« Er nahm sie in die Arme und drückte sie an sich. »Erzähl's mir doch.«

Wortlos zuckte sie wieder die Achseln. Wie konnte sie ihm ihre Ängste erklären? Es würde nur verrückt klingen. Es war verrückt! Es waren Bilder, die sie sah, die sie bis in ihre Träume verfolgten – Bilder aus irgendeiner archetypischen Welt voller Schreckgespenster, in denen Luke von allen Seiten bedroht wurde und Ned und Tom in Lebensgefahr schwebten und andere Menschen, Menschen, die sie nicht kannte, verängstigt durch das Haus liefen.

Der junge Mann krümmte sich vor Schmerzen, Speichel lief ihm aus den Mundwinkeln, seine Hände umklammerten die ihren.

»Katherine! Meine süße Frau! Halt mich fest.«

»Richard!« Sie preßte ihre Lippen an seine schweißglänzende Stirn und streichelte ihn sanft.

»Ich sterbe, Liebling.« Er würgte noch einmal, und sein Körper verrenkte sich. »Vergiß mich nicht.«

»Wie könnte ich dich vergessen!« flüsterte sie. »Aber du wirst wieder gesund. Ich weiß, daß du wieder gesund wirst.« Sie weinte so heftig, daß sie kaum sein Gesicht sehen konnte.

*Doch er schüttelte den Kopf. Er hatte sein Schicksal in den
Augen seiner Schwiegermutter gelesen. »Nein, meine Liebste,
nein. Ich muß dich verlassen.«
Als er starb, weinte auch er.*

»Ist es das Buch? Macht dir das Buch Probleme?« Er sprach
leise, mit dem Mund an ihren Haaren. »Joss, nimm es nicht so
tragisch, Liebes. Es ist nicht so wichtig. Nichts ist so wichtig, daß
du dich davon krank machen lassen solltest.«

In seinen starken Armen fühlte sie sich vollkommen sicher.
Aber auch John Bennet war stark gewesen, und ihr leiblicher Vater allem Anschein nach ebenfalls – und was war mit ihnen geschehen? Mit einem Schauder schob sie Luke von sich. »Mach
dir um mich keine Gedanken. Ich bin einfach nur dumm. Und
ich schlafe nicht genug, das ist alles.«

»Joss, du weißt, Lyn hat dir angeboten…«

»Jaja, ich weiß schon, was sie mir angeboten hat.« Die Heftigkeit ihrer Erwiderung überraschte sie ebenso wie Luke. »Ich will
aber nicht, daß sie sich ganz allein um Ned kümmert. Ich will
nicht, daß sie alles für ihn tut. Ich will nicht, daß er sie für seine
Mutter hält. Ich will, daß er mir gehört, Luke. Ich will mich um
ihn kümmern! Sie nimmt ihn mir weg.«

»Aber das tut sie doch gar nicht…«

»Nein? Dann sieh dir doch an, wie die Dinge hier laufen!« Sie
befreite sich aus seinem Griff und stellte sich vor den Computer.
Der leere Bildschirm schien sie vorwurfsvoll anzustarren.

»Du solltest dir ansehen, wie die Dinge laufen, Joss.« Luke
klang bewußt ruhig und gelassen. »Du und ich haben Lyn als
Kindermädchen angestellt. Dafür geben wir ihr Unterkunft und
Verpflegung und zahlen ihr ein kleines Gehalt. Das Ganze war
als Hilfe für euch beide gedacht – sie brauchte einen Job, und ich
vermute, sie wollte auch eine Zeitlang von Alice und Joe wegkommen und etwas unabhängiger sein; und du wolltest Zeit, damit du dein Buch schreiben, das Haus herrichten und die Geschichte von Belheddon erforschen kannst. Nach Toms Geburt
hast du dich ziemlich eingeengt gefühlt, weil du dich ständig um
ihn kümmern mußtest, erinnerst du dich? Lyn bei uns aufzunehmen war kein Trick, um dir die Jungen wegzunehmen. Sie sollte

eine Hilfe für dich sein. Und wenn sie das nicht ist, dann sagen wir ihr, daß sie gehen muß.«

Joss setzte sich an ihren Schreibtisch, vergrub den Kopf in den Händen und rieb sich dann erschöpft die Schläfen. »O Luke. Es tut mir leid. Aber ich fühle mich in letzter Zeit, als würde mein Leben mit mir davonlaufen. Als würde ich von meinem Leben beherrscht und nicht umgekehrt.«

Er lachte. »Meine dumme alte Joss. Wenn es eine Frau gibt, die ihr Leben selbst in die Hand nimmt, dann du.«

Joss brachte die beiden Kinder zu Bett, und Lyn kümmerte sich um das Abendessen. Als Janet kam, saßen sie bereits alle am Küchentisch. Janet zog ihre Barbour-Jacke an der Hintertür aus und kam dann mit nassen, vom Wind zerzausten Haaren und rotgefärbten Wangen herein. »Ich habe noch etwas im Wagen für meinen Patensohn«, sagte sie als erstes, während sie bereitwillig eine Tasse Kaffee entgegennahm. »Es ist so wunderbar, daß ich es sofort rüberbringen mußte. Und seinem Bruder wird es auch gefallen, wenn er einmal alt genug ist, denke ich.«

»Janet, Sie verwöhnen sie viel zu sehr. Zuerst Kit und Kat, und jetzt – was ist es denn?«

Janet strahlte. »Also gut. Ich kann es ja selbst nicht erwarten. Ich bin nicht gut darin, es spannend zu machen. Kommen Sie, Luke, helfen Sie mir. Es ist im Kofferraum.«

Ein Schwall feuchter Luft strömte ins Haus, als die beiden hinausgingen.

Joss sah zu Lyn. »Haben wir genug, um sie zum Abendessen einzuladen? Roy ist noch weg, auf einer Konferenz oder so, deshalb ist sie allein gekommen.«

»Natürlich haben wir genug.« Lyn nickte heftig. »Du weißt doch, ich mache immer genug für zwei oder drei Mahlzeiten.«

»Wunderbar«, sagte Joss. »Lyn – tut mir leid, daß ich so unerträglich war.«

Lyn drehte sich zum Herd um, so daß Joss ihr Gesicht nicht sehen konnte. »Ist schon gut.« Sie wollte noch etwas hinzufügen, doch die Tür ging auf, und herein kam Luke mit einem Schaukelpferd aus Holz in den Armen.

»Janet!« rief Joss entzückt. »Das ist das schönste Schaukelpferd, das ich je gesehen habe!«

Es war ein handgeschnitzter Apfelschimmel mit schwarzer Mähne und schwarzem Schwanz; Zaumzeug und Sattel waren mit Messingnägeln beschlagen.

»Tom wird aus dem Häuschen sein.« Sie streichelte die glänzende Mähne, während Luke das Pferd neben der Anrichte absetzte.

»Ich habe mir immer gedacht, daß es in Belheddon ein Schaukelpferd geben muß.« Janet nahm ihren Becher und wärmte sich daran die Hände. »Ich war ganz sicher, daß irgendwo eines herumsteht. Deshalb habe ich Ihren Bruder, Luke, heimlich auf den alten Speicher und in sämtliche Scheunen geschickt, als er zur Taufe hier war.«

»Er hat kein Wort davon gesagt.« Joss strahlte sie belustigt an. Janet schüttelte den Kopf. »Weit und breit kein Schaukelpferd, meinte er. Eigentlich sollte es ein Geschenk zur Taufe sein, aber dann habe ich erfahren, wie lange es dauern würde, eines machen zu lassen. Dieser Typ in der Nähe von Sudbury, der sie baut, hat sogar eine Warteliste.«

Sie lachte vergnügt, als Kit und Kat träge aus ihrem Korb neben dem Herd gekrochen kamen und zunächst aus sicherer Entfernung so taten, als würde sie das Pferd gar nicht interessieren, bis sie schließlich mit einem Satz Jagd auf seinen langen Schwanz machten.

»Wieder einer Ihrer hervorragenden Handwerker.« Luke legte einen Arm um Janets Schultern und drückte sie. »Sie sind wirklich phänomenal. Ich hatte keine Ahnung, daß Mat sich in sämtlichen Speichern rumtreibt. Das hat er wirklich sehr unauffällig gemacht.« Er blickte Joss an, die jedoch ganz auf das Pferd fixiert schien. »Sollen wir mal nachsehen, ob Tom noch wach ist? Wenn er noch nicht schläft, könnte er es doch anschauen, solange Janet noch da ist? Immerhin ist es doch ein ganz besonderer Anlaß.«

Janet nickte. »O ja, bitte. Würdet ihr das machen? Nur dieses eine Mal? Ich weiß, es war dumm von mir, es um diese Zeit zu bringen, aber ich habe es erst heute nachmittag abgeholt, und ich konnte einfach nicht mehr länger warten.«

»Ich hole ihn.« Luke machte sich auf den Weg. »Das ist so eine tolle Überraschung für ihn, daß er sie wahrscheinlich sein ganzes Leben lang nicht vergißt«, meinte er im Hinausgehen.

Die Küche war warm und von wunderbaren Gerüchen erfüllt. Kit und Kat hatten sich nach eingehender Untersuchung des Neuankömmlings wieder in ihrem Korb zusammengerollt, als es plötzlich aus dem Babyphon auf der Anrichte knackte und knisterte. »Joss!« Lukes Stimme aus dem Apparat klang dünn, aber dennoch war die Schärfe in seinem Ton nicht zu überhören. »Wo ist er, Joss?« fragte er.

Joss starrte auf die Anrichte. »Was meinst du damit – wo ist er?« Doch er konnte sie nicht hören. Ihre entsetzte Frage verklang in der Stille der Küche; das Gerät übertrug sie nicht nach oben.

»Du lieber Gott!« Lyn schob die Flasche so heftig beiseite, daß sie umfiel, an den Rand des Tisches rollte und der Wein auf die Bodenfliesen rann. »Was ist jetzt passiert?« Sie blickte den Bruchteil einer Sekunde lang zu Joss, dann lief sie zur Tür.

Im nächsten Augenblick rannten alle drei Frauen die Treppe hinauf. Luke stand in Toms Schlafzimmer. Das Bett war unberührt; niemand schien darin gelegen zu haben. »Das Babyphon war ausgeschaltet. Wo ist er, Joss? Wo hast du Tom hingebracht?« Er packte sie am Arm; seine Stimme bebte.

»Was meinst du damit – wo habe ich ihn hingebracht!« wehrte sich Joss, während sie ungläubig das kleine Bett betrachtete. »Er war hier! Ich habe ihn zugedeckt, zusammen mit seinem Kaninchen.« Sie sah sich verstört um; plötzlich hatte sie das entsetzliche Gefühl, als habe sich ihr Magen in einen Eisklumpen verwandelt. »Er war hier. Alles war in bester Ordnung. Ich habe ihm noch ein Kapitel aus Dr. Seuss vorgelesen – da, hier ist das Buch.« Es lag mit dem Rücken nach oben auf der Kommode neben dem Nachtlicht. Sie starrte auf die neue Kerze im Kerzenständer. »Ich habe sie angezündet. Ich weiß genau, daß ich sie angezündet habe …«

»Wo ist er, Joss?« Luke packte sie noch fester.

Sie schüttelte den Kopf. »Er war hier.«

»Um Gottes willen, anscheinend sagt sie es uns nicht. Wir müssen ihn suchen«, murmelte Lyn mit zitternder Stimme. Sie

eilte aus dem Zimmer über den Flur und ging zu Ned. Das Baby
schlief tief und fest. Aber von Tom keine Spur.

»Er ist auf dem Speicher«, flüsterte Joss plötzlich. »Ich glaube,
er ist mit den Jungen auf dem Speicher.« Aber sie hatte keine Ahnung, woher sie das wußte.

Die anderen starrten sie nur ungläubig an, so daß sie als erste
auf die Speichertreppe zurannte. »Tom!« Gellend hallte ihr
Schrei im ganzen Haus wider. »Tom, wo bist du?!«

Er saß zufrieden mitten in dem großen Doppelbett im Spei-
cherzimmer, in dem Elizabeth und Jeffrey Grant geschlafen hatten. Vor ihm auf der Daunendecke stand eine Schachtel mit
Holztieren. Als er die Gesichter im Türrahmen sah, strahlte er
vergnügt.

»Georgies Spielsachen«, sagte er fröhlich. »Tom spielen mit
Georgies Spielsachen.«

»Wie oft soll ich es denn noch sagen, ich habe ihn zu Bett gebracht!« Joss setzte sich an den Tisch und stützte den Kopf in die
Hände. »Und es ging ihm gut. Ich habe ihm eine Geschichte vorgelesen. Ich habe ihn zugedeckt. Ich habe die Seitenwand seines
Bettchens hochgeschoben und darauf geachtet, daß sie richtig
einrastet. Und ich habe das Nachtlicht angemacht und das Babyphon eingeschaltet.«

Nachdem er zwanzig Minuten wie wild auf dem Apfelschimmel geschaukelt hatte, war Tom unter halbherzigem Protest in
sein Bettchen zurückgekehrt und sofort wieder eingeschlafen.
Die Erwachsenen vergewisserten sich, daß der Babyruf diesmal
wirklich angestellt war, und gingen wieder in die Küche.

»Vielleicht solltest du mal zu Simon gehen, Joss«, sagte Luke
nach einer Weile vorsichtig. »Ehrlich, das wäre vielleicht das beste. Ich bin sicher, es sind nur Konzentrationsstörungen oder etwas Ähnliches, weil du so abgespannt bist.«

»Mir fehlt nichts.« Joss rieb sich mehrmals kräftig über das
Gesicht. »Lieber Gott, wieso will mir bloß niemand glauben?«

Sie bemerkte, wie Lyn und Luke Blicke austauschten. Es war
Janet, die sich schließlich neben sie stellte und in den Arm nahm.
»Ich glaube Ihnen, Joss. Meiner Meinung nach hat es mit diesem
Haus irgend etwas Seltsames auf sich. Und außerdem finde ich,

daß ihr alle ausziehen solltet. Kommt zu mir, bei uns ist Platz genug. Ich hätte euch liebend gern bei mir.« Sie blickte in die Runde. »Bitte«, fügte sie beteuernd hinzu.

»Das ist unglaublich nett von Ihnen, Janet«, erwiderte Luke bestimmt, noch ehe Joss Gelegenheit hatte, etwas zu sagen. »Aber das ist wirklich nicht nötig. In diesem Haus gibt es nichts Ungewöhnliches, meine Frau bildet sich das alles nur ein. Sie ist durch viele dumme Geschichten verängstigt worden, und je eher wir das zugeben, desto besser. Ich bin ganz sicher, daß mit ihr alles in Ordnung ist, sie braucht nur Ruhe. Morgen rufe ich Simon an, damit er kommt und ihr etwas verschreibt.«

»Luke!« Joss funkelte ihn wütend an. »Wie kannst du nur so etwas sagen! Du redest von mir! Und du klingst dabei wie ein viktorianischer Patriarch! Ich bilde mir nichts ein, und ich habe Tom auch nicht nach oben auf den eiskalten Speicher gebracht, bloß um meine Schauerphantasien zu befriedigen. Und wo kamen diese Spielsachen her, kann mir das irgend jemand erklären? Ich habe sie nie zuvor gesehen. Und wenn sie Georgie gehört haben, wie konnte Tom das wissen? O Luke, wie kannst du nur glauben, daß ich mein eigenes Kind so in Angst und Schrecken versetzen könnte!«

»Aber er war doch gar nicht verängstigt, Joss«, erwiderte Janet ruhig. »Was immer auch passiert ist, und wie immer er da hinaufgekommen ist – Angst hat er keine gehabt. Er war einfach nur beglückt von diesem Spielzeug, und das ist die Hauptsache, davon bin ich überzeugt. Es ist nichts Schlimmes passiert.«

»Es ist eine ganze Menge Schlimmes passiert!« Lyns Hände zitterten; sie setzte sich abrupt hin und biß sich auf die Lippe, um nicht laut loszuschluchzen. »Wann wird bloß endlich jemand merken, daß die Kinder in Gefahr sind?«

»Du hast recht.« Joss blickte ihr geradewegs in die Augen. »Die Kinder sind in Gefahr. Aber guter Gott, nicht durch mich!«

»Es gibt keine Gefahr.« Luke seufzte tief. »Du meine Güte, so etwas kann einem wirklich nur passieren, wenn man das Haus voll hysterischer Frauen hat! Reißt euch doch in Gottes Namen mal zusammen! Wir leben im zwanzigsten Jahrhundert. In den neunziger Jahren. Lyn, essen wir zu Abend. Und bitte, vergessen wir das alles für den Augenblick. Tom-Tom ist in Sicherheit, er schläft, und das Babyphon ist an, also müssen wir uns im Moment über nichts Sorgen machen.«

Einen Augenblick lang herrschte Stille, denn alle drei blickten zur Kommode, wo zwischen einer Schale mit Obst und der Kaffeekanne das kleine, weiße Gerät stand, aus dem ein leises Schnarchen zu hören war.

26

»Tom-Tom, bist du wach?« Joss schob vorsichtig die Seitenwand des Kinderbettes nach unten und berührte sanft die Wange ihres Sohnes. »Kannst du Mummy hören, Tom-Tom?«

Er murmelte im Schlaf und bewegte sich ein wenig.

»Tom-Tom, wer hat dich nach oben gebracht und mit Georgies Spielsachen spielen lassen?« flüsterte sie.

Keine Antwort. Der kleine Junge atmete wieder tief und regelmäßig, seine Augen waren fest geschlossen, und einen Daumen hatte er in den Mund gesteckt. Ein paar Minuten lang beobachtete Joss ihn schweigend. Auf der anderen Seite des Gangs lag auch Ned in seinem Bettchen; sie hatte ihn eben gefüttert und gewickelt. Beide Zimmer wurden sanft von Nachtlichtern erhellt und wirkten warm und sicher. Das zaghafte Raunen des Windes, der um die Dachgiebel strich, betonte noch die Stille und Toms leises Atmen.

Mit einem Seufzen wandte sie sich vom Bettchen ab. Auf der Kommode, gut sichtbar im Lichtkegel der Nachtlampe, lag eine weiße Rose.

Sie starrte sie an, und mit einem Schlag wurde ihr übel. Die Rose hatte nicht dagelegen, als sie in das Zimmer gekommen war.

Nicht schreien.

Du darfst sie nicht aufwecken.

Joss atmete durch, ballte die Fäuste und drehte sich dann zum Fenster um. Es lag in tiefem Schatten, weil das schwache Licht nicht so weit reichte. Das Zimmer fühlte sich an wie immer. Es war nicht kälter als sonst, und in ihrem Kopf hallte auch kein seltsames Echo. In diesem Moment wehte ein ungewöhnlich starker Windstoß um das Haus; sie sah, wie sich die Vorhänge leicht bewegten. Ihre Hände waren schweißnaß. Sie trat näher an das Bett und hielt sich am Geländer fest. »Geh weg«, sagte sie unhörbar. »Geh weg! Laß uns in Ruhe.« Plötzlich merkte sie, daß Toms Augen geöffnet waren. Noch immer am Daumen lutschend, betrachtete er sie. Als sich ihre Blicke trafen, lächelte er sie an und nahm den Daumen heraus. »Mummy gute Nacht küssen«, sagte er.

Sie beugte sich zu ihm hinab und streichelte sein Haar. »Gute Nacht, kleiner Mann.«

»Blechmann läßt Tom mit Georgies Spielsachen spielen«, murmelte er verschlafen. Doch seine Augen waren schon wieder zugefallen.

Joss spürte, wie ihr Herz vor Angst wild pochte. Sie trat vom Kinderbett zurück und sah sich noch einmal forschend um. Aber es war niemand da. Auch die Stellen, die im tiefsten Schatten lagen, waren nur schwarz und leer.

Die Rose war frisch, weich wie Samt und duftete süß. Sie zerfiel nicht, als Joss sie in die Hand nahm und ins Badezimmer trug. Einen Augenblick lang überlegte sie, ob sie sie die Toilette hinunterspülen sollte. Doch dann öffnete sie das Fenster und beugte sich in den Wind hinaus. Als sie die Rose fallen ließ, verschwand sie in der Dunkelheit wie ein Bausch Distelwolle. Erst beim Schließen des Fensters bemerkte sie, daß sie blutete; sie hatte sich an einem Dorn die Haut aufgerissen.

»Joss? Wann bist du denn aufgestanden?« Luke kam in das Arbeitszimmer und rieb sich die Augen. Es war halb sieben. »Ned weint. Du hast doch gesagt, daß du ihn heute morgen fütterst.« Stöhnend fuhr er sich mit den Fingern durch die Haare. »Gott, es ist kalt hier drin. Wieso hast du denn kein Feuer gemacht?«

Sie starrte verblüfft auf den Kamin. Gegen halb drei hatte sie den Versuch, wieder einzuschlafen, aufgegeben und war vorsichtig, ohne Luke zu wecken, aus dem Bett gekrochen und nach unten gegangen. Sie hatte ein Feuer im Kamin angezündet, hatte sich in eine Decke gewickelt, Kit auf den Schoß genommen und dann in die Flammen geschaut. Offenbar war sie dann doch noch einmal eingeschlafen. Aber inzwischen war es wieder eisig kalt.

Gähnend streckte sie die Beine aus. »Ich konnte nicht schlafen und wollte dich nicht stören. Kannst du eine Tasse Tee für uns machen, während ich sein Fläschchen herrichte?«

Er nickte. »Klar. Fünf Minuten.«

Joss drückte Ned unter ihrem Morgenmantel an sich, setzte sich hin und überließ sich dann ganz der Stille des frühen Morgens und dem sanften, rhythmischen Saugen des Babys, während sie ihm die Flasche gab. Als die Tür aufging und Lyn erschien, war sie beinahe eingeschlafen.

»Joss! Was machst du denn da?« Auch Lyn hielt ein Fläschchen in der Hand.

»Ich gebe meinem Sohn sein Frühstück«, sagte Joss und öffnete die Augen.

»Aber das sollte doch ich machen!« Lyn stand da, bereits fertig angezogen und mit frisch gebürstetem Haar.

»Hast du nicht Luke in der Küche gesehen? Er macht Tee. Er hätte dir sagen sollen, daß ich ihn füttere. Tut mir leid, Lyn. Könntest du Tom aufwecken?«

Lyn schluckte eine scharfe Erwiderung hinunter, knallte die Flasche auf den Tisch und drehte sich um. »Vielleicht kannst du mir das nächste Mal, wenn du ihn füttern willst, vorher Bescheid geben, dann brauche ich nicht umsonst in aller Frühe aufzustehen.«

»Oh Lyn, das tut mir wirklich leid ...«

»Ist schon okay. Ich wollte dich nur daran erinnern.«

Damit war sie verschwunden. Seufzend küßte Joss ihr Baby auf die Stirn und hörte zu, wie sich Lyns Tonfall von beißendem Sarkasmus zu heller Munterkeit verwandelte. »Guten Morgen, Tom-Tom! Zeit zum Aufstehen, Liebling! Tom-Tom?« Abrupt wurde ihre Stimme dünn und ängstlich. »O mein Gott, Tom!«

»Lyn? Was ist los?« Joss stand auf, legte Ned in sein Bettchen zurück und lief in Toms Zimmer. »Lyn, was ist passiert?« Hinter ihr schrie voller Entrüstung das Baby.

Lyn hatte Tom bereits aus dem Bett gehoben. »Schnell, er hat irgend etwas verschluckt. Er ist schon ganz blau!«

»Drück ihm auf den Bauch – schnell…« Joss nahm den Kleinen und legte ihn sich bäuchlings über den Arm. Er schnappte zweimal verzweifelt nach Luft, dann hustete er einen winzigen hölzernen Vogel heraus und spuckte etwas Blut. Danach begann er heftig zu weinen.

»Tom!« Joss umarmte ihn. »Tom, Herzchen…«

»Guter Gott, warum hast du ihm die bloß gegeben? Du weißt doch, daß er sich alles in den Mund steckt!« Lyn hielt mehrere der kleinen Vögel in der Hand, die im ganzen Bett verstreut lagen.

»Ich habe sie ihm nicht gegeben.« Joss versuchte, das schluchzende Kind zu trösten.

»Still, Liebling, bitte. Tom – bitte wein nicht mehr. Es ist alles gut. Es ist alles wieder gut.«

»Blut! Joss, das ganze Bett ist voller Blut!« Lyn schlug die Decke zurück. »Oh mein Gott, Tom. Wo blutet er?«

»Er blutet nicht.« Endlich gelang es Joss, ihn zu beruhigen. »Es ist alles in Ordnung. Er ist nur erschrocken, weiter nichts.«

»Ich rufe Simon an. Sieh mal, er hat Blut am Mund…«

»Aber das ist doch fast nichts, Lyn. Ihm fehlt nichts.« Jetzt, da ihre anfängliche Panik vorüber war, gewann Joss viel rascher die Fassung wieder als Lyn.

»Ihm fehlt schon etwas! Woher kommt das Blut in seinem Bett?«

»Ich vermute, von mir. Ich habe mich letzte Nacht in den Finger gestochen, und es wollte nicht aufhören zu bluten.«

»Also warst du letzte Nacht bei ihm. Du hast ihm dieses Spielzeug gegeben.« In Lyns Stimme schwang sowohl ein Vorwurf mit als auch ein kleiner Triumph darüber, Joss ertappt zu haben.

»Ich habe das Recht, das Zimmer meines Sohnes zu betreten, Lyn!« sagte Joss heftig; jetzt verlor sie doch die Geduld. »Und dieses Spielzeug habe ich ihm selbstverständlich nicht gegeben. Ich habe dir schon einmal gesagt, daß ich nicht so dumm bin!«

»Also gut, wer dann? Luke vielleicht?«

»Natürlich nicht Luke.«

»Wer denn dann? Wenn du schon alles weißt, Joss – wer war's?«

»Ich weiß nicht, wer.« Joss hielt Toms Kopf an ihre Schulter. »Jetzt geh, Lyn, geh und ruf Simon an. Vielleicht kann er auf dem

Weg ins Krankenhaus kurz vorbeischauen. Geh schon«, wiederholte sie, als Lyn zögerte.

Widerstrebend ging Lyn hinaus. Als sie verschwunden war, trug Joss Tom in Neds Zimmer. »Bleibst du mal ganz nahe bei Mummy, Tom? Ich muß nur kurz nachsehen, ob dein kleiner Bruder noch ein Bäuerchen machen muß, bevor ich ihm die Windel wechsle.« Nur widerwillig ließ Tom sich auf den Boden setzen, aber wenigstens fing er nicht wieder an zu weinen. Er hielt sich mit einer Hand an ihrem Morgenmantel fest, während der Daumen der anderen in seinen Mund wanderte. Joss beugte sich über den schreienden Ned, holte ihn aus seinem Bett und legte ihn sich über die Schulter.

»Wer hat dir diese kleinen Vögel gegeben, Tom-Tom?« fragte Joss so beiläufig wie möglich. Sie rieb Ned über den Rücken, und allmählich beruhigte sich das Baby.

»Georgie.« Tom nahm den Daumen nur lange genug aus dem Mund, um dieses eine Wort zu sagen.

Joss atmete tief durch; ihr Herz hatte wild zu schlagen begonnen. »Ich weiß, daß das Georgies Spielsachen sind, aber wer hat sie dir in dein Bettchen gebracht?«

»Georgie.« Er griff nach den herabhängenden Enden des Gürtels an ihrem Morgenmantel und ließ sie hin und her baumeln.

»Tom…« Sie legte Ned an die Schulter, kauerte sich nieder und umfaßte mit dem anderen Arm Tom. »Liebling, wie sieht Georgie aus?«

»Junge.«

Sie schluckte schwer, ihr Mund war völlig trocken. »Was für ein Junge ist er?«

»Lieber Junge.«

Ned schlief bereits, als sie ihn wieder in sein Bett zurücklegte. Dann setzte sie sich noch einmal zu Tom auf den Boden und nahm seine Hände. »Erzähl mir von Georgie. Ist er größer als du?«

Tom nickte.

»Und welche Haarfarbe hat er? Die gleiche wie du?« Sie strich ihm über seine Locken.

»Wie Mummys Haare«, erzählte er.

»Ah ja.« Der Kloß, den sie im Hals spürte, wollte nicht verschwinden. »Und der Blechmann, Tom. War er auch da?«

Tom nickte.

»Hat er mit den Spielsachen gespielt?« Sie hatte das Gefühl, als würde Stahldraht ihren Brustkorb einschnüren; sie konnte kaum atmen.

Tom nickte ein drittes Mal.

»Und du hast keine Angst mehr vor ihm?«

Wieder erhielt sie zur Antwort ein Nicken.

»Du meinst, du hast schon Angst vor ihm?«

Seine Augen füllten sich mit Tränen. »Mag Blechmann nicht.«

»Tom ...« Sie zögerte. »Tom, hat er dir schon mal eine Rose zum Spielen gegeben?« Er blickte sie verständnislos an. »Eine Blume – eine weiße Blume mit Dornen ...« Die anderen Rosen hatten keine Dornen gehabt – keine einzige hatte Dornen gehabt.

Tom bohrte einen Finger in ihren Morgenmantel und schüttelte den Kopf.

»Warum hast du Angst vor ihm, Tom?«

Er sah sie aus großen Augen an. »Tom mit Pferd spielen.«

»Magst du das Schaukelpferd, Tom?« fragte Joss lächelnd.

Er nickte heftig.

»Gut, dann gehen wir zu ihm. Du kannst darauf reiten, während Tante Lyn und ich Frühstück machen.«

Als Joss und Tom in die Küche kamen, saßen Luke und der Arzt am Tisch, tranken Kaffee und unterhielten sich halblaut. Doch sobald Joss den Raum betrat, unterbrachen sie ihr Gespräch. Bei Simons forschendem Blick fühlte sie sich etwas unbehaglich, begrüßte ihn aber freundlich. Dann wandte sie sich an ihren Mann. »Luke, was ist mit meinem Tee passiert? Ich habe mit hängender Zunge darauf gewartet.« Tom ließ ihre Hand los und rannte geradewegs auf das Schaukelpferd zu.

»Tut mir leid, ich bin aufgehalten worden.« Luke stand auf und setzte den Kleinen auf das Pferd. »Jimbo wollte die Schlüssel für die Remise. Er war schon früh hier.«

Simon saß gelassen da, den Hemdkragen unter dem dicken Pullover offen, und nahm einen Schluck Kaffee. »Also, mit Ihrem jungen Mann hier ist wohl alles in Ordnung«, meinte er.

»Das denke ich auch.« Joss hob die Teekanne hoch und prüfte, ob noch etwas darin war. »Sie waren sehr schnell hier, Simon.«

»Lyn hat mich am Autotelefon erwischt. Ich bin gerade von den Fords gekommen. Sie haben heute in aller Frühe ihr fünftes Kind gekriegt«, sagte er mit einem schiefen Grinsen. »Irgend jemand muß Bill Ford mal sagen, er soll einen Knoten in sein Ding machen, sonst haben sie in zehn Jahren fünfzehn Kinder!« Er lachte. »Vergessen Sie, daß ich das gesagt habe. Höchst unprofessionell. Tja, mein lieber junger Mr. Grant, wie ich höre, hast du heute einen wunden Hals? Hat dir deine Mummy nicht gesagt, daß man keine Sachen in den Mund stecken darf?« Er öffnete seinen Koffer und holte eine Taschenlampe und einen Spatel heraus.

»Was hast du dir dabei gedacht, Joss, so kleine Spielsachen in seinem Bett zu lassen?« Luke hörte auf, das Pferd zu schaukeln, damit Simon Tom untersuchen konnte.

»Ich habe sie ihm nicht gegeben. Ich bin schließlich nicht komplett schwachsinnig!« widersprach Joss aufgebracht.

»Wer dann? Lyn und ich jedenfalls nicht.«

Sie schenkte sich eine Tasse Tee ein. »Ich habe Tom gefragt, wer sie ihm gegeben hat.« Sie wandte sich ab und schaute einen Augenblick lang durch das Fenster in den Hof hinaus. Durch die geöffneten Tore der Remise fiel ein Lichtschein in den Hof, der noch im Dunkel der Morgendämmerung lag.

»Na, und was hat Tom gesagt?« Simon klang neutral, während er Toms Rachen begutachtete.

Tom schob den Spatel beiseite. »Georgie gibt Tom Spielsachen«, erklärte er hilfsbereit.

»Georgie?« Simon knipste die Taschenlampe aus. »Und wer ist Georgie?«

Es entstand eine Pause. »Es gibt keinen Georgie.« Lukes Stimme klang plötzlich sehr drohend.

»Ich verstehe.« Simon ging zum Tisch zurück und griff nach seiner Teetasse. »Ein Phantasiefreund.«

»Nein«, erwiderte Joss vom Fenster aus bestimmt, ohne sich umzudrehen. »Er ist keine Phantasie. Wenn er das wäre, wie könnte er Tom dann das Spielzeug geben?«

»Richtig.« Simon blickte zu Luke, der daraufhin die Achseln zuckte. »Luke, würde es Ihnen etwas ausmachen?« Er deutete mit dem Kopf auf die Tür. Dann wartete er, bis Luke im Hof war, und stand auf. »Beweg dich doch mal ein bißchen, alter Knabe«, sagte er und ging zu dem Schaukelpferd zurück.

»Ihrem Sohn fehlt nichts, Joss. Er hat sich nur erschreckt. Eine kleine Schramme im Rachen, weiter nichts.« Er bemerkte ihre verspannten Schultern. »Erzählen Sie mir doch mal, wie es Ihnen geht.«

»Mir geht es gut.« Ihre Stimme klang gepreßt.

»Wirklich gut?« Er schaukelte immer weiter das Pferdchen. Jetzt drehte sich Joss um. »Was hat Luke Ihnen gesagt?«

»Er macht sich Sorgen. Er denkt, Sie arbeiten zuviel.«

»Er denkt, ich werde verrückt.«

»Hat er denn recht damit?«

Er hatte erwartet, daß sie bei dieser Frage auffahren würde. Aber sie ging nur an den Tisch und setzte sich vor ihre Tasse. »Ich glaube, langsam weiß ich das selbst nicht mehr.«

»Hm. Und wer ist Georgie?«

»Mein Bruder.«

»Ihr Bruder?« fragte er erstaunt. »Ich wußte gar nicht, daß Sie einen haben.«

»Ich habe auch keinen.« Sie schaute auf. »Er starb 1962, zwei Jahre, bevor ich zur Welt kam.«

»Ach.« Nur ein winziges Zögern in seiner Schaukelbewegung verriet, daß er Toms plötzliche Anspannung bemerkt hatte. Der Kleine löste den festen Griff, mit dem er den Zügel aus rotem Leder umklammert hatte, und steckte einen Daumen in den Mund. Simon runzelte die Stirn. »Wo ist Lyn?« fragte er.

Joss zuckte die Achseln. »Vielleicht lauscht sie an der Tür?«

»Also Joss, ich bitte Sie.« Simon ging zur Tür und öffnete sie. Der Gang war leer. »Es wäre gut, wenn Lyn käme und dem kleinen Tom hier sein Frühstück geben würde, bevor er so sehr Hunger hat, daß er sich in ein winziges Fröschlein verwandelt; und mit Ihnen würde ich mich derweil gern ein wenig unterhalten. Lyn?« Sein Ruf war überraschend laut.

Sie hörten beide, wie Lyn in ihren Schlappen näher kam. Sie war nicht weit weg gewesen.

»Also, erzählen Sie mir, was los ist«, begann Simon, sobald er mit Joss im Arbeitszimmer war. Er stellte sich vor den Kamin;

Lyn hatte bereits Feuer gemacht, wie Joss bemerkte. Es flackerte gemütlich, und der süße Duft des Obstbaumholzes erfüllte den Raum.

»Was hat Luke Ihnen erzählt?«

»Er meint, daß Sie vielleicht eine postnatale Depression haben.«

»Glauben Sie das auch?«

»Ich halte es für unwahrscheinlich. Vielleicht sind Sie müde, und vielleicht auch ein bißchen depressiv – zeigen Sie mir eine frischgebackene Mutter, die das nicht ist –, aber das ist nichts Ernsthaftes. Wie schlafen Sie denn zur Zeit?«

»Gut.« Es war eine Lüge, und das wußten sie beide.

»Und Sie stillen noch immer?«

Sie nickte. »Aber nur einmal am Tag.«

»Vielleicht schaue ich mir besser diesen jungen Mann auch gleich mal an, wenn ich schon hier bin.«

»Simon.« Sie ging unruhig zu ihrem Schreibtisch. »Ich habe das mit Georgie nicht erfunden. Sie haben doch selbst gehört, daß Tom ihn gesehen hat.«

»Stimmt. Also, erzählen Sie mir von ihm.«

»Wenn nur ich es wäre, Simon, dann würde ich mich fragen, ob ich eine Zwangsjacke brauche. Aber ich bin nicht die einzige. Auch andere Leute haben sie gesehen.«

»Sie?«

Joss setzte sich. »Ist Ihnen dieser irritierende und unerschütterliche Ton im Medizinstudium beigebracht worden?«

Er lächelte. »Gleich am allerersten Tag. Wenn Sie den nicht draufhaben, fliegen Sie sofort raus.«

»Sie können also tun, als könnte Sie nichts auf der Welt überraschen oder erschüttern.«

»Mich kann nichts überraschen oder erschüttern, Joss, glauben Sie mir.«

»Also zucken Sie auch mit keiner Wimper, wenn ich sage, daß es in diesem Haus spukt?«

»Absolut nicht.«

»Ich habe Georgie und Sammy gehört – das ist mein anderer Bruder –, aber es gibt noch jemanden.« Sie konnte das leichte Beben in ihrer Stimme nicht unterdrücken.

»Noch jemand?«

»Tom nennt ihn den Blechmann. Vielleicht trägt er eine Rüstung oder so.«

Auf ihrem Gesicht lag nicht die leiseste Spur eines Lächelns. Aber Simon bemerkte, wie bleich sie war, die dunklen Augenringe, ihren verschlossenen, stumpfen Blick.

»Was mich besonders interessiert, ist, wie Tom an dieses Spielzeug kam. Sie und er denken, Georgie hätte es ihm gegeben. Heißt das, daß ein Geist in der Lage ist, etwas zu tragen? Denn die Spielsachen selbst waren doch ganz eindeutig real.«

»Ich glaube nicht, daß es ein Problem für sie darstellt, etwas zu tragen.« Sie dachte an die Rosen.

»Und das schließt sogar Menschen ein? Ich habe mitbekommen, daß Tom auf den Speicher hinaufgetragen wurde, und daß er aus seinem Bett herausgefallen ist – oder hinausgeworfen wurde.«

Sie biß sich auf die Unterlippe und nickte.

»Haben Sie ihn gefragt, wer ihn auf den Speicher brachte?«

»Er sagt, es war der Blechmann.«

»Von dem Sie glauben, daß er eine Rüstung trägt. Glauben Sie Tom?«

»Wer sonst hätte ihn hinaufbringen können? Luke und Lyn waren in der Küche.«

»Joss, haben Sie in letzter Zeit Kopfschmerzen gehabt? Schwindelgefühle? Oder Gedächtnislücken?«

»Ah, ich verstehe. Sie meinen, ich war es. Natürlich, zu diesem Ergebnis mußten Sie wohl kommen. Das hätte ich mir denken können.«

»Ich muß jede Möglichkeit in Erwägung ziehen. Das werden Sie verstehen.«

»Richtig. Nun gut, Sie haben es erwogen. Haben Sie Luke und Lyn dieselbe Frage gestellt? Schließlich hätte sich jeder von ihnen aus der Küche stehlen können. Und jeder von ihnen könnte lügen.«

Zum ersten Mal sah er aus, als würde er sich nicht wohl in seiner Haut fühlen.

»Sie haben sie also nicht gefragt. Das dachte ich mir. Aber ich versichere Ihnen, Simon, ich bin vollkommen normal.«

»Und die blauen Flecken, die Tom hat, Joss. Hat Georgie das getan? Oder der Blechmann?«

Sie funkelte ihn zornig an. »Er ist aus dem Bett gefallen!«

»Sind Sie sich dessen ganz sicher?«

Sie zögerte. »Was sollte ich denn sonst denken? Simon, *ich* war es bestimmt nicht!«

Er betrachtete sie einige Sekunden lang und schüttelte dann den Kopf. »Nein, ich glaube auch nicht, daß Sie es waren. Joss, wenn Sie hier unglücklich sind – könnten Sie nicht ein bißchen wegfahren? Mit den Kindern; zu Freunden, oder zu Ihrer Familie? Nur, damit Sie und die Kleinen mal eine andere Umgebung haben.«

»Luke würde nicht mitkommen«, wandte sie ein.

»Ich meine auch gar nicht, daß er mitkommen sollte. Nur Sie und die Kinder.«

»Und Lyn auch nicht?«

Er neigte den Kopf zur Seite. »Möchten Sie denn, daß Lyn mitfährt?«

Sie zuckte die Achseln. Plötzlich erschien ihr der Gedanke, ohne Lyn wegzufahren, sehr verlockend. Sie blickte Simon an. »Manchmal denke ich, es wäre wunderbar, wenn ich die Kinder für mich alleine hätte.«

»Sie brauchen sich deswegen nicht zu schämen, Joss. Es ist ganz natürlich, wenn Sie Ihre Kleinen nur für sich wollen. Lyn ist eine tatkräftige Person, das kann ich sehen. Unter normalen Umständen wäre man für jemanden wie sie sicher sehr dankbar, aber womöglich erledigt sie einfach zu viel, so daß Sie sich ein wenig übergangen fühlen?«

Joss rümpfte die Nase. »Jetzt spielen Sie den Psychiater.«

»Das lernt man am zweiten Tag des Medizinstudiums«, erklärte er lachend; dann seufzte er tief. »Hören Sie, ich muß noch nach Hause und kurz baden und frühstücken, bevor ich ins Krankenhaus fahre. Denken Sie mal darüber nach, Ferien zu machen, Joss. Spannen Sie mal ein bißchen aus. Ich glaube, dieses Haus und die damit verbundenen Erinnerungen haben Ihnen ziemlich zugesetzt.« Widerstrebend verließ er den Platz am Kamin, und Joss folgte ihm in die Küche. Lyn war gerade beim Aufräumen. Joss bemerkte den fragenden Blick, den sie Simon zuwarf.

291

»Ich fürchte, ich werde doch noch nicht eingewiesen, Lyn«, sagte sie.

»Natürlich nicht. Ich hoffe, Sie haben ihr ordentlich die Leviten gelesen, Simon, und ihr gesagt, daß sie etwas mehr Ruhe braucht.«

»Das habe ich.« Simon nahm sein Jackett. »Schönen Tag, meine Damen. Ich mache mich auf den Weg.«

Durch das Fenster sah Joss ihm zu, wie er quer über den Hof geradewegs zu Luke ging, der vor der Remise arbeitete. Sie drehte sich zu Lyn um. »Ich bin normal, nüchtern und von aller Schuld freigesprochen«, sagte sie leise. »Bitte behaupte künftig nichts Gegenteiliges mehr, Lyn.«

Lyn zog erstaunt die Augenbrauen hoch. »Wenn es dafür keinen Anlaß gibt, würde ich auch nicht im Traum daran denken.«

»Gut. Wir könnten nämlich auch ohne dich auskommen, weißt du.«

Lyns Gesicht wurde dunkelrot. »Das liegt ganz bei dir«, erwiderte sie.

»Ja.« Joss sah sie gedankenvoll an. »Ja, das stimmt.«

27

Lukes Büro bestand aus einem alten Koffer, in dem er seine ganzen Unterlagen aufbewahrte. Ab und zu breitete er alles auf dem Küchentisch aus und stellte eine Tasse Kaffee oder einen Teller mit belegten Broten darauf, oder er behalf sich mit einem Apfel, damit nichts in Unordnung geriet. An solchen Bürotagen durfte niemand ihn stören, doch an diesem Tag ignorierte Lyn seine warnend gerunzelte Stirn und stellte sich einfach neben ihn. »Luke, ich muß mit dir reden. Und zwar jetzt, solange Joss mit den Kindern draußen ist.«

»Oh Lyn, nicht schon wieder!« Stöhnend schob Luke einen Stapel Rechnungen beiseite und griff nach seinem Glas.

»Doch, schon wieder. Wie oft soll ich es dir noch sagen? Es wird etwas Schreckliches passieren, und du wirst die Schuld tragen. Du siehst wirklich nicht, was sich vor deiner Nase abspielt!«

»Ich sehe es durchaus, Lyn. Aber es passiert gar nichts. Joss kommt sehr gut zurecht. Die Kinder sind glücklich – das ist zum einen dir zu verdanken, zum anderen ihrer Mutter, die sie anbetet. Sie sind in keinerlei Gefahr, weder von seiten ihrer Mutter noch von irgendwem sonst. Und wenn du nicht andauernd mit dieser dummen Idee daherkämst und uns einfach in Ruhe lassen würdest, dann wäre ich noch um einiges glücklicher.«

Lyn schloß die Augen und atmete tief durch. »Heute morgen hatte Tom wieder blaue Flecke am Arm.«

»Ich habe Joss gestern abend geholfen, ihn zu baden, Lyn. Die Flecke sind noch von seinem Sturz«, sagte Luke.

»Heute sind neue da. Luke, um Himmels willen, bitte, du mußt mir glauben. Das ist ein Hilferuf. Das hört man doch immer, wenn eine Mutter anfängt, ihre Kinder zu schlagen.«

»Joss schlägt die Kinder nicht, Lyn!« Luke stand abrupt auf. »Ich will nichts mehr davon hören, hast du mich verstanden? Ich kann nicht glauben, was du da alles über deine Schwester sagst.«

»Sie ist nicht meine Schwester, Luke. Darum geht es doch.« Plötzlich war Lyns Stimme eiskalt. »Das hat sie doch ganz deutlich gemacht. Sie ist die Dame des Hauses, und ich bin nicht mehr als ein ungebildetes Ding, das gerade gut genug ist, um hier als Kindermädchen zu schuften.«

Luke starrte sie schockiert an. »Lyn! Du weißt genau, daß das Blödsinn ist! So etwas würde Joss nie im Leben denken. Wie kannst du so etwas nur glauben!«

Lyn lachte gequält auf. »Unter den gegebenen Umständen ist das gar nicht schwierig. Ich kann's dir auch gleich sagen, Luke, ich bleibe nur deshalb, weil ich Ned und Tom so gern habe und weil ich glaube, daß sie mich brauchen. Wenn das nicht der Fall wäre, würde ich diesen Job hinschmeißen!«

Er starrte ihr mit offenem Mund nach, als sie hinausstürmte und die Tür hinter sich zuschlug.

»Lyn …!« Sein Protestschrei verklang ungehört.

»Meine Güte, Sie sind aber ein gutes Stück gelaufen!« Janet zog Joss in den Flur der Farm und half ihr, den Geschwisterwagen um die Ecke in die Küche zu bugsieren. »Und auch noch bei diesem Wetter.« Der Nachmittag war kalt und windig geworden;

eisiger Regen peitschte durch die graue Luft. »Sobald Sie eine Tasse Tee getrunken haben, fahre ich euch wieder nach Hause.« Sie lächelte Tom zu, als er mit vom Wind geröteten Bäckchen auf den alten Labrador zulief und ihm die Arme um den Hals schlang; der Hund war von seinem Platz neben dem Herd aufgestanden und empfing das Kind mit einem heftigen Schwanzwedeln. »Joss?« Noch bevor ihr Gast sich bückte, um Ned aus dem Berg Decken im Wagen zu befreien, der das Baby im Wagen einhüllte, bemerkte Janet die Tränen auf Joss' Wangen. »Was ist los? Was ist passiert?«

»Nichts.« Joss nahm Ned auf den Arm. »Lyn glaubt, ich schlage sie, Janet.«

»Sie glaubt was?«

»Sie meint, daß ich sie mißhandle«, brachte sie schniefend hervor. »Sehen Sie sich Toms Arm an!«

Janet blickte ihr in die Augen und ging dann zu Tom und dem Hund. »Hier Tom-Tom, laß uns mal deinen Anorak ausziehen, und dann schauen wir nach, wo die Keksdose ist, ja?« Sie streifte ihm Handschuhe und Jacke ab und schob die Ärmel seines Hemds hoch. Am linken Arm hatte er mehrere blaue Flecke, die wie Fingerabdrücke aussahen. Sie schluckte schwer. Dann zog sie die Ärmel wieder herunter, stand auf und holte die Keksdose. »Das meiste ist für dich, Tom; Sim gibst du nur ein ganz kleines Stückchen. Er wird nämlich sonst zu dick.« Sie gab ihm ein Plätzchen und wandte sich dann wieder Joss zu. »Das war kein Unfall«, meinte sie.

»Nein«, flüsterte Joss.

»Wenn Sie es nicht waren, wer könnte es gewesen sein?«

»Luke nicht.«

»Natürlich nicht Luke.«

»Und Lyn auch nicht. Oh, Janet, sie betet ihn an.«

»Aber wer dann? Und sagen Sie jetzt nicht, das war ein Gespenst, denn das glaube ich Ihnen nicht. Das hat ein Mensch aus Fleisch und Blut gemacht, Joss. Los, denken Sie doch mal nach! Er muß mit irgend jemandem gespielt haben. Was ist zum Beispiel mit diesem Jungen, Jimbo, der mit Luke arbeitet? Seine Mutter und seine Schwester waren beide ein bißchen eigenartig. Haben Sie Tom einmal mit ihm allein gelassen?«

»Das ist letzte Nacht passiert, Janet«, sagte Joss kopfschüttelnd. »Luke hat mir am Abend noch geholfen, ihn zu baden. Und da hatte er diese Flecken noch nicht. Und als Lyn ihn heute morgen anzog, waren sie da.«

»Und sie denkt, Sie sind dafür verantwortlich?«

»Ich bin der einzige Mensch, der nachts zu den Kindern geht.«

Janet stellte die Keksdose auf den Tisch und ergriff Joss' Hände. »Joss..., wäre es vielleicht möglich, daß Sie schlafwandeln?«

Joss starrte sie an und zögerte einen Moment, bevor sie antwortete. »Nein. Nein, natürlich nicht«, sagte sie dann.

»Das klingt aber gar nicht, als ob Sie sich da so sicher wären.«

»Na ja, wie könnte ich das auch sein? Aber Luke hätte mich doch bestimmt längst gehört. Das wüßte er doch.«

»Ja, ich glaube, da haben Sie recht«, stimmte Janet zu und nahm den schweren Kessel vom Herd. »Okay. Dann versuchen wir es andersherum.« Sie goß kochendes Wasser in die Teekanne. »Was sagt denn Tom?«

Joss zuckte die Achseln.

»Haben Sie ihn denn nicht gefragt?« fragte Janet erstaunt.

»Diesmal nicht.«

»Aber Sie müssen ihn doch fragen!« Janet kniete vor dem kleinen Jungen nieder. Tom versuchte gerade zu retten, was der Labrador ihm in seiner Begeisterung von dem Keks übriggelassen hatte, aber es waren nur noch ein paar aufgeweichte Krümel. »Gib das Sim. Du bekommst einen anderen – du kannst doch nicht aufessen, wovon er schon gemampft hat.«

»Sim hat gemampft!« wiederholte Tom und kicherte. Das Wort gefiel ihm.

»Und den nächsten kannst du mampfen.« Vorsichtig schob sie noch einmal den Ärmel des kleinen Jungen hoch. »Aber hör mal, Tom Grant, du siehst ja aus, als wärst du im Krieg gewesen. Wer hat dir denn das getan?«

Tom beachtete sie kaum; er war noch ganz mit dem Hund beschäftigt. »Der Blechmann«, sagte er beiläufig.

Janet hörte ein Geräusch von Joss, das fast wie ein Schluchzen klang.

»Und wann hat dieser eklige alte Blechmann das getan?« fragte sie mit gespielter Heiterkeit weiter.

»Beim Schlafen.«

»Warum hast du denn nicht Mummy und Daddy gerufen, als er kam?«

»Hab' ich.«

Tom holte sich einen weiteren Keks aus der Dose, die sie in der Hand hielt, und brach ihn auseinander.

»Aber sie sind nicht gekommen?«

»Nein.«

»Warum nicht?«

»Weiß nicht.«

»Was hat der Blechmann gemacht?«

»Tom weh getan.«

Janet biß sich auf die Lippe. »Hat er versucht, dich auf den Arm zu nehmen?«

Tom nickte.

»Aber du wolltest nicht mit ihm gehen?«

Er schüttelte den Kopf.

»Warum denn nicht?«

»Mag ihn nicht.«

»Tom, wie sieht er denn aus? Ist er groß und stark wie Daddy?«

Tom dachte einen Augenblick lang nach, und Sim nutzte den Moment, um ihm den Keks aus seiner Hand zu stiebitzen. Dann lächelte Tom Janet spitzbübisch an. »Sim will noch Keks«, sagte er.

»Sim ist ein ewiger Nimmersatt. Erzähl mir doch mal vom Blechmann, Tom.«

»Ist wie Daddy.«

»Und wie sieht der Blechmann aus?«

»Katzenfutter.«

»Wie eine Dose Katzenfutter?« Janet blickte ihn verblüfft an und wandte sich dann Joss zu. Es fiel ihr schwer, das Lachen zu unterdrücken. »Reden wir hier über eine Gutenachtgeschichte?« fragte sie Joss.

Joss machte eine hilflose Geste. Sie lächelte, aber sie war ganz bleich im Gesicht. »Tom, erzähl Tante Janet etwas über das Gesicht des Blechmannes. Wie sieht er aus? Hat er einen Bart, so wie der Milchmann?« Der Bart des Milchmanns faszinierte Tom endlos; er versuchte bei jeder sich bietenden Gelegenheit, daran zu ziehen.

Er schüttelte den Kopf.

»Hat er einen Hut? Einen großen Blechhut?«

Wieder schüttelte Tom den Kopf.

»Einmal hat er dir ein paar von Georgies Spielsachen gegeben. Hat er dir auch schon einmal etwas anderes gegeben?«

»Blumen«, erzählte Tom nickend. »Mit Stacheln. Tom gestochen.«

»Joss, was ist los?« Janet schob Tom die Keksdose in die Arme, stand rasch auf und ging zu Joss. Sie hatte sich abrupt an den Küchentisch gesetzt und stützte den Kopf in die Hände.

»Rosen! Weiße Rosen.«

»Also.« Plötzlich war Janet sehr energisch. »Ich glaube zwar nicht, was ihr mir da erzählt, aber was immer in diesem Haus auch los ist, es gefällt mir ganz und gar nicht. Ihr geht nicht dorthin zurück. Ich möchte, daß ihr hierbleibt. Alle. Platz haben wir mehr als genug. Sobald Sie Ihren Tee getrunken haben, werden wir ein paar Sachen von dort holen, und dann kommen wir alle wieder hierher. Verstanden?«

Joss nickte widerstandslos.

»Würde dir das gefallen, Tom?« fragte Janet und umarmte ihn. »Würde es dir gefallen, hier bei Sim zu bleiben?«

»Tom bekommt Sims kleinen Hund?« fragte er hoffnungsvoll mit einem Blick auf Joss.

Janet lachte. »Das wird nicht gehen, mein Kleiner. Der arme alte Sim ist nämlich gar keine Hunde-Mama.« Dann drehte sie sich wieder zu Joss um. »Trinken Sie«, sagte sie nur.

28

Von Luke war nichts zu sehen, als die beiden Frauen die Küche in Belheddon betraten. Die Remise, vor der sie Janets Audi geparkt hatten, war abgeschlossen und dunkel.

Joss runzelte die Stirn. Normalerweise richtete Lyn um diese Zeit schon das Abendessen her, aber von derlei Vorbereitungen war nichts festzustellen. »Ich sehe mal nach, wo sie sind.« Sie legte Ned in Janets Arme. »Tom, du bleibst hier. Zeig doch Tante Janet mal, wie toll du auf deinem Pferdchen reiten kannst.«

Der große Saal lag im Dunkeln.

»Luke? Lyn?« Joss kam ihr eigenes Rufen fast unanständig laut vor. »Wo seid ihr?«

Das Haus wirkte leer. Sie schaltete das Licht neben der Tür ein; eine der beiden Glühbirnen war durchgebrannt, die andere so schwach, daß ihr Schein kaum zur gegenüberliegenden Wand vordrang. Im Kamin raunte leise der Wind, als sie an den Fuß der Treppe kam und in die Finsternis hinaufstarrte.

»Katherine!« Sanft zog er sie an sich. »Mein Liebes. Komm, ich tue dir nichts.« Er legte seine Hand um ihre Brüste und küßte sie auf den Nacken, und dann begann er mit großem Geschick, ihr Kleid aufzuschnüren.

Nackt wandte sie sich zu ihm um, ihr Körper war jung und fest, ihre Haut weiß wie Schnee. Sie fuhr nicht zusammen, als er sie an sich drückte; ihre Augen waren seltsam leer.

Während er sie stöhnend küßte und seine Hand zu schwitzen begann, schaute sie mit zusammengekniffenen Augen in die Ferne.

Sie lauschte den widerhallenden Stimmen.

Joss fühlte, wie sich die feinen Härchen auf ihren Unterarmen aufstellten. »Lyn? Bist du da oben?«

Ihre Stimme wurde schärfer. »Lyn?« Sie tastete nach dem Schalter und machte das Licht an.

Er war da. Sie konnte ihn spüren, und diesmal war er nicht allein.

Unbeweglich, eine Hand auf dem Treppengeländer, wartete sie noch einige Sekunden und versuchte, sich zu zwingen, einen Fuß auf die unterste Stufe zu setzen – dann machte sie kehrt und rannte.

Erst im Hof blieb sie stehen. Sie rang keuchend nach Luft und versuchte, gegen die Panik anzukämpfen, die sie bis ins Innerste aufwühlte.

»Joss?« rief Janet erschrocken von der Tür herüber. »Joss, was ist los?«

Sie schüttelte nur den Kopf, denn sie befürchtete, daß sie kein einziges Wort herausbrächte. Dann hörte sie, wie Janet auf sie zugerannt kam, und spürte, wie Janet die Arme um sie legte; aber sie zitterte so sehr, daß sie keinen Gedanken fassen konnte, und vergrub das Gesicht in Janets Mantel.

Die Scheinwerfer von Lyns Auto schnitten durch die Dunkelheit, noch bevor der Wagen durch die Einfahrt fuhr und, die Scheinwerfer voll auf die beiden Frauen gerichtet, zum Stillstand kam.

»Joss, zum Teufel noch mal, wo warst du denn bloß!« schrie Lyn schon beim Aussteigen. »Luke und ich sind fast durchgedreht. Wo sind die Kinder?«

Joss war durch die starken Scheinwerfer wie versteinert; sie konnte nicht sprechen. Janet antwortete an ihrer Stelle. »Die Kinder sind hier. Ihnen fehlt nichts.« Ihre ruhige Stimme übertönte den eisigen Wind. »Es ist alles in Ordnung. Wir haben uns lediglich gefragt, wo ihr wart.«

»Ich habe dir doch gesagt, daß ich mit ihnen spazierengehe, Lyn.« Endlich hatte sich Joss wieder gefaßt und trat aus dem Lichtkegel der Scheinwerfer. Jetzt, wo sie nicht mehr geblendet wurde, blickte sie um sich. »Wo ist Luke?« fragte sie.

»Er ist über die Felder gelaufen, um nach dir zu suchen.«

»Aber warum denn? Du hast doch gewußt, wohin ich gegangen bin.«

»Ich habe gewußt, daß du spazierengehen wolltest. Aber das ist Stunden her. Da war es noch taghell. Guter Gott, Joss, du hattest zwei kleine Kinder bei dir!«

»Ich habe dir gesagt, daß ich zu Janet gehe«, erwiderte Joss bestimmt.

»Nein. Nein, Joss, das hast du nicht gesagt. Du hast gesagt, du würdest einen Spaziergang zu den Klippen machen. In der Sonne. Du hättest doch von Janet aus anrufen können! Aber nein, das war dir wohl zu viel Umstand, stimmt's? Und wie ich sehe, mußte Janet dich auch noch nach Hause fahren.« Während sie sich in ihren Mini beugte, um den Motor abzustellen und das Licht auszuschalten, sah sie zum ersten Mal Janets Wagen, der im Schatten geparkt war.

Es entstand eine unangenehme Pause. Schließlich runzelte Janet verlegen die Stirn und räusperte sich. »Ich habe Joss vorgeschlagen, daß ich sie zurückbringe, wenn sie auf eine Tasse Tee bei mir bleibt, Lyn. Wenn Sie also jemandem die Schuld geben wollen, dann mir. Wo ist Luke übrigens jetzt?« Hinter ihr erschien Tom in der Tür. Er blieb einen Augenblick auf der Schwelle stehen, rannte dann zu Janet und nahm ihre Hand.

»Er hat sie gesucht.« Lyn knallte die Autotür zu.

»Wann ist er weg?« Joss drehte sich um und blickte gebannt durch die Hofeinfahrt in den im Dunkeln liegenden Garten.

»Vor Stunden.«

»Und wo ist er jetzt?«

»Keine Ahnung.« Lyn schüttelte müde den Kopf. »Er ist noch nicht zurückgekommen. Was glaubst du denn, weshalb ich losgefahren bin und die ganze Gegend abgesucht habe? Ich war bis oben an der Cliff Lane und unten im Dorf. Aber ich habe ihn nicht gesehen.«

»War es noch hell, als er wegging?« fragte Joss und packte ihre Schwester an den Schultern. »Jetzt ist es schon dunkel, Lyn. Es ist Stunden her, seit ich zu Janet gegangen bin. Wo ist er jetzt?« Sie spürte, wie sich ihr Magen verkrampfte.

Das einzige Licht kam jetzt von einer Lampe im hinteren Teil des Gangs; es warf einen hellen Keil in die tiefe Finsternis. Mitten in diesem Lichtkegel standen Hand in Hand Janet und Tom; ihre Schatten erstreckten sich über die Pflastersteine bis fast vor Joss' Füße.

»Jetzt kommt erst mal rein, ihr beiden«, sagte Janet bestimmt. »Es macht doch keinen Sinn, hier draußen zu stehen und zu frieren. Ich bin sicher, daß Luke nichts passiert ist. Er ist wahrscheinlich inzwischen bei uns drüben und fragt sich, wo wir alle sind. Kommt jetzt.«

Nach einem kurzen Zögern wandte sich Lyn von Joss ab. Sie bückte sich, nahm Tom auf den Arm und verschwand mit ihm ins Haus.

Janet wartete. »Joss?«

»Er ist da draußen, Janet. In der Dunkelheit.« Joss konnte die Panik in ihrer Stimme nicht unterdrücken. Zeilen aus Davids Brief schossen ihr durch den Kopf. »John Bennet im Garten von Belheddon... stand plötzlich etwas gegenüber... sein Geist, durch den Tod seines einzigen Sohnes bereits angegriffen, war nun vollends verwirrt... er erinnerte sich, in die Dunkelheit gelaufen zu sein... eine Gestalt, gut zwei Meter groß...«

Janet legte einen Arm um sie. »Joss...«

»Er ist da draußen, Janet. Spüren Sie es nicht? In der Dunkelheit. Beobachtet er uns?«

»Sie meinen Luke?« Janets Blick folgte dem von Joss, aber sie sah nichts.

»Nein, nicht Luke. Er. Der Teufel. Das Ungeheuer, das in Belheddon umgeht.«

Janet stieß einen tiefen Seufzer aus. »Nein, ich spüre nichts. Überhaupt nichts. Mir ist viel zu kalt, um irgendwas zu spüren. Kommen Sie jetzt rein, trinken wir einen heißen Tee...«

»Er sucht Katherine.«

»Katherine? Wer ist das?« Janets Ton wurde schärfer. »Joss, hören Sie jetzt bitte auf!«

»Er bringt jeden um, der sich ihm in den Weg stellt.« Joss' Magen krampfte sich zusammen, ihre Beine wurden schwach, sie klammerte sich an Janets Hand. »Wir müssen Luke finden, Janet, Sie müssen mir helfen.«

Der Riegel am Tor klemmte. Verzweifelt rüttelte sie an dem eiskalten Metall. »Janet!«

»Joss, ich glaube, das ist keine gute Idee.« Allmählich bekam es auch Janet mit der Angst. Offenbar war dieses Gefühl ansteckend. Sie sah sich um, und in diesem Moment fuhr ein eisiger Wind durch ihre Haare; sie hörte, wie er durch die Äste der Kastanienbäume rauschte, und für einen kurzen Augenblick wünschte sie, er möge aufhören, damit sie in die Stille hinaushorchen konnte. »Gehen wir ins Haus, Joss. Es ist dumm, da hinauszulaufen. Wir wissen nicht, wo er ist, und in der Dunkelheit würden wir ihn nie finden.«

Endlich war der Riegel aufgesprungen, und das Tor ging auf. Hoch oben verbarg sich der Halbmond hinter einem Schleier vorüberziehender Wolken, aber das spärliche Licht genügte, um den von Laub bedeckten Rasen zu erkennen – ein blasses Grau in einer schwarzweißen Welt. Joss lief darauf zu und blickte sich suchend um. Die Stellen, auf die kein Mondlicht fiel, lagen in tiefem, undurchdringlichem Dunkel, das alles und nichts verbarg.

Janet trat zu ihr und faßte sie wieder am Arm. »Kommen Sie jetzt ins Haus, Joss.« Sie klang drängender, als sie eigentlich wollte. »Bitte.«

»Er ist da draußen, Janet.«

»Nein.« Janet war sich nicht sicher, ob sie von Luke sprach oder von – von wem? Erneut lief ihr ein eisiger Angstschauer über den Rücken. »Joss, die Kinder brauchen Sie. Sie müssen sich um sie kümmern! Sie müssen jetzt packen und mit mir zurückfahren. Jetzt sofort. Ich habe das Gefühl, daß wir Luke auf der Farm finden; wenn wir hinkommen, wird er dort sitzen und auf uns warten.«

»Wahrscheinlich.« Aber Joss zögerte noch immer. Während sie in die Schatten hinausstarrte, bewegte sich etwas ganz in ihrer Nähe; sie fuhr zusammen und fühlte ihr Herz bis zum Halse schlagen. Im ersten Augenblick konnte sie nichts erkennen, außer daß Janet auf denselben Fleck starrte, doch dann zerriß deren erleichtertes Lachen die Stille. »Es sind Kit und Kat, schauen Sie!«

Mit aufgerichteten Schwänzen kamen die beiden Katzen aus dem Dunkel gesaust; sie jagten einander im Spiel, machten dann zusammen einen hohen Satz durch die Luft und verschwanden schließlich in den Rosenbeeten jenseits des Rasens.

Die beiden Frauen atmeten erleichtert auf. Wortlos folgte Joss Janet zurück in den Hof und sah ihr zu, wie sie das Tor verschloß. Sekunden später waren sie beide im Haus.

Am Tisch ließ sich Janet auf einen Stuhl fallen und vergrub den Kopf in den Händen. »Wenn Sie mir jetzt einen schwarzen Kaffee anbieten, würde ich wahrscheinlich nicht nein sagen«, meinte sie.

Ohne ein Wort setzte Joss den Kessel auf.

Janet rieb sich mit beiden Händen das Gesicht. »Was war das da eben bloß, Joss?«

»Ich hab's Ihnen doch gesagt.«

Janet sah sie eine Weile forschend an, dann stand sie auf und ging zum Telefon. »Ich rufe auf der Farm an. Vielleicht ist Luke dort. Er weiß, wo ich den Schlüssel verstecke.«

Sie ließ es ein paar Minuten lang klingeln, bevor sie auflegte. »Natürlich – als er gemerkt hat, daß wir nicht da sind, ist er wohl gar nicht reingegangen.«

»Er ist nicht dort, Janet.« Joss starrte auf ihre zitternden Hände. »Er ist irgendwo da draußen.«

Wie John Bennet. Wie ihr Vater.

»Packen Sie die Sachen für die Kinder, Joss.« Janet stellte sich hinter sie und massierte kurz ihre Schultern, um sie etwas zu beruhigen.

Joss nickte und stand auf; das seltsame Widerstreben, das Haus zu verlassen, versuchte sie zu ignorieren. »Lyn hat die Kinder bestimmt nach oben gebracht. Ich packe einen Koffer. Wollen Sie hier warten?«

»Ich komme lieber mit und helfe Ihnen ein bißchen.«

Die warme und stets freundliche Küche kam ihnen wie ein Hort der Sicherheit vor, als sie die Tür zum Gang öffneten. Die Zugluft, die unter der Haustür hereinwehte, war eisig kalt.

Die beiden Frauen eilten durch den großen Saal zur Treppe, und ohne einen Augenblick nachzudenken, ging Joss voran nach oben. Lyn war in Neds Zimmer und wickelte ihn gerade. Tom saß in seinem Zimmer auf dem Boden, fröhlich mit dem Inhalt seiner Spielkiste beschäftigt, die er einfach umgekippt hatte.

»Lyn, ich nehme die Kinder für ein paar Tage mit zu Janet.« Joss bückte sich, um an der Tür einen kleinen Pullover aufzuheben. Und da spürte sie es wieder – dieses Widerstreben, das Haus zu verlassen; die Gewißheit, daß es leichter wäre, hierzubleiben.

»Sie können natürlich gern mitkommen, Lyn«, fügte Janet lächelnd hinzu, während Lyn mit einer Dose Babypuder in der Hand aufsah.

»Es wäre nett, wenn du mitkämst«, fuhr Joss fort; begeistert klang sie allerdings nicht. »Oder vielleicht möchtest du auch ein paar Tage ausspannen und Mum und Dad besuchen; sie würden sich sehr freuen, das weiß ich.«

Lyn wandte sich wieder dem Baby zu; sie legte ihm geschickt die Windel an, klebte sie zu, zog ihm einen sauberen Overall an und setzte ihn auf. »Ist Luke denn inzwischen zurück?« fragte sie und legte sich den Kleinen auf die Schulter.

»Es ist weit und breit nichts von ihm zu sehen«, sagte Joss und biß sich auf die Lippe. »Wann genau ist er denn weggegangen, Lyn?«

»Ungefähr eine Stunde nach dir.«

»Und seither hast du überhaupt nichts von ihm gehört?«

Lyn schüttelte den Kopf. »Wahrscheinlich hat er von der Sucherei gründlich die Nase voll und ist runter zum Pub gegangen.«

Joss lächelte matt. »Wenn ich das nur glauben könnte.« Mit einem Blick auf Janet fuhr sie fort: »Ich kann erst gehen, wenn ich weiß, daß er in Sicherheit ist. Paß auf die Kinder auf, Lyn. Laß sie nicht einen Moment allein.« Sie küßte Ned auf die Stirn, dann machte sie kehrt und lief aus dem Zimmer.

»Joss!« schrie Janet ihr nach. »Warten Sie! Ich komme mit!«

»Nein. Bleiben Sie bei Lyn, und passen Sie mit ihr auf! Laßt die Kinder nicht allein!« rief sie über die Schulter zurück, während sie vor lauter Eile zwei Stufen gleichzeitig nahm und verschwand.

Lyn sah zu Janet und schürzte die Lippen. »Sie braucht wirklich dringend Ruhe.«

»Es wird ihr guttun, ein Weilchen weg zu sein. Dieses Haus setzt ihr einfach sehr zu«, bestätigte Janet und blickte sich schaudernd um. »Glauben Sie, daß hier wirklich etwas ist?« Ihre Stimme erstarb zu einem Flüstern.

»Nein, natürlich nicht«, erwiderte Lyn lächelnd. »Simon meint, es ist eine leichte postnatale Depression. Anscheinend denkt er, sie arbeitet zuviel. Er sieht offenbar nicht, wer hier die ganze Arbeit macht. Denn wenn hier jemand Erholung braucht, dann bin ich das«, sagte sie verbittert. Sie legte Ned in sein Bettchen und deckte ihn zu.

»Wollen Sie ihn hier oben allein lassen?« Janet trat zurück, um Lyn nicht im Weg zu stehen, die im Zimmer hin und her lief, Ordnung machte und Windeln und Puder aufräumte.

»Ich stelle das Babyphon an, dann hören wir, wenn er schreit, und Tom-Tom nehmen wir für sein Abendessen mit nach unten. Sie ist wahrscheinlich stundenlang weg, und wenn sie zurückkommt, wird sie völlig k.o. sein.« Lyn seufzte tief auf. »Es ist nicht leicht, für seine eigene Schwester zu arbeiten, Janet …« Sie unterbrach sich. »Adoptivschwester, sollte ich wohl sagen. Man darf ja nicht vergessen, welche Stellung man in diesem Haus hat.« Verärgert ließ sie eine Schublade zuknallen.

Janet runzelte die Stirn. »Wissen Sie, ich glaube, Sie tun ihr unrecht, wenn ich das mal so sagen darf. Joss liebt Sie wirklich wie eine leibliche Schwester. Ich weiß das«, fuhr sie seufzend fort. »Ich habe drei Schwestern, und die meiste Zeit über sind wir wie Hund und Katze. Aber das heißt nicht, daß wir uns gegenseitig nicht lieben. Wenn's drauf ankommt, ist jeder für den anderen da. Sie dürfen nicht unterschätzen, welche Belastung das alles für sie ist, Lyn. Es war ein enormer Schock für sie, ihre Familie und dieses Haus hier zu finden. Sie und Ihre Eltern, ihr seid dadurch wahrscheinlich noch wichtiger für sie geworden. Ihr seid für sie da, wie immer schon. Ihre leibliche Mutter dagegen ist wie eine Art Traum, und ich denke, dieser Traum hat auch einige alptraumhafte Seiten an sich.«

Außerdem hat dieses Haus etwas an sich, das einem angst macht. Das sagte sie jedoch nicht laut. »Kommen Sie. Jetzt füllen wir mal diesen jungen Mann hier ab, dann können wir die beiden gleich in den Wagen packen, wenn Joss zurückkommt, und dann nehme ich sie alle für ein paar Tage mit auf die Farm.«

Sie schaute noch einmal durch die offene Tür in Neds Zimmer. Er lag in seinem Bett und gluckste fröhlich vor sich hin. Sie sah, wie sich seine Ärmchen bewegten und durch die Luft ruderten – die Luft, die plötzlich seltsam kalt geworden war.

Der Strahl der Taschenlampe war sehr schwach, als Joss über den Rasen auf das Tor zulief. Zu ihrer Rechten reflektierte das schwarze Wasser des Sees das kalte Sternenlicht; es glitzerte zwischen den dunkleren Stellen, an denen die von den schweren Herbstregenfällen fast überfluteten Seerosenblätter trieben. Als sie beinahe lautlos durch das kalte Gras ging, schreckte sie eine schlafende Ente auf, die plötzlich mit lautem Gequake aufflog und sich in den Teich rettete.

Die Pforte ließ sich schwer öffnen. Joss stemmte sich mit aller Kraft dagegen, trat auf den Weg hinaus und blieb stehen, um mit der Lampe den Pfad vor sich auszuleuchten. Die Hecken waren frisch gestutzt; an den Schnittstellen leuchtete weiß das Holz. Aus der Ferne drangen die unheimlichen Rufe einer Eule durch die Nacht, die auf lautlosen Flügeln über die Felder segelte.

Joss schluckte und umklammerte die Taschenlampe fester. Luke wäre davon ausgegangen, daß sie die Straße bis zum Fußweg zu den Klippen genommen hätte und dann auf dem Pfad über die Kaninchenwiese gegangen wäre bis zu der Stelle, wo das Land jäh zum Strand hin abfiel. Das war einer ihrer liebsten Spaziergänge; er war sogar mit dem Buggy leicht zu bewältigen und führte in einem großen Kreis entweder zum Haus zurück oder, wenn man einem anderen Pfad quer durch das Feld mit dem frisch gesäten Winterweizen folgte, zur Farm. Das war ein Rundgang von etwa drei Meilen. Sie zitterte. Es war bitter kalt, und die Nacht schien außergewöhnlich still zu sein. Sie biß die Zähne zusammen und marschierte energisch los, wobei sie mit der Taschenlampe immer wieder links und rechts des Weges in die Hecken und die tiefen Gräben leuchtete.

»Luke!« In der tiefen Stille klang ihre Stimme dünn und kraftlos. »Luke, bist du da?« Vielleicht war er hingefallen, hatte sich den Fuß verstaucht – oder Schlimmeres. Er konnte überall entlang dem Weg sein. Sie blieb stehen und leuchtete in den Graben hinunter, wo er zwischen zwei aneinandergrenzenden Feldern breiter wurde. In den Entwässerungsrohren, die unter dem frisch gepflügten, schwarzen Erdreich verliefen, rauschte das Wasser unter den Brombeersträuchern und den Brennesseln hindurch wie ein reißender Fluß. Während sie langsam weiterschritt und an der Biegung des Weges die korallenroten Früchte eines Pfaffenhütchenstrauchs im Schein ihrer Lampe auftauchten, hörte sie den entrüsteten Ruf eines Teichhuhns, das im Schlaf gestört wurde.

»Luke!«

Ihr war unbequem in den Stiefeln auf dem gefrorenen Wegrain. »Luke, wo bist du?«

Sie drehte sich abrupt um und leuchtete nach hinten. Ihr Herz klopfte wie wild. Aber es war nichts zu sehen.

Wie weit würde er – es – sich vom Haus entfernen? Sie hielt einen Augenblick lang inne, schluckte und lauschte angestrengt.

»Luke?« Sie flüsterte nur noch.

Plötzlich rannte sie los, der Schein ihrer Lampe flackerte wild vor ihr auf und ab, und sie schlitterte und stolperte, bis sie schließlich auf den Fußweg durch die Wiese einbog.

Sie keuchte schwer, als sie den Rand der Klippe erreichte, blieb stehen und starrte auf das Meer hinab. Es war Flut. Im Licht des Mondes wirkte das Wasser wie eine schiefergraue, wogende Masse, die sich unmittelbar unter ihr leise bewegte. Vom Strand war nichts zu sehen; die Flut war höher, als sie es je erlebt hatte. Als sie zum Horizont aufschaute, entdeckte sie weit draußen die Lichter einer riesigen Nordseefähre, die zielstrebig und mit überraschender Geschwindigkeit auf Harwich zuhielt. Für einen Augenblick tröstete sie der Gedanke an das große Schiff mit seinen vielen Passagieren und seiner gleichmäßig stampfenden Maschine, doch dann wurde ihr wieder die unendliche Weite der See bewußt, von der es umgeben war, und sie erschauderte.

Auf dem Grat der Klippe war der Pfad so gut sichtbar, daß sie die Taschenlampe ausschalten und schnell über das kurze Gras gehen konnte. Es war alles gut zu erkennen, aber ein menschliches Wesen war weit und breit nicht in Sicht – und auch sonst nichts. Plötzlich fiel ihr auf, daß ihre Lippen wund waren; offenbar hatte sie in dem kalten Wind die ganze Zeit daraufgebissen. Sie schmeckte Blut auf ihrer Zunge. »Luke!« Es war zwecklos zu rufen. Dumm. Sie würde davon nur eine heisere Stimme bekommen, doch der Klang tröstete sie, während sie weiterstapfte.

Als sie den mittleren Teil des Feldweges erreichte, schaltete sie die Taschenlampe wieder ein, folgte dem gefrorenen Pfad über den neu aufgegangenen Winterweizen, ging die Heckenreihe entlang und auf den alten Obstgarten hinter der Farm zu. Hier war sie weit von Belheddon Hall entfernt; hier lauerte mit Sicherheit keine Gefahr, abgesehen von den normalen Hindernissen des Weges. Der Strahl der Taschenlampe war inzwischen noch schwächer geworden. Sie leuchtete nach vorn in das graue Gewirr der alten Apfelbäume hinein.

»Luke!« Heiser vor Erschöpfung fühlte sie plötzlich, wie ihr heiße Tränen in die Augen traten und dann über ihre Wangen rollten. »Luke? Bist du hier?«

Es kam keine Antwort. Es waren lediglich Kiebitze zu hören, die hinten auf dem Feld einander zuriefen, beschienen vom Sternenlicht, das plötzlich, als die Wolken weiterwanderten, taghell zu sein schien.

29

Sobald Tom mit einem Teller voll belegter Brote vor sich in seinem Stuhl saß, nahm Lyn gegenüber Janet am Küchentisch Platz.

»Lyn, Sie dürfen die Sorgen, die sich Joss wegen der Kinder macht, nicht unterschätzen«, begann Janet zögernd. »Nicht alles, wovor sie Angst hat, ist nur eingebildet, müssen Sie wissen.«

»Sie meinen die Gespenster.«

Janet nickte. »Dieses Haus ist bekannt dafür, daß hier eigenartige Dinge geschehen – und zwar schon seit Jahrhunderten. Und ich glaube nicht, daß man eine solche Vergangenheit einfach außer acht lassen sollte«, erklärte sie mit einem leicht verlegenen Lächeln. »Es gibt mehr Dinge zwischen Himmel und Erde und so weiter und so fort – na ja, Sie wissen schon.«

Lyn zog die Augenbrauen hoch. »Meiner Meinung nach ist das alles Unsinn. Ich habe nie an Gespenster geglaubt. Man bekommt auf dieser Welt genau das, was man sieht. Und eine andere Welt gibt's nicht. Wenn man tot ist, ist alles vorbei.« Sie stand auf und holte sich ein Glas kaltes Leitungswasser.

»Und für Sie besteht nicht die geringste Möglichkeit, daß Sie sich vielleicht irren könnten?« fragte Janet vorsichtig und in der Hoffnung, daß ihr aufkeimender Ärger nicht allzu deutlich wurde.

Lyn zuckte die Achseln. »Ich bin vielleicht nicht so gebildet wie Joss, aber ich habe genug gelernt, um zu wissen, daß Religion nichts anderes ist als eine andere Methode, die Massen zu kontrollieren. Gehirnwäsche im großen Stil. Wunschdenken. Der Mensch ist so arrogant, daß er nicht glauben kann, daß er eines Tages einfach aufhört zu existieren.« Sie setzte sich wieder an den Tisch und stellte das Glas Wasser vor sich. »Wie Sie sehen, bin ich etwas zynisch.«

»Etwas schon, ja«, stimmte Janet mit einem schiefen Lächeln zu.

»Und abgesehen davon, daß Joss meiner Ansicht nach ein wenig zu gebildet ist, ist sie auch ein bißchen hysterisch«, fuhr Lyn seufzend fort. »Das ist offenbar vererbt, nach dem zu urteilen, was ihre Familie so alles in Briefen und Tagebüchern hinterlassen hat. Und die im Dorf haben sowieso alles geglaubt. Wer hätte schon was gegen eine gute Spukgeschichte? Ich ja auch nicht, solange man nicht vergißt, daß es eben genau das ist und nicht mehr – eine Geschichte.«

»Sie machen sich also keine Sorgen um Luke.«

Lyn zuckte die Achseln. »Ein bißchen schon – er ist inzwischen wirklich sehr lange weg. Aber ich glaube nicht, daß er von Gespenstern und Dämonen überfallen wurde. Und Joss wird so etwas auch nicht zustoßen. Ich hätte sie wohl kaum allein gehen lassen, wenn ich dächte, daß ihr da draußen irgend etwas passieren könnte.«

»Ja, wahrscheinlich nicht.« Janet klang nicht ganz überzeugt. »Aber Sie meinen doch auch, daß Joss und den Jungs ein paar Tage Tapetenwechsel guttun werden?«

Erneut zog Lyn die Schultern hoch. »Das schon. Ehrlich gesagt hätte ich nichts gegen etwas Ruhe. Hier wird mir alles ein bißchen zu eng – manchmal ist die Stimmung wirklich schauderhaft.«

»Sie meinen die Stimmung zwischen Luke und Joss?«

»Das weniger«, erwiderte Lyn. »Es ist nur Joss mit ihren Flausen im Kopf, würde ich sagen. Sie ist so fest davon überzeugt, daß ich manchmal glaube, sie könnte das alles mit bloßer Willenskraft wahr werden lassen.« Plötzlich blickte sie auf und legte lauschend den Kopf zur Seite. »Ist da jemand an der Tür?«

Janet fühlte einen Angstschauer über ihren Rücken rieseln. Sie wandte sich zur Tür. Ein eisiger Luftzug fuhr durch die Küche und hörte so plötzlich auf, wie er gekommen war, als draußen die Haustür ins Schloß fiel.

»Lyn, ist sie schon wieder aufgetaucht?« Luke stand in der Tür; er hatte die Jacke noch an. Dann sah er Janet und Tom, der sich den Mund mit Broten vollstopfte, und seine Anspannung ließ nach. »Wie ich sehe, ist sie hier. War sie bei Ihnen, Janet?«

Janet nickte. »Tut mir leid. Anscheinend war das alles ein Mißverständnis.«

»Und wo ist sie jetzt?« fragte Luke und zog die Jacke aus.

»Sie ist wieder gegangen, um dich zu suchen.« Lyn stand auf und griff ganz automatisch zum Kessel. »Sie glaubt, das Gespenst ist hinter dir her.«

»O mein Gott, nicht das schon wieder«, stöhnte Luke und setzte sich.

»Luke«, begann Janet und lehnte sich auf den Ellbogen nach vorn. »Bitte, Sie sollten nicht alles, was Joss sagt, von vornherein abtun...«

»Das Tragische ist, daß Sie sie auch noch darin bestärken!« Luke schüttelte den Kopf. »Das wirklich Allerletzte, was sie braucht – tut mir leid, wenn ich das jetzt so direkt sage –, das ist der Dorfklatsch, der ihre wilden Phantasien noch anstachelt. Mit dem Haus ist alles völlig in Ordnung. Die Kinder sind hier nicht in Gefahr, und sie sind es auch nie gewesen. Das alles findet nur in ihrem Kopf statt. Geschichten. Einbildung. Sie hat sich eine romantische Story ausgedacht, in der sie selbst die Heldin spielt. Sehen Sie das denn nicht, Janet? Das kommt doch alles nur von ihrer Familie. Sie hat es übernommen, und sie ist nun mal eine Träumerin. Nur findet sie es plötzlich erstrebenswerter, ihre Fiktionen als Tatsachen auszugeben, und schon gerät alles außer Kontrolle. Lassen Sie sie einfach in Ruhe, dann kommt sie schon darüber hinweg.«

»Sie wollte ein paar Tage mit den Kindern bei Janet verbringen, Luke«, sagte Lyn leise. »Um vor der unheimlichen Atmosphäre hier zu fliehen.«

»Nein!« Luke schlug mit der Faust auf den Tisch. »Nein, Janet, das ist nett von Ihnen, aber es kommt nicht in Frage. Ich wäre Ihnen dankbar, wenn Sie sie in Ruhe lassen würden.«

»Das ist Joss' Entscheidung, Luke.« Janet sprach so gefaßt, wie sie konnte.

»Nein, das ist es nicht. Nicht in diesem Fall. Das ist eine Sache zwischen ihr und mir.«

»Aber...«

»Janet«, unterbrach er sie und stand abrupt auf, »bitte halten Sie mich nicht für unhöflich, aber ich wäre Ihnen dankbar, wenn Sie uns jetzt alleine lassen könnten. Es ist Zeit für Tom, ins Bett zu gehen. Bitte überlassen Sie es Joss und mir, mit dieser Sache fertig zu werden.«

Janet starrte ihn mit offenem Mund an. Dann schob sie langsam ihren Stuhl zurück und atmete tief durch. »Na gut. Wenn Sie unbedingt wollen. Arme Joss.« Sie blickte zu Lyn, deren Gesicht rot angelaufen war. »Passen Sie auf alle auf. Und sagen Sie Joss, ich bin da, wenn sie mich braucht.«

Niemand sagte ein Wort, bis Janet gegangen war. »Das war sehr grob, Luke«, brach Lyn endlich leise das Schweigen. »Sie ist eine nette Frau.«

»Manchmal ist sie einfach zu aufdringlich und mischt sich in alles ein.« Er stand auf. »Ich sehe mal nach, ob die Garagen schon alle abgesperrt sind.«

Als er gegangen war, blieb Lyn mehrere Minuten sitzen, bevor sie sich mit einem Seufzer Tom zuwandte. »Willst du jetzt dein Essen, junger Mann?« fragte sie.

Luke öffnete die Tür der Remise und betrachtete die Motorhaube des Lagonda. Der hellblaue Lack glänzte seiden im Licht der Leuchtstoffröhre an der Garagendecke. Er verschränkte die Arme vor der Brust und versank in ein tiefes Grübeln, während er draußen Janets Audi davonfahren hörte.

»Luke?« Joss' Stimme kam zögernd vom Hoftor. »Luke, bist du das?«

Er seufzte. »Ja, das bin ich.«

»Ist alles in Ordnung?« Mit klammen Händen fingerte sie an dem Riegel herum, bis sich die Pforte öffnen ließ, und eilte dann zu ihm. »Oh, Gott sei Dank! Luke, ich dachte schon, dir wäre etwas Gräßliches zugestoßen!«

»Genau dasselbe dachte ich bis vor kurzem von dir.« Er umarmte sie und drückte sie an sich. Sie bebte am ganzen Körper. »Weshalb um alles in der Welt hast du denn nicht gesagt, daß du den ganzen Nachmittag weggehen wolltest?«

»Das habe ich doch. Ich bin mir ganz sicher.«

Er lächelte wehmütig. »Na ja, vergessen wir das. Jetzt bist du ja wieder hier, und es ist nichts passiert.« Damit schob er sie sanft von sich. »Komm, gehen wir ins Haus. Lyn wird mit dem Essen bald fertig sein.«

»Wo ist Janets Auto?« Erschöpft sah sich Joss um.

»Sie ist gefahren.«

»Gefahren? Aber ich wollte doch mit ihr … Ich wollte mit den Kindern …«

»Ich habe ihr gesagt, daß es im Moment nicht ganz paßt, Joss. Ich brauche dich hier.« Er ergriff ihre Hand.

»Luke!« Sie trat zurück. »Du verstehst nicht, was ich meine. Ich muß die Kinder von hier wegbringen. Ich muß!« Das Netz zog sich zusammen; wieder spürte sie die Lethargie, das Widerstreben, den Sog des Hauses, der sie wie ein gigantischer Magnet festhielt.

»Nein, Liebling, du mußt gar nichts. Ich denke, es ist höchste Zeit, daß wir diese Sache aus der Welt schaffen, meinst du nicht auch? Viel von dem, was passiert ist, hat nur in deiner Fantasie stattgefunden. Das mußt du doch zugeben. Lyn und ich sind hier, um dir zu helfen. Für die Jungen besteht keinerlei Gefahr – nicht die geringste. All diese Geistergeschichten, das ist alles nur hysterisches Geschwätz von Leuten wie David und, seien wir doch mal ganz ehrlich, auch von Janet. Komm jetzt. Gehen wir ins Haus. Wir können nach dem Essen über alles reden.«

»Luke …«

»Später, Joss. Jetzt komm. Es ist verdammt kalt hier draußen. Gehen wir rein.«

Er zog die Tür der Remise zu, brachte das Vorhängeschloß an und streckte ihr eine Hand entgegen, die sie widerwillig ergriff.

Die Küche war sehr warm nach den frostigen Temperaturen draußen. Tom saß inmitten seines Spielzeugs auf dem Teppich vor dem Fernseher und beschäftigte sich selbst; nur ab und zu warf er einen halbherzigen Blick auf das Kinderprogramm. Lyn schälte Kartoffeln; als die beiden in die Küche kamen, blickte sie auf. »Na endlich. Dann wären wir ja wieder alle beisammen. Wenn du hinaufgehst, Joss, dann wirf doch mal einen Blick in Neds Zimmer. Er ist ein bißchen unruhig.« Sie bohrte das Schälmesser kräftig in das Auge einer Kartoffel.

Joss starrte sie entgeistert an. Dann machte sie auf dem Absatz kehrt und rannte hinaus.

In ihrem und Lukes Schlafzimmer brannte nur eine Lampe. Sie riß sich die Jacke vom Leib und warf sie auf das Bett, dann eilte sie in Neds Zimmer. Es war nichts von ihm zu hören, nur der Wind rauschte in den Rankpflanzen vor seinem Fenster. Vorsichtig öffnete sie die Tür.

»Ned?« flüsterte sie und schlich zum Kinderbett. »Ned?«

Er lag auf dem Bauch, die Händchen links und rechts des Kopfes zu Fäusten geballt.

»Ned?« Sie beugte sich über ihn. Er war sehr still. In einem Anfall plötzlicher Panik zog sie die Decke zurück. »Ned!«

Ihr Schrei erschreckte ihn, so daß er aufwachte und entsetzlich zu weinen begann. Sofort nahm sie ihn in die Arme.

Innerhalb von Sekunden war Lyn zur Stelle, gefolgt von Luke. »Joss, was ist denn? Ist er okay? Wir haben dich über das Babyphon gehört.«

»Es ist alles in Ordnung.« Joss wiegte ihn und versuchte, ihn zu beruhigen. »Ich habe nicht gemerkt, daß er schlief, das ist alles, und deswegen habe ich ihn aufgeweckt, den armen kleinen Liebling.« Sie zitterte am ganzen Körper wie Espenlaub.

Lyn bemerkte es. Sie warf Luke einen Blick zu, dann streckte sie die Arme nach dem Baby aus. »O Gott, Joss, du frierst ja und bist entsetzlich müde. Warum nimmst du nicht ein heißes Bad, solange ich noch das Essen herrichte? Komm, ich lege den Kleinen wieder schlafen.« Sie nahm Ned und verzog das Gesicht. »Aber vorher wickle ich ihn noch. Na los, geh schon. Keine Diskussion. Leg dich in die Wanne! Und sag Luke, er soll dir was zu trinken bringen.«

Sie legte das Baby auf die Wickelkommode und begann, ihm den Schlafanzug auszuziehen. Joss wollte gerade das Zimmer verlassen, als sie hörte, wie Lyn scharf einatmete und dann schluckte. Sie drehte sich um und bemerkte, daß Lyn auf Neds Arm deutete. »Was ist? Was ist los?« stieß sie hervor.

»Gar nichts. Ned hat sich ein bißchen gestoßen, das ist alles. Ich nehme an, er hat mit dem Arm gegen sein Bettchen geschlagen«, erklärte sie stirnrunzelnd.

»Laß mich sehen.« Joss war außer sich.

»Nicht nötig. Es ist vollkommen harmlos. Man sieht ja kaum etwas.« Sanft schob sie Joss zum Zimmer hinaus.

Erschöpft, niedergeschlagen und frierend fühlte sie sich plötzlich zu müde, um sich auf eine Auseinandersetzung einzulassen. Sie ging langsam ins Schlafzimmer und zog ihre nassen Schuhe und die Jeans aus. Dann ließ sie heißes Wasser in die riesige, altmodische Badewanne einlaufen, kippte etwas Badeöl dazu und bürstete sich vor dem Spiegel, der rasch beschlug. Wie war Ned zu diesen Flecken gekommen? Hatte sie selbst sie verursacht, als sie ihn aus dem Bettchen hob? Das war in ihrer Panik durchaus möglich. Oder war etwas anderes in seiner Nähe gewesen – etwas, oder jemand? Die Knöchel ihrer Finger, mit denen sie die Bürste hielt, wurden weiß. Sie legte die Bürste zur Seite, knöpfte sich das Hemd auf und zog es aus. Danach streifte sie den BH ab. Ihre Brüste waren noch immer schwer und blau geädert; sie betrachtete sie unglücklich durch das Kondenswasser auf dem Spiegel, beugte sich dann über die Wanne und fuhr mit einer Hand – die noch immer eiskalt war – durch das Wasser.

Katherine

In ihrem Kopf vermischte sich der Klang des Namens mit dem Rauschen des einlaufenden Wassers, deshalb reagierte sie im ersten Moment nicht. Dann drehte sie langsam beide Wasserhähne zu. Sie spürte, wie sie auf dem Rücken eine Gänsehaut bekam. Ohne nach hinten zu sehen, tastete sie nach dem Badetuch auf dem Handtuchhalter, zog es herunter und wickelte es sich um den Körper.

Katherine

Diesmal war es lauter und trotz der tropfenden Wasserhähne gut zu hören. Sie trat von der Wanne zurück. Dicke Dampfwolken hingen gespenstisch in der Luft, kondensierten an den Wänden. Während sie mit dem Rücken zur Wand dastand, kühlte das Wasser allmählich ab.

Katherine

Jetzt war es noch stärker als zuvor. Unmöglich, daß sie sich das nur einbildete. In panischem Entsetzen starrte sie um sich und drückte das Badetuch gegen ihre Brüste.

»Ihr gebt sie mir, aber sie liebt mich nicht!« Zornig starrte der König auf die Frau, die so arrogant vor ihm stand. *»Ich wollte keine Hure, Madame. Ihr verspracht mir Liebe als Gegenlei-*

*stung für meine Anbetung! Ich nehme sie in mein Bett, und sie
liegt wie eine Wachspuppe in meinen Armen!«*

*Da er sich umwandte, um den Pokal mit heißem Wein in die
Hand zu nehmen, sah er nicht, wie sich die Frau bei seinen
Worten anspannte, und ebensowenig den Ausdruck wilder
Schläue, der über ihre seltsam goldenen Augen huschte.*

»Joss? Kann ich reinkommen?« Lukes Stimme riß sie aus ihrer
panischen Verwirrung. Sie stürzte zur Tür und schob den Riegel
zurück.

»Warum in aller Welt hast du denn abgeschlossen?« Er hielt
zwei Gläser in den Händen. »Komm! Ich dachte, während du es
dir in der Wanne gemütlich machst, könnten wir ein bißchen
miteinander reden. Lyn kümmert sich um das Abendessen, und
Ned schläft wie ein Murmeltier.« Er grinste, aber als er ihr bleiches Gesicht bemerkte, erstarb sein Lächeln. »Was ist denn los?«
fragte er.

»Nichts«, sagte sie kläglich und versuchte verzweifelt, sich
wieder zu fassen. »Es ist gar nichts los. Ich bin nur viel müder
und durchgefrorener, als ich zuerst dachte.« Sie nahm das Glas
und trank dankbar einen Schluck Weißwein. »Setz dich und rede
mit mir.«

Wenn er hier war, dann brauchte sie keine Angst zu haben.
Trotzdem ließ sie den Blick noch einmal durch den Raum
schweifen, bevor sie sich aus dem Badetuch wickelte, in die
Wanne stieg und sich mit einem Seufzer langsam in das dampf-
ende Wasser gleiten ließ.

»Besser?« Luke beobachtete sie genau. Die Spuren ihrer Erschöpfung und aufgeregten Nervosität blieben ihm nicht verborgen. Er klappte den Toilettendeckel zu, setzte sich darauf, das
Kinn auf die Hände gestützt, und betrachtete seine Frau eingehend. Sie war noch immer sehr schön, ihr Körper hatte sich von
der Geburt schon fast ganz erholt; der einzige Hinweis waren
ihre nach wie vor wunderbar üppigen Brüste und ihr Bauch, was
er äußerst erotisch und sexy fand. Er beugte sich vor und legte
eine Hand auf ihren Busen. »Wunderbar«, murmelte er.

Sie lächelte schläfrig und ließ sich tiefer in das warme Wasser
sinken. Es war schön, daß er hier war; es gab ihr ein Gefühl der

Sicherheit. Sie schloß die Augen und griff nach seiner Hand. »Bist du sicher, daß Ned nichts fehlt?«

»Ja, absolut.« Seine Stimme klang ruhig, aber plötzlich runzelte er die Stirn. Die Flecken auf Neds Arm waren eindeutig Druckstellen von Fingern. »Hier.« Er reichte ihr ein Glas. »Trink.« Er kniete neben der Wanne nieder, schob die Hemdärmel hoch und ließ seine Hände über ihre Brüste gleiten und darum herum kreisen, fühlte die Geschmeidigkeit, die das Badeöl ihrer Haut verlieh, und massierte sie sanft bis über den Bauch hinunter.

Sie nahm einen Schluck Wein und stöhnte genüßlich. »Macht es etwas aus, wenn wir zum Abendessen ein bißchen zu spät kommen?«

Er lächelte. »Überhaupt nicht. Lyn bringt eben erst Tom zu Bett. Ich habe ihr gesagt, du würdest später bei ihm reinschauen und ihm einen Gutenachtkuß geben, aber wir wissen doch beide, daß er bis dahin längst schläft.« Noch immer streichelten seine Hände rhythmisch über ihre Brüste und erzeugten kleine Wellen im Wasser.

»Luke...«

»Pst.« Er beugte sich über sie und küßte sie auf die Lippen. »Soll ich zu dir in die Wanne kommen?«

»Da passen wir doch nie zu zweit rein«, kicherte sie.

»Dann kommst du wohl besser raus.«

»Ich will aber nicht. Es ist kalt da draußen.«

Lachend stand er auf, zog sämtliche Badetücher von der Stange und breitete sie auf dem Boden aus. »Komm schon. Du wirst doch nicht frieren, wenn dein Mann dich wärmt!« Er schnallte den Gürtel auf, zog ihn durch die Schlaufen, öffnete den Reißverschluß seiner Jeans, und dann fiel er plötzlich über sie her und ließ die Arme unter ihren Körper gleiten. »Luke, du hebst dir einen Bruch!« sagte sie lachend, als er sie aus dem Wasser hob und tropfnaß auf die Badetücher sinken ließ. Er setzte sich rittlings auf sie, beugte sich nach vorn und preßte seine Lippen auf ihre.

Katherine blickte zu ihm auf und lächelte. Ihre Arme schlangen sich um seinen Nacken, und ihre Lippen, zart und süß wie Kirschen, verlangten gierig nach den seinen.

»Liebster«, murmelte sie. »Mein König.«
Er stöhnte auf und zog sie an sich, und seine Hände fuhren
über jeden Zoll ihres Körpers; entzückt über ihre Leidenschaft
und ihre heftige Erregung erforschte seine Zunge voller Ver-
langen ihr Gesicht, ihren Nacken, ihre Brüste.
Sein Triumphschrei, als er sie besaß, hing in den Dachbalken
über dem Bett und hallte durch die Schatten des Hauses.

Zufrieden legte Joss die Arme um Lukes Nacken und zog ihn zu
sich. »Ich liebe dich«, flüsterte sie. Sie öffnete schläfrig die
Augen, genoß seine Wärme, glitt mit der Zunge über seine rauhe
Wange und blickte ihn zwischen fast geschlossenen Lidern hindurch an. »Luke, morgen möchte ich die Kinder wegbringen«,
flüsterte sie. »Nur für ein paar Tage. Bitte.«

Er runzelte die Stirn, und sie spürte, wie sich sein ganzer Körper anspannte. »Joss…«

»Luke. Bitte. Laß mich.« Er stand auf derselben Seite wie das
Haus – er wollte sie hierbehalten, er wollte nicht, daß sie weg-
fuhr. Sie nahm sein Ohrläppchen sanft zwischen die Zähne.
Plötzlich bemerkte sie, daß es wieder sehr kalt geworden war.
Trotz seines warmen Körpers begann sie zu frösteln.

Er hob den Kopf, um sie anzusehen, und sie bemerkte, daß
sein Blick ärgerlich war. »Joss…«

»Bitte, Luke.« Sie griff über ihn hinweg und zog an einem der
Badetücher im Versuch, ihre Beine damit zu bedecken. »Mir
wird kalt, Luke.« Sie zitterte so heftig, daß ihre Zähne aufeinan-
derschlugen. Auf einmal bekam sie kaum noch Luft. Sie konnte
sein Gewicht, das schwer auf ihre Brust drückte, nicht mehr ertragen. In Panik schob sie ihn mit aller Macht hoch. Etwas war
über ihrem Gesicht, es fuhr über ihr Gesicht, ihren Mund, ein
unsichtbares Gewicht, das sie auf den Boden preßte. Mit einem
heftigen Ruck warf sie Luke herunter und stand taumelnd auf.
Sie rannte ans Fenster und riß es auf, lehnte sich hinaus in den
eisigen Wind und atmete keuchend die frische, kalte Luft ein.

»Joss?« Lukes scharfer Tonfall war voller Sorge. »Joss, was um
Himmels willen ist denn los?«

Sie konnte nicht sprechen. Das steinerne Stabwerk des Fensters war eisig kalt an ihren Brüsten, ihre Finger umklammerten

krampfhaft den efeubedeckten Sims. Sie mußte laut keuchen. »Tut mir leid … hab keine Luft mehr gekriegt … Ich muß etwas trinken, Luke … Wasser …« Jetzt drückte es von hinten auf sie – es war ein Gefühl, als stünde jemand direkt hinter ihr –, sein Atem strich ihren Nacken hinab, dann kam er noch näher, preßte sich an sie. Luke hatte ihr Glas geholt, schüttete den Wein in das Badewasser, rannte mit dem Glas zum Waschbecken, füllte es und brachte es ihr. Er legte ihr den Bademantel um die Schultern und hielt ihr das Glas hin. »Hier, trink das.« Mit zitternden Händen nahm sie es an sich.

Die hinter Luke stehende Gestalt war ganz deutlich erkennbar – ein Mann, größer und älter als Luke, mit einem gequälten Blick aus blauen Augen und blonden, schon etwas ergrauten Haaren; ein Mann, dessen Gesicht von Wut und Schmerz gezeichnet war. Als sie seinem Blick begegnete, streckte er ihr seine Hand entgegen, aber als sie ihn weiter fixierte, löste er sich im Dampf des Badezimmers auf und war innerhalb weniger Sekunden verschwunden.

Das Weinglas glitt ihr aus der Hand und zerbrach auf dem Boden. Überall um ihre nackten Füße lagen Scherben verstreut, doch sie bemerkte sie nicht. Mehrere Sekunden lang starrte sie schockiert und ungläubig über Lukes Schulter.

»Joss? Joss, was ist denn!« Luke drehte sich um, um zu sehen, worauf sie starrte. »Was ist los? Was fehlt dir? Bist du krank?«

Sie konnte nicht sprechen. Es war so real gewesen. So klar. Die Gestalt, die sie bisher immer nur als schattenhaft und undefinierbar erdrückend empfunden hatte, hatte sich ihr klar und deutlich in all ihrem Schmerz und ihrer Qual gezeigt, und sie hatte ihr in die Augen gesehen. Der Mann war vollkommen real gewesen. Für diese wenigen, kurzen Sekunden war er so wirklich für sie gewesen, wie Luke es jetzt war. Sie blinzelte angestrengt und sah sich um, und erst jetzt bemerkte sie, daß ein eisiger Wind durch das geöffnete Fenster hereinwehte.

Von irgendwo draußen war der Schrei eines Fuchses zu hören. Luke drängte sich neben sie ans Fenster und schloß es. »Komm, Joss! Ins Bett mit dir, damit dir wieder warm wird. Paß auf deine Füße auf, hier liegen überall Scherben.«

Er wickelte sie wieder in das Badetuch und legte ihr einen Arm um die Schultern.

»Wir müssen weg, Luke. Sofort. Ich muß die Kinder wegbringen.« Sie packte ihn am Hemd und zwang ihn, sie anzusehen. »Luke, du mußt das endlich verstehen. Die Kinder sind in Gefahr«, stieß sie hervor und zwängte sich an ihm vorbei ins Schlafzimmer; dabei trat sie auf eine Glasscherbe und schnitt sich in die Zehe. Hastig griff sie nach ihrem Morgenmantel und zog ihn an. »Ruf Lyn! Sag ihr, sie soll uns helfen. Wir bringen die Kinder zu Janet, und zwar sofort. Du lieber Himmel, schau mich nicht so an! Tu doch endlich etwas!« Sie fuhr mit dem blutenden Fuß in einen Hausschuh und strich sich die Haare aus dem Gesicht. »Schnell! Verstehst du denn nicht! Er ist so stark geworden, daß ich ihn sehen kann! Die Jungen sind in Gefahr.«

Sie rannte in den Flur, blieb vor Toms Zimmer stehen und spähte hinein. Der kleine Junge schlief, das Nachtlicht brannte gleichmäßig auf dem Tisch beim Fenster. »Laß ihn schlafen, Joss.« Luke trat zu ihr und lugte durch den Türspalt, dann legte er seine Hände auf ihre Schultern. »Komm, Liebes, du bist total erschöpft. Laß es gut sein. Komm ins Bett, ich bringe dir das Abendessen dorthin.«

Der Schatten war wieder da – am Fenster, wo er immer stand. Ihr Mund wurde trocken; sie starrte auf die Stelle und wagte nicht, den Blick abzuwenden. Er bewegte sich. Er ging auf das Kinderbett zu. Jetzt konnte sie die Gestalt deutlich erkennen – es war ein Mann, ein großer, breitschultriger Mann, dessen Figur durch eine Art Brustharnisch, den er unter dem wehenden Umhang trug, grotesk vergrößert wurde.

»Der Blechmann!« Sie merkte nicht, daß sie es laut aussprach; dann wandte sie sich um und ergriff Lukes Arm. »Sieh doch! Glaubst du mir jetzt? Schau doch, um Gottes willen! Hol ihn. Hol Tom, bevor es zu spät ist!«

Luke legte seine Hände auf ihre Arme. »Joss…«

Der Schatten war jetzt näher, fast am Kinderbett. Er beugte sich darüber – hob die Arme…

Mit einem wilden Schrei stürzte Joss ins Zimmer. Sie fühlte es – sie fühlte ihn zwischen sich und Tom. Panisch vor Entsetzen griff sie in das Bett und packte den kleinen Jungen am Arm, zog ihn heraus und drosch gleichzeitig auf die hinter ihr stehende Gestalt ein. »Geh weg! Laß uns in Ruhe! *Luke*!«

Irgendwo über Toms Schreie hinweg hörte sie Lukes Stimme, aber sie konnte ihn nicht erreichen. Die Gestalt stand zwischen ihr und der Tür. In ihren Armen begann Tom gellend zu schreien. Und auf der anderen Seite des Flurs konnte sie auch Ned brüllen hören.

Sie preßte Tom an sich und versuchte, zur Tür zu rennen. Aber etwas hielt sie zurück. Etwas versuchte, ihr Tom zu entreißen.

»Joss!« Durch all die Schreie hindurch vernahm sie Lyns Stimme. »Joss, gib ihn mir!«

Lyn war irgendwo nah bei ihr. Und sie versuchte zu helfen.

Entsetzt blickte Joss um sich und kämpfte sich ihren Weg durch die blauen Falten des wehenden Umhangs, doch dann spürte sie eine eiserne Faust auf ihrem Arm. Während sie mit aller Kraft das Kind festhielt, schlugen sich die Finger wie Krallen in ihr Fleisch.

Sie verlor ihn; sie merkte, wie ihr Griff nachließ. Die Kraft des Mannes war zuviel für sie. »Luke!« Ihr panisches Schluchzen ging in Toms Schreien unter, als er ihren Armen entrissen wurde, und dann war plötzlich alles vorüber. Die Gestalt war verschwunden.

Schluchzend brach Joss zusammen. »Tom…«

»Ich hab ihn, Joss.« Lyns Stimme klang gepreßt vor Angst.

»Bring Tom nach unten, Lyn, und fahr los. Jetzt sofort.« Luke stand über Joss und half ihr auf die Beine. »Was zum Teufel sollte das jetzt? Du hättest den Kleinen ja fast umgebracht! Ich habe gesehen, wie du es getan hast! Ich habe dich *gesehen*! Was in aller Welt ist bloß mit dir los, Joss! Du gehörst in die Klinik. Du bist nicht in der Lage, dich um die Kinder zu kümmern.« Seine Stimme bebte. »Lyn hat recht. Ich hätte schon vor Wochen auf sie hören sollen. Tut mir leid, Liebling. Aber ich gehe kein weiteres Risiko ein. Die Kinder nehme ab jetzt ich. Verstehst du? Hörst du mir zu, Joss?« Er ergriff sie an den Armen und drehte sie herum, damit sie ihn ansehen mußte. »Es tut mir wirklich leid, Liebling. Ich weiß, du bist nicht du selbst. Aber ich kann nicht riskieren, daß das noch einmal passiert.«

»Luke?« stotterte sie verständnislos. »Luke, was redest du denn da…«

Er starrte sie an und ließ sie dann mit einem Seufzer los. »Ich schlage vor, daß du dich mal richtig ausschläfst. Und wenn dein Verstand noch nicht völlig ausgesetzt hat, rufst du morgen früh Simon an und läßt dir von ihm helfen. Sobald ich die Kinder in Sicherheit gebracht habe, komme ich wieder, und dann entscheiden wir, was wir tun.«

Er schritt aus dem Zimmer und ging nach gegenüber zu Ned. Rasch packt er einen Stapel Kleidung und Windeln in eine Tasche und holte das schreiende Baby aus seinem Bettchen. »Geh schlafen, Joss. Leg dich hin! Wir reden morgen darüber.«

»Luke!« Verwirrt sah sie ihn an. »Was tust du denn da?«

»Ich bringe die Kinder weg, Joss. Jetzt sofort. Bevor du einem von ihnen wirklich weh tust. Ich habe Lyn nicht geglaubt. Ich habe ihr verboten, Simon anzurufen. Aber sie hatte recht. Das warst von Anfang an du.«

»Luke…« Ihre Knie waren so weich, daß sie nicht hinter ihm herrennen konnte; alle Kraft hatte sie verlassen. »Luke, warte…«

Für einen Augenblick wurde seine Miene weicher. »Ich komme ja wieder, Joss. Später. Sobald wir die Jungen zu Janet gebracht haben. Ich verspreche es dir, Liebling.«

Und dann war er weg. Sie hörte noch seine Schritte, als er die Treppe hinunterlief. Dann war alles still.

»Luke.« Sie konnte nur noch flüstern. Sie sah sich in dem leeren Kinderzimmer um; nach dem Lärm und den Schreien der beiden Jungen wirkte die Stille noch schockierender. Die Flamme des Nachtlichts flackerte ein wenig und beruhigte sich dann wieder. Ihr eigener Schatten, bucklig und grotesk im Licht der Kerze, fiel riesig und bedrohlich neben dem Bett an die Wand. Verwirrt starrte sie darauf und zog ihren Morgenmantel fester um sich. In ihrem linken Hausschuh sickerte Blut aus ihrer Schnittwunde in das weiche Schaffell und färbte es rot.

»Luke?« Ihr leiser, klagender Protest war völlig kraftlos. »Luke, laß mich nicht allein.«

Sie hörte, wie der Wagen anfuhr. Draußen auf der Auffahrt wanderte der Scheinwerferstrahl über die reifbesetzten Bäume und verschwand dann in Richtung des Dorfes.

Toms Lieblingsteddybär lag vergessen im Bettchen. Ohne ihn würde er nie einschlafen. Joss hob ihn auf und betrachtete das seidig-braune Fell, blickte in die kleinen Knopfaugen. Der Bär trug einen gelben Strickpullover. Sie drückte ihn an sich, sank auf die Knie und begann zu weinen.

Eine Weile später waren ihre Beine steif geworden; mühsam stand sie auf und sah sich im Zimmer um. Das Nachtlicht flackerte; der Docht war fast vollständig abgebrannt und schwamm in einer Pfütze von geschmolzenem Wachs. Den Teddybären noch immer an sich gedrückt, ging sie ins Schlafzimmer. Es war bitter kalt im Haus. Sie hörte, wie der Wind die Ranken an der Mauer gegen die Fenster schlug. Vom Kamin kam ein hohles Stöhnen. Am Himmel zogen sich mehr und mehr Wolken zusammen, und Schneeregen begann zu fallen. Ihr Hausschuh war von dem getrockneten Blut steif geworden, und ihr Fuß schmerzte. Nur schleppend kam sie zur Tür und auf den Flur hinaus.

Am Treppenabsatz blieb sie stehen und blickte nach unten. Luke und Lyn hatten die Lichter ausgemacht; der große Saal lag im Dunkeln. Joss schluckte; mit der rechten Hand hielt sie sich am Pfosten des Treppengeländers fest und lauschte dem Heulen des Windes in dem riesigen Schornstein. Im großen Kamin war seit Tagen kein Feuer gemacht worden, und die Kälte der Herbstnächte hatte den ganzen Raum erfaßt. Sie holte tief Luft und setzte vorsichtig einen Fuß auf die erste Stufe. Das alte Eichenholz knarzte wie zum Protest. Ihr Herz hämmerte so wild, daß sie es bis in die Ohren spürte; es machte sie schwindlig und durcheinander. Sie tat einen zweiten Schritt; das Licht von oben warf ihre Silhouette vor ihr auf die Stufen. Ein Stückchen weiter unten lag etwas auf der Treppe. Verwundert blickte sie darauf – die anderen mußten in der Eile etwas fallen gelassen haben. Sie trat auf die nächste Stufe und sah dabei gebannt auf das sanft schimmernde, polierte Holz. Es war etwas Weißes. Eine Rosenknospe. Unbeweglich blieb sie stehen und starrte wie hypnotisiert darauf; ihre Hand umklammerte das Geländer, Galle stieg ihr in die Kehle.

»Laß mich in Frieden«, wimmerte sie in die Dunkelheit hinein. »Hörst du mich? Laß mich in Ruhe! Was habe ich dir denn getan?«

Es kam keine Antwort.

Sie machte einen weiteren Schritt, wobei sie das hölzerne Treppengeländer so fest hielt, als hinge ihr Leben daran, und ging vorsichtig um die Rose herum. Ihr Duft war süß und zart, er erinnerte sie an den Frühsommer. Sie nahm die nächste Stufe, wich der Blume behutsam aus, und dann noch eine und noch eine. Ein starker Windstoß erfaßte das Haus; sie merkte, wie der Schornstein erzitterte. Noch zwei Stufen, dann würde sie den Schalter erreichen und im großen Saal das Licht anmachen können, das vom kalten Glas hinter den offenen Vorhängen einen fahlen Widerschein zurückwerfen würde.

Katherine. Hier bin ich, Katherine.

Noch eine Stufe. Sie hob den Arm, ihre Hand griff nach dem Schalter.

Katherine. Liebste, stirb nicht. Warte auf mich, Katherine. Warum hat deine Mutter nicht nach mir gesandt, Katherine? Sie soll verflucht sein für ihren Haß und ihre Ränke.

Das Licht ging an, und sie stand da, den Rücken an die Wand gepreßt, und starrte in den Saal. Feine graue Asche lag auf den Steinplatten um den offenen Kamin. Die Chrysanthemen auf dem polierten Tisch, die Lyn in der Woche zuvor im Garten gepflückt hatte, waren verwelkt; ihre Blütenblätter lagen umgeben von Blütenstaub auf der Platte.

Ich verfluche das Kind, das dich tötete, Katherine. Wäre es doch nur an deiner Statt gestorben. Komm zurück zu mir, du Liebe meines Lebens, mein Schicksal …

»Hör auf!« Verzweifelt schüttelte Joss den Kopf und preßte die Hände auf die Ohren. »Hör endlich auf!« Die Worte waren da, sie hämmerten in ihrem Schädel, wie ein seltsam formloses Echo. »Hör auf! Laß mich in Ruhe!«

Heftig zitternd, die Arme vor der Brust verschränkt, machte sie einen Schritt in den Raum hinein. Die Tür zum Gang gegenüber schien unendlich weit weg. Sie tat einen zweiten Schritt; wenn sie anfing zu laufen, würde sie vielleicht verfolgt. Ein neuerlicher Windstoß fegte um das Haus; etwas im Kamin bewegte sich, sie blieb stehen und starrte darauf. In diesem Augenblick schwebte ein Schauer weißer Rosenblätter aus dem Kamin in den Saal und verteilte sich auf dem steinernen Fußboden. In der Küche wachten plötzlich die beiden Katzen auf, die friedlich zusammen in ihrem Korb gelegen hatten; mit gesträubtem Fell rasten sie quer durchs Zimmer und verschwanden durch die Katzentür hinaus in den Wind und den eisigen Regen.

»Nein!« Sie biß sich auf die Lippe. »Nein, bitte.« Nur noch ein paar Schritte, und sie würde durch die Tür, den Gang hinunter und in der Küche sein, und dann aus dem Haus. Sie tastete sich noch einen Schritt vorwärts, während ihre Augen jeden Winkel des Raums absuchten, doch dann ließ ein Geräusch hinter ihr sie jäh herumfahren.

Als der Wind die Terrassentür zum Garten hin aufstieß – sie war beim letzten Mal wohl nicht richtig geschlossen worden –, war die Tür des Arbeitszimmers aufgegangen. Wind und Regen peitschten durch das Haus. Sie rannte zurück und sah sich verzweifelt um. Eisregen kam herein, im Nu war der Teppich durchnäßt. Sie rannte zu den Terrassentüren und mühte sich ab, sie zu schließen; dann schaltete sie hektisch die Schreibtischlampe ein und zog die Vorhänge zu. Vor Anstrengung und Furcht mußte sie keuchen. Die Unterlagen von ihrem Sekretär lagen überall verstreut – das Manuskript, Notizen, Briefe, Schriftstücke ihrer Mutter –, alles lag auf dem Teppich, einiges davon in der Nähe des Fensters, wo es völlig naß wurde. Sie ließ alles stehen und liegen, lief zurück zur Tür und blieb wie angewurzelt stehen.

Er stand im Rahmen der Tür zum großen Saal, riesengroß und ebenso deutlich wie zuvor im Badezimmer. Diesmal trug er keinen Harnisch; er war in Schwarz und Purpur gekleidet, und als er eine Hand nach ihr ausstreckte, wallte sein dunkelblauer Umhang über die breiten Schultern.

Ohne zu überlegen, machte sie kehrt, riß die nächstgelegene Tür auf, die zum Keller führte, und nahm drei Stufen auf einmal hinunter in die Dunkelheit. Schluchzend floh sie durch den ersten Kellerraum, verließ den Lichtschein, der vom Gang über die Treppe hinabfiel, in die undurchdringliche Schwärze des zweiten Kellers. Dort kroch sie hinter die leeren Weinbehälter und preßte sich mit stockendem Atem gegen die kalten, feuchten Ziegel.

Die Kellertreppe knarzte. Leise wimmernd versuchte sie, sich noch mehr zusammenzukauern, steckte den Kopf zwischen die Knie und schlang die Arme um sich. Sie spürte seine Nähe; seine Gegenwart erfüllte das Dunkel wie ein elektrisches Feld.

Katherine. Komm zu mir.

»Nein!« Sie hatte aufgehört zu atmen. Jetzt roch sie die Rosen – ihr Duft erfüllte die muffige Kellerluft.

Er war ihr nun ganz nah, ohne Mühe fand er in der Dunkelheit zu ihr, sah keine fremde Frau im zwanzigsten Jahrhundert, die sich hinter den Weinbehältern eines Kellers verbarg, sondern die Liebe seines Lebens, leblos auf einer Bahre liegend – leblos, bis er ihr mit seiner Liebe Leben einhauchen und ihr das Kind entreißen konnte, das Kind, das ihr das Leben geraubt hatte.

Katherine

Er streckte eine Hand aus, um ihr Haar zu berühren, und streute Rosenblätter um sie, mit denen er ihren Sarg gefüllt hatte. Sie bewegte sich. Sie lebte, die Geistergestalt, die er so oft durch das Haus hatte laufen sehen, die Frau, die seiner toten Katherine so sehr glich, daß es ihn völlig verwirrt hatte. Noch einmal. Er wollte sie noch einmal lieben und sie mit der schieren Kraft seiner Liebe erwecken.

Mit einem tiefen Stöhnen zog er sie an seine Brust und preßte seine kalten Lippen auf ihren Mund.

Katherine!

Sie fühlte, wie seine starken Arme sie umschlangen, spürte den weichen, erstickenden Samt, der sie einhüllte, ihr die Arme fesselte und ihr den letzten Widerstand raubte.

Katherine!

Sein Atem an ihrer Wange war eisig, seine Finger wie die einer reifbedeckten Statue inmitten eines winterlichen Brunnens, als er sich anschickte, ihren Morgenmantel zu öffnen.

»Nein.« Joss' mitleiderregendes Flüstern war nicht mehr als ein Hauch. Katherine war hier; Katherine war in ihrem Kopf. Ihr Magen krampfte sich vor Angst und Lust zusammen, sie sah mit Katherines Augen.

»Edward! Mein Gebieter!«

Seine Hände umfaßten ihre Brüste, er schauerte Küsse auf ihren Hals, ihre Brüste, ihren Bauch. *»Süßes Kind, du lebst.«*

Sie konnte sich nicht bewegen. Vor Furcht gelähmt, fühlte sie, wie Schauer der Erregung ihre Beine hinauf bis in ihren Bauch strömten. Ihr Atem kam in kleinen Stößen. Ihr Morgenmantel hatte sich vollständig geöffnet, und nun trennte sie nichts mehr; der weiche Samt, der Brokat und die Seide waren verschwunden. Sie fühlte nur noch sein hartes, drängendes Fleisch.

Edward von England sah in Katherines Augen hinab und lächelte. Alle Zartheit war vergessen. Dies war seine Liebste, seine Frau, die Mutter seines Kindes, die Liebe, die ihm versprochen war und für die er in einem Pakt mit der Dunkelheit bezahlt hatte.

Er umklammerte ihre Handgelenke mit seinen starken Fäusten, küßte sie erneut und erfreute sich an ihrem vergeblichen, sich windenden Widerstand, wissend, daß sich die Furcht in diesen leuchtendblauen Augen bald in Lust und Leidenschaft verwandeln würde, die der seinen nicht nachstand.

Katherine!

Mit einem triumphierenden Schrei drang er in ihr warmes Fleisch ein und verbarg das Gesicht schluchzend in ihrem dunklen, seidigen Haar.

30

»Joss?« Luke trat in die Küche und sah sich um. Es herrschte absolute Stille im Raum. Kit und Kat lagen zusammengerollt auf dem Schaukelstuhl neben dem Herd wie ein Knäuel aus schwarzem, weißem und orangefarbenem Pelz. Er seufzte. Sie war wohl zu Bett gegangen. Er hatte Lyn und die Kinder bei

Janet gelassen und gleich von dort aus Simon angerufen; dann war er durch den windgepeitschten Schneeregen wieder zurückgefahren.

Mit einem erneuten Seufzer griff er nach der Whiskyflasche im Schrank, schenkte sich ein kleines Glas ein und trank es in einem Zug leer. Dann stellte er das Glas ab und ging in den großen Saal hinaus. Kit und Kat waren munter geworden und tollten hinter ihm her, doch in der Tür blieben sie abrupt stehen. Von einer Sekunde zur nächsten schienen sie ihr Spiel vergessen zu haben, machten kehrt und liefen mit gesträubtem Fell und aufgestellten Schwänzen davon. Das Licht brannte, und auf dem Boden lag überall Asche, die der Wind aus dem Kamin geweht hatte.

»Joss?« Mit großen Schritten durchquerte er den Saal zur Tür und blickte vom Fuß der Treppe in den Gang hinaus, wo ebenfalls Licht brannte. Die Tür zum Arbeitszimmer war geschlossen. Er öffnete sie und sah hinein. Der Raum bot einen chaotischen Anblick; über den ganzen Boden lag Papier verstreut, und der Teppich war naß. Er ging zum Fenster, zog den Vorhang auf und spähte hinaus. Offensichtlich hatte jemand die Tür geöffnet. War Joss dort draußen? Doch der Schlüssel steckte innen im Schloß. Er drehte sich um und betrachtete noch einmal das Durcheinander im Raum, dann rannte er zur Treppe und stürmte hinauf. »Joss? Wo bist du?«

Auf dem Teppich in Toms Zimmer entdeckte er kleine Blutspuren. Hatte sie sich verletzt? Vor Furcht drehte sich ihm der Magen um, aber er konnte kein weiteres Zeichen von ihr entdecken; auch in Neds Zimmer war nichts zu sehen. Er warf einen raschen Blick in Lyns Zimmer und ging dann auf den Dachboden. Sie war nirgends zu finden.

Er verfluchte sich dafür, daß er sie allein gelassen hatte, und begab sich noch einmal ins Arbeitszimmer. Erst jetzt bemerkte er den Teddybären; er lag hinter der Tür auf dem Boden. Sie mußte ihn fallen gelassen haben. Luke wußte, daß er und Lyn ihn nicht mitgenommen hatten – Tom hatte sehr gejammert, als er merkte, daß Ted zu Hause vergessen worden war.

»Joss?« Sein Unbehagen wuchs. »Joss, wo bist du?«

Er ging noch einmal zum Treppenabsatz. Dort war es sehr kalt. Er zitterte, als er sich suchend umsah. Im großen Saal, im Schatten der Galerie, war es sehr dunkel. Er konnte den Wind im Schornstein hören. Aus irgendeinem Grund fühlte sich das Haus seltsam bedrohlich an. Kein Wunder, daß Joss hier Angst hatte. Seufzend schaute er noch einmal nach oben.

Wenn sie nicht im Haus war, dann konnte sie nur noch im Garten sein – oder am See. Dieser Gedanke war zu entsetzlich, um ihn weiter zu verfolgen. Als er sich anschickte, hinauszugehen, fiel sein Blick auf die Kellertür. Zuvor war sie doch mit Sicherheit verschlossen und abgesperrt gewesen; darauf paßten sie immer besonders auf.

Jetzt war sie einen Spalt geöffnet; der eiskalte Luftzug, den er an den Knöcheln spürte, kam zweifellos von der Kellertreppe herauf. »Joss?« Sein Magen zog sich vor Furcht zusammen, als er die Tür aufstieß. »Joss, bist du da unten?« Er beugte sich vor, knipste das Licht an und starrte die Treppe hinunter. Es war sehr kalt dort unten; auf den Flaschen war der trübe Schimmer von Kondenswasser zu sehen. Widerstrebend setzte er den Fuß auf die oberste Stufe. »Joss?« Es war zu still.

Er hielt inne und wollte wieder zurückgehen, doch dann überlegte er es sich anders und schritt entschlossen hinab. Im ersten Keller war sie nicht. Er bückte sich und ging unter dem Gewölbe hindurch in den zweiten; dabei erinnerte er sich an die Angst, die er gehabt hatte, als er das erste Mal hier heruntergekommen war. Jetzt hörte er etwas. Es klang wie ein Lachen. Er drehte sich um. »Joss?«

Das Lachen verstummte plötzlich wie abgeschnitten.

»Joss? Wo bist du?« Es war nicht ihre Stimme gewesen, da war er sich ganz sicher. Es hatte mehr wie das Lachen von Kindern geklungen. »Joss?«

Die Stille war greifbar. Er spürte, wie sich die Härchen in seinem Nacken aufstellten. »Wer ist da? Komm heraus! Ich weiß, daß da jemand ist!«

Er trat noch einen Schritt näher und versuchte krampfhaft, den Gedanken an Joss' toten kleinen Bruder zu verdrängen. »Joss! Bist du das?«

Hier unten war alles voller Schatten. Die einzige Glühbirne am Deckengewölbe konnte das Ende des Weinregals und die Weinbehälter an der gegenüberliegenden Wand kaum erhellen.

Als er langsam darauf zuging, fiel sein Blick plötzlich auf etwas in der Ecke am Boden. »Joss? Joss, oh mein Gott!«

Sie lag in der hintersten Ecke, zwischen zwei Weinbehältern eingekeilt. Und sie hatte noch immer ihren Morgenmantel an; er war offen, so daß ihre weißen Brüste zu sehen waren, die nackten Beine, der halb abgestreifte Hausschuh, an dem getrocknetes Blut klebte.

»Joss!«

Sie bewegte sich nicht.

»Joss? Du lieber Gott, was fehlt dir denn?« Er kniete sich neben sie und fühlte ihren Puls. Ihre Haut war eiskalt, und offenbar lag sie in tiefer Ohnmacht; als er ihren Puls endlich gefunden hatte, stellte er fest, daß er schwach und unregelmäßig schlug, als könnte er jeden Moment aussetzen. »Joss! Gib nicht auf, Liebes!« Er wagte nicht, sie zu bewegen; er legte nur sein Jackett auf sie und rannte dann zum Ausgang zurück.

Im großen Saal stieß er beinahe mit Simon zusammen.

»Tut mir leid. Ich habe an der Hintertür geklingelt, aber es hat niemand gehört, deshalb bin ich einfach reingekommen.«

»Simon! Hier unten. Im Keller. Sie ist bewußtlos. O Gott, ich hätte sie nicht allein lassen sollen! Ich war so dumm! Ich wollte nur die Jungen vor ihr in Sicherheit bringen...«

Simon folgte Luke mit bangem Gesicht nach unten. »Meinen Sie, sie ist die Treppe hinuntergefallen?«

»Ich weiß nicht. Wenn, dann ist sie noch ein ganzes Stück weitergekrochen, bevor sie zusammenbrach. Sehen Sie, sie muß noch hier durchgekommen sein.«

Simon schob sich an ihm vorbei. Wie schon Luke fühlte auch er ihr den Puls, dann tastete er vorsichtig Hals und Arme ab. »Ich denke nicht, daß sie sich etwas gebrochen hat. Es scheint ihr nichts zu fehlen; da ist lediglich dieser dicke blaue Fleck auf der Stirn. Sieht aus, als hätte sie sich hier am Weinregal gestoßen, sehen Sie?« Dann setzte er seine Untersuchung fort. »Ich glaube nicht, daß sie gestürzt ist, Luke. Es sieht mehr danach aus, als ob sie sich hier verstecken wollte – sehen Sie, wie sie sich an dem Weinbehälter festklammert?« Vorsichtig löste er ihren Griff.

»Ich möchte sie lieber nicht bewegen, nur um ganz sicher zu gehen. Ich rufe einen Krankenwagen.« Er blickte auf. »Holen Sie von oben ein paar Decken, damit wir sie warm halten können, bis er kommt.« Er holte sein Handy aus der Tasche. »Gehen Sie schon! Beeilen Sie sich.«

»Luke?« Langsam öffnete Joss die Augen. »Luke, wo bin ich?«

Er saß neben ihrem Bett in dem kleinen, verdunkelten Zimmer im Krankenhaus. Das einzige Licht kam von einer Lampe auf dem Tisch in der Ecke.

»Du bist im Krankenhaus, Liebes.« Er stand auf und trat zu ihr. »Wie fühlst du dich?«

Sie runzelte die Stirn und kniff die Augen zusammen. »Ich habe Kopfschmerzen.«

»Das wundert mich nicht. Du hast eine dicke Beule an der Schläfe. Kannst du dich erinnern, wie du dir die geholt hast?«

Sie lag eine Weile da, starrte konzentriert auf das kleine Bild an der gegenüberliegenden Wand, ein Frühlingswald voller blauer Hyazinthen, und schüttelte schließlich den Kopf. Sie konnte sich an gar nichts mehr erinnern.

»Ich schätze, du bist die Treppe hinuntergefallen.« Er drückte ihre Hand. »Du warst bewußtlos, als wir dich fanden. O Joss, es tut mir so leid! Wir hätten dich nicht alleine lassen sollen. Ich mache mir schreckliche Vorwürfe.«

»Die Jungen?« Sie seufzte tief und schloß die Augen. »Sind sie in Ordnung?«

»Ja. Lyn ist mit ihnen bei Janet.«

Sie lächelte. »Gut.«

»Joss?« Er hielt inne und sah in ihr erschöpftes Gesicht. »Kannst du dich an irgend etwas erinnern, was an diesem Abend passiert ist?«

Zunächst gab sie keine Antwort, doch dann stöhnte sie leise.

»Heißt das nein?« Er drückte wieder ihre Hand.

»Das heißt nein«, flüsterte sie.

»Möchtest du schlafen, Joss?«

Sie gab keine Antwort. Als zwanzig Minuten später Simon hereinkam, saß Luke noch immer neben dem Bett und hielt ihre Hand. Er blickte zu dem Arzt auf.

»Sie ist ein paar Minuten zu sich gekommen und dann wieder eingeschlafen.«

»Haben Sie die Schwester gerufen?«

»Dafür war gar keine Zeit.«

»War sie bei klarem Verstand?«

»Sie war schläfrig. Anscheinend konnte sie sich nicht erinnern, was passiert ist.«

Simon nickte, ergriff ihre Hand und fühlte ihr den Puls. »Nach einem solchen Schlag auf die Schläfe hat sie mit Sicherheit eine Gehirnerschütterung. Luke, ich schlage Ihnen vor, daß Sie nach Hause gehen und selbst ein bißchen schlafen. Ich bezweifle, daß sie heute nacht noch einmal aufwacht, und falls doch, dann wird sich das Personal hier um sie kümmern. Kommen Sie morgen wieder, aber nicht zu früh, okay? Vorausgesetzt, sie hat keine wirklich schlimme Verletzung am Kopf erlitten – und wir sind ziemlich sicher, daß das nicht der Fall ist. Der diensthabende Psychiater wird sie sich morgen früh ansehen. Wir müssen herausfinden, was sie im Keller wollte – warum sie gestürzt ist – falls sie gestürzt ist. Und wir müssen dem anderen Problem mit den Kindern auf die Spur kommen. Das kommt bei Frauen kurz nach der Entbindung weitaus öfter vor, als Sie vielleicht meinen – sie stehen unter einer enormen Belastung, wissen Sie, und wenn das Hormonsystem nicht ganz so funktioniert, wie es sollte, dann kann es einen dazu bringen, Dinge zu tun, die man unter normalen Umständen nie im Leben machen würde. Aber wenn Sie und Lyn sich um die Jungen kümmern können, dann bin ich ganz sicher, daß wir in diesem Stadium die Sache noch im Rahmen der Familie lösen können. Sie brauchen sich also keine Sorgen zu machen.« Er ging ans Fenster und blickte über den im Dunkeln liegenden Parkplatz auf die Dächer der schlafenden Stadt. »Ich schlage Ihnen vor, Luke, Sie überlegen sich, wohin Lyn für eine Weile mit Tom gehen könnte, damit Joss absolute Ruhe hat. Joss hat mit dem Stillen jetzt praktisch aufgehört; sie hat mir gesagt, daß Ned seit kurzem nachts durchschläft, also könnte sie das Baby vielleicht auch bei Lyn lassen. Ich will sie natürlich nicht von ihm trennen, wenn sie das nicht will, aber da sollten wir den Rat des Psychiaters abwarten.« Er wandte sich von seiner Patientin zu Luke um. »Gibt es jemanden, bei dem Lyn unterkommen könnte? Bei den Großeltern vielleicht?«

Luke nickte. »Beide würden die Kinder sofort nehmen. Aber Joss…«

»Joss wird völlige Ruhe brauchen, Luke. Ich fände es gut, wenn sie ein bißchen aus diesem Haus wegkäme. Nach dem, was Sie erzählen, ist das die Wurzel ihrer Probleme. Sie hat einen massiven emotionalen Schock erlitten, wissen Sie, dadurch, daß sie dieses Haus mit seiner ganzen Geschichte geerbt hat – und wegen der Geburt so bald nach eurem Einzug hatte sie einfach zuwenig Zeit, sich einzugewöhnen. Ich vermute, ein paar Wochen in der Sonne würden ihr am meisten helfen. Ließe sich das arrangieren?«

Luke blickte düster drein. »Im Moment ist das Geld ein bißchen knapp. Aber wahrscheinlich könnte ich schon etwas organisieren.«

»Gut.« Simon legte das Stethoskop zusammen. »Denken Sie mal darüber nach. Wir können morgen weiter darüber reden, wenn wir genauer wissen, was ihr fehlt.«

Der Psychiater, ein grauhaariger, bärtiger, netter Mann, saß auf ihrem Bett und aß mit ihr von den Trauben, während sie erzählte. Er nahm kein Blatt vor den Mund. »Eine leichte sogenannte Kindbettpsychose, vermute ich.« Seine ruhige Stimme wirkte trotz der einschüchternden Worte eigenartig tröstlich. »Nach dem zu urteilen, was Ihr Mann, Ihr Hausarzt und auch Sie selbst sagen, würde ich meinen, daß das Ihr Problem ist. Es kann dazu führen, daß Sie sich alle möglichen schrecklichen Dinge vorstellen.« Er blickte sie unter seinen buschigen Augenbrauen hervor an. »Sehr schreckliche Dinge.« Dann machte er eine Pause. »Sind Sie sicher, daß Sie sich nicht erinnern können, weshalb Sie in den Keller gegangen sind?«

Joss schüttelte den Kopf. In ihrem Gedächtnis war etwas wie eine Mauer, eine undurchdringliche schwarze Wand, hinter die sie nicht blicken wollte.

Er beobachtete sie gedankenvoll und wartete.

»Nein.« Sie schüttelte noch einmal den Kopf. »Nein, ich kann mich nicht erinnern.«

»Na ja, wie ich schon sagte, habe ich mit Ihrem Hausarzt und Ihrem Mann gesprochen, und sie sind beide der Meinung, daß Sie einen Tapetenwechsel brauchen.« Er überlegte einen Augenblick. »Ich werde Ihnen ein paar Tabletten verschreiben, und dann fahren Sie ein paar Tage mit Ihrem Mann weg.« Nach einer weiteren Pause fuhr er vorsichtig fort: »Ich glaube, Ihr Hausarzt hat Ihnen bereits vorgeschlagen, die Kinder eine Weile wegzugeben. Wie denken Sie darüber?«

»Glücklich macht mich das natürlich nicht«, antwortete Joss zögernd, »aber Lyn würde sich um sie kümmern, vermute ich. Ich... ich habe schon ein Bedürfnis nach Ruhe. Und nach Schlaf.« Und Sicherheit. Das sprach sie nicht aus, doch die Angst war da; die Angst, wieder ins Haus zurückzukehren. Sie schloß die Augen und ließ den Kopf auf das Kissen sinken.

Er beobachtete sie genau, konnte aber nicht feststellen, ob sie ihre Erinnerungen bewußt unterdrückte. Oder ob sie ihm einfach nichts sagen wollte. Er hatte den Eindruck, daß es sich um eine echte Amnesie handelte, hervorgerufen durch Schock. Das Interessante würde sein, genau herauszufinden, wodurch sie ausgelöst worden war.

Er stand auf und strich die Bettdecke glatt. »Also, viel Spaß im Urlaub. Wir sehen uns wieder, sobald Sie zurück sind. Ich möchte nur nachschauen, wie es Ihnen dann geht.«

»Paris?« Luke blickte sie erstaunt an.

Er hatte einen Proteststurm erwartet gegen den Vorschlag, Tom und Ned und das Haus zu verlassen, nicht aber diesen plötzlichen und beinahe fieberhaften Wunsch, ins Ausland zu verreisen.

»Wir müssen ja nicht so lang wegfahren. Die Ärzte haben recht. Das ist genau, was ich brauche.« Zunächst war ihr unwohl gewesen bei dem Gedanken, Tom und Ned bei Lyn zu lassen, aber der Plan, daß Lyn mit den Kindern nach Oxford zu den Großeltern fuhr, hatte sie beschwichtigt. Sie wußte, wie sehr Tom seine Omi Liz liebte, und das riesige Haus der Großeltern konnte drei Gäste und zwei kleine Katzen leicht aufnehmen. Das Häuschen der Davises in London dagegen wäre aus allen Nähten geplatzt, so sehr Alice und Joe sich auch gefreut hätten, Lyn und die Kinder bei sich zu haben.

»Ich vermute, mit dem Geld vom Wein könnten wir uns das leisten.« Luke lächelte. »Das einzig wirkliche Problem ist Zeit. Ich habe versprochen, den Lagonda bis Ende nächsten Monats fertigzumachen, und nächsten Monat kriegen wir noch einen kleinen Austin Seven. Aber wenn ich Jimbo überreden kann, den Laden weiterzuführen, solange wir weg sind, dann, schätze ich, läßt sich das schon machen. Ja. Warum eigentlich nicht? Das wäre doch toll.«

31

Seufzend legte David den Hörer auf. Seit drei Tagen schon versuchte er, in Belheddon jemanden zu erreichen. Wo waren sie bloß alle? Wieder ging er in seinem kleinen Arbeitszimmer auf und ab und betrachtete die Bücherstapel und die zahlreichen Schriftstücke auf seinem Schreibtisch. Er hatte einen ganzen Berg Neuigkeiten für Joss, und es gab so viel zu erzählen. Frustriert sah er die Notizen durch, die er vormittags gemacht hatte. Er hatte gehofft, über die schulfreien Tage nach Belheddon zu fahren, und jetzt waren alle seine Pläne hinfällig. Zeit war kostbar, wenn man an einen Job wie den seinen gebunden war.

Sein Entschluß fiel, während er mit vier Schritten von der Tür zum Fenster ging. Er würde auf jeden Fall hinfahren. Joss mußte einfach erfahren, was er entdeckt hatte. Und zwar so bald wie möglich.

Die Remise stand offen, als er unter dem Torbogen durchfuhr und den Wagen in der Nähe der Küchentür abstellte. Er bemerkte, daß Licht brannte, und von innen war das monotone Stampfen von Heavy-Metal-Musik zu hören, deren Tonqualität allerdings sehr zu wünschen übrigließ. Ziemlich passend, dachte er mit einem schiefen Grinsen, als er ausstieg und auf den Lärm zuging. »Hallo? Luke? Ist jemand zu Hause?«

Das Radio wurde abrupt abgeschaltet, und aus der Garage erschien Jimbo, der sich Öl von seinen kräftigen Unterarmen wischte. »Hallo, Mr. Tregarron«, sagte er und grinste.

»Jimbo. Wo sind Luke und Joss?«

»In Frankreich.«

»In Frankreich?« David starrte ihn verblüfft an. Er war überhaupt nicht auf den Gedanken gekommen, daß sie womöglich gar nicht hier waren.

»Vor zwei Tagen. Joss ist ziemlich schlimm hingefallen. Es ging ihr nich besonders gut, und da haben sie gedacht, sie sollte mal ein paar Tage ausspannen und wegfahren.«

David war schockiert. »Was ist denn passiert? Fehlt ihr etwas? Mein Gott, ich hatte ja keine Ahnung davon!«

»Doch, sie ist schon okay. Ende der Woche werden sie wieder hier sein.«

»Ah ja.« Enttäuscht ließ David die Schultern sinken. Ihm war gar nicht klar gewesen, wie sehr er sich darauf gefreut hatte, Joss wiederzusehen. »Und Lyn und die Kinder? Sind sie noch hier?«

Jimbo schüttelte den Kopf. »Die sind mitsamt den Katzen bei den Grants. Irgendwo in der Nähe von Oxford, hab ich gehört.«

»Das ist ein ziemlicher Schlag für mich. Ich hatte nämlich gehofft, ein paar Tage bleiben zu können.«

»Ich hab die Schlüssel. Es täte ihnen sicher nichts ausmachen, wenn Sie im Haus sind.«

Jimbo ging zur Werkbank an der Seitenwand der Remise, wühlte in seinem Werkzeug herum und brachte einen Schlüsselbund zum Vorschein. »Und dem Haus könnt es nich schaden, wenn da mal geheizt wird. Sie haben mich gebeten, ein bißchen drauf aufzupassen, aber ich wollt da nich reingehen.« Mit einer entschiedenen Geste verschränkte er die Arme vor der Brust.

»Ich verstehe.« David zögerte. »Du hast nicht zufällig eine Telefonnummer von ihnen, oder?«

Jimbo zuckte die Achseln. »Wenn es Schwierigkeiten gibt, soll ich zu Mr. Goodyear von der Farm gehen, haben sie gesagt.«

»Ah ja.« David blickte über die Schulter auf die Hintertür. Er verspürte ein seltsames Widerstreben, das Haus allein zu betreten. »Und wenn ich uns einen Kaffee mache – würdest du auf eine Tasse mit reinkommen?«

Jimbo schüttelte den Kopf. »Ich würd eigentlich lieber hier draußen bleiben.«

»Okay«, sagte David. »Kann ich verstehen. Dann gehe ich mal rein und sehe mich ein bißchen um.«

Er nahm die Schlüssel entgegen und ging auf die Hintertür zu. Dabei spürte er Jimbos Blick im Rücken – ein Gefühl, das alles andere als beruhigend war.

Die Küche war eiskalt, im Herd brannte kein Feuer, und der ganze Raum wirkte ungewöhnlich aufgeräumt. David schaltete alle Lichter ein und suchte nach einem elektrischen Wasserkocher. Wenn es keinen gab, würde er den Herd anschüren und warten müssen, bis das Wasser in dem schweren Eisenkessel kochte. Seine Miene verfinsterte sich. Das Wochenende würde anders werden, als er es sich vorgestellt hatte.

Als er eine Weile später hinausging, um Jimbo eine Tasse Kaffee zu bringen, war der junge Mann verschwunden. Ungläubig starrte er auf die verschlossenen Türen und kehrte dann widerstrebend ins Haus zurück.

Er richtete sich in Joss' Arbeitszimmer ein, legte ihre Notizen und ihr Manuskript in ordentlichen Stapeln unter dem Tisch auf den Boden und breitete dann seine eigenen Unterlagen auf dem Tisch aus. Die Frage, ob er es sich hier als ungeladener Gast einfach gemütlich machen durfte, bereitete ihm kaum Gewissensbisse. Schließlich hatte Jimbo, der – so unwahrscheinlich das auch sein mochte – offenbar die Verantwortung für das Haus hatte, ihm die Schlüssel gegeben. Und nicht zuletzt war er ja Neds Pate und damit quasi ein Verwandter. Er war sicher, daß Joss ihn herzlich aufgenommen hätte, wenn sie dagewesen wäre. Ob Luke sich über sein Kommen ebenso gefreut hätte, darüber machte er sich keine großen Gedanken.

Er setzte sich an Joss' Schreibtisch und begann, in seinen Notizen zu lesen. Morgen wollte er als erstes die Kirche aufsuchen, um einige seiner Informationen mit Inschriften auf Gedenktafeln und Grabsteinen zu vergleichen. Zuvor aber mußte er einfach ein Gefühl für das Haus bekommen.

Er sah ins Feuer, für das die Holzscheite fertig geschichtet gewesen war. Jetzt prasselte es fröhlich und verbreitete schon etwas Wärme im Raum. Seinen Nachforschungen zufolge war das Haus ursprünglich an der Stelle einer römischen Villa gebaut worden; das jetzige Gebäude war mit Sicherheit bereits im frühen fünfzehnten Jahrhundert ein stattliches Herrenhaus gewesen, wahrscheinlich sogar schon hundert Jahre zuvor. Doch ihn interessierte das fünfzehnte Jahrhundert. Und ganz besonders die Regierungszeit König Edwards IV.

Er ließ sich noch einmal die Daten durch den Kopf gehen. Im Jahre 1482 war Edward dreimal nach East Anglia gekommen; bei zweien dieser Besuche wurde Belheddon namentlich in den Dokumenten erwähnt, beim dritten gab es lediglich einen indirekten Hinweis. David hatte die Aufenthaltsorte des Königs aufgelistet: Genau neun Monate nach seinem letzten Besuch war Katherine de Vere gestorben. Im Monat ihres Todes hatte der Monarch zwei Wochen lang Castle Hedingham besucht. Im Jahr zuvor hatte er mehrere Wochen in Belheddon verbracht, und noch ein Jahr vorher war er zweimal je eine Woche lang dort gewesen. David hätte gewettet, daß Katherines Ehe auf Anordnung des Königs geschlossen worden war, damit dessen uneheliches Kind einen Vater hatte. Doch der arme junge Mann hatte sich dieser zweifelhaften Ehre nicht lange erfreuen können; schon nach wenigen Monaten war er gestorben. Eines natürlichen Todes oder durch die Hand eines eifersüchtigen Mannes, der es nicht ertragen konnte, seine Geliebte als Gattin eines anderen zu sehen? Diese Frage würde wahrscheinlich für immer unbeantwortet bleiben.

Gedankenversunken saß David da und ließ den Blick zum Fenster hinauswandern. All diese Vermutungen basierten auf Fakten. Nur beim Motiv hatte er spekuliert. Es ließ sich nicht beweisen, daß das Kind, bei dessen Geburt Katherine gestorben war, vom König stammte; alles andere stand nachweislich in den Dokumenten. Mit dem restlichen Teil seiner Nachforschungen allerdings hatte er sich ziemlich weit von dem entfernt, was für einen seriösen Historiker akzeptabel war – nämlich die Sache mit Margaret de Vere und ihrer Hexenkunst. Obwohl er allein war, mußte er etwas verlegen lächeln. Daß sie unter Anklage gestanden hatte, war historisch belegt; ebenso, daß sie zweimal verhaftet worden war. Daß sie und die mit ihr angeklagten Frauen des ihnen angelasteten Verbrechens tatsächlich schuldig waren, wiesen die Historiker allerdings empört zurück. Die Frauen seien von den Anhängern von Edwards Bruder Richard fälschlich beschuldigt worden. Aber... Noch einmal ging David die Fakten durch. Das erste Mal wurde Margaret auf Anordnung Edwards kurz nach einem seiner Besuche in Belheddon Hall verhaftet. Bei dieser Gelegenheit war sie sicher nicht fälschlich beschuldigt worden, es sei denn von Edward selbst. Aber weshalb sollte er seiner Gastgeberin, der Mutter seiner jungen Geliebten, eine Schuld unterschieben und sie damit beiseite schaffen wollen? Doch höchstens, weil sie gegen ihn war. Doch davon auszugehen, daß sie sich einer Verbindung mit dem König in den Weg stellte, selbst wenn es nur eine außereheliche war, das ergab ganz sicher keinen Sinn. Keine ehrgeizige Frau jener Zeit, die auch nur einigermaßen bei Verstand war, hätte das getan.

Es sei denn, sie war wirklich eine Hexe.

Damit hatte er Probleme; große Probleme sogar. Hexerei gab es nicht wirklich. Oder doch? Dachten Feministinnen nicht immer, Beschuldigungen wegen Hexerei kämen aus der frauenfeindlich-politischen Macho-Männer-Ecke? Hexerei gab es entweder gar nicht oder nur als Erfindung von diesen Frauenhassern – die in Wirklichkeit Angst vor Frauen hatten –, oder sie war ein harmloses und sogar wohltätiges Relikt vorchristlichen Heidentums aus einem Goldenen Zeitalter, das nie existiert hatte, das aber einer christlichen Männer-Macho-etc.-Hierarchie ablehnend gegenüberstand.

Und wenn weder das eine noch das andere stimmte? Wenn Hexerei, so wie Margaret de Vere sie praktiziert haben könnte, real, wirksam und so schlimm und böse war, wie der Volksmund es glauben machen wollte?

Er blickte in die wärmenden Flammen im Kamin und wünschte, Joss wäre hier. Diese Fragen hätte er zu gerne mit ihr ausdiskutiert. Wenn sie ihn mit ihren bissigen Kommentaren nicht bei der Stange hielt, versank er tiefer und tiefer in einem Sumpf. Konnte Margaret König Edward IV. getötet und/oder verflucht haben? Und konnte ein solcher Fluch noch nach fünfhundert Jahren wirksam sein und das Haus, in dem er gesprochen worden war, heimsuchen? Der Gedanke, der David verfolgte – er war ihm in einer schlaflosen Nacht in seiner Londoner Wohnung gekommen, als er über das Problem nachgrübelte –, war einfach: Hatte Margaret de Vere das Kind, das der König ihrer Tochter gemacht hatte, umgebracht? Und war der Fluch womöglich außer Kontrolle geraten und bedrohte seither jedes männliche Wesen, das in diesem Haus geboren wurde?

Ihn schauderte. Das waren nicht gerade hilfreiche Gedanken, wenn er die Nacht allein hier verbringen wollte. Ganz im Gegenteil.

Er stand auf, ging zum Feuer und legte geistesabwesend ein Scheit nach. Ohne die anderen war es sehr still hier. Er starrte in die Flammen und beobachtete, wie sie gierig über das Holz züngelten. Still und irgendwie brütend. Er zwang sich, mit seinen Spekulationen auf dem Teppich zu bleiben. Er glaubte nicht an Geister, und auch nicht an die Macht des Okkulten. Es war eine verlockende Theorie, aber eine, die sich ausschließlich auf den Aberglauben und die Leichtgläubigkeit der Menschen stützte. Ja, im fünfzehnten Jahrhundert hätte sie wohl gegriffen. Womöglich vielleicht auch noch im zwanzigsten, allerdings nur in Verbindung mit Gerüchten, Furcht und Unwissenheit; ohne diese »Zutaten« fehlte ihr jegliche Überzeugungskraft. Er drehte sich um und massierte sich in der Wärme den Rücken. Aber Joss glaubte daran. Und sie war weder unwissend noch leichtgläubig, und, soweit er sich erinnern konnte, auch nicht abergläubisch. Er runzelte die Stirn. Aber sie war eine Frau mit zwei kleinen Kindern, und als solche äußerst angreifbar.

Das schlurfende Geräusch im Gang war kaum wahrnehmbar; es war über dem Knistern und Zischen des Feuers nur schwer zu hören. Er erstarrte und lauschte angestrengt; bisher waren ihm die Ausmaße seiner Nervosität gar nicht bewußt gewesen. Er fühlte, wie seine Handflächen zu schwitzen begannen. Die Katzen konnten es nicht sein. Es war Einbildung – oder schlimmstenfalls Mäuse.

Vorsichtig schlich er zur Tür, horchte angespannt und fluchte innerlich über das Holzscheit, das er nachgelegt hatte, weil es so laut knisterte. Die Hand auf dem Griff und ein Ohr an die Tür gelegt, blieb er stehen. Nichts. Es war nichts zu hören. Nach ein paar Minuten öffnete er schließlich die Tür.

Der Gang lag in tiefer Dunkelheit. Hatte er vergessen, das Licht einzuschalten? Natürlich, als er ins Arbeitszimmer gegangen war, war es noch nicht dunkel gewesen. Die frühe Novemberdämmerung war rasch über den Garten hereingebrochen. Er öffnete die Tür so weit wie möglich, damit das Licht aus dem Arbeitszimmer den Gang erhellte, und trat einen Schritt nach vorn, die Hand zum Lichtschalter ausgestreckt.

Diesmal kam das Schlurfgeräusch von oben, vom breiten Treppenabsatz. Er mußte allen Mut zusammennehmen, um nicht ins Arbeitszimmer zurückzulaufen und die Tür hinter sich zuzuschlagen. Statt dessen machte er einen weiteren Schritt vorwärts, schaltete das Ganglicht ein und blickte nach oben. Stille. Mit dem Rücken zur Wand stand er da und horchte. Er konnte sich des Eindrucks nicht erwehren, daß dort oben jemand auf den Stufen saß, im Dunkeln und gerade eben außer Sichtweite.

»Wer ist da?« Seine Stimme war erschreckend laut. »Jetzt komm schon – ich kann dich doch sehen!«

Ein unterdrücktes Lachen erklang – das Lachen eines Kindes, und dann hörte er, wie jemand die Stufen hinaufrannte. Er schluckte schwer. Kinder aus dem Dorf? Oder Joss' Gespenster? Er fuhr sich mit der Zunge über die Lippen, die völlig trocken waren. »Sam? Georgie?« Das war lächerlich. Damit bewies er nur, daß er genauso abergläubisch und einfältig war wie jeder andere Mensch, wenn es darum ging, eine Nacht in einem einsamen Haus zu verbringen, in dem es angeblich spukte. »Nun komm schon, Tregarron. Reiß dich zusammen«, fuhr er sich an. »Du mußt da hinauf. Du mußt im Haus nachsehen. Wenn das nun Diebe sind. Oder Landstreicher!« Aber er rührte sich nicht vom Fleck, seine Beine waren wie angewachsen. Im Arbeitszimmer hinter ihm war es warm und gemütlich. Sein Kaffee wurde kalt. Vorsichtig setzte er einen Fuß hinter den anderen, schlich zurück, ohne die Lichter auszumachen, und schloß sorgfältig die Tür hinter sich. Mit dem Kaffeebecher in der Hand ging er zum Telefon. Die Goodyears standen im Telefonbuch.

»Ich wußte nicht, daß Luke und Joss verreist sind. Und so ganz allein komme ich mir hier ein bißchen dumm vor, deshalb habe ich mir gedacht, Sie könnten vielleicht auf einen Drink herüberkommen. Luke und Joss hätten bestimmt nichts dagegen.« Er blickte auf das Fenster und sah sein Spiegelbild angespannt auf der Stuhlkante sitzen und auf die Scheibe starren. Er hätte vor dem Telefonieren die Vorhänge zuziehen sollen.

»Aber ja, sicher.« Er versuchte, sich seine Enttäuschung und Furcht nicht anmerken zu lassen, als Roy ihm erklärte, sie würden heute abend ausgehen, und quittierte Roys Entschuldigung mit einem Lachen. »Aber das macht doch nichts. Dann eben nächstes Mal. Nein, nein. Ich fahre morgen früh wieder nach London zurück. Gute Nacht!« Mit zitternder Hand legte er den Hörer auf. Er trat ans Fenster und zog den Vorhang zu, dann ging er zum Schreibtisch und betrachtete seine akribisch geordneten Aufzeichnungen.

Georgie!

Entsetzt blickte er zur Tür. Die Stimme war so nah gewesen. Und so deutlich.

Georgie!

Er ballte die Fäuste. Das sind bloß Kinder. Die können mir nichts antun. Was sage ich denn – sie existieren doch gar nicht!

Seine Gedanken überschlugen sich. Abergläubischer Unsinn! Idiot. Einfaltspinsel. Ich glaube das alles nicht.

Er schob seine Aufzeichnungen zu einem Stapel zusammen, lief entschlossen zur Tür und riß sie auf. Es war niemand da. Mit schnellen Schritten ging er zur Treppe, hastete hinauf und griff oben sofort nach dem Lichtschalter. »Wo seid ihr?« rief er, noch lauter als zuvor. »Los jetzt – ich will, daß ihr sofort verschwindet!« Er betrat das Schlafzimmer von Luke und Joss. Es war ordentlich aufgeräumt, eigenartig unpersönlich ohne die beiden, und leer. Rasch warf er einen Blick in Neds und in Toms Zimmer. Auch sie waren leer. Dann ging er in Lyns Zimmer und eilte schließlich, ohne sich Zeit zum Nachdenken zu lassen, die Treppe hinauf auf den Speicher, durchsuchte die beiden Gästezimmer und blieb zuletzt vor der Tür stehen, die in die leerstehenden Räume dahinter führte. Hier nachzusehen war doch sicher überflüssig! Gar nicht überflüssig, rief er sich wütend zur Ordnung. Sei kein Esel. Er öffnete die Tür und starrte zögernd in die Dunkelheit. Anscheinend gab es hier keinen Schalter. Vielleicht hatten diese Zimmer überhaupt kein Licht. Er roch den feuchten, kalten Geruch des leeren, unbenutzten Raums und gab sich geschlagen. Zitternd schloß er die Tür und ging zur Treppe zurück.

Ein kleines Holzauto lag vergessen auf der obersten Stufe der Treppe. Er fühlte, wie ihm die nackte Furcht über den Rücken und bis über die Arme kroch. Ein paar Augenblicke zuvor war das Auto nicht dagewesen. Er hätte es gar nicht übersehen können; er wäre darüber gestolpert. Entsetzt starrte er das Auto an, bis ihn endlich die Neugier packte und er das Spielzeug aufhob. Es war ungefähr zehn Zentimeter lang und fünf Zentimeter hoch, sehr einfach gearbeitet und blau gestrichen, doch stellenweise war die Farbe bereits abgeblättert. Er drehte und wendete es in den Händen, steckte es dann in die Hosentasche und rannte die Treppe hinunter, ohne ein Licht auszuschalten.

Der Herd in der Küche war inzwischen heiß genug, um etwas in die Backröhre zu schieben. Im Gefrierfach fand David nach einigem Wühlen ein in Aluminiumfolie gewickeltes Päckchen mit der Aufschrift »Rindfleisch-Nieren-Pastete«. Er hatte keine Ahnung, wie man so etwas zubereitete; aber vielleicht genügte es ja, das Ganze, so wie es war, einfach eine Weile in die Röhre zu stecken. Er legte das Päckchen mitsamt der Folie in eine Backform und stellte sie in den Ofen. Dann holte er sich Lukes Whisky von der Anrichte und betrachtete noch einmal das Spielzeug. Es wirkte schäbig und verwaist – und sehr alt, wie es so allein auf dem Küchentisch stand. Heutzutage bestand Spielzeug aus Plastik oder Metall, hatte kräftige Farben und war ungefährlich. Dieses hingegen sah hochgiftig aus; die Farbe blätterte ab, wenn man es nur berührte. Geister brauchten kein Spielzeug. Oder vielleicht doch, wenn sie kleine Jungen waren, eingesperrt in einem Haus, in dem sie niemals erwachsen würden? Er nahm einen kräftigen Schluck Scotch in der Hoffnung, daß Margaret de Vere, wenn sie tatsächlich eine Hexe gewesen war, schon lange in der Hölle schmorte.

Eines der Bücher, die er für Joss mitgebracht hatte, beschäftigte sich mit der Geschichte der Magie im Mittelalter. Er hatte es auf ihrem Schreibtisch im Arbeitszimmer liegenlassen. Er stellte das Glas ab und holte es, zusammen mit einem Stoß weiterer Bücher, denn in der Küche war es wärmer und behaglicher. Beim Warten auf sein Essen – wenn es denn je genießbar aus dem Ofen käme – würde er sich die Zeit mit Lesen vertreiben. Er schenkte sich noch einen Drink ein, verdünnte ihn mit Wasser und schlug das Buch über Magie auf.

Zweimal sah er auf und horchte. Es war eigenartig, wie angenehm die Stille in diesem Zimmer des Hauses wirkte, gar nicht bedrohlich. Hier fühlte er sich sicher, zufrieden sogar, und allmählich erfüllte der köstliche Duft der Pastete den ganzen Raum.

Die Herbeiführung des Todes von Menschen mit Hilfe von Magie war im Mittelalter keineswegs eine ungewöhnliche Anklage. Jeder plötzliche Tod erregte sofort Argwohn. Worauf sonst hätte man angesichts des damaligen Mangels an medizinischen Kenntnissen zurückgreifen können? Mit einem Seufzen blätterte er das Buch durch. Er hatte doch sicher recht damit, die Magie als Unsinn abzutun, oder? Sein Blick wanderte zu dem kleinen Auto auf dem Tisch. Und wenn Margaret de Vere nun wirklich eine übersinnliche Macht besessen hatte? Hatte sie bewirkt, daß der König sich in ihre Tochter verliebte? Und hatte sie, nachdem ihre Intrige tragisch gescheitert war, das Ende des Königs und seines unehelichen Kindes herbeigeführt? War das möglich? Wenn ja, woher hatte sie das erforderliche Wissen? Noch einmal nahm er das kleine Holzauto zur Hand und drehte es hin und her, als könnte es ihm eine Inspiration geben. Die Legenden vom Teufel in Belheddon gingen zurück bis in die graue Vorzeit. Sie schienen sogar noch älter zu sein als das Christentum. Auch Margaret mußte sie gekannt haben. Hatte ihr das ihre Macht verliehen?

Er erschauderte unwillkürlich. Dann stellte er das Auto auf den Tisch, holte sein Abendessen aus der Backröhre und betrachtete es eingehend. Unter der Folie fand er einen unförmigen, hartgefrorenen Klumpen in einer köstlich riechenden, verlockend aussehenden Sauce mit Fleischstücken. Der Teig hatte sich mehr oder minder in seine Bestandteile aufgelöst. Mit einem Achselzucken schob er das Ganze noch einmal in den Backofen zurück. Es würde bestimmt gut schmecken, egal wie es aussah.

Hatte sie den Teufel heraufbeschworen? Hatte sie ihre Seele verkauft, um Macht zu erlangen? David wünschte, er hätte den

Geschichten und Legenden um Belheddon mehr Aufmerksamkeit gewidmet, anstatt dergleichen immer nur als unhaltbares Geschwätz abzutun. Allmählich stiegen Zweifel in ihm auf, ob es wirklich alles nur Unsinn war.

Einer plötzlichen Eingebung folgend, ging er zur Anrichte und holte das Telefonbuch hervor. Edgar Gowers Nummer war verzeichnet.

Der Geistliche hörte David aufmerksam zu. Er saß an seinem Schreibtisch, blickte auf die schwarze See hinaus und spielte mit einem Bleistift. Ab und zu runzelte er die Stirn und machte sich Notizen. Nach einer Weile sagte er: »Mr. Tregarron, ich glaube, wir beide sollten uns treffen.« Er drehte sich ein wenig zur Seite, so daß sich die Spiegelungen im Fenster veränderten, und beobachtete die fernen Lichter eines Fischkutters, der sich langsam die Küste hinaufbewegte. »Wann kommen Sie das nächste Mal nach East Anglia?« fragte er.

»Ich bin hier. Jetzt.« David ging mit dem Telefon in der Hand zum Tisch und setzte sich. Die Pastete verbreitete einen immer appetitanregenderen Duft.

»Hier?« Die Stimme am anderen Ende der Leitung war schärfer geworden.

»Ich bin heute mittag hergefahren. Ich bin in Belheddon«, erklärte er und ließ das kleine Spielzeugauto auf dem Tisch hin und her fahren.

»Ich verstehe.« Es entstand eine lange Pause. »Und Sie sind ganz allein dort?«

»Luke und Joss sind nach Paris gefahren.«

»Und die Kinder?«

»Soweit ich weiß, sind sie bei der Großmutter.«

»Also nicht in Belheddon.«

»Nein. Nicht in Belheddon.« Wieder entstand eine Stille, in der die beiden Männer denselben Gedanken hatten: Gott sei Dank.

»Mr. Tregarron.« Der Fischkutter war nicht mehr zu sehen. »Ich habe eine Idee. Vielleicht möchten Sie nach Aldeburgh herüberkommen? Es ist nur eine knappe Stunde Fahrt. Es wäre gut, wenn wir über die Sache sprechen könnten, und« – fügte Edgar beiläufig hinzu – »vielleicht möchten Sie auch die Nacht hier verbringen.«

Erleichtert schloß David die Augen. »Das ist nett von Ihnen. Wirklich sehr nett.«

Er konnte dem Drang, alles stehen und liegen zu lassen und sofort in den Wagen zu springen, kaum widerstehen. Nur sein Stolz hielt ihn davon ab. Er würde noch die Pastete essen, seine Unterlagen und die mitgebrachten Bücher wieder einpacken und dann noch einmal durch das Haus gehen und alle Lichter ausschalten, bevor er sich auf den Weg machte. Sein Blick fiel auf die Whiskyflasche. Wahrscheinlich hatte er sowieso schon zuviel von dem verdammten Zeug getrunken, um sich ohne etwas im Magen ans Steuer zu setzen.

Das Essen sah zwar erbärmlich aus, schmeckte aber gut. Er verschlang es mit herzhaftem Appetit direkt aus der Alufolie. Dann spülte er seine Gabel und das Glas ab und legte Holz im Ofen nach.

Er zwang sich, als erstes nach oben zu gehen, um die Lichter auszuschalten und die Türen zu schließen. Das Haus war still, es wirkte fast freundlich. Doch in Joss' und Lukes Schlafzimmer herrschte eine vollkommen andere Stimmung. Einen Augenblick lang stand er mitten im Raum und lauschte angestrengt. Die Stille war erdrückend, beinahe greifbar. Irgendwie hatte sich die Atmosphäre hier verändert – jetzt war es, als würde jemand oder etwas ihn beobachten. Er schluckte schwer. Dann ging er zur Tür, schaltete das Licht aus und trat auf den Treppenabsatz hinaus. Auch hier spürte er es: ein brütender Groll, ein Frösteln, das nichts mit der Temperatur im Haus zu tun hatte.

Achte nicht darauf! Pack die Bücher zusammen und geh. Er legte die Hand auf das Treppengeländer und schaute nach unten. Im hellen, kalten Licht des Gangs sah er, über den ganzen Boden verstreut, Spielzeug liegen – Autos, wie das auf dem Küchentisch, Bauklötze, eine Schachtel mit Buntstiften…

»Also gut«, sagte er laut. Seine Lippen waren ausgedörrt. »Die Botschaft ist angekommen. Ich fahre.« Er mußte seinen ganzen Mut zusammennehmen, um die Treppe hinunterzusteigen, dabei den Spielsachen auszuweichen und in Joss' Arbeitszimmer zu gehen. Dort blickte er sich um in der Erwartung, auch in diesem Raum habe sich etwas verändert, doch hier schien alles genauso zu sein wie zuvor. Nur das Feuer war ausgegangen, und deshalb war es kalt geworden, aber ansonsten fühlte sich das Zimmer freundlich, ja fast sicher an. Er stocherte prüfend in der Asche herum und stellte zur Sicherheit den Windschirm vor den Kamin. Dann raffte er seine Unterlagen und Bücher zusammen, ließ den Blick ein letztes Mal durch das Zimmer schweifen, schaltete das Licht aus und schloß die Tür hinter sich.

Im Gang zögerte er einen Moment, aber schließlich bückte er sich, hob ein paar der Spielsachen auf und steckte sie ein. »Ich bring sie euch wieder, Jungs«, sagte er laut. »Will nur etwas nachprüfen.«

Das Kichern kam von der Treppe oberhalb des Absatzes, wo alles im Dunkeln lag. Er blickte hinauf. Er wollte nicht dort hingehen, aber auch nicht davonrennen. Schließlich waren es nur Kinder! Kinder, die sich einen Scherz erlaubten. Sie konnten ihm nichts tun.

Oder doch?

Zögernd schaute er noch einmal nach oben. »Bis dann, Jungs«, sagte er leise. »Tschüß.«

Er zog die Haustür hinter sich zu und hörte, wie das Schloß einrastete. Dann warf er seine Bücher und Unterlagen in den Wagen und stieg ein. Erst jetzt bemerkte er, daß er am ganzen Leib zitterte. Es dauerte einige Sekunden, bis er den Schlüssel in das Zündschloß stecken konnte. Als das Auto durch den Torbogen und auf die Auffahrt hinausschoß, warf er einen kurzen Blick in den Rückspiegel. Alle Fenster des Hauses waren hell erleuchtet. Er drückte das Gaspedal voll durch, so daß die Räder durchdrehten, und jagte auf die Straße zu.

Mary Sutton war soeben an der Haltestelle bei Belheddon Cross aus dem letzten Bus ausgestiegen und ging in der Dunkelheit über den Dorfanger nach Hause. Als sie sah, wie das Auto aus Belheddon Hall herausgeschossen kam und dann nach Westen durch das Dorf raste, blieb sie verwundert stehen. Sie starrte auf die allmählich in der Ferne verschwindenden Rücklichter und blickte dann nachdenklich die Auffahrt hinauf. Die Grants waren verreist, das hatte Fred Cotting, der Vater des jungen Jimbo, ihr gesagt. Das Haus sollte also eigentlich leer sein.

Die Nacht war kalt und klar; vom Tor aus konnte sie im Sternenlicht das Haus sehen. Die Fenster waren dunkel, keine Vorhänge waren zugezogen, die Scheiben schwarz und matt.

Sie stand da, ihre geräumige Tasche fest mit beiden Händen umklammernd, und zögerte. Die kleine Lolly hätte sich gewünscht, daß sie auf das Haus aufpaßte. So hatte Lauras Bruder Robert seine kleine Schwester genannt. Robert, der mit vierzehn starb, als er aus der großen Kastanie gefallen war, die vor dem Haus stand, als wollte sie es beschützen. Mary hatte Lauras Tochter nichts von den beiden Jungen, den Brüdern Lauras, erzählt. Jocelyn hatte ja den Tod ihrer eigenen Brüder kaum verkraften können.

Mary schürzte die Lippen und ging langsam auf das Haus zu. Sie glaubte nicht, daß das Auto, das so schnell davongefahren war, einem Einbrecher gehört hatte. In seiner ganzen Geschichte war in Belheddon Hall noch nie eingebrochen worden. Das wagte niemand. Aber wer war dann hiergewesen?

Sie blieb auf dem Kies vor dem Haus stehen und spürte die Gefühle, die wie in Wellen von ihm ausstrahlten: Angst, Haß, Liebe, Glück; sie spürte die segensreiche Heiterkeit, die vom Lachen kleiner Jungen herrührte, und hinter all dem das eiskalte Übel, das Böse, das sogar die Luft vergiftete.

Sie packte ihre Tasche noch fester und begann, um das Haus herumzugehen. Alle Türen und Fenster waren verschlossen. Vor jeder Tür und jedem Fenster murmelte sie einige Worte und machte das Zeichen des schützenden Pentagramms. Sie hatte ihre Kräfte schon lange nicht mehr eingesetzt, und verglichen mit jenen von Margaret de Vere waren sie schwach, aber ihre, Marys, Treue zur kleinen Lolly und ihrer Tochter war unerschütterlich. Die beiden sollten alle Kraft bekommen, die ihr noch geblieben war.

32

Zwei Tage zuvor hatten sie nach einem kurzen Flug von Stansted nach Orly in Les Invalides ein Taxi genommen und waren direkt zu ihrem Hotel in der Nähe des Étoile gefahren. Joss war sehr still gewesen. Jedesmal, wenn Luke zu ihr sah, war sie ihm noch zurückgezogener und blasser erschienen. Als sie schließlich den Fahrer bezahlt und ihr Zimmer aufgesucht hatten, machte sie den Eindruck, als würde sie jeden Augenblick zusammenbrechen.

»Möchtest du Mutter anrufen und fragen, wie es den Jungs geht?« Er setzte sich zu ihr aufs Bett. Draußen rauschte der Verkehr durch die Straße, Reifen dröhnten über die Pflastersteine. Vom Café auf dem gegenüberliegenden Bürgersteig drang der Duft von Kaffee, Knoblauch und Wein zu ihnen empor, als der Wind die Netzgardinen ins Zimmer wehte. Luke stand auf, um das Fenster zu schließen, und setzte sich dann wieder neben sie.

»Also, was wollen wir jetzt unternehmen?« fragte er, nachdem sie den Anruf erledigt hatte. »Es geht ihnen gut. Sie sind bester Laune und gut aufgehoben, und es gibt nichts, worüber du dir Sorgen zu machen brauchst, außer dir zu überlegen, wie wir uns am besten die Zeit vertreiben.«

Joss holte tief Luft, und beim Ausatmen spürte sie, wie die Anspannung langsam von ihr abfiel. Sie war in Sicherheit. Die Kinder waren in Sicherheit. Luke war in Sicherheit. Der Verkehrslärm von draußen, der auch durch das Schließen des Fensters nur geringfügig leiser geworden war, und die bauschigen weißen Netzgardinen hatten etwas Beruhigendes an sich. Ohne nachzudenken ließ sie sich der Länge nach aufs Bett fallen und dehnte die Arme wohlig über den Kopf. Später würde sie an den Franzosen ihrer Mutter denken, aber jetzt, nur für kurze Zeit, wollte sie sich ausruhen. Im Moment war Belheddon sehr weit weg. Sie war entkommen.

»Paris scheint dir schon jetzt gutzutun«, sagte Luke lächelnd.

»Das stimmt.« Sie streckte die Arme nach ihm aus. »Ich finde, wir sollten uns ein Weilchen ausruhen. Und weißt du, was ich am Nachmittag gerne machen würde? Auf einem *bateau mouche* fahren. Seit ich ein Kind war, bin ich mit keinem mehr gefahren.«

Luke lachte, beugte sich über sie und küßte sie auf die Stirn, die Wangen und zum Schluß die Lippen. »Das hört sich gut an.«

Als seine Hände geschickt die Knöpfe ihrer Bluse öffneten, verkrampfte sich ihr Körper zuerst, aber die Mauer in ihrem Kopf hielt stand, und sie entspannte sich wieder, legte ihm die Arme um den Hals und überließ sich seinen Liebkosungen.

»Komisch, wieviel besser es sich bei Tag hier anfühlt.« David hatte den Schlüssel zur Hintertür hervorgezogen und steckte ihn ins Schloß.

Die Remise hinter ihnen war noch zugesperrt, und von Jimbo gab es keine Spur, obwohl es beinahe elf Uhr vormittags war.

»So macht Dunkelheit Feige aus uns allen«, zitierte Edgar. In der Hand hielt er eine schwarze Aktentasche. »Ich kann Ihnen gar nicht sagen, wie froh ich bin, daß Sie gestern abend zu uns gekommen sind. Seltsamerweise sind Dinge wie Schwarze Magie und Hexerei hier eigentlich noch nie aufgetreten. Die arme Laura und ich haben immer nur von bösartigen Einflüssen gesprochen. Sicher, sie wußte von Katherines Tragödie, aber meines Wissens hat sie ihr oder ihrer Mutter nie einen Einfluß auf das Haus zugeschrieben.«

Er folgte David in die Küche, wo vom Feuer des gestrigen Abends noch eine warme, freundliche Atmosphäre herrschte.

David schaltete alle Lichter an und griff nach dem Kessel. »Und was passiert jetzt?«

Stirnrunzelnd stellte Edgar seine Aktentasche auf den Tisch. »Während Sie uns einen Kaffee machen, wandere ich mal durchs Haus. Nur, um ein Gefühl für alles zu bekommen.« Er lächelte grimmig. »Margaret de Vere wird ihre Handlungen, welche auch immer, vermutlich nicht in aller Öffentlichkeit vollzogen haben. Das ging viel eher heimlich vor sich, unter der Hand, ohne Zeugen bis auf ihre Komplizen, wenn sie überhaupt welche hatte. Vielleicht kann ich feststellen, wo sie ihre Kräfte walten ließ.«

»Sie muß doch gewußt haben, daß sie zum Tod verurteilt würde, falls sie erwischt wird.« David holte aus dem Kühlschrank ein Gefäß mit gemahlenem Kaffee.

»Sicher. Aber ich vermute, daß sie ihrem Verbündeten vertraute. Der Teufel ist ein mächtiger Freund.«

David schauderte. »Hoffen wir mal, daß die Kirche stärker ist«, murmelte er. Seine inständige Bitte wurde nicht gehört, denn Edgar war schon in den Flur hinausgetreten.

Am vorherigen Abend, nachdem David in Aldeburgh angekommen war, hatten die beiden bis spät in die Nacht geredet. Davids Bücher und Unterlagen hatten Edgars gesamten Schreibtisch am Fenster seines Büros bedeckt, und als der Nachthimmel klarer wurde und die Sterne erschienen, hatten die beiden gelegentlich zum Fenster auf das leuchtend schwarze Meer hinausgeschaut, über das die kleinen, unregelmäßigen Flutwellen ein Zickzackmuster in Silber und Weiß zogen. Erst um halb fünf war es Dot schließlich gelungen, die Männer ins Bett zu schicken – David in das Zimmer im Dachboden, das ebenfalls einen Blick aufs Meer hinaus bot. Und nur fünf Stunden später hatte sie die beiden mit Tee und Toast geweckt. Zwanzig Minuten darauf waren sie nach Belheddon aufgebrochen. In Edgars Tasche befanden sich neben Gefäßen mit Weihwasser, Wein und Brot auch ein Kruzifix und eine Bibel.

Im großen Saal war es sehr kalt. Fröstelnd sah sich Edgar um. Draußen war strahlendes Wetter, und die niedrigstehende Novembersonne fiel schräg zu den Fenstern herein, so daß warme Lichtflecken die Steinplatten erhellten. Er warf einen Blick auf die verwelkten Blumen und verzog das Gesicht. *Bad vibes.* Er grinste in sich hinein. Manches hatte er von seiner New-Age-besessenen Tochter doch gelernt, und dazu gehörten *bad vibes.* *Bad vibes* durfte man nicht ignorieren. Er durchquerte den Raum, wobei er über das am Ende der Treppe verstreute Spielzeug stieg, und stieß die Tür zum Arbeitszimmer auf. Es war von Sonnenlicht durchflutet und wirkte warm und freundlich. Allmählich wurde er ärgerlich. Dieses Haus war so wunderschön. Ein Zuhause. Seit Jahrhunderten war es das Zuhause einer Familie gewesen, und trotzdem war es verflucht – verflucht durch den Eigensinn und die Gier einer Frau, wenn man Davids Theorie Glauben schenkte. Eine Frau, die ihre Tochter als Köder für einen König benutzt hatte, die Ränke geschmiedet hatte, damit der König mit ihrer Tochter schlief, und die ihre Schwarze Kunst dazu eingesetzt hatte, den Tod des Mädchens herbeizuführen, und vermutlich auch den des Königs, als sie feststellte, daß er nicht bereit war, seine Ehefrau zu verlassen, um seine junge Geliebte zu heiraten.

Nachdenklich blieb Edgar vor dem Kamin stehen. Wenn das stimmte, dann war sie eine sehr starke Person gewesen, diese Margaret de Vere. Sie hatte die Hilfe des Teufels heraufbeschworen, und irgendwie hatte ihre Bösartigkeit die Jahrhunderte überdauert und bedrohte die Bewohner dieses Hauses bis auf den heutigen Tag. Im Kopf ging er noch einmal die Dinge durch, die er tun wollte. Das Ritual des Exorzismus hatte eine sehr starke Wirkung. Er hatte es schon einmal hier vollzogen; der Bischof hatte ihm die Erlaubnis dazu erteilt, und mehr als einmal – sowohl vorher als auch nachher – war er hier gewesen, um das Haus mit Weihwasser zu reinigen. Warum hatte es nicht gewirkt? Warum hatte nichts eine Wirkung gezeigt? War er selbst nicht stark genug?

Rasch schob er seine Zweifel beiseite und blickte sich wieder um. Bei jedem der vorherigen Male hatte er seinen Exorzismus auf ein unspezifisches Böses – vermutlich männlichen Geschlechts – gerichtet, ohne die Macht, mit der er es aufnahm, wirklich zu kennen. Diesmal war es anders. Er würde Margaret de Vere mit Namen ansprechen und sie für immer aus dem Haus vertreiben.

David öffnete gerade eine Keksdose, als er wieder in die Küche kam. »Alles in Ordnung?« David klang nervös. Edgar war länger fort gewesen, als er gedacht hatte.

»Alles in Ordnung.« Edgar wünschte sich, er würde sich stärker fühlen. Er setzte sich an den Tisch und griff nach einem der blauen Keramikbecher. »Ich glaube, wir versuchen es im großen Saal. Er ist der Mittelpunkt des Hauses, und gleichgültig, wo sie ihre Zaubersprüche gesprochen und ihre Flüche ausgestoßen hat – das ganze Haus muß von ihr befreit werden.«

»Und können Sie auch die Jungen erlösen?«

»Ich hoffe es«, antwortete Edgar schulterzuckend.

David verzog das Gesicht. »Ich komme mir vor, als würde ich in einem Märchen der Gebrüder Grimm mitspielen. Zauberei. Hexen. Gefangene, verwunschene Kinder. Es ist grotesk.«

»Das ist es wirklich.« Edgar stellte seinen Becher ab. Plötzlich hatte er keine Lust mehr auf Kaffee und Kekse. »Kommen Sie! Lassen Sie uns anfangen. Je eher, desto besser.«

Damit griff er nach seiner Aktentasche und kehrte in den großen Saal zurück. Die Sonne war verschwunden. In der kurzen Zeit, die er in der Küche gesessen hatte, waren Wolken am Himmel aufgezogen, und der Raum wirkte sehr finster. »Könnten Sie die Blumen fortschaffen? Ich packe meine Sachen hier auf dem Tisch aus.« Er holte das Kruzifix heraus und stellte es vor sich hin.

Georgie

Die Stimme war laut und recht deutlich von der Treppe zu vernehmen.

Die Vase mit den verwelkten Blumen glitt David aus der Hand und fiel krachend zu Boden; schleimiges grünes Wasser ergoß sich über seine Füße und die Steinplatten. »Guter Gott! Entschuldigung.« Der Gestank des fauligen Wassers war überwältigend.

»Schon in Ordnung. Ich helfe Ihnen beim Saubermachen. Vorsicht, schneiden Sie sich nicht.« Edgar bückte sich neben David und klaubte vorsichtig die Scherben auf. »Ich hätte Sie warnen sollen. Es ist gut möglich, daß Manifestationen auftreten.«

»Was für Manifestationen?«

Edgar zuckte die Achseln; in seiner Hand lagen Scherben und Blumenstengel. »Geräusche. Lichter. Krachen und Dröhnen. Das Böse wehrt sich dagegen, vertrieben zu werden.«

David holte tief Luft. »Ich versuche, das Ganze als eine historische Forschungsmission zu betrachten.«

»Tun Sie's nicht«, sagte Edgar scharf. »Bringen Sie das alles in die Küche, und dann wischen wir das Wasser auf. Das hier ist kein Experiment, das wir zu Ihrer Unterhaltung veranstalten. Es ist eine überaus ernste Angelegenheit.« Er warf den Abfall in den Müll und griff nach einem Wischtuch, das er über dem Waschbecken auswrang. »Das Zimmer muß makellos sauber sein. Fauliges Wasser ist das letzte, was wir brauchen können.«

Gehorsam half David ihm, den Boden zu wischen, und zum Schluß besprühte er die Steinplatten mit Desinfektionsmittel aus einer Flasche, die er unter der Spüle gefunden hatte. Erst als alles

wieder sauber und ordentlich war und Edgar sich die Hände gewaschen und getrocknet hatte, machte er sich wieder ans Auspacken seiner Tasche. David stand dicht neben ihm und wünschte,
die Sonne würde wieder hervorkommen. Das trübe Licht im
Zimmer machte ihm ein unbehagliches Gefühl, trotz der vielen
Lampen. »Soll ich ein paar Kerzen holen?« Eigentlich hatte er
erwartet, daß Edgar welche dabei hatte.

Der ältere Mann nickte. »Das wäre nicht schlecht.«

David erinnerte sich, Kerzen im Schrank unter der Galerie gesehen zu haben. Er ging hinüber und zog die Tür auf. Ein Spielzeugauto fiel heraus. Er starrte es an, und plötzlich wurde ihm
übel.

Sammy

Der Ruf kam von der gegenüberliegenden Tür. Er wirbelte auf
dem Absatz herum.

»Achten Sie nicht darauf.« Edgars Stimme war ruhig und gefaßt. »Bringen Sie die Kerzen hierher.«

»Hier sind keine.«

»Dann sehen Sie in der Küche nach. Auf der Anrichte stehen
Kerzenleuchter.«

David ging zu der Tür, hinter der die Stimme erklungen war.
Zu seiner Schande mußte er sich eingestehen, daß seine Knie zitterten. Er holte tief Luft und trat auf den langen Flur hinaus, der
von der vorderen Haustür zur Küche führte. Eiskalte Zugluft
wehte herein. Die Küche war eine Oase der Wärme und der Hel-
ligkeit. Er nahm die beiden Leuchter von der Anrichte und entdeckte nach einigem Wühlen in der Schublade zwei neue blaue
Kerzen. Er steckte sie in die Ständer und trug sie in den großen
Saal zurück.

Edgar runzelte die Stirn. »Gibt es keine weißen? Wie dumm
von mir, ich hätte welche mitbringen sollen. Normalerweise sind
immer welche in meiner Tasche.«

»Andere konnte ich nicht finden.« Ehrfürchtig stellte David
die Leuchter rechts und links des Kruzifixes auf. »Und jetzt?«

»Jetzt werde ich das Haus segnen und es mit Weihwasser reinigen. Dann werde ich für die Vertreibung des Bösen beten und
an diesem Tisch das Abendmahl begehen.«

Sammy! Komm spielen! Sammy? Wo bist du?

Die klägliche Stimme war deutlich zu vernehmen. Dann ein Kichern und Getrippel, das die Stufen hinauf verschwand, als würde jemand davonlaufen. »Hören Sie nicht hin«, sagte Edgar ruhig. Er zündete gerade die beiden Kerzen an. »Das sind nur zwei unschuldige, freche Kinder, mehr nicht. Ich habe sie beerdigt. Beide«, erklärte er mit einem Seufzen. »Lieber Herr Jesus, segne diesen Ort. Schau auf uns herab und verleihe uns deine Kraft, um alles Böse aus diesem Haus zu vertreiben. Befreie und segne die Seelen all der Kinder, die hier gestorben sind. Beseitige und reinige das Böse und den Haß, die die Kinder hier gefangenhalten.« Er öffnete eine Ledertasche, die mehrere kleine Flaschen und mit Silberdeckeln verschlossene Dosen enthielt. »Dot nennt das meinen Picknickkorb«, erläuterte er leise. »Öl. Wasser. Wein. Salz und Oblaten.«

Von oben war ein dröhnendes Krachen zu hören. David blickte auf. Sein Mund war trocken vor Angst. »Sollen wir mal nachsehen?« fragte er flüsternd.

Edgar schüttelte den Kopf; er hatte sein Gebetbuch aufgeschlagen. »Konzentrieren Sie sich auf die Gebete. Bleiben Sie stehen, nah bei mir.«

Irgendwo fing ein Kind zu weinen an. David zupfte an Edgars Ärmel. »Wir sollten wirklich nachsehen!«

»Wir wissen, daß niemand da ist.« Edgar hielt krampfhaft sein Gebetbuch fest. »Konzentrieren Sie sich.«

Die Kerzen flackerten wie wild; David beobachtete, wie blaues Wachs auf den Tisch tropfte. »Sie sollten weiß sein«, murmelte er. »Die Kerzen sollten weiß sein.« Er bemerkte, daß er heftig zitterte.

Edgar verzog das Gesicht. Er hatte Schwierigkeiten, die richtige Seite zu finden. »Vater unser«, begann er schließlich, »der du bist im Himmel. Geheiligt werde dein Name …«

Wieder krachte es laut, diesmal direkt über ihnen. Im Kamin wirbelte die Asche wie feiner Nebel um die Feuerböcke. Ein Windstoß trieb eine Schwade davon in den Raum, die sich am Boden um ihre Füße verbreitete. Edgar gab den Versuch auf, die dünnen Seiten des Gebetbuches umzublättern, und legte es beiseite. Seine Angst machte ihn ärgerlich. »Genug!« schrie er schließlich. »Hinfort mit dir! Verlaß dieses Haus, hörst du mich?

Im Namen unseres Herrn Jesus Christus, verlaß diesen Ort! Sofort! Verschwinde mit deinen üblen Taten, deiner Bösartigkeit und deinem Haß aus diesem Haus, und laß die Menschen, die hier leben, in Frieden.« Er hob die Hand und machte das Zeichen des Kreuzes. »Hinweg!« Dann steckte er sich die Flasche mit dem Weihwasser unter den Arm, griff nach einem der kleinen Gefäße und bemühte sich, den Deckel zu öffnen. »Im Namen des Herrn!« stieß er zwischen zusammengepreßten Zähnen hervor. Mit einem Mal flog der Deckel davon, und das Salz wurde über den ganzen Tisch verstreut. David wich entsetzt zurück; er fühlte sich versucht, eine Prise davon zwischen die Finger zu nehmen und sich über die Schulter zu werfen, aber Edgar hatte bereits etwas Salz in seine Hand getan und streute es ins Wasser; dazu sprach er die alten Worte des Segens: *Commixtio salis et aquae pariter fiat, in nomine Patris et Filii et Spiritus Sancti*. Die lateinischen Worte schienen ihm für diesen Anlaß passender als das schlichte Englisch.

Oben schrie ein kleiner Junge. Unwillentlich trat David einen Schritt zurück, so sehr ging ihm das klägliche Weinen zu Herzen. Ohne sich in dem Ritual, das er vollführte, beirren zu lassen, packte Edgar David an der Jacke. »Rühren Sie sich nicht vom Fleck«, befahl er ihm. »Bleiben Sie hier. Da oben ist nichts, das versichere ich Ihnen. Sie spielt mit uns. Wir können sie bezwingen. Wir müssen nur fest genug daran glauben.«

Er nahm das Kruzifix und reichte es David. »Hier. Tragen Sie es, und folgen Sie mir.«

Langsam schritten sie durch das Zimmer. Vorneweg ging Edgar und sprengte Weihwasser in jede Ecke, dicht hinter ihm David mit dem Kreuz. Trotz seiner Angst konnte David nicht umhin, ein kurzes Dankesgebet auszustoßen, daß sein Chef ihn in diesem Moment nicht sehen konnte, und unglaublicherweise mußte er leise kichern. Edgar blieb abrupt stehen und wandte sich um. Sein Gesicht war weiß vor Wut. »Finden Sie das komisch? Nach allem, worüber wir gesprochen haben? Nach allem, was Sie hier gehört haben, finden Sie das komisch?« Vor Zorn schrie er beinahe.

»Nein. Es tut mir leid.« David biß sich auf die Unterlippe und hielt sich das Kreuz vors Gesicht. »Die reine Hysterie. Ich bin an solche Sachen nicht gewöhnt...«

»Gott sei Dank nicht!« Edgar starrte ihn noch einen Augenblick lang an. »Ich hoffe nur, daß unsere Hexe Sie nicht auch noch erwischt hat. Vielleicht sollten Sie besser draußen warten.«

»Nein!« Der Gedanke, daß er verhext sein könnte, erfüllte David mit so großer Furcht, daß ihm der kalte Schweiß ausbrach. »Nein, Edgar, es tut mir leid. Bitte. Ich helfe Ihnen.« Als sie beide das Geräusch schneller Schritte hörten, sah er zu den Deckenbalken hinauf. »Vergessen Sie nicht den König, Edgar. Wenn der König auch hier ist...«

»Eins nach dem anderen«, zischte Edgar. Mit zitternden Händen sprengte er Wasser in die dunklen Ecken unter der Galerie. *Ab insidiis diaboli, libera nos, Domine. Ab ira, et odio, et omni, libera nos, Domine!* Hier lang.« Er wandte sich zur Tür. »... *ubicumque fuerit aspersa, per invocationem sancti nominis tui, omnis infestatio immunis spiritus abigator, terrorque venenose serpentis procul pellatur...*«

»Mr. Tregarron? Sind Sie da?« Die laute Stimme, die plötzlich durch den Raum hallte, ließ ihn abrupt innehalten. »Mr. Tregarron, ist alles in Ordnung?«

David schloß die Augen und wischte sich mit dem Ärmel über das Gesicht. »Das ist Jimbo, Lukes Mechaniker«, flüsterte er. Seine Hände zitterten so stark, daß er das Kruzifix an seine Brust drücken mußte.

»Mr. Tregarron?« Jetzt klang die Stimme weniger dringlich.

»Sagen Sie nichts. Er wird verschwinden«, befahl Edgar im Flüsterton.

»Mr. Tregarron? Die Hintertür war offen.« Die Stimme war näher gekommen. »Ich dachte, ich sehe besser mal nach.«

»Reden Sie mit ihm.« Edgar fiel in sich zusammen und verschränkte die Arme kreuzförmig über dem Magen. Alle Energie war von ihm gewichen. »Reden Sie mit ihm. Schicken Sie ihn fort.«

David legte das Kruzifix auf den Tisch und schlich zur Tür. »Jim?« Seine Stimme bebte. »Jim, es ist alles in Ordnung. Ich bin hier.« Er ging in die Küche, atmete tief durch und hatte das Gefühl, als sei er einem Gefängnis entkommen. Mit einem Seufzen, das seinen ganzen Körper erfaßte, stützte er die Arme auf den Tisch und legte den Kopf in die Hände.

»Sind Sie sicher, daß Ihnen nichts fehlt, Mr. Tregarron?«
Jimbo hatte in der Tür gestanden, aber jetzt trat er mit be-
sorgter Miene näher. »Sie sind ja leichenblaß, Mann. Was is'n
los?«

David zwang sich aufzusehen. »Nur ein bißchen müde. Entschuldigung, ich wollte dich nicht erschrecken. Ich habe nicht
gewußt, daß die Tür noch offen war.«

»Kein Problem. Solange alles in Ordnung ist.« Jimbo zögerte.
»Es ist doch alles in Ordnung hier, oder?«

David nickte.

»Dann mach ich mich wieder an die Arbeit. Ich mußte heute
vormittag nach Ipswich, um ein paar Ersatzteile zu holen.« Er
hatte sich nicht von der Stelle gerührt. »Soll ich den Kessel für Sie
aufsetzen? Sie sehen aus, als könnten Sie was Heißes zu trinken
brauchen.«

David schüttelte matt den Kopf. »Nein danke, Jimbo, mir
geht's bestens. Vielleicht mache ich mir nachher etwas«, fuhr er
mit einem bemühten Lächeln fort. »Ich fahre heute nach London zurück. Vorher schaue ich noch bei dir vorbei und gebe dir
den Schlüssel zurück.«

Endlich wandte der junge Mann sich zum Gehen. Als die Tür
hinter ihm ins Schloß fiel, empfand David den dringenden
Wunsch, ihn zurückzurufen, aber irgendwie widerstand er dem
Verlangen.

Er mußte zurück zu Edgar.

33

»Luke, ich muß zu dem Haus, in dem meine Mutter gelebt
hat.«

»O Joss!« Luke setzte sich auf. »Wir sind doch hierhergekommen, um das alles zu vergessen.«

»Ich kann es aber nicht vergessen, Luke«, widersprach sie.
»Ich will es mir ja nur mal ansehen, damit ich weiß, wo sie ge-
wohnt hat. Ich habe die Adresse. Ich muß wissen, ob sie hier in
Paris glücklich war.«

»Und wie willst du das herausfinden?« Er holte tief Luft. »Joss, sie ist seit sechs Jahren tot. Ich nehme nicht an, daß sich noch irgend jemand an sie erinnert.«

»Vielleicht doch.« Sie ballte die Hände zur Faust. »So viel Zeit ist das auch wieder nicht. Bitte, Luke. Wenn's sein muß, gehe ich auch allein.«

»Du weißt, daß ich das nicht zulassen würde«, sagte er seufzend.

Sie lächelte matt. »Danke.«

»Also gut. Ich gebe nach. Jetzt essen wir zuerst etwas, und dann machen wir uns auf den Weg. Und dann, bitte, laß uns für die restlichen Tage ausspannen und uns amüsieren. Ja?«

Sie schlug die Bettdecke zurück. »Natürlich. Versprochen.«

Die Rue Aumont-Thiéville lag im 17. Arrondissement. Der Taxifahrer hielt in einer kurzen Straße, in der modernere *ateliers*-Häuser standen. Mit einem Seufzen sah Joss zu den hohen Studiofenstern hinauf. »Hier war es. Hier hat sie mit Paul gelebt, nachdem sie zu ihm gezogen ist.«

»Willst du klingeln?«

Sie biß sich auf die Unterlippe. »Fragt man nicht die Concièrge? Oder gibt es die nicht mehr? Angeblich wissen sie doch immer alles über jeden einzelnen Mieter in ihrem Haus.«

»Die sind allesamt Drachen«, erklärte Luke mit einem breiten Grinsen. »Direkte Nachkommen der *tricoteuses*, die strickend am Fuß der Guillotine saßen und die Köpfe zählten, die in den Korb fielen!«

»Du willst mich ja nur verschrecken.«

»Nicht wirklich. Ich weiß doch, daß das gar nicht geht.« Er legte ihr einen Arm um die Schultern. »Jetzt mach schon, klingel an der Tür!«

Die junge Frau, die ihnen die Tür öffnete, hatte nicht die mindeste Ähnlichkeit mit einer *tricoteuse*. Sie war schick gekleidet und geschminkt und sprach fließend Englisch. »Monsieur Deauville? Ja, er lebt noch hier, Madame.«

Joss sah sich nach Luke um und wandte sich dann wieder zu der jungen Frau. »Vielleicht erinnern Sie sich an meine – das heißt, seine…« Sie brach ab. Plötzlich fiel ihr ein, daß sie gar nicht wußte, ob ihre Mutter wieder geheiratet hatte. »Madame Deauville«, fuhr sie hastig fort. »Sie ist vor sechs Jahren gestorben.«

»Das tut mir leid, Madame«, erklärte die Concièrge mit einem bedauernden Lächeln, »aber das war noch zur Zeit meiner Mutter. Ich bin erst seit zwei Jahren hier. Ich kann Ihnen nur sagen, daß es jetzt keine Madame Deauville gibt.« Dann fügte sie hinzu: »Möchten Sie hinaufgehen?«

Joss nickte und fragte dann Luke: »Willst du mitkommen, oder möchtest du in der Zwischenzeit lieber spazierengehen oder so?«

»Sei nicht dumm.« Er folgte ihr ins Gebäude. »Natürlich will ich mitkommen.«

Der alte schmiedeeiserne Lift, der klein, reich verziert und furchteinflößend war, beförderte sie mit träger Langsamkeit in den dritten Stock, wo sie das Gitter mühsam aufschoben und auf den kahlen, frisch geputzten Flur traten. Nachdem sie geklingelt hatten, dauerte es einige Minuten, bis ihnen die Tür geöffnet wurde. Paul Deauville war, wie Joss schätzte, gut achtzig Jahre alt, ein großer, weißhaariger, erstaunlich gutaussehender und äußerst charmanter Mann. Er begrüßte sie mit einem herzlichen Lächeln. »Monsieur? Madame?« Fragend blickte er sie an.

Joss holte tief Luft. »Monsieur Deauville? Sprechen Sie Englisch?«

Sein Lächeln wurde noch freundlicher. »Natürlich.«

Er trug ein offenes Hemd und darüber einen dicken Wollpullover. Auf den Ärmeln befanden sich verräterische Spuren von Ölfarbe.

»Monsieur, ich bin Lauras Tochter.« Ängstlich starrte sie ihn an und erwartete beinahe, auf Unverständnis zu stoßen. Aber sein markantes Gesicht verzog sich zu einem Ausdruck des Erstaunens und dann zu einem strahlenden Lächeln. »Jocelyn?«

Er kannte ihren Namen.

Erleichtert nickte sie, und ihre Züge entspannten sich. »Jocelyn«, bestätigte sie.

»Oh, *ma cherie*!« Er streckte die Arme aus, zog sie an sich und drückte ihr auf jede Wange einen Kuß. »Endlich. Ach, wie lange haben wir auf diesen Moment gewartet, Laura und ich.« Plötzlich trat er einen Schritt zurück. »Sie wissen doch – Verzeihung – Sie wissen doch, daß sie gestorben ist?«

Joss nickte.

Dann ergriff er ihre Hand. »Bitte, kommen Sie herein. Kommen Sie. Und das ist Ihr Mann, ja?« Er ließ sie los, um Lukes Hand ebenso herzlich zu drücken.

Joss nickte. »Es tut mir leid, so völlig unangemeldet hier zu erscheinen.«

»Das macht doch gar nichts! Wichtig ist nur, daß Sie endlich da sind! Kommen Sie, kommen Sie herein. Ich setze den Kaffee auf. Nein, wir brauchen etwas Besseres als Kaffee. Etwas Besonderes, zur Feier des Tages. Setzen Sie sich! Setzen Sie sich.« Er hatte sie in ein riesiges Atelier geführt, an dessen Wänden lauter Gemälde standen. In der Nähe des großen Fensters befanden sich zwei Staffeleien mit jeweils einer Leinwand darauf, während der dahinterliegende Bereich als Wohnzimmer diente: drei bequeme Sessel mit Überwurf, ein Couchtisch, ein Fernseher, um den sich Bücher und Papiere stapelten. Auf der einen Seite des Ateliers führte eine offene Treppe – fast eine Art Leiter – zu der Galerie hinauf, wo vermutlich das Schlafzimmer lag. Der alte Mann war in den Küchenbereich verschwunden. Noch während Joss und Luke vor einem der Bilder auf der Staffelei standen und die Farbenvielfalt des Gemäldes bewunderten, erschien er mit einem Tablett, auf dem drei Gläser und eine Flasche Wein standen. »*Voilà*! Um anzustoßen!« Er setzte das Tablett auf dem niedrigen Tisch vor den Sesseln ab. »Hier, haben Sie gesehen? Alles Porträts Ihrer Mama! Hier! Und hier!«

Es waren mehrere riesige Bilder. Alle verrieten sie seinen Stil: großflächige Farbblöcke, die Emotion pur, Wärme und Lebendigkeit widerspiegelten, und doch fingen sie gleichzeitig auch die Zartheit der abgebildeten Frau ein. Ihre Haare – auf zwei Bildern dunkel mit weißen Strähnen, auf dem dritten grau-weiß und wild – waren die einer Zigeunerin. Sie war mit knallbunten Schals drapiert, doch ihre Haut hatte den zarten, durchscheinenden Teint der englischen Aristokratin, und ihre Augen hatten trotz des neckenden Blicks einen sehnsüchtigen Ausdruck. Vor dem letzten Porträt blieb Joss lange Zeit stehen.

»Das habe ich gemalt, nachdem wir von ihrer Krankheit erfuhren.« Paul stellte sich neben sie. »Sie war zwanzig Jahre jünger als ich. Es war grausam, daß sie mir genommen wurde, so bald nachdem wir uns gefunden hatten.«

»Wollen Sie mir von ihr erzählen?« bat Joss und bemerkte, daß ihr Tränen in den Augen standen.

»Natürlich.« Er führte sie zu den Sesseln zurück. »Kommen Sie, setzen Sie sich. Jetzt gebe ich Ihnen ein Glas Wein, und dann erzähle ich Ihnen alles, was Sie hören wollen.« Er schenkte ein. »Sie haben natürlich Belheddon gefunden«, sagte er ohne aufzublicken.

»Sonst hätte ich nicht gewußt, wo ich Sie finden würde«, erklärte sie und nahm ihm das Glas ab. »Waren Sie je dort?« Sie war wieder zu dem Bild hinübergegangen.

Er nickte, reichte Luke ein Glas, setzte sich dann hin und streckte seine langen, mit einer alten Jeans bekleideten Beine aus. »Freuen Sie sich über Ihr Erbe?« Er stellte die Frage vorsichtig, während er an seinem Wein nippte.

»Es gibt Probleme.«

»Mit alten Häusern gibt es immer Probleme«, meinte Paul mit einem bedächtigen Nicken.

»Warum?« Joss wandte sich von dem Bild zu ihm um. »Warum hat sie es mir hinterlassen, wenn sie selbst so große Angst dort hatte? Warum, wenn sie wußte, daß es gefährlich war? Das verstehe ich nicht.«

Paul hielt ihrem Blick mehrere Sekunden lang stand und setzte dann sein Glas ab. Achselzuckend stand er auf und ging zum hohen Fenster hinüber. Der graue Nachmittag war etwas freundlicher geworden, und am Himmel über den Häusern auf der anderen Straßenseite waren einige helle Streifen erschienen. Er stand mit dem Rücken zu ihr, die Schultern eingefallen, und steckte die Hände in die Hosentaschen. »Sie war gequält, Jocelyn, hin und her gerissen. Ich kannte sie wohl rund zehn Jahre. Ich habe sie viele Jahre nach dem Tod Ihres Vaters kennengelernt. Natürlich hat sie mir von Ihren Brüdern und Ihnen erzählt. Sie hat oft von Ihnen gesprochen.« Er starrte über die Hausdächer in den Himmel, als ob er damit die Vergangenheit heraufbeschwören könnte.

»Damals habe ich sie gebeten, mich zu heiraten«, fuhr er fort, »aber sie hat sich geweigert. Sie war eine Gefangene in dem Haus.« Seine Stimme klang bitter. »Sie hat es gehaßt, aber sie hat es auch geliebt.« Erst nach einem längeren Schweigen setzte er hinzu: »Sie haben sich ganz sicher gefragt, warum sie Sie zur Adoption freigab?« Er stand noch immer mit dem Rücken zu ihr.

Joss nickte. Sie konnte nicht antworten.

Er hielt ihr Schweigen für eine Bestätigung. »Zu der Zeit hatte ich sie noch nicht gekannt. Ich kann mir ein wenig ihren Schmerz nach dem Tod Ihres Vaters vorstellen. Sie hat ihn ihr Leben lang angebetet.« Er lächelte selbstironisch. »Ich war für sie immer nur ein zweitklassiger Ersatz. Aber trotzdem konnte ich nicht verstehen, wie Laura Sie an Fremde weggeben konnte, wo Sie doch das einzige waren, was sie noch mit ihm verband. Nur ein- oder zweimal in der ganzen Zeit, die ich sie kannte, hat sie überhaupt versucht, mir etwas zu erklären, aber diesen Teil ihres Lebens hat sie gehütet. Ich glaube…« Er brach ab, um seine Worte sorgsam zu wählen, und fuhr dann fort: »Ich glaube, sie hatte das Gefühl, daß Ihnen ebenfalls etwas zustoßen würde, wenn Sie in Belheddon geblieben wären, ebenso wie ihren Söhnen etwas zugestoßen war. Der einzige Grund, ihr kleines, geliebtes *bébé* wegzugeben, bestand darin, Ihnen das Leben zu retten.« Endlich drehte er sich zu ihr um und machte eine ausdrucksstarke Geste. »Seien Sie nicht wütend auf sie, Jocelyn. Sie hat es getan, um Sie zu retten. Und es hat sie nur unglücklich gemacht.«

»Und warum…« Joss räusperte sich; das Sprechen fiel ihr schwer. »Warum hat sie mir dann das Haus hinterlassen?«

»Ich glaube, das war ihre einzige Möglichkeit, um selbst zu entkommen.« Er ging zu seinem Sessel zurück und setzte sich; dabei fuhr er sich mit den Fingern durch sein dichtes, weißes Haar. »Sie hat Sie gefunden, wußten Sie das? Ich weiß nicht, wie, aber sie hat herausgefunden, wer Sie adoptiert hatte, und irgendwie hat sie Sie immer im Auge behalten. Ich weiß noch, wie sie sagte…«, er lächelte schief, »›Das Mädchen bekommt eine gediegene Erziehung. Es sind gute Leute, und sie haben keine Phantasie.‹ Ich wies sie zurecht und sagte ihr: ›Du meinst, du willst nicht, daß deine Tochter Phantasie hat – das Wertvollste auf der ganzen Welt?‹ Und sie sagte: ›Nein, ich will nicht, daß sie Phantasie hat. Ich möchte, daß sie bodenständig wird. Stoisch. Glücklich. Dann wird sie sich nie für ihre Herkunft interessieren.‹«

Joss biß sich auf die Unterlippe. Sie konnte noch immer nicht sprechen. An ihrer Stelle wandte Luke sich an Paul. »Sie meinen, es war gar nicht ihre Absicht, daß Joss das Haus bekam?«

Paul machte eine ungewisse Geste. »Sie war eine sehr komplizierte Frau. Ich glaube, sie wollte sich selbst hinters Licht führen. Indem sie Jocelyn das Haus vermachte, wollte sie einen Geist in dem Haus beschwichtigen, damit er sie gehen ließe. Das Testament war doch relativ kompliziert, nein?« Er sah zu Joss. »Damit es unwahrscheinlich war, daß sie das Haus tatsächlich erben würde. Es mußte Jocelyns eigener freier Wille sein. Wenn sie sich dafür entschied, dann…«, hilflos hob er die Hände, »… dann würde sie das Schicksal selbst auf sich nehmen. Wenn Sie wollen, könnte man sagen, daß sie sich bewußt selbst hinterging.«

»In dem Brief, den sie mir hinterließ, sagt sie, es sei der Wunsch meines Vaters gewesen, daß ich das Haus erbe«, erklärte Joss langsam.

»Ihr Vater?« Paul sah schockiert aus. »Es fällt mir schwer, das zu glauben. Soweit ich weiß, hat Ihr Vater das Haus gehaßt. Er hat sie immer wieder angefleht, es zu verkaufen; das hat sie mir selbst gesagt.«

»Und wie ist es Ihnen schließlich gelungen, sie dazu zu bewegen, das Haus zu verlassen?« Luke griff nach der Weinflasche und schenkte sich ein zweites Glas ein.

»Es war das Testament«, antwortete er. »Ich weiß nicht, wer sie dazu überredet hat, Ihnen das Haus zu vererben, aber sobald sie das getan hatte, war es, als wären die Türen nicht mehr verschlossen, und plötzlich war sie frei.«

»Ich weiß nicht, warum, aber bei dem Gedanken ist mir ziemlich unwohl«, sagte Luke leise mit einem Blick auf Joss. »Wissen Sie, nach den Bedingungen im Testament dürfen wir das Haus frühestens in einigen Jahren verkaufen.«

»Aber Sie müssen nicht dort leben.«

In dem Schweigen, das daraufhin entstand, seufzte er auf. »Vielleicht ist es schon zu spät. Die Falle ist zugeschnappt. Das ist natürlich auch der Grund, warum Sie hier sind.«

Endlich nahm Joss ebenfalls Platz. Ihr Gesicht war bleich und angespannt.

Der alte Mann biß sich auf die Lippen. Sie war ihrer Mutter so ähnlich – ihrer Mutter, wie er sie kannte, bevor die grausame Krankheit sie befallen hatte.

»Hat sie Ihnen von den Gespenstern erzählt?« fragte Joss schließlich.

Pauls Miene wurde argwöhnisch. »Von den kleinen Jungen oben? Ich habe ihr nicht geglaubt. Das waren die Fantasien einer Trauernden.«

»Das waren keine Phantasien.« Joss sprach sehr leise. »Wir haben sie alle gehört.« Sie sah zu Luke und dann wieder zu Paul. »Da ist noch etwas in dem Haus. Der Teufel.«

Paul lachte. »*Le bon diable?* Das glaube ich nicht. Das hätte sie mir gesagt.«

»Hat sie Ihnen nie vom Blechmann erzählt?«

»Vom Blechmann?« wiederholte Paul verständnislos.

»Oder von Katherine?«

Plötzlich war sein Blick wieder verhalten. »Katherine, die in der kleinen Kirche begraben ist?«

Joss nickte langsam.

»Ja. Sie hat mir von dem Leid erzählt, das das Haus immer noch heimsucht. Sie hat mir erzählt, daß es wie in einem Märchen eine Erlösung geben muß. Um den Bann zu brechen.«

In Joss' Augen flackerte Hoffnung auf. »Hat sie Ihnen gesagt, wie diese Erlösung aussehen müßte?«

»Sie hatte keine Ahnung, Jocelyn«, erwiderte er nachdenklich. »Sonst hätte sie es selbst gemacht. Einmal, als sie für ein Wochenende in Paris war, sind wir nach Montmartre gefahren, wo ich viele Freunde habe, und zusammen zu Sacré Cœur gegangen. Dort hat sie in einem Laden ein Kruzifix gekauft. Sie hat den Priester gebeten, es für sie zu segnen, und hat es bis zu ihrem Tod an einer Kette um den Hals getragen. An dem Tag haben wir eine Kerze angezündet, um den Kindern in Belheddon und Katrine...«, er sprach den Namen französisch aus, »... Frieden zu bringen. Sie war eine sehr abergläubische Frau, Ihre Mutter, intelligent und doch abergläubisch. Wir haben oft deswegen gestritten.« Plötzlich lachte er schelmisch. »Wir haben uns überhaupt oft gestritten. Aber wir haben uns auch sehr geliebt.«

»Ich bin froh, daß sie glücklich hier war.« Joss' Blick wanderte zu dem Gemälde zurück.

Paul folgte ihrem Blick. »Die Bilder von ihr werden eines Tages Ihnen gehören. Damit Sie sie nach Belheddon zurückbringen. Und …«, mühsam erhob er sich, »… es gibt noch ein paar Dinge von ihr, die Ihnen gehören sollten. Ich hole sie.«

Er stieg die Stufen zur Galerie hinauf, und sie hörten, wie Schubladen geöffnet und geschlossen wurden. Dann erschien er wieder; er schien die leiterartige Treppe ohne jede Schwierigkeit zu bewältigen. Unter dem Arm trug er eine kleine geschnitzte Holzkiste. »Ihr Schmuck. Den sollen Sie haben.« Damit reichte er Joss die Kiste.

Mit zitternden Händen nahm Joss sie entgegen und öffnete den Deckel. Darin lag ein Gewirr von Perlen, zwei oder drei Broschen und einigen Ringen. Überwältigt von den Gefühlen, die sie zu überschwemmen schienen, sah sie hinein.

Paul beobachtete sie. »Seien Sie nicht traurig, Jocelyn. Das hätte sie nicht gewollt.«

»Ist es das Kreuz hier? Das Kreuz, das sie eigens segnen ließ?«

»Sie hat es ins Grab mitgenommen. Zusammen mit dem Ehering.«

»Sie waren verheiratet?« fragte Luke.

Paul nickte. »Zuerst wollte sie nichts davon hören. Wir haben jahrelang in Sünde gelebt«, erklärte er grinsend. »Schockiert Sie das?«

»Natürlich nicht«, erwiderte Joss.

»Ich glaube, die Leute in Belheddon wären entsetzt gewesen. Aber das macht nichts. Hier waren wir in Paris. Wir haben *une vie bohème* geführt. Das hat ihr gefallen. Das war Teil ihrer Flucht. Zum Schluß haben wir doch noch geheiratet, kurz vor ihrem Tod.« Er zögerte. »Wenn Sie möchten, kann ich Ihnen ihr Grab zeigen, ja? Morgen vielleicht? Sie ist in einem Dorf außerhalb von Paris begraben. Unser wirkliches Zuhause, wo ich auch jetzt noch im Sommer zum Malen hinfahre.

Dort draußen hat es ihr immer sehr gut gefallen. Und dort ist sie gestorben.«

»Ich möchte es gerne sehen«, sagte Joss lächelnd. »Sie sind sehr freundlich.«

Er beugte sich vor, um sie zu umarmen. »Ich wünsche, sie hätte Sie gekannt, Jocelyn. Das wäre ihr eine große Freude gewesen. Eine Freude, die sie sich versagte, um Sie zu retten.« Er seufzte. »Ich hoffe, daß dieses Opfer durch die Tatsache, daß Sie jetzt in Belheddon leben, nicht umsonst war. Offenbar ist das Schicksal Ihrer Familie sehr stark. Die Verbindung zu dem Haus ist wie ein unzertrennbares Band.«

Luke runzelte die Stirn. »Es ist ein wunderschönes Haus.«

»Das ist wohl auch seine Tragödie. Katrine ist deswegen gestorben. Und viele andere auch.«

Beide starrten ihn an. »Wissen Sie etwas, das Sie uns nicht gesagt haben?«

»Ich weiß so wenig«, erklärte Paul kopfschüttelnd. »Nachdem Ihre Mutter nach Paris gekommen war, wollte sie nicht mehr darüber reden. Der Fluch, der auf dem Haus lastet, geht sehr, sehr weit zurück. Aber er kann gebannt werden. Dessen war sie sich absolut sicher.« Er legte die Hände auf Joss' Schultern. »Sie sind wie die Tochter, die ich nie hatte. *Ma fille.* Das gefällt mir. Ich möchte Ihnen helfen. Wenn Sie wollen. Vielleicht sollten Sie wie Laura nach Sacré Cœur gehen. Kaufen Sie ein Kreuz, und lassen Sie es von einem Priester segnen. Glauben Sie. Glauben Sie, daß Gott und unsere Liebe Frau Sie beschützen. Sie haben Laura beschützt. Sie sagte, die Gebete von Rom hätten über all die Jahre hinweg gewirkt, die Gebete ihrer englischen Kirche aber nicht. Sie wollte, daß Katrine den Segen unser Lieben Frau bekommt.«

»So ein Unfug!« Beide konnten Lukes gemurmelte Bemerkung klar und deutlich verstehen. Paul sah ihn tadelnd an. »Sie sind nicht gläubig. Ich auch nicht. Aber für Leute, die glauben, wirken die Gebete tatsächlich. Vielleicht ist Katrine gläubig.«

»Katrine ist seit fünfhundert Jahren tot«, wandte Joss scharf ein.

»Ihre Mutter hat mir gesagt, daß sie eine *sorcière* war, eine Hexe. Ohne Gebete kommt sie nicht zur Ruhe.«

»Hören Sie auf!« Luke stieß seine Hände in die Hosentaschen.

»Vielleicht lohnt sich ein Versuch? Vor allem, wenn Sie eines Tages Kinder haben. Vielleicht verstehen Sie dann, warum es wichtig ist – warum sie beschützt werden müssen.«

»Wir haben Kinder!« warf Joss ein. »Wir haben zwei kleine Jungen.«

Paul starrte sie an. »*Mon Dieu* – verzeihen Sie! Das war mir nicht klar.« Abrupt setzte er sich. »Das ist der Grund, warum Sie hier sind, natürlich. Wo sind sie?«

»In England. Bei ihren Großeltern.«

»Nicht in Belheddon?«

»Nein.«

»Das ist gut.« Er seufzte. »Verzeihen Sie mir. Ich bin müde. Morgen fahren wir zusammen aufs Land. Ich leihe mir ein Auto. Ich werde Ihnen Lauras Grab zeigen. Nehmen Sie ihre Sachen mit, und schauen Sie sie sorgfältig durch. Im Haus gibt es noch mehr Dinge, die Sie haben sollten.«

Im Innern der Kathedrale von Sacré Cœur war es sehr dunkel. Luke warf einen Blick hinein und schauderte. »Nichts für mich, Joss. Geh nur rein, ich warte draußen.« Er setzte sich auf die Stufen und sah über das Panorama von Paris, das sich zu seinen Füßen ausbreitete. Joss betrat die riesige, überkuppelte Kirche. In dem Laden gab es jede Menge Devotionalien – Bilder, Kreuze und Kruzifixe, Rosenkränze, Statuen. Sie waren entlang den Wänden ausgelegt, auf der Theke aufgetürmt, hingen von der Decke. Sie sah sich um und wünschte, sie hätte Paul gefragt, welche Art von Kreuz ihre Mutter gekauft hatte. Es war dumm von ihr, hierherzukommen, dumm und abergläubisch, wie er gesagt hatte. Aber trotzdem hatten seine Worte etwas in ihr angerührt. Vielleicht hatte er recht. Vielleicht konnten nur die Rituale und der Segen der Kirche Roms in die englische Vergangenheit vor der Reformation zurückreichen.

Sie entschied sich für ein kleines silbernes Kruzifix und die am wenigsten kitschige, anmutigste geschnitzte Statue der Heiligen Jungfrau und zählte die Francs sorgsam ab. Dann machte sie sich auf die Suche nach einem Priester. Kurz angebunden sprach er seinen Segen darüber und sagte ihn auf französisch, nicht auf lateinisch, was Joss ärgerte. Sie wollte ihn zurückrufen, aber er hatte sich bereits dem nächsten Bittsteller zugewandt. Also ging sie mit ihrem Kreuz und der Statue in der Hand tiefer in die Kirche hinein. Sie kaufte eine Kerze für zwei Francs und entzündete sie an einer anderen Kerze, dann kniete sie sich vor die flackernden Lichter und sah zur Statue der Jungfrau mit dem Kind empor. Irgendwie hatte sie das sichere Gefühl, daß ihre Mutter an genau dieser Stelle gebetet hatte.

In Belheddon, in der eisigen Dunkelheit der verschlossenen Kirche, lag ein frischer Zweig weißer Rosenknospen auf dem steinernen Regal vor der Gedenktafel für Katherine de Vere.

34

»Edgar?« David stieß die Tür zum Gang weiter auf. »Edgar?«

Er konnte jemanden lachen hören, das Gelächter einer Frau. »Edgar? Wo sind Sie?« Er stand in der Tür zum großen Saal. Das Kruzifix und die Kerzen auf dem Tisch waren umgestürzt, so daß blaues Wachs auf die schwarze Eichenplatte geflossen und auf die Steinplatten am Boden getropft war. »Edgar?« Seine Stimme wurde schärfer. »Edgar, wo sind Sie? Ist alles in Ordnung?« Er trat in den Raum hinein; sein Mund war ausgetrocknet. »Edgar?« rief er lauter. Es war sehr still im Zimmer – zu still, fast als würde jemand ihm zuhören. Er holte tief Luft und spürte, wie sich seine Schultern verspannten. »Edgar!« Diesmal war seine Stimme etwas leiser. Langsam drehte er sich um, sah prüfend in die dunklen Ecken des Zimmers, auf die Sessel, die Truhen, und beinahe unwillkürlich wanderte sein Blick zu den dunklen Schatten hinter den Vorhängen, wo sich jemand – irgend jemand – verbergen konnte.

Es war niemand da. Er trat näher zum Kamin, und plötzlich bemerkte er, daß etwas in der Asche lag. Er bückte sich und griff danach. Es war eines der kleinen silbernen Gefäße aus Edgars Tasche.

Er wirbelte herum, schritt zur Treppe und sah hinauf. »Edgar? Sind Sie da oben?«

Seine Hand hielt den Geländerpfosten umklammert. »Edgar!«

Die Stille war beängstigend. Er sah sich um und tastete nach dem Lichtschalter. Die Treppe verlor sich in der Dunkelheit; jenseits der Biegung konnte er nichts mehr erkennen. »Edgar?« Er nahm allen Mut zusammen und setzte einen Fuß auf die unterste Stufe.

Jetzt erscholl das Gelächter hinter ihm. Wieder wirbelte er herum und rannte in den Saal zurück. »Wer ist da? Wer ist das? Edgar, wo sind Sie? Um Gottes willen, sagen Sie etwas!«

Es war ein melodisches Lachen, reizvoll, heiser, das Lachen einer Frau, die sich ihrer einstigen Schönheit bewußt war. Er schluckte schwer, ballte die Hände in den Taschen zur Faust und kämpfte gegen seine aufkommende Panik an. »Was hast du mit ihm gemacht?« schrie er plötzlich. »Was hast du mit ihm gemacht, du boshaftes Weib?«

Stille, eine angespannte, erwartungsvolle, lauschende Stille.

Er machte auf dem Absatz kehrt. Mit zwei Schritten war er wieder im Gang am unteren Ende der Treppe. Er riß die Tür zum Arbeitszimmer und dann zum Eßzimmer auf. Nirgendwo war jemand zu sehen. Dann fiel sein Blick auf die Kellertür. Der Schlüssel steckte im Schloß, und die Tür stand einen Spaltbreit offen. »Edgar!« Er stieß die Tür auf und suchte nach dem Lichtschalter.

Edgar lag zusammengekrümmt unten an der Treppe. »Guter Gott!« David rannte hinab. Der alte Mann lebte noch; David hörte, wie sein Atem bemüht und keuchend ging, und sah, daß sein Gesicht eine fahlgraue Farbe angenommen hatte. »Edgar, was ist passiert? Hören Sie, ich hole Hilfe!«

Hastig lief er die Treppe hinauf in die Küche. In kürzester Zeit hatte er die Notrufnummer gewählt, dann riß er die Tür auf und rannte in den Hof. »Jimbo?« Bitte, lieber Gott, mach, daß er noch hier ist. »Jimbo? Schnell!«

Jimbo erschien in der Tür der Remise und wischte sich die ölverschmierten Hände an einem alten Lumpen ab. »Was ist?«

»Schnell, ein Unfall! Ich habe den Krankenwagen gerufen. Komm und hilf mir!«

Dann rannte er in die Küche zurück.

Jimbo folgte ihm auf den Fersen. »Haben Sie den Arzt geholt? Der kommt viel schneller als der Krankenwagen.«

»Kannst du das machen? Ich weiß seine Nummer nicht. Und danach komm und hilf mir. Im Keller.«

Als er durch den Gang lief, griff er zwei Mäntel von der Garderobe und stürzte in den Keller zurück. »Edgar? Edgar, hören Sie mich?« Er wollte den Kopf des Mannes nicht bewegen, denn der Hals schien seltsam verzerrt. Deshalb widerstand er dem Drang, ihm etwas Bequemes unterzulegen, sondern deckte Edgar nur mit den Mänteln zu und berührte ihn sanft an der Hand. »Der Krankenwagen ist unterwegs, und der Arzt auch. Geben Sie nicht auf. Es wird alles wieder gut.« Er sah, wie die Augenlider des alten Mannes zuckten. Er versuchte zu sprechen.

»Alter …«, Edgar rang nach Luft, »… schützt vor Torheit nicht. Ich dachte, ich wüßte genug; ich dachte, ich wäre stark genug. Sie ist zu schlau für mich.« Er hustete rauh, und David bemerkte, daß er vor Schmerzen zusammenzuckte. »Bleiben Sie nicht hier. Die anderen dürfen nicht zurückkommen, noch nicht. Ich muß …«, Wieder schöpfte er keuchend Atem, »… mit dem Bischof reden …«

»Dieser Keller sollte zugemauert werden.« Die Stimme des Arztes ließ David zusammenfahren. »Guter Gott, wie viele Menschen werden diese Treppe noch hinunterstürzen?« Mit der Tasche in der Hand lief er leichtfüßig hinab und kniete sich neben Edgar. »Also, Mr. Gower, Ihnen hätte ich mehr Vernunft zugetraut! Ein Mann in Ihrem Alter, der die Treppen rauf und runter läuft und im Keller Versteck spielt!« Mit sanften Händen fuhr er über Edgars Kopf und Hals, dann über seinen Körper, die Arme und Beine. »Die Krankenschwestern werden Ihnen nicht glauben.« Seine Miene wurde besorgt, aber er sprach mit leicht spöttischem Ton weiter. »Wahrscheinlich sind Sie auch von einem Gespenst geschubst worden?« Er hob eine Augenbraue und zog das Stethoskop aus seiner Tasche. »So, jetzt machen wir's Ihnen mal ein bißchen bequemer. Den Hals haben Sie sich nicht gebrochen, soweit ich das beurteilen kann. Ihr hängt zäh am Leben, ihr Geistlichen!« Er hob Edgars Kopf an und schob ihm vorsichtig einen Mantel darunter. Mit einem Blick auf David sagte er: »Gehen Sie nach oben und halten Sie Ausschau nach dem Krankenwagen? Er sollte gleich hier sein.«

Jimbo wartete in der Küche. »Was ist passiert?«

»Du bist wohl nicht auf die Idee gekommen, uns unten zu helfen?« fuhr David ihn an.

»Sie hätten sich nicht einmischen sollen.« Jimbo wich vor ihm zurück. »Da geh ich nicht hin, keine zehn Pferde bringen mich dazu. Ist er tot?«

»Nein, er ist nicht tot. Was meinst du damit, wir hätten uns nicht einmischen sollen?«

»Sie wollten ihn doch exorzieren, stimmt's? Sie wollten ihn aus Belheddon verjagen. Aber das geht nicht. Dutzende haben's schon probiert, und alle haben versagt. Sie sind gestorben oder durchgedreht. Das hab ich Joss auch gesagt. Ich hab ihr gesagt, daß sie sich nicht einmischen soll, aber sie wollte nicht auf mich hören. Er tut ihr nichts. Frauen tut er nie etwas.«

»Aber wir haben versucht, eine Frau zu exorzieren. Eine Hexe.« David stieß die Hände heftig in seine Jeanstaschen. »Sie ist für all das Unglück hier verantwortlich.«

Jimbo starrte ihn an. »Was meinen Sie, eine Hexe? Es ist Luzifer; der Teufel; der böse Feind! Er lebt hier.«

»Schon möglich. Aber wir sind hinter einer Hexe her. Sie ist die Wurzel des ganzen Unheils.« David schauderte. »Hast du den Motor gehört? Das muß der Krankenwagen sein. Ich sehe nach.«

In der Stille, die nur von den elektronischen Pieptönen auf der Station unterbrochen wurde, öffnete Edgar plötzlich die Augen und packte Davids Ärmel. »Sie müssen ins Haus zurück! Meine Sachen holen. Die Dinge dürfen nicht dort bleiben. Sie dürfen Sie auf keinen Fall dort lassen, verstehen Sie?« Dot, die mit angstweißem Gesicht neben ihm stand, hielt seine andere Hand.

David starrte ihn an. »Sie wollen, daß ich wieder nach Belheddon fahre?« Unwillkürlich blickte er zum Fenster; draußen war es bereits dunkel geworden.

»Sie müssen.« Edgars Atem ging mühsam, seine Brust hob und senkte sich pfeifend. Die Monitore um ihn überwachten jede Sekunde seines Überlebenskampfes. Die Ärzte auf der Intensivstation wollten David den Zutritt verwehren und hatten ihn erst ans Bett gelassen, als der Geistliche erregt darauf beharrt hatte. »Glauben Sie mir, ich würde Sie nicht darum bitten, wenn es nicht wichtig wäre.« Seine Stimme war sehr schwach. »Bleiben Sie nicht dort. Tun Sie nichts anderes. Ignorieren Sie alles. Holen Sie nur den Wein und das Brot und die übrigen Sachen. Die anderen benützen die Dinge, wissen Sie! Um Böses zu tun.«

David nickte bedächtig. »Ich verstehe.«

»Bitte. Sie brauchen nicht wieder herzukommen. Lassen Sie sie in Ihrem Auto. Hauptsache ich weiß, daß sie nicht im Haus sind.« Er ermüdete rasch. Die Farbe wich ihm aus dem Gesicht, und er schloß die Augen.

»Bitte.« Dot nahm Davids Hand und führte ihn vom Bett fort. »Ihnen wird nichts passieren. Nehmen Sie das mit.« Sie faßte an ihren Hals und zog ein kleines Goldkreuz hervor. »Hier. Ich leg's Ihnen um.« Sie streckte die Arme hoch, befestigte die Kette um seinen Hals und steckte das Kreuz unter sein Hemd, so daß es unsichtbar war. Dann lächelte sie. »Das wird Sie beschützen. Rufen Sie mich von London an und erzählen Sie mir, daß Sie es getan haben. Sonst wird er keine Ruhe finden.« Damit drehte sie sich wieder zum Bett um, und David sah, wie sie sich über den alten Mann beugte und ihn sacht auf die Stirn küßte. Egdar öffnete die Augen und lächelte matt. »Sie war zu stark für mich, Dot. Mein Glaube war nicht stark genug.« David konnte das gequälte Flüstern gerade noch verstehen. »Ich habe versagt.«

»Edgar...« Dot beugte sich noch tiefer über ihn. »Edgar, du hast nicht versagt.«

»Doch, leider.« Die Stille im Raum, als seine kalten Finger unter ihrer Hand erschlafften, wurde vom gellenden Alarmsignal des Monitors an seinem Bett unterbrochen, während sein Herzschlag langsamer wurde, stolperte und schließlich ganz aufhörte.

Als David später das Krankenhaus verließ und langsam durch die Nacht fuhr, waren seine Wangen noch naß von Tränen. Das Ende war würdelos gewesen, erfüllt von Panik – Ärzte und Schwestern, die Dot beiseite schoben, das elektrische Herzmassagerät in der Hand einer Schwester, und dann hatten die Schwingtüren ihm die Sicht verstellt. Er hatte Dot angeboten, sie nach Hause zu fahren, aber sie hatte abgelehnt. »Gehen Sie. Tun Sie, worum er Sie gebeten hat. Fahren Sie nach Belheddon. Retten Sie das Sakrament!«

Widerstrebend hatte er sie allein gelassen. Während sie auf Edgars Bruder wartete, machte er sich elend und voller Schuldgefühle auf den Weg.

Je näher er Belheddon kam, desto mehr wuchs seine Angst. Er war sich nicht sicher, ob er es schaffen würde, das Haus zu betreten.

Er bog in die Dorfstraße ein und fuhr langsam die Häuserzeile entlang auf der Suche nach dem Cottage, in dem Jimbo lebte. Es war ein rosa gestrichenes Fachwerkhaus in der Nähe der Poststelle. Er blieb stehen, starrte zur Windschutzscheibe hinaus und hoffte, daß Jimbo nicht da wäre. Ohne den Schlüssel konnte er Belheddon nicht betreten.

Im Erdgeschoß brannten Lichter, und er hatte den Eindruck, daß der starke Geruch nach Pommes frites aus genau diesem Haus drang.

Mr. Cotting öffnete ihm die Tür, die direkt in das kleine Wohnzimmer führte; es wurde von einem großen Fernsehgerät beherrscht. Jimbo lag ausgestreckt auf dem Sofa, die Beine hingen über die Lehne, und in der Hand hielt er eine Dose Bier. Widerwillig wandte er den Blick vom Fernseher zu David.

David verzog das Gesicht zu einem unglücklichen Lächeln. »Leider brauche ich den Schlüssel zum Haus. Mr. Gower hat ein paar Sachen dort vergessen.«

Jimbo riß die Augen auf. »Sie wollen dorthin zurück? Heute abend?«

David nickte. »Ich nehme mal an, daß ich dich nicht dazu überreden kann, mich zu begleiten?«

»Nie im Leben.« Jimbo räkelte sich und nahm noch einen Schluck aus der Dose. »Dad, gib Mr. Tregarron was zu trinken. Er kann's brauchen, würd ich mal sagen. Wie geht's dem Alten denn?«

David setzte sich auf einen Sessel gegenüber dem Fernseher. »Er ist tot.«

»Tot«, wiederholte Jimbo ungläubig.

David nickte bekümmert.

»Herr im Himmel.« Jimbo setzte sich auf und stellte die Füße auf den Boden.

»Hier.« Fred Cotting gab David eine Dose Bier. »Trinken Sie das. Das tut Ihnen gut.«

»Sie dürfen aber nich wieder in das Haus.« Jimbo war unter seiner sonnengebräunten Haut blaß geworden. »Das dürfen Sie nicht!«

»Ich muß aber. Ich hab's versprochen. Anschließend fahre ich nach London zurück.«

»Schade, daß Jims Schwester nicht hier ist«, sagte Fred Cotting langsam und setzte sich auf die Tischkante. »Sie würde mit Ihnen dorthin gehen. Sie hat nie Angst gehabt da oben. Wissen Sie was, bitten Sie doch den Pfarrer, daß er Sie begleitet. Das ist doch sein Ding, oder? Das Böse zu vertreiben.«

»Mr. Wood glaubt nicht an solche Sachen, Dad«, warf Jimbo ein. »Überhaupt, ich hab Mr. Tregarron schon gesagt, daß das gar nicht geht. Mengenweise Leute haben schon versucht, den Gottseibeiuns aus dem Haus zu vertreiben. Es hat nie geklappt, und das wird's auch nie.«

David stellte die Bierdose ungeöffnet auf den Tisch und stand auf. »Es tut mir leid, ich glaube, ich will das Bier doch nicht. Wenn du mir den Schlüssel gibst ...«

Jimbo richtete sich auf – in dem kleinen Zimmer wirkte er wie ein Riese – und ging zur Anrichte. Dort klaubte er den Schlüssel auf und warf ihn David zu. »Werfen Sie ihn auf dem Rückweg durch den Briefschlitz, ja? Viel Glück.«

David schnitt eine Grimasse. »Danke.«

»Wenn ich Sie wäre, würde ich wirklich Mr. Wood holen«, erklärte Fred Cotting noch einmal, als er David die Tür öffnete, und legte ihm eine Hand auf den Arm. »Sie sollten nicht allein dorthin, nicht jetzt.«

David nickte. Er brauchte nicht eigens daran erinnert zu werden.

»Tun Sie's, wirklich. Das Pfarrhaus ist da oben links. Hinter der Straßenlampe. Sehen Sie's?« Er war mit seinen Pantoffeln auf den Pfad hinausgetreten.

David nickte wieder. »Danke. Vielleicht gehe ich wirklich zu ihm.« Dann sah er zu, wie Jimbos Vater ins Haus zurückkehrte und die Tür hinter sich schloß, so daß der kleine Garten plötzlich im Dunkeln lag.

Der schwarze Schlüssel zu Belheddon Hall fühlte sich in seiner Hand schwer und kalt an. Er hielt ihn vor sich und betrachtete ihn, dann wandte er sich von seinem Wagen ab und ging rasch die Straße hinauf. Sie hatten recht. Das war die Aufgabe des Pfarrers.

35

Durch das Fenster hatte Mary Sutton erst das Auto des Arztes und dann den Krankenwagen abfahren gesehen. Noch lange danach blieb sie stehen und blickte über den Anger auf Belheddon Hall, bis sie zum Telefon schritt, nach dem Hörer griff und wählte. Sie ließ es lange läuten, aber niemand hob ab, und schließlich legte sie wieder auf. Sie schlurfte in die Küche und öffnete die Tischschublade, schob die Küchenmesser, Löffel und Schöpfer, die alte Reibe, die gebrauchten Korken, die Spieße und Schäler beiseite und fand endlich, wonach sie suchte – einen Schlüssel. Einen großen, altmodischen Schlüssel. Den Schlüssel zur Vordertür von Belheddon Hall. Er lag schwer und kalt in ihrer Hand. Gedankenverloren betrachtete sie ihn mehrere Minuten lang, dann steckte sie ihn mit einem Seufzen in die Rocktasche und ging in den Flur. Sie nahm ihren Wintermantel und ihren Schal von der Garderobe, zog beides an und machte sich auf den Weg.

Das Schloß war rostig geworden, nur mit Mühe ließ sich der Schlüssel umdrehen, aber mit beiden Händen gelang es ihr schließlich, und dann drückte sie mit aller Macht gegen die schwere Eichentür.

Es herrschte eine seltsame Atmosphäre in dem Haus. Sie blieb stehen und witterte wie ein Hund. Es roch nach Schwefel, Blut und Bösem.

»Georgie? Sam?« Ihre Stimme zitterte. »Robert? Kinder, seid ihr da?«

Die Stille, die als Antwort kam, war plötzlich erfüllt von gespannter Aufmerksamkeit.

»Jungs? Ich bin's, Mary. Beschützt mich, Jungs.« Mit festen Schritten ging sie zur Tür, die in den großen Saal führte, eine kleine, entschlossene Gestalt in einem knöchellangen Rock und dicken Wollstrümpfen. An der Tür streckte sie die Hand nach oben und schaltete das Licht an.

Sie hatten einen erneuten Exorzismus versucht. War es also der Pfarrer gewesen, den sie zum Sterben in der Ambulanz weggefahren hatten? Für Mary bestand kein Zweifel, daß er tot war. Sie konnte den Tod im Raum riechen.

Sie ging zum Tisch und starrte auf das Kruzifix, die Kerzen, die blauen Wachsflecken und schüttelte dann langsam den Kopf. Die heiligen Dinge besaßen die notwendige Kraft – wenn die Leute nur gewußt hätten, wie man sie heraufbeschwört. Der Gott war allmächtig; schwach waren nur seine Diener.

Früher hätte sie die Utensilien – die Oblaten und den Wein – vielleicht selbst an sich genommen und sie verwendet; nicht für etwas wirklich Böses, das nicht, aber um ihre eigenen kleinen Zaubersprüche zu sprechen. Doch diese Zeiten waren vorbei; damit hatte sie abgeschlossen.

Mary sah sich um und lauschte. Das Haus war still. Sie beobachteten, was sie als nächstes tun würde.

In der Flasche war nur noch sehr wenig Weihwasser. Sie träufelte es in einem Ring um den Tisch und trat in den Kreis hinein – er war beschützend, mächtig, sicher wie eine Steinmauer. Dann griff sie nach der Aktentasche und packte rasch das Kruzifix, die Kerzenleuchter und die leeren Gefäße hinein. Die Oblaten und das Salz wickelte sie in ihr sauberes Taschentuch und steckte es in ihre Manteltasche. Die Flasche mit dem Wein steckte sie unter ihren Mantel, und dann legte sie die Aktenmappe unter eine Truhe. Schließlich richtete sie sich wieder auf.

»So, Madame, mit den Sachen treiben Sie keine Spielchen mehr. Für heute habt Ihr genug Schaden angerichtet, finde ich.« Ihre Stimme hallte energisch durch den Raum. »Laßt die Grants in Ruhe. Sie wissen nichts von der Vergangenheit!«

Sie blieb in dem schützenden Kreis stehen und horchte.

Es kam keine Antwort. Sie trat aus dem Kreis heraus, ohne ihn von den Steinplatten zu wischen, und ging langsam zur Tür.

Als sie nach dem Lichtschalter griff, warf sie einen Blick in den Saal zurück. Nichts hatte sich verändert; nichts war zu hören.

Sie verschloß die schwere Eingangstür hinter sich und lief im Schein ihrer kleinen Taschenlampe mit schnellen Schritten über den Kies. Während sie in den Pfad zur Kirche einbog, sah sie noch einmal zurück und lauschte, dann hastete sie weiter.

Der Schlüssel zur Kirche war an seinem alten Platz, dem Versteck im Portal. Sie steckte ihn ins Schloß, schob die Tür auf und hielt inne. Drinnen war es eisig kalt und finster. Zögernd griff sie nach den Sachen im Taschentuch und der kleinen Flasche, trat hinein und ging eilig zum Altar; die Taschenlampe beleuchtete den Boden vor ihr.

Auf dem Läufer zwischen den beiden Kirchenbankreihen blieb sie stehen. Schweiß stand ihr auf der Stirn. Das Taschentuch in ihrer Hand war zerknüllt, feucht und heiß.

Mit letzter Willenskraft lief sie die wenigen Schritte zum Altarraum hinauf und bückte sich nach dem Federriegel, um das kleine Gatter zu öffnen; ihre Finger tasteten zwischen der kunstvollen Holzschnitzerei nach dem verborgenen Schloß. Schließlich fand sie es, schob das Türchen auf, trat an den Altar und stellte die Oblaten und den Wein vor das Kreuz. »Jetzt!« stieß sie keuchend hervor. »In Sicherheit! Hier könnt Ihr es nicht berühren, Madame!«

Triumphierend drehte sie sich um und leuchtete mit der immer schwächer werdenden Taschenlampe das Kirchenschiff hinab. Ganz hinten, fast bei der Tür, sah sie, wie sich etwas bewegte. Sie kniff die Augen zusammen, um durch ihre starken Brillengläser mehr zu erkennen, und ihre Kehle schnürte sich vor Angst zu.

Hinter ihr war der Gott, den sie in ihrer Jugend zurückgewiesen hatte. War es jetzt zu spät, Ihn um Seine Hilfe zu bitten? Die sich windende Lichtspirale vor ihr wurde größer. Mit einem Schrei des Entsetzens stürzte Mary die Stufen hinab und rannte ins Seitenschiff, wo sie sich mehrmals schutzsuchend hinter die Pfeiler kauerte im verzweifelten Versuch, die Tür zu erreichen.

»Verstehe ich Sie recht?« James Wood sah mit einem besorgten Blick zu David. »Sie und Edgar Gower sind also ins Haus gegangen, um die Gespenster dort zu exorzieren?«

David nickte und spürte, wie er gereizt wurde. »Ich möchte nur, daß Sie mitkommen, damit wir Edgars Sachen holen. Das Weihwasser und all das. Er hatte Angst, daß ...« Er zögerte. »Daß es in die verkehrten Hände geraten könnte.«

»Vermutlich in die Hände von Gespenstern.« Woods Lippen wurden schmal. »Natürlich begleite ich Sie. Der arme Edgar. Das tut mir wirklich leid.« Mit einem weiteren Blick auf David fuhr er fort: »Sie dürfen sich keine Vorwürfe machen, David. Es war nicht Ihre Schuld, wirklich nicht.«

»Nein? Ich habe ihn hergebracht. Wenn ich nicht gewesen wäre ...«

»Unfälle passieren immer wieder. Niemand ist für sie verantwortlich. Edgar war immer schon besessen von diesem Haus; kein Mensch hätte ihn davon fernhalten können. Und wenn er sowieso ein schwaches Herz hatte ...«

»Das weiß man nicht«, wandte David seufzend ein.

»Die Ärzte machen eine Autopsie, sagten Sie? Wahrscheinlich müssen sie das tun.« James Wood schüttelte traurig den Kopf, während er im Flur nach seiner dicken Jacke griff und sie sich überstreifte. Dann öffnete er die Schublade eines Tischs neben der Haustür und nahm eine zweckdienlich aussehende Taschenlampe heraus. »Ich werde die arme Dot besuchen. Das muß ein entsetzlicher Schock für sie sein. Also, gehen wir. – Schatz, in zwanzig Minuten bin ich wieder da«, rief er über die Schulter in die Küche, aus der es wunderbar nach gebratenem Knoblauch und Zwiebeln duftete. Der Pfarrer warf die Tür hinter sich ins Schloß und ging die Straße hinauf.

»Mein Auto steht bei der Post ...«, wandte David ein.

»Das ist nicht nötig. In zehn Minuten sind wir da.« Wood ging voran und leuchtete mit der Taschenlampe auf den mit Frost bedeckten Asphalt. »In der Zwischenzeit können wir uns ein bißchen beruhigen.«

David zog eine Augenbraue hoch. Er hatte an James Wood keine Spur von Aufregung bemerkt. »Haben Sie nicht gesagt, daß Sie nicht an Gespenster glauben?« fragte er, als sie nebeneinander über den Anger gingen.

»Nicht im Zusammenhang mit Belheddon Hall«, antwortete Wood mit einem kehligen Lachen. »Ich glaube, einen derartigen Fall von Massenhysterie habe ich noch nie erlebt. Das liegt sicher an dem Haus. Es ist alt, wunderschön und sehr geschichtsträchtig; wahrscheinlich fehlt nur eine moderne Beleuchtung, die das ganze Haus in grelles Licht taucht, sobald man einen Schalter betätigt. Und es ist schrecklich kalt dort. Die Leute sprechen immer wieder von kalten Stellen; aber sie vergessen, daß sie an moderne Häuser mit Zentralheizung und Doppelglasfenstern gewöhnt sind. Die kleinste Zugluft, und schon denken sie an einen bösen Geist, der durchs Zimmer weht.« Er lachte leise. »Was mit Edgar passiert ist, war nichts als ein schrecklicher, trauriger Unfall, David. Sie dürfen sich von diesen ganzen Spukgeschichten nicht verrückt machen lassen. Ich weiß, daß Edgar viel mit dieser Sache zu tun hatte, als die Duncans hier lebten. Er hat sie ermutigt. Die armen Leute, sie hatten ein sehr unglückliches Leben, aber meiner Ansicht nach hätte er all das Gerede über Gespenster nicht ernst nehmen dürfen.«

»Ich dachte, die Kirche nimmt es ernst«, wandte David nachdenklich ein. »Edgar hat mir gesagt, daß es in jeder Diözese eine eigene Abteilung gibt, die sich mit Exorzismus beschäftigt.«

James Wood schwieg einen Augenblick. »Es gibt in der anglikanischen Kirche noch einige sehr altmodische Anschauungen, die meiner Ansicht nach nicht sehr förderlich sind«, erklärte er schließlich.

»Ah ja.« David zog noch einmal die Augenbrauen hoch. Vor ihnen in der dunklen Hecke erschien das Tor zur Auffahrt, und sie traten hindurch. Die Büsche wirkten sehr schwarz, und durch den Frost war der Kies gefroren, so daß nicht das übliche freundliche Knirschen zu hören war, als sie schweigend zur vorderen Haustür gingen.

»Ich habe den Schlüssel für hinten«, flüsterte David, als sie an der Hausfassade hinaufsahen. Im Licht der Sterne zeichneten sich die Giebel, die hohen Kamine und die dunklen, unverhängten Fenster deutlich ab. Schaudernd dachte David an das helle Licht, das in jedem Stockwerk gebrannt hatte, als er vor nur vierundzwanzig Stunden weggefahren war.

Er ging dem Pfarrer durch den Torbogen in den Hof voraus und sah sich um. Alle Remisen waren verschlossen; der Hof lag in tiefer Stille. Den Schlüssel in der Jackentasche umklammernd, ging er auf die Tür zu.

In der Küche war es noch warm. Erleichtert stellte David fest, daß offenbar nichts verstellt worden war. Er warf James Wood ein entschlosses Lächeln zu, als dieser seine Taschenlampe ausschaltete und in die Jackentasche steckte. »Hier lang, in den großen Saal.«

Er öffnete die Tür zum Gang und blieb horchend stehen. Das Haus war sehr still. Am liebsten wäre er auf Zehenspitzen geschlichen, aber er trat bewußt fest auf, als er zum großen Saal ging; er war dankbar zu wissen, daß Wood ihm auf den Fersen folgte. Er knipste das Licht an und blickte sich um. Der Raum sah aus wie immer. Dann ging er über die Steinplatten zum alten Eichentisch. Entsetzen packte ihn. Ein blauer Wachsfleck, wo die Kerzen gewesen waren – mehr war auf dem Tisch nicht zu sehen. Langsam drehte er sich um. Edgars Aktentasche hatte auf dem Sessel neben dem Kamin gelegen; die Flaschen mit Wein und Öl und Wasser hatten auf dem Tisch gestanden; auch das kleine Gefäß mit Silberdeckel neben dem Kreuz war verschwunden. Es enthielt das Salz für den Exorzismus.

»Das verstehe ich nicht.« David ging zum Kamin und stocherte mit der Fußspitze in der Asche herum. »Es ist alles weg.«

»Was ist weg?« Die Hände in den Taschen vergraben, betrachtete James Wood das Porträt über dem Kaminsims.

»Edgars Sachen. Das Kreuz. Die Kerzen. Das Sakrament.« David fuhr mit dem Finger über das kalte Wachs auf dem Tisch. »Hier, sehen Sie? Hier hat er gearbeitet. Und seine Tasche war da drüben, auf dem Sessel.« Langsam sah er sich um und blickte in die Schatten.

Wood runzelte die Stirn. »Dafür gibt es bestimmt eine ganz logische Erklärung. Der junge Jimbo Cotting zum Beispiel. Kann es sein, daß er aufgeräumt hat, nachdem Sie zum Krankenhaus gefahren sind?«

»Ich habe die Haustür zugesperrt«, antwortete David. »Jimbo würde nie in dieses Zimmer kommen; weiter als bis zur Küche betritt er das Haus nicht. Ich habe das Licht ausgemacht und die Tür zugesperrt, während die Sanitäter Edgar in die Ambulanz getragen haben. Dann habe ich Jimbo den Schlüssel gegeben und bin der Ambulanz in meinem Wagen gefolgt. Niemals wäre er wieder hierhergekommen, soviel steht fest. Das Haus versetzt ihn in Angst und Schrecken.«

Wood schürzte die Lippen. »Wäre es nicht möglich, daß Sie selbst aufgeräumt haben? In der Panik nach dem Unfall und allem könnte es doch durchaus sein, daß Sie das vergessen hatten.«

»Nein, glauben Sie mir, ich würde mich daran erinnern.« David spürte, wie Angst und Ärger in ihm aufstiegen. »Vielleicht sollten wir das Haus durchsuchen.« Er durchquerte den Saal und ging in den Gang zur Kellertreppe. Die Tür nach unten hatte er abgeschlossen, das wußte er noch genau, und die Schlüssel auf den Schreibtisch im Arbeitszimmer geworfen. Er öffnete die Tür und starrte auf den Sekretär. Der Schlüsselbund lag noch da, auf der Löschunterlage, neben dem Stapel mit Joss' Manuskript. Im Wissen, daß Wood ihn von der Tür aus beobachtete, drehte er sich langsam um und suchte den Raum nach der schäbigen schwarzen Ledertasche ab. Es war keine Spur von ihr zu sehen.

»Sollen wir nach oben gehen?«

Wood nickte. »Wir sollten besser überall nachsehen, jetzt, wo wir hier sind, um sicherzugehen, daß kein Unbefugter hier war. Solche Sachen kommen vor, wissen Sie. Leute sehen den Krankenwagen, und wenn die Familie dem Verletzten dann ins Krankenhaus hinterhereilt und dabei in ihrer Panik oft das Haus nicht richtig zusperrt, kommen sie rein und räumen es leer. Traurig, aber wahr.«

»Aber ich habe zugesperrt«, gab David ärgerlich zurück.

»Natürlich.« James Wood schaltete das Licht aus und schloß die Tür. Dann sah er zur Kellertür. »Sollen wir dort unten nachschauen?«

»Wahrscheinlich sehen wir besser überall nach.« David griff nach dem Schlüsselbund. Der arme Edgar. Als er die Tür öffnete und das Licht anmachte, zögerte er kurz, bevor er die unebenen Stufen hinabstieg. Unten angekommen, sah er sich um. »Hier unten ist nichts Ungewöhnliches.«

Einen Moment lang horchten sie schweigend. »Ich würde gerne wissen, warum er nach unten gekommen ist.« Stirnrunzelnd ging James Wood zum zweiten Keller durch. »Das ist seltsam.« Seine Stimme hallte, als er außer Sichtweite verschwand.

David zuckte die Achseln.

»Aber eines der Kinder ist ja hier gestorben, oder?« Die Stimme klang aus größerer Entfernung. »Diese Keller gehen ja ewig weiter. Ich wußte gar nicht, daß sie so groß sind.«

»So groß nun auch wieder nicht!« widersprach David. Dann schrie er plötzlich: »Mr. Wood? James?« Von Panik gepackt, rannte er zum Gewölbebogen.

James stand neben den Weinfässern und spähte in eine dunkle Ecke. »Irgend jemand hat hier unten Spielzeug liegenlassen. Das ist jammerschade, in der Feuchtigkeit geht es ja kaputt. Schauen Sie nur.« Er hielt einen alten Weidenkorb in der Hand. Im kalten Licht der Glühbirne sahen sie den grünen Schimmelbelag, der sich auf dem Henkel bildete. Im Korb lag ein halbes Dutzend der kleinen Holzautos, die David schon früher gesehen hatte, eine verrostete Spielzeugpistole und darunter ein Taschenmesser und ein rotes Jo-Jo.

»Das muß wohl einem der Jungen gehört haben, die gestorben sind«, meinte David langsam. Er berührte das Jo-Jo mit dem Finger. »Tom gehören die Sachen jedenfalls nicht.«

Er schauderte und konnte nicht umhin, einen Blick zurück über die Schulter zu werfen. »Sonst gibt es hier unten nichts. Gehen wir wieder nach oben?« Zumindest war es oben nicht ganz so kalt. Jetzt wollte er nur noch so rasch wie möglich aus diesem Haus verschwinden.

James nickte und stellte den Korb ab. »Traurig«, murmelte er, »das ist so traurig.« Dann verzog er das Gesicht. »Was war das?«

»Was?« Davids Nerven waren bis zum Zerreißen gespannt. Er wirbelte auf dem Absatz herum und lauschte.

»Ich dachte, ich hätte etwas gehört. Eine Stimme.«

»Das Lachen einer Frau?« David betrachtete die Treppe und schluckte.

»Nein«, sagte James offenbar verwirrt. »Ich bin mir nicht sicher. Wahrscheinlich nur die Wasserrohre oder so.«

»Sehen wir zu, daß wir hier rauskommen.« David ging hastig auf die Stufen zu. »Kommen Sie! Keller sind mir immer unheimlich.«

»Mir auch.« Mit einem kläglichen Lächeln folgte James ihm. »Ich muß zugeben, ich weiß jetzt, was Sie mit diesem Haus meinen. Wenn es leer ist, so wie jetzt, ist die Atmosphäre nicht ganz so, wie man es gern hätte. Aber wir sollten nicht dumm sein. Unser Verstand sagt uns, daß wir uns vor nichts zu fürchten brauchen.«

Auf dem Treppenabsatz blieben beide stehen und sahen zum großen Saal. David schaltete das Kellerlicht aus und zog die Tür hinter sich zu. Dann versperrte er sie sorgfältig und ging mit den Schlüsseln ins Arbeitszimmer. »Sagen Sie mal, James, wie kommt Ihr Verstand mit dem Glauben an Gott zurecht, wenn er alle anderen Aspekte des Übernatürlichen leugnet?« rief er über die Schulter. Er wollte gerade die Schlüssel wieder auf den Schreibtisch werfen, als sein Blick auf Joss' Manuskript fiel. Obenauf lag eine getrocknete Blume. Vorhin war sie ganz sicher noch nicht dort gewesen. Er ließ den Schlüsselbund fallen und nahm sie in die Hand. Eine Rose; eine alte, vertrocknete Rose. Die einst weißen Blütenblätter hatten die Farbe und Konsistenz von Waschleder angenommen. Nachdenklich betrachtete er sie und spürte, daß sich die Härchen auf seinen Unterarmen aufstellten.

Rosen. Er ließ sie fallen und ging zur Tür.

»James?«

Er erhielt keine Antwort. Unmöglich, daß es ein zweites Mal passierte. David zwang sich, langsam und ruhig zum großen Saal zu gehen, und dort blieb er abrupt stehen. James stand am Tisch und starrte ungläubig auf Edgars Aktentasche vor sich.

David trat schweigend neben ihn. »Sie sind leer«, sagte James nach einem Augenblick und deutete mit dem Kopf auf die Gefäße. »Alle. Der Rest ist hier: das Kruzifix, die Kerzenständer. Das lag alles unter der Truhe. Jemand muß es dort versteckt haben.«

David schüttelte den Kopf. »Es ist aber niemand im Haus, James.«

»Es muß jemand dasein.« Der Pfarrer wirkte verzweifelt. »Es muß eine logische Erklärung dafür geben. Vielleicht Kinder, Kinder aus dem Dorf. Joss hat mir einmal gesagt, sie glaubt, daß Kinder hier im Haus Versteck spielen.«

»Das stimmt auch.« David war sich bewußt, wie jämmerlich seine Stimme klang. »Aber es sind keine Kinder aus dem Dorf.«

Schweigend sah James ihn an und schloß dann die Tasche. Keiner der beiden hatte die schwache, ringförmige Spur auf den Steinplatten gesehen, wo das Salzwasser einen perfekten Kreis gebildet hatte.

»Was glauben Sie denn, was mit dem Inhalt passiert ist?« fragte David sachlich.

»In manchen Kreisen sind solche Dinge sehr begehrt. Für satanische Rituale, Hexerei, derlei Unfug.« James' zuvor forsches Auftreten war einer verdrossenen Desillusion gewichen.

»Wir sind also zu spät gekommen.«

»Sieht so aus.« James seufzte tief. »Die Grants sind alle fort, sagten Sie?«

David nickte.

»Also ist die Familie in der unmittelbaren Zukunft außer Gefahr.« Nachdenklich sah James sich im Zimmer um. »Wissen Sie, ich kann nichts fühlen. Gar nichts. Ich wünschte, ich könnte es, vielleicht wüßte ich dann eher, wie ich mit all dem umzugehen habe.«

»Seien Sie froh, daß Sie nichts fühlen können!« widersprach David. »Ich glaube nicht, daß es besonders angenehm ist, übersinnliche Fähigkeiten zu besitzen. Ganz und gar nicht.«

Von der Rose sagte er nichts. Er wartete, bis James die Tasche in die Hand nahm, und ging dann zur Wand, um die Lichter auszumachen. Oben in der Galerie war jemand und beobachtete sie, davon war er überzeugt. Er konnte sogar das unterdrückte Triumphgefühl spüren.

Ohne hochzublicken, ging er ins Zimmer zurück und trieb James vor sich her zur Tür. Das Lachen, das er hinter sich zu hören glaubte, stammte nicht von einem Kind. Es gehörte einer Frau.

Mary lag im Kirchhof rücklings im hohen Gras ausgestreckt und sah zum Himmel empor. Mit den Wolken, die vom Meer hereintrieben, waren die Sterne langsam verschwunden, und mittlerweile war der Himmel pechschwarz. Sie schloß die Augen und war froh, daß die Schmerzen endlich aufgehört hatten. Allmählich wurden ihre Beine taub.

Ihr Schuh steckte noch in dem schmiedeeisernen Gitter um das alte Grab, wo sie gestolpert war. In der Dunkelheit konnte sie nicht sehen, daß das Blut von ihrem eingekeilten Fuß stetig ins Gras tropfte.

Irgendwo in der Ferne hörte sie eine Tür ins Schloß fallen. »Hier! Ich bin hier!« rief sie, aber ihre Stimme war kaum mehr als ein Flüstern, und niemand hörte sie.

Sie hätte wissen müssen, daß das Böse jetzt in der Kirche war; sie hätte spüren und erkennen müssen, daß es irgendwie erweckt worden war. Aber sie wurde alt, zu alt. Zu schwach. Sie mußte Jocelyn warnen. Langsam schloß sie die Augen, und ihr Kopf fiel auf ein weiches Polster von getrocknetem Gras. Noch ein bißchen ausruhen, dann würde sie wieder versuchen, auf die Beine zu kommen. Aber auf einmal fühlte sie sich so schrecklich müde.

»Georgie? Sam?« Ihr Flüstern war sehr schwach. »Helft mir, Jungs. Ich brauche euch.«

36

Als Mat unangekündigt in Oxford eintraf, seine Eltern und die Kinder umarmte und Lyn einen brüderlichen Kuß auf die Wange gab, war sie ebenso erfreut und überrascht, ihn zu sehen, wie seine Eltern.

»Du hättest uns wirklich sagen können, daß du kommst, Matthew!« tadelte Elizabeth Grant ihn mit gespielter Empörung. »Das ist wieder einmal typisch. Du tauchst einfach auf und meinst, daß wir schon irgendwie Platz für dich haben!«

»Natürlich habt ihr Platz.« Er schloß seine Mutter wieder in die Arme und drückte sie fest an sich. »Jede Menge! Ich habe erst gestern festgestellt, daß ich fünf Tage Urlaub herausschinden kann, bevor ich mit dem nächsten Projekt anfange, also habe ich die Gelegenheit beim Schopf gepackt. Daß ich vorher reservieren muß, habe ich nicht gewußt!«

»Ich fürchte, mit den Jungs und mir im Haus wird es etwas eng.« Als Lyn in Mats attraktives, fröhliches, sorgloses Gesicht sah, fühlte sie sich mit einem Mal gehemmt.

»Unsinn«, sagten Elizabeth und Mat gleichzeitig, und dann brachen sie beide in Gelächter aus.

»Wir haben genug Platz für alle!« fuhr Elizabeth mit Nachdruck fort. »Ich habe nur Spaß gemacht.«

Erst am Abend, als die Kinder im Bett waren, hatte Lyn Gelegenheit, mit Mat allein im Wohnzimmer zu sitzen. Er schenkte ihr ein Glas Sherry ein, setzte sich mit übereinandergeschlagenen Beinen ihr gegenüber, nahm einen Schluck von seinem Drink und lächelte sie freundlich an. »Also, wie geht es Joss und Luke nun wirklich?«

»Gut.« Sie warf ihm einen wütenden Blick zu. »Du hast nie auf meine Briefe reagiert.«

»Ich weiß. Tut mir leid.« Er wirkte verlegen. »Ich wollte ja, aber … du weißt ja, wie es so läuft.«

»Das weiß ich nicht. Aber du könntest es mir ja erzählen.«

Er sah bedrückt aus. Im Aufstehen stellte er behutsam sein Glas ab und ging zur Terrassentür, von der man den Fluß Cherwell am Ende des Gartens zwischen Weiden dahinfließen sah. »Ich lebe in Schottland, Lyn. Mein Leben spielt sich dort oben ab.«

»Ah ja«, stieß sie hervor, ohne einen kläglichen Tonfall vermeiden zu können. »Wie dumm von mir zu denken, daß du Zeit haben könntest, eine Postkarte zu schreiben!«

Er drehte sich um. »Bitte versteh doch. Du bist eine sehr attraktive Frau …«

»Nein.« Sie stand auf und stellte ihr Kristallglas so abrupt ab, daß Sherry auf den Sofatisch schwappte. »Bitte mach es nicht noch schlimmer.« Ihr Gesicht war rot. »Jetzt muß ich mal nach den Kindern sehen, wenn du mich entschuldigen möchtest. Und dann helfe ich deiner Mutter mit dem Abendessen.«

Am nächsten Morgen hatte sie einen Entschluß gefaßt.

»Aber Lyn, warum bleiben Sie denn nicht ein bißchen länger, Kind! Sie wissen doch, wie schön es für uns ist, die Kinder bei uns zu haben.« Elizabeth nahm Toms Lätzchen ab und half ihm, aus dem Hochstuhl zu klettern. »So, Schätzchen, jetzt hol dir was Süßes aus Omas Dose, und dann geh ein bißchen spielen, während Tante Lyn und ich uns unterhalten.«

Lyn lächelte gepreßt. »Das ist sehr nett von Ihnen, Mrs. Grant, aber ehrlich gesagt ist es mir lieber, wenn sie zu Hause sind. Hier kommen sie ganz aus ihrem Rhythmus, und es ist Zeit, daß wir heimfahren. Tom sollte ab dieser Woche eigentlich ein oder zwei Stunden am Tag in eine Spielgruppe gehen.« Bekümmert sah sie, wie Tom sich eine Handvoll Karamelbonbons aus der Dose fischte.

»Aber das kommt so plötzlich, und Luke wollte unbedingt, daß wir uns um Sie alle kümmern, Kind. Und es war so schön.« Elizabeth stand auf und ging zur Spüle. »Wissen Sie, ich glaube nicht, daß Sie fahren sollten, ohne vorher mit den beiden zu sprechen. Wirklich nicht.« Sie spülte einen Lappen unter dem heißen Wasser aus und fing ihren Enkel ab, bevor er seine klebrigen Finger an ihrem karierten Tischtuch abwischen konnte.

Lyn mußte alle Mühe aufwenden, um nicht eine finstere Grimasse zu ziehen. »Es war wirklich schön hier«, sagte sie so aufrichtig, wie es ihr möglich war. »Aber ich glaube, Luke und Joss würden wollen, daß er in die Spielgruppe geht. Die Warteliste ist so lang, und wir haben Glück gehabt, daß sie ihn überhaupt genommen haben.«

Elizabeth blickte auf und zuckte unglücklich die Achseln. »Ich hoffe, es hat nichts damit zu tun, daß Mat gekommen ist.« Mit einem scharfen Blick bemerkte sie den plötzlich defensiven Ausdruck in Lyns Augen. Der dumme Junge! Sie seufzte. Wieder ein gebrochenes Herz. Sie schüttelte den Kopf, schwieg aber taktvoll. »Na ja, Sie sind für die Kleinen verantwortlich. Vielleicht haben Sie recht«, fügte sie nach einer Minute hinzu. Dann bemerkte sie den verschmierten Lappen in ihrer Hand und lachte. »Ja, vielleicht haben Sie recht. In der Kürze liegt die Würze, stimmt's? Aber versuchen Sie wirklich, Luke und Joss vorher anzurufen, Kind. Sie haben ihre Nummer im Hotel dagelassen. Fragen Sie nur, ob es in Ordnung ist, wenn Sie zurückfahren, ja?«

Als Lyn mit dem Mini durch den Torbogen in den Hof fuhr, fiel ein leichter Regen vom bleigrauen Himmel. Sie sah zur offenen Tür der Remise. Offensichtlich war Jimbo da, aber zu ihrer Erleichterung konnte sie ihn nirgends sehen. In seiner Gegenwart fühlte sie sich unbehaglich. Jedesmal, wenn sie ihm begegnete, ohne daß Luke dabei war, starrte er sie anzüglich an, und das Schlimme war, daß sie ihn mit seinen auffallenden Augen auch noch äußerst anziehend fand. Mit einem Anflug von Bedauern mußte sie wieder an Mat denken.

Sie nahm Lukes Schlüssel aus der Tasche und stieg aus dem Wagen. Dann befreite sie Tom aus seinem Kindersitz und wandte sich Ned zu. »Komm, Kleiner, jetzt holen wir dich hier raus! Bald ist Zeit zum Mittagessen, und ich wette, im Haus ist es eiskalt. Wir werden oben Feuer anmachen müssen, bevor du in deinem Zimmer schlafen kannst.« Die Gurte ließen sich nur schwer öffnen. Fluchend zerrte sie an den kleinen quadratischen Schnallen, bis es ihr endlich gelang, Ned aus dem Rücksitz herauszuheben. Mit dem Kind im Arm nahm sie den Katzenkorb heraus – Kit und Kat miauten begierig, weil sie nach der langen Fahrt endlich wieder herumtollen wollten – und sah sich nach Tom um.

»Tom! Tom, wo bist du?« Er war verschwunden. »Tom?« Ärgerlich drehte sie sich um und wischte sich den Regen aus dem Gesicht. »Komm her, du wirst doch ganz naß!« Aber offenbar war der kleine Frechdachs zielstrebig in die offene Remise gelaufen. Verdammt. Ein langes Gespräch mit Jimbo hatte ihr gerade noch gefehlt. »Tom, komm schnell! Ich möchte uns Mittagessen machen.«

Sie konnte ihn kichern hören. »Tom! Wo versteckst du dich, du Scheusal?« Seine Schritte hallten über die Pflastersteine im Hof. Sie wirbelte mit Ned im Arm herum. »Tom!«

»Sie sind ja wieder da.« Jimbo war in der Garagentür erschienen; in der Hand hielt er einen Schraubenschlüssel. Wie immer trug er einen verdreckten, ölverschmierten Overall, und seine ungepflegten langen Haare waren mit einem Gummiband im Nacken zusammengehalten. Er musterte sie von oben bis unten, als würde sie einen winzigen Bikini tragen und nicht eine alte Jeans und einen leuchtendblauen Anorak. Trotz des eiskalten Regens, der ihr den Nacken hinunterlief, wurde ihr auf einmal heiß.

»Wie du siehst. Ist Tom da drin?«

»Tom?« Er blickte auf seine Füße, als würde der Junge sich hinter seinen Beinen verstecken. »Nein, ich glaub nicht.«

»Kannst du mal nachsehen? Im Wagenschuppen. Ich will, daß er ins Haus kommt. Der Regen wird immer stärker.« Sie versuchte, Ned mit dem Kragen ihres Anoraks vor der Nässe zu schützen.

Jimbo verschwand in der Remise. Plötzlich bemerkte Lyn, daß von dort leise Musik zu hören war, und zwar überraschenderweise klassische Musik. Sie trat näher. »Ist er da?«

»Nein. Das hab ich auch nich gedacht. Ich hab ihn nich gesehen. Ist er Ihnen abgehauen, der Wicht?«

»Ja«, sagte Lyn grimmig.

»Ich sag Ihnen was. Gehen Sie mit dem Baby rein, und ich such nach ihm.« Jimbo wandte sich um, hielt dann aber inne, und seine Miene nahm einen besorgten Ausdruck an. »Weiß Joss, daß Sie die Kinder hierher zurückbringen?«

»Ich rufe sie heute abend an. Ich hab's gestern abend im Hotel versucht, aber sie waren nicht da.« Sie zögerte. »Ich kann mir gar nicht vorstellen, wo Tom sein könnte.«

»Wissen Sie, ich finde, Sie hätten sie nicht zurückbringen sollen.« Jimbo rieb sich den Nacken mit einer ölverschmierten Hand. »Sie sollten nich im Haus sein.«

»Ach verdammt, jetzt fängst du auch noch damit an!« Lyn machte auf dem Absatz kehrt und ging schnell zur Haustür. Es war nicht an ihr, Jimbo zu erklären, daß Joss selbst den Kindern weh getan und sich die Geschichten nur eingebildet hatte. Das war Lukes Aufgabe. »Bitte, Jimbo, such nach ihm. Er wird hier draußen ganz naß.«

Während sie noch immer nach Tom Ausschau hielt, legte sie sich Ned auf die Schulter und angelte die Schüssel aus ihrer Tasche. Die Tür schwang auf, und überraschend warme Luft schlug ihr entgegen. Nachdenklich blieb sie stehen, dann ging sie in die Küche. Der Ofen war zwar kurz davor auszugehen, aber zweifellos hatte er innerhalb der letzten vierundzwanzig Stunden gebrannt. Mittlerweile kannte sie ihn gut genug, um zu wissen, wie lange das Feuer glimmte. Auf dem Tisch standen zwei Gläser und dazu Lukes fast leere Whiskyflasche sowie ein hölzernes Spielzeugauto.

Sie setzte Ned in seinen Stuhl und machte sich daran, ihm seine wasserdichte Jacke und Hose abzustreifen. Seine Wippe stand an ihrem üblichen Platz in der Ecke hinter dem Schaukelpferd. Sie zog sie vor den Herd, legte ihn hinein, schnallte ihn fest und versetzte der Wippe einen sanften Stoß, so daß sie zu schwingen begann. Dann wandte sie sich zur Tür.

»Jimbo, wer ist hier gewesen? Warst du das?«

Einen Augenblick lang konnte sie ihn nicht sehen, aber dann bemerkte sie eine Bewegung in den Büschen auf der anderen Seite des Hofs. »Hast du ihn gefunden? Gott sei Dank!«

Jimbo kam mit einem schreienden Tom unter dem Arm auf sie zu.

»Was ist los? Was ist passiert?« Sie riß das Kind an sich und ging in die Küche zurück. Zögernd folgte er ihr und sah von der Tür aus zu, wie sie den Jungen zu trösten versuchte.

»Sie hätten ihn nich zurückbringen sollen.«

»Warum nicht?« fuhr sie auf. »Schau, du hast ihm Angst gemacht.«

»Das war nich ich.« Jimbo preßte die Lippen zusammen.

»Wer dann?«

»Das fragen Sie ihn vielleicht besser selbst.« Er zog geräuschvoll die Nase hoch. »Und es war auch nich ich, der hier gesessen und was getrunken hat, während ich hätt arbeiten sollen, das brauchen Sie gar nich denken. Mr. Tregarron ist hier gewesen, mit dem Herrn Pfarrer Gower. Er hat einen Unfall gehabt. Der Pfarrer ist tot. Herzanfall, sagen sie.«

Entsetzt starrte Lyn ihn an. »Wann war das?«

»Vorgestern abend.«

»Und wo ist Mr. Tregarron jetzt?«

»Oben in London. Das würd ihm gar nich gefallen, daß Sie die Jungs hergebracht haben.«

»Das glaube ich gern.« Lyn verzog das Gesicht. »Also gut, Jimbo, danke. Ich mache den beiden besser etwas zu essen und bringe sie ins Bett. Die Fahrt war anstrengend.« Einen Augenblick lang hatte sie den Eindruck, er wolle nicht gehen.

Er blieb zögernd auf der Schwelle stehen, aber dann drehte er sich plötzlich mit einem Achselzucken um. Von der armen Mary brauchte sie noch nichts zu erfahren. Sie war schon stundenlang tot gewesen, als man sie gefunden hatte, und noch immer wußte niemand, was sie nachts in der Kirche zu suchen hatte. Sie hatte die Tür offenstehen lassen und war zwischen den alten Gräbern unter den Eiben hingefallen.

»Rufen Sie mich, wenn Sie mich brauchen«, rief er über die Schulter zurück. »Aber ich an Ihrer Stelle würde die Nacht bei Mrs. Goodyear verbringen. Lassen Sie die Kinder nicht hierbleiben.«

Lyn starrte ihm einen Moment hinterher und zog dann Tom schimpfend die Jacke aus. Er bemerkte das Spielzeugauto auf dem Tisch und stellte sich auf die Zehenspitzen, um es zu sich zu ziehen. »Georgies Auto«, plapperte er, als sie ihm den Pullover glattstrich und das Spielzeug reichte. »Tom spielen mit Georgie-Auto.«

»Nachher müssen wir deine Eltern anrufen, Luke.« Joss saß mit ihrem Mann an dem riesigen geschrubbten Tisch in dem Bauernhaus, das das letzte Zuhause ihrer Mutter gewesen war. Sie hatten eine wunderbare Mahlzeit beendet, die Paul zubereitet hatte, und dazu einen kräftigen Landwein getrunken; jetzt waren sie beide müde und fühlten sich so ausgeruht wie schon lange nicht mehr.

»Ich bin froh, daß ich euch überredet habe, euer Hotel aufzugeben und hierherzukommen.« Paul löffelte grobgemahlenen Kaffee in die Cafetière. »Ihr seht schon sehr viel besser aus«, fügte er mit seinem charmanten Lächeln hinzu. »Natürlich, ruft an, wen immer ihr wollt. Schade, daß ihr nicht die Kinder dabeihabt.« Dann schüttelte er den Kopf. »Es hätte Laura so gut gefallen zu wissen, daß sie Enkelkinder hat. Und jetzt, während ihr euren Kaffee trinkt, hole ich ihre Sachen.« Zögernd fügte er hinzu: »Ich möchte nicht, daß Sie traurig werden, Jocelyn. Sind Sie sicher, daß Sie die Dinge haben wollen?«

Joss schälte gerade einen Apfel mit einem kleinen Obstmesser. »Ich würde sie schrecklich gerne haben«, sagte sie mit einem wehmütigen Lächeln. »Das klingt vielleicht komisch, weil ich schon so viele Sachen von ihr in Belheddon habe, aber nichts davon ist persönlich, es sind lauter Dinge, die sie nicht haben wollte und bereitwillig zurückgelassen hat. Abgesehen von einem Arbeitskorb und den Dingen in ihrem Schreibtisch ist nichts da, was wirklich von ihr stammt.«

»Was ist ein Arbeitskorb?«

»Nähsachen.«

»Ah so.« Er lachte laut auf. »Sie hat Nähen gehaßt. Nicht einmal einen Knopf hat sie angenäht. Das mußte immer ich machen. Es wundert mich, daß sie den Korb nicht in den Müll geworfen hat!«

»Ach.« Joss zuckte mit den Achseln und hob in unbewußter Nachahmung seiner französischen Geste die Hände. »Was hat sie denn gerne gemocht?«

»Bücher. Sie hat ständig gelesen. Gedichte. Sie hat Kunst geliebt. Natürlich, so haben wir uns kennengelernt. Aber dann gab es auch Dinge, die sie haßte, seltsame Dinge. Sie hat Blumen gehaßt – vor allem Rosen ...«

»Rosen?« Joss fuhr zusammen.

»Rosen.« Ihm fiel nicht auf, daß ihr Ton schriller geworden war. »Sie hat Rosen verabscheut. Sie sagte immer, die *greniers* – die Speicher – in Belheddon hätten nach Rosen gerochen. Ich konnte nie verstehen, warum sie das so verabscheut hat. Rosen sind so wunderschön, ihr Duft ist einfach ...« Es war offenkundig, daß er nach einem Wort suchte, und als er es fand, küßte er sich auf die Fingerspitzen. »... *incroyable*.«

Joss warf einen Blick zu Luke. »Das kann ich verstehen. Die Rosen in Belheddon sind nicht wie andere Rosen«, erklärte sie traurig. »Arme Mutter.«

Die Männer ließen sie mit einem Koffer voller Briefe und Bücher und einem Lederkästchen mit weiteren Schmuckstücken von Laura zurück. Die beiden wollten über die Felder zum Fluß hinuntergehen. Joss machte es sich auf dem Teppich vor dem Kamin bequem, wo ein süß duftendes Feuer mit Apfelholzscheiten brannte, schlang die Arme um die angezogenen Beine, stützte das Kinn auf die Knie und starrte lange Zeit in die Flammen. Hier fühlte sie sich ihrer Mutter näher als jemals in Belheddon. Es war ein schönes Gefühl, warm, beschützend, sicher.

Fast widerstrebend griff sie schließlich in den Koffer und begann, die Papiere durchzusehen. Da waren unendlich viele

Briefe, praktisch alle von Leuten, die sie nicht kannte; diese Schreiben interessierten sie wenig, wenngleich sie alle bewiesen, wie beliebt ihre Mutter gewesen war. Und in mehreren stand, daß ihre Freunde in England sie vermißten. Doch kein einziger Brief stammte aus dem Dorf Belheddon; sofort erinnerte sich Joss, wie Mary Sutton bedauert hatte, daß Laura nie geschrieben hatte. Niemand erwähnte das Leben, das sie in East Anglia zurückgelassen hatte.

Ganz unten entdeckte sie zwei Notizbücher, die sie erkannte; es war die gleiche Art, die Laura in England für ihre Tagebücher und Gedichtsammlungen verwendet hatte. Sie enthielten ähnliche Aufzeichnungen: Gedichte, interessante Zitate und Tagebucheinträge. Joss machte es sich noch bequemer, lehnte sich gegen einen Sessel, schob sich ein Kissen hinter den Kopf und fing zu lesen an:

Letzte Nacht habe ich von den alten Zeiten geträumt. Ich wachte auf, überall kalter Schweiß. Zitternd lag ich im Bett und betete, daß ich ihn nicht aufgeweckt hatte. Dann wieder wünschte ich, er wäre doch wach. Ich schmiegte mich trostsuchend an ihn, aber er rührte sich nicht. Der Gute, er braucht seinen Schlaf. Nicht einmal ein Erdbeben könnte ihn aufwecken.

Und zwei Tage später:

Der Traum ist wiedergekommen. Er sucht nach mir. Ich sah, wie er das Haus durchsuchte, langsam, traurig. Er ist verloren und einsam. Lieber, guter Gott, werde ich nie frei davon sein? Ich dachte daran, mit Monsieur le curé darüber zu reden, aber ich will Seinen Namen hier nicht laut aussprechen. Dieser Ort ist zu wunderbar, und sicherlich kann er mich hier nicht erreichen. Nicht in Frankreich!

Joss blickte kurz auf. Also hatte *Er* – *es* – einen Namen. Sie las weiter. Am Anfang des zweiten Buches stand etwas Aufschlußreiches.

Ich frage mich, ob ich John Cornish schreiben und ihn bitten soll, das Testament zu zerreißen und das Haus sofort der Wohlfahrt zu schenken. Wie sollte irgend jemand in Belheddon davon erfahren? Hier kann er mich nur in meinen Träumen erreichen, und ich kann den Gedanken nicht ertragen, daß Jocelyn von ihrem Glück erfährt und unwissend in die Falle geht. Für sie besteht natürlich keine Gefahr, er wird sie lieben. Aber sollte sie jemals Kinder haben – was dann? Wenn ich nur mit Paul darüber reden könnte, aber ich will unsere Beziehung nicht gefährden, nicht einmal durch die Erwähnung des Namens …

Mit Tränen in den Augen legte Joss das Buch beiseite. Ein Schauder durchfuhr sie. Also hatte ihre Mutter genau gewußt, worin die Gefahr in Belheddon bestand, und sich schließlich schuldig gefühlt, ihr das Haus zu hinterlassen. Sie hatte sogar überlegt, das Testament zu ändern. Aber hätte ihre Mutter das wirklich getan, dachte Joss seufzend, hätte es keine Geschichte gegeben, keine Familie, kein Zuhause nach dem Bankrott von Lukes Firma, keine Autos, kein Geld. Sie verzog das Gesicht und wischte sich die Tränen ab. In Belheddon gab es so viel Wunderbares.

Die Gefahr mußte doch irgendwie zu bannen sein. Sie seufzte erneut. Zumindest waren die Kinder in Sicherheit. In keinem Fall durften sie zurück nach Belheddon, bevor die Schwierigkeiten vorüber waren.

Sie nahm das Tagebuch wieder zur Hand und blätterte fast ängstlich zu den letzten Seiten.

Die Schmerzen werden mit jedem Tag schlimmer. Bald werde ich sie vor Paul nicht mehr verbergen können und mit dem Schreiben aufhören müssen. Ich muß dieses Buch und alles andere verbrennen, bevor ich dafür zu schwach oder zu verworren werde.

Joss hielt inne. Es war also nie ihre Absicht gewesen, daß jemand diese Zeilen las. Einen Moment lang verspürte sie Gewissensbisse, aber dann las sie weiter.

Ich habe Angst davor, daß er – Edward – auf mich wartet, wenn ich sterbe. Aber wie kann er das, wenn er an die Erde gebunden ist? Wird Philip da sein und meine Jungen? Oder sind auch sie in Belheddon gefangen?

David und sie hatten also doch recht gehabt! Es war Edward. Edward IV. von England, und unwissentlich hatte sie ihren jüngeren Sohn nach ihm benannt. Schaudernd blätterte Joss weiter. Es folgten mehrere dicht beschriebene Seiten, auf denen die Handschrift immer unleserlicher wurde, bis sie zur letzten Seite gelangte.

Nun bin ich in die katholische Kirche aufgenommen, und Paul und ich haben schließlich und endlich geheiratet. Ich habe alles getan, was in meiner Macht steht, um meine Seele zu retten.

Eine fahrige Tintenspur zog sich über das Papier, so als ob ihre Hand zu schwach gewesen war, den Füller richtig zu halten. Dann kam der letzte Eintrag.

Ich war mir so sicher, daß sie niemals das Wasser überqueren könnte.
Katherine
meine Nemesis ...

Das war alles. Joss legte das Buch auf die Knie und starrte in die Flammen.
Katherine.
Der Name, der durch ihren Kopf und durch die Geschichte des Hauses hallte. *Ich war mir so sicher, daß sie niemals das Wasser überqueren könnte.* Was sollte das heißen? Daß sie nach Frankreich gekommen war? Daß sie Laura hierher gefolgt war?
Das Wasser überqueren – was hatte es damit auf sich? Hieß es nicht, daß Hexen kein Wasser überqueren konnten? Aber die Hexe war doch Katherines Mutter! Warum sollte Katherine hierherkommen? Was wollte sie von Laura?

Es dröhnte in ihrem Kopf. Müde ließ sie ihn auf die Knie sinken; das Buch glitt zu Boden und blieb geöffnet, mit dem Rücken nach oben, auf dem Teppich liegen. Sie konnte das langsame, hypnotische Ticken der hohen Standuhr im Flur hören; es war beruhigend. Die Scheite im Kamin knackten gelegentlich, und das Feuer umhüllte sie mit Wärme und einem wunderbaren Duft. Sie schloß die Augen und lehnte den Kopf gegen das Kissen.

Komm zurück zu mir, Katherine, Liebe meines Lebens und mein Schicksal...

Der Schrei riß sie angsterfüllt aus dem Schlaf; er war so laut gewesen, so verzweifelt.

Es war ein Traum, sonst nichts. Ein Alptraum, hervorgerufen durch die Tagebücher, die sie gelesen hatte. Sie nahm das Buch und drückte es an sich. Die arme Laura. Hatte sie vor ihrem Tod Frieden gefunden? Paul hatte gesagt, sie sei hier, in diesem Haus, gestorben, und in den letzten Tagen rund um die Uhr von einer Krankenschwester gepflegt worden. Ein ruhiges Ende, sagte er, obwohl sie keine Schmerzmittel mehr haben wollte. Er hatte bei ihr gesessen, hatte ihre Hand gehalten, und sie hatte ihn angelächelt, bei völlig klarem Verstand, bevor sie zum letzten Mal die Augen schloß. Sollte sie jemals den Namen eines Fremden gerufen haben, so hatte Paul nichts davon erwähnt.

Im Versuch, ihre Melancholie abzuschütteln, zog Joss das kleine Schmuckkästchen zu sich und öffnete es. Auf dem verblichenen blauen Samtpolster lagen mehrere sehr schöne Stücke – eine Perlenkette, einige Edelsteine, mehrere Broschen und ein halbes Dutzend Ringe.

Die Dämmerung brach schon herein, als Paul und Luke zurückkamen. Sie glühten förmlich vor Kälte und lachten fröhlich, weil sie sich bereits darauf geeinigt hatten, eine englische Tasse Tee zu trinken. Von der Tür aus sah Paul zu Joss, die am Feuer saß. Er konnte sie im Dämmerlicht kaum ausmachen. »*Ma chère* Jocelyn, es tut mir leid. Haben Sie geschlafen?«

Sie schloß kurz die Augen, um sich zu sammeln, und stand dann lächelnd auf. »Nein. Ich habe nur geträumt und war vielleicht ein bißchen traurig.«

»Ah. Vielleicht hätten wir Ihnen länger Zeit lassen sollen, um Ihre Schätze anzusehen.« Er kam zu ihr, legte einen Arm um sie und drückte herzlich ihre Schultern. »Laura hätte nicht gewollt, daß Sie traurig sind, Jocelyn. Sie war glücklich in Frankreich.«

»Wirklich?« Joss hatte nicht beabsichtigt, daß ihre Frage wie eine Anschuldigung klang. »Sind Sie sicher? Sind Sie sicher, daß sie ihre Dämonen nicht mit herbrachte?« Sie fuhr sich mit dem Handrücken über die Augen.

»Dämonen?« wiederholte er.

Sie deutete auf das Tagebuch am Boden. »Haben Sie ihre Einträge nicht gelesen?«

Einen Moment lang sah er irritiert aus, dann setzte er sich langsam hin. »Jocelyn, vielleicht überrascht es Sie, aber nein, das habe ich nie. Laura hat mich gebeten, sie zu verbrennen, und das wollte ich eigentlich auch tun. Ich habe all ihre Sachen in die Kiste gepackt, um sie in den Garten zu tragen und zu verbrennen, aber dann brachte ich es doch nicht übers Herz. Schließlich habe ich die ganze Kiste aufbewahrt – vielleicht wollte ich irgendwie, daß Sie eine Entscheidung treffen, wenn Sie kommen«, sagte er achselzuckend. »Ich weiß es nicht. Aus welchen Gründen auch immer, die Sachen waren für Sie da. Aber mir stand es nicht zu, sie zu lesen.«

»Obwohl Sie ihr Ehemann waren.«

»Ja.« Er lächelte ernst.

Joss sah zu ihm hinauf. »Sie haben erst kurz vor ihrem Tod geheiratet.«

Er nickte. »Also hat sie davon geschrieben.«

»Und daß sie zum Katholizismus übergetreten ist.«

Seufzend lehnte er sich im Sessel zurück und starrte zur Decke hinauf. Joss war sich bewußt, daß Luke schweigend am Fenster stand. Niemand hatte eine Lampe angemacht, so kam das einzige Licht von dem ersterbenden Feuer und dem fahlen Streifen des Abendhimmels. »Ich bin nicht religiös. Ich habe sie nicht dazu überredet – weder zur Heirat noch zum Unterricht beim *curé* –, sie selbst wollte es so. Natürlich habe ich sie gefragt, ob sie mich heiraten will, als sie nach Frankreich kam, aber sie wollte nicht, und hier hat sich niemand daran gestört – niemand hat Fragen gestellt. Wir waren beide ungebunden – ich glaube, ich habe

Ihnen schon gesagt, daß es ihr vielleicht gefiel – wie sagt man? –, diese Ungehörigkeit. In England war sie immer eine echte Lady gewesen.« Ein breites, warmes Lächeln erschien auf seinem Gesicht, je mehr er sich in seinen Erinnerungen verlor. »Aber zum Ende, als sie krank wurde, glaube ich, hatte sie ein bißchen Angst. Verstehen Sie mich nicht falsch. Sie war eine sehr tapfere Frau, Ihre Mutter. Sehr tapfer. Als die Schmerzen kamen, hat sie nicht geklagt, nie. Aber da war etwas, etwas da draußen…« Er machte eine Geste auf den Himmel. »Etwas, das sie immer verfolgt hat; das, was sie mit ihrem Besuch in Sacré Cœur bekämpfen wollte. Eine Zeitlang blieb es fort; sie dachte nicht mehr daran. Aber eines Tages kam ich nach Hause, und sie saß im Dunkeln am Feuer, ganz so, wie Sie jetzt. Und sie weinte und sagte mir, die Gespenster wären ihr nach Frankreich gefolgt. Zuerst sind sie nur in ihren Träumen gekommen, und dann wurden sie immer stärker.«

»Nein.« Luke kam zu ihnen herüber. »Entschuldigung, Paul, aber wir haben jetzt genug von diesen Gespenstern. Ihretwegen sind wir überhaupt nach Frankreich gekommen.«

Paul drehte sich um. »Machen Sie das Licht an, mein Freund. Ziehen Sie die Vorhänge vor. Damit wir sehen, was wir tun.« Dann wandte er sich wieder an Joss. »Möchten Sie jetzt darüber reden?«

»Luke, es ist wichtig«, sagte sie entschuldigend und fuhr dann fort: »Paul, ich muß es wissen. Hat sie gesagt, wer sie verfolgte?«

»Der Geist ihres Liebhabers.«

Schockiert starrte Joss ihn an. »Ihres Liebhabers?«

»Das hat sie gesagt.«

»Sie hatte einen Liebhaber!«

»Warum nicht. Sie war eine schöne Frau.«

»Aber ich dachte…« Sie schüttelte den Kopf, als versuchte sie, ihre Gedanken zu ordnen. »Ich dachte, es wäre ein Gespenst. Ein richtiges Gespenst. Aus der Vergangenheit.«

Wieder lächelte er. »Alle Gespenster sind aus der Vergangenheit, Jocelyn.«

Die Gedanken wirbelten ihr durch den Kopf. »Hat sie Ihnen gegenüber sonst noch jemanden erwähnt? Jemand anderen, der hierherkam? Eine Frau, die Katherine heißt?«

Er nickte. »Zum Schluß. Das hat sie sehr aufgeregt. Ich weiß nicht, wie sie hereingekommen ist – die Pflegerin sagte, sie hätte niemandem die Tür geöffnet, aber irgendwie hat sie es geschafft, Laura zu besuchen.«

»Haben Sie sie gesehen?«

»*Non.*«

»Wissen Sie, wer sie war?«

»Sie war auch die Geliebte dieses Mannes gewesen. Er hatte sie verlassen, soviel weiß ich. Sie war sehr verbittert, weil Laura ihn ihr weggenommen hatte. Ich war so wütend, als Laura mir das sagte. Nicht wegen des Liebhabers, obwohl sie mir auch von ihm nie erzählt hatte …« Er zog galant die Schultern hoch. »… aber offenbar war diese Frau jung und wunderschön, und meine Laura war von der Krankheit völlig entstellt. Es war obszön, daß diese Katherine hierherkam. Einen Tag später ist Ihre Mutter gestorben.«

Katherine
Der Name schien die Stille im Raum zu erfüllen.

Luke setzte sich neben Joss. »Das ist eine schreckliche Geschichte. Was ist aus ihr geworden? Ist sie noch einmal gekommen?«

Wieder zuckte Paul die Achseln. »Nein. Wenn sie es getan hätte, wäre es ihr schlecht ergangen. Meine ganze Wut, mein Elend und mein Kummer waren gegen diese Frau gerichtet. Zu einer sterbenden Frau zu kommen und sie mit ihrer Schönheit zu demütigen! Laura hat immer wieder von ihren wunderschönen, langen, dunklen Haaren gesprochen. Und dann hat sie Rosen mitgebracht. Die Rosen, die Laura am allermeisten haßte.«

»Weiße Rosen«, flüsterte Joss.

»*Exactement!* Weiße Rosen. Ich habe sie zum Fenster hinausgeworfen. Es war, als ob sie wüßte, daß die Rosen sie umbrächten, hatte Laura gesagt.«

»Woher wußte sie, wo Laura war?« Joss versuchte immer noch, sich einen Reim aus all dem zu machen.

»Wer weiß? Vielleicht hat sie einen Detektiv beauftragt. Meine Adresse ist kein Geheimnis. Ich habe dieses Haus seit dreißig Jahren. Jeder kennt mich. Wir hatten nichts zu verbergen.«

Mehrere Sekunden blieb es still. Dann räusperte sich Luke. »Ich setze den Kessel auf.«

Als er mit einem Tablett wiederkam, auf dem drei Teetassen und ein kleiner Teller mit Zitronenscheiben für Paul standen, starrten die beiden noch immer schweigend und in Gedanken versunken ins Feuer.

»Also hat es zwei Katherines gegeben?« fragte Joss schließlich. »Die Katherine, die 1482 gestorben ist, aber trotzdem noch immer im Haus in England herumgeistert; und jetzt diese. Ich hätte nie gedacht – ich hätte nie geahnt, daß meine Mutter einen Liebhaber hatte!«

Paul stand auf und warf ein Scheit aufs Feuer. »Sie hatte mich!«

»Ich weiß.« Joss lächelte liebevoll. »Aber das ist etwas anderes. Von den Franzosen erwartet man ja, daß sie sich dekadent und schockierend benehmen.« Jetzt neckte sie ihn. »Der Gedanke, daß meine Mutter in Belheddon einen Liebhaber hatte – einen englischen Liebhaber –, stimmt irgendwie nicht.«

Paul schnalzte leise mit der Zunge. »Ihr Engländer seid nicht logisch. Überhaupt nicht. Nie.«

»Ich weiß.«

»Ihr Vater ist vor über dreißig Jahren gestorben, Jocelyn. Würden Sie erwarten, daß Ihre Mutter so lange ohne Liebe lebt? Zu einem solchen Schicksal hätten Sie sie doch bestimmt nicht verdammt.«

Joss schüttelte den Kopf. »Nein, natürlich nicht. Niemand sollte ohne Liebe leben müssen.« Sie streckte die Hand nach Luke aus; er trat zu ihr, ergriff ihre Finger und legte den Arm um sie.

»Für uns ist das alles ziemlich verwirrend, Paul«, sagte er langsam. »Die ganze Zeit haben wir gedacht, daß das Haus von Gespenstern aus der Vergangenheit heimgesucht wird – einer Vergangenheit, die weit zurückliegt –, und jetzt sieht es so aus, als würden sie auch aus der Gegenwart kommen.«

»Aber nicht die Kinder«, flüsterte Joss. »Die Kinder kommen aus der Vergangenheit.«

»Das Haus ist nicht gut für Kinder«, sagte Paul nachdenklich. »Sie sollten vorsichtig sein. In dieser Hinsicht war Laura sehr aberglä ubisch. Der Zufall ist eine seltsame Sache. Er zieht andere Zufälle nach sich. Die Erwartungen von Menschen erfüllen sich oft. Wenn sich die Erwartungen verändern, kann sich allmählich auch die Atmosphäre verändern, und die Zufälle treten nicht mehr auf.«

»Sie sind sehr weise.«

Er lachte amüsiert auf. »Das ist wahrscheinlich der einzige Vorteil daran, so alt zu werden wie ich. Das Alter verleiht einem den trügerischen Anschein, erfahren und weise zu sein. Und jetzt…« Ächzend erhob er sich aus dem Sessel. »Jetzt höre ich auf, großartig daherzureden, und hole uns eine Flasche Wein, während ihr *grandemère* anruft und fragt, ob es euren Babys gutgeht. Und danach können wir alle entspannen und uns überlegen, was wir morgen machen wollen.«

Luke wartete, bis er das Zimmer verlassen hatte, bevor er sagte: »Er ist ein unglaublich netter Mann. Deine Mutter hatte wirklich Glück, ihn zu finden.«

»Das stimmt.« Joss kauerte sich auf das Sofa und drückte ein Kissen an sich. »Ich bin völlig durcheinander, Luke.«

»Aber glücklicher, hoffe ich.«

»Ich glaube schon.« Als er nach dem Hörer griff und die Nummer wählte, rieb sie sich hilflos die Augen.

Katherine

Eine Katherine aus dem Mittelalter mit langen, wilden Haaren und bauschigen Gewändern. Und eine moderne Katherine. Eine Katherine in Stöckelschuhen, mit kunstvoll zerzauster Frisur und rotem Lippenstift; eine Katherine, die nach Orly fliegen konnte, genau wie sie und Luke, nicht auf einem Besen, sondern in einem Flugzeug. Waren es zwei verschiedene Frauen, oder die gleiche? Das würde sie nie herausfinden.

Katherine

Das Echo in ihrem Kopf wollte nicht verschwinden; es war ein Echo aus der Vergangenheit, ein Echo, in dem Lachen mitschwang…

Jetzt erst bemerkte sie, daß Luke den Hörer aufgelegt hatte. Er sah nachdenklich aus. »Lyn ist gestern mit den Jungs nach Belheddon zurückgefahren«, sagte er langsam.

Joss wurde bleich. »Warum?«

Er atmete tief ein. »Mum sagt, daß sie immer widerspenstiger und besitzergreifender geworden ist; sie wollte sich nicht helfen lassen, keinen Rat annehmen und hat allem und jedem widersprochen.« Er zog eine Augenbraue hoch.

»Das kennen wir doch«, meinte Joss mit finsterer Miene. »Das Mädchen ist wirklich dumm! Wie kann sie es nur wagen! Luke, was machen wir bloß?«

»Sie anrufen. Nein…« Er hob die Hand. »Laß mich das machen. Du wirst nur heftig und machst alles noch schlimmer.«

»Aber sie darf nicht da bleiben, Luke! Sie muß die Jungs aus dem Haus bringen. Sag ihr, sie soll zu Janet gehen. Janet hat bestimmt nichts dagegen…«

»Laß mich mit ihr reden, zumindest zuerst.« Er wählte mit dem Hörer am Ohr.

Katherine

Das Echo in ihren Ohren war lauter, das Lachen wilder; eine mittelalterliche Katherine und eine moderne Katherine. Zwei Frauen mit denselben Augen, denselben roten Lippen, demselben wilden Haar, zwei Frauen, die Rache üben wollten.

Joss rutschte vom Sofa und stellte sich neben Luke. Sie hörte, wie das Telefon am anderen Ende läutete und läutete. Niemand hob ab.

Hinter ihnen erschien Paul mit einem kleinen Tablett. Er blieb einen Augenblick in der Tür stehen, dann stellte er es ab. »Was ist passiert? Kommt ihr nicht durch?«

»Lyn ist mit den Jungen nach Belheddon zurückgefahren.« Joss biß sich auf die Unterlippe. »Und dort hebt niemand ab.«

»Gibt es Nachbarn, die ihr anrufen könnt?« schlug Paul vor. »Es gibt bestimmt keinen Grund zur Sorge.« Er legte Joss einen Arm um die Schultern.

»Janet. Ruf Janet an«, sagte Joss und stieß Luke in die Rippen.

»Schon gut, schon gut. Warte.« Er legte den Hörer auf die Gabel und nahm ihn wieder ab. Auch in Janets Haus klingelte das Telefon endlos, ohne daß jemand antwortete.

37

Kat hatte zusammengerollt am Ende von Lyns Bett gelegen. Jetzt stand sie auf, starrte mit weit aufgerissenen Augen auf die halb geöffnete Tür, machte einen Buckel und fauchte wild. Im Bruchteil einer Sekunde war sie vom Bett gesprungen, durch die Tür verschwunden und in einem Knäuel von gelbem, schwarzem und weißem Fell die Treppen hinuntergesaust.

Lyn wachte schlagartig auf; das Herz klopfte ihr bis zum Hals. Sie lauschte angestrengt und konzentrierte sich auf die Tür. Hatte eines der Kinder geschrien? Sie hatte die Türen einen Spaltbreit offen gelassen, um zu hören, wenn Ned oder Tom rief.

Es war sehr still im Haus. Ihr Blick wanderte zum Fenster. Sie hatte die Vorhänge nicht ganz zugezogen und konnte durch den Spalt den vom Mondlicht erleuchteten Himmel sehen. Draußen mußte es eisig kalt sein, und außerdem schien völlige Windstille zu herrschen. Sie blieb noch eine Weile liegen, dann steckte sie widerwillig die Füße aus dem warmen Bett und griff nach ihrem Morgenrock.

Das Licht im Flur hatte sie brennen lassen. Sie ging durch Joss' und Lukes leeres Zimmer, wo die Gardinen offen und die Dielen vom Mondlicht überflutet waren. Einen Augenblick blieb sie stehen und erwartete fast, etwas Ungewöhnliches zu sehen. Aber soweit sie erkennen konnte, war alles in Ordnung. Sie zog den Gürtel fester um die Taille und schlich auf Zehenspitzen in Toms Zimmer. Er lag schlafend in seinem Bettchen, den Daumen im Mund; die Decke hatte er weggestrampelt. Trotzdem war er ganz warm, sein Gesicht rosa und entspannt im sanften Schein der Nachtlampe. Vorsichtig deckte Lyn ihn zu, ohne ihn zu stören, und ging dann zu Ned.

Sein Bett war leer.

Mehrere Sekunden lang starrte sie es ungläubig an und fühlte, wie ihr Magen sich verkrampfte, dann rannte sie in Toms Zimmer zurück.

»Tom? Tom, wach auf! Tom, was hast du mit deinem Bruder gemacht?« Oh bitte, lieber Gott, mach, daß ihm nichts passiert ist! Sie zitterte wie Espenlaub. »Tom, wach auf!«

Langsam öffnete der kleine Junge die Augen und sah sie verschlafen an.

»Tom!«

Seinem Blick war anzusehen, daß er sie nicht richtig wahrnahm.

»Tom, wach auf!« Sie schüttelte ihn. »Wo ist Ned?«

Er sah sie verständnislos an; sein Körper war wach, aber seine Gedanken waren noch in einem fernen Traum verloren. »O bitte, lieber Gott, mach, daß ihm nichts passiert ist!« Sie konnte das Baby nicht weinen hören. Wenn Ned fror oder Hunger hatte, würde er aus vollem Hals schreien, es sei denn … Sie verbot sich, den Gedanken zu Ende zu denken. »Tom, Schätzchen, ich will, daß du aufwachst und mir hilfst.« Sie packte ihn an den Schultern und zog ihn in eine sitzende Position. »Hörst du mich, Schätzchen? Ich brauche dich, du mußt mir helfen!«

Endlich begann er, sich zu bewegen. Verwundert zwinkerte er mehrmals, dann begann er wieder am Daumen zu lutschen. Sie lächelte ihn an und versuchte, sanft zu ihm zu sprechen. »Sag mal, hast du mit Ned gespielt?«

Tom nickte.

»Weißt du, wo er jetzt ist?«

Der kleine Junge schüttelte den Kopf.

»Denk mal nach, Tom! Wo habt ihr beide gespielt? Es ist wichtig. Ned friert, und er hat Angst so ganz allein. Er will, daß wir ihn finden.«

»Tom zeigen«, sagte er und stand auf.

Lyn hob ihn aus dem Bett, setzte ihn am Boden ab und streifte ihm den kleinen hellblauen Morgenmantel über. »So ist's gut. Jetzt die Hausschuhe.« Ihre Hände zitterten so stark, daß sie ihn nur mit Schwierigkeiten anziehen konnte. »Und jetzt, Tom, zeig mir, wo er ist.«

Tom nahm ihre Hand und trippelte selbstbewußt durch das Schlafzimmer seiner Eltern. Von dort führte er sie über den Flur und die Treppe zum Dachboden hinauf. Lyn zitterte. Auf dem Speicher gab es keine Heizung, und es war bitter kalt.

»Was habt ihr hier oben gemacht, Tom?« fragte sie, während er zur Tür in der gegenüberliegenden Wand ging. »Hier ist es dunkel und kalt.«

»Mond.« Er zeigte zum Fenster. »Georgie mit uns im Mond spielen.«

Lyn schluckte. Sie öffnete die Tür und spähte in die Dunkelheit des Flurs, von dem weitere Türen abgingen. Das Mondlicht spielte auf den staubigen Holzdielen. »Wo ist Ned, Schätzchen? Schnell, zeig's mir.«

Mit einem Mal schien Tom weniger selbstbewußt; er blieb zögernd stehen. »Mag nicht.«

»Ich weiß. Es ist kalt. Aber Ned ist es auch kalt. Komm, wir holen ihn, und dann gehen wir alle wieder nach unten in die Wärme.«

Noch immer unwillig weiterzugehen, zeigte Tom auf die Tür vor ihnen. »Da.«

»Da? Im nächsten Speicher?« Sie ließ Tom stehen und rannte zur Tür. Der kleine Junge fing an zu weinen.

Die Tür war verschlossen. »Nein! Das kann nicht sein, bitte, lieber Gott. Das kann nicht sein.« Sie wirbelte herum. »Tom, wo ist der Schlüssel?«

Er schüttelte den Kopf; Tränen strömten ihm übers Gesicht.

»Herzchen, bitte, versuch, dich zu erinnern. Wir müssen den Schlüssel haben. Dem armen Ned ist schrecklich kalt. Wir müssen ihn schnell finden.«

»Georgies Schlüssel.«

Lyn holte tief Luft. »Georgie ist nur eine Einbildung, Tom. Er ist nicht wirklich da. Er kann keinen Schlüssel haben. Tom hat den Schlüssel. Wo ist er?«

Ihre Stimme zitterte unkontrollierbar.

»Georgie auf Tür gelegt.« Er deutete auf den oberen Türrahmen. Lyn blickte zu den blassen, wurmzerfressenen Balken hinauf, dann streckte sie die Hand aus und fuhr über das trockene, rissige Holz. Ihre Finger ertasteten einen schweren Eisenschlüssel, der scheppernd zu Boden fiel. Sie packte ihn und steckte ihn ins Schloß. Er ließ sich nur mit Mühe drehen, aber endlich gelang es ihr, und sie stieß die Tür auf. In der hintersten Ecke lag ein erschreckend kleines Bündel von Decken.

»Ned?« Von eiskaltem Grauen überwältigt, rannte sie darauf zu und ließ sich auf die Knie fallen. Im ersten Augenblick dachte sie, er sei tot. Er lag reglos mit geschlossenen Augen in ihren

Armen, aber als sie ihn an sich drückte, begann er zu blinzeln, und dann schlug er die Augen auf. Einen Moment lang rührte er sich nicht, aber schließlich verzog sich sein Gesicht zu einem freudigen Lächeln.

»Oh, Gott sei Dank! Gott sei Dank!« Tränen liefen ihr über die Wangen.

Tom war in den Raum geschlichen, stellte sich neben sie und zupfte an ihrem Morgenmantel. »Ned froh?«

»Ja, Schätzchen, jetzt ist Ned froh. Komm, wir gehen nach unten und wärmen uns auf.«

Während sie in der Küche Milch für die beiden heiß machte, dachte sie angestrengt nach. Natürlich, er hatte einen Stuhl geholt, um den Schlüssel oben auf den Türbalken zu legen; aber weshalb? Warum sollte Tom seinen Bruder loswerden wollen? Sie blickte zu Tom, der an Kit gekuschelt halb auf dem Schaukelstuhl eingeschlafen war. Ned sah ihr von seiner Wippe aus begeistert zu; offenbar gefiel ihm die Vorstellung, mitten in der Nacht etwas Warmes zu trinken zu bekommen – eigentlich hatte diese Gewohnheit schon vor einigen Wochen ein Ende gefunden. Natürlich war Ablehnung bei älteren Geschwistern etwas Normales, wenn ein neues Baby zur Welt kam, etwas völlig Normales; überraschend war es nicht. Seltsam war nur, daß Tom bis jetzt noch überhaupt keine Anzeichen von Eifersucht gezeigt hatte.

Als ob er ihren Blick spüren würde, sah Tom sie plötzlich an und lächelte verschlafen. »Georgie mag Ned«, sagte er dann langsam.

Als sie am nächsten Morgen das Frühstück herrichtete, stand auf einmal Jimbo in der Tür. »Alles in Ordnung?« fragte er mit einer Mischung aus Verwunderung und Verlegenheit.

»Alles bestens. Warum auch nicht?« Überrascht stellte sie fest, daß sie sich freute, ihn zu sehen. Sie nahm zwei geröstete Scheiben aus dem Toaster und legte sie auf einen Teller. »Möchtest du einen Kaffee?«

Er zögerte kurz und nickte dann. »Na gut. Danke.«

»Setz dich doch.« Lyn schnitt den Toast in Streifen. »Stimmt was nicht?« Er stand immer noch in der Tür.

»Nein, ich glaube nicht. Danke.«

Etwas linkisch und schüchtern und sichtlich nervös trat er ins Zimmer und quetschte sich auf den Stuhl, der nah am Tisch stand, ohne ihn vorher herauszuziehen.

Lyn lächelte in sich hinein. Sie stellte eine große Tasse Kaffee vor ihn hin und drehte sich wieder zur Anrichte um. »Möchtest du einen Toast, wenn du schon hier bist?«

»Warum nich? Danke.«

»Nimm dir Milch und Zucker«, forderte sie ihn auf und fuhr dann plötzlich fort: »Jimbo, was ist denn? Ich beiß dir nicht den Kopf ab.«

Er lief knallrot an. »Das weiß ich. Es is nur … Ich mag bloß dieses Haus nicht, das is alles. Ich hab einfach ein komisches Gefühl hier drin. Ich weiß nich, wie Sie allein hier bleiben mögen.«

»Hier ist nichts, wovor man Angst zu haben braucht.« Sie setzte sich mit ihrer Tasse in der Hand hin. »Überhaupt nichts. Es ist ein wunderbares Haus.«

»Schaun Sie bloß, was mit dem Herrn Pfarrer Gower passiert ist.«

»Jeder kann einen Herzschlag bekommen.«

»Wahrscheinlich.« Er wiegte den Kopf. »Und Mary Sutton. Was ist mit Mary Sutton? Das hat garantiert was mit dem Haus zu tun! Haben Sie gehört, wann Joss und Luke wiederkommen?«

»Nur keine Eile. Der Urlaub tut ihnen gut. In der Garage ist doch alles in Ordnung, oder?«

»Ja, das ist o. k. Und Sie wollen allein hierbleiben, bis die anderen zurückkommen?«

Lyn nickte. »Etwas mehr Begeisterung könntest du schon zeigen.«

Er lachte angespannt. »Ich freu mich schon. Ich bin nich gern allein hier oben, nich mal draußen. Ich denk bloß an die Gören.« Er deutete mit dem Kopf auf Tom. »Es gefällt mir nich, daß sie hier sind. In diesem Haus passieren mit Kindern komische Sachen.«

»Ach bitte, nicht das schon wieder!« Lyn brach ab. In der Nacht hatte sie die beiden Jungen wieder ins Bett gebracht, nachdem sie ihre Milch getrunken hatten. Sie hatte das Babyphon in

Neds Zimmer angestellt, das Kabel unter ihrer Tür durchgezogen und den Lautsprecher neben ihr Bett gestellt. Es war ihr nicht leichtgefallen, das Baby in seinem Zimmer einzuschließen, aber den Schlüssel wollte sie von jetzt an nicht mehr aus der Hand geben – sie hängte ihn sich an einer Schnur um den Hals. Die restliche Nacht war friedlich verlaufen, aber heute morgen – sie kaute auf ihrer Unterlippe, als sie daran dachte –, als sie die Tür zu Neds Zimmer aufgesperrt hatte, lag er zufrieden krähend in seinem Bett und spielte mit einem kleinen Holzelefanten, den sie noch nie zuvor gesehen hatte.

»Stimmt was nich?« Dem stets aufmerksamen Jimbo war ihr plötzliches Schweigen nicht entgangen.

Sie schüttelte den Kopf.

»Na gut.« Offenbar wollte er nicht in sie dringen. Er stand auf und leerte seine Tasse. »Jetzt mach ich mich besser an die Arbeit.«

»Und der Toast?«

»Den nehm ich mit, wenn's recht ist.« Er bestrich die Scheibe mit etwas Honig und ging zur Tür, aber im allerletzten Augenblick drehte er sich noch einmal kurz um. »Und bei Ihnen ist wirklich alles in Ordnung?«

»Das hab ich doch schon gesagt!«

»Ja. Na gut.«

Nachdem er gegangen war, blieb sie eine Zeitlang reglos stehen, dann schüttelte sie den Kopf und zuckte hilflos die Achseln.

Tom sah zu ihr auf und hielt im Kauen inne. Er fand es komisch, daß Tante Lyn nicht die Frau bemerkte, die hinter ihr stand; es war die Frau, die Ned auf den Dachboden getragen und ihm gewinkt hatte, er solle ihr folgen. Den Blechmann hatte sie letzte Nacht auch nicht gesehen. Er biß nachdenklich in seinen Toast. Wenn Tante Lyn keine Angst hatte, mußte es ja wohl in Ordnung sein.

»Du kommst doch sonst nicht mittags nach Hause. Was'n los, Junge?« Jimbos Vater saß am Küchentisch und las die Zeitung; um ihn herum standen noch die Behälter ihres gestrigen Abendessens, das sie sich beim Imbiß geholt hatten.

»Ich muß mit Nat reden. Hast du ihre Nummer?«

»Laß deine Schwester in Ruhe, Jim. Das fehlt ihr noch, daß du sie bei der Arbeit anrufst.«

»Sie hat gesagt, ich kann sie immer anrufen. Und das ist wichtig. Da oben im Haus gibt's Schwierigkeiten, und ich finde, sie soll rüberkommen und mit ihnen reden.«

»Nein. Halt dich da raus.«

»Dad, hör zu. Es sieht schlimm aus. Die Kinder sind in Gefahr. Diese Lyn hat keine Ahnung. Sie würd nich mal 'nen Traktor sehen, der durch die Küchenwand fährt und ihr Geschirr zerdeppert. Und jetzt, wo Luke und Joss weg sind, bin ich zuständig.«

»Luke und Joss, so ist das also«, sagte sein Vater in einem bewußt affektierten Ton. »Haben sie gesagt, daß du sie so nennen darfst?«

»Na klar. Halt den Mund, Dad. Sag mir, wo die Nummer ist.« Jimbo durchwühlte den Stapel alter Zeitungen und Zettel neben dem Telefon auf der Anrichte.

»Da, an der Pinnwand.«

»Gut.« Mit finsterer Miene wählte Jimbo die Nummer.

»Nat, bist du das? Kannst du reden? Es ist wichtig.« Er warf einen wütenden Blick auf seinen Vater, der sich zurücklehnte und neugierig zuhörte. »Hör mal, ich glaub du solltest herkommen und mit den Grants oben im Haus reden. Da geht's wieder schlimm zu.«

Konzentriert hörte er einige Sekunden zu. »Ja. Joss hat ihn gesehen, und der Kleine auch. Der Herr Pfarrer Gower ist wiedergekommen und hat versucht, was zu machen, und jetzt ist er tot. Es dauert nich mehr lange, bis jemand anderer dran glauben muß. Ich schätze, du bist der einzige Mensch, der was tun kann.«

Er schnitt seinem Vater, der ungläubig zur Decke starrte, eine Grimasse. »Ja. Joss wird auf dich hören. Die ist echt nett. Luke sieht nix, auch wenn's direkt vor seiner Nase steht, und diese Lyn, die Kindermädchen spielt, blickt einfach überhaupt nich durch. Du mußt was tun. Kannst du am Wochenende heimkommen? Toll!« Er strahlte ins Telefon. »Bis dann.«

»Deine Schwester hat was Beßres zu tun, als herzukommen und sich in Sachen einzumischen, die sie nichts angehen.«

»Stimmt nich! Sie freut sich, was tun zu können. Du solltest stolz auf sie sein, Dad, und dich nich schämen wegen ihr.«

»Ich schäm mich doch nicht.«

»Tust du schon. Und du hast sie 'ne Hexe genannt. Das ist dumm. Und sexistisch!« Jimbo grinste. »Das weiß sogar ich. Also, was gibt's zum Essen? Ich hab ein Loch im Bauch.«

Auf ihrem Weg in die Kirche, wo sie die Blumen versorgen wollte, sah Janet mit Verwunderung, wie Lyn mit dem Geschwisterwagen ins Dorf ging. Sie hatte gar nicht gewußt, daß sie wieder da waren. Lyn sah sehr müde aus, und der kleine Tom schlief tief und fest. Sie winkte beim Vorbeifahren aus dem Auto, aber niemand bemerkte sie. Lyn war ganz in Gedanken versunken, als sie mit dem Kinderwagen den Anger überquerte, und ging mit gesenktem Kopf und schweren Schritten auf den Dorfladen zu. Sie würde sie dort treffen, sobald sie in der Kirche die Vasen nachgefüllt hatte.

Vor dem Portal blieb sie stehen und blickte über den stillen Kirchhof zu der Stelle, wo Mary Suttons Leiche entdeckt worden war. Der Schock, den die Tragödie im Dorf ausgelöst hatte, hatte sich noch nicht gelegt, und allgemein fragte man sich, was sie wohl allein in der Dunkelheit und Kälte dort gesucht habe. Der Pfarrer hatte Roy, einen der Kirchenvorsteher, wegen der Dinge angerufen, die in der Kirche gefunden worden waren – die Oblaten und der Wein auf dem Altar, höchstwahrscheinlich die Utensilien für den Exorzismus im Herrenhaus –, und sofort eine Sitzung einberufen. Was beschlossen worden war, hatte Roy ihr nicht mitgeteilt aber offenbar würde es kein kirchliches Begräbnis geben. Mary hatte immer gesagt, daß sie verbrannt werden wollte und ihre Asche ins Meer gestreut werden sollte.

Janet trat in das schattige Kirchenschiff, tastete nach dem Lichtschalter und ging zur Sakristei. Die Kirche sah schön aus – die vielen Herbstastern im Altarraum und vor der Kanzel waren noch in voller Blüte. Sie griff nach der schweren Messingkanne und füllte jede Vase mit Wasser auf. Vor der kleinen Gedenkplatte für Katherine blieb sie stehen. Irgend jemand hatte einen Strauß weißer Rosen auf den Boden davor gelegt. Nachdenklich betrachtete sie ihn. Tagsüber war die Kirche offen; jeder konnte ihn also hingelegt haben. Aber wieso war ihr plötzlich so unwohl? Sie beäugte die Blumen und wich einige Schritte zurück.

Mit einem Mal wurde es in der Kirche unbehaglich. Es herrschte ein seltsam feindseliges Gefühl, wo sie sonst nur Frieden und Sicherheit empfand. Hastig ging sie in die Sakristei zurück, wobei sie immer wieder einen Blick über die Schulter warf, und stellte die Kanne an ihren Platz. Dann ging sie wieder ins Kirchenschiff, zog die Tür hinter sich zu, verbeugte sich wie immer kurz vor dem Altar und schritt dann schnell nach hinten auf den Ausgang zu. An der viertletzten Bankreihe blieb sie stehen. Da war etwas zwischen ihr und der Tür. Sie kniff die Augen zusammen. Es war ein Spiel von Licht und Schatten, ein verirrter Sonnenstrahl, der unerwartet aus dem trüben Morgenhimmel durch das Südfenster auf die alten Steinplatten fiel. Es sah aus wie ein Nebel, eine sich langsam drehende Nebelschwade. Verwirrt und etwas schwindelig griff sie nach der Kirchenbank. Es bewegte sich fast unmerklich von der Tür fort, an der Rückwand der Kirche entlang zum Taufbecken, dann schien es innezuhalten und zögernd die Richtung zu ändern. Jetzt schwebte es das Schiff hinauf auf sie zu.

Sie trat einen Schritt zurück, und dann noch einen; ihre Beine zitterten so stark, daß sie sich kaum aufrecht halten konnte. Die Kirche wirkte schrecklich leer; die Lampen hoch oben im Gebälk, die ihr Licht in das Deckengewölbe warfen, die Kanzel im Dämmerlicht, wo sie die Lampen nicht angeschaltet hatte. Sie blickte über die Schulter zum Altar, dann drehte sie sich um und rannte vorbei an der vordersten Bankreihe ins Seitenschiff. Der wirbelnde Nebel schien wieder zu zögern, dann bewegte er sich auf die Kanzeltreppe zu. Auf Zehenspitzen lief Janet die kleine Kapelle entlang, schlich um die Säule herum und erreichte den Ausgang.

Hektisch griff sie nach dem Ring und versuchte, die Tür zu öffnen. In ihrer Panik dachte sie kurz, sie sei verschlossen, und drehte verzweifelt daran, bis endlich der Riegel hochsprang und sie die schwere Tür aufreißen und hinausstürzen konnte. Dann warf sie die Tür hinter sich zu und lief keuchend in den Kirchhof hinaus.

Von der Sonne war nichts zu sehen. Dunkle Wolken verhängten den Himmel. Janet blickte zurück und erwartete beinahe, daß die Tür sich öffnete, aber im kleinen Vorbau regte sich nichts, die Tür blieb geschlossen. Mit gesenktem Kopf hastete sie zu ihrem Wagen und stieg ein. Sie drückte alle Türknöpfe nach unten und versuchte mit zitternden Fingern, den Schlüssel ins Zündschloß zu stecken. Es gelang ihr erst nach einigen Versuchen, dann startete sie durch und schoß mit dem Wagen auf die Straße zu.

Lyn stand gerade an der Theke und wählte Aufschnitt aus, als Janet den Laden betrat. Beim Zufallen der Tür sah sie auf und lächelte. »Tom hat gesagt, er ist so hungrig, daß er das ganze Schaukelpferd aufessen könnte.«

»So hungrig, kleiner Mann?« Janet fuhr Tom durch die Locken. Ihre Hand zitterte, und sie bebte am ganzen Körper. Sally Fairchild blickte von der Wurstschneidemaschine auf. »Sie sehen nervös aus, Janet. Stimmt was nicht?« Der Schinken fiel mit einem rhythmisch zischenden Geräusch vom Schneidemesser auf die Plastikfolie in ihrer Hand, und Tom beobachtete sie hingerissen.

»Ich war oben in der Kirche«, berichtete Janet. »Die Tür ist zugeknallt. Das hat mich erschreckt, mehr nicht.«

Sally hielt beim Aufschneiden inne und musterte sie kritisch. »Seit wann bringt eine knallende Tür Sie dazu, wie Espenlaub zu zittern?«

Janet machte eine wegwerfende Geste. »Die Nerven. Wahrscheinlich habe ich heute morgen zu viel Kaffee getrunken.« Sie lachte auf, aber es klang wenig überzeugend.

»Sie werden noch wie Joss.« Lyns Bemerkung klang nicht wie ein Kompliment. »Als nächstes sehen Sie hinter jeder Ecke Gespenster lauern.« Dann wandte sie sich wieder ihren Einkäufen zu. »Das reicht, Sally, danke. Und dann noch Würstchen – ein Pfund.«

»Wo ist Joss?« Janet zwang sich, ruhiger zu werden.

»Soweit ich weiß, noch in Paris.«

»Und Sie sind ganz allein oben im Haus?«

In der Frage schwang zu große Dringlichkeit mit.

»Natürlich. Warum nicht?«

»Ach, nur so«, antwortete Janet. »Ich dachte bloß – Sie passen gut auf, Lyn, nicht wahr?«

Nun drehte Lyn sich zu ihr um. »Jetzt hören Sie mir mal zu. Jetzt, wo Joss nicht da ist, ist in dem Haus alles in bester Ordnung. Verstehen Sie mich? Da passiert nichts. Es gibt keine bösen Ereignisse…« Abrupt brach sie ab; ihre Panik der letzten Nacht war ihr wieder eingefallen.

Sally und Janet tauschten einen Blick aus. »Na gut«, meinte Janet achselzuckend. »Verzeihen Sie. Aber falls Sie mich brauchen, ich bin da.« Damit wandte sie sich zum Gehen.

»Janet, warten Sie.« Lyn holte ihr Portemonnaie hervor. »Das war unhöflich von mir. Aber im Haus ist wirklich alles in Ordnung.«

»Gut.« Einen Moment blieb Janet mit den Händen in der Tasche stehen und sah Lyn in die Augen. Dann drehte sie sich wieder um. »Sie wissen, wo Sie mich finden, wenn Sie nicht mehr allein sein wollen.«

Sally tippte gerade Lyns Einkäufe in die Kasse ein, aber sobald Janet die Tür hinter sich geschlossen hatte, hielt sie inne. »Sie sah ja wirklich verschreckt aus.«

»Ich würde gerne wissen, was da oben passiert ist.«

»Auf jeden Fall etwas Seltsames. Vielleicht spukt die alte Mary schon herum!« Sally Fairchild erschauderte übertrieben. »Sind Sie sicher, daß Sie da oben zurechtkommen? Die meisten hier im Dorf könnten keine zehn Pferde dazu bringen, allein in dem Haus zu schlafen, und schon gar nicht mit kleinen Kindern.«

»Ich weiß. Das kriege ich immer wieder zu hören.« Lyn packte die Einkäufe in ihre Tasche. »Vielen Dank, Sally. Wahrscheinlich sehen Sie mich morgen wieder.«

Auf dem Rückweg schien der Buggy schwerer als sonst, aber vielleicht war sie auch nur müde. Einen Augenblick bedauerte sie, Janet nicht gebeten zu haben, sie mitzunehmen, aber dann wußte sie wieder, warum sie es nicht getan hatte. Janet hätte ihr eine Predigt gehalten und sie unter Druck gesetzt, mit den Kindern zu ihr auf die Farm zu ziehen; dabei war Lyn froh, die beiden endlich einmal für sich allein zu haben. Beim Weitergehen sah sie zum Himmel hinauf. Die Wolken zogen sich immer bedrohlicher zusammen; wenn sie Pech hatte, würde der Regen sie noch erwischen, bevor sie nach Hause kam. Sie beugte sich zu den beiden Kindern; sie waren warm eingepackt und schliefen fest unter ihren Decken.

Als sie das Tor erreichte und den letzten Anstieg die Auffahrt hinauf begann, fielen die ersten Tropfen.

Das Haus wirkte sehr dunkel. Keuchend schob sie den Kinderwagen durch den nassen Kies und schaute auf die Fenster, an denen der Regen herablief. Hinter dem Dachbodenfenster über der vorderen Tür sah sie ein Gesicht. Sie blieb stehen. War Joss heimgekommen? Sie blinzelte, um die eisigen Tropfen aus den Wimpern zu entfernen, und versuchte, die Person zu erkennen, gab dann aber auf und ging rasch zum rückwärtigen Eingang weiter. Der Hof war leer. Jimbo hatte die Remise verschlossen und war offenbar fortgegangen – vermutlich zum Mittagessen. Es stand kein weiteres Auto da. Sie runzelte die Stirn. Wer in aller Welt konnte denn sonst an dem Fenster gestanden haben? Mit ihren eiskalten Fingern suchte sie in der Tasche nach dem Schlüssel, öffnete die Tür und bückte sich, um Tom aus dem Kinderwagen zu heben. »Komm, du kleines Würstchen! Du weißt doch, daß ich euch nicht beide im Wagen hineintragen kann. Läufst du für Tante Lyn schon ins Haus und machst die Küchentür auf? Und alles so leise, daß wir den Tornado nicht wecken?« Das war ihr ganz persönlicher Spitzname für Ned.

Kichernd rutschte Tom aus dem Wagen und lief ihr in die Küche voraus. Sie drehte sich mit dem Rücken zur Tür, hievte den Wagen die Treppe hinauf und manövrierte ihn an der Garderobe vorbei in die Küche. Erst dort blieb sie stehen und knöpfte ihre Jacke auf. »Tom? Komm und zieh deinen Mantel aus.«

Sie erhielt keine Antwort.

»Ach Tom, nicht schon wieder. Komm jetzt!« Seufzend ging sie zurück in den Gang, hängte ihren Mantel auf und legte anschließend die feuchten Decken aus dem Buggy zum Trocknen über die Stange vor dem Herd. »Tom? Komm, hilf mir beim Mittagessenmachen.«

Die Tür zum Flur stand offen. Mit einem kurzen Blick in den Wagen stellte sie fest, daß Ned noch schlief, dann lief sie in den Gang und weiter in den großen Saal. »Tom? Komm jetzt! Wo bist du?« Abrupt blieb sie stehen. Im Kamin brannte ein Feuer. Die Scheite waren säuberlich zu einer Pyramide gestapelt, die Asche war sorgsam zusammengekehrt, und der Raum war warm und erfüllt mit dem süßen, üppigen Geruch von brennendem Eichenholz.

»Joss? Luke? Wann seid ihr denn zurückgekommen?« Sie ging zur Tür des Arbeitszimmers und spähte hinein. »Wo ist euer Auto? Ich hab's gar nicht gesehen.«

Das Arbeitszimmer war leer, die Vorhänge waren noch halb zugezogen, genau wie sie sie morgens gelassen hatte.

»Joss? Luke? Wo seid ihr?« Lyn blieb eine Minute unten an der Treppe stehen; dann ging sie hinauf.

38

Luke stapelte das benutzte Einweggeschirr, legte die Messer und Gabeln ordentlich auf das Tablett und schob dann alles beiseite. »Jetzt dauert es nicht mehr lange«, sagte er zu Joss. »Ich denke, in einer Viertelstunde werden wir landen.« Die Stewardessen schoben die Container durch den Gang und sammelten die Tabletts ein. »Bestimmt ist alles in Ordnung, Joss. Lyn wird einfach nur unterwegs gewesen sein, mehr nicht.«

»Spät nachts mit zwei kleinen Kindern? Und früh am nächsten Morgen gleich wieder?« Verzweifelt schüttelte sie den Kopf. »Wir hätten die Polizei verständigen sollen, Luke. Wenn ihnen etwas zugestoßen ist!«

»Ihnen ist nichts zugestoßen, Joss«, beschwichtigte er sie seufzend. »Vom Flughafen aus versuchen wir's noch einmal, und wenn wir Lyn nicht erreichen, rufen wir Janet an. Und dann besteht immer noch die Möglichkeit, daß sie alle zusammen etwas unternommen haben. Vergiß nicht, sie erwarten uns noch gar nicht!« Er griff nach ihrem Tablett und reichte es zusammen mit seinem eigenen der Stewardeß. »Komm, sei nicht so bedrückt. Sonst ist die ganze Erholung vom Urlaub gleich wieder dahin.«

»Ich weiß.« Sie nickte bekümmert. »Es war wirklich schön. Paul hat mir gut gefallen.«

Dann schwieg sie. Paul hatte die Flüge organisiert – er hatte seine Verbindungen spielen lassen, um ihnen so kurzfristig Plätze zu besorgen – und darauf bestanden, sie nach Orly zu fahren. Als sie sich nach dem Einchecken zum Abschied in die Arme genommen hatten, waren ihm Tränen in die Augen gestiegen, ebenso wie Joss. »Kommen Sie uns besuchen«, hatte sie geflüstert. »Wenn es Sie nicht zu traurig macht, Belheddon ohne sie zu sehen, dann besuchen Sie uns doch.«

»Natürlich.« Er drückte ihr einen Kuß auf beide Wangen. »Und im Sommer kommen Sie zu mir und bringen Ihre kleine Jungen mit.«

Einen Augenblick, während sie beide das Undenkbare dachten, hatte keiner etwas gesagt, anschließend hatte er ihre Schultern gedrückt. »Den beiden ist nichts passiert«, sagte er, während Luke dem Beamten die Pässe zeigte. »Ganz bestimmt nicht. Beide sind wohlauf.«

In der Telefonzelle in dem hohen, luftigen Terminalgebäude von Stansted hörte Joss das Telefon am anderen Ende läuten, ohne daß abgehoben wurde. Sie sah auf die Armbanduhr. Mittlerweile sollten die Jungs zum Nachmittagsschlaf im Bett liegen. Mit einem Blick auf Luke, der nur einen Meter von ihr entfernt das Gepäck im Auge behielt, wählte sie Janets Nummer.

Kurze Zeit später legte sie auf und wandte sich lächelnd um. »Janet hat sie heute vormittag im Laden getroffen«, berichtete sie Luke. »Sie hat gesagt, es ist alles in Ordnung. Entweder ist das Telefon kaputt, oder wir haben immer genau dann angerufen, wenn Lyn nicht da war. Auf dem Heimweg hat sie sie noch einmal gesehen.«

»Gut.« Luke bückte sich, um die Koffer aufzuheben, und schritt langsam auf den Ausgang zu. »Vielleicht kannst du dann endlich aufhören, dir Sorgen zu machen. Komm, laß uns das Auto suchen und zusehen, daß wir hier wegkommen.« Er ging zum Bus, der sie zu dem abgelegenen Parkplatz bringen sollte, und blieb wartend vor der riesigen, sich endlos drehenden Tür stehen. »Joss – von jetzt an bist du bitte vernünftig und machst dich nicht mehr verrückt. Keine Streitereien mit Lyn. Keine Sorgen wegen Gespenstern und Geräuschen und sonstigen Dummheiten; das alles ist völlig unnötig. Vergiß nicht, du mußt wieder zu dem Arzt.«

Joss starrte ihn an. »Aber ich habe mir das nicht alles eingebildet, Luke. Warum glaubst du denn, daß wir so überstürzt zurückgeflogen sind? Guter Gott! Paul hat mir geglaubt, er hat es gewußt. Er hat erlebt, was meine Mutter durchgemacht hat...«

»Deine Mutter ist von einer wirklichen Frau verfolgt worden, Joss. Nicht von einem Gespenst. Einer wirklichen Frau aus Fleisch und Blut.« Schwungvoll hob er die Koffer in den Bus und suchte nach Sitzplätzen. »Ihre Katherine war kein Gespenst.«

»Wirklich nicht?« Joss schien durch ihn hindurchzusehen. »Das wird sich noch herausstellen.«

Als Janet ihren Wagen im Hof neben Lyns Mini parkte, spähte sie durch die Windschutzscheibe auf das Haus.

Einen Augenblick blieb sie still sitzen, dann öffnete sie beinahe widerstrebend die Tür und stieg aus.

Der hintere Eingang war nicht verschlossen. Nachdem sie zweimal geklopft hatte, öffnete sie die Tür und ging durch den Flur in die Küche. Es war niemand da. Der Kinderwagen stand neben dem Fenster, und die Decken hingen ordentlich gefaltet vor dem Herd. Janet faßte sie an – sie waren trocken und warm. Nichts deutete darauf hin, daß Lyn vor kurzem etwas zu essen gemacht hatte. In der Ecke stand verlassen das Schaukelpferd, die Zügel schleiften am Boden. Janet runzelte die Stirn. Einen Moment hatte sie geglaubt, es schaukele sacht, als habe eine unsichtbare Hand es angestupst. Aber das bildete sie sich natürlich nur ein. Sie ging zur Tür.

»Lyn? Wo sind Sie?«

Ihre Stimme hallte durch die Stille.

»Lyn? Ich bin's, Janet. Wo sind Sie?«

Sie trat in den großen Saal und sah sich um. Der Raum lag im Schatten, im Kamin glühten noch die Überreste eines Feuers. Obwohl es recht warm war, fröstelte sie. Als sie auch im Arbeitszimmer niemanden antraf, kehrte sie zur Treppe zurück. »Lyn?« rief sie leise, um die Jungen nicht zu wecken, falls sie schliefen. »Lyn, wo sind Sie?«

Auf Zehenspitzen schlich sie die Treppe hinauf und blieb im Gang vor Lyns Tür stehen. Die Tür war geschlossen, und sie klopfte sacht an. »Lyn? Kann ich reinkommen?«

Keine Antwort. Sie zögerte; sie wollte nicht hineingehen für den Fall, daß Lyn schlief. Aber dann nahm sie allen Mut zusammen und öffnete die Tür. Das Zimmer war leer und wirkte sehr karg. Es sah nicht so aus, als hätte sich Lyn vor kurzem hier aufgehalten.

Gerade als sie zu den Zimmern der Jungen gehen wollte, hörte sie aus der Ferne schwache Klopfgeräusche. Sofort blieb sie stehen und horchte. Da war es wieder – eindeutig ein Hämmern von irgendwo weiter oben. Sie beäugte mißtrauisch die Decke, machte dann kehrt und ging zur Treppe.

Im Speicher war es sehr kalt. Nervös warf sie einen Blick ins erste Zimmer. Es war als Gästezimmer eingerichtet, aber es war keine Spur von jemandem zu sehen. Die dahinterliegenden Räume waren allesamt leer – eine lange Reihe niedriger Zimmer, die ineinander übergingen. »Lyn?« rief sie. »Sind Sie hier oben?« In der angespannten Stille klang ihre Stimme erschreckend laut. Noch als sie wartend auf eine Antwort lauschte, vernahm sie wieder das Klopfen. Diesmal war es lauter und panischer. »Lyn? Sind Sie hier?« Sie duckte sich unter der Tür durch und ging ins nächste Zimmer. Auch dieses war leer und staubig und roch kalt und feucht. »Lyn, wo sind Sie?«

Die Tür zum letzten Zimmer des Dachbodens war geschlossen, von dort kam das Klopfen. »Lyn, sind Sie da drin?« Janet legte ihr Ohr an die Holzvertäfelung. »Lyn?« Sie faßte nach dem Riegel und rüttelte daran. Offenbar war die Tür verschlossen.

»Lassen Sie mich raus! Um Himmels willen, lassen Sie mich raus!« Lyns Stimme klang völlig hysterisch. »Ich bin seit Stunden hier drin. Sind die Jungs in Ordnung?«

Janet verzog das Gesicht. »Ich habe die Jungen nicht gesehen. Warten Sie mal. Ich versuche, den Schlüssel zu finden.« Hektisch sah sie sich um. Der Speicher war völlig leer – der Schlüssel konnte nirgends verborgen sein.

»Schauen Sie auf dem Balken über der Tür nach«, schrie Lyn; ihre Stimme drang nur gedämpft durch das dicke Holz. »Da war er beim letzten Mal.«

Vorsichtig fuhr Janet mit der Hand über die Balken, aus denen die Trennwand bestand. Erst nach einigen Sekunden stießen ihre Finger gegen kaltes Metall. »Hier! Ich hab ihn!« rief sie und steckte den Schlüssel in das große Schlüsselloch.

Eine Sekunde später schwang die Tür auf. Dahinter stand Lyn mit totenbleichem Gesicht, wirrem Haar und verstaubten Kleidern. »Gott sei Dank sind Sie gekommen! Ich habe gedacht, ich müßte ewig hier oben bleiben.«

»Wer hat Sie eingesperrt?« Janet folgte ihr zur Treppe.

»Tom. Es kann nur er gewesen sein. Er ist ein richtiger Teufel.«

»Das ist unmöglich. Der Balken ist viel zu hoch; Tom könnte ihn gar nicht erreichen.«

»Wahrscheinlich hat er sich einen Stuhl oder so etwas geholt.« Lyn wischte sich mit dem Handrücken die Tränen vom Gesicht. »Bitte, machen Sie schnell! Wer weiß, was er sonst noch alles angestellt hat.«

Sie stürzte die Treppe hinunter in sein Zimmer. Er war nicht da. »Tom? Tom, wo bist du? Versteck dich nicht!« Dann stieß sie die Tür zu Neds Zimmer auf. Auch hier war niemand.

»O mein Gott!« Der Aufschrei ging in einem Schluchzen unter. »Janet, wo ist er?«

Janet biß sich nervös auf die Unterlippe. »Wo haben Sie die beiden denn zum letztenmal gesehen? Tom wahrscheinlich hier oben, und Ned? Wo war Ned?«

»Ned sollte in seinem Wagen in der Küche sein.«

»Nein, da war ich gerade«, sagte Janet. »Der Buggy ist leer.«

»Er hat fest geschlafen, also habe ich ihn im Wagen liegen gelassen. Er war festgeschnallt. Da konnte ihm doch nichts passieren! Es war ja nur für eine Minute.« Lyn brach wieder in Tränen aus. »O mein Gott!« Sie fuhr sich mit dem Ärmel über das Gesicht. »Tom ist weggelaufen und hat sich versteckt, und dann habe ich Geräusche oben auf dem Dachboden gehört. Kichern. Trippeln. Es war Tom. Er muß es gewesen sein, deswegen bin ich hoch, um ihn zu holen. Er darf doch nicht allein dort oben spielen, und überhaupt wollte ich Mittagessen machen.« Schniefend fuhr sie fort: »Ich habe überall nach ihm gesucht. Ich konnte ihn ja hören. Er hat sich irgendwo da oben versteckt. Als ich im hintersten Speicher war, ist die Tür zugeknallt, dann habe ich gehört, wie der Schlüssel umgedreht wurde. Plötzlich war es absolut still. Ich habe ihn angefleht, ihm alles mögliche versprochen, wenn er mich bloß wieder rausläßt. Aber nichts und niemand rührte sich. Kein Fußgetrappel mehr, kein Kichern. Ich habe sofort durchs Schlüsselloch geguckt – Sie wissen ja, wie groß es ist –, und konnte den ganzen Dachboden sehen. Aber er war nicht da, Janet. Nirgends. Und auch kein Stuhl. Ich hätte es doch gehört, wenn er einen Stuhl über den Boden gezerrt hätte. Er ist doch klein. Er hätte ihn ja gar nicht tragen können.«

Janet legte ihr einen Arm um die Schultern. »Beruhigen Sie sich, Lyn! Es wird schon alles wieder gut. Wir müssen das Haus noch einmal gründlich durchsuchen. Sie wissen doch, wie gerne Kinder Verstecken spielen. Tom hat sich wahrscheinlich irgendwo verborgen und lacht sich jetzt ins Fäustchen.«

»Und Ned?« Lyns klägliche Stimme war leise wie ein Flüstern.

Janet zuckte die Achseln. »Vermutlich hat er Ned irgendwo hingelegt und ist dann gegangen; zum Spielen ist Ned noch zu klein.« Ihre Stimme erstarb, erst nach einer Sekunde fuhr sie fort: »Wir wissen, daß er nicht auf dem Dachboden ist. Jetzt durchsuchen wir dieses Stockwerk, dann gehen wir nach unten. Wir müssen ganz systematisch vorgehen.«

Das taten sie auch. Sie durchsuchten ein Zimmer nach dem anderen, sahen unter die Betten, hinter die Vorhänge und in die Schränke. Als sie sicher wußten, daß keines der Kinder im oberen Stockwerk war, gingen sie ins Arbeitszimmer hinunter.

»Keine Spur.« Janet hatte sogar in den Schubladen des Rollbureaus nachgesehen.

»Der Keller«, flüsterte Lyn. »Wir müssen im Keller nachsehen.«

Die Tür war zugeschlossen, und der Schlüssel nicht in der Nähe.

»Sie können unmöglich da unten sein.« Zweifelnd beäugte Janet die Tür.

»Vielleicht doch. Ich hole den Schlüssel.« Mit dem Schlüssel in der Hand kam Lyn zurück, steckte ihn ins Schloß und öffnete die Tür.

Der Keller war dunkel. »Hier ist niemand.« Janets Stimme hallte ein wenig, als sie an Lyn vorbei nach dem Schalter tastete und das Licht anknipste. »Es sieht aus, als wäre seit Wochen niemand hier gewesen. Möchten Sie, daß wir hinuntergehen und dort suchen?«

Lyn nickte. »Wir müssen überall nachsehen.« Sie fühlte sich elend.

»Also gut.« Nach kurzem Zögern ging Janet ihr voraus die Stufen hinab.

Unten blieben sie beide stehen und horchten. »Er ist nicht hier unten«, flüsterte Lyn. »Er kann nicht hier sein.«

»Wir sehen besser nach.« Janet fühlte sich äußerst unbehaglich. »Wo versteckt er sich denn gerne? Hat er einen Lieblingsplatz?«

»Den Dachboden mag er besonders gern. Hier unten ist er eigentlich noch nie gewesen; andererseits ist es ihm auch verboten. Der Keller ist immer abgeschlossen, und der Schlüssel lag da, wo er immer liegt – wie könnte Tom also hier unten sein?«

Auch Janet wußte keine Erklärung. »Aber wir mußten doch nachsehen! Nach dem, was mit Edgar passiert ist.«

Lyn starrte sie an. »Aber er hatte doch einen Herzinfarkt.«

»Ich weiß. Aber was hat er überhaupt hier unten gesucht? Das weiß niemand.«

Sie blieben einen Moment stehen, bevor Lyn in den zweiten Keller weiterging. Auch dort gab es keine Spur von den Kindern und keinen Ort, an dem sie sich versteckt haben konnten. Mit einem Seufzer der Erleichterung schloß sie die Augen und drehte sich um. »Jetzt sehen wir am besten oben nach.«

Der große Saal, das Eßzimmer, das Frühstückszimmer, die Gänge, Waschküchen und Speisekammern hinter der Küche – sie alle wurden einer gründlichen Durchsuchung unterzogen. Als die beiden Frauen wieder in der Küche standen, griff Janet nach ihrer Jacke. »Kommen Sie! Wir müssen draußen suchen. Ob Jim wohl zurück ist? Er könnte uns helfen.«

Aber der Hof war leer, die Garagen und die Remise waren mit Vorhängeschlössern verriegelt. »Wenigstens wissen wir, daß sie auf jeden Fall nicht dort sind«, sagte Lyn, während sie an einem der Schlösser rüttelte. Ihre Angst wurde immer größer.

Der Garten lag öde und verlassen da, das Novemberlicht begann bereits der Nacht zu weichen, als die beiden Frauen auf den Rasen hinaustraten. »Wir müssen zum See!« Lyns Hände zitterten. »Ach Janet, warum? Was hat Tom sich bloß gedacht?« Plötzlich brach sie wieder in Tränen aus.

»Wahrscheinlich ist überhaupt nichts passiert.« Janet nahm sie kurz in den Arm. »Kommen Sie! Er spielt uns nur einen Streich, das ist alles. Ich bin mir sicher, daß ihnen nichts zugestoßen ist.« Aber ihre Stimme klang wenig überzeugt.

Schweigend gingen die beiden über den Rasen zum See hinunter. Nach wenigen Metern verfiel Lyn in einen Laufschritt. Am Ufer blieb sie stehen und ließ ihren Blick über das Riedgras und die Seerosen schweifen. Ganz in ihrer Nähe brach ein Teichhuhn aus dem Gebüsch hervor und paddelte mit schrillen Alarmrufen über das Wasser davon, und ein Reiher, der auf der Insel in der Mitte des Sees gestanden hatte, schwang sich unbeholfen in die Luft und krächzte aufgebracht.

»Ich kann nichts sehen.« Lyn wischte sich die Tränen aus den Augen, als Janet sie keuchend einholte.

»Ich auch nicht. Jetzt gehen Sie in die eine Richtung um den See, und ich in die andere; dann können sie uns nicht entwischen.« Sie drückte Lyn ermutigend den Arm und ging mit großen Schritten davon; ihre Schuhe platschten im schlammigen Gras. Die Luft war sehr kalt, sie fror, während sie weitereilte, das Wasser mit den Augen absuchte und ihr der schreckliche Gedanke kam, daß sie vielleicht wirklich etwas finden könnte. Aber weder auf dem See noch in der Umgebung war irgendeine Spur des kleinen Jungen oder des Babys zu sehen. Als sie wieder mit Lyn zusammentraf, lächelte sie erleichtert. »Gott sei Dank sind sie nicht hier. Das hätte ich nicht ertragen. Wo können wir noch suchen?«

Verzweifelt blickte Lyn um sich. »Tom ist noch so klein. Er kann nicht weit gegangen sein. Nicht allein.« Sie kaute auf ihrer Unterlippe. »Sie glauben doch nicht – Sie glauben doch nicht, daß sie entführt worden sind?«

»Wer sollte sie denn entführen?« erwiderte Janet. »Die beiden waren im Haus. Sie hätten doch gewußt, wenn jemand anders dagewesen wäre.«

»Irgend jemand hat mich eingesperrt, Janet.«

Es herrschte Schweigen. »Ich glaube, wir sollten besser die Polizei rufen«, schlug Lyn schließlich vor. »Gehen wir ins Haus zurück.«

Auf dem Weg suchten sie überall nach einem Zeichen der beiden Jungen. »Vielleicht versteckt er sich einfach – in einer Hecke oder hinter einem Busch oder so. Wir sollten nach ihm rufen.« Janet blieb stehen und legte die Hände trichterförmig an den Mund. »Tom! Tom-Tom, wo bist du?«

»Tom!« wiederholte Lyn und rannte zum Gebüsch am Ende des Rasens. »Tom-Tom, komm! Zeit zum Mittagessen!«

Als sie schließlich die Vorderfront des Hauses erreichten, waren sie beide erschöpft, heiser vom Schreien und völlig verdreckt, weil sie im Schlamm unter den Büschen und Bäumen nachgesehen hatten.

»Es hat keinen Sinn. Wir müssen die Polizei holen. Der Wald ist riesig. Den können wir nicht allein durchsuchen.« Lyn war leichenblaß.

»Nein.« Janet steckte ihre eisigen Hände in die Taschen. »Sie haben recht. Wir verständigen besser die Polizei.«

Sie überquerten den Kies vor dem Haus und gingen unter dem Torbogen in den Hof. Vor der Tür stand Lukes Wagen.

»Oh mein Gott«, stieß Lyn hervor und blieb stehen. »Was soll ich ihnen bloß sagen?«

»Die Wahrheit, Kind. Kommen Sie. Je eher wir das tun, desto eher können wir die Polizei verständigen.« Janet legte ihr wieder den Arm um die Schultern.

Gemeinsam traten sie ins Haus und öffneten die Küchentür.

Luke und Joss standen lachend am Tisch, mit einem strahlenden Tom in ihrer Mitte; in der einen Hand hielt er ein Modell des Eiffelturms, mit der anderen klammerte er sich an Joss.

»Tom?« Lyns Schrei ließ alle umfahren. »Tom, wo bist du bloß gewesen? Und wo ist Ned?«

»Lyn! Janet! Was ist denn los?« Joss starrte die beiden Frauen entsetzt an. »Ned ist hier, er schläft im Wagen. Was ist denn? Warum seid ihr beide so naß?«

Langsam ging Lyn um den Tisch und blieb eine ganze Minute schweigend vor dem Kinderwagen stehen, in dem das Baby schlief. Dann kniete sie sich nieder und öffnete die Gurte, mit denen er im Buggy angeschnallt war; die Gurte, deren Schnallen für Toms kleine Finger viel zu steif waren. Ned war in eine der weichen Decken gehüllt, die sie vor den Herd gehängt hatte.

Sie faßte die Decke an. Sie war vollkommen trocken. Tränen strömten ihr übers Gesicht, als sie zu Joss aufsah.

»Was ist passiert?« fragte Joss.

»Ich habe gedacht, ich hätte sie verloren.« Lyn hob Ned aus dem Wagen und gab ihm einen Kuß auf den Kopf. Dann stand sie auf und drückte ihn Joss in die Arme. »Ich dachte, wir hätten sie verloren. Ich dachte… ich dachte…« Sie setzte sich an den Tisch, verbarg den Kopf in den Händen und brach in lautes Schluchzen aus.

»Offenbar ist es gut, daß wir zurückgekommen sind«, sagte Luke mit einem Blick auf Joss. »Jetzt komm schon, altes Haus. Es ist alles in Ordnung.« Ungeschickt streichelte er Lyn über die Haare und sah dann zu Janet. »Ihr seht ja beide aus, als hätte euch jemand rückwärts durch eine Hecke gezerrt. Könntet ihr uns vielleicht erzählen, was hier passiert ist?«

»Augenblick. Zuerst will ich Tom etwas fragen.« Janet kniete sich vor den kleinen Jungen nieder und drückte ihn an sich. »Also gut, du kleiner Wicht. Kannst du Tante Janet sagen, wo du und Ned euch versteckt habt?« fragte sie mit einem aufmunternden Lächeln. »Ihr habt euch doch versteckt, oder?«

Tom nickte heftig.

»Ah ja. Und wo? Tante Lyn und ich haben überall nach euch gesucht und konnten euch nicht finden.«

»Mit Georgie spielen.«

»Ja, und warum überrascht mich das nicht?« sagte Janet leise und hob eine Hand, um Joss' Aufschrei abzuwehren. »Und wo spielt ihr mit Georgie, Tom?«

»Oben.«

»Ganz oben? Auf dem Dachboden?«

Er nickte wieder.

»Und hast du Tante Lyn dort eingesperrt?«

Einen Augenblick starrte er sie an. »Das war Georgie«, sagte er schließlich.

»Ah ja. Du weißt, daß das nicht nett von ihm war, oder?«

Tom machte ein beschämtes Gesicht. Er spähte zu Lyn und verbarg dann sein Gesicht in Janets Pullover. Über seinen Kopf hinweg sah sie zu Joss. »Bitte, bringen Sie die beiden zu mir. Sie dürfen nicht hierbleiben.«

»Janet…«

Lukes Widerspruch wurde von Lyn unterbrochen. »Bitte, Luke. Bis wir wissen, was passiert ist.«

»Aber du glaubst doch nicht an diesen ganzen Unsinn mit den Gespenstern!« wandte Luke entgeistert ein.

»Ich weiß nicht mehr, was ich glauben soll. Ich finde, wir sollten alle zu Janet gehen. Wenn sie uns nimmt. Nur, bis wir wissen, was hier los war.«

»Ich freue mich, wenn ihr kommt, Luke.«

Plötzlich gab er nach. »Also gut. Ihr Mädels könnt gehen, und die Kinder auch. Aber ich bleibe hier.«

»Nein! Denk daran, was Paul gesagt hat.«

»Joss. Ich lasse mir von einem Haufen alter Geschichten keine Angst einjagen. Ich lebe hier. Hier ist meine Arbeit. Ich mag dieses Haus und habe keine Angst davor.« Er lächelte nüchtern. »Ehrlich, mir wird nichts passieren. Ihr zwei geht mit Tom und Ned zu Janet; ich weiß doch, daß ihr sonst kein Auge zutut. Aber morgen müssen wir eine Lösung finden; so kann es nicht weitergehen.«

Schließlich überredeten sie ihn, wenigstens zum Abendessen zur Farm mitzukommen; aber nachdem sie gegessen und bei den Kindern nachgesehen hatten, die oben in dem langgestreckten, niedrigen Zimmer schliefen, stand Luke auf und streckte die Arme über den Kopf. Lyn war bereits vor einer halben Stunde zu Bett gegangen. »Ich weiß ja nicht, wie es dir geht, Joss, aber ich leide am Jetlag.« Er grinste über seinen eigenen Scherz. »Ich glaube, ich gehe jetzt heim.«

»Nein!« Joss umklammerte seine Hand. »Bleib hier. Nur diese eine Nacht.«

»Joss, Liebling«, sagte er beschwichtigend, »ich muß zurück. Ich laß mich nicht aus meinem eigenen Haus vertreiben. Das ist lächerlich. Und morgen müssen wir uns etwas überlegen, wie wir dich und Lyn beruhigen können.« Er ging zu Janet und gab ihr einen Kuß. »Vielen Dank für das wunderbare Essen! Kümmern Sie sich gut um die beiden, und sehen Sie zu, daß die Hysterie sich in Grenzen hält, ja? Vielleicht sollten wir die Familie zur Verstärkung einladen, die Taufgesellschaft. Deine Eltern, und meine Eltern und Mat vielleicht auch noch. Und David und Onkel Tom Cobbly und alle, die sonst noch kommen wollen. Machen wir doch ein vorweihnachtliches Fest.« Er grinste. »In einem so vollen Haus wird sich doch kein Gespenst mehr zu spuken trauen, oder?« Er nahm Joss in die Arme. »Und jetzt mach dir keine Sorgen mehr, o. k.? Und vergiß nicht – wenn Janet nichts dagegen hat, du hast versprochen, Paul anzurufen und ihm zu sagen, daß alles in Ordnung ist.«

Dann ging er. Janet seufzte. »Männer sind einfach unbelehrbar. Hat er denn gar keine Angst?«

Joss schüttelte traurig den Kopf. »Ich glaube, er hat höllische Angst. Aber er kann es nicht zugeben, nicht einmal sich selbst gegenüber.«

Paul beruhigte sie. »Ihm wird nichts passieren, Jocelyn. Er ist stark, Ihr Mann. Aber wenn Sie noch mehr Verstärkung brauchen, rufen Sie mich an, dann komme ich auch.« Sie konnte sein Lächeln und seine Zuneigung selbst durch die Telefonleitung hören.

»Vielen Dank, Paul, das tue ich.« Nachdem sie aufgelegt hatte, drehte sie sich zu Janet, die eine Stickarbeit zur Hand genommen hatte und im Schein einer Lampe vor dem Kamin saß. »Darf ich David anrufen? Ich möchte hören, was passiert ist, als er hier war.«

»Natürlich.« Janet biß einen Faden ab. »Er soll auch herkommen.«

»Das kann er wahrscheinlich nicht, es sind noch keine Schulferien.« Sie nahm das Telefon vom Tisch und setzte sich mit dem Apparat auf den Knien neben Janet vors Feuer.

David korrigierte gerade Aufsätze über die Bildungsreform. Die sind mein Ende, dachte er trübsinnig; im Hintergrund spielte leise Musik von Sibelius. Es störte ihn keineswegs, als das Telefon klingelte, obwohl es schon nach elf Uhr war.

»David? Hier ist Joss.«

»Joss?« Beim Klang ihrer Stimme setzte sein Herz einen Schlag aus. »Wo bist du? Zu Hause?«

»Die Jungen und ich sind bei Janet.«

»Gott sei Dank seid ihr nicht in dem Haus! Ich nehme an, mittlerweile hast du schon gehört, was vorgefallen ist.«

»In etwa.« Sie war sich bewußt, daß Janet sie anstarrte. »Erzähl es mir doch bitte mal genauer.«

Nachdem sie ihm mehrere Minuten lang schweigend zugehört hatte, bat sie: »Kannst du kommen, David? Ich würde gerne mit dir reden.«

Er zögerte. Seine Wohnung war warm und gemütlich und vor allem sicher. Mit einem Blick auf den Stapel Aufsätze fühlte er sich versucht, nein zu sagen, aber dann hörte er die Panik in Joss' Stimme. Ihr begriffsstutziger Mann kapierte offenbar immer noch nicht, was sich in dem Haus abspielte. Sie brauchte jemanden, der auf ihrer Seite stand.

»O. k. Ich habe morgen nach der fünften Stunde frei und kann dann gleich losfahren.« Er schwieg einen Augenblick und zweifelte kurz an seinem Geisteszustand. »Kannst du das Haus meiden, bis ich komme?«

»Nein, David, das geht nicht.«

»Dann halte wenigstens die Kinder von da fern, und sei vorsichtig. Bitte.«

Nachdem Joss aufgelegt hatte, starrte sie lange in die Flammen; sie spürte, daß Janet, die ihr Stickzeug in den Schoß gelegt hatte, sie betrachtete.

Schließlich sah sie auf. »Wie wär's, wenn Sie mir jetzt erzählen, was heute nachmittag wirklich passiert ist? Es hat den Anschein, als wollten Sie und Lyn es unbedingt geheimhalten.«

»Wir wollten Ihnen keinen Schrecken einjagen.«

»Dann erschrecken Sie mich jetzt, wo die Kinder außer Gefahr sind.«

Es dauerte nicht lange, bis Janet die Geschichte erzählt hatte.

Als sie fertig war, wandte Joss sich wieder ab, damit Janet nicht die Angst in ihren Augen bemerkte.

»Tom kann es nicht gewesen sein«, wiederholte Janet. »Er kann unmöglich den Schlüssel geholt haben, und er kann auch nicht die Gurte von Neds Buggy geöffnet haben.«

»Aber Sie glauben auch nicht, daß es ein echter Mensch war.«

»Jimbo?« meinte Janet achselzuckend. »Soweit ich weiß, hat er einen Schlüssel, aber irgendwie bezweifle ich, daß er im Haus war. Und wer käme sonst noch in Frage?« Sie faltete ihre Stickarbeit zusammen und legte sie in ihren Korb. »Ich sage Ihnen eines, Joss. Ich wünschte, Luke wäre nicht ins Haus zurückgegangen. Das wünschte ich wirklich.«

39

Luke schaltete das Licht in der Küche aus und ging langsam zur Treppe. Im großen Saal blieb er stehen und sah sich um. Es war noch warm dort, obwohl das Feuer schon lange erloschen war, und es roch nach Holz und Blumen und alter Lavendelpolitur. Mit der Hand am Lichtschalter blieb er stehen und gab sich seinem Glücksgefühl hin. Es war wunderbar, wieder zu Hause zu sein, so schön die Reise auch gewesen war. Paul hatte ihm gut gefallen, und er hoffte, sie würden ihn bald einmal wiedersehen. Seufzend machte er das Licht aus und stieg die Treppe hinauf.

Als er im Schlafzimmer im Schein der Deckenlampe sein Jackett auszog, fiel sein Blick aufs Bett. Eine Minute lang glaubte er, seinen Augen nicht trauen zu können. Langsam ging er hinüber und fuhr mit der Hand über die Tagesdecke. Sie war mit den Blütenblättern weißer Rosen übersät. Sein Mund blieb offenstehen. Sie waren eiskalt, wie Schneeflocken, und lagen in einer dicken Schicht über die gesamte Decke verstreut.

Lyn oder Janet? Ein Streich – und zwar kein sehr freundlicher –, der auf Joss abzielte. Mit einer ärgerlichen Geste fegte er die Blütenblätter vom Bett und sah zu, wie sie sich über den Boden verteilten.

In der Ecke des Raums, im tiefen Schatten, regte sich die schlummernde Stille, und einer der Schatten löste sich heraus und bewegte sich etwas näher ans Bett.

Luke zog die Decke zurück, schüttelte sie aus und legte sie zusammengefaltet über den Stuhl in der Ecke. Es war schon zu spät, um noch aufzukehren, beschloß er. Das konnte er morgen früh machen, bevor Joss nach Hause kam. Er zerrte sich den Pullover über den Kopf und ging ins Bad, wo er heißes Wasser einlaufen ließ.

Leise vor sich hin pfeifend betrachtete er sein Spiegelbild und griff nach der Zahnpasta. Er verzog das Gesicht, als er die dunklen Ringe unter seinen Augen sah, dann hielt er inne, und ihm stockte der Atem; ihm wurde bewußt, daß er die Ohren spitzte und durch das Geräusch des fließenden Wassers hindurch auf etwas lauschte. Ungeduldig stellte er die Hähne ab, und als das Wasser noch einige Sekunden weiter lief, drehte er mit aller Macht an ihnen. Daraufhin fielen nur noch vereinzelte Tropfen platschend ins Wasser, als würden Steine in einem Metalleimer klappern, dann herrschte endlich Ruhe. Auf Zehenspitzen schlich er zur Tür, drehte lautlos am Griff und zog sie langsam auf, um in den Gang zu sehen. Es war niemand da.

Rasch schlüpfte er in seinen Morgenrock, band den Gürtel über der Jeans fest und trat auf den Treppenabsatz hinaus, wo er vorsichtig über das Geländer nach unten blickte. Er war sich nicht sicher, was er gehört hatte, aber ihn beschlich das untrügliche Gefühl, daß etwas – jemand – da war.

»Joss?« Es war ein Flüstern. »Joss?« wiederholte er lauter. Die Stille schien noch tiefer zu werden. Er wünschte, er hätte eine Waffe zur Hand. Sein Blick fiel auf den Zinnleuchter auf der Truhe zwischen den Schlafzimmertüren. Wie ein Einbrecher schlich er hinüber, nahm die Kerze heraus und umklammerte entschlossen den schweren Gegenstand, bevor er wieder zur Treppe ging.

»Joss? Wer ist da?« Diesmal war seine Stimme kräftiger. »Komm schon, ich höre dich doch.«

Das war gelogen. Die Stille war so tief, daß sie fast greifbar schien.

»Joss?« Er setzte den Fuß auf die oberste Stufe. »Joss? Lyn?«

Vorsichtig ging er die Treppe hinab, auf halber Höhe vernahm er plötzlich eine Bewegung hinter sich. Er fuhr herum und spähte nach oben; durch die gedrechselten Geländerpfosten sah er etwas in sein Schlafzimmer huschen. Es war weder Kit noch Kat. Es war eine Frau.

»Joss? Das bist doch du, oder? Komm schon, hör auf mit diesem dummen Spiel! Ich hätte dich beinahe mit dem Kerzenleuchter erschlagen.« Zwei Stufen auf einmal nehmend, rannte er ins Schlafzimmer.

Sie lag im Bett, im dämmrigen Licht der Nachttischlampe, eine undeutliche Gestalt unter der Decke. Er lächelte, und eine Woge der Erleichterung durchflutete ihn. »Mein Gott, jetzt hast du mich wirklich zum Narren gehalten! Ich habe schon gedacht, es wäre dein Geist.« Er stellte den Leuchter ab und ging zum Bett. »Joss? Jetzt komm, du brauchst dich nicht mehr zu verstecken.« Damit zog er die Decke vom Bett.

Es war leer.

»Joss?« Seine Stimme wurde schrill. »Joss, verdammt noch mal, jetzt hör auf mit diesem Unsinn!«

Er blickte hinter die Bettvorhänge und sah unter dem Bett nach.

»Joss, wo bist du?« Langsam suchte er alle Ecken des Zimmers ab. »Joss!« Mittlerweile waren seine Hände schweißnaß. »Jetzt reicht's! Genug mit diesen Scherzen.« Er ging rückwärts zur Tür, warf noch einen letzten Blick über die Schulter zurück und rannte nach unten.

In der Küche ließ er sich auf den Stuhl am Kopfende des Tisches fallen und legte das Gesicht in die Hände. Was, in Gottes Namen, war bloß los mit ihm? Er drehte durch, er wurde verrückt. Er fuhr sich mit den Händen übers Gesicht und blieb einen Augenblick still sitzen, starrte auf die Tür und erwartete beinahe, jeden Moment jemanden hereintreten zu sehen.

Erst nach einigen Sekunden stand er auf, ging zum Herd und öffnete die Tür des Brennraums. Die Kohlen glühten noch, und er streckte seine Hände in die behagliche Wärme, die sie verbreiteten. Es kam überhaupt nicht in Frage, daß er wieder zu Janet ging! Er würde sich nicht aus dem Haus jagen lassen von frechen Mädchen, die ihm einen Streich spielen wollten, und auch nicht von etwas anderem.

Stirnrunzelnd überlegte er, was dieses andere sein könnte. Einen Augenblick gingen ihm Joss' Entsetzen und Pauls Warnung durch den Kopf, doch dann schob er den Gedanken ärgerlich beiseite. Das war absoluter Unsinn. Er hatte sich von ihrer

Angst anstecken lassen, das war alles. Aber damit war jetzt Schluß. Er würde im Haus bleiben, und damit basta.

Kurz fühlte er sich versucht, in den großen Saal zu gehen und seine Absicht lauthals jedem Gespenst, Geist oder Dämon zu verkünden, der in den Ecken lauern könnte, aber dann entschied er sich dagegen. Die Nacht gut zu schlafen – oder was von der Nacht noch übrig war; mit einem Blick auf die Uhr stellte er fest, daß es schon weit nach eins war – war wesentlich sinnvoller, und morgen früh würden die anderen wieder hier sein.

Als er am Küchentisch saß, mit einem Becher heißer Schokolade vor sich, schloß er die Finger um die wohlige Wärme der Tasse und starrte geistesabwesend vor sich hin; er merkte, daß ihm die Augen zufielen und sein Kopf vornübersank. Ein- oder zweimal riß er ihn hoch und beschloß, aufzustehen und nach oben ins Bett zu gehen, aber jedesmal lehnte er sich zurück, trank von der Schokolade und zog es vor, noch ein paar Minuten in der Wärme des Herdes sitzen zu bleiben.

Das Läuten des Telefons riß ihn aus dem Schlaf. Verwirrt sah er sich um und stellte fest, daß er noch in der Küche saß. Mit einem Blick auf die Uhr bemerkte er, daß es fast sieben Uhr war. Draußen herrschte noch völlige Dunkelheit. Er tastete nach dem Telefon und nahm den Hörer ab.

»Mr. Grant?« Er kannte die Stimme nicht. Es war eine Frau mit dem weichen Akzent der Region.

Er brummte zustimmend und fuhr sich mit der Hand durchs Haar. Sein Gaumen fühlte sich ausgedörrt und pelzig an.

»Mr. Grant, ich bin Natalie Cotting, Jims Schwester.«

»Jim?« Einen Augenblick wußte Luke nicht, von wem sie sprach. »Ach, Jimbo?«

Am anderen Ende der Leitung erklang ein amüsiertes Lachen. »Jimbo, genau. Hat er Ihnen gesagt, daß er mit mir gesprochen hat?«

»Nein, das hat er nicht. Wollen Sie mit ihm sprechen?«

»Nein. Es tut mir leid, daß ich so früh anrufe, aber ich habe mir gedacht, daß ich heute kommen sollte, wenn ich mir den Tag freinehmen kann. Ist Ihre Frau da, Mr. Grant?«

»Joss? Nein.« Verwirrt schüttelte er den Kopf. »Sie verbringt die Nacht bei einer Nachbarin.«

»Ah so.« Es folgte eine kurze Pause. »Und die Kinder? Sie sind bei ihr, ja?« fuhr sie dann fort.

»Ja.«

»Gut.« Die Erleichterung am anderen Ende war nicht zu überhören.

»Hören Sie …« Luke atmete tief durch und versuchte, sich zu sammeln. »Entschuldigung, vielleicht bin ich etwas begriffsstutzig. Sie wollen mit Joss reden, oder?«

»Ja.« Er konnte ihren belustigten Tonfall hören. »Wenn ich jetzt gleich losfahre, bin ich in etwa eineinhalb Stunden bei Ihnen. Könnten Sie bitte Jim sagen – das heißt, Jimbo –«, wieder lachte sie auf, »daß ich komme? Und sagen Sie Mrs. Grant, daß sie nicht heimkommen soll, bis ich da bin. In Ordnung?«

»Was meinen Sie, nicht heimkommen …«, fuhr Luke empört auf. »Hallo? Sind Sie noch da?« Aber er wußte, daß sie schon aufgelegt hatte; er hatte das Klicken gehört.

Nachdem er sich gewaschen, rasiert und ein sauberes Hemd angezogen hatte, fühlte er sich wie neugeboren. Erst als er durch das Schlafzimmer zur Kommode ging, um nach einem dicken Pullover zu suchen, fiel sein Blick auf das Bett. Es war ordentlich gemacht; die Decke lag obenauf, nirgends war ein Fältchen oder eine Vertiefung zu sehen, und der Boden war makellos sauber. Keine Spur von den Rosen, kein einziges weißes Blütenblatt.

Jimbo kam wie üblich um halb neun und sperrte den Wagenschuppen auf. Luke ging zu ihm und betrachtete das glänzende Chassis, das vor ihnen aufgebockt stand. »Fast fertig.« Jimbos Stimme verriet, wie stolz er darauf war. »Ich hab viel geschafft, während Sie weg waren.«

»Das stimmt.« Luke sah ihn an. »Jimbo, heute morgen hat deine Schwester angerufen. Ich soll dir sagen, daß sie kommt.«

»Nat? Sie kommt? Das ist gut.« Jimbo wich seinem Blick aus. »Ich hab gedacht, sie soll mal mit Joss reden.«

»Das sagte sie auch. Darf ich fragen, worüber?«

Jimbo holte tief Luft. »Über Gespenster. Sie kennt sich aus mit Gespenstern. Sie kann mit ihnen reden. Hat keine Angst vor ihnen.«

»Und du hast Angst vor ihnen?« Luke hatte seine Hände tief in den Jeanstaschen vergraben; er fühlte sich weniger zuversichtlich als sonst.

»Ja, schon. In das Haus setz ich keinen Fuß nich.« Jim lächelte verschämt. »Mir hat's nie dort gefallen, und jetzt …« Seine Stimme erstarb.

»Und du glaubst, daß Joss und die Kinder in Gefahr sind?«

»Joss nich. Nee. Joss war nie in Gefahr.« Jim trat unbehaglich von einem Bein aufs andere. Dann sah er auf. »Aber ich denke, Sie müssen aufpassen.« Verlegen zuckte er mit den Schultern. »Die mögen Männer nich, die Gespenster in dem Haus. Schauen Sie bloß, was mit dem Herrn Pfarrer Gower passiert ist.«

»Er hat einen Herzschlag erlitten, Jimbo. Das könnte überall passieren.«

»Isses aber nich. Es ist hier passiert.« Damit drehte Jimbo sich zur Werkbank und griff nach einem Schraubenschlüssel. »Und Lyn, die ist auch bei den Goodyears, oder?« erkundigte er sich beiläufig.

»Ja.« Luke nickte. »Sie sind alle dort.«

»Das ist gut.« Jimbo wandte sich mit dem Schraubenschlüssel in der Hand wieder zu Luke. »Denken Sie bloß dran, was mit dem alten Mr. Duncan passiert ist, und mit seinen zwei Jungs. Ich hab gedacht, Nat soll wissen, daß Joss sagt, alles hat wieder angefangen.«

»Und wie kann Nat – Natalie – da helfen?«

»Sie hat immer gesagt, sie könnt was tun«, erklärte er achselzuckend. »Schon als sie klein war. Aber niemand wollt auf sie hören, natürlich nich. Aber jetzt – na ja, sie kennt sich mit solchen Sachen aus. Sie ist ein Medium, wissen Sie.«

»Ah ja.« Luke zog eine Augenbraue in die Höhe. »Ach so.«

Er wußte nicht recht, wie er sich ein Medium vorgestellt hatte – zumindest sollte sie jede Menge Schals, Perlen und in den Ohren riesige Reifen tragen –, aber bestimmt nicht wie die adrette junge Frau im gutsitzenden Kostüm, die rund vierzig Minuten später in ihrem Golf GTI durch den Torbogen fuhr.

»Entschuldigung«, sagte sie und schüttelte Luke die Hand. »Ich konnte doch nicht gleich losfahren, sondern mußte vorher noch im Büro vorbeischauen. Ist Joss hier?«

»Nein. Meine Frau ist noch mit den Kindern bei den Goodyears.«

»Gut.« Natalie blickte über die Schulter zum Haus. »Darf ich mal hineingehen und mich umsehen? Sie brauchen gar nicht mitzukommen.«

Luke zögerte.

»Das is ein bißchen viel verlangt, Nat. Woher soll er wissen, daß du nicht das Haus ausräumst?« wandte Jim ein. »Er kennt dich doch gar nich.«

Luke lachte. »Das Risiko gehe ich ein. Ja, bitte, sehen Sie sich ruhig um.«

Er beobachtete, wie sie über die Pflastersteine zur Hintertür ging, und bemerkte geistesabwesend, daß unter ihrem kurzen, engen Rock ein Paar sehr attraktive Beine hervorschaute.

»Wo arbeitet sie genau, Jim?« fragte er, als er zur Werkbank ging.

»In einer Anwaltskanzlei.« Jim grinste ihn über einen öligen Vergaser hinweg an. »Sie hat die grauen Zellen von der Familie bekommen. Für mich is nix übriggeblieben.« Fröhlich zog er die Nase hoch. »Keine Ahnung, wo die herkommen. Von meinem Pa auf jeden Fall nich, soviel steht fest.«

»Willst du später zum Haus rübergehen?« Lyn hatte gerade das Frühstück der Kinder fortgeräumt und Janets Küche in einen makellosen Zustand versetzt. Nun warf sie einen Blick auf Joss, die vor einer Tasse Kaffee am Tisch saß. »Du hast noch gar nichts gegessen. Das ist nicht gut für dich.«

»Um ehrlich zu sein, ist mir ein bißchen übel. Ich esse später etwas. Der Kaffee reicht. Ja, ich wollte nachher zu Luke gehen und mit ihm reden. Wenn es dir nichts ausmacht, mit den Jungen hierzubleiben.« Sie lächelte liebevoll zu Tom hinüber, der auf dem Läufer mit dem Bruder von Kit und Kat spielte.

»Hast du Luke angerufen?«

Joss schüttelte den Kopf. »Ich versuche seit fünf Uhr morgens, mich davon abzuhalten. Aber bestimmt ist alles in Ordnung.«

Lyn machte ein aufmunterndes Gesicht. »Das glaube ich auch.« Dann musterte sie Joss wieder. »Du siehst schrecklich aus. Warum gehst du nicht wieder ins Bett? Janet hat bestimmt nichts dagegen. Sobald sie mit ihren Hühnern oder was auch immer fertig ist, will sie mit mir und den Jungs einkaufen gehen. Dann kannst du dich ausruhen.«

Ich habe mich ausgeruht, tagelang. Diese Worte lagen Joss auf der Zunge, aber sie sprach sie nicht aus. Sie fühlte sich wirklich elend, und nichts würde ihr besser gefallen, als sich wieder ins Bett zu legen, aber sie mußte zum Haus gehen. Sie mußte mit Luke reden. Und vor allem wollte sie nicht, daß die Jungen dorthin gingen. Nie wieder.

Sie wartete, bis die anderen fort waren, bevor sie zur Hintertür hinaustrat und mit raschen Schritten zum Obstgarten ging. Es war ein trüber, kalter Tag; von den kahlen Zweigen der hohen alten Apfelbäume fielen im Vorübergehen Regentropfenschauer auf sie, und hinter dem Gitterwerk der Äste sah sie die drohenden Regenwolken am Himmel. Fröstelnd beschleunigte sie ihren Schritt und fühlte das nasse Gras und die rutschige Erde unter ihren Füßen, als sie vom Obstgarten auf den Pfad einbog. In der Ferne konnte sie die Giebel von Belheddon Hall ausmachen, die oben am Grat des Hügels im Dunst aufragten.

Es schien sehr still im Garten, als sie durch die Pforte schlüpfte und langsam um den See ging. Am anderen Ufer paddelte eine Ente, die ab und zu ihren Schnabel in die Grünpflanzen tauchte. Joss blieb kurz stehen und beobachtete die kreisförmigen Wellen, die dadurch auf der Wasseroberfläche entstanden.

Die Läden im Arbeitszimmer waren noch geschlossen; selbst von hier aus konnte sie die leeren Fenster erkennen. Während sie das Haus betrachtete, wanderte ihre Hand automatisch zu dem Kreuz an der Kette um ihren Hals.

Niemand sah sie kommen. Auf dem nassen Rasen hatten ihre Schritte dunkle Spuren hinterlassen. Zitternd vor Kälte trat sie auf die Terrasse und ging zu den Fenstern. Im trüben Morgenlicht konnte sie sehen, daß im großen Saal kein Feuer brannte; aber auf dem Tisch stand eine Vase mit verwelkten Blumen, umgeben von abgefallenen Blütenblättern. Sie spürte, wie ihre Nackenhaare sich aufstellten, und vergrub die Hände tief in den Taschen. Es waren ganz gewöhnliche Blumen. Chrysanthemen und Herbstastern. Aber warum hatte Lyn sie in dem Zustand dort stehengelassen?

Mit schweren Schritten ging sie zum Hoftor und blieb stehen. Die Remise stand offen, die hellen Neonröhren verbreiteten ein grelles Licht, und sie hörte fröhliches metallenes Hämmern. Irgend jemand – Jimbo – pfiff vor sich hin.

Es kam ihr vor, als würde sie aus einem abgedunkelten Zuschauerraum eine Bühne betrachten; eine eigene, unwirkliche Welt breitete sich vor ihr aus – eine Welt, die von Lärm, hellem Licht, Fröhlichkeit und Gelächter erfüllt war, während sie von draußen durch die Gitter des Tors hineinspähte und in einem seltsamen Schwebezustand verharren mußte, in dem die Zeit stillstand und wo Schatten in der Dunkelheit lauerten.

Sie fühlte sich beklommen, und ihre Handflächen schwitzten. Leise öffnete sie den Riegel an der Pforte und schob sie auf, ging ohne ein Wort der Begrüßung an der Remise vorbei und trat in die Küche. Dort blieb sie überrascht stehen. Neben dem Küchentisch stand eine Fremde.

»Joss?« Die junge Frau streckte ihr die Hand entgegen. »Ich bin Natalie Cotting, Jims Schwester. Ich bin gekommen, um Ihnen zu helfen.«

40

»Hier spielte sich immer am meisten ab.« Sie standen vor dem Kamin im großen Saal. »Hier und im großen Schlafzimmer oben.« Natalie blieb lange Zeit reglos stehen, die Augen auf einen Punkt wenige Zentimeter vor ihren Fußspitzen gerichtet. Joss beobachtete sie aus einem Meter Entfernung. Sie spürte einen Knoten der Anspannung irgendwo unter ihren Rippen, der ihr das Atmen erschwerte. Natalie nickte bedächtig. Ohne ein Wort zu sagen, bewegte sie sich zur Treppe und blieb dann wieder stehen. »Im Arbeitszimmer gab es früher nie Schwierigkeiten. Ist es immer noch ein glücklicher Raum?«

Joss nickte.

»Gut. Dann gehen wir nach oben.«

Langsam wanderten sie durch alle Zimmer des Hauses und kehrten dann in die Küche zurück. Auch dort verharrte Natalie eine Zeitlang bewegungslos und mit gesenktem Kopf, bis sie schließlich aufsah und Joss' Blick bemerkte. »Entschuldigung. Sie halten mich bestimmt für verrückt.«

Joss lächelte. »Gar nicht. Aber sagen Sie mir, was Sie tun.«

»Ich fühle mich einfach nur um.« Natalie glitt auf den Stuhl am Kopfende des Tisches, beugte sich vor und stützte das Kinn in die Hände. Sie sah ernst aus, als würde sie gleich zu einer Versammlung von Vorstandsvorsitzenden sprechen. »Als ich klein war, bin ich oft hierhergekommen. Ich habe immer mit den Jungs gespielt, mit Georgie und Sam. Georgie ist ungefähr zehn Jahre vor meiner Geburt gestorben, und Sam noch mal zehn Jahre früher. Ich nehme an, das waren Ihre Brüder?« Erst als Joss nickte, fuhr sie fort: »Natürlich haben die beiden sich im Leben nie kennengelernt, aber dort, wo sie jetzt sind, in welcher Dimension auch immer, sind sie zwei Lausebengel.« Sie lächelte voller Zuneigung.

»Mein Sohn Tom redet von ihnen. Er hat Spielsachen von ihnen gefunden. Und …« Joss zögerte. »Ich habe gehört, wie sie sich gegenseitig rufen.«

Natalie nickte. »Richtige Äffchen. Natürlich gibt es hier noch andere Kinder – die Jungen, die nicht mehr da sind. Da ist Robert, der Bruder Ihrer Mutter. Und der kleine John. Er ist ganz klein, gerade mal drei, mit goldenen Locken und großen, blauen Augen.«

Vor Überraschung riß Joss den Mund auf. »Sie können sie sehen?«

»In meinem Kopf. Nicht immer. Heute nicht. Heute sehe ich nichts«, sagte sie mit einem Stirnrunzeln. »Heute sind jede Menge anderer Dinge hier. Unangenehme Dinge.« Sie ballte die Hände zur Faust. »Irgend jemand hat sich hier eingemischt. Pfarrer Gower – Jim hat mir davon erzählt. Er hat alles immer nur schlimmer gemacht, weil er nicht verstand, womit er es hier zu tun hatte. Der Exorzismus funktioniert, aber nur, wenn der zuständige Priester die Lage richtig einschätzt. Viele tun's nicht. Oft haben sie es mit Menschen zu tun – mit Menschen wie Sie und ich, und nicht mit Dämonen. Dann wieder sind sie mit etwas konfrontiert, das noch viel böser ist und das sie nicht begreifen können, und dann läßt ihr Glaube an das, was sie tun, sie im Stich. Sie sind nicht stark genug.«

»Und womit haben wir es hier zu tun?« fragte Joss im Flüsterton. Ihre Augen waren auf Natalie geheftet.

»Ich weiß es noch nicht genau. Als ich als Kind hierherkam, war ich immer willkommen. Ich konnte mit Sam und Robert reden. Aber die sind nicht da. Sie verstecken sich. Da ist etwas anderes.« Rastlos, mit raschen Bewegungen stand sie auf und sah kopfschüttelnd zum Fenster hinaus. »Jetzt ist zu viel hier. Es ist verwirrt. Ich brauche etwas Zeit. Gehen wir wieder in den großen Saal.«

Einige Minuten später, als sie vor dem Kamin stand, schüttelte sie erneut den Kopf. »Ich kann so viel Wut und so viel Schmerz fühlen.« Sie legte sich die Hände an die Schläfen. »Es füllt meinen Kopf aus. Ich kann die Stimmen nicht unterscheiden.«

Joss zitterte. In ihrem eigenen Kopf fühlte sie auch etwas – ein Echo, sonst nichts; ein Echo, das sie nicht ganz hören konnte.

Katherine

Es war der Name aus den Schatten.

»Katherine«, flüsterte sie. »Gehört sie dazu?«

Natalie hob abwehrend die Hand und lauschte angestrengt auf etwas, das Joss nicht hören konnte.

Katherine, meine Geliebte. Du solltest auf ewig mir gehören. Katherine! Wo bist du?

Natalie nickte. »Katherine ist Teil des Schmerzes. Seine Trauer ist in jedem Stein, in jedem Balken und jedem Dachziegel dieses Hauses gefangen.«

»Wessen Trauer?« fragte Joss leise. »Die des Königs?«

Natalies Blick wanderte zu ihr. »Sie wissen also Bescheid? Haben Sie ihn gesehen?«

Joss zuckte hilflos mit den Schultern. Die Jalousie in ihrem Kopf war plötzlich wieder heruntergekommen, die schwarze Mauer, die sie nicht durchdringen konnte. »Ich glaube schon. Mein kleiner Sohn nennt ihn den Blechmann, wegen seiner Rüstung.«

Natalie lächelte verwundert und nickte. »Seltsam, daß er im Haus seiner Geliebten eine Rüstung trägt, finden Sie nicht?«

»Das habe ich auch gedacht. Aber er ist wütend und verbittert. Warum sollte er sonst Leute umbringen?«

»Psst.« Natalie hob plötzlich die Hand. »Vielleicht können wir ihn dazu bringen, mit uns zu sprechen. Aber nicht jetzt. Gehen wir nach draußen. Haben Sie etwas dagegen?«

Als sie durch den Hof in den Garten gingen, konnten sie in der Remise keine Spur von Jimbo oder Luke entdecken. Natalie trug ein Paar von Lyns Gummistiefeln und hatte über ihr schickes Kostüm eine alte Jacke von Joss gezogen.

Sobald sie auf der Wiese standen, schüttelte Natalie ihr ordentliches, glänzendes Haar im Wind und hüpfte wie ein Kind über den Rasen.

»Entschuldigung, aber die Atmosphäre im Haus war so bedrückend. Ich konnte nicht mehr richtig denken. Überall habe ich gespürt, wie sie mir zuhören. Es ist besser, wenn wir hier draußen reden und sozusagen unter vier Augen beschließen, was wir tun sollen.«

»Tom und Ned sind in Gefahr, stimmt's?« Joss ging neben ihr her zum See hinunter.

»Wenn man die Geschichte dieses Hauses bedenkt, dann muß man davon ausgehen, ja.«

»Aber warum? Weshalb tut er Jungen weh?« Sie zögerte. »Haben Sie das ernst gemeint? Können Sie ihn wirklich dazu bringen, mit uns zu sprechen?«

»Ich kann's versuchen«, antwortete Natalie mit einem Schulterzucken und seufzte. »Ich wünsche, ich wäre nicht so müde. Ich habe das Gefühl, völlig ausgelaugt zu sein.«

Mittlerweile hatten sie den See erreicht. »Wissen Sie, innen im Haus habe ich gesagt, daß ich die Stimmen nicht unterscheiden kann. Es sind mehr, als ich erwartet hatte. Nicht die Kinderstimmen, nicht die der Jungen und Männer, die gestorben sind. Andere, kräftige Stimmen.«

»Männer- oder Frauenstimmen?« Joss sah einem Teichhuhn zu, das über den Blättern der Seerosen hin und her trippelte.

»Das ist das Seltsame. Ich bin mir nicht sicher. Ich kann Bruchstücke von Wörtern hören, von mächtigen Wörtern, aber ich kann sie nicht verstehen. Es ist, wie wenn man am Senderknopf eines Radios dreht. Man flitzt durch die Sender – manche sind stark, manche schwach, oft knackst und rauscht es, und ab und zu – ganz selten – findet man einen Sender, in dem man alles verstehen kann, der Empfang ist gut, und eine Zeitlang kann man ihm zuhören. Und dann passiert etwas – die Windrichtung ändert sich, die Antennen in meinem Kopf bewegen sich ein wenig, und er ist fort, und ich finde ihn nicht wieder.«

Es entstand eine lange Pause, bis Joss schaudernd fragte: »Sie können die Stimmen hören – aber können die Stimmen Sie hören?«

»Was denken Sie denn, warum wir nach draußen gegangen sind?«

»Sie glauben also, daß sie in den Mauern des Hauses gefangen sind, und daß sie nicht reisen können?«

»Ich weiß es nicht«, antwortete sie und schnitt eine Grimasse. »Aber hier draußen fühle ich mich sicherer.«

Joss stellte den Kragen ihrer Jacke hoch. »Luke und ich sind gerade aus Frankreich zurückgekommen. Wir haben dort Paul Deauville besucht, den zweiten Mann meiner Mutter. Er hat mir ihre letzten Tagebücher gegeben, und darin hat sie Edward mit Namen erwähnt. Sie schreibt, sie hätte geträumt, daß er überall nach ihr suchte und sie in Frankreich nicht erreichen konnte. Aber dann stand etwas Sonderbares da; sie schrieb: ›Ich war mir so sicher, daß sie niemals das Wasser überqueren könnte.‹«

»Sie?«

»Welche Person kann Wasser nicht überqueren? Ein Vampir? Ein Toter?«

»Eine Hexe?« Natalies Stimme klang sehr nachdenklich.

»Margaret de Vere wurde der Hexerei angeklagt, weil sie versucht haben soll, den König zu ermorden«, fuhr Joss bedächtig fort. »Sie war Katherines Mutter – die Katherine, die wir für die Geliebte des Königs halten. Hier in Belheddon.« Plötzlich ergriff das Teichhuhn die Flucht. Mit wild flatternden Flügeln rannte es über die Seerosenblätter, bis es sich in die Luft erhob und hinter der Hecke außer Sichtweite verschwand. »In Frankreich habe ich auch herausgefunden, daß eine Katherine – eine Frau, die außer von meiner Mutter von niemandem gesehen wurde – sie an ihrem Sterbebett besucht hat. Sie hat meiner Mutter weiße Rosen mitgebracht. Paul sagt, eine Katherine wäre die Geliebte des Mannes gewesen, der hier in Belheddon der Liebhaber meiner Mutter war, und sie wäre so wütend und eifersüchtig gewesen, daß sie meine Mutter über das Wasser verfolgte.« Ohne etwas wahrzunehmen, starrte sie auf die Kreise, die ein auf der Wasseroberfläche treibendes Blatt verursachte. »Ich versuche, mir einen Reim darauf zu machen, aber es ergibt keinen Sinn. Müssen wir davon ausgehen, daß König Edward von England, ein Mann, der seit fünfhundert Jahren tot ist, der Liebhaber meiner Mutter war?« Joss sah auf und begegnete Natalies Blick. »Davon gehen wir doch aus, oder? Aber das kann nicht sein. Das geht doch gar nicht.«

»Sie waren beide einsam, Joss. Ihr Vater war gestorben. Und er, Edward, hatte seine Katherine verloren.«

»Aber er war tot!« stieß Joss entsetzt hervor.

»Er ist ein an die Erde gebundener Geist, der noch immer irdische Gefühle hat«, erklärte Natalie sanft. »Er empfindet nach wie vor Wut und Angst und Bitterkeit – ich vermute, das sind die Gefühle, die ihn hier halten –, aber vielleicht empfindet er auch Einsamkeit und sogar Liebe. Wir verstehen diese Dinge nicht, Joss, und deswegen müssen wir uns auf unsere Intuition verlassen. Etwas anderes haben wir nicht.«

Joss sah wieder ins Wasser. Aus dem Nichts war eine Erinnerung aufgetaucht; der Keller, ein Gesicht, zwei Arme …

»Joss? Joss, was ist los? Was stimmt denn nicht?« Natalies Arm lag um ihre Schulter. »Joss, Sie sind ja leichenblaß! Kommen Sie, hier draußen ist es kalt. Gehen wir hinein.«

»Nein.« Joss schüttelte Natalies Arm ab. Sie versuchte zu denken, sich zu erinnern, ein ihr entgleitendes Bild zu greifen, eine Chimäre am Rand ihres Bewußtseins, aber schon war es verschwunden, und die Mauer war wieder da, undurchdringlich, und es blieb nichts als der saure Nachgeschmack blinder Panik.

Natalie beobachtete sie genau. Sie konnte die Angst und die Abscheu sehen, die Joss wie einen Mantel umhüllten, und plötzlich begriff sie. »Guter Gott«, flüsterte sie. »Er hat mit Ihnen geschlafen!«

»Nein!« Joss schüttelte wild den Kopf. »Nein, natürlich nicht. Wie könnte er denn? Das ist abstoßend. Das ist unmöglich!

Nein!« Sie wurde zusehends erregter, lief ein paar Schritte das Ufer entlang und blieb dann abrupt stehen. Unter der dicken Schicht ihrer Jacke, des Pullovers und der Bluse war ihre Haut eiskalt; Ekel und Widerwillen stiegen in ihr auf. Dann zuckte eine weitere Erinnerung an ihr vorüber. Augen, blaue, warme Augen, nah an ihrem Gesicht, und ein Wirbel weichen, dunklen Samtes, dann waren sie wieder verschwunden, und sie stand mit Natalie am See unter den tiefhängenden Novemberwolken.

Es folgte eine weitere lange Pause, bis Natalie schließlich fragte: »Ist alles in Ordnung?« Sie war ihr gefolgt und betrachtete sie voller Mitgefühl.

Joss lächelte schwach. »Gehen wir wieder hinein.«

»Gut. Wenn Sie wollen.« Natalie zögerte. »Ich könnte versuchen, allein mit ihm zu reden, aber ...« Nach einer kurzen Pause fuhr sie fort: »Es wäre besser, wenn Sie dabei wären. Wissen Sie, Sie gehören zum Haus. Sie sind Teil des Ganzen.«

Joss nickte. Langsam ging sie über den Rasen zurück und betrachtete das Haus vor sich. Es sah ungewohnt leer aus; die Fenster des Arbeitszimmers waren mit Läden verschlossen, die Schlafzimmervorhänge halb zugezogen, die Scheiben unter dem düsteren Himmel tot und ohne Spiegelung. »David Tregarron kommt heute nachmittag«, sagte sie schließlich. »Er ist ein Freund von uns, und Neds Pate. Er war mit Edgar Gower hier, als er seinen Herzschlag hatte. Er beschäftigt sich mit der Geschichte des Hauses. Und er hat auch die Sache mit Margaret de Vere herausgefunden.«

»Kann er sehen?«

»Soweit ich weiß, nicht«, erwiderte Joss. »Er liebt nur die Geschichte und die Romantik und all das. Und natürlich das Rätselhafte.«

»Natürlich.« In Natalies Bemerkung klang leiser Spott mit.

»Ich habe ihn gebeten zu kommen, damit er mir erzählt, was an dem Abend mit Edgar wirklich passiert ist, und auch, weil er das alles glaubt. Ganz im Gegensatz zu meinem Mann, der an meinem Verstand zweifelt. David meint, daß Margaret de Vere wirklich eine Hexe war. Nicht eine arme, dumme, irregeleitete alte Frau, sondern eine gebildete, gerissene Frau, die Schwarze

Magie praktizierte. Wußten Sie, daß es hier in der Kirche eine Grabplatte von ihr gibt, eingelassen im Boden?«

Natalie blieb stehen. »Eine Grabplatte? In der Kirche?«

»Unter dem alten Teppich im Altarraum.«

»Sie kann nicht dort begraben sein. Es muß eine Gedenkplatte sein.«

»Warum nicht? Warum kann sie nicht dort beerdigt sein?«

»Nicht, wenn sie eine Hexe war.«

»Ach, natürlich.« Joss zögerte. »Möchten Sie die Platte sehen?«

»Jetzt?«

»Warum nicht?« Joss deutete zur Kirche. Sie schauderte. Auf jeden Fall zögerte sie auf diese Weise den Moment hinaus, in dem sie wieder ins Haus zurückkehren mußte.

Die ersten kalten Regentropfen fielen herab, als Joss nach dem Eisenring griff und die Tür öffnete. In der Kirche war es sehr finster. Hinter ihr flüsterte Natalie: »Warten Sie, ich schalte das Licht an.« Joss ging voraus, und wenige Sekunden später erstrahlten die Lampen im Schiff und im Altarraum und beleuchteten das Deckengewölbe.

»Es ist hier, sehen Sie?« Joss stand neben dem Teppich. »Natalie?« Natalie stand noch zögernd in der Tür. »Was ist los?« Sie bückte sich, um den Teppich anzuheben.

»Nicht anfassen!« rief Natalie streng. Nur langsam ging sie das Kirchenschiff zwischen den Bankreihen hinauf. Sie spürte das dichte Miasma von Haß, das von der Stelle, wo Joss stand, aufstieg. Es war wie etwas Greifbares in der Mitte des Bodens.

Als Natalie sich schließlich neben Joss stellte, waren ihre Hände schweißnaß. »Wer immer sie hier beigesetzt hat, hat das gegen den Wunsch der Kirche getan, und zusammen mit ihr haben sie das Werkzeug ihrer Zunft begraben«, flüsterte sie. »Sie müssen sehr einflußreich oder sehr mächtig gewesen sein, um das durchzusetzen.«

»Die Familie war auch sehr mächtig«, murmelte Joss. »Der König war auf ihrer Seite.«

»Das stimmt«, gab Natalie düster zurück. Sie fuhr mit der

Fußspitze unter die Ecke des Teppichs und schob ihn zurück, so daß ein Teil der wunderschönen filigranen Metallarbeit im Steinboden zu sehen war. »Ich kann mich nicht erinnern, das jemals gesehen zu haben oder auch etwas gefühlt zu haben. Irgend etwas hat das Böse wieder zum Leben erweckt.«

Joss verzog das Gesicht und fuhr schaudernd zusammen. »Da drüben ist noch eine andere Messingplatte, eine ganz kleine, in der Wand. Sie ist für ihre Tochter Katherine.«

Natalie zitterte ebenfalls. Es war sehr kalt in der Kirche.

»Margaret wurde vorgeworfen, den König verhext zu haben, damit er Katherine verfällt, aber dann ist sie gestorben. Natalie?« Plötzlich wurde ihre Stimme schrill. »Was ist das? Es riecht wie Rauch.«

»Es ist Rauch.« Natalie starrte das Schiff hinab zu der Tür, durch die sie gerade getreten waren. Eine dünne Rauchsäule, die den Geruch von Kartoffelfeuer verbreitete, bewegte sich mit langsamen Drehungen hinten in der Kirche.

Joss packte ihren Arm. »Was ist das?« flüsterte sie.

Natalie versetzte Joss einen kleinen Stoß. »Ich glaube, wir vertun besser keine Zeit damit, uns das zu überlegen. Sehen wir zu, daß wir hier verschwinden!«

»Wir müssen das Licht ausmachen...«

»Lassen Sie's! Kommen Sie, schnell!« Sie zog Joss zum Seitenschiff, während die Rauchsäule sich langsam auf sie zubewegte. In dreißig Sekunden waren sie im Freien und ließen die Tür krachend hinter sich ins Schloß fallen.

»Was war das?« fragte Joss keuchend, als sie rasch den Pfad entlanggingen. Ihr war übel vor Angst.

»Eine Art Energie. Schwarze Energie.«

»Es war keine Person?«

»Nein, es war keine Person.«

Joss blieb stehen und hielt sich die Seite. »Es tut mir leid, ich habe Seitenstechen. Ich kann keinen Schritt mehr machen. Sind wir hier außer Gefahr? Ich dachte immer, Kirchen wären sicher, weil sie heilig sind, Natalie!«

»Normalerweise sind sie das auch, aber diese wurde entweiht durch die Beisetzung einer Person, die Schwarze Magie praktizierte, und zwar direkt vor dem Altar. Wer weiß, welchen Einfluß das auf die Kirche haben mag?« Natalie atmete tief ein; sie war ängstlicher, als sie sogar sich selbst eingestehen wollte. »Wie gesagt, ich habe hier noch nie etwas gefühlt, aber andererseits …«, sie lächelte gepreßt, »… bin ich nur selten hier gewesen. Vor kurzem muß hier etwas passiert sein …« Nach kurzem Überlegen fuhr sie fort: »Mary Sutton. Jim hat mir erzählt, daß sie hier gestorben ist. Vielleicht war sie es. Aber vielleicht hat es auch etwas damit zu tun, daß Sie mit kleinen Kindern in das Haus gekommen sind; es waren jahrzehntelang keine Kinder dort. Ich weiß nicht … Es gab Geschichten über die Kirche … Meine Mutter hat ein kleines Buch darüber. Vielleicht frage ich sie danach. Ich finde, wir sollten ins Haus zurück.«

»Aber das Haus …«

»Ich weiß.« Natalie lachte grimmig. »Das Haus ist auch beängstigend. Aber wenigstens weiß ich da, womit ich es zu tun habe.«

»Hoffentlich haben Sie recht.« Joss krümmte sich zusammen, um das Seitenstechen zu lindern; außerdem fühlte sie sich plötzlich schwindelig.

Natalie bemerkte nichts davon; sie sah mit gerunzelter Stirn zur Kirche zurück. »Joss, haben Sie gesehen, wo die Energie herkam?«

»Von der Tür.«

»Sie war vor Katherines Messingplatte aufgestiegen.«

Katherine

Das Wort hallte durch die Stille.

Diesmal hörten sie es beide.

»Ist sie in der Nähe der Platte beigesetzt, oder ist das nur eine Gedenktafel?«

Joss zuckte die Achseln. Dann richtete sie sich langsam auf und lehnte sich gegen die alte Kastanie neben der Pforte. Sie atmete ruhig und tief durch, um das krampfhafte Zucken in ihrem Magen zu beruhigen. Ganz in der Nähe lag das Grab ihres Vaters, dahinter konnte sie gerade noch die kleinen weißen Kreuze ausmachen, wo Georgie und Sam beerdigt waren.

Beinahe ohne es zu merken, streckte Joss die Hand nach Natalie aus. »Ich habe Angst«, flüsterte sie. »Schreckliche Angst.«

41

Als sie vom Pfad in den Hof traten, fanden sie dort David und Luke vor. David gab Joss einen Kuß, schüttelte Natalie die Hand und ging ihnen dann in die Küche voraus. Jimbo klopfte seiner Schwester nur kurz auf die Schulter und zog es vor, draußen im Wagenschuppen zu bleiben und weiterzuarbeiten.

»Ich habe jemanden gefunden, der heute nachmittag für mich einspringt, deswegen konnte ich gleich kommen«, erklärte David. Außer seiner Reisetasche hatte er einen Stapel Bücher und Unterlagen im Arm, den er auf den Küchentisch fallen ließ. »Jede Menge Neues über Belheddon und die Familien, die hier gelebt haben, über die de Veres und Edward IV. und Richard III.« Weder er noch Luke bemerkten, daß die beiden Frauen leichenblaß und sehr schweigsam waren.

Mit zitternden Händen griff Joss nach den Büchern und fühlte, wie sie trotz allem neugierig wurde.

»Der Unfall war entsetzlich. Absolut schrecklich. Ich mache mir immer noch Vorwürfe deswegen.« Endlich sah David Joss in die Augen. »Ich hätte ihn nie anrufen dürfen; er hätte nie hierherkommen dürfen. Es tut mir so leid.«

»Es war nicht deine Schuld«, beschwichtigte ihn Joss und griff nach seiner Hand. »Du darfst dir nicht die Schuld geben.«

Seine Finger umschlossen ihre, und einen Moment hatte er das Gefühl, als würde er in ihrem Blick ertrinken. Sie war eine wunderschöne Frau, die einen betören und verhexen konnte. Schlagartig erinnerte er sich, wo er war, und ließ ihre Hand los. Luke hatte nichts bemerkt; er redete mit Natalie.

David betrachtete die junge Frau. Sie war sehr attraktiv und schick gekleidet, jetzt, da sie die häßliche alte Jacke ausgezogen hatte. Er fragte sich, was sie hier tat.

Als ob sie seine unausgesprochenen Worte gehört hätte, richtete sie ihre großen grauen Augen auf ihn. »Sie fragen sich, was ich hier suche. Darf ich mich vorstellen? Medium, Verrückte und, laut meinem Vater, Hexe.« Ihr Lächeln, so fand David, wirkte allerdings überaus menschlich. »Ich bin hier, um zu helfen«, fuhr sie mit einem Blick auf Joss fort und nickte ihr ermutigend zu. Im Moment wollte keine von ihnen erzählen, was in der Kirche vorgefallen war.

»Das ist gut.« David lächelte sie an. Seine Beklommenheit, das Haus zu betreten, war verschwunden. Hier, in der warmen Küche, zusammen mit drei anderen Menschen und am hellichten Tag, fühlte es sich völlig normal an. »Die Kinder sind bei den Goodyears, hast du gesagt?« fragte er Luke. »Sie sollten dort bleiben, bis die Sache hier geklärt ist.«

Luke verzog den Mund. »Ich glaube, das ist sowieso beschlossene Sache. Also, was willst du tun? Wenn ich dich richtig verstehe, bist auch du gekommen, um zu helfen.« Er ließ seinen Blick etwas länger als notwendig auf Davids Gesicht ruhen, bevor er zu Natalie sah.

David zuckte die Achseln. »Das überlasse ich der Fachfrau.«

»Die Fachfrau ist im Augenblick etwas verwirrt«, antwortete sie selbstironisch, schob ihren Stuhl zurück und stand auf. »Könnt ihr alle hier warten und Kaffee kochen oder etwas in der Art, während ich allein durchs Haus gehe? Es gibt ein paar Dinge, die ich noch nicht ganz verstehe.«

Schweigend sahen sie zu, wie Natalie die Küche verließ, und hörten, wie ihre Schritte auf den Steinplatten im Gang allmählich verhallten.

»Eine mutige Frau«, bemerkte David leise. »Vor allem angesichts der Sachen, die ich hier drin gelesen habe. Eine interessante Fußnote: Katherines Kind, ob es nun der Sohn ihres Mannes oder des Königs war, hat die Geburt überlebt, die sie das Leben gekostet hat. Er ist 1500 gestorben, das heißt, er ist nur achtzehn geworden, aber er hatte vorher noch genug Zeit, um zu heiraten und eine Tochter zu zeugen, die nach seiner Mutter Katherine benannt wurde.« Er legte die Hand auf den Bücherstapel. »Davon abgesehen geht es hier mehr um Hexerei und Magie. In der damaligen Zeit war die Zauberkunst ziemlich hoch entwickelt.«

»Glaubst du wirklich, daß Natalie eine Hexe ist?« Luke zog eine Augenbraue hoch. »Sie entspricht nicht ganz meinem Bild von einer Hexe. Ich kann mir eher vorstellen, wie sie mit dem Morgenzug zur Arbeit in die City fährt, als daß sie nackt mit einem Besen um ein Feuer tanzt!«

»Das klingt, als würdest du einigen Stereotypen aufsitzen, alter Junge, und dich darüber hinaus chauvinistischen und politisch inkorrekten Gedanken hingeben!« widersprach David grinsend. Dann zwinkerte er Joss zu. »Was meinst du? Kann sie etwas machen?«

»Ich hoffe es«, antwortete Joss achselzuckend. »Für uns alle.«

»Ich sehe mal nach, was sie macht.« Luke ging zur Tür.

»Luke, nein!« rief Joss.

»Laß ihn eine Minute gehen, Joss.« David ergriff ihre Hand. »Ich möchte dir kurz etwas sagen, solange wir allein sind.« Seine Stimme war ernst.

»Worum geht's?«

»Joss, ich habe beschlossen, Ende nächsten Jahres Dame Felicia's zu verlassen.« Es klang so beiläufig und sachlich, daß sie nie die Trauer und die Einsamkeit hinter seinen Worten erraten hätte. »Ich habe eine Stelle angenommen, als Lehrer in Paris«, fuhr er mit einem bemühten Grinsen fort. »Eine Luftveränderung tut immer gut, wie du weißt. Schließlich geht mein Forschungsprojekt bei Belheddon Enterprises bald zu Ende. Wenn wir alles wissen, was es zu wissen gibt, was fange ich dann mit meiner Zeit an?«

»David …«

»Nein, Joss. Es ist alles schon geregelt. Mach dir keine Sorgen, wir bleiben in Kontakt. Schließlich muß ich ja meinen Patensohn im Auge behalten. Und du wirst ja öfter nach Paris kommen, jetzt, wo du Paul entdeckt hast.« Er schnitt eine Grimasse. »Eine neue Aufgabe kann nicht schaden, Joss.« Er sah ihr eine Sekunde in die Augen und blickte dann beiseite. Dabei fragte er sich, ob sie je ahnte, wie sehr er sie ins Herz geschlossen hatte? Er hoffte, nicht.

»Wir werden dich vermissen, David.« Sie sprach sehr leise.

Er nickte nur, weil er befürchtete, seine Stimme könnte seine Gefühle verraten. Erst nach einer Weile brach er das Schweigen. »Aber du wirst mich noch oft zu Gesicht bekommen, bevor ich fahre, das verspreche ich. Es sind ja noch Monate hin.« Er drückte ihre Hand. »Und jetzt kümmern wir uns wieder um diese Sache. Laß uns lieber nach Luke sehen, bevor unsere Hexe ihn in eine Kröte verwandelt!«

Natalie stand wieder vor dem Kamin im großen Saal. Jetzt konnte sie es deutlich wahrnehmen. Die Kraft, die um sie herum brodelte – eine unkontrollierte, ziellose Kraft –, die ihren Ursprung irgendwo unter den kalten Steinplatten hatte und von dort aus heraufdrang. Sie streckte die Hände mit der Handfläche nach unten aus, um die genaue Quelle zu lokalisieren. Da war etwas, tief unter der Erde.

Das Gesicht angespannt vor Konzentration, ging sie langsam in den Gang hinaus zur Treppe und legte die Hand auf die Kellertür. Sie war abgeschlossen. Natalie rüttelte an der Klinke. Zuvor waren die Gefühle aus dem Keller zwar negativ und unglücklich gewesen, aber sanft. Der Schmerz, der den kleinen zerschmetterten Körper des Jungen umgeben hatte, hatte die Mauern durchdrungen, aber dieses Gefühl war verschwunden. Selbst durch die geschlossene Tür hindurch konnte sie etwas anderes spüren.

Entschlossen drehte sie sich um und ging in die Küche. »Ich brauche den Schlüssel zum Keller, bitte.«

»Zum Keller?« wiederholte Joss. »Schon wieder?«

»Bitte. Da unten ist irgend etwas. Nein«, sagte sie dann, als Joss aufstand, und machte eine abwehrende Geste. »Bitte bleiben Sie hier. Sie alle. Sagen Sie mir nur, wo der Schlüssel ist.«

Mit dem Schlüssel in der Hand blieb sie eine Minute in der Mitte des Arbeitszimmers stehen und atmete tief durch; sie hatte das Gefühl, in sich selbst zu ruhen und stark zu sein, umgeben von einer Rüstung aus Licht. Sie verbot sich, der kribbelnden, ängstlichen Nervosität in ihrem Magen nachzugeben, ging mit festen Schritten zur Kellertür zurück und steckte den Schlüssel ins Schloß.

Der kalte Luftzug, der aus der modrigen Dunkelheit heraufdrang, war der gleiche wie immer. Sie schaltete das Licht ein, trat durch die Tür und stellte sich auf die oberste Stufe.

Dann ging sie langsam hinunter.

Unten blieb sie stehen und nahm all ihre Sinne zusammen. Sie sah nicht die Weinregale oder den Staub, die mit Isolierwolle umwickelten Wasserrohre und Stromleitungen, die mit dem zwanzigsten Jahrhundert ins Haus gekommen waren. Ihre Augen waren auf das mittelalterliche Gewölbe gerichtet und auf die Schatten in der hintersten Ecke des Kellers, unterhalb des großen Saals, die von lang erloschenen Kerzen geworfen wurden.

Leise trat sie näher. Jetzt konnte sie es stärker fühlen: den ungezähmten, schweißerfüllten Geruch von Gefahr und Erregung.

Joss zitterte. »Ich halte das nicht mehr aus! Ich muß nachsehen, was sie macht.«

»Aber sie hat dir gesagt, du sollst hierbleiben, Joss«, sagte Luke abwehrend. Er war schrecklich beklommen, jeder Nerv in seinem Körper zum Zerreißen angespannt.

»Ich muß aber. Es ist mein Haus, Luke. Ich muß dabeisein.« Sie sprach sanft und überhaupt nicht trotzig, aber weder ihm noch David entging die eiserne Entschlossenheit in ihrer Stimme.

»Sei vorsichtig, Joss.«

Sie lächelte geistesabwesend. »Wird gemacht.«

Oben an der Kellertreppe blieb sie stehen und sah hinunter. Das Licht brannte, aber der vordere Keller war leer.

Nur mit Mühe konnte sie sich davon abhalten, laut nach Natalie zu rufen. Dann begann sie vorsichtig die Stufen in die Kälte hinabzusteigen und hielt die Luft an, um kein Geräusch zu überhören. Die Stille war intensiv, massiv. Unten wartete sie ein Weile und sah sich um. »Natalie?« Ihre Stimme war kaum lauter als ein Flüstern. »Wo sind Sie?«

Es kam keine Antwort.

Langsam ging sie zum Gewölbebogen, der in den zweiten Keller führte. Natalie stand vor der rückwärtigen Wand und starrte auf die Steine. Offenbar horchte sie angestrengt auf etwas.

Ganz leise trat Joss neben sie. Natalie ließ nicht erkennen, daß sie ihre Gegenwart bemerkte. Ihre Augen waren auf die Mauer gerichtet, ihre Hände mit gespreizten Fingern vor sich ausgestreckt, als suche sie nach etwas, das sie nicht sehen konnte.

»Es ist hier«, murmelte sie, »der Mittelpunkt. Kannst du es spüren?«

Joss stellte sich noch näher zu ihr. Sie spürte, daß jeder Nerv, jeder Muskel ihres Körpers sich anspannte.

»Was ist es?« hauchte sie.

»Ich weiß es nicht. Unter dem Boden hier ist jede Menge Energie. Ein Wünschelrutengänger würde vielleicht sagen, daß da ein unterirdischer Fluß oder eine Quelle verläuft, oder auch nur Erdenergie. Aber sie ist angezapft worden. Jemand hat sie benutzt, allerdings nicht auf die vorgesehene Art.«

Joss schluckte schwer. Ihre Haut kribbelte. »Kannst du etwas dagegen tun?«

»Das weiß ich noch nicht.« Natalie machte noch einen Schritt auf die Mauer zu, legte ihre Hände auf den kalten Stein und fuhr mit den Fingern über die Wand bis fast zum Boden hinab.

»Es ist dahinter. Was immer es ist.« Sie drehte sich zu Joss um. »Wir müssen nachsehen. Es tut mir leid, aber wir müssen nachsehen.«

»Du meinst, wir müssen die Mauer einreißen?«

Natalie nickte. »Nicht die ganze. Aber ich glaube, es ist hier. Ich kann es durch die Steine hindurch fühlen.« Einen Moment preßte sie die Hand gegen einen der grob behauenen Quader und packte den Rand so gut sie konnte mit den Fingernägeln, aber der Stein gab keinen Millimeter nach.

»Es ist einzementiert worden. Sieh her.« Joss beugte sich über ihre Schulter und deutete auf den bröckelnden Verputz.

Natalie nickte. »Wir brauchen eine Brechstange.«

»Ich hole die anderen.« Joss zögerte. »Kommst du mit? Warte lieber nicht allein hier unten.«

Natalie lächelte grimmig. »Keine Sorge. Mir passiert schon nichts. Hol nur etwas, damit wir den Stein herausheben können, und bring deinen Freund David mit. Aber nicht Luke. Nicht jetzt. Erst wenn wir wissen, was hier los ist.«

Nach einer kurzen Pause nickte Joss und ging wortlos in den Saal hinauf. Als sie die abgestorbenen Blumen auf dem Eichentisch betrachtete, fuhr sie schaudernd zusammen, und fast ohne es zu merken, griff sie mit der Hand nach dem kleinen Kreuz um ihren Hals.

»Nein, das ist zuviel verlangt. Ich bleibe nicht hier oben!« Luke hatte in der Remise eine Brechstange gefunden. »Guter Gott, Joss! Glaubst du, ich laß dich dort runter, wenn es gefährlich ist? Entweder ich komme mit, oder keiner von uns geht.«

»Sie könnten hier bei mir bleiben, Luke.« Jimbo wischte sich die Hände an einem öligen Lumpen ab. »Wenn Nat sagt, daß Sie nich runtergehen sollen, sollten Sie das auch nich. Sie weiß, wovon sie redet.«

»Das glaube ich, aber es ist mein Haus, und was hier passiert, geht mich etwas an.«

»Vielleicht ist das Frauensache, Luke.« Jimbo trat unbehaglich von einem Fuß auf den anderen.

»Dann würde sie David nicht dabeihaben wollen.« Luke packte die Brechstange und schlug sie fest auf seine geöffnete Handfläche. »Du kannst mitkommen oder hierbleiben, ganz wie du willst, aber ich gehe jetzt nach unten.«

David und Joss warfen sich einen Blick zu, und dann zuckte Joss hilflos mit den Schultern. »Also gut, gehen wir. Hören wir mal, was Natalie sagt.«

Als die drei leise die Treppe hinunterkamen, stand Natalie noch an genau derselben Stelle, wo Joss sie zurückgelassen hatte. Sie drehte sich nicht um. »Joss, du trägst ein Kreuz. Gib es Luke. Leg es ihm um den Hals.«

Die anderen sahen sich verwundert an. Natalie hatte ihren Blick nicht von der Wand genommen, und das Kruzifix war unter Joss' Kleidern verborgen. Soweit Joss wußte, hatte Natalie es nie gesehen. Gehorsam öffnete sie den Verschluß der Kette. Zu ihrer Überraschung erhob Luke keinerlei Einwände, als sie sie ihm um den Hals legte. Sie glaubte, den Grund dafür zu kennen: Die Atmosphäre im Keller war spürbar dichter geworden.

Ohne ein Wort nahm David Luke die Brechstange aus der Hand und trat zu Natalie. »Was soll ich tun?« fragte er flüsternd.

»Hier. Ich glaube, es ist hier.« Natalie deutete auf eine Stelle in der Wand. »Können Sie den Stein lockern?«

Vorsichtig steckte David das Ende der Stange in die Lücke. »Das ist alter Kalkzement. Sehen Sie, er ist ganz weich.« Er bewegte das Eisen hin und her, um den keilförmigen Ansatz weiter in die Mauer zu treiben. »Ja, jetzt kommt's. Hier unten ist wirklich alles am Zerfallen.« Vor Anstrengung keuchend, trieb er die Stange noch einmal mit aller Kraft hinein, und diesmal gelang es ihm, den Stein herauszuhebeln, so daß er krachend zu Boden fiel.

Es entstand ein langes Schweigen, während David das Brecheisen weglegte und nach der Taschenlampe suchte, die er von der Anrichte in der Küche mitgenommen hatte. Dann leuchtete er in die Höhle. »Das ist ein ganz schön tiefes Loch.«

»Vielleicht geben Sie sie besser mir.« Natalies Stimme war heiser. Sie spürte die emotionalen Wellen, die aus der Wand zu ihr strömten, saure, bösartige Wogen von Wut und Haß und Heimtücke. Widerstrebend nahm sie David die Lampe aus der Hand und sah zu den anderen. »Alles in Ordnung bei euch?«

Sie bemerkte, daß alle das Gefühl in der Luft zu einem gewissen Maß spüren konnten, sogar Luke. Joss' Gesicht war grau und schmerzverzerrt.

Dann trat Natalie näher an die Wand und leuchtete mit der Lampe in den kleinen Schacht.

Zuerst dachte sie, es läge nichts darin; aber als ihre Hand ruhiger wurde, konnte sie im Schein der Taschenlampe die Form der Höhle hinter der Wand ausmachen. Sie war wesentlich kleiner, als sie erwartet hatte, vielleicht neunzig mal sechzig Zentimeter. Kein Platz für die Leiche oder Leichen, mit denen sie beinahe gerechnet hatte. Innerlich seufzte sie erleichtert auf und tastete mit dem Licht die dunkle Höhle ab. Da erst bemerkte sie, daß zwischen dem Schutt ein kleines Päckchen lag.

»Das ist es.« Sie sprach zu sich selbst, obwohl sie es laut sagte. »Daher kommt die Energie.«

Ihre Haut kribbelte vor Ekel, als sie in den Schacht griff und das Päckchen mit den Fingerspitzen herausnahm.

»Was ist das?« flüsterte Joss. Alle starrten auf den Gegenstand in Natalies Hand. Er war ungefähr sieben Zentimeter lang, vielleicht etwas schmaler, und mit Staub, Spinnweben und Zement bedeckt.

»Das ist ja in Stoff eingewickelt«, sagte David nachdenklich. Er streckte die Hand aus, um es zu berühren, überlegte es sich dann aber anders und zog die Hand wieder zurück. »Was ist es?«

Natalie schüttelte langsam den Kopf.

»Wir müssen nachsehen.« Das kam von Luke. Er holte tief Luft. »Soll ich es öffnen?«

»Nein. Ich glaube, wir müssen sehr vorsichtig damit umgehen.« Sie konnte die Kraft spüren, die von dem Gegenstand ausging, sein Gewicht, die Kälte. Ein Schauder ließ sie zusammenfahren, sie mußte sich zwingen, das Päckchen nicht so weit wie möglich von sich zu schleudern. »Ich glaube, wir sollten damit nach oben gehen – nach draußen.« Plötzlich war ihr sehr übel. Angst und Abscheu packten sie derart heftig, daß sie sich kaum mehr in der Gewalt hatte. Ihre Hand begann hilflos zu zittern.

»Natalie…«

»Geht mir aus dem Weg.« Mit zusammengebissenen Zähnen schloß sie die Finger um den Gegenstand und ging auf die Treppe zu. Sie mußte nach draußen. Jetzt. Sofort. Bevor das Böse sie alle umhüllte.

42

»Ego te baptiso…«
Abrupt brach sie ab und hielt den Atem an; das einzige Geräusch in der finsteren Kirche war das Schlagen ihres eigenen Herzens. Über ihrem Kopf flackerte wild das heilige Licht, und sie hörte das Quietschen der Ketten, an denen es hing.

»Ego te baptiso in nomine Patris, et Filii, et Spiritus Sancti…«, setzte sie erneut an.

»Edward…« Ihre Finger schlugen das Zeichen des Kreuzes über die kleine Wachsfigur in ihrer Hand.

»Edward von York, König von England…«
Lächelnd fuhr sie über den Kopf des Püppchens mit der kleinen, ungeschickt geformten Drahtkrone. Ihre Fingerspitze glitt über die Schultern die Brust hinab und blieb kurz am Beinansatz ruhen, dort, wo eine kleine Ausbuchtung seine Männlichkeit andeutete.

Sie setzte die Puppe auf dem Altar ab und griff in ihren mit Quasten verzierten Beutel, der an ihrer Schärpe hing, um eine zweite Puppe hervorzuholen, ebenso unbeholfen geformt wie die erste, doch anhand der Erhebungen am Brustkorb eindeutig als weibliche Figur zu erkennen.

»Ich taufe dich, Katherine…«

Katherine!

Der Name hallte durch die Schatten in der Kirche.

»Und nun«, hauchte sie, »bringe ich euch zusammen, vereine euch in diesem Hause eures Gottes!«

Sie hielt beide Figuren vor das Kruzifix, das hoch über dem Altar hing, drückte sie langsam zusammen und spürte, wie das Bienenwachs in ihren warmen Händen weich wurde. Die süße Klebrigkeit von Honig umgab sie, während sie die beiden Püppchen Gesicht an Gesicht mit einem scharlachroten Seidenfaden zusammenband.

»Im Namen Gottes erkläre ich euch zu Mann und Frau.« Sie lächelte. »Nicht im Vorbau, sondern hier vor dem Altar Gottes, und nun wird die Verbindung durch die heilige Messe selbst gesegnet werden.«

Sie warf einen Blick über die Schulter zu den Schatten, immer im Zweifel, ob nicht doch jemand sie beobachtete, ob nicht der Priester anwesend war, irgendwo hinter der geschnitzten Altarwand.

Mit einer Geste, die ebenso unanständig war wie die Handlung, die sie soeben vollzogen hatte, hob sie das bestickte Altartuch hoch und legte die Puppen darunter, bevor sie das Tuch lächelnd wieder darüberbreitete. Bald würde der Priester kommen, um die Messe zu zelebrieren, und die Vereinigung der Puppen, gebenedeit durch seine Handlungen, würde vollständig sein, unauflösbar in alle Ewigkeit.

Sie wischte sich die Hände an ihrem schweren Brokatrock ab und trat vom Altar zurück.

Ihr Mund verzog sich zu einem Lächeln.

Edward und Katherine.

Jetzt konnte nichts sie mehr trennen, und nichts würde verhindern, daß Katherine ein Kind von ihm empfing.

Nichts.

»Bring es hierher. Leg's auf den Tisch.« Sie standen im Wind und Regen draußen auf der Terrasse rund um den grauen, mit Flechten bewachsenen Gartentisch.

Joss legte Natalie eine Hand auf die Schulter. »Alles in Ordnung?«

Natalie nickte. Hier draußen fühlte sie sich besser; die Atmosphäre war weniger erdrückend, die Wut weniger groß. Der Regen fiel immer heftiger, sie hob das Gesicht, um ihn auf der Haut zu spüren, wie er frisch und sauber über ihr Gesicht in die Haare lief. Mit einem tiefen Atemzug legte sie die Hand mit der Handfläche nach oben auf den Tisch und öffnete die Finger.

»Warten Sie, ich spanne den Schirm auf.« Luke hatte ihn beim Hinausgehen mitgenommen.

»Nein.« Natalie schüttelte den Kopf. »Es kann ruhig naß werden.«

Der Stoff, der das Päckchen umhüllte, war alte, graue und brüchige Seide, die im Regen unter ihren Fingern zerfiel. Als sie ihn behutsam ablöste, starrten alle gebannt auf den Inhalt.

Vor ihnen lagen zwei blasse, wurstförmige Gegenstände, eng aneinandergedrückt und in der Mitte teilweise mit einem fast schwarzen Faden umwickelt.

»Was ist das?« fragte Joss flüsternd.

»Was sind sie, ist eher die Frage.« Natalie machte einen Schritt zurück und betrachtete die Gegenstände auf dem Tisch, auf den der Regen niederprasselte.

»Das ist Wachs.« David beugte sich näher. »Zwei Wachsfiguren.« Er sah zu Natalie auf. »Das sind ja Hexenpuppen.«

»Das glaube ich auch«, stimmte Natalie zu.

»Scheiße.« Er schüttelte den Kopf. »Richtige, echte Zauberfiguren. Was meinen Sie, wen sie darstellen sollen?«

Achselzuckend meinte Natalie: »Sehen Sie doch auf den Kopf der einen.«

»Eine Krone?« Er sah zu Joss. »Das ist Edward, stimmt's? König Edward.« Er streckte die Hand nach der Figur aus.

»Nicht!« schrie Natalie auf. »Wer immer diese Puppen gemacht hat, war böse. Diese Puppen haben nur Unheil gebracht: Unheil für die zwei betroffenen Menschen, Unheil für ihr Kind und ihre Nachkommen, und Unheil für dieses Haus!«

Es regnete immer stärker. Während die vier um den Tisch standen und die grob geformten Figuren aus Wachs betrachteten, bildete sich eine Pfütze um sie, die in das Holz eindrang und die graue Eiche schwarz färbte.

»Ihr Kind?« wiederholte Joss. Sie sah auf; ihre nassen Haare klebten ihr im Gesicht. »Du glaubst, sie hatten ein Kind?«

Natalie nickte.

»Es hieß Edward«, warf David ein. »Ich habe Berichte über ihn gefunden. Nach dem Tod von Katherines Vater 1496 ging das Haus in den Besitz von Edward de Vere über. Sie hatte keine Brüder und auch keine weitläufigeren Verwandten, die es erben konnten. Soweit wir wissen, hieß ihr Mann Richard, sein gesamtes Hab und Gut ging an seinen Bruder. Ich vermute also, daß Edward de Vere der Sohn von Edward IV. war – die Schwangerschaft, die durch die Ehe mit Richard vertuscht werden sollte.«

Natalie beobachtete Joss' Gesicht. »Der Junge war dein Urahne, Joss. Der letzte Mann, der Belheddon erbte.«

»Und er ist mit achtzehn Jahren gestorben, sobald er eine Tochter hatte.« Davids Stimme klang scheu und ehrfürchtig.

Alle starrten auf den Tisch. Joss war leichenblaß geworden.

»Ich glaube, hier liegt der Anfang des Fluchs«, sagte Natalie traurig.

»Und was machen wir mit ihnen?« Joss' Stimme war heiser.

Natalie machte eine hilflose Geste.

»Sollen wir sie trennen?«

»Ich weiß es nicht. Ich *weiß* es nicht.« Gequält wandte Natalie sich ab, hob den Kopf und ließ den Regen über ihr Gesicht strömen. »Wir müssen ihnen helfen, wir müssen sie befreien. Edward und das Mädchen.«

Das Mädchen.

Katherine.

Alle Augen lagen auf ihr. Natalie spürte, wie sie ihre Blicke zuerst auf ihre Schulterblätter richteten, dann auf die kleinen, mißgebildeten Figuren und dann wieder auf sie. Sie hatte sich als die Expertin eingebracht, und jetzt vertrauten alle darauf, daß sie ihnen helfen würde, daß sie Joss' zwei Kinder und Luke rettete.

Der Regen lief ihr in Strömen übers Gesicht, tropfte von ihren kurzen Haaren in den Kragen. Er war kalt, sauber und frisch.

Allein konnte sie es nicht schaffen. Ohne Hilfe konnte sie Margarets Fluch nicht brechen.

Langsam drehte sie sich um. Die anderen beobachteten sie noch immer, die beiden Männer wirkten verunsichert: David, weil er verstand, womit sie es hier zu tun hatten, und deshalb ängstlich war, und Luke, weil er sich noch immer nicht eingestehen wollte, daß der kleine Wachsklumpen mit zwei Köpfen, der da auf dem Tisch lag, das Leben seiner beiden Söhne und auch sein eigenes gefährden könnte.

Und warum gefährdete es sie? Es war doch nur ein Liebeszauber, wie er vielfach von Hexen erbeten wurde, ein Stück kindlicher, mitfühlender Magie, die einen Mann und eine Frau zusammenbringen sollte. Warum also strahlte es so viel Böses aus? Und warum bedrohte es Joss, oder die Frauen des Hauses – die Frauen, die von einem König hofiert wurden?

Niemand sagte ein Wort. Alle beobachteten Natalie und warteten darauf, daß sie ihnen sagte, was zu tun war.

Und plötzlich wußte sie es.

»Joss …« Ihre Hände waren feucht geworden. »Wie stark bist du?«

Joss wandte den Blick ab und schaute zuerst zum See, dann auf die Figuren auf dem Tisch. Ihr Gesicht war blaß und angespannt, aber als sie schließlich zu Natalie aufsah, waren ihre Augen ruhig. »Stark genug.«

Natalie nickte. »Luke, ich möchte, daß Sie und David weggehen. Weg vom Haus. Gehen Sie zu den Jungen, und bleiben Sie bei ihnen. Wir sagen Ihnen, wann Sie wiederkommen können.«

»Ich lasse Joss nicht allein«, widersprach Luke und nahm ihre Hand.

»Bitte, Luke, ich bitte Sie nicht leichten Herzens darum.« Natalie sah zu David, in dem sie einen Verbündeten erahnte.

Er verstand den Wink sofort. »Komm, Alter. Ich habe das Gefühl, das ist Frauensache.«

Natalie lächelte. »Genau das ist es.«

»Mir passiert nichts, Luke.« Joss trat zu ihm und gab ihm einen Kuß auf die Wange. »Bitte geh mit David.« Er schlang die Arme um sie und hielt sie fest an sich gedrückt, bis Joss ihn widerstrebend wegschob. »Geh jetzt.«

»Bist du sicher?«

»Ich bin sicher.«

Sie und Natalie blieben im Regen stehen und beobachteten, wie die beiden Männer langsam zur Pforte gingen. Als David sie öffnete, blickte Luke zurück. Joss warf ihm eine Kußhand zu und wandte sich wieder um. Einige Sekunden später waren die beiden Männer verschwunden.

Natalie verfolgte alles geistesabwesend. Die Illusion der Realität glitt an den Rand ihrer Wahrnehmung, während sie ihre Intuition in sich aufsteigen ließ. »Bist du fertig? Es wird nicht leicht sein.« Sie zögerte. »Joss, du weißt, daß du schwanger bist.«

»Sei nicht dumm. Das kann nicht sein«, fuhr Joss entgeistert auf.

Natalie achtete kaum auf ihren Einwand. »Wir können das nur machen, weil du ein Mädchen zur Welt bringen wirst; und weil es ein Mädchen ist, müssen wir es bald machen.« Sie nahm Joss' nasse, kalte Hände in ihre. »In einer Minute gehen wir mit diesen...«, sie deutete auf die Wachsfiguren, »... in die Kirche und werden sie trennen.«

»Und was ist mit dem Rauch, den wir da gesehen haben?« Joss' Gedanken rasten, rannten gegen die schwarze Mauer, stießen sich an Natalies Gewißheit. »Aber ich bin nicht schwanger. Das kann nicht sein. Luke und ich... na ja, wir haben aufgepaßt. Es ist zu bald nach Neds Geburt. Wir wollen keine Kinder mehr...«

Natalie runzelte die Stirn. »Bitte, glaub mir einfach, nur für den Augenblick. Wir müssen das gemeinsam durchstehen, Joss. David hat recht, das hier ist Frauensache, und es gibt Dinge, die Frauen einfach wissen.«

Sie zögerte und überlegte, wie sie sich verständlich machen konnte.

»Der Fluch wurde ausgesprochen von jemandem, der genau wußte, was er tat. Es hat funktioniert. Diese zwei Menschen«, sie zeigte wieder auf die Puppen, »wurden durch Magie«, das sagte sie mit einem vagen Lächeln, weil sie die abwehrende Reaktion der meisten Menschen auf dieses Wort kannte, »durch eine starke Magie so untrennbar miteinander verbunden, daß die Vereinigung über den Tod hinaus wirkte. Es ist eine Kraft der Natur, die sehr geschickt eingesetzt wurde.«

»Edward und Katherine«, murmelte Joss.

»Edward und Katherine.«

»Aber was ist dann schiefgelaufen? Warum sind sie so wütend? Warum fügen sie anderen Schaden zu? War das auch Margarets Absicht?«

»Sie sind hier gefangen«, antwortete Natalie bedächtig. »Vielleicht genügt das als Grund. Aber möglicherweise steckt auch mehr dahinter. Vielleicht sucht der König noch immer nach ihr, vielleicht hat er sie verloren. Vielleicht will er auch etwas anderes.« Sie sah zu Joss. »Eine menschliche Geliebte.«

Joss schüttelte heftig den Kopf; ihre Gedanken waren gefangen, stießen immer wieder gegen die schwarze Mauer in ihrem Kopf und weigerten sich, greifbar zu werden, aber Natalie nickte nur erneut. »Du mußt dich der Wahrheit stellen.«

»Es gibt keine Wahrheit, der ich mich stellen müßte. Alles, was er uns angetan hat ...« Joss brach ab. Der Keller. Die Augen. Die Arme, die sie zu ihm zogen. Schwarzer Samt und dann Nacktheit. Nein. »Nein. Das einzige, was er vielleicht getan hat, ist, mir Rosen zu bringen.« Sie schauderte. Die schwarze Mauer war wieder da. Es entstand eine lange Pause. Sie konnte Natalies Blick auf sich spüren und wollte ihm nicht begegnen.

Schließlich brach Natalie das Schweigen. »Also«, sagte sie und räusperte sich. »Komm jetzt. Wir fangen besser an.« Sie zog aus ihrer Tasche einen blauen Schal hervor – einen Seidenschal, wie Joss bemerkte –, hob vorsichtig die Wachsfiguren auf und wickelte sie darin ein. Dann ging sie auf die Pforte zu.

Das Licht in der Kirche brannte noch. Hinter der Tür blieben sie stehen, bis Joss sie resolut schloß. Das Geräusch, mit dem der schwere Riegel einschnappte, hallte durch den Raum und erstarb dann. Sie hielt die Luft an, während Natalie langsam das Mittelschiff zum Altar hinaufging. Nach einigen Schritten hielt sie inne. »Joss? Komm mit mir.«

Joss zwang sich, einen Fuß vor den anderen zu setzen. Ihre Beine zitterten heftig.

»Zieh den Teppich zurück.« Natalie stand neben dem Läufer zwischen den Chorstühlen.

Widerstrebend befolgte Joss die Anweisung. Auf dem Boden vor ihnen schimmerte das Messing im Schein der im Dachgebälk verborgenen Lampen. Von der kunstvoll verzierten Gestalt schien eine gespenstische Kälte aufzusteigen. »Sieh mal.« Natalie deutete mit dem Zeh. Ihre Stimme war beinahe zu einem Flüstern herabgesunken. »Da sind die ganzen Symbole ihres Handwerks. Das Kreuz steht auf dem Kopf. Aber das sieht man nur, wenn man weiß, in welche Richtung sie liegt. Ob das kabbalistische Zeichen sind? Das sollten wir mal nachschlagen.«

»Sie war wirklich eine Zauberin – eine richtige Hexe und nicht nur eine arme, alte Frau, die mit Magie herumspielte«, murmelte Joss.

»Allerdings. Sie war eine richtige Hexe. Und wahrscheinlich eine sehr kluge. Vielleicht hat man sie verdächtigt, aber sie wurde nie erwischt. Sonst hätte sie niemals hier beigesetzt werden können.«

»Der König hat ihr vertraut ...«

»Das glaube ich nicht.« Natalie packte die Wachsfiguren aus dem blauen Seidenschal. Joss bemerkte, daß ihre Hände heftig zitterten. »Vergiß nicht, er trug eine Rüstung.«

Nicht immer. Manchmal war er in Samt gekleidet.

Die Kälte wurde durchdringender.

»Weißt du, was wir tun müssen?« fragte Joss leise. Ihre Augen waren auf die Puppen geheftet, als der Seidenschal zu Boden fiel.

»Ich werde sie segnen, dann werde ich sie trennen und anschließend schmelzen ...«

»Nein!« Joss packte Natalie am Arm. »Nein, das darfst du nicht.«

»Warum nicht?«

»Hilf ihnen! Du mußt ihnen helfen, du darfst sie nicht zerstören. Sie haben schon genug gelitten.«

»Er hat Menschen getötet, Joss.«

»Ich weiß. Ich weiß. Aber nur, weil er hier gefangen ist. Bitte – das Böse kommt von Margaret, das hast du selbst gesagt. Zerstör sie nicht. Wir müssen einen Weg finden, um ihnen zu helfen.«

Beide sahen auf die Figuren in Natalies Händen. »Und wenn er wieder jemanden tötet?«

»Wir können ihn daran hindern. Es muß eine Möglichkeit geben. Er war nicht böse.«

Augen. Blaue Augen, die verzweifelt in ihre blickten. Arme, die sie umfingen. Eiskalte Lippen auf ihrem Mund ...

»Joss! Joss, was ist?«

Katherine
Die Mauer in ihrem Kopf wurde brüchig.

Er dachte, daß sie Katherine war! *Sie*, Joss, hatte er nicht einmal gesehen. Es war Katherine, die er im Arm gehalten, Katherine, die er geküßt, Katherine, der er Rosen gebracht hatte. Ihre Mutter, ihre Großmutter – wie viele andere Frauen in diesem Haus hatte er umworben im Glauben, sie seien seine Katherine? Jetzt zitterte auch sie unkontrollierbar. »Trenn sie nicht.« Sie machte eine beschwörende Geste. »Laß sie zusammen.«

Natalie legte ihr die Figuren in die Hand.

Schweigend beugte sich Joss und hob den Schal auf, dann wickelte sie die Puppen vorsichtig wieder darin ein.

»Sie gehören nicht hierher«, sagte sie leise.

»Nein.«

»Können wir den Einfluß bannen, den sie auf sie hat?« Joss deutete mit dem Kopf auf den Boden.

»Wir können es versuchen.« Natalie dachte nach. »Die Rituale der Kirche wirken bei ihr nicht. Wir müssen in einer Sprache mit ihr reden, die sie versteht. Wir müssen ihr Spiel spielen.«

»Zauberei?«

»Ich nenne es lieber mitfühlende Magie. Wir müssen das Band durchtrennen, das die beiden an Margaret und an diesen Ort bindet. Wir brauchen etwas, das bindet und gleichzeitig schneidet.«

»In der Sakristei.« Joss zögerte, dann legte sie das in blaue Seide gewickelte Päckchen auf eine Kirchenbank. »Ich sehe mal nach.«

Die Tür war nicht abgeschlossen. Sie schaltete das Licht an und ließ ihren Blick durch den Raum schweifen. Alles, was zum Arrangieren des Blumenschmucks gebraucht wurde, lag auf einer Seite des Waschbeckens, die kirchlichen Gegenstände auf der anderen, neben den verschlossenen Schränken, wo James Wood Bücher und Gefäße und das ungeweihte Brot und den Wein aufbewahrte. Mit klammen Fingern durchsuchte sie die Blumenregale, schob Vasen und Blumenschwämme, Krüge und Blumendraht beiseite. Schließlich nahm sie eine Rolle dünnen Draht zur Hand und suchte nach der Zange. Da lag sie, zwischen Staublappen und getrockneten Tannenzapfen, die einmal für ein Weihnachtsgebinde verwendet worden waren.

»Hier.« Sie reichte Natalie den Draht. »Ist das gut?«

Natalie bemühte sich, das Ende des Drahts zu finden. »Meine Hände sind so kalt…«

»Ich weiß. Das ist nur hier, bei der Grabplatte. Überall sonst in der Kirche ist es erträglich.«

»Da wird Energie abgezogen«, erklärte Natalie. »Irgendwie benutzt sie die Wärme. Hier.« Sie hatte ein zwei Meter langes Stück Draht abgeschnitten. »Wickle das Ende um die Figuren! Ich versuche, dieses Ende irgendwie in die Platte einzuhängen.« Mit dem Draht in der Hand kniete sie sich auf den Boden. »Das Messing ist völlig abgetreten. Fünfhundert Jahre lang sind Leute darübergelaufen.«

»Geschadet hat es ihr offensichtlich nicht!« kommentierte Joss trocken. Der Draht war steif und ließ sich nur schwer verzwirbeln. »Also, das sollte halten.«

»Gut. Leg die Puppen auf die Stufe, während ich dieses Ende irgendwie befestige.«

»Natalie!« Nachdem Joss die Figuren beiseite gelegt hatte, sah sie sich in der Kirche um. »Sieh mal!«

Da war wieder der seltsame Nebel, neben der hintersten Bankreihe. Diesmal war er feiner, weniger deutlich, aber die Form war klar zu erkennen.

»Sie wird Gestalt annehmen!« hauchte Natalie. »Guter Gott!«

»Was sollen wir tun?« Joss fuhr mit der Hand zu ihrem Hals und suchte nach dem kleinen Kreuz, bis ihr mit Entsetzen einfiel, daß es noch dort war, wo sie selbst es hingehängt hatte – um Lukes Hals.

»Bleib stehen. Stell dir eine solide Mauer aus Licht zwischen uns und ihr vor! Vergiß nicht, sie kann dir nichts anhaben«, flüsterte Natalie dringlich. Sie ging wieder in die Knie und stieß das dünne Drahtende verzweifelt in die Messingplatte, um es an der Relieffigur zu befestigen.

»Soll ich sie aufheben?« Joss' Atem ging keuchend.

»Ja. Aber sei vorsichtig. Zieh nicht am Draht.« Natalies Stimme war heiser.

Joss griff nach den Figuren, stellte sich mit dem Rücken zum Altar und streckte die Hand vor sich aus. Die Gestalt war deutlicher geworden; jetzt konnten sie die Umrisse der Frau ausmachen, ihr langes Kleid, das steif von ihren Hüften abstand, den Kopfschmuck, der ihre Haare bedeckte.

»Halt!« Plötzlich war Natalies Stimme überraschend fest. »Du bist im Hause Gottes! Halt ein, solange du noch Zeit dazu hast!«

Die Gestalt ließ sich nicht beirren, sondern kam unaufhörlich näher; sie schien auf sie zuzuschweben, ohne den Boden zu berühren.

»Margaret de Vere, im Namen Jesu Christi befehle ich dir, stehenzubleiben!« Natalie hatte die Stimme erhoben.

»Sie kann dich nicht hören«, flüsterte Joss. Allmählich wurde das Gesicht der Frau erkennbar, aber es war völlig ausdruckslos. »Was sollen wir tun?« Es war ein angstvoller Hilfeschrei.

»Sie muß uns hören – oder zumindest spürt sie uns. Warum ist sie denn sonst hier?« Natalie stocherte panisch in der Platte herum. »Bleib hängen, verdammt! Bleib irgendwo hängen!«

Die Gestalt waberte immer näher und wurde von Moment zu Moment deutlicher. Jetzt konnten sie die Stickerei auf ihrem Gewand ausmachen, die mit Edelsteinen besetzte Schärpe, den Kopfschmuck mit dem langen Schleier, und vor allem ihr Gesicht. Es war ein kraftvolles Gesicht mit markanten Zügen, schmale, harte Lippen, die Haut beinahe farblos, die geöffneten Augen so blaß gefärbt wie das Meer im Winter, nicht sehend und ausdruckslos.

»Wir haben sie heraufbeschworen, weil wir sie stören«, murmelte Natalie. »Irgendwie müssen wir sie aufhalten!« Sie stocherte mit dem Draht hektisch auf der Platte herum und bog ihn durch ihre heftigen Bewegungen fast zu einer Öse; und dann, mit einem leisen Klicken, fuhr der Draht unter eine kleine Kante des kunstvollen Kopfputzes der Figur am Boden und blieb dort hängen.

»Geschafft!« Natalie sprang auf und griff nach der Zange.

»Margaret de Vere, du hast dich der Zauberei an diesem heiligen Ort schuldig gemacht. Du hast Figuren von deinem König und deiner Tochter angefertigt, wegen deines bösen Zauberspruchs können sie nicht in Frieden ruhen. Diesen Draht, der euch verbindet, werde ich jetzt zertrennen. Dein Einfluß ist gebrochen. Deine Zeit auf dieser Erde ist vorüber. Verschwinde von hier, und finde Frieden und Licht an einem anderen Ort als Belheddon. Geh!«

Sie legte den Draht zwischen die Zange und drückte so fest, wie sie konnte.

»Nein! *Nein! Neiiin!*«

Der Schrei, der durch die Kirche gellte, kam von keiner der beiden Frauen und auch nicht von der schattenhaften Gestalt vor ihnen. Er kam aus der Luft, aus dem Echo, aus dem Boden unter ihren Füßen.

Natalie zögerte, und der Draht rutschte aus der Zange.

»Komm, zerschneid ihn!« schrie Joss. »Schnell! Jetzt!«

Mit beiden Händen gelang es Natalie, den Draht wieder zwischen die kurzen Stahlschneiden zu schieben, dann drückte sie sie mit aller Macht zusammen. Diesmal schaffte sie es; das längere Ende des Drahts sprang zurück und fiel in Spiralen auf die Messingplatte; das kürzere wickelte sich um Joss' Finger und die Figuren in ihrer Hand. Ihre Augen hatten sich nicht von der Gestalt gewandt. Jetzt war sie kaum drei Meter von ihnen entfernt und bewegte sich noch immer auf sie zu. »Es hat nicht geklappt«, keuchte sie. »Natalie, es hat nicht funktioniert.«

Die Gestalt kam unaufhaltsam näher. Joss spürte die durchdringende Kälte, so eisig, daß sie kaum die Luft einatmen konnte.

»Natalie!« Es war ein gellender Schrei. Sie drückte sich gegen die Kirchenbank und fühlte und sah, wie die Frau keinen Meter von ihr entfernt vorbeiging, über die Messingplatte schwebte, die Altarstufen hinauf, durch den Altar selbst und dann durch die Ostmauer der Kirche verschwand.

»Guter Gott.« Joss sah auf die Figuren in ihrer Hand. Sie hatte sie so fest umklammert, daß das Wachs weich geworden war. »Ist sie weg?«

»Sie ist weg.« Natalie ließ sich auf eine Bank sinken; sie war leichenblaß geworden.

»Hast du es geschafft?«

»Keine Ahnung.« Natalie beugte sich vor und legte den Kopf auf die Hände, als würde sie beten. »Ich weiß es nicht.«

Einen Augenblick waren beide zu benommen, um etwas zu

tun, aber schließlich richtete Joss sich auf. »Gehen wir wieder ins Haus.«

Natalie hob den Kopf. »Was willst du mit den Puppen machen?«

»Ich glaube, wir sollten sie begraben. Zusammen. Komm, gehen wir.« Sie schob den Teppich mit der Zehenspitze über die Messingplatte zurück. »Ich mache das Licht aus. Ich will nicht hierbleiben.«

Noch immer von Angst erfüllt, verließen sie die Kirche und schlossen die Tür hinter sich. Die Figuren, wieder in das Seidentuch gewickelt, lagen in Joss' Hand. »Gehen wir ins Haus. Ich kann vor Kälte nicht denken. Wir müssen einen Spaten holen.«

Sie eilten durch den heftigen Regen den Pfad hinab zur Hintertür. In der Küche legte Joss den Schal auf den Tisch. Der Geruch von Honig, den das Wachs verbreitete, erfüllte die Küche. »Was ist mit den Jungen? Georgie und Sammy. Sind sie auch weg?«

Natalie warf sich auf einen Stuhl; sie war erschöpft. »Ich weiß es nicht.«

»Plötzlich weißt du ja nicht mehr sehr viel.«

»Es tut mir leid, Joss.«

Joss rieb ihre Hände kräftig an ihrem Mantel, um wieder warm zu werden. »Nein, ich muß mich entschuldigen. Du hilfst mir, und ich bin undankbar.« Sie warf einen Blick auf das blaue Seidenbündel. »Die Armen. Ich hoffe, daß sie jetzt frei sind.« Dann schwieg sie eine Weile und kaute auf ihrer Unterlippe. »Es gibt nur eine Möglichkeit, das herauszufinden. Ich gehe nach oben.«

»Ich komme mit.«

»Nein.« Joss zögerte. »Nein. Das muß ich allein machen, Natalie. Aber komm nach, sobald ich rufe, ja?« Sie schüttelte den Kopf. »Ich habe ihn noch nie gerufen – ich meine, heraufbeschworen. Aber ich glaube, wenn er noch da ist, wird er vielleicht kommen.« Die blauen Augen waren so sanft gewesen, so zärtlich.

»Georgie und Sam auch, Joss. Sie kommen immer, wenn man sie ruft.«

Die beiden Frauen tauschten einen entschlossenen Blick aus. Dann legte Joss die Wachsfiguren vorsichtig in eine Schublade der Anrichte. »Nur ein Weilchen, bis wir sie beerdigen können.« Sie atmete tief durch, faßte sichtbar allen Mut zusammen und lächelte Natalie zu. »Wünsch mir viel Glück.«

43

Unten an der Treppe blieb sie stehen, legte die Hand auf den Pfosten des Geländers und sah hinauf. Der Treppenabsatz lag immer im Dunkeln. Selbst wenn die Sonne hell schien, drang kein Tageslicht dorthin vor. Lauschend setzte sie den Fuß auf die erste Stufe.

»Edward!« rief sie leise. Ihre Stimme war ein kaum hörbares Krächzen. Edward, edler Herr... Eure Majestät? Wie sprach man einen König an, der seit fünfhundert Jahren tot war?

Jeden Nerv angespannt, stieg sie langsam die Stufen hinauf und konzentrierte sich mit all ihren Sinnen auf die Leere.

»Seid ihr da? Georgie? Sammy?«

Oben angekommen, sah sie sich um. Der Treppenabsatz war verwaist, die Tür zu ihrem und Lukes Zimmer einen Spaltbreit offen. Vorsichtig ging sie darauf zu, wobei sie der knarzenden Diele bei der Truhe mit dem Zinnleuchter auswich.

»Ist jemand da? Georgie? Sammy?« Mit ihnen konnte sie umgehen, es waren ihre Brüder, kleine Jungen.

Mit ausgestreckter Hand schob sie die Tür zum Schlafzimmer auf und sah hinein. Die Vorhänge waren halb zugezogen, und es war fast dunkel. Draußen strömte der Regen über die Scheiben und prasselte nur manchmal bei einem Windstoß dagegen.

Sie liebte dieses Zimmer. Es war wunderschön, anmutig, voller Geschichte und doch auch behaglich. In der Ecke lag Toms ausgedienter Teddy, am Boden ein alter Pullover von Luke mit der Innenseite nach außen, so, wie er ihn hingeworfen hatte. Sie lächelte liebevoll.

Dann ging sie zum Bett und umschloß einen der Bettpfosten. Die gedrechselte schwarze Eiche unter ihren Fingern war warm, sanft strichen ihre Finger darüber. »War es hier? Lagt ihr hier beisammen?« Sie sprach mit lauter Stimme. »Sie ist fort, Herr. Niemand kann sie ersetzen, nicht hier. Ihr und sie gehört zusammen, aber in einer anderen Welt.«

Ihre Hand glitt den Pfosten hinab und fuhr über die Wollstickerei der Decke, während sie das Bett entlangging. »Ich werde die Figuren, die Margaret von euch gemacht hat, im Rosengarten unten am See begraben«, versprach sie und setzte lächelnd hinzu: »Ich werde eine weiße Rose finden, eine York-Rose, damit Ihr in Frieden ruhen könnt.«

Ein plötzliches Krachen in der Zimmerecke beim hinteren Fenster ließ sie zusammenfahren. In der Zugluft hatte sich der Vorhang bewegt, so daß ein kleines hölzernes Spielzeugauto zu Boden gefallen war. Sie ging, um es aufzuheben. »Georgie? Sammy? Gehört das euch?«

Keine Antwort.

Langsam drehte sie sich um. Ihre Handflächen waren naß geschwitzt, die feinen Haare im Nacken prickelten. Irgend etwas im Zimmer hatte sich verändert.

Er stand beim vorderen Fenster.

Joss hielt die Luft an. Ihr Magen verkrampfte sich vor Angst. Er war groß, sehr groß; als sie näher trat, sah sie die ergrauenden Haare, den Kummer in den schmalen Augen, das markante Kinn, die breiten Schultern unter dem dunklen Umhang, und darunter die Rüstung eines Mannes, der befürchtete, hier, im Haus seiner Geliebten, ermordet zu werden.

Er kam näher. Plötzlich hatte sie entsetzliche Angst; sie hatte ihn gerufen, aber jetzt konnte sie ihn nicht kontrollieren. »Bitte«, murmelte sie. »Bitte... nein!« Der Duft von Rosen erfüllte die Luft.

Er trat noch näher.

»Ich bin nicht Katherine«, flüsterte sie verzweifelt. »Bitte, hört mich an! Ich bin nicht Katherine. Katherine ist fort. Sie ist nicht mehr hier. Bitte, bitte, tut mir nichts. Tut meinen Kindern nichts, und Luke auch nicht... bitte...«

Sie machte einen Schritt zurück und stieß gegen das Bett.

»Bitte. Wir haben die Verbindung durchtrennt. Eure Liebe war verflucht. Sie war böse. Margaret hat sie bewirkt. Sie hat euch mit ihrer Zauberei vereint und an dieses Haus gebunden, aber wir haben euch befreit! Ihr könnt gehen. Bitte…« Sie hielt sich die Hand vors Gesicht. »Bitte. Geht.«

Er hatte innegehalten; einige Sekunden lang schien er sie zu beobachten, dann streckte er langsam den Arm nach ihr aus. Mit einem leisen Aufschrei wich sie zurück, aber das Bett stand ihr im Weg, und seine Finger streichelten über ihre Wange. Sie fühlten sich an wie kaltes, feuchtes Laub.

Katherine

Seine Lippen hatten sich nicht bewegt, aber sie hörte den Namen in ihrem Kopf.

»Ich bin nicht Katherine«, schluchzte sie und lehnte sich nach hinten über das Bett, um ihm zu entkommen. »Bitte, ich bin nicht Katherine!«

Katherine

Sie hatte ihnen aufgetragen, nach ihm zu schicken.

Während sie in dem hohen Bett lag und von den Wehen zerrissen wurde, hatte sie zuerst nach ihm gefragt, dann gefleht und schließlich geschrien, er möge kommen.

Aber ihre Mutter befahl ihnen zu warten; sie verbot ihnen, ihn zu holen.

Während der Leib ihrer siebzehnjährigen Tochter sich mit dem Kind des Königs gerundet hatte, hatte Margaret gelächelt, genickt und weiter beobachtet. Der Abscheu und die Panik des Mädchens waren nichts Ungewöhnliches. Nachdem ihr jämmerlicher Ehemann beseitigt worden war – es war so leicht gewesen, sie hatte ihn ausgelöscht wie eine Kerze –, war es nur noch eine Frage der Zeit, bis ihre Tochter sich an ihren königlichen Geliebten gewöhnen würde, einen Mann, dessen prachtvolle Gestalt im mittleren Alter ein wenig in die Breite gegangen war; der Mann, der einst so anziehend gewesen war, daß er jede Frau Englands bekommen hätte, war jetzt ihr Sklave und ihr derart ergeben, daß er der Mutter seiner kleinen Geliebten jeden Wunsch erfüllte.

Sie sah zum Bett, wo zwei verängstigte Hebammen das schweißgebadete Gesicht ihrer Tochter abtupften, lächelte wieder und schüttelte entschlossen den Kopf.

Obwohl er sich nur wenige Meilen entfernt aufhielt, durfte er noch nicht gerufen werden. In diesem Zustand sollte er Katherine nicht sehen. Sie war häßlich, sie roch abstoßend, sie kreischte und zerrte an den Bettlaken und schrie Obszönitäten, die vielleicht in eine Londoner Taverne gepaßt hätten, sich aus dem Mund eines hochgeborenen Mädchens von siebzehn Jahren aber widerlich anhörten.

Wenn erst das Kind geboren war – die Tochter, der kostbare, hübsche Schatz, der die Zuneigung des Vaters fesseln würde –, dann konnte er kommen. Dann durfte er Katherine, gewaschen, ausgeruht, nach Blütenwasser und Parfüm duftend, mit Gold und Edelsteinen und feinen Seiden überhäufen und seinem Kind Rasseln aus Elfenbein und Perlen aus Korallen schenken.

Katherine!

»Nein!« Joss warf sich aufs Bett, um sich ihm zu entziehen, sie zog die Knie an und ließ sich auf der anderen Seite zu Boden fallen. Über das Bett hinweg keuchte sie: »Ich bin nicht Katherine! Könnt Ihr das nicht sehen! Katherine ist tot! Ihr seid tot!« Sie schluchzte verzweifelt. »Bitte! Die Verbindung ist durchtrennt. Margarets Bann ist gebrochen, alles ist vorüber. Ihr seid endlich frei von ihr. Versteht Ihr das nicht? Es ist vorbei!«

Er war nicht mehr näher auf das Bett zugetreten. Lange Zeit blieb er stehen und sah sie an, oder durch sie hindurch; dann hob er seine Hand langsam zur Taille, und nun erst bemerkte sie, daß er unter dem langen, dunklen Umhang ein Schwert trug. Lautlos zog er es aus der Scheide.

»Nein«, kreischte sie. »Gütiger Gott, nein! Habt Ihr mich nicht gehört? Bitte...« Sie ging rückwärts vom Bett zu den Fenstern, von denen aus man in den Garten sah, setzte langsam einen Fuß hinter den anderen; ihr Magen war zugeschnürt vor Grauen und Entsetzen. »Bitte...«

»Ach, bedroht der große König, die Sonne Yorks, hilflose Frauen mit einem Schwert?« Natalies Stimme, die von der Tür her erklang, war heiser und angsterfüllt. »Willst du sie töten? Willst du dein Schwert gegen eine Frau erheben, die ein Kind trägt? Dein Kind!«

Sie ignorierte Joss' Aufschrei. »Steck dein Schwert weg. Du hast hier keine Feinde mehr. Für dich ist hier kein Platz. Dies ist nicht deine Zeit!«

Joss taumelte rückwärts gegen die Wand, die Arme vor der Brust verschränkt, dann plötzlich gaben ihre Beine nach, und sie sank mit einem Schluchzen in die Knie.

Natalie trat in den Raum. »Steck dein Schwert weg! Du kannst sie nicht verletzen. Sie bedeutet dir nichts, begreifst du das nicht? Gar nichts. Sie gehört zu einer anderen Welt. Laß sie gehen! Laß sie und ihre Familie in Ruhe. Du mußt Belheddon verlassen. Die Zeit ist gekommen. Es wird Zeit, daß du gehst.«

Die Schwertspitze begann zu zittern und bewegte sich dann langsam nach unten. Gebannt sah Joss zu. Es sah so echt aus. Sie konnte das Glitzern des Stahls sehen, als seine Hand zur Hüfte sank.

Katherine

»Katherine wartet auf dich.« Plötzlich war Natalies Stimme ganz sanft. »Laß deine Tochter leben! Ich passe auf sie auf.«

Sie ließen das Gesicht des Mannes nicht aus den Augen. Der Schmerz und die Wut, die sich in jede Falte eingegraben hatten, waren deutlich zu erkennen, ebenso wie sein samtbesetzter Kragen unter dem Brustschild und die Kordeln, die den Umhang zusammenhielten.

»Laß ihn gehen, Joss«, murmelte Natalie. »Setz ihn frei.«

»Was meinst du?« Joss sah ihm immer noch fasziniert zu.

Er hatte die Hände nach ihr ausgestreckt; das Licht spiegelte sich trübe in dem großen Rubinring an seinem Zeigefinger.

»Gib ihm deinen Segen und deine Liebe …«

»Meine Liebe!« rief Joss voll Abscheu.

»Das hilft ihm zu gehen. Schick ihn fort in Liebe und Frieden.«

»Und was ist mit den Leuten, die er umgebracht hat?« Ohne es zu wollen, sah sie ihm in die Augen. Der Zorn in ihnen war verschwunden, nicht aber der Schmerz.

»Sie werden auch frei sein. Liebe heilt, Joss! Liebe und Vergebung. Du bist ihre Fürsprecherin, du mußt ihm verzeihen im Namen all der anderen Frauen – deiner Mutter, deiner Großmutter, deren Mutter und all der anderen Frauen, die im Lauf der Generationen in diesem Haus gelebt haben.«

»Und was ist mit den Männern? Und mit den Kindern, die gestorben sind?«

Er bewegte langsam den Kopf von einer Seite zur anderen.

Katherine

»Für sie kannst du nicht sprechen. Das müssen sie selbst tun. Wenn wir das Haus mit Liebe füllen, können wir ihnen dabei helfen.«

Katherine

Joss schüttelte den Kopf. Sie spürte ihn wie einen heftigen Druck in ihrem Trommelfell, den Namen der Frau, die er geliebt hatte: Katherine. »Was habt Ihr?« Plötzlich redete sie wieder mit ihm. »Was möchtet Ihr mir sagen?«

Es wurde dunkler im Zimmer; der Regen prasselte lauter gegen die Scheiben, und Joss merkte, wie ihre Aufmerksamkeit für einen Moment abgelenkt wurde. Dann veränderte sich fast unmerklich die Spannung im Raum, und er war verschwunden.

Einen Augenblick starrte sie auf die Stelle, wo er gestanden hatte, dann wirbelte sie herum. Natalie stand kaum einen Meter von ihr entfernt, beide sahen sich schweigend an.

Unkontrollierbar zitternd ließ sich Joss aufs Bett sinken. »Was war das?«

»Irgend etwas ist passiert in der Welt dort draußen, in der er lebt«, erklärte Natalie mit einem Achselzucken. »Die Energie hat sich entladen.« Sie setzte sich neben Joss auf das Bett und vergrub ihren Kopf in die Hände. »Wir hätten es beinahe geschafft. Wir hatten ihn erreicht – oder vielmehr, du hast ihn erreicht. Er hat uns zugehört.«

»Er hat versucht, uns etwas zu sagen…« Joss brach ab. Von oben war Kinderlachen zu hören.

»Nein! Nein, ich kann es nicht ertragen.«

Natalie nahm ihre Hand. »Zumindest sind sie glücklich, Joss.«

Joss glitt vom Bett und lief zur Tür. »Georgie? Sammy? Wo seid ihr?« Mit der letzten Kraft, die sie noch aufbringen konnte, rannte sie die Treppe hinauf und warf die Tür zum ersten leeren Speicherraum auf. »Wo seid ihr?« Tränen strömten ihr über die Wangen.

Es war sehr kalt hier. In der Stille hörte sie die Regentropfen gegen das Fenster schlagen. »Georgie? Sammy?«

Hinter ihr stand Natalie in der Tür.

Ein Windstoß fing sich im Dachgiebel, und in der Ferne hörten sie plötzlich ein Kind singen.

tum tum te tum te tum tum tum

Joss fuhr sich mit dem Ärmel über die Nase und starrte hilflos umher – der Klang kam aus weiter Ferne, ging fast unter im Wind.

tum tum te tum te tum tum tum

Sie machte einen Schritt in das Zimmer. Es war leer und kahl; Staub auf den Dielen, die alte, schäbige Tapete, ein feuchter Fleck an der Decke, den das Regenwasser dort hinterlassen hatte.

tum tum te tum te Ka-the-rine

Jetzt hörte sie es deutlich, von jenseits der Tür. Mit klammen Händen machte sie sich am Riegel zu schaffen, um ihn zu öffnen. Das Singen wurde lauter, deutlicher.

Es war die Her-rin Ka-the-rine

Der Gesang hallte über dem Heulen des Windes durch den nächsten Speicherraum.

Es war die Her-rin Ka-the-rine
Es war die Herrin Katherine

Langsam ging Joss auf den Klang zu. Er kam aus der hintersten Dachkammer.

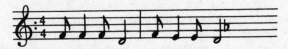

Die traurige kleine Weise klang in ihren Ohren nach, während sie den Schlüssel ertastete und die Tür aufschloß. Als sie sich knarrend öffnete, brach der Gesang abrupt ab.

»Wo seid ihr?« schrie sie. Vor Tränen war sie fast blind.

»Joss.« Natalie war leise hinter sie getreten. »Gehen wir wieder nach unten.«

»Nein«, widersprach sie heftig. »Nein, ich muß sie sehen! Wo sind sie?«

»Sie sind nicht hier, Joss …«

»Doch, das sind sie. Sie singen von Katherine. Kannst du sie nicht hören?«

»Doch, ich höre sie.« Natalie legte Joss einen Arm um die Schulter. »Komm mit nach unten. Wenn sie uns etwas sagen wollen, werden sie das schon tun.«

Joss schluchzte auf. Sie zitterte noch immer hilflos. »Ich kann nicht mehr.«

»Doch, du kannst. Du machst das sehr gut. Komm mit nach unten, in die Wärme, und wir reden darüber.« Mit einem festen Griff schob sie Joss sanft den Gang entlang zur Treppe.

Es war die Herrin Katherine

Das kleine Lied erklang aus der Ferne, zunehmend von Wind und Regen überlagert.

Natalie drückte Joss' Arm. »Achte nicht darauf. Wenn sie wollen, werden sie schon kommen.« Sie führte Joss ins Schlafzimmer und machte die Nachttischlampe an. Im warmen Schein sah sie, daß Joss' Gesicht verquollen war vor Kummer und Tränen.

Joss legte sich schützend die Arme vor die Brust. »Du hast gesagt, ich trage sein Kind«, flüsterte sie. »Du hast gesagt, es wäre seine Tochter …«

»Ich habe metaphorisch gesprochen, Joss.« Natalies Stimme war ruhig.

»Es ist von Luke. Ich weiß es noch genau. Wir haben im Bad miteinander geschlafen. Dabei muß es passiert sein …«

»Natürlich.«

»Es kann nicht von IHM sein.« Sie deutete in die Luft neben dem Bett, wo Edward gestanden hatte. »Das ist unmöglich! Völlig unmöglich! Das ist obszön!«

»Joss, ich meinte es metaphorisch …«

»Du sagst, er hätte im Keller mit mir geschlafen…« Joss spru-
delte die Worte überstürzt hervor, ohne auf Natalies Einwand zu
achten. »Er hat die Arme um mich gelegt und mich geküßt und
mich gehalten. Ich glaube, ich bin ohnmächtig geworden… Ich
weiß nicht, was dann passiert ist.«

Seine Augen. Sie konnte sich an seine Augen erinnern, ganz
nah vor ihren, voller Liebe und Mitgefühl, der schwarze Samt,
die Berührung seiner Hände, warm, bestimmend…

»Er hätte alles mögliche tun können…«

»Joss, beruhige dich. Er kann gar nichts getan haben. Er hat
keinen Körper, keinen wirklichen Körper.«

»Angenommen, er hat das gleiche mit meiner Mutter gemacht.
Angenommen, er hat meine Mutter vergewaltigt!« Ihre Worte
überschlugen sich, ihre Gedanken waren außer Kontrolle. »Angenommen…«

*Verzeih mir, Jocelyn, aber ich kann mich nicht länger gegen die
Wünsche Deines Vaters wehren, ich habe keine Kraft mehr. Ich
verlasse Belheddon mit allem Segen und allem Fluch, der darauf
lastet, aber Dein Vater läßt mich nur entkommen, wenn ich
nachgebe. Er möchte, daß Belheddon Dir gehört, und ich muß
ihm gehorchen. Wenn Du diesen Brief liest, wird er seinen Willen
durchgesetzt haben.*

»Angenommen, er ist mein Vater!« Starr vor Entsetzen sah sie
zu Natalie.

»Nein, Joss, das darfst du nicht einmal denken…«

»Die Frauen in diesem Haus. Laura, Lydia, Mary Sarah – alle,
ohne Ausnahme! Er hat mit ihnen allen geschlafen!« Sie setzte
sich hin, die Arme immer noch vor der Brust verschränkt.
»Meine Mutter hat es gewußt. Deswegen hat sie mich weggegeben. Sie hat versucht, den Fluch zu brechen! Um mich zu retten!
Aber es ging nicht. Er hat sie nicht gelassen!«

»Es war ein mächtiger Fluch, Joss. Ein wirklicher Fluch.« Natalie kauerte auf den Knien vor ihr und nahm Joss' kalte Hände
zwischen ihre warmen Finger. Ihre Stimme war sehr sanft.
»Aber wir werden den Fluch brechen. Halb haben wir es schon
geschafft. Und dann wird Belheddon wieder ein sicheres, glückliches Haus sein.« Sie lächelte. »Das verspreche ich dir. Wir
schaffen es. Du schaffst es.«

»Die anderen haben es nicht geschafft.« Sie flüsterte nur noch. Ihre Lippen waren trocken und aufgesprungen.

»Die anderen wußten nicht, wie. Aber wir wissen es. Es ist der richtige Zeitpunkt, und du bist nicht allein wie deine arme Mutter. Du schaffst es, Joss.« Natalies Augen waren fest auf Joss gerichtet. »Du schaffst es.«

»Wie?«

»Wir müssen ihn noch mal rufen.« Natalie versuchte, einen Teil ihrer Kraft auf die Frau vor sich zu übertragen. »Wir müssen ihn noch mal rufen und ihn freisetzen, damit er nie mehr wiederkommen will.«

Joss biß sich auf die Unterlippe. »Er ist in Windsor begraben. In der St. George's Chapel. Das habe ich nachgelesen«, sagte sie langsam.

»Sein Leichnam vielleicht«, antwortete Natalie überzeugt. »Und wenn das hier vorüber ist, kannst du sein Grab besuchen, wenn du möchtest. Aber sein Geist ist hier in Belheddon Hall.« Sie stand auf und ging zum Fenster. Der Regen prasselte auf den Garten, bildete Pockennarben auf dem See und hinterließ Pfützen auf dem Rasen. Es war fast nachtdunkel. Über dem Horizont flackerte ein Licht auf.

»Ein Sturm naht«, sagte sie und drehte sich um. »Joss, wir müssen Katherine heraufbeschwören.«

»Holt ihn! Im Namen Christi und der Heiligen Jungfrau, bringt ihn her!«

Ihr Mund war zu trocken, die Worte, die sie herausschrie, kaum hörbar.

»Er soll sehen, was er mir angetan hat!«

»Still, Herzchen, schont Eure Kräfte!«

Die alte Frau, die einst ihre Amme gewesen war, tupfte ihr wieder das Gesicht mit einem Leinentuch, das sie in Rosenwasser getaucht hatte, und strich ihr mit sanfter Hand das schweißnasse Haar aus den Augen. Sie sah zu Margaret. »Herrin, Ihr solltet nach ihm schicken. Sofort.«

Die Botschaft in ihrem Blick war eindeutig: Wenn Ihr ihn nicht jetzt kommen laßt, ist es zu spät. Eure Tochter liegt im Sterben.

*Mit halb zusammengekniffenen Augen wandte Margaret den
Kopf ab. Der Zauberspruch war stark, er hatte gut gewirkt. Und
er würde sie auch jetzt nicht im Stich lassen. Der König war in
ihren Bann geschlagen; die Tochter, die ihn fesseln würde, noch
lange nachdem die Mutter des Kindes ihren Reiz eingebüßt
hatte, war beinahe geboren.*

*Lächelnd ging sie zur Anrichte, schenkte einen Kelch Wein ein,
nahm selbst einen Schluck davon, und kehrte damit zum Bett
zurück. »Hier, Kind! Trink davon. Das wird dir Kraft geben.«
Sie hob Katherines Kopf ein wenig und hielt ihr den Kelch an die
Lippen, dann tupfte sie ihr den Mund vorsichtig mit einem feinen
Leinentuch. »Gut. Und nun ruh dich aus.« Mit den Lippen am
Ohr ihrer Tochter fuhr sie flüsternd fort: »Denk an die Kunst
deiner Mutter. Du hast meine Stärke und meine Kraft und durch
mich auch die Kraft, die in der Erde unter diesem Haus schlum-
mert. Damit kannst du alles tun, alles.«*

*Noch während sie das letzte Wort triumphierend heraus-
zischte, umklammerte ihre Tochter ihre Hand und begann wieder zu schreien, als erneut eine Wehe über sie hereinbrach.*

»Wie rufen wir Katherine denn?« Joss starrte auf den Boden.
Müde bewegte sie ihren Kopf hin und her, um die Geräusche zu
vertreiben – die Stimmen, die gerade außer Hörweite in ihren
Ohren widerhallten.

»Wir könnten sie bei ihrem Namen rufen.«

»Hier?«

»Warum nicht? Ich nehme an, daß das hier immer das große
Schlafzimmer war. Vielleicht haben sie sich hier geliebt. Möglicherweise sogar in diesem Bett.«

Beide starrten es schweigend an.

»Ich glaube nicht, daß ich das schaffe«, sagte Joss und rieb sich
erschöpft die Augen.

»Doch, du schaffst es. Ich weiß es.« Natalie kniete sich wieder
vor sie auf den Boden. »Denk an deine beiden kleinen Jungen.
Für sie wirst du es schaffen.«

Joss atmete tief ein. Draußen zuckte wieder ein Blitz über den
Himmel. »Ja, für sie kann ich es schaffen.«

Ein roter Schleier hatte sich vor ihre Augen gelegt. Unter ihren Hüften sickerte das Rot in die Laken und Matratzen und tropfte in die ausgestreuten Kräuter. Hinter diesem Rot lag nur Dunkelheit.

Die Kraft.

Beschwör die Kraft herauf!

Sie dachte an die Worte, die sie ihre Mutter hatte rufen hören in der schwarzen, von keiner Kerze erleuchteten Gruft unter dem großen Saal, den Ruf, der die Kräfte der Dunkelheit aus dem tiefsten Inneren der Erde heraufbeschwören würde.

Die alte Dienerin schrak zurück vor der Frau auf dem Bett, die nur wenige Sekunden zuvor ihr Kind gewesen war, und starrte in die Schatten des Raums. Der gesamte Haushalt war dort versammelt und sah mit Entsetzen zu.

»Du!« Sie packte den Ärmel des Haushalters, der gerade mit den anderen Männern aus dem Raum schleichen wollte. »Ruf den Priester, und dann reite zum König! Halt dich unterwegs nicht auf, sonst kommt er zu spät.«

»Aber die Herrin Margaret sagte …« Das Gesicht des Mannes war weiß und gezeichnet von dem Grauen, das er gesehen und gehört hatte.

»Jetzt ist nicht die Zeit, der Herrin Margaret zu gehorchen. Jetzt sind die Wünsche der Herrin Katherine in diesem Haus Befehl.«

Er nickte, warf einen letzten Blick auf das Bett und schlüpfte aus dem Zimmer.

Eine Zeitlang kam sie zu sich, nur um wieder das Bewußtsein zu verlieren, und dann, langsam, spannte sich ihr Körper an und machte sich bereit für die letzte krampfhafte Anstrengung, das Kind, das sie tötete, auszustoßen.

Sie riß die Augen auf und packte die Hände der einzigen Frau, die es noch wagte, sich ihr zu nähern.

Hinter ihnen hatte der Priester, die Hände zum heiligen Zeichen des Kreuzes erhoben, damit begonnen, die Worte zu murmeln, die ihr Frieden bringen sollten.

»Per istam sanctam unctionem indulgeat tibi Dominus quidquid deliquisti …«

»Aufhören!« schrie sie. »Wenn Gott mir nicht helfen kann, tut es der Teufel. Der Teufel, den meine Mutter heraufbeschworen hat, um die Geburt meiner Tochter zu überwachen.«

Angetrieben von einem letzten Energieschub setzte sie sich auf.

»Geh! Geh fort, Priester! Ich brauche dich hier nicht. Wenn ich sterbe, werde ich in der Erde des Teufels begraben werden! Geh!« Ihre normale Stimme hatte sich in wildes Kreischen verwandelt.

»Legt Euch hin, Herrin, beruhigt Euch. Das Kleine ist beinahe da.«

Die Hebammen waren schon lange fort. Es war ihre eigene alte Amme, die sie sanft in die Kissen zurückdrückte, die zwischen die blutigen Laken griff und schließlich das schwächliche, halbtote Kind hochhielt.

»Es ist ein Junge, Herrin«, flüsterte sie. »Ein kleiner Junge.«

»Nein!« Margaret schob sie grob beiseite. »Es kann kein Junge sein!«

»Aber es ist ein Junge, Herrin, ein süßer kleiner Junge.«

Die Amme holte eilig Tücher von der Wärmestange vor dem Feuer und rieb neues Leben in den kleinen, kalten Körper. Hinter ihr lag Katherine reglos auf dem Bett, während langsam das Leben aus ihr wich.

»Seht, mein Herzchen, seht Euer Kind an!« Die Amme wickelte das Kind fest in eine Decke und versuchte, es Katherine in die Arme zu legen.

Sie öffnete die Augen. »Nein«, flüsterte sie. »Nein! Nein…«

Das letzte Nein schrie sie aus vollem Halse.

»Ich verfluche den Mann, der mir dieses Kind gab! Ich verfluche alle Männer. Ich verfluche meinen Sohn. Er hat mir das Leben genommen. Ich verfluche das Kind – das Kind des Teufels –, und ich verfluche meine Mutter für ihre Zauberkunst.«

Heiße Tränen strömten ihr über die Wangen.

»Ich wollte leben!

Ich wollte leben. Für immer!«

Es war die Her-rin Ka-the-rine!

Plötzlich erklang die Kinderstimme im Raum.

Es war die Her-rin Ka-the-rine!

»Georgie!« Joss stand auf und holte tief Luft. »Georgie, ich möchte dich sehen!«

Er war ein stämmiger Junge mit dunklen Haaren und kleinen Sommersprossen auf der Nase. So, wie er neben der Tür stand, wirkte er sehr klein, ein vager Schatten inmitten noch tieferer Schatten. Er grinste Joss an, und sie lächelte zurück.

»Möchtest du mit Sammy in den Himmel gehen, Georgie? Um bei unserer Mutter zu sein?« Sie bemerkte, daß sie jetzt ganz ruhig reden konnte.

Er schien sie nicht zu hören, sondern starrte an ihr vorbei zum Fenster.

»Es war die Her-rin Ka-the-rine!« sang er wieder; diesmal klang seine Stimme heiserer.

»Sollen wir sie rufen, Georgie? Sollen wir die Herrin Katherine hierher rufen?« fragte sie, aber er war schon verschwunden.

Ein Blitz zuckte hinter dem Fenster auf, gefolgt von tiefen Donnerschlägen, das Licht begann zu flackern.

»Ich habe Angst.«

»Ich auch. Georgie hatte auch Angst. Das Lied. Er wollte uns warnen.«

»Wovor? Daß wir uns täuschen? Ist vielleicht Katherine die Mörderin?« Joss stand noch immer neben dem Bett und betrachtete die Wollstickerei auf der Decke, als sei die Antwort in den verblaßten Fäden eingestickt.

»Ich glaube nicht, daß sie in der Kirche begraben liegt, Joss. Eigentlich kann sie nicht in geweihter Erde liegen.«

»Aber doch nicht hier im Haus! Oder willst du sagen, daß sie irgendwo hier im Haus liegt?«

Nach einer langen Pause brach Joss schließlich das Schweigen. »Sie ist unten im Keller, stimmt's? O mein Gott, was sollen wir bloß tun?«

»Wir werden sie heraufbeschwören.«

»Da unten? Im Keller?« Joss holte tief Luft. »Ja, das ist der beste Platz. Hier will ich sie nicht haben. O Gott, Nattie, was sollen wir bloß tun?«

»Komm.« Natalie nahm ihre Hand. »Bringen wir's hinter uns.«

»Wird Edward dorthin kommen? Wir brauchen ihn. Katherine ist diejenige, die getötet hat. Er hat nie jemandem weh getan. Er hat Tom oder Ned nie etwas angetan, zumindest nicht absichtlich. Er hat sie getragen, er hat sie versteckt. Er hat sie vor ihr versteckt.« Joss war leichenblaß vor Anstrengung.

»Das wissen wir nicht, Joss. Wir müssen vorsichtig sein. Das ist alles. Wir müssen auf alles und jedes gefaßt sein.«

Mit entschlossener Miene ging Natalie voraus zur Treppe. Auf der obersten Stufe lag eine weiße Rose.

Joss bückte sich, um sie aufzuheben.

»Hilf uns«, flüsterte sie. »Hilf uns, ihr zu helfen.«

Es war die Herrin Katherine!

Es war die Herrin Katherine!

Die hohe Stimme, die vom Dachboden herunterhallte, war jetzt kaum noch zu hören.

Mit der Rose in der Hand begann sie, die Treppe hinabzusteigen.

44

»Wir können nicht ewig hier warten, David. Wir müssen zurück.« Luke saß in Janets Küche und starrte zum Fenster hinaus. Janet und Lyn machten den Kindern gerade etwas zu essen, sie bestrichen dicke Scheiben selbstgebackenes Brot mit Erdbeermarmelade. »Was zum Teufel wissen wir denn überhaupt von dieser Frau? Sie könnte eine Hochstaplerin sein, oder noch Schlimmeres.«

David verkniff sich die Frage, was er mit »noch Schlimmeres« meinte. Er fühlte sich sehr unbehaglich. Dort draußen auf der Terrasse im Regen hatte er sich von Natalies Ruhe beeindrucken lassen und geglaubt, es gäbe etwas beinahe mystisch Weibliches, etwas, an dem Männer nicht teilhaben konnten, etwas Mysteriöses, Bewegliches und Wäßriges, wie Mondlicht auf dem See, etwas, das aus den jahrtausendealten Geheimnissen der Frauen heraus entstand, aber jetzt stiegen Zweifel in ihm auf. Wenn Margaret de Vere eine richtige Zauberin war – nicht nur eine Hexe mit Kräutern und Heilmittelchen und Wachsfiguren, mit denen sie ihren Zaubersprüchen Nachdruck verlieh –, ja, was wäre, wenn sie stärker wäre als das?

Janet legte ihr Messer beiseite. »Wenn Lyn sich bereit erklärt, auf die Kinder aufzupassen, begleite ich euch.«

Lyn zuckte die Achseln. »Ich habe nichts dagegen. Mir ist es sowieso lieber hierzubleiben.« Seufzend erinnerte sie sich, wie sehr sie David anfangs bewundert hatte; sie hatte ihn für einen ausgesprochen attraktiven Mann gehalten – aber jetzt? Zumindest war Luke vernünftig genug, das alles nicht zu glauben. Aber David war letztlich genauso neurotisch wie Joss!

Durch das Fenster sah sie zu, wie alle in Janets Auto stiegen, und wandte sich dann wieder Tom zu, der fröhlich Marmeladenbrote in sich hineinstopfte; er saß auf dem alten Eichenstuhl am Kopfende des Tisches, die Beinchen gerade vor sich ausgestreckt.

Er grinste sie mit verschmiertem Mund an. »Blechmann ist böse«, erzählte er.

»Ach Tom, ich wünschte, wir könnten den Blechmann vergessen«, sagte sie, als sie ihre Tasse mit dem kalt gewordenen Tee zu sich zog. »Deine Mummy glaubt, daß es ihn wirklich gibt, aber wir beide wissen doch, daß du ihn erfunden hast, stimmt's? Der Blechmann auf der gelben Ziegelstraße, der nach seinem Herzen sucht.«

Hinter ihnen gurgelte Ned erfreut. Er ließ den Ring mit den bunten Plastikschlüsseln, mit denen er gespielt hatte, fallen, griff nach der weißen Blume, die mit einem Mal auf dem Teppich vor ihm erschienen war, und riß ein Blütenblatt nach dem anderen ab. Tom sah ihm zu. »Ned macht Dreck«, sagte er zu Lyn.

Mit einem Aufschrei ließ sie sich auf die Knie fallen, nahm ihm die Blume aus der Hand und starrte sie an. Sie war kalt und naß, jedes Blütenblatt vollkommen und wunderschön. Sie hielt einen Moment inne, dann sammelte sie die verstreuten Blütenblätter ein und warf sie schaudernd in den Müll. Ned begann zu weinen.

Das Haus war dunkel. Sie öffneten die rückwärtige Tür und sahen in die Küche. Luke griff nach dem Lichtschalter und knipste ihn an und aus. Nichts passierte.

»Jetzt ist schon wieder der Strom ausgefallen.« Er tastete sich zur Anrichte vor. »Irgendwo sollte hier eine Taschenlampe sein.« Er konnte sie nicht finden, und noch während er nach Zündhölzern und Kerzen suchte, ging Janet wieder nach draußen und holte die Lampe, die sie immer im Handschuhfach ihres Audi aufbewahrte. Auf der Türschwelle blieb sie stehen und atmete die kalte Abendluft ein. Die Atmosphäre im Haus war vergiftet.

Niemand sagte ein Wort, als sie David die Taschenlampe reichte. Er spähte in den Gang vor der Küche hinaus, sah dann zu Luke und grinste verschämt. »Geht der Hausherr voran?«

Luke nickte. Allmählich wurde ihm immer unbehaglicher. »Sollte ich wohl. Gib mir die Lampe.« Er ging an David vorbei in den großen Saal. Die anderen blieben reglos stehen, während Luke das Zimmer mit der Lampe absuchte, den Strahl auf die leere Galerie und den Kamin richtete und anschließend über den Tisch zur Tür in der jenseitigen Wand wandern ließ.

»Wo sind sie?« fragte Janet mit zitternder Stimme.

»Oben.« Luke ging auf die Treppe zu, die anderen direkt hinter ihm. »Warum sind alle Lichter aus?« flüsterte Janet. »Das gefällt mir gar nicht.«

»Mir auch nicht.« David klang sehr besorgt. Als Luke sich anschickte, die Treppe hinaufzugehen, warf er einen Blick auf die Kellertür. Der Schlüssel steckte im Schloß. »Luke«, rief er leise, dabei klang sein Ton so dringlich, daß Luke stehenblieb und sich umwandte.

»Der Keller.« David deutete auf die Tür.

»Sind sie da unten?« Luke spürte, wie sein Magen sich verkrampfte. »Dann sehen wir besser mal nach.« Er drehte den Schlüssel – die Tür war offen. Langsam schob er sie auf und blickte hinunter in die Dunkelheit. Es war nichts zu hören.

Jimbo saß in seinem alten Cortina beim großen Tor und beobachtete, wie Luke und David zum Haus zurückfuhren. Schon seit einiger Zeit war er da, rauchte und trommelte mit den Fingern auf das Lenkrad. Er war hin und her gerissen zwischen Angst und Neugier, wenn er daran dachte, daß seine Schwester allein mit Joss in dem alten Haus war. Er warf den Zigarettenstummel zum Fenster hinaus, beugte sich vor und sah zu, wie die Schlußlichter des Audi zwischen den Lorbeerbüschen verschwanden. Drei Leute hatten in dem Wagen gesessen. Die Person am Steuer war Mrs. Goodyear gewesen, da war er sich ziemlich sicher. Das heißt, daß Lyn allein mit den Kindern drüben auf der Farm war. In Gedanken versunken blieb er noch eine Minute sitzen und spürte die kühle Abendluft, die durch das offene Wagenfenster über sein Gesicht wehte. Schließlich kam er zu einem Entschluß. Er kurbelte das Fenster hoch, griff nach dem Zündschlüssel, und der Motor sprang knatternd an. Es konnte nichts schaden nachzusehen, ob bei Lyn alles in Ordnung war – bei ihr und den Jungs. Wenn sie allein war, konnte sie vielleicht etwas Gesellschaft brauchen. Eigentlich war sie gar nicht so übel, diese Lyn, wenn er es recht bedachte. Oder vielmehr – er grinste verschämt in sich hinein, während er in den zweiten Gang schaltete und auf die Auffahrt hinausfuhr –, wenn er es wirklich recht bedachte, gefiel sie ihm eigentlich sogar ganz gut.

Hinter ihm, auf dem Weg, glomm die Zigarettenkippe auf dem nassen Pflaster noch kurz weiter, bevor sie zischend ausging.

Joss und Natalie standen in der Nähe des Wandschachtes, in dem sie die Wachsfiguren gefunden hatten, als plötzlich die Lichter ausgingen.

Sie klammerten sich aneinander, spitzten die Ohren und spähten in die dichte, undurchdringliche Schwärze, die sie zu umfangen schien.

»Die Taschenlampe«, flüsterte Natalie. »Wo ist die Taschenlampe?«

»Ich weiß nicht.«

»Zündhölzer?«

»Hab keine.«

»Mist!« Versuchshalber streckte Natalie eine Hand vor sich aus und erwartete beinahe, auf etwas oder jemanden zu stoßen, aber in der Dunkelheit vor ihr war nichts.

»Hat sie das absichtlich getan?« Joss stellte sich eng an Natalie.

»Ich weiß es nicht. Wir müssen hier raus, die Sicherung reparieren oder eine Taschenlampe oder Kerzen oder sonstwas holen und dann wieder herkommen.« Vorsichtig trat sie einen Schritt zurück; mit einer Hand umklammerte sie Joss' Finger, die andere hielt sie vor sich ausgestreckt, und so drehte sie sich langsam in die Richtung, in der sie den Gewölbebogen zum vorderen Keller vermutete.

Joss folgte ihr. »Hier lang! Es muß hier sein. Wir haben die Tür oben an der Treppe offengelassen. Da wird es etwas heller sein.«

Die Regung in der Luft hinter ihnen war so sacht, daß Joss glaubte, sie habe es sich nur eingebildet. Trotzdem blieb sie abrupt stehen und krallte ihre Finger in Natalies Arm; die Härchen in ihrem Nacken stellten sich auf.

Auch Natalie war stehengeblieben. Niemand sagte ein Wort, beide lauschten angestrengt.

Langsam wandte Joss sich um. In der hintersten Ecke des Kellers konnte sie etwas ausmachen, das sich vor der Dunkelheit bewegte. Ihre Kehle war wie zugeschnürt, sie konnte kaum atmen.

»Sei stark«, murmelte Natalie. »Wir müssen gewinnen.«

Joss war sich deutlich des riesigen, alten Hauses über sich bewußt, das ebenso wie sie auf die Stille lauschte. Eine Woge der Panik ergriff sie, kalter Schweiß lief ihr über den Rücken. Einen Augenblick war sie davon überzeugt, daß ihre Beine nachgeben würden, aber dann fühlte sie den sanften Druck von Natalies Hand um ihren Arm. »Atme tief durch. Wappne dich mit dem Licht – stell dir vor, daß es dich ganz umgibt, und erhelle den Keller damit«, flüsterte sie. »Laß sie nicht merken, daß du Angst hast.«

Sie?

Jetzt konnte auch sie es erkennen: Die undeutlichen Umrisse einer Frauengestalt, die wie ein schwaches phosphoreszierendes Licht vor der Wand leuchteten…

Es war die Herrin Ka-the-rine.

Die Worte hallten vage in ihrem Hinterkopf wider, das Lied eines Kindes, eines kleinen Jungen, verloren in den Schatten der Zeit.

»Katherine?« Plötzlich fand sie ihre Stimme wieder. »Katherine, du muß dieses Haus verlassen! Du hast schon genug Unheil angerichtet. Genug Menschen haben für dein Leid bezahlt. Hör auf damit!«

Fast erwartete sie, aus der Stille eine Antwort zu bekommen.

»Du mußt ins Licht hineingehen, ins Glück«, fuhr sie mit leicht zitternder Stimme fort.

»Wir können dir helfen, Katherine«, fügte Natalie hinzu. Sie sprach klar und deutlich. »Wir sind nicht hier, um dich in die Hölle zu verbannen. Wir können dir helfen, die Kraft zu finden, um diesen Ort hinter dir zu lassen. Bitte, laß dir von uns helfen.« Ihre Augen waren geschlossen. In ihrem Kopf konnte sie sie deutlich vor sich sehen – keine verrückte Hexe, sondern ein Mädchen, kaum mehr als ein Kind, halb wahnsinnig vor Leid und Kummer, dem die Gier und der Ehrgeiz seiner verhaßten Mutter das Leben geraubt hatte und das von dem Baby, das es nie wollte, getötet worden war.

»Tu den kleinen Kindern nichts mehr, Katherine. Sie haben keine Schuld«, fuhr sie leise fort. »Ihre Angst und ihre Qualen können dir nicht helfen – sie vergrößern nur dein Elend. Bitte, laß uns dir unseren Segen geben. Laß dir von unserer Liebe und unserer Kraft helfen.«

Vorsichtig schritt sie auf die Ecke des Kellers zu, die Augen noch immer geschlossen. Aber Joss verfolgte alles, was um sie herum geschah. Die schimmernde Kontur der Gestalt war klarer geworden. Jetzt hatte sie eine Form – es war ein schlankes, nicht allzu großes Mädchen.

»Bist du hier unten begraben, Katherine? Ist das der Ort, an dem du liegst?« Natalie hatte Joss' Arm losgelassen und streckte die Hand zu der Stelle aus, wo sie das Mädchen ahnte. »Sollen wir dich woanders begraben? Würdest du gerne draußen im Garten liegen? Oder im Kirchhof?«

Beide spürten den Schauder, das kalte Beben in der Luft.

»Also gut, dann im Garten. Unter der Sonne und dem Mond«, fuhr Natalie fort. »Das tun wir gerne für dich, Katherine. Du mußt uns nur zeigen, wo du begraben wurdest.«

Es folgte eine lange, atemlose Stille. Es klappt nicht, dachte Joss; sie wird es uns nicht sagen. Die Atmosphäre war erdrückend, der Keller schien vollkommen luftleer zu sein. Es war zusehends kälter geworden, aber jetzt fühlte sie, wie ein heißer Schauder sie überfiel. Sie fuhr mit dem Finger unter den Ausschnitt ihres Pullovers und spürte den eiskalten Schweiß.

»Wo ist es, Katherine?« fragte Natalie. »Du mußt uns ein Zeichen geben. Du mußt uns zeigen, was du möchtest.«

Es war die Herrin Ka-the-rine.

Georgies Stimme drang schwach an Joss' Ohr.

Es war die Herrin Ka-the-rine.

In der Stille hörten sie, wie etwas zu Boden fiel; es klang wie ein Kieselstein. Das Geräusch war noch einmal zu hören, dann kehrte wieder Stille ein.

Das Licht in der Ecke des Kellers erlosch langsam und war innerhalb von Sekunden verschwunden.

Keine der beiden Frauen rührte sich vom Fleck. Joss streckte die Hand nach Natalie aus. »Ist sie fort?« flüsterte sie schließlich.

»Sie ist fort.«

Natalie wirbelte herum; hinter ihnen erklangen plötzlich Stimmen. Auf das Kreischen der Kellertür folgte der Strahl einer Taschenlampe.

»Joss? Natalie?« Es war Lukes Stimme.

Mit Hilfe der Taschenlampe fanden sie Katherines Zeichen auf dem Boden des Kellers; es war unübersehbar: Auf einer der alten Steinplatten in der Ecke lagen Steinchen in der Form eines Kreuzes mit gleich langen Armen. Alle drängten sich zusammen, um es zu sehen.

»Was sollen wir tun?« Luke hielt die Lampe fest auf das Kreuz gerichtet. Seine Skepsis war wie weggeblasen.

»Wir müssen unser Versprechen halten. Wir müssen sie ausgraben und im Garten wieder bestatten«, antwortete Joss mit fester Stimme.

»Brauchen wir dazu keine Erlaubnis von den Behörden oder so?«

»Wieso denn?« Sie legte ihm die Hand auf die Schulter. »Luke, diese Sache geht nur Belheddon etwas an, und sonst niemanden. Katherine gehört hierher. Sie will nicht in der Kirche oder im Friedhof begraben sein, sondern hier, im Garten. In aller Stille. Mit unserem Segen und unserer Liebe.«

»Das ist die Frau, die deine Brüder umgebracht hat, Joss.«

»Ich weiß.« Joss atmete tief durch und bemühte sich, mit gleichmäßiger Stimme zu sprechen. »Sie ist unglücklich, Luke. Sie ist verwirrt. Ich glaube nicht, daß sie wirklich böse war. Sie war zu sehr in ihrem Kummer gefangen, um zu wissen, was sie tat. Ich glaube, wir können ihr helfen – und Belheddon für Kinder zu einem sicheren Haus machen. Für unsere Kinder.«

»Also gut«, meinte er achselzuckend. »Dann fangen wir doch mal an. Ich hole eine Picke.«

Nachdem sie die Sicherungen ersetzt hatten, fanden sie sich eine halbe Stunde später mit einer Picke und einer Schaufel wieder im Keller ein.

»Ihr wißt schon, daß das reine Zeitverschwendung sein könnte«, sagte Luke. Jetzt, da es hell im Keller war, kehrte sein Selbstbewußtsein zurück. »Wir graben auf eine intuitive Eingebung hin, und auf das Wort eines Gespensts, das ein Fantasiegebilde sein könnte, oder auch nicht.«

Joss lächelte nachsichtig. »Wir werden dich nie wirklich überzeugen, stimmt's? Jetzt grab einfach.«

»Also gut.« Er nahm die Hacke, führte die Spitze unter den Rand der Platte und versuchte, sie anzuheben.

Mit vereinten Kräften gelang es David und Luke schließlich, vier Steinplatten zu entfernen; dann lehnten sie sich erschöpft gegen die Wand. Während Joss und Natalie den Männern gebannt zusahen, verschwand Janet kurz nach oben und kehrte mit einem Krug mit Lyns selbstgemachter Limonade und einigen Gläsern zurück.

»Kommt, ruht euch ein bißchen aus«, sagte sie und setzte das Tablett auf dem Boden ab. Beim Trinken standen sie im Kreis um die freigelegte sandige Erde und waren sich der tiefen Stille um sich herum bewußt.

Luke stellte sein Glas als erster beiseite. Er hatte kaum einen Schluck daraus getrunken. »Kommt, bringen wir's hinter uns.« Er griff nach dem Spaten und stieß ihn in die Erde.

»Vorsichtig, Luke. Wir wissen nicht, ob sie in einem Sarg liegt.« Joss legte ihm die Hand auf den Arm. Er richtete sich auf, und nach einem Augenblick nickte er.

»Stimmt. Vorsicht ist angesagt.«

Nach einer Stunde hatten sie noch nichts gefunden. Zu ihren Füßen klaffte ein Loch von knapp einem Meter Tiefe und Breite.

»Hier ist nichts.« Luke legte den Spaten weg und griff nach seinem Glas.

»Doch, da ist etwas. Es tut mir leid, Luke, aber du mußt weitergraben.«

»Vielleicht müssen wir noch einen Meter tiefer graben.« David sah völlig erschöpft aus; an einer Stelle war sein Gesicht mit Erde verschmiert.

»Vielleicht könnten Sie sie fragen, Natalie?« schlug Janet vor. »Ob das die richtige Stelle ist.«

Natalie trat vor. »Katherine?« rief sie. »Katherine, siehst du? Wir versuchen, dir zu helfen, aber wir müssen wissen, ob wir an der richtigen Stelle graben.«

Sie warteten schweigend. Joss starrte auf den Schacht in der Wand, in dem sie die Wachsfiguren gefunden hatten; Natalie blickte gebannt auf das Loch, wo Luke den Spaten in die Erde gerammt hatte.

»Sie ist müde geworden und zu Bett gegangen. Ich glaube, das werde ich auch tun.«

»Nein. Nein, warte. Mach noch ein bißchen weiter, bitte.« Joss ließ sich auf die Knie fallen, stocherte mit einer kleinen Schaufel im Erdreich herum und hörte plötzlich ein metallisches Klicken. Das Geräusch ließ die anderen herumfahren. Luke kniete sich neben sie. »Was ist das?«

»Hier.« Joss hob die Schaufel voll Erde hoch und ließ sie durch ihre Finger rieseln. In ihrer Handfläche blieb ein kleiner goldener Ring zurück.

Sie atmete tief ein. »Das ist ihre Antwort.«

Luke nickte. Als er ihrem Blick begegnete, lächelte er entschuldigend. Jetzt grub er vorsichtiger, schob den Spaten fast sanft in die Erde und schaufelte sie auf den beständig wachsenden Berg hinter sich.

Nach gut einem Meter fanden sie die Leiche. Kein Sarg, keine Kleider, kein Fleisch, nur die Knochen; sie lagen auf einer Erde, die wesentlich härter war als das weiche, bröckelige Erdreich, das sie bedeckt hatte. Mit dem Schäufelchen trug Luke soviel Erde wie möglich ab, ohne die Knochen zu berühren, dann standen alle da und sahen auf das Skelett zu ihren Füßen. An den Fingerknochen waren zwei weitere Ringe, um den Hals hing eine Goldkette, und zwischen den schmalen, zerbrechlichen Rippen lag ein mit Erde verkrustetes Medaillon.

Es war die Herrin Ka-the-rine.

Joss kniete nieder. In ihren Augen standen Tränen. »Das arme Mädchen. Sie war so klein.«

»Wie sollen wir sie hochheben?« David legte ihr die Hand auf die Schulter.

Als sie zu ihm und Luke aufblickte, war ihr Gesicht blaß und angespannt. »Zuerst müssen wir das neue Grab ausheben.«

»Heute nacht?«

Joss nickte. »Heute nacht. In der Dunkelheit. Dann kann die Sonne sie morgen früh wärmen.«

Natalie erbot sich, bei den Knochen Wache zu halten; irgendwie schien es nicht richtig, sie allein zurückzulassen, nun, da sie bloß dalagen. Die anderen gingen mit Taschenlampen in den Garten hinaus. Joss hatte sich bereits für eine Stelle entschieden. Es war genau der richtige Ort: jenseits des Sees, wo die wilden Rosen die alte Pergola überwucherten und die Sonnenuhr das Verstreichen der Stunden aufzeigte.

Sie gruben das Loch im alten Rosenbeet; die Erde war weich und kalt in dem klammen Novembernebel, der den Garten umhüllte, als der Wind sich legte und der Regen aufhörte.

Joss leerte die geschnitzte Truhe aus Zedernholz, in der im Arbeitszimmer alte Noten aufbewahrt wurden. Sie legte sie mit ihrem Fransenschal aus Wildseide aus, und unter den Augen der anderen kniete sie sich vor das Loch im Keller und hob den Schädel heraus. Dann sammelte sie die restlichen Knochen aus dem Erdreich auf und legte sie ehrfürchtig zusammen mit den Ringen, der Kette und dem Medaillon in die Truhe. Obenauf kamen die Wachsfiguren, noch in den blauen Schal gehüllt, aus der Schublade in der Anrichte. Schließlich schloß sie den Deckel.

Luke nahm die Kiste an sich und trug sie langsam die Treppe hinauf.

Der Garten war feucht und kalt, als sie ihm über den regennassen Rasen zu dem kleinen Grab unter der Pergola folgten. Keuchend setzte er die Kiste ab. »Willst du etwas sagen?«

»Ich weiß nicht, was«, erwiderte Joss. »Ich glaube nicht, daß sie Gebete von uns hören will.«

»Sie möchte Frieden, Joss. Frieden und Vergebung«, murmelte Natalie. »Dann können all die anderen Geister auch hier ruhen – die Jungen und ihre Väter, die über die Jahrhunderte hier gestorben sind, die armen Männer, die sie verflucht und mit ihrem Schmerz und ihrem Haß in den Tod getrieben hat.«

»Und der König«, fügte Joss hinzu. »Was ist mit dem König?«

»Ich glaube, du wirst feststellen, daß er schon fort ist, Joss. Vergiß nicht, er stand dir besonders nahe.« Joss wußte, daß sie keiner Person jemals davon erzählen würde, worüber sie mit Edward von England gesprochen hatte, mit der Sonne Yorks, der, wenn er ein Mann gewesen wäre, Joss' ungeborenes Kind gezeugt hätte und der ihr Vater hätte sein können, und der Vater ihrer Mutter und ihrer Großmutter und der, zusammen mit Katherine de Vere, ihr Vorfahre war, ein Blutsverwandter.

»Ich wünschte, der Mond wäre zu sehen.«

»Er kommt gleich.« Janet war die einzige, die den Himmel beobachtet hatte. Hinter dem Dunst schien der Vollmond wie ein verstorbener Geist hoch über dem Grab zu schweben. Während alle hinaufsahen, wanderte er zu einer Lücke zwischen den treibenden Wolken und strahlte für einen Moment lang sein Licht auf den Garten.

Gemeinsam ließen David und Luke die Truhe in die Erde sinken, und Joss und Natalie warfen eine Handvoll Erde hinterher. Sie blieben stehen, während die Strahlenfinger des Mondes über das geschnitzte Holz wanderten, und als sich der Dunst wieder wie ein Schleier über den Garten legte, nahm David den Spaten zur Hand. Während die erste Erde auf die Kiste fiel, sahen sie alle einen Stiel üppig weißer Rosen aufleuchten, dann wurde es wieder dunkel.

Es war die Herrin Ka-the-rine.

Die Stimme schien, vom Nebel gedämpft, über den See zu treiben.

Es war die Herrin Ka-the-rine.

Es war die Herrin Ka-the-rine.

Jedesmal erklang die Stimme aus größerer Entfernung.

Sie sahen sich an.

»Sie werden mir fehlen«, sagte Joss mit einem Lächeln.

Natalie schüttelte den Kopf. »Schelme«, sagte sie. »Laß sie zu ihrer Mutter gehen. Die einzigen Kinder in Belheddon sollten echte Kinder sein.«

»Es ist vorüber, Joss.« David hatte die letzte Erde mit dem Rücken des Spatens festgeklopft. »Willst du die Stelle kennzeichnen?«

Joss schüttelte langsam den Kopf. »Ich weiß es nicht. Vielleicht.« Sie seufzte tief auf. »Ich kann einfach nicht glauben, daß es wirklich vorbei ist. Daß keine Gefahr mehr besteht.«

»Die Gefahr ist vorüber«, sagte Natalie mit Nachdruck und griff nach Joss' kalter Hand. »Kommt. Wir sollten ins Haus gehen und Katherine dem Mondlicht überlassen.«

Langsam wanderten sie über den Rasen zum Haus. Auf der Terrasse blieb Joss stehen und warf einen Blick zurück. Es war still im Garten.

Das hallende Echo war verstummt.

Daily Telegraph
17. Juli 1995

Luke und Jocelyn Grant haben eine Tochter bekommen (Alice Laura Katherine), Tom und Ned eine Schwester.

Sunday Times
September 1995

Sohn des Schwertes von Jocelyn Grant – Hibberds, £14,99

Ein hochkarätiger Erstlingsroman, witzig und flott geschrieben. Ort des Geschehens ist das Haus der Autorin zur Zeit der Rosenkriege: Die atemberaubende Geschichte von Richard Mortimer und Ann de Vere, die sich auf dem schmalen Grat zwischen Liebe, Abenteuer und dem Abgrund der Katastrophe bewegen und schließlich doch zu einem befriedigenden Ende finden. Der Leser ist von der ersten bis zur letzten Seite gefesselt. Äußerst lesenswert. Von dieser Autorin erwarte ich mir noch einiges.

Anmerkung der Autorin

Belheddon Hall existiert nicht, ebensowenig wie der hier vorkommende Zweig der Familie de Vere. König Edward IV. hatte im Lauf seines Lebens zahlreiche Mätressen. Die Namen seiner letzten beiden Geliebten sind nicht bekannt, und die Geschichte von Katherine de Vere, die sich durch diesen Roman zieht, ist frei erfunden. An Edwards Hof wurden nicht nur seiner Gemahlin Hexerei und Zauberei zur Last gelegt, sondern auch anderen hochstehenden Damen aus seiner Umgebung; ob diese Vorwürfe allerdings lediglich politischen Propagandazwecken dienten oder der Wahrheit entsprachen, müssen die Leser und Leserinnen selbst entscheiden.

Wie immer haben mir bei der Recherche zu diesem Roman zahlreiche Leute mit Hilfe und Information zur Seite gestanden. Insbesondere möchte ich James Maitland von Lay & Wheeler in Colchester danken, der mir Ratschläge bezüglich der Vorräte im Keller von Belheddon erteilte (für alle Schreibfehler bei den Namen der Weine zeichne ich allein verantwortlich), sowie Carole Blake für ihre Versuche, die alkoholischen Exzesse meiner Figuren ein wenig zu beschränken! Ebenso Rachel Hore für ihre Hinweise als Lektorin während der Tage, die sicher zu den heißesten seit der Herrschaft Edwards IV. zählen. Danken möchte ich auch meinem Sohn Adrian für seine Hilfe bei meinen Nachforschungen sowie Peter Shepherd, Dr. Robert Brownell und meinem Sohn Johnathan für ihre Hilfe, wann immer mein Computer abstürzte, streikte oder mich sonst in Panik versetzte. Ich glaube, ich bevorzuge allemal einen Federkiel!